LE FESTIN DE ROSES

Indu Sundaresan

LE FESTIN DE ROSES

Traduit de l'anglais (États-Unis)
par Isabelle Saint-Martin

Michel LAFON

DU MÊME AUTEUR

chez le même éditeur

La Vingtième Épouse

Titre original :
The Feast of Roses

7-13, bd Paul-Émile Victor – Île de la Jatte
92521 Neuilly-sur Seine

À mon mari, Uday,
pour tout, rien de moins.

Le masque est tombé, le charme demeure,
Et Selim a porté sur son cœur
Sa Nur Jahan, Lumière de son harem !
Dont enfin la face sereine parsème
Le charme de ses prunelles altières ;
Et plus cher semble chacun de ses sourires
Pour avoir perdu un temps sa lumière :
Heureuse désormais, malgré ses soupirs,
Sur le bras de son époux sa tête repose,
Tandis qu'elle lui murmure, les yeux rieurs :
« Souviens-toi, mon amour, du Festin de Roses. »

– THOMAS MOORE, *Lalla Rookh*

Chapitre 1

La nature l'avait dotée d'une vive perspicacité, d'une intelligence aiguë, de multiples talents et d'un solide bon sens. L'éducation avait développé ces dons à un degré peu commun. Elle affectionnait la littérature persane et composait des vers limpides qui captivaient le cœur de son époux.

– BENI PRASAD, *Histoire de Jahangir*

Les mois de juin et de juillet passèrent. Les moussons tardaient, cette année-là – les nuits fleuraient bon la pluie qui répandait son arôme dans l'atmosphère, rafraîchissait la peau et déchirait le ciel d'éclairs silencieux. Mais, le matin venu, le soleil se levait dans toute sa puissance, raillant Agra et ses habitants. Et les jours s'écoulaient, chauds comme des brasiers, chaque respiration devenait un effort, chaque mouvement un combat, chaque nuit un étouffement. De tous les temples s'élevaient des incantations, les muezzins conviaient les fidèles à la prière de leurs voix mélodieuses et implorantes, les cloches des missions jésuites carillonnaient. Mais les cieux semblaient indifférents aux appels des hommes.

Rares étaient ceux qui arpentaient les rues d'Agra d'un pas somnambulique ; seule une urgence extrême les tirait de leurs maisons aux dalles fraîches. Même les chiens gisaient sous les porches, incapables de japper si quelque gamin leur lançait des pierres. Les bazars demeuraient tout aussi déserts, les rideaux étaient baissés, les commerçants trop épuisés pour marchander. Les affaires attendraient des jours plus supportables. À croire que la ville entière avait cessé tout mouvement.

À la cour, et dans les palais impériaux, on ne percevait pas le moindre bruit ; aucun pas ne résonnait dans les corridors. Esclaves et eunuques agitaient de lourdes plumes de paon tout en s'éventant eux-mêmes de la main. Les dames du zénana tentaient de dormir dans cette brise intermittente, une coupe de khus au gingembre à leur côté. De temps à autre, une servante apportait une boisson fraîche. Lorsque sa maîtresse s'éveillait, ce qui lui arrivait souvent par ces chaudes nuits, elle pouvait ainsi se désaltérer. Expédiée par tronçons depuis l'Himalaya, la glace voyageait dans des sacs de jute sur des chars à bœufs, pour le plus grand soulagement des nobles comme du peuple. Cependant, par cette chaleur, elle fondait vite pour n'offrir que des flaques au milieu de la poussière.

Depuis les appartements de l'empereur Jahangir s'échappaient des accords de sitar qui semblaient flotter dans l'air immobile ; ils envahissaient les jardins comme la cour carrée aux arceaux d'inspiration moghole autant que persane. Entourant un bassin aux eaux paisibles, une véranda s'arquait face à une rangée d'arbres et de buissons se découpant sur l'obscurité. Quelques marches de grès menaient, au milieu du bassin, à une plate-forme de marbre sur laquelle gisaient deux silhouettes endormies dans le voile léger de la nuit.

Lorsque Mehrunnisa ouvrit les yeux, elle ne vit d'abord que le ciel constellé d'étoiles, si bien qu'elle se crut sous un plafond de velours noir parsemé de diamants. L'empereur Jahangir à ses côtés, le front appuyé sur son épaule, respirait d'un souffle régulier ; elle contempla le crâne de son époux, ses cheveux aplatis par la marque du turban qu'il portait dans la journée. Elle effleura son visage, lui caressa les joues puis le cou, sentit la barbe naissante lui râper le bout des doigts. Ce geste délicat n'éveilla pas le dormeur, aussi continua-t-elle d'effleurer tendrement les traits familiers Elle s'était couchée seule. Elle avait attendu Jahangir en lisant à la lueur d'une lampe à huile, mais les mots s'étaient mis à danser devant ses yeux et le recueil lui était tombé des mains. En arrivant, l'empereur avait jugé bon de la couvrir d'un voile de coton.

Pour la première fois depuis des années, elle s'éveillait le cœur léger, libre de toute crainte, de toute appréhension.

Pour la première fois, elle n'avait pas cherché Ladli à tâtons, car elle savait la fillette en sécurité dans un appartement voisin. Mehrunnisa appuya le visage sur la tête de son époux, emplissant ses narines de l'arôme de santal dont il se parfumait. Pour elle, c'était l'odeur de Jahangir, de l'apaisement, de l'amour. L'amour... Oui, c'était encore l'amour. Un amour inconnu, tel qu'elle ne l'avait jamais imaginé. Des années durant, elle avait désiré Jahangir. Parce qu'il faisait naître le sourire en elle, parce qu'il illuminait sa vie, lui donnait un sens, une forme de plénitude. Un tel sentiment la surprenait et l'effrayait à la fois, maintenant qu'ils étaient mariés, tant elle craignait de se laisser accaparer par lui, au risque d'en négliger l'existence qu'elle s'était si soigneusement bâtie.

Et voici que deux mois s'étaient écoulés, deux mois langoureux au cours desquels le temps avait semblé s'étirer autour d'eux en lents cercles voluptueux. Il n'était pas jusqu'à l'Empire lui-même et son administration qui n'eussent patienté devant les émois du souverain. La veille seulement, et pour la première fois, Jahangir avait laissé les affaires de l'État le détourner de sa couche. Mehrunnisa écarta doucement la tête de l'empereur pour la reposer sur un coussin de soie, ôta le bras lourd qui enlaçait sa poitrine et s'assit. Sur la véranda, les eunuques qui formaient la garde rapprochée de Jahangir se figèrent derrière les quinze piliers de grès. Les jambes écartées, les mains dans le dos, ils se tenaient bien droits et feignaient de contempler un point lointain à l'horizon, mais ils n'avaient rien perdu de la scène. Relevés toutes les douze heures, ils ne retrouvaient jamais les mêmes compagnons, de sorte qu'ils ne pouvaient ourdir de complot contre Sa Majesté.

Près de lui, la jeune femme sentait des gouttes de sueur perler sur ses tempes, sur sa nuque, humecter peu à peu le fin coton de sa kurta. Elle se frotta le dos et dénoua sa natte, libérant le lourd rideau noir de sa chevelure. Puis elle se leva pour plonger les jambes dans l'eau. Elle offrit son visage à la brise qui voletait dans la cour et leva les bras afin de la laisser courir dans les longues manches de sa tunique, humant l'odeur âcre des ramures de neem qui brûlaient dans les braseros pour chasser les moustiques.

Autour d'elle flottaient des feuilles de figuiers banians, cousues en forme de lanterne, où l'on avait versé de l'huile de sésame. Au bout du bassin, ruisselant de fleurs, un parijat épandait ses pétales sur les eaux tranquilles qui reflétaient le scintillement des étoiles quand elles n'étaient pas envahies par la lueur des flammèches. Depuis la plate-forme de marbre, Mehrunnisa se glissa dans le bassin. Douce comme le miel, l'onde l'enveloppa de sa lourde caresse. La jeune femme y plongea la tête, laissant ses cheveux ruisseler autour de son visage et prononça son nouveau nom : « Nur Jahan ». Sa voix s'éparpilla sur l'opacité de l'eau, accompagnée de bulles qui s'envolèrent vers la surface en lui picotant les joues.

Nur Jahan. « Lumière du Monde ». En elle reposait la brillance des cieux. Ainsi l'avait déclaré Jahangir en lui conférant ce titre le jour de leur mariage. Dorénavant, l'impératrice, mon épouse bien-aimée, portera le nom de Nur Jahan. C'en était donc fini de Mehrunnisa, le nom que lui avait donné son père à sa naissance. On l'appellerait dorénavant « Nur Jahan », promesse d'attention et de respect. Ainsi l'empereur signifiait-il à la cour, à l'Empire et aux autres dames du harem la profondeur de son amour pour sa vingtième épouse.

D'un coup de talon, elle s'éloigna du bord et se mit à nager. Sous le parijat, elle s'adossa au muret et regarda les fleurs blanches tomber tels des flocons de neige. Elle percevait la présence confuse des silhouettes sur la véranda qui la surveillaient. Si elle s'était aventurée à garder trop longtemps la tête sous l'eau, l'un des gardes se serait précipité. Car, à leurs yeux, elle représentait désormais le bien le plus précieux de Jahangir. Agitant les pieds pour se maintenir à la surface, elle se délectait de ce moment de solitude, loin de la curiosité du zénana. Ce qui ne l'empêchait pas de se sentir quelque peu épiée par ces yeux qui ne la regardaient pas, au point de se demander si cette appréhension se justifiait. Jahangir ne marquait jamais la moindre impatience vis-à-vis des serviteurs qui l'entouraient ; il avait grandi dans l'ombre de leur présence constante, il les savait indispensables, ni plus ni moins que les divans ou les coussins sur lesquels il se reposait, que les coupes dans lesquelles il buvait son vin.

D'une paume humide, elle débarrassa le rebord d'un amoncellement de fleurs blanches puis en aligna quelques-unes devant elle : ce serait le Diwan-i-am, la cour des audiences publiques. Au fond se tenaient les éléphants de guerre, devant eux les petites gens, puis les marchands, les nobles et, seul au premier plan, le trône de Jahangir. Elle parsema quelques pistils orange pour figurer le harem sur son moucharabieh en marbre dentelé.

Lors de ses darbars quotidiens, Jahangir recevait les sollicitations et les hommages des courtisans. Derrière lui, sur le balcon qui dissimulait les dames aux yeux masculins, Mehrunnisa regardait l'empereur accomplir sa tâche. Parfois, elle intervenait à voix haute, lorsqu'une idée lui venait, mais elle s'interrompait en prenant conscience de sa place, parmi les femmes, celles qu'on n'écoutait pas.

... Elle ramassa une fleur et la déposa au centre de la cour, face au trône. De longues années durant, elle avait été mariée à Ali Quli : Jahangir ne représentait alors qu'un rêve lointain. Elle avait imaginé s'asseoir sur ce balcon, non pas comme dame de compagnie mais comme impératrice. Elle remit la fleur parmi les spores orange du harem. Et pourtant... Cela ne lui suffisait pas. Pouvait-elle espérer davantage ? Mais quoi, au juste ? Et comment le demander ? Jahangir lui donnerait-il satisfaction ? Saurait-il outrepasser les règles implicites qui entravaient la vie de son épouse préférée ?

D'une main tremblante, elle déposa sa fleur près de Jahangir. Et ils siégèrent ainsi, avec leurs pétales odorants, côte à côte sur le trône impérial. Appuyant le menton sur le rebord du bassin, Mehrunnisa ferma les yeux. Elle avait toujours voulu mener la vie d'un homme, se déplacer librement, agir à sa guise, énoncer ce qui lui venait à l'esprit sans en redouter les conséquences. Elle n'avait été que le témoin de sa propre existence, incapable d'en changer le cours. Jusque-là...

D'un geste doux, elle recula la fleur qui la représentait juste derrière Jahangir.

Un chowkidar parcourait les rues environnantes en annonçant les heures. Frappant le sol de son bâton, il proclama de sa voix chantante :

– Deux heures, et tout est bien.

Une toux étouffée attira l'attention de Mehrunnisa sur l'un des eunuques qui venait de se couvrir la bouche. Un jour, elle n'aurait plus à se préoccuper des regards suspicieux des espions et des servantes du zénana. Un jour, elle deviendrait Padchah Begam, la première dame du pays et supplanterait l'impératrice Jagat Gosini.

Elle nagea vers la plate-forme et s'allongea dans l'eau tiède, posant les coudes sur le marbre pour observer Jahangir. D'un doigt, elle effleura l'arcade de son sourcil puis le porta à sa bouche, pour le goûter. L'empereur frémit.

– Tu ne dors pas ?

Il s'éveillait toujours ainsi, sans avoir besoin de s'extraire de ses rêves. Un jour, elle l'avait interrogé sur cette capacité et il avait répondu que son désir pour elle avait le pouvoir de le faire renoncer au sommeil.

– Il fait si chaud, Seigneur.

Jahangir écarta quelques mèches humides du front de son épouse et lui caressa la joue.

– Quel miracle que tu sois ici, auprès de moi...

Il la dévisagea longuement puis saisit une lampe flottante et l'approcha de son visage.

– Qu'y a-t-il ?

– Rien. La chaleur. Rien.

L'empereur reposa la lampe sur l'eau, la poussa d'un doigt puis attira la jeune femme auprès de lui. Un eunuque apparut, portant des serviettes de soie. Mehrunnisa s'agenouilla, leva les bras et laissa Jahangir la débarrasser de la kurta. Il essuya lentement son corps, humant au passage le parfum musqué de sa peau. Puis il lui sécha les cheveux et les dispersa sur ses épaules, avec des gestes lents, délibérés. Elle attendit patiemment qu'il eût fini, laissant l'air chaud retomber sur sa tête et sur ses membres nus.

– Viens, murmura Jahangir en l'attirant sur ses genoux.

Elle l'entoura de ses jambes et il lui prit le visage dans les mains.

– Ta mélancolie a bien une cause, Mehrunnisa. Que veux-tu ? Un collier ? Un jagir ?

– Je veux qu'ils s'en aillent.

– Ils sont partis.

Là-dessus, sans tourner la tête, il allait esquisser un geste pour chasser les eunuques quand Mehrunnisa lui saisit le poignet :

– Altesse... Je voudrais les congédier moi-même.

– Tu en as autant le droit que moi, ma douce.

Elle ne le quitta pas des yeux, mais leva la main et perçut le mouvement interrogateur des gardes. Ils avaient pour mission de ne pas s'éloigner de l'empereur à moins que celui-ci ne leur en donnât l'ordre... et lui seul. Nulle épouse, nulle concubine, nulle mère n'avait ce pouvoir. Mais Mehrunnisa était une épouse à part. Aussi attendirent-ils une confirmation de Jahangir, en vain. Nul mouvement de la tête ou du corps pour les rassurer. Au bout d'une minute, l'un des eunuques s'avança, salua le couple impérial et quitta la véranda. Les autres suivirent, le cœur oppressé d'une peur soudaine – peur d'obéir, peur de désobéir.

Mehrunnisa laissa retomber sa main.

– Ils sont partis, Seigneur, murmura-t-elle d'un ton étonné.

– Lorsque tu donnes un ordre, fais-le avec autorité, avec la certitude qu'il sera suivi, et tu seras obéie.

– Merci.

L'empereur eut un large sourire.

– Si je devais te remercier pour tout ce que tu m'apportes, j'en aurais pour le restant de mes jours.

Puis il lui souffla dans l'oreille :

– Que désires-tu ? Dis-le-moi ou tu le regretteras.

Elle ne répondit pas tout de suite, ne sachant trop comment formuler sa demande. Elle désirait occuper une place plus importante dans sa vie, pas seulement entre les murs du zénana.

– Je désire... Je désire t'accompagner au jharoka, demain.

Au début de son règne, Jahangir avait institué douze règles de conduite pour l'Empire, auxquelles lui-même se soumettait rarement – entre autres, il avait interdit la consommation d'alcool, dont, pour sa part, il ne se privait pas. Mais il estimait ces arrêts bénéfiques pour son peuple. Dans le souci de se montrer équitable, il instaura le rituel du jharoka, qui n'avait pas cours sous le règne de son père, l'empereur Akbar. Il lui avait donné ce nom – qui signifiait « apparition » – car, pour la première fois depuis que les Moghols avaient conquis l'Inde, une centaine d'années auparavant, l'empereur s'offrait en personne à la vue de ses sujets.

Le jharoka se déroulait sur un balcon adossé aux remparts du fort d'Agra, où Jahangir donnait audience au peuple trois fois par jour. Au petit matin, avec le lever du soleil, il se présentait à l'est, à midi au sud, à dix-sept heures au couchant. Il y voyait la plus importante de ses responsabilités. C'était là que les petites gens lui présentaient leurs doléances, là qu'il écoutait leurs appels, importants ou non. Il se tenait seul sur ce balcon, ses ministres à ses pieds, comme le reste du peuple. Cela ajoutait au symbolisme du rituel, rendait l'empereur plus accessible.

– Voyons, tu m'y accompagnes déjà, Mehrunnisa !

Il s'attendait cependant à une vive riposte. Ces dernières semaines, sa vingtième épouse s'était sagement tenue derrière le balcon, parmi les eunuques de sa garde, écoutant, enregistrant chaque requête pour la commenter ensuite avec lui.

– Je veux me tenir à tes côtés sur le balcon, face aux nobles et aux gens du peuple.

Elle avait parlé d'une voix douce mais ferme, sans l'ombre d'une hésitation. Ne lui avait-il pas conseillé d'agir avec détermination si elle voulait être obéie ?

Les nuages parurent soudain s'amonceler devant les étoiles et des éclairs jaillirent, révélant une lourde nuée grise qui montait à l'horizon. Entre les bras de l'empereur, Mehrunnisa n'avait que sa longue chevelure pour couvrir sa nudité jusqu'aux hanches.

– Il n'a existé jamais rien de tel, répondit enfin Jahangir.

Quelque amour qu'il leur portât, les dames de son zénana demeuraient entre les murs de brique du harem. Si elles voulaient se faire entendre de l'extérieur, c'était par l'intermédiaire des ordres qu'elles donnaient aux intendants, aux esclaves et aux eunuques, ou lorsque l'empereur prêtait l'oreille à leurs suggestions.

– Pourquoi me demandes-tu ceci ? insista-t-il.

Elle répondit par une question :

– Pourquoi pas ?

L'empereur sourit.

– Je crains que tu ne m'attires des ennuis. Regarde...

Des yeux, il lui montra le ciel et demanda :

– Crois-tu qu'il va pleuvoir ?

– S'il pleut...

Elle marqua une pause avant de reprendre :

– S'il pleut, irai-je au jharoka demain ?

Le firmament était maintenant noir au-dessus de leurs têtes, couvert de nuées prometteuses de puissantes averses comme il en tombait parfois sur Agra. Ensuite, un vent fugitif les entraînerait plus loin, rouvrant l'empyrée au char du dieu Soleil. Mehrunnisa commandait-elle donc aux moussons ? Elle sourit intérieurement. Et pourquoi pas ? D'abord les eunuques, maintenant le ciel.

– Ferme les yeux, souffla Jahangir.

Elle obéit et il fit de même avant de poser la bouche au creux de son épaule. L'enveloppant de ses cheveux, elle sentit le souffle tiède puis la langue qui recueillait les gouttes de sueur de son front, frémit à l'effleurement des doigts sur son buste. Ils ne prononcèrent plus une parole.

Et ensuite ils s'endormirent.

Le lendemain matin, ils furent éveillés par la mince ligne d'or du soleil à l'horizon des nuages pourpres. La tête reposant sur un coussin de velours, Mehrunnisa suivit un instant leurs jeux de lumière. Sans doute le ciel promettait-il la pluie mais elle ne tombait pas, sans doute l'atmosphère regorgeait-elle d'humidité, mais l'ondée ne venait pas.

Les eunuques avaient regagné leurs places sous les arcades de la véranda et de petites esclaves apportaient à pas de loup des bassines de cuivre emplies d'eau. Mehrunnisa et Jahangir se nettoyèrent les dents à l'aide de brindilles de neem et, lorsque retentit l'appel à la prière du muezzin, ils s'agenouillèrent côte à côte et levèrent les bras vers l'ouest, vers La Mecque.

Alors, l'empereur et sa nouvelle épouse quittèrent leurs appartements pour traverser les corridors du palais en direction du premier jharoka de la journée.

Ils marchaient en silence, main dans la main, sans se regarder, la ghagara de Mehrunnisa bruissant sur le sol de marbre. Derrière eux, les servantes suivaient, pieds nus. La jeune femme gardait le silence, incapable de réitérer sa demande – se tiendrait-elle derrière le balcon ou aux côtés de l'empereur ? Dans un soudain élan de superstition, elle regarda le ciel, mais non, la masse des nuages la narguait. Prise d'une sorte de découragement, elle ralentit le pas. Arrivés en vue du balcon, les eunuques du zénana impérial formèrent une haie d'honneur. Lorsque Jahangir apparaîtrait devant la foule, ils fermeraient les rangs derrière lui.

Hoshiyar Khan se tenait sur le seuil, les dominant tous de sa haute taille. Malgré l'heure matinale, il était vêtu comme un roi, ses cheveux disparaissant sous son turban, le visage grave, l'attitude respectueuse et rigide. C'était le chef des eunuques depuis vingt-cinq ans. Longtemps, il avait épaulé et conseillé l'impératrice Jagat Gosini, mais, un mois avant son mariage, Mehrunnisa avait eu l'audace de le désigner comme son intendant personnel. Aussi était-il entré à son service de son plein gré car, dans le cas contraire, il eût trouvé le moyen de s'opposer aux ordres de Jahangir en personne.

Il s'inclina.

– J'ose espérer que Vos Majestés ont passé une bonne nuit.

De toute évidence, il savait exactement ce qu'il en était, y compris que Mehrunnisa avait chassé ses hommes de la véranda. Celle-ci crut d'ailleurs le voir esquisser brièvement un sourire avant de se tourner vers l'empereur.

Il leva la main afin que l'orchestre annonçât l'entrée du souverain. Les shehnai trillèrent, les tambours résonnèrent et, dans le lointain, un coup de canon retentit. Mehrunnisa ouvrit la bouche, sur le point de parler, mais s'interrompit. Alors même que s'égrenaient les premières notes de musique, l'empereur tendit le bras vers elle et saisit le voile indigo qu'elle portait sur l'épaule pour lui en couvrir le visage. Comme il sortait à la lumière du jour, il entraîna son épouse avec lui.

Curieusement, la première réaction de cette dernière fut de constater que la balustrade de marbre, sculptée en guirlandes de jasmin, lui arrivait juste à la taille et cachait leurs mains jointes. Puis elle contempla les dos courbés devant eux, couverts de cotonnades brodées. Nobles et gens du peuple, esclaves et gardes armés de lances et de mousquets, jusqu'aux musiciens, pas un qui ne se prosternât devant eux.

Même le Mir Tozak, le maître des cérémonies, inclinait la tête. Il fut cependant le premier à se redresser, le premier à tourner son regard vers l'empereur et son épouse à côté de lui. Sa voix, lorsqu'il la retrouva, émit cette tremblante ovation :

– Salut à toi, Jahangir Padchah !

Les nobles se relevèrent et aperçurent la silhouette voilée auprès de leur souverain. Involontairement, ils retinrent leur souffle. Dans le silence de la cour, où ne résonnaient plus ni tambour ni trompette, le moindre bruit semblait s'être enfui, tel un souffle de vent.

Mehrunnisa serra la main de Jahangir. Elle lui manifestait ainsi sa reconnaissance de lui avoir accordé ce privilège inouï. Elle se promit de se montrer digne d'un tel honneur. C'était la première fois qu'une épouse impériale apparaissait en public, voilée, certes, mais parfaitement présente. La masse des hommes ne pouvait distinguer son visage ; cette obligation comportait parfois quelques avantages.

Très droit, Jahangir s'avança vers la foule et elle ressentit soudain dans toute sa plénitude l'idée que l'homme qui s'endormait avec un tel abandon entre ses bras régnait sur un puissant empire. Elle comprit alors la différence qu'il pouvait y avoir entre personnage public et privé.

– Mon bon peuple, commença-t-il d'un ton empreint d'autorité, comme tu peux le voir, je vais bien et j'ai passé une bonne nuit de sommeil.

Il se tourna vers le Mir Arz, responsable des requêtes.

– Convoque les solliciteurs.

Au cours de la demi-heure suivante, le Mir Arz énuméra les noms des nobles réunis dans la cour et désireux de présenter des doléances à l'empereur. Tour à tour, ils s'avancèrent, exécutèrent le triple taslim et offrirent un cadeau. Selon la valeur ou le caractère exceptionnel du présent, Jahangir faisait signe ou non que son auteur pouvait s'exprimer. Il choisissait ses interlocuteurs selon la couleur de leur turban, le rang qu'ils occupaient dans la cour ou s'ils étaient tournés vers l'est ou vers l'ouest. Cette sélection aléatoire permettait d'entendre autant d'hommes que possible dans le court laps de temps imparti. La plupart de ceux qui étaient récusés revenaient le lendemain et les jours suivants dans l'espoir que le souverain s'habituerait à leurs visages et les repérerait dans la foule des solliciteurs du jharoka.

Mehrunnisa ne pipait mot, considérant les deux hommes à sa droite. Mahabat Khan et Muhammad Sharif étaient les plus importants personnages de la cour, puissants, écoutés de l'empereur. On murmurait que Mahabat Khan, intelligent, cupide et rusé, avait refusé le titre d'Amir-ul-umra – Premier ministre et grand vizir – finalement échu à Sharif, afin de conserver son indépendance.

Un courtisan s'avança. Mehrunnisa écouta ses suppliques tout en cherchant à se rappeler où elle avait déjà entendu son nom. Ah oui ! le cousin de Mahabat Khan. Il s'était déjà présenté au darbar quotidien. Cousins, amis, frères, tous possédaient des titres et des terres, alors que tant d'autres étaient rejetés.

Incapable de se maîtriser, elle posa une main sur le bras de Jahangir :

– Majesté !

L'empereur se retourna.

– Peut-être vaudrait-il mieux reporter ces décisions, souffla-t-elle. Il y a tant de sujets dans le besoin. Cet homme possède déjà un mansab de six cents chevaux, à quoi bon lui en attribuer davantage ?

Jahangir hésita puis jeta un regard au Mir Tozak ; c'était à ce dernier d'éconduire le demandeur.

Mahabat Khan leva vers Mehrunnisa une face blême de colère. Derrière son voile, elle s'efforça de soutenir son regard sans faiblir.

Le jharoka achevé, Mehrunnisa et Jahangir quittèrent ensemble l'assistance. Plongée dans ses pensées, la jeune femme regagna ses appartements. Elle avait élevé la voix contre Mahabat Khan et il n'oublierait pas de sitôt cette rebuffade publique ; elle pouvait d'ores et déjà le considérer comme un ennemi dangereux. Ses jambes flageolèrent. Pourquoi avait-elle parlé ? Il avait suffi de si peu, une main sur le bras de Jahangir, un murmure à son oreille, pour déclencher une décision lourde de conséquences. Elle n'en voulait pour autre preuve que la lueur furieuse dans les yeux de Mahabat. Cependant, quelle grisante sensation de pouvoir sur ces puissants personnages assemblés à ses pieds ! Certes, Mahabat n'oublierait jamais ce jharoka matinal. Mais elle non plus.

Elle passa les larges portes de ses appartements et, docile tel un faon apprivoisé, se laissa déshabiller par ses esclaves. Un jour, Hoshiyar lui avait raconté que Mahabat avait tenté d'empêcher son mariage avec Jahangir. Que pouvait redouter un tel homme d'une simple épouse impériale ? Il ne nourrissait aucune animosité contre le père ou le frère de Mehrunnisa... Alors, pourquoi ? À croire que Mahabat, et non Jahangir, régnait sur l'Empire moghol. Il ne portait aucun titre, cependant il avait déjà, à plusieurs reprises, invalidé les ordres de Jahangir. Un mot de Mahabat et l'Empire s'arrêtait. Dans sa hâte à participer au jharoka, Mehrunnisa l'avait quelque peu oublié. Au fond, qu'importait ? Cela ne pouvait, ne devait pas avoir de conséquences. Sa volonté de dominer le zénana et la cour lui attirerait fatalement des ennemis. Elle l'avait toujours su.

Sentant une fraîche brise lui caresser la peau, elle s'approcha de la fenêtre. Une petite esclave d'à peu près l'âge de Ladli courut vers le balcon en poussant des cris de joie. Les sombres nuées de l'orage venaient de dévorer le soleil, avalant toute la chaleur des palais. Mehrunnisa entra dans son bain à l'instant où la pluie se mettait à tomber – non point une légère averse mais un lourd déluge qui martelait le sol tel un incessant roulement de tambour.

Alors le cœur de Mehrunnisa s'apaisa. Il ne lui serait pas facile de briser l'influence de Mahabat sur l'empereur puisque tous deux se connaissaient depuis des dizaines d'années. Mais n'en était-il pas de même entre Jahangir et elle ? Tout finissait par rompre, un jour ou l'autre.

Le jharoka n'était pas achevé que le zénana bruissait déjà de cette rumeur incroyable : Mehrunnisa avait accompagné l'empereur sur le balcon ! Eunuques et intendants relayèrent la nouvelle avec un tel zèle que la vingtième impératrice avait tout juste posé un pied dans ses appartements lorsque le bruit parvint à la dernière des servantes.

Pourtant le harem impérial du fort d'Agra comptait de nombreux palais cramoisis, reliés entre eux par de ravissantes cours de brique et de verdoyants jardins. Là vivaient les quelque trois cents dames qui composaient l'entourage de l'empereur. La hiérarchie du zénana s'imposait d'elle-même. Les épouses du souverain avaient la préséance sur les autres dames et l'une d'entre elles, la Padchah Begam, régnait sur toutes. Ce titre lui octroyait un incontestable pouvoir de vie et de mort, à force de surveillance, d'intrigues et de mainmise sur leurs finances. La bégum Jagat Gosini avait été prise pour deuxième épouse par Jahangir vingt-cinq ans plus tôt, alors qu'il n'était encore que prince. Toute jeune fille, elle l'avait conquis par ses traits réguliers et son port altier. Ruqayya, la Padchah Begam d'alors, avait tout de suite décelé l'orgueil de cette princesse, sa répugnance à saluer profondément pour les taslims, sa façon méprisante de hausser un sourcil lorsque quelque chose ne lui plaisait pas, et elle se méfiait de son arrogance.

Une sorte de rivalité avait bientôt opposé les deux femmes. Elles ne s'affrontaient jamais ouvertement, mais menaient une subtile campagne, se décochant des piques sarcastiques, ne manquant jamais de se critiquer mutuellement. Du temps de l'empereur Akbar, Ruqayya avait régné en maîtresse absolue sur le zénana mais, lorsque Jahangir était monté sur le trône, elle avait dû céder la place. Bien que le nouvel empereur eût épousé de nombreuses autres femmes entre-temps, Jagat Gosini, elle-même de sang royal, n'avait eu aucun mal à établir sa suprématie entre les murs du harem.

Le soir de ce mémorable jharoka, Mehrunnisa rendit visite à Ruqayya, désormais impératrice douairière. Les six palais donnant sur les eaux de la Yamunâ affichaient chacun un style original, en fonction de ses occupantes. Certains étaient ornés de balcons de marbre et de vérandas, d'autres avaient adopté le même grès rouge que la forteresse impériale. Mehrunnisa ne possédait pas encore le sien, mais, le moment venu, elle saurait exactement où placer chaque pierre, quel marbre choisir.

Toutefois, ces demeures n'appartenaient jamais en titre à leurs occupantes et, si une femme se conduisait assez sottement pour perdre la faveur de l'empereur, elle risquait de s'en voir expulser avant le décès de son époux. À l'avènement du prince héritier, celui-ci installait son propre harem et délogeait les précédentes favorites. Néanmoins, l'impératrice douairière Ruqayya conservait son palais, en témoignage de l'affection particulière que lui avait toujours manifestée l'empereur Akbar.

Comme à son habitude, Ruqayya se reposait sur son divan préféré, fumant la hukkah en s'amusant des pitreries d'un petit chien chinois qu'on venait de lui offrir. La pipe à eau gargouilla tandis qu'elle aspirait les vapeurs d'opium avant de les rejeter dans le nuage bleuté qui flottait dans la pièce.

Ruqayya aperçut Mehrunnisa sur le seuil – il était difficile d'ignorer sa présence quand toutes les servantes avaient levé la tête en poussant des petits cris d'effervescence. Cependant, elle commença par déposer sa hukkah avant de taper dans ses mains comme une enfant ravie afin d'appeler l'affreux petit animal. Quelques minutes s'écoulèrent ainsi, au cours desquelles Mehrunnisa patienta tandis que le chien se tortillait sous les caresses en poussant des jappements de joie.

Finalement, l'impératrice douairière se tourna vers un de ses eunuques :

– Eh bien, la voici ! Il serait temps ! À croire que son mariage avec l'empereur lui a fait oublier que j'ai été impératrice plus longtemps que tout ce monde-là.

Mehrunnisa vint saluer en riant, exécutant un taslim parfait, posant la main droite sur le front avant d'incliner la taille.

– Comment aurais-je pu oublier, Votre Majesté ? Quand bien même je l'aurais voulu, vous ne l'auriez pas permis.

Elle se redressa pour sourire à Ruqayya, qui tentait de garder son sérieux. Enfin, celle-ci céda à la gaieté, son visage rond se détendit et ses rides se plissèrent davantage.

– Ah, Mehrunnisa, quel plaisir de te voir ! Il t'a donc fallu deux mois pour venir rendre visite à ton amie ? L'empereur t'a-t-il à ce point fait perdre la tête ?

La jeune femme s'assit près d'elle :

– Pas tant que cela. Mais le bruit court dans le zénana que je l'avais rendu fou et même ensorcelé pour le garder à mes côtés. Je ne suis qu'une simple femme, Votre Majesté. Comment aurais-je accès à de tels artifices ?

Ruqayya s'esclaffa, d'un long rire guttural.

– Simple, toi ? Rien n'est simple en ce qui te concerne, Mehrunnisa. Je le sais depuis que je t'ai vue, à neuf ans, ravaler tes larmes alors qu'une concubine te giflait.

– Et vous m'avez sauvée.

– C'est vrai.

Une lueur malicieuse traversa le regard perçant de Ruqayya.

– C'était ni plus ni moins te couronner impératrice. N'oublie jamais ce que tu me dois.

– Jamais je ne l'oublierai, Votre Majesté.

Une servante apporta une hukkah de cuivre et d'argent qu'elle déposa devant Mehrunnisa. Ruqayya s'appuya sur un coude.

– Tu ne veux pas un peu d'opium ?

– Non, merci. Je suis venue m'entretenir avec vous. Avez-vous entendu parler du jharoka de ce matin ?

– Qui n'est pas au courant ? Attends.

D'un claquement de doigts, elle congédia ses esclaves et ses eunuques, qui emportèrent le chien avec eux. Alors seulement, l'impératrice douairière poursuivit :

– Était-ce bien sage ? La place d'une femme est au harem, derrière les murs du zénana. Moi-même, je n'ai jamais demandé un tel privilège à l'empereur Akbar.

– Mais vous lui avez demandé bien d'autres faveurs, Votre Majesté : Khurram, par exemple.

Le prince Khurram était le fils de Jagat Gosini. Lorsqu'il atteignit l'âge d'un an, Ruqayya, qui n'avait pas d'enfants, en demanda la garde et l'obtint : Akbar ne savait rien lui refuser. Aussi le petit garçon avait-il grandi auprès de l'impératrice, persuadé que c'était sa mère. Il n'accordait à Jagat Gosini qu'une attention polie, même si, à presque vingt ans, il savait désormais qui l'avait mis au monde. Il appelait toujours Ruqayya Ma, ce que Jagat Gosini ne pardonnerait jamais à la vieille dame.

L'impératrice douairière dévisagea un instant sa visiteuse avant de conclure dans un sourire :

– Tu es impitoyable, ma fille. Mais n'est-ce pas là ce que je t'ai moi-même enseigné ? Tu me dois aussi cela. Et méfie-toi de Jagat Gosini, elle est encore la Padchah Begam.

– J'en suis consciente, Votre Majesté. Aujourd'hui, je suis allée au jharoka. Demain, qui sait, peut-être porterai-je ce titre. Seul l'avenir le dira.

Mehrunnisa prit deux noix de cajou dans une coupe d'argent et les porta à sa bouche.

– Car c'est bien ce que vous avez toujours désiré, n'est-ce pas ? ajouta-t-elle.

Sans mot dire, l'impératrice douairière tira sur sa hukkah et rejeta paresseusement quelques ronds de fumée. Certes, c'était ce qu'elle avait désiré pour Mehrunnisa. Pourtant, n'avait-elle pas conseillé à l'empereur Akbar de marier la jeune fille à Ali Quli, alors que le prince Jahangir comptait parmi ses soupirants ? Un mot de Ruqayya et toutes leurs vies en eussent été changées... Cependant, celle-ci ne pouvait se départir d'une certaine cruauté qu'elle se plaisait parfois à exercer sur les êtres qu'elle aimait.

Un beau jour, Mehrunnisa était revenue dans la capitale, veuve d'Ali Quli, et Ruqayya l'avait intégrée au zénana comme dame de compagnie, pour le plus grand déplaisir de Jagat Gosini. Puis Ruqayya avait organisé une rencontre de Jahangir et Mehrunnisa au bazar de Mina. Et elle entendait bien que son rôle ne fût point passé sous silence. N'oublie pas qui a posé cette couronne sur ton front – sans moi, tu ne serais qu'une servante au zénana impérial.

Ce qui expliquait pourquoi elle l'appelait toujours de son ancien nom, Mehrunnisa.

Toutefois, celle-ci était venue pour une tout autre raison.

– Votre Majesté, racontez-moi l'histoire de Mirza Mahabat Khan.

– Ah ! Tu l'as bien fâché, au jharoka !

– Pourquoi m'en veut-il ? Je ne saurais représenter une menace pour lui. Pourtant, j'ai entendu dire qu'il s'était opposé à mon mariage avec l'empereur. Pourquoi ?

– Je ne sais trop. Il semblerait que sa conduite soit dictée par Jagat Gosini. Tu sais sans doute qu'elle n'apprécie pas ta présence au zénana. Mais j'ignore si elle oserait tenter de t'en chasser. Sans doute a-t-elle demandé l'aide de Mahabat Khan. Quel arguments a-t-elle employés pour le convaincre ? Qu'elle redoutait ton intelligence ? Ta beauté ? Pourquoi un puissant ministre s'intéresserait-il à une intrigue de zénana ?

Les deux femmes s'entretinrent ainsi jusqu'à une heure avancée de la nuit. L'impératrice douairière possédait encore une excellente mémoire ; elle évoqua certains détails remontant à l'enfance de Jahangir et de Mahabat, l'influence que celui-ci avait toujours exercée sur le prince, la profonde affection que l'empereur lui témoignait, au point de passer sur certaines de ses fautes. Mehrunnisa buvait chacune des paroles de son hôtesse.

Le palais était déjà plongé dans le sommeil lorsque Ruqayya s'avisa :

– Il se fait tard, ne dois-tu pas retourner auprès de l'empereur ?

– Il doit dormir, Votre Majesté.

Ruqayya partit d'un petit rire sec et lui caressa la joue :

– Tu sais bien que ça ne durera pas.

Mehrunnisa se détourna.

– Mon visage ou ma relation avec l'empereur ?

– Les deux, ma chère. Mais tu peux encore en obtenir beaucoup. Reste sur tes gardes. Guette les moindres signes de l'âge et sache tenir ta langue. L'empereur Jahangir n'aime pas les femmes trop intelligentes ou trop rusées.

La nouvelle impératrice ne laissa rien paraître de la sourde colère qui perçait en elle. Ruqayya lui donnait des conseils à propos d'un domaine qu'elle ignorait, mieux valait se taire. L'impératrice douairière en voulait toujours à Jahangir de s'être rebellé contre son père, au point de le soupçonner d'avoir précipité sa mort. En outre, nulle autre épouse n'avait connu telle faveur de la part de Jahangir.

Ainsi s'insinuaient dans l'esprit de Mehrunnisa ces légers doutes qu'elle avait toujours voulu écarter, et qui revenaient chaque fois qu'elle s'entretenait avec Ruqayya.

Celle-ci lui jetait un regard de plus en plus lourd :

– Va, maintenant. Regagne tes appartements et ton lit. Tu dois dormir.

Elle lui tendit sa main à baiser, en ajoutant :

– J'ai été contente de te voir, Mehrunnisa.

La jeune femme recula jusqu'à la porte et se redressa sur le seuil :

– L'empereur m'a conféré un titre, Votre Majesté. Je ne m'appelle plus Mehrunnisa.

– Méfie-toi, Mehrunnisa. Ne me parle pas ainsi. N'oublie pas ce que j'ai fait pour toi.

La nouvelle impératrice acquiesça de la tête. Deux mois plus tôt, ces mots l'eussent alarmée. Mais les circonstances avaient changé.

– Je n'oublierai jamais ma dette envers vous. Mais je suis désormais Nur Jahan. Sans doute vous laisserai-je m'appeler par mon ancien nom. Pourtant, je ne suis plus Mehrunnisa. Ne l'oubliez pas, vous non plus.

Chapitre 2

Mais elle avait ce défaut fatal d'être femme... Et l'âge venant, les femmes ne jouaient plus aucun rôle public tandis que l'ambition restait la prérogative des hommes.

– ABRAHAM ERALY, *Le Dernier Printemps : La Vie des Grands Moghols*

Tandis que Mehrunnisa et Ruqayya discutaient dans la nuit, un homme s'approchait de l'entrée du Hathi Pol, la porte de l'Éléphant, sur le rempart ouest du fort d'Agra. Il s'arrêta un instant pour contempler les gardes endormis sur leurs lances fichées dans le sol, pauvres pantins dont les silhouettes se découpaient sur les hautes murailles de grès. L'homme toussa et ils tressaillirent. L'un d'eux brandit sa lance vers la poitrine du visiteur, sa pointe effleurant les rebords de sa tunique brodée :

– Halte-là !

L'homme leva les deux mains avec un fin sourire. Ses cheveux longs, huilés, qui lui tombaient jusqu'à la nuque, reflétèrent un instant la flamme de la lampe.

– Je suis Mahabat Khan, répondit-il simplement.

Le ton assuré de sa voix fit le reste.

Le garde, affolé, s'inclina profondément jusqu'au sol.

– Mirza Mahabat Khan, articula-t-il avec peine, pardonnez-moi ! Je ne vous avais pas reconnu. Mais comment... Sortir du fort à cette heure avancée...

Mahabat secoua doucement la tête, avec l'indulgence de ceux qui connaissent l'étendue de leur pouvoir.

– Ta prudence est tout à ton honneur, mais tu dois savoir qui tu interroges. Ouvre-moi la porte.

– Tout de suite, tout de suite, Mirza Khan. Je vous prie de m'excuser. Je voulais seulement...

Le garde se précipita vers la poterne à proximité des hauts portails et l'ouvrit sans cesser de se confondre en excuses, mais déjà Mahabat Khan ne l'écoutait plus. Il franchit les remparts et s'éloigna du fort, les semelles de cuir de ses bottes craquant sur le chemin de terre.

Dans sa paume, il serrait une dague cachée sous sa large ceinture de soie, et scrutait le moindre coin sombre, guettant le moindre bruit qui pût l'avertir d'un danger. Une puanteur d'arak mêlée de vin aigre parvint soudain à ses narines et il passa devant des chiens errants qui montrèrent les crocs en grognant. Mais nul ne vint l'inquiéter, ni homme ni animal. Pas une voix ne s'éleva, pas une main pour réclamer le lourd collier de perles pendu à son cou ni l'énorme rubis qui ornait son turban. Comme s'ils savaient tous que Mahabat Khan était le favori de l'empereur Jahangir, son conseiller, son ami. Ainsi Mahabat parvint-il sans encombre à la demeure de Muhammad Sharif.

À l'ombre de vieux manguiers, en retrait de la rue principale d'Agra, une maison aux colonnes badigeonnées de chaux couleur pêche dominait la Yamunâ de ses toits en terrasse. Mahabat gravit les marches de la véranda et frappa à la lourde porte de bois, recouverte de feuilles d'argent. Depuis l'intérieur, un jeune serviteur, qui passait ses nuits allongé contre le panneau, tira un loquet et dévisagea le visiteur tardif. Reconnaissant le ministre, il salua :

– Veuillez entrer, huzoor.

Il s'effaça pour laisser passer Mahabat en ajoutant :

– Je vais avertir le maître de votre arrivée.

– C'est inutile. Indique-moi plutôt où il se trouve.

Le ministre repéra les sourds battements d'un tabla solitaire.

– La cour intérieure, précisa le jeune garçon.

– Il dort ?

– Non, sahib.

Ainsi, Sharif non plus ne parvenait pas à trouver le sommeil. Mahabat se faufila dans les corridors, certain de ne pas trouver son ami en compagnie de ses épouses : le petit serviteur n'eût pas manqué de le lui signaler. Dans la cour, il s'adossa à une colonne pour mieux l'observer.

Allongé sur un divan, le grand vizir de l'Empire moghol avait posé la tête sur de moelleux coussins, les bras croisés sur le ventre. Ses courtes jambes atteignaient à peine l'extrémité de sa couche. Ses paupières tombantes, et tout dans sa posture, supposaient l'abandon si ce n'était la paresse, mais Mahabat savait que Sharif affectait délibérément cette indolence.

Une jeune esclave, parée de voiles de mousseline, ondulait au rythme du tabla. Le musicien demeurait caché derrière une colonne, emplissant l'air lourd de sa langoureuse musique. La fille était mince, pas particulièrement jolie, le nez trop épaté. Mais ce que la nature lui avait refusé, elle l'avait obtenu par le maquillage, soulignant ses yeux de khôl noir, ses lèvres de carmin, ornant ses mains et ses pieds de tatouages de henné. Son corps semblait à peine se mouvoir, pourtant elle épousait le rythme des timbales à la perfection. Mahabat sentit son souffle s'accélérer quand il la vit défaire peu à peu son corsage de soie bleue ; soudain, elle se retourna et aperçut l'intrus.

Ses hanches continuant de sinuer doucement, elle le fixa d'un regard hardi, fit glisser ses manches le long de ses bras fins et ôta le léger vêtement qui couvrait sa poitrine. Malgré sa jeunesse, elle connaissait parfaitement ses pouvoirs. Mahabat éclata de rire, d'autant plus fort qu'ainsi il se libérait de la tension qu'elle avait suscitée en lui. Sous son corsage, la fille portait encore un vêtement de mousseline qui cachait à peine ses seins. Lui le voyait mais pas Sharif, qui demeurait fasciné par le dos nu de sa danseuse. Mahabat applaudit :

– Bravo ! Tu es parvenue à m'étonner.

Le visage de son ami luisait de transpiration, jusqu'au trait noir sur ses lèvres qu'il aimait à appeler moustache. La narine frémissant de colère, il jeta un regard étincelant vers celui qui osait ainsi le déranger. Alors il reconnut Mahabat et se détendit.

– C'est toi ! lança-t-il d'un ton plein de reproches. J'allais...

– Tu n'aurais rien vu, mon ami.

Le ministre prit la fille par l'épaule pour lui faire faire volte-face.

Puis il extirpa de sa ceinture trois mohurs d'or qu'il lança en l'air. Les mains de la jeune danseuse s'envolèrent avec cette agilité que lui conférait une longue pratique, et ses paumes se refermèrent sur les trois pièces, l'une après l'autre. Puis elle salua les deux hommes

Muhammad Sharif la congédia d'un signe.

– Ne t'en va pas trop loin, ajouta-t-il.

Puis il se tourna vers son ami :

– Quel bon vent t'amène ?

Mahabat Khan traversa la cour de marbre et vint s'asseoir près de Sharif. Une coupe de vin se matérialisa sous sa main. L'hôte fit signe au serviteur et au musicien de s'éloigner et tous deux s'éclipsèrent. Mahabat leva la coupe pour mieux en contempler le liquide rubis.

– Cette nouvelle impératrice ne t'inquiète-t-elle pas ? demanda-t-il.

Le regard de Sharif exprima d'abord la surprise puis l'amusement.

– Une femme ? M'inquiéter ? Tu veux rire, Mahabat !

– Tu as vu ce qui s'est passé au jharoka de ce matin. Elle se tenait sur le balcon, impudique telle une fille des rues. Tu l'as vue et cela ne t'inquiète pas ?

Muhammad Sharif se souleva sur un coude :

– Ah ! Tu es contrarié que Sa Majesté ait poussé son époux à rabrouer l'un de tes protégés. Je te concède que sa présence au jharoka était surprenante mais l'empereur se remettait sans doute d'une longue nuit de plaisir. Cette incongruité ne se reproduira pas.

– Je ne suis nullement contrarié.

En fait, Mahabat ne se fût même pas inquiété s'il n'avait surpris ce long aparté avec Jahangir.

– Tu n'as pas l'air de comprendre, ajouta-t-il, que cette épouse est différente. Cette fois, l'empereur s'est marié par amour.

Sharif afficha une moue de mépris. Certes les femmes avaient parfois leur utilité, mais pas au point qu'on leur octroie une once d'amour.

– Cette impératrice n'a pas une goutte de sang royal, conclut-il.

– C'est la fille du diwan de l'Empire, Mahabat. Même nos émoluments passent entre les mains de Ghias Beg. Il est aimé et respecté pour son honnêteté.

Cela, Mahabat ne pouvait le nier. Fuyant sa Perse natale, Ghias Beg était arrivé en Inde sans un sou. Le défunt empereur Akbar l'avait intégré à la cour et, à la mort de son père, son fils Jahangir l'avait nommé trésorier général de l'Empire. La nouvelle épouse de Jahangir était le quatrième enfant de Ghias Beg, née durant son périple vers l'Inde, trente-quatre ans auparavant. Aux yeux de Mahabat, c'était une vieille femme. Cette union lui semblait aussi saugrenue que d'épouser sa mère ou sa tante. Mais l'empereur était amoureux.

– Que peut-elle bien avoir de si extraordinaire ? interrogea Sharif comme s'il lisait dans ses pensées.

Pour toute réponse, le ministre sortit de sa qaba un rouleau de papier dont il défit le ruban de satin rouge pour le présenter à son ami. Le grand vizir en resta bouche bée. Le portrait à l'aquarelle qu'il avait sous les yeux se détachait sur un fond doré à l'or fin ; il représentait une femme assise de trois quarts, se reflétant dans un miroir orné de pierres précieuses qu'elle tenait de ses mains opalines. Sur ses poignets s'alignaient des bracelets de jade. Elle portait un petit choli enveloppant sa poitrine et une ghagara qui laissait sa taille découverte. Sur son dos nu ruisselait une cascade de cheveux noirs. Mais c'étaient son visage, son expression qui retenaient l'attention, et ses yeux d'un bleu aussi profond que des saphirs du Cachemire Elle ne possédait pourtant pas une beauté classique telle qu'aimaient à la décrire les poètes. Elle était trop mince, avec des bras trop délicats, et sa silhouette manquait de volupté. Et puis ses traits paraissaient trop marqués, les pommettes trop saillantes. Mahabat lui trouvait un air quasi masculin, débordant d'audace et de vitalité. Il lui manquait une certaine douceur. Néanmoins, elle possédait ce quelque chose qui attirait immédiatement les regards.

Sharif effleura lentement les courbes de sa nuque, s'attardant plus que nécessaire sur son épaule, d'un doigt léger, comme si la peinture venait à peine d'être posée et n'avait pas fini de sécher.

– C'est la nouvelle impératrice ? Est-ce un portrait fidèle ?

– Je le crois. Ainsi, tu vois le visage que nous cache son voile.

Alors Sharif comprit pourquoi l'empereur l'avait épousée, quelle puissance lui conféraient ses seuls charmes. Depuis longtemps, la rumeur prétendait que la beauté de Mehrunnisa en faisait l'égale d'une déesse ; ce portrait le confirmait.

– Comment l'as-tu obtenu ? demanda-t-il.

– Moins tu en sauras, mieux ce sera. Jahangir ne me pardonnerait jamais d'avoir... emprunté cette toile. Mais je voulais que tu saches. Je voulais que tu voies notre adversaire.

– Tu l'as volée ?

– Il y a de cela une heure. Un simple détour par l'atelier des peintres. Je voulais savoir, moi aussi.

Mahabat roula le portrait dans sa qaba.

– Ce n'est jamais qu'une femme, observa Sharif, pensif.

– Je me le demande, soupira son ami.

Il avait l'air épuisé, mais cela ne provenait sans doute que de sa barbe naissante, qui virait au poivre et sel. L'âge avait parsemé des fils d'argent dans sa chevelure et creusé des rides autour de ses yeux. Cependant, les ravages du temps paraissaient moins cruels sur les hommes, qui n'étaient tenus ni de séduire ni de porter des enfants. Mahabat avait toujours eu l'oreille de l'empereur, et voici que la vingtième épouse de ce dernier l'avait également.

– Te souviens-tu, reprit-il, que l'impératrice Jagat Gosini refusait de la croiser dans le harem impérial ?

Ils demeurèrent un instant silencieux, l'œil rivé sur le croissant de lune persistant à l'horizon.

– Combien d'années se sont écoulées depuis que l'empereur a rencontré pour la première fois sa vingtième épouse ? demanda Sharif.

– La première fois ? Dix-sept, je crois. Elle n'était pas encore mariée avec Ali Quli, bien que leurs fiançailles aient déjà été décidées.

Sharif se frotta pensivement le menton.

– Jahangir a bien tenté de rompre ces fiançailles, mais sans succès.

– Par la suite, il a même voulu dissoudre ce mariage.

C'était alors que Jagat Gosini avait demandé son aide à Mahabat Khan. Intrigué, celui-ci avait répondu à son appel :

il estimait fort profitable de compter une telle alliée dans le harem impérial. Dans les moments de fatigue ou d'abandon, une femme astucieuse obtenait ce qu'elle voulait d'un homme. La bégum lui avait dispensé des instructions limpides : assurez-vous que l'empereur oublie Mehrunnisa. Il ne doit pas la faire venir dans le harem impérial. Sur le moment, Mahabat avait réprimé un sourire. Tout cela pour une passade. Lui qui avait cru servir quelque dessein politique, quelque intrigue de haute importance... Et puis il s'était pris à observer la question de plus près en remarquant quelles charges et quelles terres étaient octroyées à Ghias Beg, le père de Mehrunnisa. Il avait constaté que ni le temps ni l'éloignement ne détournaient Jahangir de son désir d'épouser la jeune femme, même après que son mari eut tué Koka.

Mahabat, Sharif et Koka avaient grandi auprès de Jahangir, conviés dès leur plus tendre enfance au zénana pour devenir les compagnons du jeune prince. Ils avaient partagé les mêmes jeux, les mêmes chambres, les mêmes repas sans jamais se lasser, comme seuls les enfants savent le faire. Devenu empereur, Jahangir avait octroyé à ses amis de prestigieuses fonctions. Koka avait obtenu la charge de gouverneur du Bengale et c'était là qu'il avait trouvé la mort, par l'épée de l'époux de Mehrunnisa. Au grand étonnement de Sharif et de Mahabat, cet événement avait renforcé la détermination du souverain à prendre celle-ci pour femme.

Les yeux clos, Sharif articula lentement :

– Ainsi, l'impératrice Jagat Gosini avait raison de ne pas la vouloir dans le harem ?

– Elle prétendait que Mehrunnisa représenterait un danger pour nous tous.

– Pourtant, elle n'a pas pu empêcher ce mariage.

– Quatre ans après la mort d'Ali Quli, qui aurait pu imaginer que l'empereur remarquerait Mehrunnisa au bazar du palais et qu'il voudrait encore l'épouser ? Sa Majesté ne passe pas pour un modèle de constance...

– Elle est belle. Et les femmes dotées de cette beauté ne songent qu'à celle-ci, qu'à l'impression qu'elles peuvent exercer sur les autres. Cela les rend en général assez stupides.

– Je n'en jurerais pas. Non, vois-tu, son intervention au jharoka témoigne de sa perspicacité. Et quand bien même elle serait sotte, n'oublie pas qu'elle a un père et un frère assoiffés de richesses et de pouvoir.

Il frotta de nouveau son menton hirsute.

– Tout cela n'augure rien de bon, ajouta-t-il.

Depuis toujours, il était le premier à flairer le danger puis à y parer. C'était lui qui avait poussé Muhammad Sharif aux premiers postes de l'État ; ce dernier était, au demeurant, le plus mesuré, le plus sage des deux.

– Je dois rentrer, maintenant, acheva Mahabat, et je te conseille de réfléchir à tout cela, au lieu de te prélasser dans les bras d'une esclave.

Une lueur passa dans le regard de son ami. Très peu d'hommes, dans l'Empire, pouvaient lui parler ainsi. Mais l'un et l'autre, sans scrupules et cruels, nourrissaient les mêmes ambitions. Ils maudissaient le sort qui, par malchance, ne les avait pas fait naître fils d'empereur. Depuis leur plus tendre enfance, ils savaient que Jahangir les comblerait de bienfaits, aussi réprimaient-ils leurs pulsions dans l'attente d'avantages qui ne pouvaient que leur revenir de plein droit. Comment, alors qu'ils étaient devenus deux des personnages les plus influents de l'Empire, une femme pouvait-elle prétendre les disgracier ? Sharif estimait inutile de s'en préoccuper davantage.

Mahabat connaissait bien son ami. Il se détourna en secouant la tête tandis que Sharif claquait déjà des doigts pour faire revenir la danseuse.

– Tout ceci n'est qu'une affaire de désir, commenta-t-il. Or tu sais qu'il est plus délicieux d'espérer que d'obtenir. Un désir assouvi s'évanouit tel un mirage. Il en sera ainsi pour l'empereur.

– Peut-être. Mais sinon, que feras-tu ?

Sharif tira sur la ghagara bleue de l'esclave, la déployant comme une robe de petite fille.

Mahabat allait s'éloigner lorsque la voix de son ami lui parvint encore :

– N'oublie pas que ce n'est qu'une femme. Elles ne sont pas bonnes à grand-chose.

Le corsage de la danseuse venait de se détacher de ses épaules et les mains épaisses de Sharif se posèrent sur ses seins ronds. S'il la dévorait des yeux, elle ne le regardait pas et tout l'aplomb dont elle avait fait preuve en dansant semblait l'avoir abandonnée. Ses mouvements langoureux, ses poses provocantes, elle les avait appris. Pour le reste, il lui faudrait s'en remettre à l'improvisation et au bon vouloir de son maître. Les lèvres tremblantes, elle baissa la tête. Néanmoins, elle ne frémit pas lorsque Sharif entreprit de dénouer sa ghagara. La boucle céda sans peine sous les doigts avides, comme si elle n'avait été nouée que dans ce but.

Mahabat quitta la maison de Sharif, le cœur plus léger d'avoir pu se confier à son ami. Néanmoins, il demeurait soucieux. Jahangir était omnipotent et amoureux. Autant dire que Mehrunnisa dirigeait l'Empire. Que se passerait-il si, malgré les prédictions de Sharif, l'empereur ne se lassait pas de sa dernière épouse, s'il lui accordait un quelconque pouvoir, si elle venait à apprendre quel rôle il avait joué dans les intrigues de Jagat Gosini destinées à empêcher le mariage ? Cette dernière question le préoccupait plus encore que les autres. Il n'existait pas de secret au zénana ; tôt ou tard, tout finissait par se savoir. Si Mehrunnisa avait la rancune tenace...

Mahabat imaginait très bien la réponse nonchalante et dédaigneuse de Sharif :

– Cela fait beaucoup de « si », mon cher.

Certes. Mais il arrivait parfois que tous les « si » se réalisent. Et, à cette perspective... Mahabat frémit. La nouvelle impératrice serait capable de dépouiller Mahabat et Sharif de toutes leurs prérogatives.

La bégum Jagat Gosini allait et venait sur son épais tapis persan. Voilà deux mois qu'elle attendait patiemment une éventuelle visite de Jahangir. Chaque jour, les salons de son palais étaient astiqués de fond en comble, les tentures dépoussiérées, les rideaux tirés devant les fenêtres dès dix heures du matin pour conserver la fraîcheur de la nuit. Chaque jour, son eunuque se rendait aux cuisines impériales pour y commander le plat préféré de Jahangir – des kheers au lait frais, des flocons de burfis à la noix de coco ou du riz biryanis cuit dans du bouillon de mouton. Les vins décantaient dans des carafes d'or et les hukkahs chauffaient sur la braise. L'impératrice connaissait les goûts de son époux sur le bout des doigts et, jusqu'à ce fâcheux mariage, il ne lui avait jamais fait défaut. Une semaine après chacune de ses noces, il ne manquait pas de lui rendre visite, soulignant ainsi la place qu'elle occupait au zénana. Ce manque total d'attention était sans précédent.

En outre, les autres épouses venaient faire acte d'allégeance. Jagat Gosini ne se privait pas d'énoncer clairement, dès qu'elles posaient un pied dans le harem impérial, à qui revenait la prééminence en ces lieux. Rien de plus facile. Il suffisait d'un mot glissé à l'oreille par une quelconque esclave. Et si quelques orgueilleuses négligeaient ce discret avertissement, elles avaient bientôt droit à la visite d'une tante ou d'une cousine. Seule Mehrunnisa avait bafoué cet usage. Jagat Gosini jeta instinctivement un coup d'œil à la fenêtre. La mousson débutait. Depuis la veille, une pluie diluvienne s'abattait sur la ville d'Agra, transformant la Yamunâ en torrent. Au lieu de s'en réjouir, de respirer enfin, la bégum tremblait de rage. Comme tout un chacun, elle avait entendu parler du jharoka. Mehrunnisa avait osé se tenir au côté de l'empereur durant l'audience du matin. Ignorait-elle qu'il n'était pas de mise pour une impératrice moghole de s'exhiber ainsi en public ? Comment Jahangir avait-il pu le permettre ?

Croisant les bras, Jagat Gosini se pinça si cruellement les aisselles qu'elle en eut les larmes aux yeux. Pourquoi n'avait-elle jamais songé à prier Jahangir de la laisser participer au jharoka ? Pourquoi n'y avait-elle seulement pas pensé ? Mais comment eût-elle osé imaginer que ce fût possible ? Pourquoi avait-il fallu que Mehrunnisa se vît accorder un tel privilège ? Pourquoi pas une pensionnaire moins haïssable du zénana ?

Depuis qu'elle l'avait rencontrée dans les jardins de Ruqayya, Jagat Gosini s'était opposée à la présence de cette intrigante dans le harem ; cela remontait à des années, par un bel après-midi d'été, à Lahore. Mehrunnisa ne devait alors avoir que seize ou dix-sept ans. Jagat Gosini profitait de la sieste de la bégum d'alors pour rendre visite à son fils Khurram. L'enfant se trouvait seul en compagnie de la jeune fille chargée de veiller sur lui et celle-ci avait eu l'audace de lui dire :

– L'impératrice va bientôt s'éveiller, Votre Altesse. Il ne faut pas rester ici.

Qui plus est, quelques jours plus tard, Jahangir s'était mis à convoiter ouvertement la jeune fille, comme si elle, Jagat Gosini, n'existait plus. Comme si elle n'avait pas donné le jour à Khurram. Elle s'était efforcée de réprimer sa colère, ainsi qu'il se devait pour une princesse, fille de roi, épouse d'un futur empereur et mère d'un héritier mâle.

Et cette colère brûlait en elle depuis ce jour funeste. Régulièrement, ses espions la tenaient informée des activités de Mehrunnisa. Elle brode, fait la lecture à sa fille, désherbe les jardins de l'impératrice douairière. Innocentes activités. Qu'elle continue surtout à s'exposer au soleil, il lui desséchera la peau.

Mais le teint de Mehrunnisa demeurait éclatant. Malgré les années, elle conservait une beauté que le temps semblait au contraire accroître. Jahangir restait sous son charme et parlait de l'inclure dans son harem. Jagat Gosini crut bon de lui conseiller de la prendre pour concubine. Si Mehrunnisa devait occuper une place dans la vie de l'empereur, autant que ce fût à un rang inférieur. Mais il s'était contenté de répondre :

– Elle ne sera rien de moins que mon épouse.

Jagat Gosini avait perdu la partie.

Elle avait toujours su qu'elle serait un jour la Padchah Begam du zénana et avait consacré moult efforts à ce but. Elle avait étudié avec les mullas pour mieux comprendre les préoccupations de Jahangir. Elle avait appris le tir à l'arc car il aimait la chasse. Par-dessus tout, elle lui avait donné Khurram, le beau Khurram aux yeux brillants qui prendrait un jour la succession de son père. Et elle, sa mère, occuperait toujours une place prépondérante. Néanmoins, elle n'avait jamais exercé son pouvoir ailleurs que sur le zénana, évitant de se mêler des affaires de la cour ou de la politique. Comment eût-elle pu concevoir que cette plébéienne la bousculerait de la sorte, elle, Jagat Gosini, fille de rajah ?

Shaista Khan, son nouvel eunuque, toussota à la porte pour attirer son attention. Elle se retourna en se frottant les bras et ramena vivement les manches de son choli sur sa peau distendue.

– Des nouvelles ? demanda-t-elle abruptement.

– Oui, Votre Majesté...

Il hésita puis ajouta :

– Mauvaises...

– Je t'écoute.

– L'impératrice n'est pas demeurée silencieuse au jharoka. L'empereur a écouté son avis avant de prononcer sa décision sur certaines requêtes et attributions. En outre, Mirza Mahabat Khan demande audience.

La bégum acquiesça de la tête. Elle avait à peine écouté tant elle luttait contre la colère. Tout cela allait beaucoup trop loin. Il s'agissait d'empêcher à tout prix Mehrunnisa d'accroître son ascendant sur son époux.

– Tu peux disposer.

Shaista Khan salua et quitta la salle, trébuchant au passage sur le bord du tapis. Irritée, Jagat Gosini fit claquer sa langue. Elle ne s'était pas encore habituée à la maladresse de son nouvel eunuque. Hoshiyar Khan, qui l'avait servie vingt années durant, lui manquait. Extrêmement intelligent, il savait se montrer cruel quand il le fallait. Elle n'avait pas oublié le soir où il avait égorgé un chien qui aboyait trop fort ; elle voulait juste qu'il l'éloignât mais il avait calmement ôté le collier de diamants de l'animal avant de le saigner, s'écartant pour ne pas tacher ses babouches. Le lendemain matin, sa maîtresse, une des concubines, avait commencé par réclamer justice, mais s'était tue en découvrant qui était l'auteur de ce forfait. L'incident ne remonta jamais aux oreilles de l'empereur. Dans le royaume du zénana, Hoshiyar Khan régnait en maître.

Il n'avait jamais écouté qu'une femme, respecté qu'une femme : la bégum Jagat Gosini. Ensemble, ils partageaient un pouvoir immense puisque Hoshiyar pouvait aller où elle n'allait pas, observer les événements dont elle était écartée. Et voilà qu'une semaine avant le vingtième mariage de Jahangir, il s'était faufilé hors du palais en marmonnant une vague excuse :

– La nouvelle impératrice exige ma présence.

Depuis, il servait Mehrunnisa, abandonnant sa maîtresse aux soins de ce crétin de Shaista Khan.

Jagat Gosini l'avait laissé partir : elle savait qu'il était vain de s'en plaindre à Jahangir. Sans doute Hoshiyar était-il puissant dans le harem, mais elle allait prouver qu'elle l'était plus encore.

Elle frappa légèrement dans ses mains. Shaista Khan se matérialisa aussitôt.

– Quand l'empereur doit-il partir à la chasse ?

– Dans trois jours, Votre Majesté. Il emmène la nouvelle impératrice avec lui.

Alors Jagat Gosini articula lentement, détachant chaque mot pour s'assurer que l'eunuque comprendrait tout :

– Tu vas transmettre à l'empereur ma demande officielle de me joindre à cette expédition.

– Tout de suite, Votre Majesté.

Un sourire aux lèvres, elle le regarda s'éloigner. Jagat Gosini était une excellente tireuse. En fait, elle était la meilleure du zénana. Il y avait fort peu de chances pour que Mehrunnisa possédât son habileté à l'arquebuse.

Elle n'avait cependant pas oublié le message de Shaista. Ainsi Mirza Mahabat Khan voulait lui parler ? Elle allait le recevoir. Plus que jamais, elle avait besoin de lui.

En ce milieu d'après-midi, Jahangir s'accordait une sieste lorsque lui parvint le message de Jagat Gosini.

Shaista Khan fut arrêté à l'entrée des appartements impériaux par deux gardes, de vigoureuses matrones originaires du Cachemire, sélectionnées pour leur vaillance et leur totale loyauté envers l'empereur. Voilà des années que les souverains de l'Inde moghole choisissaient parmi ces femmes leur garde rapprochée car aucun homme ne pouvait pénétrer dans le zénana, à part, bien sûr, les eunuques.

L'une d'elles s'avança, le toisant de sa haute taille, une lance pointée sur sa poitrine :

– Que viens-tu faire ici ?

– J'apporte un message de la bégum Jagat Gosini.

La femme secoua la tête.

– L'empereur repose. Reviens dans une heure.

– Sa Majesté voudra certainement prendre connaissance du message de la bégum, insista Shaista.

Les deux femmes s'esclaffèrent :

– Tu n'as qu'à le porter chez la nouvelle impératrice. Elle te répondra.

Shaista recula.

– Non... je tiens à le remettre en main propre.

La femme le poussa de la pointe de sa lance, jusqu'à ce qu'il heurtât un mur :

– Va immédiatement chez l'impératrice Nur Jahan si tu tiens à la vie, pauvre idiot ! siffla-t-elle.

Quand il se présenta devant les appartements de Mehrunnisa, Shaista Khan ne savait trop quel parti prendre. S'il désobéissait aux gardes, la nouvelle épouse de l'empereur exercerait sa vengeance, mais si sa maîtresse venait à l'apprendre... Il frissonna. Certes, il redoutait de se trouver pris en tenaille entre ces deux femmes, mais il savait qui montait et qui descendait dans la hiérarchie du harem.

En outre, il éprouvait de la curiosité. On avait raconté tant de choses sur Mehrunnisa. Qu'elle était belle, fourbe et rusée, qu'elle possédait un charme sans précédent. Pourtant, n'avait-elle pas trente-quatre ans ? Il y avait tant de filles plus jeunes dans le zénana, minces et souples, le pied léger, le rire en cascade qui faisait se dresser les cheveux sur la tête. Comment l'empereur pouvait-il aimer cette vieillarde, qui avait eu un enfant d'un autre homme ? C'était l'occasion de découvrir par lui-même de quoi il retournait.

Lorsque Shaista Khan fut annoncé, l'impératrice prenait son bain. Le hammam se trouvait dans les étages élevés du palais, orné d'une terrasse camouflée en moucharabieh. Montant de la Yamunâ, une brise légère se répandait dans la salle de marbre jusqu'au bassin d'ardoise.

Quand il entra, le silence régnait, à l'exception d'une petite voix enfantine ; il vit d'abord une fillette assise au bord du bassin, les pieds dans l'eau, un recueil de poèmes ouvert sur les genoux. Il s'immobilisa tandis qu'elle demandait :

– En voici un de Hafiz. Veux-tu que je le lise ?

Sans attendre de réponse, elle déclama :

« Moisson.
« Par le ciel vert je vis faucher la nouvelle lune
« Qui me rappela le champ de ma propre vie :
« Quelle moisson offriras-tu à la faucille
« Lorsque s'abattra le croissant de sa lame ? »

Elle avait lu d'une traite, sans reprendre son souffle entre les vers.

– C'est trop difficile, conclut-elle. Je n'y comprends rien. Qu'est-ce que c'est que le croissant de la lame ? Quel rapport avec la lune ? Quelle idée de les associer ! Finis vite ton bain, maman, que nous puissions sortir jouer. J'en ai assez de lire.

Shaista regarda de nouveau l'enfant. Ainsi, c'était la fille de l'impératrice, cette maigrichonne aux longs cheveux noirs plaqués dans le dos. Elle se tenait droite comme une reine, l'expression impérieuse. Quelle affreuse petite personne ! Décidément, il détestait les enfants. Quel âge pouvait avoir celle-ci ? Six, sept ans ? Et cette femme dans le bassin, ce devait être Mehrunnisa...

C'est alors qu'il sentit une main de fer s'abattre sur son épaule. Un autre eunuque venait de surgir derrière lui.

– Que fais-tu ici, dans les salons privés de l'impératrice ? Comment as-tu passé le poste de garde ?

Shaista salua hâtivement. Il avait affaire au grand Hoshiyar Khan, le mythique gardien du zénana. Jamais encore il ne l'avait vu, mais il rêvait déjà de devenir son égal ou son successeur auprès de l'empereur, ou de l'impératrice favorite, quelle qu'elle fût.

– Je te demande pardon, huzoor, répondit-il avec respect. Je viens de la part de la bégum Jagat Gosini transmettre un message à l'empereur.

L'étreinte se desserra légèrement puis Hoshiyar le libéra, non sans l'avoir foudroyé du regard :

– Tu peux parler à l'impératrice.

Mehrunnisa leva la tête tandis que le jeune eunuque exécutait le taslim.

– Que fait cet homme ici ? demanda-t-elle.

– Votre Majesté, Shaista est l'eunuque de la bégum Jagat Gosini. Il apporte un message pour l'empereur.

Mehrunnisa haussa un sourcil.

– Votre Majesté... balbutia l'intéressé, la bégum voudrait obtenir l'autorisation de participer à la chasse.

Mehrunnisa trempa la main dans l'eau fraîche, qu'elle regarda couler entre ses doigts, ses bagues de diamants scintillant dans la lumière de l'après-midi. Des pétales de rose, récoltés au point du jour, embaumaient le hammam. Ladli leva ses prunelles curieuses sur Shaista puis les détourna rapidement.

Cependant, Shaista Khan ne pouvait détacher les yeux de l'impératrice. C'était la première fois qu'il l'approchait et il comprenait maintenant la fascination de Jahangir. Allongée dans le bassin, les paupières closes, la tête appuyée sur un coussin brodé de pierreries, Mehrunnisa avait étalé par-dessus le rebord sa longue chevelure qui tombait en voile d'ébène jusqu'à terre. L'eau effleurait doucement ses seins nacrés. Son petit pied aux ongles teints au henné émergeait gracieusement.

L'eunuque retint son souffle en la voyant lever la tête vers lui. Où étaient les griffures du temps ? Elle possédait un visage quasi parfait, et ses yeux, du bleu saphir d'un ciel purifié par la mousson, témoignaient de son origine persane.

– L'empereur sera heureux de partager la compagnie de la bégum Jagat Gosini à la chasse, articula-t-elle d'une voix grave. Et cela me donnera l'occasion de rencontrer ma sœur. Transmets mes compliments à l'impératrice.

D'un geste alangui, elle lui fit signe de se retirer.

Shaista allait quitter la pièce lorsque la voix de Mehrunnisa l'interpella de nouveau :

– Tu as bien fait de m'apporter ce message. N'oublie jamais qu'il ne faut pas déranger l'empereur pour si peu de choses. À l'avenir, il vaudrait mieux que tu passes toujours par moi.

– Je comprends, Votre Majesté.

– Hoshiyar, donne-lui cinquante roupies. C'est un bon serviteur.

Cinquante roupies ! Cinq fois son salaire mensuel. Shaista exécuta un quadruple taslim en remerciant Allah pour tous ses bienfaits – pour avoir pu la rencontrer, pour avoir été remarqué par Hoshiyar Khan – avant de reculer vers la porte.

Mehrunnisa referma les yeux. Ainsi, Jagat Gosini désirait se rendre à la chasse ? Qu'avait-elle en tête ? Il eût été grossier de ne pas accéder à sa demande et, qui plus est, injuste. Cependant, elle ne parvenait pas à s'empêcher d'éprouver une sorte d'appréhension. Jusque-là, elle avait réussi à l'éviter, mais cela ne pouvait continuer ainsi. En tant que nouvelle épouse, Mehrunnisa eût dû depuis longtemps présenter ses respects à la Padchah Begam en titre, mais elle s'y était refusée. D'abord à cause de l'empereur, avec qui elle passait le plus clair de son temps. Ensuite parce qu'il n'était pas question d'aller s'incliner devant une femme qui lui avait barré la route du zénana.

Si Mehrunnisa voulait graver son empreinte sur l'Empire, elle devait commencer par l'intérieur du palais. Tant que Jagat Gosini aurait sous sa garde le sceau de l'empereur, Mehrunnisa serait considérée comme une passade. Le titre de Padchah Begam et ce sceau plus puissant que la parole même de l'empereur étaient les vrais bastions de l'autorité.

Mehrunnisa était retournée au jharoka le matin ; cette fois, elle n'avait rien dit, seulement écouté. Beaucoup plus d'hommes que la veille s'étaient assemblés dans la cour. Ils paraissaient inquiets, voire hostiles ou simplement curieux de vérifier la rumeur. Autant, la veille, ils avaient semblé refuser sa présence, autant, ce matin, ils avaient l'air résignés. Demain, dans quelques jours ou quelques mois, ils l'accueilleraient à bras ouverts.

– Maman !

À l'appel de sa fille, Mehrunnisa ouvrit les yeux.

– Oui, ma chérie ?

– Ne te rendors pas. Finis ton bain et viens jouer.

Ladli arborait une petite moue d'impatience. Sa mère lui prit la paume pour y déposer un baiser. Il fut un temps où elle s'était résignée à ce qu'aucun enfant ne naisse de son mariage avec Ali Quli. Elle en avait terriblement souffert, et plus encore lorsqu'elle voyait le visage d'une femme s'illuminer à la vue de ses bambins. On la harcelait des questions les plus indiscrètes sur sa présumée stérilité. Quels arguments trouver, alors que plusieurs esclaves avaient donné le jour à des bébés vraisemblablement engendrés par son époux, alors qu'il accomplissait régulièrement son devoir conjugal ? Enfin, après huit longues années de mariage, Ladli était arrivée, la nuit où ils atteignaient le Bengale, exilés par Jahangir. Et encore, ce n'était qu'une fille ! Ali Quli avait été déçu, mais pas Mehrunnisa. D'où le nom qu'elle lui avait donné, « Ladli », celle qui est aimée.

La fillette retira sa main en répétant :

– On va jouer, maman ! Hoshiyar, aide-la à sortir de l'eau.

Sa mère sourit. Ce n'était pas la première fois que l'enfant jouait les princesses en donnant des ordres à l'eunuque.

– J'ai à faire, ma chérie, coupa-t-elle. Va dans ta chambre, Dai jouera avec toi.

– Mais...

Ladli était au bord des larmes.

– Pas de mais. Cours vite. Je viendrai te voir ce soir.

D'un signe de la tête, elle ordonna à Hoshiyar d'emmener l'enfant. Il lui sortit les jambes de l'eau, les essuya et la tendit à un autre eunuque. Ladli parvint à se dégager et, devant la porte, demanda d'une petite voix :

– Tu viendras, maman ?

– Je te le promets.

Cependant les pensées de Mehrunnisa l'emportaient déjà ailleurs.

Elle s'assit dans le bassin, claqua des doigts. Hoshiyar Khan s'approcha pour déboucher la baignoire et la jeune femme regarda l'eau s'écouler, les pétales s'amonceler dans le tourbillon. Une esclave lui apporta un peignoir. En se levant, Mehrunnisa jeta un coup d'œil vers Hoshiyar. Il avait détourné la tête par discrétion.

Si quelqu'un connaissait Jagat Gosini, c'était bien lui. Jusque-là, il lui avait enseigné les goûts de l'empereur, ses réactions, ses fantaisies. Toutefois, elle refusait de l'interroger sur la bégum. Ce serait faire aveu de faiblesse. Elle parviendrait bien à le faire parler sans poser de question. Bientôt...

– Dans combien de temps l'empereur doit-il se lever, Hoshiyar ?

– Dans une heure, Votre Majesté.

Mehrunnisa s'étendit sur un matelas de coton posé à même le sol. Ses servantes s'enduisirent les paumes d'huile de musc et entreprirent de la masser doucement. Puis elles lui oignirent les cheveux avant de les coiffer en couronne, au-dessus de la tête, et de les piquer de ces fleurs de jasmin dont elle avait fait son emblème.

Enfin vint le maquillage. Du khôl pour souligner ses yeux bleus et ses sourcils, du carmin pour ses lèvres. Quant à ses mains et à ses pieds, ils étaient déjà ornés de délicats motifs au henné.

L'habilleuse entra, suivie de cinq esclaves, portant chacune une tenue. Mehrunnisa les examina et se décida pour une ghagara et un choli de fine mousseline d'un vert tendre comme les premières feuilles du printemps, si transparente qu'on devinait ses jambes sous l'étoffe. Elle avait fait son choix dès l'entrée de ses servantes, même si elle avait fait mine d'hésiter – suivant en cela les conseils de Ruqayya – afin de souligner qu'elle avait pouvoir de décision sur tout. L'habilleuse sélectionna un voile du même ton et s'éclipsa tandis que les esclaves revêtaient l'impératrice.

Elle revint, accompagnée de trois eunuques qui, chacun à son tour, ouvrirent des coffres emplis de joyaux scintillants. Mehrunnisa opta pour un collier de perles rosées comme l'aurore. Une large ceinture constellée de perles souligna sa taille mince. Des bracelets vinrent fermer ses manches. Une chaîne fut accrochée à ses cheveux, laissant retomber sur son front un médaillon d'or et de perles. Dix joncs de nacre s'enroulèrent sur ses poignets et, enfin, une perle, parfaitement ronde et lisse, fut piquée dans son nez.

Un eunuque présenta silencieusement un plateau de paan, des feuilles de bétel. Mehrunnisa en glissa une dans sa bouche et la mâcha. Toute l'opération avait pris une heure, et ce temps passé sans Ladli pour la distraire, Mehrunnisa l'avait employé à réfléchir. Car la chasse impériale présageait un événement important, décisif.

Le moment était venu d'affronter sa plus grande rivale au sein du zénana.

Chapitre 3

Un jour, Jahangir partit chasser en compagnie de Jagat Gosini et de Nur Jahan... Les deux dames à ses côtés... Soudain un lion surgit en rugissant.

– MOHAMMAD & RAZIA SHUJAUDDIN,
La Vie et l'Époque de Nur Jahan

Les terres réservées aux chasses impériales étaient surveillées jour et nuit et, à part les perdrix, les cailles et les lièvres, que l'on attrapait dans des filets, nul n'avait le droit de poursuivre le gibier. Si bien qu'il pullulait : antilopes, zébus bleus, nilgauts et lions s'ébattaient en toute tranquillité dans de hautes herbes, qui atteignaient parfois sept pieds de haut et pouvaient cacher un homme à cheval.

En prévision de la chasse impériale, les gardes-chasse avaient repéré un lion. Ils localisèrent le refuge préféré de l'animal, une clairière ensoleillée au beau milieu de la forêt. Vêtus de coton vert pour se fondre dans les frondaisons, enduits de limon pour masquer leur odeur, ils l'épièrent plusieurs jours durant. Lorsque le fauve quitta sa tanière, ils vinrent y attacher un âne et attendirent. Le premier jour, le lion resta en lisière de la clairière, méfiant devant un repas offert si facilement. Cependant, ayant aperçu le prédateur, l'âne brayait désespérément, manquant de s'étrangler à force de vouloir se libérer. Enfin, le lion s'approcha prudemment, tourna autour de sa proie, en cercles de plus en plus étroits. Il lança un premier coup de griffe sur la croupe, emportant un lambeau de chair et de poils au passage. Grelottant de terreur, sachant qu'il allait mourir, l'âne n'émettait plus aucun cri.

Le lendemain, le surlendemain, puis toute la semaine, les gardes-chasse amenèrent des animaux dans la clairière, si bien que le lion devint trop paresseux pour jouer avec sa proie. Caché dans un buisson, il émergeait soudain et l'égorgeait d'un seul coup de croc.

Le grand jour, les nuages disparurent, comme pour offrir une terre plus verte et plus vivante au souverain. Les palais du fort d'Agra se mirent à bruisser bien avant l'aube car la traque devait commencer durant les heures fraîches.

Comme chaque matin, un âne fut attaché dans l'aire du lion. Cette fois, on lui entailla la gorge et deux poignées d'opium furent introduites dans son estomac ; comme à son habitude, le lion viendrait dévorer l'infortuné animal en commençant par les chairs tendres du ventre, avalant l'opium au passage. Drogué, il serait moins dangereux.

Au lever du soleil, trois mille soldats encerclèrent la forêt, soulignant la traque à coups de tambour. Armés d'épais filets de jute, ils rabattirent le gibier. Dès qu'ils auraient circonscrit le terrain à quelques centaines d'acres, la chasse impériale débuterait.

Dans ses appartements, Mehrunnisa s'apprêtait. Ses esclaves s'activaient en murmurant à voix basse, pour ne pas réveiller le reste de la maisonnée. Elle se tenait devant un haut miroir quand un coup de vent fit vaciller la flamme de la lampe à huile et lui donna la chair de poule. Jahangir n'avait pas chassé depuis leur mariage, délaissant pour elle une de ses distractions favorites. La jeune femme devait donc tout faire pour que l'expédition se passât au mieux.

Elle n'avait pour ainsi dire pas fermé l'œil de la nuit, se levant à plusieurs reprises pour réfléchir à la fenêtre. Dans les rues du fort, les gardes allaient et venaient, chaussés de bottes souples pour ne pas déranger la population. Aux premières lueurs de l'aube, l'impératrice était encore sur le balcon, penchée à la balustrade. De l'autre côté de la Yamunâ s'étendait le dhobi ghat, où les dhobis lavaient leur linge. Elle imaginait les martèlements énergiques des étoffes qui frappaient la pierre. Les points lumineux de leurs lampes s'éparpillaient le long du rivage. À l'instant même où elle commençait à distinguer les silhouettes, ses petites servantes pénétraient dans l'appartement.

Hoshiyar Khan entra à son tour, portant un sac de velours rouge d'où dépassait la bouche d'une arquebuse à rouet.

– Avec les compliments de Sa Majesté, annonça-t-il. Voici son arme préférée.

Mehrunnisa s'en empara. Le poids la surprit, si bien que ses mains s'abaissèrent avant de serrer fermement le canon. Elle déchiffra les vers en persan gravés dans le métal de l'arquebuse de chasse – le poème faisait référence au gibier. Elle posa l'arme sur son épaule, ainsi qu'Ali Quli le lui avait autrefois enseigné, appuya un doigt sur la détente, qui céda dans un léger déclic bien huilé. Elle la rendit à l'eunuque puis s'essuya les mains sur son pantalon de soie.

– C'est un signe d'extrême faveur, Votre Majesté.

– Je le sais.

Considérant la face impénétrable de son serviteur, elle ouvrit la bouche puis la referma sans rien dire. Ce n'était pas le moment de dévoiler ses appréhensions. Ce ne serait jamais le moment. Pas même avec Hoshiyar. Surtout pas avec lui.

L'eunuque s'inclina :

– La chasse est annoncée, Votre Majesté.

Le soleil se levait tandis que la troupe s'assemblait dans la cour du palais. Mehrunnisa aperçut Jahangir et Jagat Gosini qui conversaient à voix basse. Son aînée de quelques années, la bégum accusait nettement son âge – elle gouvernait le zénana depuis six ans et elle avait un fils de vingt ans. Néanmoins, quand elle souriait, avec ses cheveux aile de corbeau et ses yeux tout aussi noirs scintillant dans la lumière de l'aurore, on aurait dit une jeune fille.

Lorsque Jahangir se tourna pour dispenser quelques instructions, tendant une main ornée de joyaux vers un cheval arabe, elle lui glissa un mot à l'oreille ; le souverain acquiesça. Vingt-cinq ans qu'ils vivaient sous le même toit... Cela expliquait une telle complicité. Mehrunnisa trébucha sur les pierres inégales et se rattrapa de justesse au bras d'Hoshiyar. Comment arriverait-elle à briser cette intimité ? Sans doute parviendrait-elle à l'égaler, mais jamais elle ne ferait oublier à l'empereur le temps qu'il avait passé en compagnie de Jagat Gosini.

Celle-ci murmura encore quelque chose qui le fit éclater de rire. Mehrunnisa s'immobilisa, l'esprit taraudé par l'angoisse. Où l'empereur avait-il passé la nuit ? Chez la bégum ? En tout cas, pas chez Mehrunnisa. Certes, elle ne pouvait prétendre l'accaparer à longueur de journée, ni même de nuit... Toute femme devait savoir partager son époux, qui plus est empereur, entre les courtisans, les diplomates, les épouses, les concubines, les sœurs, les tantes, les mères, chacun exigeant sa part d'attention.

Une main tiède se posa sur son dos nu, entre son choli et la ceinture de son pantalon plissé.

– Venez, Majesté, lui souffla Hoshiyar. L'empereur désire commencer au plus vite. Il sera content si vous vous joignez à lui.

Jahangir se tourna alors vers Mehrunnisa :

– Te voici ! Je me demandais ce qui t'arrivait.

Elle exécuta un élégant konish en guise de bonjour, s'inclinant et posant la main droite sur son front.

– Il m'a fallu du temps pour m'apprêter, Seigneur.

Désignant l'arquebuse que portait Hoshiyar, elle ajouta :

– Merci pour le cadeau.

– Cela me fait plaisir, mon amour.

Lentement, Mehrunnisa pivota vers Jagat Gosini. C'était la première fois qu'elle la rencontrait d'égale à égale : elles s'affrontèrent du regard en un lourd silence.

Pas un eunuque, pas une esclave n'osa bouger. Les palefreniers cessèrent de sangler les selles des chevaux ; toute la cour paraissait pétrifiée, n'eût été la brise qui soulevait les voiles de ses doigts légers.

Enfin, Mehrunnisa salua Jagat Gosini, non sans raideur, inclinant à peine la tête, sans la quitter des yeux :

– Veuillez accepter mes compliments.

Le visage de la bégum s'empourpra. Cette petite phrase représentait ni plus ni moins une insulte. Pour commencer, Mehrunnisa eût dû accomplir le konish ou le taslim ; ensuite, ce n'était pas à elle de parler la première. Et ce manque de respect... Une véritable gifle.

– Et vous les miens, rétorqua Jagat Gosini d'un ton acerbe.

Jahangir les contemplait, sans rien laisser paraître de ses pensées. S'il ne portait pas une affection démesurée à Jagat Gosini, il n'avait nullement l'intention de l'humilier en public. Sans en avoir jamais rien dit, il détestait les petites rivalités du zénana. Ce que Mehrunnisa avait compris dès les premières années passées entre les murs du harem. Elle eût pu se montrer infiniment plus polie, mais s'y refusait.

– Partons, maintenant, lâcha Jahangir.

Aussitôt, la petite troupe reprit frénétiquement ses activités, comme si de rien n'était. Tous avaient saisi le bref échange des deux impératrices, compris à quel point l'étiquette venait d'être bafouée et constaté le manque de réaction de Jahangir ; chacun dès lors de regarder la nouvelle épouse avec admiration – quelques mots lui avaient suffi pour rabaisser la bégum Jagat Gosini. Comme elle était intrépide, quelle allure altière pour une réfugiée persane ! Il y aurait beaucoup à raconter après la chasse.

Le mahout amena l'éléphant impérial. Agrippant une oreille, il se laissa glisser le long de sa nuque et sauta à terre puis, d'un petit coup de baguette sur le flanc de l'animal, le fit agenouiller.

Le howdah d'apparat, avec ses sièges de bois et d'or, avait été installé sur son dos. Quatre colonnes d'or soutenaient le baldaquin argenté orné de perles et de diamants. Des coussins piqués de rubis ajoutaient au confort de l'épais matelas de satin.

Jahangir grimpa le premier, suivi de Mehrunnisa puis de Jagat Gosini. Aucun eunuque ne s'était aventuré à installer la deuxième épouse avant la vingtième. Les arquebuses chargées furent hissées, et le mahout sauta sur l'encolure de l'éléphant. Celui-ci se releva lentement, d'abord sur les pattes de devant, le howdah oscillant d'avant en arrière. Alors qu'il quittait la cour, les deux dames rabattirent leurs voiles.

Aussitôt l'empereur fut rejoint par cinq cents Ahadis qui prirent position, formant une garde d'honneur autour de l'éléphant. Les courtisans suivirent, avec leurs soldats lourdement armés de lances et de mousquets.

Sous un ciel rose, la troupe traversa les rues d'Agra. Le pachyderme progressait lentement, s'arrêtant de temps à autre pour que les gardes lui frayent un chemin. Comme chaque fois, les habitants s'étaient rassemblés pour acclamer l'empereur et tâcher d'apercevoir les dames dans le howdah. Ravi de ces marques d'adulation, Jahangir jetait des roupies d'argent sur son passage.

Soudain, une enfant cria :

– Laquelle est la belle impératrice Nur Jahan ?

Mehrunnisa sourit sous son voile et salua la fillette d'une main gracieuse. La foule rugit de plaisir ; Jagat Gosini blêmit de fureur. Jamais le peuple ne l'avait interpellée de la sorte.

Jahangir tendit sa bourse de brocart d'or à Mehrunnisa :

– Jette quelques pièces à cette petite fille, ma chérie.

Mehrunnisa plongea la main dans le sac et lança les roupies à la volée. La foule s'exclama de plus belle. Cette impératrice méritait désormais l'adoration populaire.

Enfin, la troupe atteignit le domaine de chasse. À l'approche de l'empereur, le Mir Shikar se prosterna :

– Le lion attend, Votre Majesté.

Jahangir lui envoya une pluie de pièces d'argent que le garde-chasse s'empressa d'empocher. Quinze roupies ! De quoi nourrir sa famille plusieurs mois.

Une épaisse végétation couvrait les lieux et les arbres étaient si denses que la lumière avait du mal à les traverser. Des relents de pourriture s'élevaient parfois de cette fraîche humidité. Tout était tranquille à part les quelques branchages écrasés çà et là par les hommes qui avançaient. Une caille s'envola à tire-d'aile, un groupe de gazelles s'égailla entre les arbres. Quelques mousquets s'élevèrent puis retombèrent. Seul le lion intéressait les chasseurs pour le moment.

Adossé à ses coussins, Jahangir ferma les yeux. En d'autres circonstances, il aurait rassemblé tous ses sens, guettant la proie, la crinière blonde dans cette verte végétation. Mais, aujourd'hui, la chasse revenait aux deux femmes appuyées au rebord du howdah. Depuis l'arrivée de Mehrunnisa, son cœur battait de joie. Il eût aimé caresser ses douces épaules, l'aider à se détendre. Mais son autre épouse se targuait d'autant de droits sur lui, et ne se privait pas de le montrer. Mehrunnisa voulait le sceau impérial et le titre de Padchah Begam, cependant il lui faudrait le gagner. Jahangir se refusait à intervenir dans les intrigues du zénana, quand bien même il avait le pouvoir de déposer le monde aux pieds de sa bien-aimée.

La jeune femme suivait le rythme du balancement de l'éléphant, humait les odeurs de la forêt, épiait dans cette inhabituelle torpeur le moindre signe de gibier. Ses paumes moites glissaient sur la crosse de l'arquebuse. Elle n'avait plus échangé une parole avec l'impératrice Jagat Gosini depuis le palais. D'ailleurs les mots étaient inutiles. Chacune savait ce qu'elle voulait et une seule l'obtiendrait.

À côté d'elle, la bégum restait très droite, scrutant les taillis d'un œil exercé, la main posée sur son arme, le doigt sur la détente.

La brise changeait sans arrêt de direction et l'éléphant lançait sa trompe dans tous les sens. Soudain, il s'arrêta et le mahout annonça :

– Il a senti le lion, Vos Majestés.

Les deux femmes se raidirent et levèrent leur arquebuse. Mais l'herbe ne bougeait pas et rien n'indiquait qu'un animal progressait dans leur direction. Immobile, l'éléphant frémissait et elles sentaient les vibrations qui traversaient le corps de l'énorme animal. Le lion était proche, mais où ? Tous étaient aux aguets, les soldats derrière eux, le pachyderme qui tremblait, l'empereur qui observait ses épouses.

Soudain, ils entendirent le lion, à droite de l'éléphant, derrière un gros rocher, non pas un rugissement terrible mais un grondement interrogateur qui n'en parcourut pas moins toute la forêt. Drogué, les sens amoindris, le fauve n'avait encore rien vu, ni entendu, ni senti. Il contourna le rocher et s'immobilisa en découvrant le spectacle, ces couleurs, cette multitude d'hommes et d'animaux, ces gestes figés.

Mehrunnisa tressaillit. Elle avait déjà vu un lion, dans le zoo impérial. Il lui avait semblé décharné, blafard dans cette cage qu'il arpentait. Tandis que celui-ci lui parut trois fois plus gros, avec sa lourde crinière dorée et ses muscles puissants. Fascinée, elle ne pouvait détacher ses yeux de l'animal qui secouait son énorme tête comme pour s'éclaircir les idées et prenait résolument la direction de l'éléphant.

Celui-ci recula en barrissant, d'un mouvement si brusque que les occupants du howdah faillirent en perdre l'équilibre.

Mehrunnisa se cogna l'épaule à l'une des colonnes et braqua son arme sur le lion.

Un coup de feu claqua et déclencha les cris des animaux. Le lion gisait au pied de l'éléphant, touché en plein cœur. Une tache de sang s'épanouit sur ses côtes pour venir se répandre sur le sol.

Un cri de stupeur retentit parmi les soldats :

– L'impératrice a tué le lion !

Les tambours résonnèrent sourdement, mêlés des murmures et des rires des hommes.

Stupéfaite, Mehrunnisa sentait encore ses mains trembler sur son arquebuse. Jagat Gosini se redressa car le barrissement de l'éléphant l'avait fait tomber à la renverse, contre Jahangir. Allongée entre les bras de son époux, elle avait fait feu. L'arme de Mehrunnisa était froide, celle de Jagat Gosini fumait encore ; son visage, ses mains et celles de Jahangir étaient recouverts de poudre noire. D'un geste affectueux, l'empereur lui débarbouilla les joues et elle lui sourit, reconnaissante.

– Félicitations, ma chère épouse. Ce lion aurait pu nous tuer. Tu es vraiment une excellente tireuse.

Puis il se tourna vers Mehrunnisa, qui rangeait son arquebuse à ses pieds. Tout s'était passé si vite qu'elle n'avait rien vu venir. Rien que ce lion qui surgissait de derrière le rocher et gisait maintenant au sol, foudroyé.

– Vois comme Jagat Gosini est brave ! insista-t-il. Je suis très fier d'elle. Quel souverain peut se vanter de compter une telle guerrière dans son harem ?

– En effet, Votre Majesté, répondit Mehrunnisa. La bégum nous a tous emplis de fierté.

Cependant, elle ne jeta pas un regard en direction de Jagat Gosini ; elle devinait trop bien, dans l'odeur âcre de la poudre, le visage triomphant de l'impératrice.

Commencée dans la gloire, la chasse se poursuivit dans l'abondance. Antilopes et zébus bleus furent levés puis tués par les courtisans. À midi, la troupe reprit le chemin du fort, exhibant ses trophées.

Mehrunnisa restait recroquevillée dans le howdah. Toute la matinée, Jahangir avait comblé d'éloges Jagat Gosini pour son habileté et son courage face au danger. Tandis qu'aucun de ses propres coups de feu n'avait atteint son but. Les courtisans ne s'étaient pas privés de la railler. Même l'empereur avait souri en lui expliquant comment tenir son arquebuse, comment appuyer sur la détente, comment amortir le recul d'un coup d'épaule. Il était allé jusqu'à citer Jagat Gosini en exemple. Regarde-la, ma douce, vois comment elle prend la visée.

De retour au fort, alors que les impératrices descendaient de l'éléphant, aidées par un eunuque, une esclave apporta un plateau d'argent. Jahangir ôta le napperon de satin et révéla un ravissant collier d'or et de perles sur un coussinet de velours. L'empereur le disposa lui-même sur le front de la bégum, par-dessus son voile. Les perles brillaient comme autant de douces étoiles. Puis, alors que tous s'inclinaient, Jahangir se retira. Il n'avait pas beaucoup parlé durant la chasse, et il s'éloignait maintenant, sans un regard pour Mehrunnisa. Les serviteurs de Jagat Gosini l'entourèrent comme une volée de pigeons, s'extasiant sur son nouveau collier, la félicitant, l'escortant vers son palais. Elle non plus n'adressa pas un mot d'adieu à sa rivale.

Mehrunnisa demeura seule au milieu de la cour, blessée par les reproches inexprimés : que peut-on attendre d'autre de la part d'une plébéienne ? Que connaît-elle aux distractions des rois ? Tu n'es qu'une femme ordinaire, Mehrunnisa, tout ce qu'il y a d'ordinaire. Elle était fatiguée, la peau brûlée par le soleil, les lèvres desséchées. Surtout, elle redoutait que l'empereur lui échappe.

– Venez, Votre Majesté, lui glissa Hoshiyar Khan à l'oreille.

Il l'accompagna dans ses appartements et elle s'appuya sur son bras, soudain vieille et lasse.

Dans le palais de la bégum Jagat Gosini, la fête battait son plein. Les préparatifs avaient commencé avant le retour de la chasse, dès l'instant où le plomb de la bégum avait touché le lion. Car, parmi les soldats présents derrière l'éléphant, se trouvaient les intendants de Jagat Gosini, anxieux de voir qui allait tirer le premier coup de feu et de se précipiter au palais pour propager la nouvelle. Sur leurs talons arrivèrent les messagers impériaux auprès du Trésor : ils venaient quérir le collier de perles afin qu'il fût remis à sa destinataire dès le retour de la troupe.

Ainsi, le zénana se repaissait des péripéties de la chasse et savait à qui adresser ses louanges, à qui tourner le dos. Tout le harem bruissait de murmures et de commentaires. Certaines, jalouses de Mehrunnisa, prédisaient le prochain désaveu de Jahangir, d'autres soutenaient Jagat Gosini, d'autres encore haïssaient l'impératrice douairière Ruqayya – et coururent lui annoncer la nouvelle à son réveil. Quelle infortune ! Vous qui aviez placé tant d'espoirs en Mehrunnisa, Votre Majesté ! Mais il semble que l'empereur – long soupir dramatique – préfère les femmes audacieuses, les femmes capables de manier une arquebuse.

Si bien que Mehrunnisa trouva Ruqayya qui l'attendait dans ses appartements, son éternelle hukkah à la bouche. Cette visite surprit la jeune femme car l'impératrice douairière ne se déplaçait jamais. Toutes deux s'entretinrent tandis qu'on préparait le bain de Mehrunnisa ; ensuite, celle-ci se coucha et dormit tout l'après-midi. Ruqayya avait décrété qu'elles s'entretiendraient plus longuement le soir même, en compagnie d'Hoshiyar Khan.

Jagat Gosini gagna également son lit après avoir dispensé ses ordres pour le festin du soir. Quinze rôtisseurs furent requis pour les préparatifs. Aux abattoirs, en lisière d'Agra, ils choisirent une chèvre, des poulets et des canards qu'ils lavèrent avant de les emporter au palais. Dans les cuisines impériales, les porteurs d'eau emplissaient des jarres de faïence de leur charge prélevée à l'aide de sacs de cuir sur la Yamunâ, et en fermaient le bec avec des toiles blanches afin qu'elles fussent livrées intactes aux marmitons le moment venu.

Le Mir Bakawal, le maître queux, supervisait l'organisation du repas. Le riz du pilaf fut lavé trois fois, puis trempé le temps qu'il s'attendrît et gonflât pour égaler la délicatesse des nouvelles perles de l'impératrice. Cardamome, cannelle, clous de girofle, grains de coriandre, fenugrec, anis furent pilés, rincés, séchés. Enfin les cuisiniers se lavèrent soigneusement les mains, se protégèrent le nez et la bouche derrière de fins linges de mousseline, posèrent des coiffes blanches sur leurs cheveux. Il ne fallait pas qu'une goutte de sueur pût souiller le repas de l'empereur. Dans un coin, le Mir Bakawal veillait :

si un employé venait à éternuer, il était renvoyé, les mets qu'il préparait jetés tandis qu'un autre prenait sa place. On accommoda les mets préférés de Jahangir – ils étaient nombreux – et, l'après-midi, cinquante et un plats frémirent à feu doux, cuisirent à l'étouffée, à la vapeur, bouillirent, rôtirent sur les feux de bois des cuisines. L'empereur ne pourrait évidemment pas les manger tous, ni même goûter à chacun, mais Jagat Gosini tenait à prévenir le moindre de ses désirs.

Puis la nourriture fut disposée dans une vaisselle d'or, d'argent, de porcelaine et de faïence qu'on sortait chaque jour d'un coffre-fort. Les plats de métaux précieux étaient alors enveloppés de tissus rouges, ceux de kaolin et de terre de tissus blancs, qu'on fermait ensuite à l'aide de sceaux au chiffre des cuisines impériales. Enfin, le Mir Bakawal détaillait le contenu de chaque plat sur un morceau de papier accroché au sceau. Lorsque l'empereur et la bégum Jagat Gosini seraient prêts à déguster le repas, le Mir Bakawal briserait lui-même les sceaux.

Le soir venant, le soleil disparut derrière les nuages de la mousson qu'il ourla d'un fil d'or. Alors monta l'humidité et les éventails commencèrent à s'agiter furieusement à travers tous les palais du fort. On alluma les lampes, certaines en applique, d'autres dans de petites coupes de faïence emplies d'huile de sésame, et les flammes se dressèrent dans l'air immobile. Alignées contre les murs du zénana, se bousculant pour mieux discerner l'empereur, les danseuses attendaient. Toutes étaient jeunes, également jolies, les yeux soulignés de khôl, le visage poudré de blanc, leurs courts cholis et leurs ghagaras brodés de sequins. Elles étaient accompagnées de chanteurs et de musiciens, ceux-ci étant les uniques représentants de la gent masculine admis dans le harem. Ils répandaient en ville les rumeurs du zénana, non sans les agrémenter de nombreux mensonges ou exagérations : personne ne pouvait les contredire. Au-dehors du palais, les Ahadis montaient la garde et contenaient la foule, jusqu'à ce que Shaista Khan se présente et sélectionne une troupe pour sa maîtresse.

L'empereur Jahangir se dirigeait vers le palais de la bégum Jagat Gosini, suivi d'esclaves silencieuses ; certaines d'entre elles s'étaient déjà précipitées chez l'impératrice pour annoncer son arrivée. Lentement, il traversa corridors et jardins, répondant parfois à quelque salutation, souriant à une concubine qui attirait son attention. Il avait souvent emprunté ce trajet avant son mariage avec Mehrunnisa et eût dû l'emprunter plusieurs fois depuis ; il n'ignorait pas que Jagat Gosini espérait que ce signe de sa part assiérait un peu plus sa domination. Cependant, il n'avait pas encore trouvé le courage de quitter Mehrunnisa. Non pas qu'elle l'eût retenu à dessein ou qu'elle l'eût imploré de rester, mais il lui suffisait d'un sourire pour qu'il se sentît plus amoureux que jamais, d'un rire pour l'accrocher à ses pieds de gazelle. Certes, il n'avait aucune envie de se rendre chez la bégum, mais même un empereur doit se soumettre à des obligations.

Jagat Gosini l'attendait sur le seuil, un thali d'argent dans les mains, supportant une lampe d'or ainsi qu'un petit tas de vermillon. Il s'inclina selon la coutume ; l'impératrice passa trois fois la flamme au-dessus de la tête de son époux afin de chasser le mauvais œil. Puis elle traça sur son front une marque de vermillon.

– Que Votre Majesté soit la bienvenue !

Jahangir sourit à cet accueil : il ne s'apprêtait pourtant pas à partir en guerre pour qu'elle invoque la protection des dieux hindous...

Elle s'effaça pour le faire pénétrer dans la salle de réception. Des effluves de civette et de bois de santal se dégageaient d'encensoirs discrètement dressés sur des braseros fumants. D'épais tapis recouvraient entièrement le sol de marbre, et les divans en demi-cercle étaient entourés d'esclaves aux yeux baissés sous leurs voiles de mousseline verte et bleue, qui agitaient langoureusement des plumes de paon.

Ainsi s'écoula la soirée, le vin surgissant sous sa main sans qu'il eût à le demander, Jagat Gosini près de lui, aimable et gaie, parée de son nouveau collier qu'elle arborait autour du cou. Jahangir en caressa les perles.

– Il te revenait de droit, observa-t-il.

– Merci, Seigneur, répondit-elle, les yeux brillants.

Quand ils eurent fini de souper, elle se tourna vers lui :

– Majesté, puis-je demander une faveur ?

– Soit.

Il se méfiait. Que voulait-elle encore ? Au début de leur mariage, elle réclamait de bien curieux privilèges. Ni bijoux, ni terres, ni palais, ni bassin pour ses appartements privés, mais des petits gestes apparemment futiles, sous prétexte de le combler. Permets-moi de choisir la femme qui saura te satisfaire, ce soir. Ou encore : Un homme de ta lignée, descendant de Timour-Lang lui-même, ne saurait goûter les goyaves de ce jardin-là, laisse-moi t'en offrir d'infiniment plus succulentes. Ces étranges requêtes visaient à déposséder Jahangir de ses choix. Il y accédait cependant car il n'était pas accoutumé à ces marques de tendresse conjugale qui auraient pu être celles d'une mère. Les années passant, il avait toutefois compris qu'il ne pouvait attendre aucun amour de la part de Jagat Gosini. Ils ne s'étaient pas disputés pour autant, car elle approuvait chacune de ses paroles d'une voix mielleuse. Lorsque son père, l'empereur Akbar, avait ordonné qu'on remît leur fils à l'impératrice Ruqayya, elle n'avait pas protesté. Pas un mot. Jahangir savait pourtant qu'elle souffrait de cette séparation. Mais depuis sa plus tendre enfance, cette fille de rajah avait appris à masquer ses sentiments.

– Que désires-tu donc, Jagat ?

– Notre fils, le prince Khurram, demande audience, souffla-t-elle en se redressant.

– Fais-le entrer.

Elle n'avait pas attendu sa réponse pour frapper dans ses mains. Khurram passa de son pas vif les portes de bois sculpté, traversa la salle et vint s'incliner devant son père, la main droite touchant presque le sol. Comme il se redressait, ses doigts se posèrent sur son front pour effectuer le konish.

– Bapa, Majesté, je te souhaite une bonne santé.

Jahangir se leva, et embrassa son fils avec chaleur. C'était un beau garçon, ou plutôt un bel homme déjà marié, père d'un bébé de deux mois. Ses yeux noirs et brillants, ses sourcils arqués et son menton rappelaient les traits de sa mère. Cet enfant attachant, toujours respectueux et courtois, avait grandi aux côtés d'Akbar et Ruqayya, à l'époque où Jahangir livrait bataille aux confins de l'Empire. Si bien que père et fils se connaissaient peu.

Khurram salua sa mère.

– Majesté, merci de m'avoir permis de présenter mes respects à mon père.

Elle répondit d'un hochement de tête et d'un sourire mais, comme elle tendait involontairement la main pour lui caresser les cheveux, il se raidit. Ce mouvement de recul quasi imperceptible fit frémir Jagat Gosini. Son fils s'était précipité vers l'empereur, son « bapa », tandis qu'elle n'avait droit qu'à un glacial « Majesté ». Pourtant, il qualifiait Ruqayya du « ma » traditionnel. Un jour, alors qu'il avait neuf ou dix ans, Jagat Gosini lui avait enjoint de l'appeler également ainsi. Il avait rétorqué, sérieux comme un imam :

– Mais j'ai déjà une ma, Votre Majesté !

Après quoi elle ne lui en avait jamais reparlé, incapable d'aborder ce sujet douloureux. Car comment lui faire admettre que c'était elle, sa mère ?

La nuit tomba. Les musiciens jouèrent, les danseuses ondulèrent, langoureuses et charmeuses. Leurs trois spectateurs se jaugeaient, échangeant paroles de circonstance et sourires contraints. Jusqu'à ce que Jahangir se levât pour regagner ses appartements.

– N'aimerais-tu pas passer la nuit ici, Seigneur ? sollicita Jagat Gosini.

Elle avait posé une main sur le bras de Khurram pour l'empêcher de se lever.

– Pas ce soir.

Jahangir s'éloigna rapidement, sans lui laisser le temps de protester.

La bégum resta silencieuse, mais ses doigts s'étaient crispés sur le poignet de son fils. Il se dégagea avec douceur.

– Pars, toi aussi, si tu le dois, soupira-t-elle en se détournant.

Cependant, il lui concéda quelques instants supplémentaires. Il parla de sa fille qui buvait avec avidité le lait de sa nourrice, de son épouse qui surveillait tendrement les progrès du bébé. Jagat Gosini acquiesçait sans l'écouter. Elle s'imaginait Jahangir regagnant les appartements de Mehrunnisa qui l'accueillait. Cette soirée l'avait éprouvée au plus haut point car son époux ne semblait songer qu'à la nouvelle impératrice. Aucune considération, plaisanterie ou badinage n'avait pu capter son attention. Pas même Khurram, ce fils qu'ils avaient eu ensemble et qui deviendrait le prochain empereur.

En quittant la bégum, Jahangir se rendit directement chez lui. Il était fatigué, le vin, la fumée de l'encens et des hukkahs lui avaient tourné la tête, et son estomac demandait grâce.

Il avait passé cinq heures aux côtés de Jagat Gosini, cinq heures durant lesquelles elle ne lui avait pas reproché un seul instant son absence de ces derniers mois. Et tout s'était déroulé comme à l'accoutumée – son épouse affectionnait la musique et les danses qui empêchaient la moindre conversation. Toutefois, la visite de Khurram l'avait empli de bonheur. C'était un être exquis, un rien gauche dans ses mouvements, comme un jeune faon, mais ces maladresses et ce terme affectueux de « bapa » étaient allés droit au cœur de Janhagir. Car Khurram était ouvert et direct, comme Mehrunnisa. Dès lors, et comme toujours, les pensées de l'empereur s'étaient tournées vers la femme qu'il aimait – non parce qu'elle était sa vingtième épouse mais parce qu'il l'avait désirée dix-sept années avant de l'épouser. Il n'existait aucune dissimulation chez cette jeune femme. Du moins ne l'avait-il jamais décelé. Lorsqu'elle voulait quelque chose, elle le demandait, sans craindre de paraître égoïste ou cupide. Quand elle lisait, elle détestait qu'il la dérange, et il l'en estimait d'autant plus. Elle l'aimait de toute son âme, et le montrait sans fausse pudeur ni subterfuge. Et quand elle n'appréciait pas ce qu'il faisait, si elle ne le lui disait pas toujours, elle trouvait un moyen d'exprimer son désaccord au-delà des mots.

Perdu dans ses rêveries, Jahangir laissa ses esclaves le débarrasser de sa qaba de brocart, puis le revêtir d'une kurta de coton brodée. N'était-ce pas celle que Mehrunnisa aimait à porter ? Cependant, il eut beau la humer, il ne reconnut pas le parfum de son épouse ; les dhobis l'avaient trop bien lavée et il sentait plutôt l'odeur de la Yamunâ, de la saponaire et de l'herbe fraîche au soleil. Il s'allongea sur son lit et regarda le punkah s'agiter au-dessus de sa tête pour l'éventer. Mehrunnisa voulait les prérogatives de Jagat Gosini. Le titre de Padchah Begam. La jouissance du sceau impérial. En lui donnant le titre de Nur Jahan, que ne possédait nulle autre femme du zénana, il lui avait publiquement déclaré son amour.

S'il désirait attribuer le pouvoir suprême à Mehrunnisa dans son harem, il le pouvait. À elle, cependant, de mériter ce qu'elle souhaitait si fort. À elle de prouver qu'elle en était digne.

Chapitre 4

Oublieux de sa personne et de son rang, Jahangir a rendu les armes devant une épouse habile, d'humble origine, qui a su le subjuguer soit par ses talents, soit par ses éloquents discours. Elle n'a, depuis, cessé de tirer parti de cette conjoncture pour s'enrichir de surabondants trésors et s'assurer une position plus que royale.

– W.H. MORELAND et P. GELYL, *L'Inde de Jahangir*

Lors de son premier séjour à Agra, l'empereur Akbar avait trouvé, sur les rives de la Yamunâ, un petit fortin aux murailles délabrées. La bâtisse fut détruite et, sur cet emplacement stratégique, fut édifié un immense fort à trois portes qui s'étendait sur plus d'une demi-lieue le long de la rivière. Ses murailles de grès rouge, extrait des carrières voisines, s'élevaient à soixante-cinq pieds au-dessus des berges. Car Akbar avait décidé d'ériger un palais à la mesure de sa gloire. De loin, la demeure impériale présentait d'abord de hauts remparts aux merlons pointus, d'une grâce exquise et d'une impressionnante majesté. Autour courait une douve presque aussi profonde que les murs étaient hauts, vide de toute eau car c'eût été là un luxe indécent même pour le plus grand des empereurs. À la place s'épanouissaient des broussailles et de robustes buissons, refuge de serpents et parfois de tigres. La nuit, les chacals, faisant montre d'une audace qu'ils n'affichaient sûrement pas le jour, hurlaient à la lune et leurs cris se répercutaient sur les remparts du fort, d'où les gardes, pour se tenir éveillés, envoyaient des flèches à l'aveuglette.

Les quartiers du zénana et de l'empereur Jahangir donnaient sur la Yamunâ ; leurs moucharabiehs accueillaient le soleil se levant sur les eaux tranquilles avant d'en filtrer les rayons qui éveilleraient bientôt les chambres impériales. Durant la saison chaude, le chant de la rivière rafraîchissait les cœurs et ses eaux, symbole de vie et de pérennité, restaient bleues au plus fort de la mousson.

Vers l'ouest s'ouvrait la grande porte, l'Hathi Pol, l'entrée publique du Fort Rouge. Scintillante de marbre blanc et de tuiles bleues, elle dominait les remparts. Une galerie où se tenait l'orchestre impérial en ornait le sommet : le Naqqar Khana, la maison des tambours. Reconnaissable à des lieues à la ronde, l'Hathi Pol constituait souvent le premier aperçu du voyageur sur Agra. À l'approche de la cité, cependant, l'on ne s'y sentait pas forcément le bienvenu. Les trois issues du fort n'offraient qu'un accès exigu, bordé d'une série de portes aux abruptes rampes, où étaient regroupées les geôles destinées aux visiteurs importuns.

Devant l'Hathi Pol s'étendaient les vastes solitudes de la plaine. La terre n'y était que boue séchée, poussière qui s'envolait au premier souffle de brise. Puis le terrain sans vie laissait place à une forêt d'arbres rabougris qui s'accrochaient obstinément à la vie, leurs racines plongeant dans le sol à la recherche d'eau. On y avait installé le champ de tir impérial, enclos dans un maidan envahi de végétation et de cailloux. Dans le maidan proprement dit, et dans sa périphérie, aucun oiseau ni animal ne nichait de peur qu'un tireur ne le prît pour cible.

Postée à une extrémité du terrain, Mehrunnisa épaula son arquebuse à mèche et attendit le signal du Mir Shikar.

– Allez ! cria-t-il.

À l'autre extrémité, un serviteur lança un pigeon d'argile qui fusa en arc de cercle au-dessus des arbres, captant au passage un rayon du soleil couchant. Sans quitter sa cible des yeux, Mehrunnisa virevolta, portant l'arme plus avec son corps qu'avec ses bras, et prit sa visée tout en embrasant la mèche du fusil trempée dans le salpêtre, et qui dégageait une âcre fumée picotant les narines. La jeune femme appuya sur la détente. La mèche s'approcha du bassinet et enflamma la poudre. S'ensuivit une détonation qui expulsa la balle à travers le canon. Le projectile fila droit vers le pigeon d'argile qui continua sa course avant de retomber mollement sur le sol.

Mehrunnisa poussa un soupir et laissa choir son arme, soulagée de se débarrasser de ce fardeau. Elle avait le bras droit engourdi, les doigts inertes, la nuque et le dos raides. Elle sentait la peau de son épaule se hérisser en minuscules pointes douloureuses. Après la chasse, elle avait constaté les dégâts en se déshabillant.

– Ma fille !

Elle se retourna et découvrit Ghias Beg, la main levée sur les yeux pour se protéger du soleil.

– Bapa ! s'exclama-t-elle.

Le père de Mehrunnisa s'approcha et lui déposa un baiser sur le front.

– Tu es fatiguée. Viens t'asseoir un peu à mes côtés.

– Avec plaisir, bapa, mais juste le temps que le Mir Shikar recharge l'arquebuse.

Elle suivit son père à l'ombre d'un jamun chargé de fruits mauves qui dégageaient leur parfum sucré en cette chaude fin de journée. On avait étendu un tapis sous les branches. Tandis que l'impératrice tirait, une servante avait disposé quelques grappes de jamun dans un compotier d'argent. Mehrunnisa s'assit et présenta la coupe à Ghias Beg. Tous deux se restaurèrent en silence, croquant la chair onctueuse du fruit, laissant couler le jus indigo le long de leurs bras.

Ghias caressa la nuque de sa fille avec douceur ; elle posa la tête sur son épaule.

– Pourquoi t'épuiser à ce point, Mehrunnisa ? Ta maji m'a appris que tu passes tes journées au champ de tir. Et comme tu parais lasse !

Il saisit ses mains pour en exhiber les paumes parsemées de cloques rougeâtres.

– Sont-ce là les mains d'une impératrice ?

– Bapa, sais-tu ce qui m'est arrivé à la chasse ? Je m'éveille toutes les nuits en revoyant ce lion bondir sur l'éléphant impérial, le howdah pencher... et je tombe...

Elle se blottit contre lui, comme lorsqu'elle était enfant.

– Pourquoi s'appesantir sur ce qui n'est point arrivé ?

– Je ne puis m'en empêcher. Mes rêves ne m'obéissent pas.

Mehrunnisa dévisagea son père avec affection. Quand ces lignes inquiètes avaient-elle commencé à creuser sa face ? Quand ses sourcils s'étaient-ils piquetés de blanc ? Ghias Beg ôta son turban pour le déposer à côté de lui et sa fille lui caressa le front.

– Tu perds tes cheveux, bapa ?

– C'est un signe de sagesse, mon enfant. Mes cheveux blancs, mes rides, tout cela montre que je suis un vieil homme, père d'une impératrice, plusieurs fois grand-père, diwan de l'Empire moghol. Avec de telles prérogatives, je ne saurais présenter au peuple un visage lisse et une crinière noire de jamun. On me rirait au nez.

Mehrunnisa se détourna pour contempler les silhouettes qui s'agitaient à l'autre extrémité du maidan. Le soleil avait décliné et les ombres mauves du crépuscule s'étendaient à l'horizon.

– Je suis une bien piètre tireuse, bapa. L'empereur me préfère l'impératrice Jagat Gosini.

Elle baissa la voix pour ajouter :

– Il n'est plus venu me visiter depuis longtemps.

Du dos de la main, Ghias Beg essuya les larmes qui coulaient sur ses joues.

– Est-ce là ce que je t'ai enseigné, ma fille ? Fuir devant l'adversité ? Renoncer sans combattre ? Dans ce cas, pourquoi t'exercer jour après jour sur ce champ de tir ?

– Je n'ai nullement progressé. Encore à l'instant, j'ai manqué la cible. Comme presque tous les jours. Je reste ici, le fusil sur l'épaule, à suivre une cible que je rate à chaque fois. Si je suis incapable d'atteindre un pigeon d'argile, comment en toucherai-je un vivant ?

– Un jour tu atteindras le pigeon d'argile, le lendemain ce sera le vivant. Souviens-toi des épreuves que nous avons traversées, alors que chaque jour impliquait tant d'efforts, alors que la disgrâce impériale pesait sur notre tête, alors que nous pleurions la perte de notre gloire d'antan. Et te voilà souveraine, mariée à l'homme le plus puissant de l'Empire, qui régit la vie de tant de sujets. Jamais je n'aurais espéré un tel destin en fuyant la Perse ; je m'étais imaginé un poste quelconque au service de l'État, au mieux entrer à la cour de l'empereur Akbar.

– Pourtant tu as obtenu les plus hautes charges. Tu étais diwan bien avant que je n'épouse l'empereur. Ce mariage n'a rien changé pour ma famille.

Ghias prit un autre jamun en riant.

– Rien ? Un nouveau titre pour ton frère Abul. Un plus grand mansab pour moi. Ce n'est pas rien ! Et surtout, jamais l'empereur n'a montré un tel amour à l'égard de ses autres épouses.

Soudain, le père de Mehrunnisa parut regretter ses paroles :

– Ce n'est pas mon rôle d'évoquer l'amour devant ma fille. Pourtant, sais-tu seulement combien l'empereur Jahangir t'aime ?

– Oui... Cependant, il me fuit... et je me sens si seule !

Un triste silence s'ensuivit, qui écrasa douloureusement les épaules de Ghias.

Accompagnant le déclin du soleil, les cigales chantaient ; bientôt leur stridulation devint assourdissante. Ghias eût aimé apaiser sa fille, briser sa solitude, lui proposer de regagner la demeure familiale. Mais la fillette qu'ils avaient si tendrement élevée, son épouse et lui, n'était plus. Au cours de ses quatre années de veuvage, Mehrunnisa s'était endurcie. Que n'avait-il alors insisté pour l'accueillir ? Où une fille pouvait-elle habiter si ce n'était chez son père ? Cependant, elle avait rejoint le zénana impérial, aux côtés de l'impératrice douairière Ruqayya. Elle, la fille d'un grand ministre, avait gagné sa vie comme couturière. Il avait eu la sagesse de ne point s'en mêler car elle suivait son enseignement : ne jamais mendier la faveur de personne. Désormais, sa maison à elle était au palais, auprès de l'empereur. Sans doute les deux époux ne vivaient-ils qu'une querelle passagère, un léger malentendu. Il attira Mehrunnisa contre lui, pour qu'elle pleure sur son épaule et se sèche les joues sur le coton de sa qaba.

– Certes, l'impératrice Jagat Gosini est douée pour la chasse, mais tu l'égaleras. Tu possèdes une volonté inébranlable. Lorsque tu étais bébé, j'ai voulu t'abandonner : tu as tellement hurlé qu'à la fin il m'a bien fallu te reprendre. Tu connais cette histoire, n'est-ce pas ?

– Oui... Mais raconte-la-moi encore, souffla Mehrunnisa.

Il s'exécuta de bonne grâce, revivant la tempête de sable hivernale à Kandahar, au cours de laquelle Asmat s'était retirée pour donner le jour à Mehrunnisa. Il se rappela comment il s'était assis à l'abri d'un rocher, le sable tourbillonnant autour de lui, le froid lui engourdissant les membres ; et puis, soudain, le vent s'était apaisé, et il avait alors entendu le cri lointain du nouveau-né. Quelques semaines plus tard, alors que la famille reprenait la route de l'Inde, il avait décidé d'abandonner ce bébé trop faible... Alors, il avait enveloppé le nourrisson dans un châle afin de le déposer à l'orée d'un village, en priant de tout son cœur : Allah, fais que quelqu'un recueille ma fille et lui offre un doux foyer, qu'il soit bon avec elle ! Quelqu'un l'avait effectivement trouvée et la lui avait ramenée. Promettant de prendre en charge les frais que ses parents ne pouvaient assumer.

Lorsque Ghias Beg eut achevé son histoire, Mehrunnisa lui retourna la main pour la baiser.

– Comment savais-tu que j'étais bien ta fille, bapa ? Peut-être était-ce un autre bébé, né de quelque paysanne de la contrée.

Le diwan secoua vivement la tête :

– Non ! Tu as les yeux bleus de ton grand-père, et son sourire. Tu as l'obstination de ton frère Abul.

– N'ai-je donc rien de toi ?

– Ma sagesse, bien sûr.

Elle rit et l'éclat de son rire emplit l'étendue du shikar.

– Et de maji ?

– Ta mère t'a transmis sa grâce, sa voix douce, sa bonté.

Chaque fois qu'il reprenait ce récit, elle s'émerveillait de cette ascension qui les avait propulsés si haut, eux qui étaient partis de si bas. Son père relatait comment, le jour où il l'avait abandonnée, il ne possédait plus rien. Comment elle avait agrémenté leur vie de munificences.

– Tu possèdes ce don d'obtenir tout ce que tu veux de l'existence, mon enfant.

C'était la première fois que Ghias Beg achevait ainsi son histoire.

– Votre Majesté, intervint le Mir Shikar.

Tous deux se retournèrent pour découvrir l'arquebuse chargée qu'il tendait à l'impératrice.

Mehrunnisa se leva. Elle avait séché ses larmes et elle savait que son visage ne la trahirait pas, dans la pénombre éclairée par les premières torches.

– Je dois reprendre mon entraînement, bapa.

– Bien. Ne te fatigue pas outre mesure.

Elle se rendit alors compte de son épuisement. Une brusque nausée lui retourna l'estomac et les jamuns lui remontèrent jusqu'à la gorge. Ses membres engourdis lui semblaient dépourvus de toute souplesse. Elle reprit pourtant le lourd fusil et épaula. Lorsque le Mir Shikar lança son ordre, le serviteur alluma des rondelles de palas puis il balança son bras d'abord sous la ceinture, puis au-dessus de la tête et catapulta enfin la cible en feu qui s'éleva dans le ciel sombre. Mehrunnisa la suivait de son canon et appuya sur la détente. Le coup partit, la faisant reculer sous le choc, sans qu'elle détache pour autant ses yeux de la traînée dorée qui filait vers le sol. Soudain, celle-ci explosa, éparpillant mille étincelles dans toutes les directions.

Un sourire enchanté aux lèvres, Mehrunnisa vérifia que son père n'avait rien manqué du spectacle. Il leva la main pour la féliciter :

– Bientôt, tu réussiras ce coup dix fois d'affilée, ma fille. Tu pourras être fière de ta persévérance.

Le lendemain au Diwan-i-am, la cour des audiences publiques, Ghias Beg s'avança et accomplit un quadruple taslim devant l'empereur avant de lever le regard sur lui.

– Que désire Mirza Ghias Beg ? s'étonna Jahangir du haut de son trône.

– Que Votre Majesté me pardonne, pourrais-je obtenir une audience privée ? Mon propos ne relève pas des affaires de la cour.

Les regards des autres nobles étaient rivés sur lui. À quelques pas, Mahabat Khan et Muhammad Sharif observaient la scène avec attention. Ghias avait parlé à voix basse, aussi près du trône que le permettait l'étiquette. Tout beau-père de l'empereur qu'il était, il ignorait encore comment l'approcher discrètement.

– Certes, répondit Jahangir en se levant. Accompagne-moi jusqu'au zénana et nous parlerons en marchant.

Ils traversèrent les couloirs voûtés qui menaient au harem, Ghias Beg un pas derrière l'empereur, les serviteurs plus loin. Ils progressèrent d'abord en silence, Ghias se demandant comment aborder la question qui le taraudait. Soudain, Jahangir s'arrêta net et se tourna vers son ministre :

– Comment va Mehrunnisa ? J'ai entendu dire que tu lui avais rendu visite au champ de tir. Se porte-t-elle bien ? Elle m'a paru fatiguée après la chasse.

– Elle va bien, Votre Majesté, mais...

– Mais quoi ? Dis-moi la cause de son tourment. Ses servantes lui auraient-elles déplu ?

– Ce ne sont pas les servantes, Votre Majesté...

Ghias marqua une pause. Comment demander à l'empereur de retourner auprès de sa fille ?

– Ce sont certainement les servantes, rétorqua Jahangir. Quand je ne suis pas dans ses appartements, elles ne doivent pas lui obéir avec autant de zèle.

– Il est facile d'y remédier, Votre Majesté.

– Oui.

Jahangir interpella une esclave qui passait par là :

– Annonce à Nur Jahan Begam ma visite, ce soir.

– Merci, Votre Majesté.

Ghias salua et s'éloigna à reculons. Au fond, il n'était pas si difficile de demander une faveur... Il avait passé la nuit précédente à s'inquiéter pour sa fille. La malheureuse avait pleuré, elle qui pleurait si rarement, au contraire des autres femmes, dont les larmes appuyaient souvent les requêtes. Jamais elle n'avait manifesté une telle affliction, pas même après ses fausses couches ou la mort d'Ali Quli... Encore que ce dernier événement lui eût apporté une délivrance certaine.

Après son départ, Jahangir descendit les quelques marches de marbre menant au petit jardin intérieur où eunuques et concubines se prélassaient à l'ombre des manguiers. Il attendit que tous s'éclipsent pour s'asseoir au bord du bassin. Les carpes qui l'habitaient vinrent batifoler près de la margelle dans l'espoir de grappiller quelque nourriture.

Enfin, il tenait un motif pour revoir Mehrunnisa. Chaque matin, il s'était éveillé dans un lit morne et vide ; chaque jour, il avait rempli les tâches inhérentes à ses fonctions, rendu visite à l'impératrice Jagat Gosini pour y passer d'interminables soirées à boire en regardant se trémousser des danseuses. Cependant, il désirait tant retrouver Mehrunnisa que son estomac lui brûlait. Il se faisait rapporter par ses eunuques le détail des journées qu'elle passait sans lui : elle s'était rendue au balcon du jharoka les deux fois où il n'y était pas apparu, elle passait le plus clair de son temps au champ de tir. S'il exposait un visage serein en écoutant ces exposés, il bouillait d'impatience.

Il ôta son turban impérial et le déposa au bord du bassin. Le soleil de l'après-midi irradiait le marbre de la cour. Encore quelques heures à patienter avant de retrouver Mehrunnisa.

Il fut un temps où Mahabat, Sharif et même Jagat Gosini avaient tenté de discréditer la jeune femme, prétextant la déloyauté de sa famille envers le trône et la fourberie de son époux. Ces rumeurs revenaient depuis quelque temps, portées par le courant de perfidie qui avait fait enfler les voix à l'évocation du scandale du jharoka. Néanmoins, aucun de ses amis n'avait soupçonné l'amertume de l'empereur. Car la conduite de Mahabat et de Sharif l'affligeait. Que redoutaient-ils ? Le pouvoir grandissant de la famille de la nouvelle impératrice ? Son influence politique ? Mais pourquoi ?

Il demeura longtemps assis au bord de l'eau, la tête nue, laissant ses cheveux s'imprégner de la chaleur du soleil.

Après ses prières du soir et une dernière audience, Jahangir se baigna et se fit habiller en hâte, pressant ses serviteurs. Il gagna les appartements de Mehrunnisa : elle l'attendait, l'air grave.

Il apportait un sac de velours brodé. Au début de l'après-midi, il avait envoyé quérir la plus précieuse pièce de métal de l'Empire. Il déposa le sac au creux des mains de sa nouvelle épouse.

– Qu'est-ce ? demanda-t-elle.

D'abord, il resta silencieux, mais la lueur de ses yeux trahissait sa fébrilité. Puis il répondit :

– Ce que tu désirais tant.

– C'est toi que je désire.

Il la contempla un instant avant d'ajouter :

– Sans ce présent, tu ne saurais complètement régner sur moi.

Se pouvait-il... ? Non, cela se produisait trop vite, trop subitement... Mehrunnisa jeta un coup d'œil au sac. À travers l'étoffe, elle sentit une surface ronde et régulière. Elle porta le sac contre son cœur et crut percevoir la fraîcheur du métal.

– Merci, souffla-t-elle.

Comment exprimer son immense gratitude ? Avec ce présent, elle serait maîtresse de l'Empire, exercerait son pouvoir jusque dans les recoins les plus sauvages, sur chacun de ses sujets, sur la terre et sur le ciel.

Jahangir passa la nuit auprès de Mehrunnisa. Ils dormirent enlacés, encore éprouvés par cet affrontement... Chaque soir, on apportait dans la chambre de l'empereur une épée dont le fourreau était orné de rubis et de perles, ou de perles et d'émeraudes. Jahangir dormait avec l'arme à ses côtés, ainsi que le voulait la coutume instaurée par son père : nul empereur moghol ne saurait fermer les yeux sans cette protection, quelle que fût la puissance de sa garde rapprochée. Cette nuit-là, l'épée de Jahangir reposa dans les appartements de Mehrunnisa.

Lorsque l'eunuque se fut retiré, les deux époux conversèrent à mi-voix. Comme les lampes du zénana restaient allumées le temps que Jahangir annonce où il dormirait, les femmes se couchèrent, conscientes que la nouvelle impératrice avait, une fois encore, exercé sa magie sur l'empereur.

Et l'étoile de Mehrunnisa s'éleva de nouveau dans le ciel de l'Inde.

Adossé au mur, les bras croisés, Abul Hasan contemplait le profil de sa sœur devant la fenêtre. Le soleil, qui transperçait le filigrane de bois des volets, dessinait des cercles autour d'elle. Elle lisait un parchemin. Et lui attendait qu'elle se décidât à lui adresser la parole.

– De quoi s'agit-il ? demanda-t-il enfin, d'un ton impatient.

Mehrunnisa leva sur lui un regard malicieux.

– D'un farman impérial.

– Que t'a offert l'empereur, cette fois ?

Il se pencha vers le rouleau et s'étonna :

– Une attribution de mansab à un courtisan ? En quoi cela te concerne-t-il ?

– En tout, mon cher Abul. Viens t'asseoir près de moi.

Il remarqua alors le petit sac de velours vert brodé qu'elle tapotait sur ses genoux.

– Et ceci ? demanda-t-il.

– Que de questions ! Raconte-moi plutôt les impressions d'un homme qui franchit le seuil inviolable du zénana impérial.

Une semaine auparavant, elle avait envoyé des instructions aux gardes afin qu'ils laissent passer Abul. Les traits de son visage, ses cheveux, sa silhouette avaient été soigneusement décrits pour qu'il n'y eût pas de confusion possible. Si bien que, lorsqu'il se présenta devant les grilles, les Ahadis puis les Cachemiriennes le scrutèrent des pieds à la tête et dépêchèrent un messager à Hoshiyar Khan, qui se déplaça pour mener son propre examen. L'eunuque le dévisagea, posa plusieurs questions sur ses oncles et son grand-père – où ils vivaient à différentes périodes de leur vie, quelles femmes ils avaient épousées, qui avait mis ces femmes au monde. Ensuite, il lui posa un châle épais sur la tête et sur les épaules puis le guida à travers les couloirs de marbre et les jardins du harem aux pelouses imprégnées de rosée. Une femme passa près de lui, silencieuse. Néanmoins, il perçut sa curiosité au rythme de ses pas qui ralentissaient ; il distingua même le bas de sa gaghara, brodée de rubis scintillants. Malgré l'épaisseur du châle, Abul sentit le jasmin dont elle parfumait ses cheveux ainsi qu'un autre arôme, indéfinissable. Les doigts d'Hoshiyar se serrèrent sur son épaule, l'obligeant à s'arrêter pour la laisser passer. Qui était-elle pour que l'eunuque s'effaçât ainsi devant elle ? Quelques interminables instants s'écoulèrent ainsi, au cours desquels la femme et l'eunuque discutèrent, sans doute par gestes, si bien qu'il n'eut pas la moindre idée de leurs propos. Il eut seulement l'impression d'être inspecté tel un chameau au marché. Néanmoins, il ne se risqua pas à soulever son châle.

Tout ce tohu-bohu pour voir sa sœur ! Il se souvenait très bien de sa naissance dans le désert, bien qu'il n'eût alors que quatre ans. Il n'avait pas oublié quelle peur avait été la sienne, sa fatigue et sa faim, et surtout la tempête qui semblait soulever la surface de la terre vers le ciel, sans compter les gémissements de sa mère derrière la toile de la tente. Il l'avait détestée pour les soucis qu'elle avait donnés à leurs parents, mais aussi pour ses cris furieux, pour ses constantes exigences.

Ce ne fut qu'à Lahore ou Agra, alors qu'ils suivaient les déplacements de la cour de l'empereur Akbar, qu'il s'attacha à elle ; il lui enseigna le gilli-danda, rit à ses tentatives malhabiles pour escalader un arbre, sa ghagara repliée comme un dhoti entre ses jambes. Tous deux avaient ensuite grandi séparément, comme il convenait à des frères et sœurs élevés sous un même toit, mais leur affection mutuelle s'en était accrue.

– Tu as changé, observa-t-il doucement.

Ce disant, il caressa le sac de velours, mais elle l'éloigna d'un geste vif.

– Pourquoi ? demanda-t-elle.

Désignant la pièce richement meublée, puis son turban orné d'une plume de héron, réservée aux favoris de l'empereur, elle ajouta :

– Est-ce ceci ou cela qui me rend différente ?

– Non.

Faisant mine d'observer un gracieux vase de roses jaunes, il le poussa avec son coude et attendit pour opérer une seconde et discrète tentative en direction du sac de velours.

– Ce ne sont là que des signes extérieurs, d'agréables hommages de l'empereur Jahangir. Mais il y a autre chose...

Comme le vase oscillait, Mehrunnisa se précipita pour le retenir et se retrouva assise par terre, le visage enfoui dans les fleurs. Abul la débarrassa de son fardeau, qu'il reposa d'un geste cérémonieux sur la table. Elle ramassa son sac de velours en riant et le brandit par son cordon :

– Veux-tu voir ce que c'est ?

– Oui, s'il te plaît.

– Il suffisait de le demander !

Toujours assise par terre, elle le lui lança et il l'attrapa au vol, un peu surpris. L'objet pesait plus lourd qu'il ne s'y attendait.

Il découvrit un disque d'argent massif gravé de neuf cercles où étaient inscrits les noms de la dynastie des Timour. Cela commençait par : « Amir Timour, seigneur de la prometteuse

Conjonction, maître des quatre Coins du monde », et ainsi de suite jusqu'à « Nuruddin Muhammad Jahangir Padchah Ghazi, lumière de la religion, conquérant du monde », en passant par « Akbar Padchah, empereur des empereurs ».

La main d'Abul se mit à trembler devant ce métal lisse aux incrustations noircies par l'encre. Il le porta à sa joue puis y promena doucement la langue.

– Le sceau impérial...

– Ne le mange pas, c'est le seul que je possède, plaisanta Mehrunnisa.

Il lui jeta un regard où se mêlaient stupéfaction, émerveillement, mais aussi gratitude. Il connaissait l'existence de ce sceau, comme tous les sujets de l'Empire, comme tous ceux qui désiraient le voir apposer sur un farman rédigé à leur intention et qu'ils se transmettraient de génération en génération.

– Comment ?... Pourquoi ?... Mehrunnisa ?

– Je n'ai rien demandé, mais l'ai-je désiré ! L'empereur a bien voulu me l'accorder. Aurais-je dû refuser, Abul ?

Il essuya le sceau sur sa qaba puis le passa de nouveau sur son visage, humant son odeur métallique, comme s'il pouvait le fondre sous sa peau. Armé d'un tel sceau, on pouvait soulever les montagnes, anéantir les villes, détourner les fleuves de leur lit. On pouvait acquérir tout ce qui se trouvait sur terre, y compris la tête de presque tous les nobles. Tel était son pouvoir. Et voilà que Mehrunnisa l'avait en sa possession. Pourtant, la rumeur prétendait qu'il était sous la garde de l'impératrice Jagat Gosini.

La jeune femme remarqua le regard soupçonneux de son frère.

– Rassure-toi, Abul, je ne l'ai pas volé. Rends-le-moi.

– Encore un instant.

Il s'éloigna d'elle en serrant le précieux sceau sous son aisselle.

– Tu pourras l'astiquer, le soupeser, le goûter tant que tu voudras ! ironisa Mehrunnisa. Je n'ai pas l'intention de l'abandonner à aucune autre femme du zénana.

Alors Abul le rendit à sa sœur et la regarda humecter un bloc d'encre dans une coupe de jade, puis y tremper le sceau, le secouer sur le rebord et l'appliquer sur le farman. Elle déposa un poids sur chaque angle du parchemin en attendant que l'encre séchât.

Abul ne pouvait en détacher ses yeux

– Serais-tu devenue la bégum Padchah ?

– Ce n'est qu'un titre.

La réponse avait été brève, mais la sécheresse du ton trahissait l'amertume de Mehrunnisa.

– Ne te presse pas, Mehrunnisa. Les meilleures choses viendront en leur temps, afin que tu les apprécies pleinement. Ce sceau ne te suffit-il pas ?

– Pour commencer. Lorsque l'empereur est venu me retrouver après la chasse, il m'a remis le sceau impérial.

– Et que lui as-tu dit ?

– Sur le moment, rien du tout. Ensuite, rien non plus. Je voulais réfléchir, décider si je l'utiliserais sur-le-champ ou plus tard, une fois que j'aurai noué quelques alliances au sein du zénana, une fois que les femmes, les eunuques, les esclaves et les concubines connaîtront ma puissance.

Abul ne pouvait s'empêcher de songer combien sa sœur avait changé. Elle parlait des farmans qu'elle avait signés, des navires qu'elle avait acquis... Le mois précédent, elle avait dépêché Hoshiyar à Surat afin d'y surveiller la construction des trois navires qu'elle allait payer avec le revenu de ses jagirs. Car les terres que Jahangir lui avait octroyées comptaient parmi les plus riches de l'Empire, de ces terres fertiles où le blé poussait au gré du soleil et de la pluie. Elle possédait des villes entières, les champs qui les entouraient, les boutiques, les bazars, les maisons, et les gens qui les habitaient. Comme le port de Sikandara, sur la Yamunâ, où l'on collectait moult taxes sur les marchandises en provenance des provinces orientales de l'Empire. Et cet argent revenait à Mehrunnisa.

Abul se surprit à l'envier ; et comment en aurait-il été autrement devant une fortune aussi subite que démesurée ? Néanmoins, il se réjouissait pour elle. D'autant que sa famille profitait de sa prospérité. Grâce à elle, il se glorifiait du titre d'Asaf Khan, leur père s'était vu attribuer un mansab encore plus grand, de nouvelles responsabilités, et son influence s'étendait désormais sur tout l'Empire. Quoi qu'il désire de cette sœur dont ni les années, ni la séparation n'avaient pu altérer la tendresse, Abul n'avait qu'à demander.

Mais que ferait-elle pour Arjumand, sa fille de dix-neuf ans qu'il aimait tant ? De tous ses enfants, c'était elle qui lui donnait le plus de satisfaction. Cinq années auparavant, grâce à l'influence de Ghias Beg, Arjumand avait été fiancée au prince Khurram, fils de Jahangir. Lorsque la famille de Mehrunnisa avait été discréditée, la promesse en était restée là. La fille d'Abul se renferma sur elle-même, ravala ses rires et sombra dans la mélancolie. Certes, elle souriait quand il le lui commandait, lui servait son thé lorsqu'il rentrait à la maison, mais le cœur n'y était plus. Arjumand était devenue une femme ; elle méritait un mari, elle qui avait espéré épouser l'un des princes héritiers de l'Empire, peut-être même s'en était-elle éprise.

Abul eût aimé interroger Mehrunnisa sur le mariage. Mais il ne pouvait se résoudre à poser ouvertement la question.

– Il faut que je parte, maintenant, dit-il seulement.

Elle lui caressa le bras :

– Va vite. Et reviens plus vite encore !

Il se leva du divan et porta la main au sachet de velours rouge attaché à sa ceinture.

– Qu'y a-t-il dans ce sac, Abul ?

Pour toute réponse, il relâcha les cordons et répandit le contenu dans sa paume. Des graines brunes en forme de haricot y tombèrent en pluie.

Hochant la tête, Mehrunnisa sourit :

– Des daturas... Me demanderais-tu allégeance ?

– Oui, lâcha-t-il, la gorge sèche. Accepteras-tu de me prêter serment, Mehrunnisa ? Sur ces graines ?

Autrefois, ils s'étaient juré fidélité mutuelle à la suite d'un stupide incident. Mehrunnisa ne se rappelait d'ailleurs plus exactement de quoi il s'agissait... Elle fouilla dans sa mémoire : s'était-il rendu dans une taverne ? Ne l'y avait-il pas emmenée ? Elle se souvenait qu'Abul lui avait tendu la poudre blanche d'un datura écrasé et qu'ils l'avaient mangée ensemble. Amère et huileuse, elle les avait mis en transe plusieurs heures durant, les obligeant à boire sans cesse et à plisser les yeux pour se protéger de l'agressive lumière de l'Inde. À la fin, craignant pour la santé de sa sœur, Abul avait appelé maji au secours ; leur mère leur avait administré une mixture de tamarin et d'écorce de saule blanc qui avait fait vomir Mehrunnisa au milieu de la cour familiale. Alors seulement, la fillette fut soulagée, alors seulement elle avait rouvert les yeux et affronté le jour. Néanmoins, aucun des deux enfants n'avoua jamais ce qu'ils avaient ingéré.

– C'est ainsi que nous scellons nos promesses, Mehrunnisa. Ne me dis pas que tu as peur.

Elle sourit :

– Il y a peu de choses dont j'ai peur. Cependant, nous n'avons plus l'âge de ces bêtises !

Pour toute réponse, Abul ouvrit un second sac dont il sortit un petit mortier de marbre et un pilon. Il y jeta une graine et la moulut.

– Nous sommes unis par un lien que rien ni personne ne pourra défaire, commença-t-il.

Il s'humecta l'index et le trempa dans la poudre avant de le porter à sa bouche.

Mehrunnisa l'observait sans mot dire. Elle attendit qu'il eût reposé la main sur ses genoux pour répéter, le cœur battant :

– Nous sommes unis par un lien que rien ni personne ne pourra défaire.

D'un doigt tremblant, elle accomplit le rituel. L'odeur fétide du datura lui emplit les narines, mais elle ne fléchit pas. La poudre fondit sur sa langue, toujours aussi amère, toujours aussi écœurante et huileuse.

– Et maintenant ? demanda-t-elle.

Il exhuma de son sac un pot empli de la mixture de tamarin et de saule concoctée par leur mère.

– Vite, avale ceci !

Après qu'elle se fut exécutée, il fit de même et, quelques minutes plus tard, pris de haut-le-cœur, ils se précipitèrent vers le vase de roses, jetèrent les fleurs par la fenêtre et, l'un après l'autre, vidèrent le contenu de leur estomac dans le récipient.

Mehrunnisa s'adossa au mur, le corps secoué de spasmes.

– Te sens-tu bien, Nisa ? demanda-t-il en lui essuyant le front. Veux-tu que j'appelle un hakim ?

Elle prit son frère dans ses bras.

– Que nous sommes bêtes ! Nous aurions pu en mourir !

– Merci, souffla-t-il en contemplant ses grands yeux bleus. Maintenant, je sais, Nisa.

Un quart d'heure plus tard, ils riaient aux éclats, non sous l'influence néfaste du datura, mais de la joie d'avoir contemplé l'ombre de la mort avant de s'en détourner.

Le farman était sec ; Mehrunnisa le roula et le ferma. Puis elle frappa dans ses mains. La porte de ses appartements s'ouvrit sur Hoshiyar qui prit le parchemin, ainsi que le vase qu'elle lui tendait.

– Nettoie-moi ça, Hoshiyar.

– Tout de suite, Votre Majesté.

Il emporta le récipient et attendit Abul.

Mehrunnisa baisa la main de son frère.

– Je n'ai pas vu Arjumand depuis des mois, déclara-t-elle soudain. Quand me l'enverras-tu ?

L'Empire moghol observait avec intérêt la rapide ascension de Mehrunnisa, à l'intérieur comme à l'extérieur des murs du zénana. Pour les pensionnaires du harem, ce fut une source d'émerveillement. La plupart des concubines ne la connaissaient pas, tant le quartier des femmes était immense, mais elles en avaient entendu parler, par leurs esclaves et les eunuques. Une à une, qu'elles fussent épouses ou concubines, mères d'enfants de Jahangir ou non, elles basculèrent dans un camp ou dans l'autre. Certaines approuvaient Mehrunnisa en toute occasion – parce qu'elles espéraient en tirer bénéfice, ou qu'elles haïssaient Jagat Gosini, ou parce qu'elles n'avaient ni l'ambition ni la persévérance d'accéder à la suprématie. Aussi préféraient-elles l'abandonner à Mehrunnisa tout en continuant à jouir de leur vie paisible et confortable.

Pour Jagat Gosini, l'humiliation fut brutale et cuisante. Après avoir si longtemps occupé la place suprême, elle perdait prise peu à peu. Certaines femmes, qui considéraient Mehrunnisa avec une inimitié grandissante, se liguèrent avec la Padchah Begam.

Quant à l'impératrice douairière, Ruqayya Sultan Begam, elle détestait Jagat Gosini pour avoir réduit son train de vie – de luxueux à somptueux. Aussi ne se lassait-elle pas de s'extasier sur le pouvoir grandissant de Mehrunnisa, sa petite protégée. Si elle ne régnait plus en personne sur le zénana, sans doute régnerait-elle à travers Mehrunnisa. Du moins l'espérait-elle.

Elles se rencontrèrent à plusieurs reprises au cours des mois suivants, tard dans la soirée ou au beau milieu de l'après-midi, lorsque la chaleur était telle que toutes les pensionnaires du harem se réfugiaient dans les salons. Ruqayya enseignait à Mehrunnisa comment diversifier ses avoirs : placer une partie de son argent dans la terre, jagirs et autres, une partie dans les villes marchandes et une autre sur la mer, avec des navires qui parcouraient la mer d'Arabie de l'Inde à La Mecque, jusqu'à Médine.

Dans le palais de Ruqayya, Mehrunnisa assistait à un ballet incessant d'esclaves et d'eunuques qui les interrompaient pour chuchoter à l'oreille de l'impératrice douairière.

– Sais-tu, demandait soudain la bégum, que la fille de Mirza Kamran, celle qui doit se marier dans deux semaines, a perdu le collier de pierres précieuses qu'elle avait reçu en dot ? Il vaut cinquante mille roupies et pouf ! il s'envole. Comme par hasard, le fils de leur tailleur, qui lui faisait de l'œil quand il prenait ses mesures, vient d'entreprendre la construction d'une nouvelle maison.

Cette information étonnait Mehrunnisa pour de tout autres raisons : qui était ce Mirza Kamran ? Ah ! l'un des courtisans de premier rang du Diwan-i-am. À part cela, quelle était son importance ? Mehrunnisa ne comprenait pas que pareille anecdote parvienne jusqu'aux oreilles de Ruqayya. Prompte comme un oiseau de proie, la main de Ruqayya plongeait alors dans le sac qu'elle portait à son côté et une pièce de monnaie scintillait dans la paume de l'informateur – un mohur d'or, une roupie d'argent, parfois une bague ou un bracelet, selon l'importance de la nouvelle.

À l'extérieur du zénana, parmi les courtisans de l'Empire, les marchands anglais d'Agra et les prêtres jésuites, Mehrunnisa était au centre des conversations. Là aussi, elle suscitait à la fois l'émerveillement et l'incrédulité. Et ces hommes – qui se refusaient à la créditer de toute forme d'intelligence ou d'influence – s'amassaient en foule curieuse lors de ses apparitions au jharoka.

Beaucoup plus proche d'elle, dans le quartier des hommes du palais impérial, le prince Khurram s'intéressait également à Mehrunnisa.

Ce n'était pas par hasard. Ils étaient quatre prétendants au trône, quatre fils de l'empereur Jahangir : Khusrau, Parviz, Khurram et Chahryar, et il n'existait pas de droit d'aînesse dans l'Empire moghol. À l'âge adulte, tous les princes se disputaient la couronne. Une lutte semblable s'était déjà déroulée lors de l'accession au trône de Jahangir, de même que pour leur grand-père, l'empereur Akbar, ou leur arrière-grand-père, l'empereur Humayun.

En cette année 1611, les quatre fils avaient des destins bien différents.

Né de l'infortunée Man Bai, la première épouse de Jahangir, Khusrau était l'aîné des princes, et sa naissance avait été attendue dans la fièvre. Ce jeune homme intelligent, de belle prestance, se voyait promis à régner sur l'Empire. De plus, il s'entourait de puissantes relations.

Son oncle, le frère de sa mère, était Rajah Man Singh, guerrier rajpoute très respecté d'Akbar, qui l'avait chargé d'une campagne militaire au Mewar et au Bengale. À l'âge de dix-sept ans, Khusrau fut marié à la fille d'un autre noble influent à la cour, Mirza Aziz Koka. Avec de tels conseillers, le jeune prince partait favori. Pourtant, ces conseillers le menèrent à sa perte. Jahangir était encore prince lorsque Rajah Man Singh et Mirza Aziz Koka encouragèrent son fils à s'emparer directement du trône.

Ce fut à cette époque que la mère de Khusrau, Man Bai, mourut. Accablée par la révolte du fils contre le père, elle s'était suicidée à l'opium. Devenu empereur de l'Inde moghole, Jahangir écrasa les partisans de son fils. Mirza Koka fut dépouillé de ses titres et de ses terres tandis que Rajah Man Singh se voyait relevé de ses charges au Bengale. Quant à Khusrau, il fut placé en résidence surveillée. Ce qui ne l'empêcha pas de se rebeller encore... fuyant son palais, tentant de lever une armée contre son père, allant jusqu'à commanditer son assassinat. Jahangir, refusant de condamner son fils à mort, se contenta de le faire aveugler. Par la suite, des chirurgiens furent mandés pour tenter de lui rendre la vue, mais ils n'y parvinrent qu'en partie et sur un seul œil.

À vingt-quatre ans, Khusrau n'était dès lors plus qu'un semi-aveugle à l'esprit dérangé, qui songeait toujours à renverser son père. Mais ses partisans se faisaient rares. Il avait un fils, le prince Bulaqi, prétendant éventuel au trône, s'il parvenait à écarter ceux qui passaient devant lui dans l'ordre de préséance c'est-à-dire ses oncles, les propres frères de Khusrau.

Le prince Parviz avait été mis au monde par Sahib Jamal, troisième femme de Jahangir. Parviz avait vite succombé au fléau qui frappait tant de membres de la famille impériale : la boisson. Si Parviz voulait le trône, il ne possédait pas assez d'énergie pour le revendiquer. Il passait ses journées entre les bras tendres des femmes de son zénana et ses nuits à boire du vin.

Le prince Chahryar était né d'une concubine, l'année de l'accession au trône de Jahangir. Il n'avait donc que six ans et songeait surtout à jouer avec ses nourrices, à se baigner dans la Yamunâ et à se gaver de pâtisseries. Que pouvait désirer de plus un enfant ?

Restait Khurram, le troisième fils de Jahangir, né de Jagat Gosini, élevé par Ruqayya. Son nom lui venait de son grand-père, l'empereur Akbar, et signifiait « Joie », à cause de la joie immense éprouvée à sa naissance. Au contraire de son frère aîné, Khusrau, Khurram avait l'avantage de plaire à son grand-père et de ne pas déplaire à son père. Le prince savait très bien que cette bienveillance ne lui était octroyée que par la chance. Khurram avait grandi au zénana, sous la tutelle de Ruqayya. Si bien qu'il connaissait les luttes d'influence au sein du harem, qu'il avait observé les talents de ces femmes qui exerçaient leur emprise sur le plus puissant des monarques, les trésors de diplomatie qu'elles savaient déployer. Il avait remarqué les manœuvres de Ruqayya pour garder sous son influence le grand Akbar.

Le prince n'ignorait pas le poids de Mehrunnisa au sein du zénana. Il avait vingt ans, son père seulement quarante-deux. Dans dix ou peut-être même vingt années, lorsque son père mourrait, dans quel sens tournerait le vent des intrigues ? À ce moment-là, si l'ascension de Mehrunnisa se poursuivait, ce serait elle qui déciderait de l'investiture du prochain empereur.

Aussi Khurram décida-t-il de se mettre en quête de Mehrunnisa.

Dans un autre palais du harem, l'impératrice Jagat Gosini organisait sa prochaine rencontre avec Mahabat Khan. Rassemblant toutes ses forces afin de combattre l'emprise grandissante de Merhunnisa, elle ignorait l'imminence de la trahison de son fils.

Chapitre 5

Le conquérant du monde était l'esclave d'une femme, son épouse Nur Jahan Mahal selon le titre qui lui avait été octroyé. Son père... et son frère... s'arrogeaient une grande part dans l'administration des affaires ; tandis que sa nièce... était l'épouse de Sultan Khurram... Tous ces personnages formaient à cette époque une alliance solide...

– WILLIAM FOSTER, *L'Ambassade de sir Thomas Roe aux Indes*

En 1570 s'achevait l'édification du Lal Qila, le Fort Rouge, sur les rives de la languide Yamunâ, à Agra. Un an plus tard, après la conquête du Gujerat, l'empereur Akbar entreprenait la construction d'une nouvelle ville. Sise sur les berges d'un grand lac, à quelque six lieues et demie d'Agra, Fatehpur Sikri fut fondée en l'honneur d'un sage soufi auprès duquel Akbar s'était rendu en pèlerinage. Car l'empereur se languissait d'un héritier. Dix lunes plus tard, Jahangir naissait à Sikri.

Quinze années après que la cour d'Akbar fut installée à Fatehpur Sikri, la ville fut abandonnée car l'empereur se rendit à Lahore, où il prit le commandement de la campagne contre le roi d'Ouzbékistan. Il n'y retourna jamais, pas plus que la cour de son fils. Aussi, en 1611, la ville se détériorait-elle dans la chaleur de la plaine ; ses bâtisses de grès rouge s'effritaient, ses cours ne résonnaient plus d'aucune voix humaine, ses jardins dépérissaient sous un soleil féroce tandis que la poussière opacifiait ses fenêtres. Les chemins avaient disparu, car aucun cheval n'en tassait plus le sol, ni un éléphant, ni un chameau, ni un char à bœufs.

Pourtant, alors que le disque solaire orange vif déclinait à l'horizon, un cavalier solitaire descendait la rue déserte du bazar vers le Diwan-i-khas, la salle des audiences privées de Fatehpur Sikri. Le long de la triste voie, les arbres étendaient leurs branches décharnées. Mahabat Khan distinguait de temps à autre les eaux scintillantes du lac, lorsque son cheval ne soulevait pas trop de poussière sous ses sabots. Le sable envahissait déjà ses berges, mêlant de taches rouges sa surface bleutée. Dans quelques années, il serait à sec, évaporé au soleil. Et Fatehpur Sikri, ce monument né du caprice d'un grand empereur, disparaîtrait de la surface de la terre.

Cette capitale de l'Empire abritait autrefois une animation intense. Dans ses innombrables palais avaient résonné les rires des dames du harem, des bâtons d'encens avaient brûlé entre les colonnades et les sols de marbre avaient été adoucis de tapis persans, des lampes à huile avaient éclairé les niches ombrageuses et des amours interdites s'étaient épanouies à l'ombre des tamaris. La route de quatre lieues entre Agra et Fatehpur Sikri n'avait été qu'un long bazar peuplé de sarais pour le repos des voyageurs, de boutiques et de maisons. Là, l'empereur Jahangir et Mahabat avaient grandi dans le zénana. Ils avaient chassé ensemble, joué ensemble, étudié avec le même mulla. Une solide amitié en avait résulté, qui avait résisté aux inévitables disputes d'enfance, aux actes de bravoure et aux espiègleries. Lorsque Mahabat, Sharif et Koka avaient convaincu Jahangir de se rebeller contre l'empereur Akbar, il les avait écoutés, comme toujours, car il ne désirait rien tant que le trône. Malgré toutes les épreuves, ils étaient restés unis, car ils ne pouvaient plus reculer. Un faux pas et l'empereur Akbar aurait envoyé leur tête sur une pique orner les remparts d'Agra.

Au pied des minarets de grès du Diwan-i-khas, Mahabat amena son cheval jusqu'à la cour d'honneur tout en regardant autour de lui. Fatehpur Sikri n'était plus qu'une ville fantôme, que certains prétendaient hantée par des esprits errant dans ses cours, murmurant des bribes de chansons d'autrefois. Mahabat combattit l'émotion qui grandissait en lui, comme s'il arrivait à un rendez-vous amoureux auprès de quelque épouse ou quelque fille de dignitaire dont le plus grand charme résidait dans son délicieux goût de transgression. Il sauta à terre et laissa ses rênes pendre au sol.

Il traversa la cour à vive allure, ses bottes volant sur les dalles de marbre, jusqu'aux marches de l'entrée. Il s'arrêta un instant sur le seuil, afin de laisser ses yeux s'habituer à la semi-obscurité. Une lampe tremblotait dans une niche. Mahabat contempla le marbre délicatement sculpté du pilier central, autour duquel courait la plate-forme où Akbar donnait audience à quelques nobles triés sur le volet. Malgré son délabrement, le Diwan-i-khas resplendissait encore de sa magnificence passée.

– Mirza Mahabat Khan !

La voix avait articulé doucement ses nom et titre, qui résonnèrent à travers les murs et les colonnades de la salle. Mahabat se retourna vers la silhouette revêtue de blanc. Un voile de mousseline blanche lui couvrait le visage, une ghagara blanche balayait la poussière ocre qui maculait le sol et des anneaux d'argent tintinnabulaient à ses bras. Elle passa la porte sans bruit et entra dans la salle. Portant la main droite à son front, Mahabat s'inclina pour saluer l'apparition d'un profond konish.

– Votre Majesté.

– Merci de t'être déplacé jusqu'à Fatehpur Sikri, répondit l'impératrice Jagat Gosini.

– Merci à vous, Votre Majesté, d'avoir accepté ma requête.

Il avait beau la scruter, il ne distinguait pas le moindre trait de son visage tant la cotonnade qui le recouvrait était épaisse.

– Pourquoi Fatehpur Sikri, Votre Majesté ? N'eût-il pas été plus simple de se rencontrer à Agra, dans l'un des jardins impériaux ?

Elle agita ses longues mains sous son voile.

– À Agra, les espions de Mehrunnisa sont partout. Ils guettent mes moindres faits et gestes. J'ai choisi Fatehpur Sikri car la route est longue. L'empereur m'a autorisée à me recueillir sur la tombe du Cheikh.

Jagat Gosini s'assit contre une colonne. Mahabat la suivit des yeux puis alla s'adosser à un mur. Seule une femme de sang royal aurait osé prendre ainsi place dans la poussière sans se soucier de souiller ses vêtements.

Au-dehors, son cheval hennit et Mahabat jeta un coup d'œil par la porte. La cour était plongée dans la pénombre bleue du crépuscule ; rien ne semblait troubler sa solitude.

– Vous aurait-on suivie, Votre Majesté ?

– Non.

– Et vos servantes, où sont-elles ?

– Sur la tombe du Cheikh, en prières. Assieds-toi, Mirza Khan.

Mahabat s'accroupit, les mains sur les genoux, l'oreille aux aguets. Certes, il avait pris un autre cheval que le sien pour venir ici, mais quiconque passerait par là...

– Ne t'inquiète pas. Qui viendrait jusqu'à Fatehpur Sikri ?

Enfin, il reporta son attention sur la bégum.

– Quel est le secret de la nouvelle impératrice ? demanda-t-il. Est-elle belle ?

Là-dessus, il sourit intérieurement. Il avait vu son portrait, il connaissait la beauté de Mehrunnisa ; du moins ce qu'en avait capté un peintre certainement trop complaisant de l'atelier impérial.

– Elle passe pour jolie, concéda Jagat Gosini, comme à regret. Mais elle a vieilli et le temps fane les charmes d'une femme.

– Pourtant, elle siège au jharoka, Votre Majesté.

Il comprit son erreur quand il sentit son interlocutrice se raidir.

– Où elle a refoulé l'un de tes solliciteurs dès le premier jour !

– Une broutille. Cet homme se prétendait mon cousin. Mais je compte tellement de parents depuis quelque temps ! C'est là l'un des privilèges douteux de mon rang. Peu importe qu'elle ait récusé mon cousin, Votre Majesté : c'était moi qu'elle visait par ricochet. L'empereur ne m'avait encore jamais rien refusé. Pourtant, il l'a fait, ce jour-là, sur l'ordre de cette femme.

– Ne t'ai-je pas mis en garde depuis des années contre elle ? Ne t'ai-je pas prévenu du danger qu'elle représente ? Non seulement pour moi en tant que bégum Padchah, mais aussi pour toi, humilié face à la cour.

– Je ne comprends pas. Son premier époux a pourtant donné la mort à Qutubuddin Koka, que l'empereur aimait comme un frère. Jahangir semble avoir oublié cet assassinat. De plus, la famille de la nouvelle impératrice s'était déconsidérée au point qu'il semblait impossible de la voir regagner les faveurs de Sa Majesté. Alors, un mariage... D'insurmontables obstacles s'opposaient à leur amour, si ce n'était l'amour lui-même.

Un long silence s'ensuivit au cours duquel la bégum considéra ses mains, tout en jouant du bout des doigts avec un pan de son voile. Mahabat eut de nouveau le sentiment de lui avoir déplu. Mais pourquoi ? Cette remarque badine l'avait-elle offensée ? Tous deux savaient que l'amour, si prisé des poètes, n'avait pas sa place dans les affaires de l'Empire.

– Es-tu jamais tombé amoureux ?

Il sourit.

– J'aime mes épouses, Votre Majesté. Et les esclaves et les femmes.

Jagat Gosini se pencha vers lui :

– Et elles ? T'aiment-elles, Mirza Khan ?

– Bien sûr ! De toute façon, elles n'ont personne d'autre à aimer.

Le rire de la bégum donna froid dans le dos au ministre ; il sous-entendait que, s'il rencontrait les épouses d'autres dignitaires, peut-être ses propres femmes en faisaient-elles autant de leur côté. Cette seule pensée le mit hors de lui.

– J'ai entendu dire que le sceau impérial était désormais entre les mains de l'impératrice Nur Jahan, lâcha-t-il avec perfidie.

– Bien joué, Mahabat ! Donc nous avons tous les deux de bonnes raisons de ne pas aimer Mehrunnisa. Nous devons l'empêcher de nuire.

– Je sais. Et nous devons agir au plus vite. Le passé est le passé, mieux vaut ne pas le ressasser, à moins de pouvoir l'utiliser contre elle. Nous avons tenté d'empêcher ce mariage, mais en vain.

– Ah, tu ne t'es pas donné assez de mal, Mahabat !

Il préféra ne pas relever. Il s'était donné du mal, mais sans trop croire aux avertissements de Jagat Gosini, car il se moquait des intrigues du harem. Tandis qu'avec le jharoka... L'enjeu changeait du tout au tout.

– Je ne peux pas agir à l'intérieur du harem, Votre Majesté.

– C'est mon affaire. Ta place est à la cour.

Mahabat avait entendu parler de la chasse et de la façon dont Jagat Gosini s'y était illustrée. Cependant, elle avait perdu le sceau impérial. Hoshiyar lui-même avait rejoint le camp adverse. Dans ces conditions, pourquoi le ministre risquait-il cette rencontre à Fatehpur Sikri, au péril de se voir découvert en compagnie d'une épouse impériale ?

Mahabat décida de jouer le seul atout que conservait Jagat Gosini sur Mehrunnisa :

– Votre Majesté, les nobles à la cour sont conscients des ambitions du prince Khurram.

Souriante et soudain chaleureuse, elle ajouta, la voix emplie d'amour :

– C'est un jeune homme attentionné. Un jour, il sera empereur et il aura besoin de bons conseillers.

– Et c'est votre fils. Vous êtes la mère du futur empereur. Personne ne peut vous ôter cet avantage. Jamais elle ne pourra mettre au monde un rival.

Le cheval de Mahabat se mit à piaffer, ses sabots claquant contre les dalles de la cour. Le ministre se précipita vers la fenêtre pour tenter de percer l'obscurité, mais il n'aperçut même pas sa monture. Il n'entendait toujours rien, aucun pas, aucune manifestation d'être vivant, humain ou animal. C'est alors qu'une ombre se faufila dans la cour.

– Qui va là ? cria Mahabat.

La personne, ou la chose, se fondit dans la nuit et le cheval hennit de nouveau.

– Que se passe-t-il ? demanda Jagat Gosini en s'approchant de lui.

Il tourna la tête et vit son visage pour la première fois malgré son voile. Elle avait peur. Cela se devinait dans ses yeux.

– Nous devons partir, Votre Majesté.

Il traversa la salle en hâte pour éteindre la lampe et attendit que ses yeux se fussent habitués à l'obscurité pour tendre la main à l'impératrice. Ensemble, ils sortirent du Diwan-i-khas, Mahabat passant devant l'impératrice pour la cacher. Ils traversèrent la cour d'un pas vif en s'efforçant d'éviter des racines sournoises et se rendirent à la Jamid Masjid, la principale mosquée de Fatehpur Sikri. On apercevait à travers la dentelle de marbre du moucharabieh les nombreuses flammes qui brillaient sur la galerie et dans le mausolée, visibles à travers la dentelle de marbre. Mahabat salua l'impératrice et s'évanouit dans la nuit à proximité de la mosquée.

Jagat Gosini s'adossa à l'encadrement du portail, le temps d'y retrouver son souffle. Mahabat Khan avait fait preuve d'un courage admirable en la ramenant à la tombe du Cheikh, auprès de ses servantes. La nuit était encore tiède, mais son dos moite se rafraîchissait vite et la fit frissonner. Qu'avait aperçu Mahabat au-dehors ? Un homme ? Un fantôme ? Elle s'assit à proximité d'une lampe à huile dessinant sur le sol de fines guipures projetées par le moucharabieh marmoréen. Elle distinguait les voix de ses femmes et celle de Shaista Khan, son eunuque.

Il était temps de regagner Agra, ou du moins le sarai, l'auberge pour y passer la nuit. Cependant, Jagat Gosini restait immobile. Elle avait dompté sa colère depuis longtemps, mais celle-ci affleurait parfois au moment où l'impératrice s'y attendait le moins. Le jour où Hoshiyar Khan était venu récupérer le sceau impérial restait gravé dans son esprit. Elle avait été trop stupéfaite pour réfléchir.

– Mais... qui a formulé cette requête ?

– Sa Majesté l'empereur, Votre Majesté.

Elle gardait ce sceau depuis 1605, lorsqu'il avait été arraché à Ruqayya après la mort d'Akbar et l'accession au trône de Jahangir. Tandis que l'eunuque du harem impérial patientait, Jagat Gosini avait ouvert son coffre de teck et sorti le sac de velours. Elle le lui avait tendu et il avait encore attendu. Une à une, toutes les pièces de l'attirail liées à l'usage du sceau lui avaient été adjointes – le qalam, plume de bois utilisée pour signer les farmans, l'encrier de néphrite, la boule d'encre dans sa boîte d'or, et le couteau d'or avec son manche de perles et de rubis qui servait à couper l'encre. Elle avait conservé le lourd vase d'argent qui servait à diluer l'encre. Mehrunnisa lui avait concédé cette dernière faveur.

En partant, Hoshiyar avait annoncé :

– Sa Majesté Nur Jahan a demandé l'autorisation de recevoir son frère, Votre Majesté. Dans deux semaines. Il passera par la cour, en face de votre palais, au troisième pahr du jour.

Ainsi Jagat Gosini avait-elle arrêté Hoshiyar et Abul. Curieuse de connaître le frère de Mehrunnisa, elle avait tenté de distinguer son visage sous le châle. Elle le trouva très grand car il la dépassait de plus d'une tête. Elle examina la soie de son pantalon, la broderie de sa qaba, mais l'attitude d'Abul lui en révéla davantage. Il ne tenait pas en place et remuait la tête sans relâche ; c'était un homme instable et nerveux.

Quels sentiments éprouvait-il pour sa sœur ? Car cette visite ne signifiait rien : n'importe quel homme se fût précipité vers une sœur qui avait pris l'empereur dans ses rets. Et la fille d'Abul était fiancée à Khurram, même si Jagat Gosini s'efforçait de ne jamais mentionner ce fait devant Jahangir ni son fils. Si ce mariage avait lieu, si la nièce possédait les mêmes charmes que sa tante, Khurram échapperait de nouveau à l'influence de sa mère.

– Votre Majesté ?

Shaista Khan s'était approché avec la discrétion propre aux esclaves.

– Nous partons, lui répondit-elle. Fais demander les chevaux.

Aussitôt, les gardes enfourchèrent leurs montures et ouvrirent le chemin aux cavalières voilées. Bercée par le balancement de son cheval, Jagat Gosini réfléchissait aux propos de Mahabat. Jamais Khurram n'épouserait la nièce de Mehrunnisa, elle se le promettait. Jamais son fils ne s'allierait à cette famille maudite.

À la pleine lune suivante eut lieu la fête d'Holi au palais impérial d'Agra. Chaque jour, il faisait un peu plus chaud, chaque nuit un peu plus doux. La récolte du blé d'hiver s'achevait, et venait le temps des célébrations.

Holi était une fête hindoue, et augurait une période de réjouissances autant pour les hindous que pour les musulmans, quoique cette indulgence n'eût pas toujours été de mise. Lorsque l'empereur Babour conquit l'Inde en 1526, quelque quatre-vingt-cinq ans auparavant, il avait interdit de célébrer cette fête hindoue qui mêlait des légendes des rois et des démons, des dieux et des esprits. À la place, il avait institué une jizya, taxe due par ceux qui professaient l'hindouisme.

Plus tard, Akbar instaura une égalité de fait entre tous les peuples de l'Inde, geste politique s'il en fut puisque son empire était peuplé en majorité par les hindous, que ses guerriers rajputes étaient hindous, ainsi que nombre de ses épouses. Une fois cette barrière religieuse abattue, même les missionnaires jésuites furent autorisés à célébrer la messe et à convertir les peuples de l'Hindoustan au catholicisme.

Les célébrations d'Holi se poursuivaient cinq jours durant. La première nuit, les dames du harem sillonnaient les cours du palais et ramassaient avec des balais à manche d'or des feuilles et des brindilles séchées déposées là par les malis, les jardiniers. De même, au dehors du zénana, les paysannes nettoyaient le sol de leur hutte après l'hiver et empilaient les débris pour en faire un grand feu. Tout autour de la ville s'élevaient de nombreux bûchers qui illuminaient le ciel clair, accueillant le renouveau du printemps. Les bazars restèrent ouverts une partie de la nuit, proposant des burfis de cajou sur leurs feuilles argentées, des tranches de jalebis dorées par le miel, des kheers safranées et autres douceurs. Dans les cuisines du palais, le Mir Bakawal se penchait sur les énormes cuves de bhang. Les cuisiniers avaient haché le chanvre pour en tirer une pâte épaisse, bouillie avec du lait, du sucre, des amandes et des raisins secs. Le goût de la plante en était totalement altéré ; et l'on buvait d'abondance cette liqueur de chanvre infusé à l'arôme de lait d'amande, dont une seule coupe tournait la tête d'un étourdissement coloré.

Le palais s'éveilla aux premières pluies de l'année. Dans les rues, les enfants s'égaillèrent en poussant des cris de joie, se jetant du gulag, de la poudre colorée, les uns sur les autres. Dans le zénana impérial, la matinée débutait par le rituel verre de bhang, après quoi les dames se dispersaient dans les jardins pour s'asperger mutuellement le visage de rouge grenade, de jaune tournesol, de bleu indigo, de vert rizière. C'était à qui surprendrait sa voisine avec son petit pistolet empli d'eau colorée. Bientôt, les visages, les bras, les jambes et les vêtements dégoulinaient de teintures diverses. Ces taches résistaient aux bains et aux lavages – joyeuses preuves de la participation à la fête d'Holi. Lorsque la pluie cessa, les cruches de bhang étaient presque vides et les dames du harem musardaient dans un plaisant vertige.

Le prince Khurram se présenta à Mehrunnisa alors que le soleil s'élevait haut dans le ciel d'Agra. L'euphorie du matin s'était envolée et les dames gisaient à l'ombre des manguiers et des tamaris, bavardant doucement, écoutant la musique, tout en grignotant des douceurs. Il traversa les jardins, armé d'une poignée de gulag mauve, accosté à presque chacun de ses pas, trempé des pieds à la tête d'eau colorée lancée des vérandas, d'un balcon, dans son dos. Et Khurram répliquait gaiement, pourchassant une petite esclave, la bloquant contre une colonne pour lui frotter le corps de gulag sous des glapissements ravis. Il se comportait avec considération envers les dames plus âgées, leur offrant complaisamment son visage pour qu'elles puissent y appliquer de la poudre, et buvant du bhang à même les verres qu'elles lui présentaient.

Enfin, il aperçut Mehrunnisa en compagnie de l'empereur à l'ombre d'un manguier aux feuilles vert tendre. Adossé au tronc, son père avait laissé l'impératrice s'accouder sur ses genoux. Ils ne parlaient pas, mais Khurram vit la main de Jahangir se promener sur le dos de son épouse et celle-ci lui sourire en retour. Ils étaient seuls et cela surprit quelque peu Khurram. Jamais il n'avait vu son père autrement qu'entouré de nombreuses épouses, d'eunuques et d'esclaves.

Le prince s'approcha et accomplit un triple taslim puis embrassa son père sur la joue tandis que celui-ci lui tapotait l'épaule.

– Al-salam alekum, Vos Majestés !

– Sois le bienvenu, répondit Jahangir. Prends place avec nous.

– Je ne voudrais pas te déranger, bapa.

Pour toute réponse, l'empereur jeta un coup d'œil vers Mehrunnisa. Ce ne fut qu'un infime mouvement de la tête, mais il n'échappa point à Khurram.

– Nous ne t'avons pas vu depuis longtemps, observa son père.

– Joyeux Holi, Votre Majesté ! répliqua le prince.

D'un geste empreint de respect, il frotta de gulag la joue de Jahangir puis se tourna vers Mehrunnisa, qui lui présenta son menton. Elle souriait, ses yeux bleus embrumés par les vapeurs du bhang. Elle avait les cheveux emmêlés de mèches amarante et il ne restait pas un pouce de sa peau qui ne fût maculé de couleur, les poudres jusque sous ses ongles. Sa ghagara se teintait de couleurs indéfinissables et son voile virait au vert. Jahangir avait connu un sort similaire, sa kurta de soie ne laissant plus apparaître un seul fil blanc, sa nuque virant au rouge écarlate.

– Joyeux Holi, Votre Altesse, dit Mehrunnisa.

Elle trempa un doigt dans sa paume ouverte et lui traça une ligne mauve sur le front et le long du nez.

– Te voici infiniment plus beau maintenant !

– Je ne saurais contredire Votre Majesté.

Mehrunnisa partit d'un rire rauque.

– Qui te rend soudain si humble, Khurram ? Je t'ai toujours connu impérieux. Et je te connais depuis ton enfance.

Hochant la tête, il s'assit à côté d'eux et se frotta les mains pour se débarrasser du gulag. Ils n'échangèrent pas une parole et l'après-midi continua de s'écouler dans une bienfaisante léthargie. Khurram sentit Mehrunnisa pencher la tête vers lui pour le regarder un moment avant de se détourner. Une abeille passa en bourdonnant et il la chassa d'une main lasse. Il avait bu plus de bhang qu'il ne l'eût cru.

– Comment se porte ta fille ? demanda Jahangir.

– C'est un amour, Votre Majesté. Je vous l'amènerai bientôt.

L'empereur et le prince discutèrent encore quelque temps et Khurram s'efforçait de réfléchir mais la chaleur lui montait à la tête. Il vit Mehrunnisa déposer sa main dans celle de Jahangir et son père en baiser les doigts d'un air absent, avant de la poser contre son cœur. Ces démonstrations de tendresse gênaient quelque peu Khurram. Pourtant il avait été élevé dans le zénana. Que de fois n'avait-il vu son père gagner sa chambre, la main sur la taille d'une esclave ! L'empereur ne cachait certes pas ses activités nocturnes. Cependant ce... cette intimité, non de la chair mais de l'esprit, évoquait un bonheur qui lui restait étranger et le déconcertait. Il savait que sa mère et Jahangir n'avaient jamais connu cette extraordinaire insouciance l'un envers l'autre. Et s'il éprouvait de la jalousie, ce n'était pas pour sa mère, mais pour lui-même. À son tour, il désirait ressentir un tel abandon avec une femme. Cette révélation, ces sentiments dont il ignorait tout, le mettaient mal à l'aise. Tout en s'entretenant avec son père, il ne cessait de remuer, écrasant l'herbe sous le tapis. Il regrettait de n'avoir pas trouvé Mehrunnisa seule, afin de pouvoir lui parler, de l'assurer de son soutien indéfectible.

– Que désires-tu ? lui demanda soudain la jeune femme.

Elle avait interrompu Jahangir au beau milieu d'une phrase et, plus surprenant encore, son père ne manifesta aucune désapprobation. Khurram se ressaisit.

– Votre Majesté, je venais vous souhaiter la bienvenue dans le harem de mon père.

Il avait parlé sans réfléchir, et sa formule de politesse ne leurra pas l'impératrice.

– Est-ce tout, Khurram ? demanda-t-elle d'une voix douce.

Elle s'appuya contre son époux et le prince en resta coi. Son geste possessif montrait ainsi que l'empereur et elle ne faisaient qu'un, que s'il avait quelque requête à formuler, il devrait le faire en présence de Jahangir. Mais, dans ces conditions, que dire ? Qu'il venait réclamer le trône avant que son père eût songé à le quitter ? Qu'il n'entendait pas renverser Jahangir mais seulement asseoir ses prétentions ? Comment s'assurer qu'une telle déclaration ne serait pas mal comprise ?

– Votre Majesté, commença-t-il en choisissant ses mots, vous êtes nouvelle venue dans le harem de Sa Majesté et je rends hommage à la place que vous occupez aujourd'hui. S'il vous plaît de me commander, je suis votre serviteur.

Jahangir éclata de rire.

– Bravo, Khurram ! Tes flatteries m'emplissent de fierté.

– Ce ne sont pas des flatteries, Votre Majesté ! s'emporta Khurram. Une telle remarque est désobligeante de votre part. Je désire seulement exprimer l'étendue de mon affection envers ma nouvelle mère.

Jahangir voulut répondre, mais son épouse posa une main sur son bras.

– Khurram parle bien, Votre Majesté. Nous pouvons nous montrer fiers d'un tel fils. Va maintenant, car il nous faut nous reposer. Mais nous n'oublierons pas ta courtoisie, Khurram. Je ne l'oublierai pas.

Le prince se releva et salua. En s'éloignant du couple, il sentit leur regard peser sur lui mais, lorsqu'il se retourna, ce fut pour voir Mehrunnisa appuyer la tête sur la poitrine de l'empereur et fermer les yeux. Khurram se maudit d'avoir consommé tant de bhang, et de mesurer la portée de ses paroles. Avait-il su trouver les mots ? Mais comment solliciter sans paraître insatiable ?

Sous leur manguier, Mehrunnisa et Jahangir dormirent. Lorsque la jeune femme s'éveilla, elle comprit que l'empereur avait également repris conscience, même s'il ne bougeait pas ; les battements de son cœur sous l'oreille de son épouse étaient moins réguliers.

– Sous ses flatteries, Mehrunnisa, Khurram voulait savoir si tu soutiendrais ses aspirations.

– Que lui répondre, Seigneur ?

– Je ne suis pas encore mort.

Elle lui posa une main sur la bouche :

– Ne parle pas ainsi Que deviendrai-je si tu disparais ? Comment vivrais-je sans toi ?

Jahangir sourit.

– J'ai encore de longues années devant moi. Mais je me souviens combien j'ai désiré ce trône. Je considérais que mon père commettait une grande injustice en me le refusant... Plus que tout, je craignais que Mourad ou Daniyal ne le réclament, quand bien même j'étais le frère aîné.

– Il y a de fortes chances que Khurram te succède. Les trois autres... ne sont rien à côté de lui.

– Certainement, mon héritier sera Khurram.

La voix de Jahangir s'était néanmoins durcie. Il en voulait encore à Khusrau, ce fils qu'il avait autrefois tant aimé. Jamais il ne le lui pardonnerait sa trahison. Et Khusrau lui rappelait trop sa propre attitude envers son père, Akbar. Parviz n'était qu'un ivrogne, une mauviette qui n'avait pas l'étoffe d'un souverain. Lui aussi ressemblait à Jahangir en certains points – à commencer par la boisson. Jahangir consommait de l'opium depuis sa plus tendre enfance et buvait plus souvent qu'à son tour. Mehrunnisa tentait de le modérer, mais il se livrait encore trop souvent à ce coupable penchant.

– Veux-tu que je raisonne le prince Khurram, Seigneur ?

Jahangir l'embrassa sur la tête. L'eau colorée avait fini par sécher avec la chaleur, laissant de petites taches mauves et rouges sur ses cheveux. Tant qu'il serait de ce monde, Mehrunnisa obtiendrait tout ce qu'elle désirait – il lui suffirait de le demander. Mais quand il aurait disparu, son existence deviendrait précaire. Au mieux, elle serait impératrice douairière, sans aucun fils pour la soutenir. Sa voix ne serait plus écoutée. Tandis qu'avec Khurram... Son épouse conserverait son autorité. Et Jahangir souhaitait que Khurram lui succède – il ne jugeait aucun autre de ses fils capable de gouverner cet Empire et de chérir son peuple.

– Va te baigner, maintenant, Mehrunnisa. Sinon, les couleurs te colleront à la peau des jours durant.

Il claqua des doigts et Hoshiyar Khan arriva de la véranda.

– Prépare-nous nos bains.

– Oui, Votre Majesté.

Ils suivirent l'eunuque à l'intérieur du palais et, devant l'entrée de ses appartements, Jahangir déclara :

– Khurram serait le plus apte à occuper le trône. Mais il est encore trop tendre, trop enfantin. Afin de parfaire son éducation, il a besoin de conseils. Et je ne connais personne de plus avisé que toi, ma chère.

– Merci, Seigneur.

Là-dessus, elle gagna ses appartements d'un pas mal assuré, encore sous l'influence du bhang. Quelques heures plus tard, tous deux se retrouvèrent, baignés, changés, les couleurs du gulag teintant encore leurs peaux. Mehrunnisa avait choisi une ghagara et un choli assortis au vert qui s'était imprégné dans sa chair. Le bhang coula encore à flots mais elle n'en but plus une goutte. Elle songeait à Khurram.

Le pouvoir – influencer la cour, modifier les coutumes qui exigeaient des femmes l'obéissance, régner sur le zénana et ses pensionnaires – était en vérité une possession fragile. Elle le conserverait tant que Jahangir le voudrait. Mais avec Khurram à ses côtés, tout devenait possible, ou presque. Car courtisans et nobles spéculaient déjà sur la succession au trône. Dès qu'il était question de la couronne, les hypothèses allaient bon train sur la tête qu'elle allait ensuite la coiffer, même si celui qui la ceignait n'était empereur que depuis quelques courtes années.

Même les courtisans qui considéraient Mehrunnisa d'un œil peu amène, à commencer par les soldats rajpoutes demeurés fidèles à Jagat Gosini, soutiendraient Khurram, fils de la bégum. Si Khurram se rangeait du côté de Mehrunnisa, si elle-même prenait parti pour lui, les nobles se soumettraient en toute logique. En outre, une raison précise l'incitait à accepter le rôle de mentor du prince : Jagat Gosini serait furieuse. La colère étant mauvaise conseillère, la bégum serait beaucoup plus facile à manœuvrer.

Quelle naïveté que celle de Khurram ! songea-t-elle en écoutant l'orchestre impérial, son verre de bhang intact devant elle. Il ne se doutait pas de son rôle décisif dans l'ascension de Mehrunnisa. Et il ne le saurait jamais. Mieux valait qu'il croie avoir besoin d'elle, ce qui était le cas tant qu'il resterait simple prétendant au trône. Quant à elle, c'était son avenir qu'elle construisait.

Toutefois, il n'était pas question de confier son sort aux mains de ce prince à qui elle n'accordait encore qu'une confiance limitée. Elle pouvait s'appuyer sur bien d'autres sympathisants. À commencer par bapa et Abul. Même si Khurram envisageait une volte-face, son père et son frère demeureraient des alliés sûrs. Le même sang que le sien coulait dans leurs veines.

Lorsque le printemps eut achevé de chasser la fraîcheur des jours d'hiver, un palanquin s'arrêta dans la cour d'honneur de la demeure de Ghias Beg, au bord de la Yamunâ.

Les serviteurs se précipitèrent, les ordres fusèrent et les hommes détournèrent leur regard de la fille de la maison devenue inaccessible, car désormais un turban impérial ceignait sa tête. Sa Majesté était là. Vite, qu'on mène les chevaux aux écuries ; qu'on restaure les gardes ; qu'on avertisse le maître.

Mehrunnisa entra dans la maison, entièrement voilée et charmée par tant d'attentions, y compris de la part de vieux serviteurs qui l'avaient grondée quand elle était petite. C'était elle qui avait organisé cette visite. Il était plus facile de se rendre dans la maison de son père que d'introduire Abul et bapa au zénana. Cependant, la présence de Khurram nécessitait discrétion et diplomatie. Ils attendirent le prince dans le vestibule. Asmat allait et venait, le visage durci d'anxiété. Sa mère n'appréciait pas la situation : elle n'avait pas le goût du secret.

Enfin, Khurram fit son entrée. Intimidé, il accepta les hommages de Ghias et d'Abul, s'inclina devant l'épouse de son père. Et tous attendirent que Mehrunnisa prît la parole. Il lui revenait d'expliquer les motifs de ce rendez-vous clandestin. Pourtant, elle affecta de parler d'abord de banalités.

– William Hawkins a quitté la cour pour regagner son pays, commença-t-elle. Il se fatiguait, ici, il supportait mal la chaleur. Ces firangis ont la peau si fragile !

Ils s'entretinrent donc de William Hawkins, un marchand qui s'était attribué le titre d'ambassadeur d'Angleterre et avait proposé à Jahangir de signer un traité commercial en faveur des Anglais. Les trois hommes savaient que Mehrunnisa et l'empereur avaient feint d'y réfléchir afin de retenir le marchand en Inde : il les amusait tant avec ses afféteries et son langage turc de courtisan qui cachaient mal une éducation des plus frustes. William Hawkins jurait comme un charretier, n'effectuait pas le taslim aussi souvent que l'exigeait l'étiquette, et sa voix se teintait parfois d'intonations bourrues. Jahangir lui offrit un revenu, une maison à Agra, un mansab de quatre cents chevaux et même le titre d'English Khan. Mais Hawkins, déçu que Jahangir n'eût jamais signé le traité, se languissait de sa terre natale. Aussi reçut-il l'autorisation de quitter l'Empire moghol, comblé de cadeaux.

– Et les jésuites, Votre Majesté ?

– Eh bien, Khurram ?

Les jésuites portugais étaient installés en Inde depuis des années, bien avant la conquête moghole. Les clochers de leurs missions se dressaient nombreux à travers Agra, et c'était l'empereur qui en avait payé l'édification. Leurs prêtres avaient converti trois des neveux de Jahangir au catholicisme, mais là s'arrêta leur progression. En outre, n'étant plus musulmans, ces neveux-là devenaient indignes de monter un jour sur le trône. Malgré ces innombrables signes de Dieu, les jésuites portugais sillonnaient la mer d'Arabie, offrant leur protection aux navires des pèlerins qui voguaient vers La Mecque ou Médine, et récoltant les taxes afférentes.

– Le coût du commerce en pâtit, risqua Khurram. Pourquoi l'Empire n'assure-t-il pas la sécurité de ses propres navires ? Pourquoi devons-nous dépendre d'étrangers ? Et qui d'autre nous prêterait main-forte ?

– Les Anglais, peut-être ? suggéra Abul.

Il avait fréquenté William Hawkins durant son séjour à Agra. Et le marchand lui avait rapporté nombre d'anecdotes sur la puissance maritime anglaise – raillant la défaite de l'Armada espagnole vingt-cinq ans plus tôt. Comment réagiraient des soldats sur des mers qui leur étaient étrangères, où soufflaient d'autres vents, où la terre prenait d'autres formes ?

Tous avaient cependant entendu l'histoire d'un autre Anglais, qui avait à peine posé le pied sur le sol indien, un certain Henry Middleton. Lors de son arrivée, Middleton avait reçu l'autorisation de décharger ses marchandises sur les quais de Surat avant de se faire expulser du port sans cérémonie. Furieux, il avait abordé des vaisseaux indiens croisant dans le golfe d'Aden et réclamé de lourdes rançons. Quand les navires avaient regagné Surat sans leurs précieuses cargaisons, leurs équipages s'étaient répandus en imprécations contre la brutalité des Anglais. Parmi les navires accostés se trouvait le *Rahimi*, susceptible de transporter mille cinq cents passagers. L'affront infligé à l'Empire était cuisant ; la propriétaire de ce navire, Ruqayya, pleurait amèrement la perte occasionnée. Middleton venait d'effacer tous les patients efforts de diplomatie déployés par Hawkins.

– Ne jugeons pas trop sévèrement cet homme, déclara Mehrunnisa. Il a lui-même été provoqué et volé par Muqarrab Khan.

– John, précisa Ghias Beg.

C'était la première fois qu'il intervenait. Jusque-là, il s'était contenté d'admirer l'aisance de sa fille.

– Tu as raison, bapa, répondit-elle. Muqarrab s'est converti au catholicisme et s'appelle désormais John. Il a roulé Middleton pour satisfaire les Portugais, qui refusent la présence anglaise.

– Pourquoi ? demanda Ghias.

Abul allait répondre, mais son père lui fit signe de se taire.

– Si les Anglais aiment tellement la mer, reprit Mehrunnisa, si leur marine est vraiment si puissante, nous devons les utiliser. Ils protégeront nos navires à la place des Portugais ou, mieux, nous proposerons à tous les firangis de s'en charger – et en tirerons profit. Tant que les Portugais se sentiront en position dominante, leur arrogance augmentera. Cependant,

Middleton contre nos navires n'a pas démontré sa supériorité sur les mers : il s'est attaqué à des vaisseaux marchands sans défense.

– Mais avec raison, comme vous venez de le dire, Votre Majesté, renchérit Khurram. Nous savons au moins ce que vaut la loyauté de Muqarrab Khan. Permettons aux Anglais de s'installer en Inde s'ils le désirent.

Ils discutèrent toute la soirée ; les bougies se consumaient dans leurs coupelles d'argent. La conversation porta exclusivement sur les firangis. Personne ne mentionna la lutte de suprématie qui couvait au zénana, ni les prétentions de Khurram, ni les espérances de Ghias Beg et d'Abul Hasan. Car chacun nourrissait un désir ardent, même Ghias, qui se réjouissait de la puissance de sa fille ; il espérait maintenant bénéficier de richesses élargies. C'était sa seule faiblesse et Mehrunnisa en était consciente. Pour l'instant, ils se contentaient de discuter, en privé, en un lieu où les murs n'avaient pas d'oreilles.

C'est ainsi que naquit la junte.

Et Mehrunnisa crut entrer dans l'histoire, plongeant sa plume dans l'encre qui inscrivait les noms des hommes sur un parchemin éternel et allait retenir le sien.

Sans doute s'était-elle trop hâtée dans la formation de cette junte. Sans doute s'était-elle précipitée pour prêter allégeance au prince Khurram.

Car nul ne savait encore, et Mehrunnisa moins que quiconque, qu'un autre que Khurram se targuait des mêmes droits sur l'Empire. Et méritait davantage l'affection et la loyauté de la nouvelle impératrice.

Chapitre 6

Peu de mariages princiers avaient été aussi heureux... Arjumand Banu s'abandonna corps et âme à son époux. Pourtant leur union n'avait d'abord été que politique. Elle concrétisait l'alliance de Mehrunnisa, d'Itimad-ud-daulah et d'Asaf Khan avec l'héritier présomptif.

– BENI PRASAD, *Histoire de Jahangir*

La foule se pressait dans le Diwan-i-am, la cour des audiences publiques du fort d'Agra. Tous les jours, sauf le vendredi, l'empereur Jahangir y tenait session ; il y décrétait les arrêts officiels de l'Empire, il y recevait les nouvelles des coins les plus reculés de ce vaste territoire et y écoutait les requêtes de ses sujets. En cette fin d'après-midi, alors que le soleil déclinait à l'horizon, nobles et gens du peuple pénétrèrent dans le fort par la porte de l'Éléphant et patientèrent devant les gardes qui vérifiaient leurs sauf-conduits ; ensuite, les cavaliers abandonnèrent leurs chevaux dans la première cour et s'engagèrent sur la rampe qui conduisait au Diwan-i-am. Ils prirent place dans la cour carrée dont quarante colonnes soutenaient le toit de grès recouvert de fines feuilles d'or. Comme le prescrivait l'étiquette, ils ôtèrent leurs chaussures ou leurs sandales avant de fouler le sol de marbre jonché de tapis persans.

Le Diwan-i-am s'ouvrait sur trois côtés tandis que le quatrième s'adossait au mur du palais. L'empereur Jahangir y siégeait, sur son haut trône de marbre surmonté d'un dais de draperies d'or brodées d'émeraudes que supportaient des colonnes dorées. Derrière lui on apercevait les élégants grillages des moucharabiehs du zénana.

Avant même l'entrée de Jahangir, Mehrunnisa s'installa sur le balcon, au premier rang, afin de pouvoir effleurer le dos de son époux s'il lui prenait la fantaisie de passer les doigts à travers la fine dentelle de marbre. Elle se pencha pour contempler les nobles rassemblés dans la cour. Aux côtés du trône, les esclaves impériaux : deux garçonnets se tenaient debout sur d'énormes éléphants de bois afin que leurs chasse-mouches parviennent jusqu'à l'empereur. Près d'eux s'alignaient les porte-enseignes que Mehrunnisa inspecta avec attention ; le premier exposait aux regards une boule d'or enserrée par des mains enlacées, le deuxième maintenait une queue de yak, un autre portait la bannière de l'empereur, brodée d'un lion et du soleil levant.

Les principaux dignitaires de l'Empire s'étaient groupés autour de Mahabat Khan et Muhammad Sharif, des autres rajahs – titres honorifiques, puisque leurs royaumes appartenaient à l'Empire – et des ambassadeurs étrangers. Ghias Beg et Abul Hasan se tenaient là également, juste au-dessous du prince Khurram, deux pouces au-dessus de Mahabat et de Sharif ; ces places leur avaient été attribuées le jour où Mehrunnisa avait épousé Jahangir. L'élite de l'Empire était séparée des courtisans par une épaisse balustrade d'argent. Enfin venaient les marchands et les négociants, se démarquant du peuple par une clôture de bois laqué écarlate. Au fond étaient regroupés les éléphants d'apparat, chacun avec son cornac à califourchon sur sa nuque.

Un auvent de brocart doré s'étendait au-dessus de la cour pour protéger le peuple du soleil. Et chaque jour, qu'il plût ou que la chaleur fût particulièrement insoutenable, l'apparition de l'empereur Jahangir attirait les assistants par milliers.

Les balcons du zénana étaient aussi bondés – les femmes sacrifiaient une heure de leur sieste ou de leurs études afin d'assister à l'audience. À l'époque où elle servait Ruqayya, Mehrunnisa y avait toujours accompagné l'impératrice douairière : toutes deux s'asseyaient au dernier rang comme l'imposait la hiérarchie implicite du harem, les têtes des autres dames leur masquant le spectacle, les paroles échangées par les dignitaires et l'empereur leur échappant trop souvent. C'était évidemment l'impératrice Jagat Gosini qui occupait la meilleure place, à la droite de l'empereur. Et il en était toujours ainsi.

Depuis son mariage, Mehrunnisa s'était installée à la gauche de son époux, quand bien même elle estimait que la première place lui revenait. L'impératrice ne se tourna pas vers Mehrunnisa, mais un infime raidissement dans son attitude révéla qu'elle avait deviné la présence de sa rivale. Que complotait-elle ? Connaissait-elle la défection de Khurram ?

Mehrunnisa sourit intérieurement. Elle avait subjugué le prince Khurram aussi sûrement que si elle avait été son épouse ou sa mère. Que la bégum rencontre Mahabat Khan en secret, qu'elle lui prenne la main sous prétexte de fuir ou de demander sa protection... S'il venait à Mehrunnisa la fantaisie de rapporter de tels détails à l'empereur, ces deux-là risqueraient leurs têtes. Mais elle n'avait pas l'intention d'en avertir Jahangir. Du moins, pas pour le moment...

Les deux comploteurs s'étaient entretenus à son sujet. Mehrunnisa le savait par des servantes qui lui avaient rapporté une partie de la conversation, les bribes qu'elles avaient pu surprendre. Shaista Khan, l'eunuque de Jagat Gosini, l'avait prévenue de cette rencontre. Celle-ci se doutait-elle qu'elle hébergeait un espion dans ses appartements ? Que c'était le pas de Shaista qui avait troublé la nuit de Fatehpur Sikri ?

Lorsque les tambours annoncèrent l'entrée de Jahangir, toutes les dames se levèrent sur les balcons du harem, tandis que les trois rangs de la cour, ainsi que les éléphants, exécutaient le konish. Ils ne se redressèrent que pour contempler l'empereur Jahangir installé sur son divan de satin. Les nobles ne s'asseyaient pas. Nul n'avait l'audace de plier les jambes devant le souverain et même la station debout était régie par le protocole : les bras joints, les doigts de la main droite fermés sur le coude gauche et la main gauche sur le coude droit, la tête inclinée en signe de soumission. Et personne n'avait droit à la parole.

Du millier de personnes présentes dans la cour des audiences publiques, aucun son ne s'éleva donc. On ne parlait que si l'on y était expressément invité par l'empereur. De même, on ne quittait le Diwan-i-am qu'après son départ, de peur de perdre sa place à la cour, voire sa tête, avant le coucher du soleil.

Ces coutumes impitoyables maintenaient Jahangir à la tête de l'Empire. Car l'empereur était l'Empire. Nul ne devait en douter. Il adressa un signe au Mir Tozak, le maître des cérémonies. Celui-ci s'inclina puis déroula un parchemin. La première partie de l'audience confirmait l'exécution des ordres de la veille. Ensuite on lisait quelques nouvelles provenant des différentes régions de l'Empire.

– À Lahore, Votre Majesté, un poussin est né avec trois becs, un de chaque côté du principal.

Jahangir se pencha en avant.

– Vraiment ? Fais-le conduire à la cour, que nous examinions ce phénomène.

– Il n'a vécu que deux jours, Votre Majesté. Mais ses éleveurs s'efforcent d'accoupler le même coq à la même poule afin qu'ils procréent un autre poussin de la même facture.

– Un poussin à trois becs, répéta Jahangir. On n'avait encore jamais vu cela, n'est-ce pas ?

Tous les dignitaires firent signe que non de la tête, bien que l'empereur se fût tourné vers la gauche, comme pour s'adresser à Mehrunnisa seule, comme si le darbar entier ne se tenait pas à ses pieds. Mehrunnisa lui sourit avec affection. Un jour, elle avait demandé à son époux pourquoi il se préoccupait de telles futilités, au point de les évoquer au Diwan-i-am – ne valait-il pas mieux s'y entretenir des affaires de l'État ? Jahangir lui avait répondu que rien n'était futile, qu'il s'intéressait à tous les incidents, petits et grands, survenus aux sujets de son Empire. Il était capital que les nouvelles des moindres recoins et jagirs du pays soient transmises. Car trop souvent, nobles et amirs se rengorgeaient de leur propre importance, réduisant l'immensité de l'Empire à sa capitale, Agra. Une fois de plus, Mehrunnisa se félicita des conseils de Ruqayya, qui lui avait souvent répété que le vrai pouvoir résidait dans la connaissance.

Ainsi, d'autres événements étranges furent portés à la connaissance de la cour et commentés par Jahangir. Il prodigua quelques ordres lorsqu'il jugeait une intervention nécessaire. Puis vint le tour des requêtes ; à qui attribuer un plus grand mansab, qui féliciter pour sa bravoure, qui dépouiller de ses biens et de ses titres. Quelques notables s'avancèrent pour supplier Jahangir de leur accorder la permission de marier leurs filles. Avant de faire alliance avec une autre famille, ils demandaient à l'empereur de consacrer la prochaine union.

Dans ces moments-là, il se tournait plus souvent encore vers Mehrunnisa. Une fois, il l'interpella :

– Qu'en penses-tu, Nur Jahan Begam ?

Elle ne répondit pas et toute l'assistance tâcha de percevoir le plus petit murmure. Mais son silence suffit à Jahangir, qui congédia le solliciteur :

– Ta fille est trop jeune, Mirza Chingaz Khan, patiente encore quelques années.

Chingaz Khan s'inclina et regagna sa place. Il aurait aimé s'allier avec un riche personnage qui jouissait de l'amitié de Mahabat Khan. C'est précisément pour cette raison que Mehrunnisa n'autorisa pas le mariage. Moins les gens se montreraient reconnaissants envers Mahabat, mieux elle se porterait. Cette requête, comme les autres, lui avait été soumise la veille au soir au zénana ; elle les avait parcourues avec Ruqayya et Hoshiyar afin de déterminer quels avantages ils pourraient en tirer. Mehrunnisa ne notait rien et se fiait à sa mémoire ; mieux valait ne laisser aucune trace matérielle de son intervention.

À la fin du darbar, les éléphants furent emmenés vers le trône, et Jahangir s'enquit des nom, date et lieu de naissance de chacun, ainsi que de la quantité de canne à sucre qu'ils absorbaient quotidiennement. Puis vint le tour des chevaux et des chameaux.

Durant cette fastidieuse présentation, deux prêtres jésuites retinrent l'attention de Mehrunnisa. Les pères Xavier et Pinheiro. Au contraire des nobles, ils ne portaient ni épée ni dague. On les repérait de loin dans la longue robe noire qu'ils portaient par tous les temps, leur visage glabre et leurs cheveux courts coiffés d'une simple calotte. Ils semblaient des statues de pierre parmi cette assemblée chamarrée d'or et de bijoux, de soieries et de brocarts. Ils s'avancèrent pour réclamer l'augmentation de leur pension mensuelle. Pour tout présent, ils n'avaient apporté qu'une paire de gants en chevreau, sans le moindre ornement ni la plus petite broderie.

Mehrunnisa vit la nuque de Jahangir s'empourprer de colère. Ils n'avaient exécuté ni le konish ni le taslim : leur religion le proscrivait, prétendaient-ils. Et ils présentèrent leur requête d'un ton empreint d'insolence. Pourtant, l'empereur accéda à leur demande, ainsi qu'il l'avait décidé la veille. Toute la cour commentait l'assaut donné par Middleton contre les navires impériaux et savait qu'il ne leur restait d'autre protecteur contre les pirates que les Portugais. Si bien que l'empereur Jahangir puisa dans le trésor impérial, à son corps défendant.

Lorsque le darbar s'acheva enfin, Mehrunnisa se leva doucement. Soudain, la tête lui tourna et elle retomba sur son divan. Elle resta sur place, tremblant de tous ses membres, refusant d'appeler à l'aide une esclave ou des dames de son entourage. Elle eut l'impression que la salle plongeait dans une subite obscurité pour revenir trop vite à la lumière.

Elle connaissait bien ce genre de malaise pour l'avoir ressenti à plusieurs reprises avant la naissance de Ladli. Préoccupée par les affaires de l'esprit, elle n'avait plus écouté son corps et ses menstrues avaient une dizaine de jours de retard. Elle ne s'était pas rendu compte qu'elle attendait peut-être un autre enfant.

Aussitôt, elle pria Allah qu'il lui accorde un fils. Elle avait Ladli, maintenant il lui fallait un garçon. Autrefois, cela n'avait aucune importance, mais à présent qu'elle tenait l'Empire entre ses mains... Surprenant le regard inquisiteur de l'impératrice Jagat Gosini, elle fut envahie par la peur. Rien n'arriverait à cet enfant, rien ne le blesserait, pas un mauvais œil, pas une main mal intentionnée. Si toutefois elle ne se trompait pas.

Mais si elle ne se trompait pas... à quoi bon sa bienveillance envers Khurram ?

Ladli courut derrière une colonne de la véranda, en relevant les pans de sa ghagara, compta jusqu'à dix à voix haute, puis jeta un coup d'œil malicieux vers sa cousine. Mais Arjumand lui tournait le dos et fixait un point invisible sur le sol. Encore tout essoufflée, la fillette soupira derrière son pilier. Décidément, Arjumand se conduisait bizarrement ces jours-ci.

Des gouttes de sueur coulèrent le long des joues de Ladli jusqu'à sa nuque, où ses cheveux s'entrelaçaient en une longue natte noire. Elle s'essuya le visage à l'aide de la soie de sa ghagara, laissant une tache humide sur le devant. Puis elle lança un nouveau coup d'œil. Arjumand était partie, l'abandonnant dans l'éblouissante lumière de l'après-midi. Ladli sortit si brusquement de sa cachette qu'elle heurta quelqu'un avec un bruit mou. Elle tomba par terre et leva la tête vers Hoshiyar Khan.

– Que fais-tu là ? demanda l'eunuque. Pourquoi ne te reposes-tu pas dans tes appartements ?

– Comme ça, assura la fillette toujours assise par terre.

Hoshiyar se pencha et, de sa main puissante, il la hissa sur ses pieds en la retenant par la ceinture de sa ghagara, puis l'épousseta méticuleusement.

– Retourne dans ta chambre, maintenant.

Il la tenait encore par l'épaule, mais l'enfant eut tôt fait d'échapper à son emprise.

– Il fait si chaud ! Je n'arrive pas à dormir. Je te le promets, je ne sortirai pas du zénana, Hoshiyar. Laisse-moi jouer, veux-tu ?

Elle tenta un regard implorant, écarquillant les yeux pour mieux souligner la supplication de son sourire.

– Tu ne dois pas te promener toute seule dans le harem et tu le sais très bien ! gronda-t-il. Où sont tes servantes ?

Il avait beau scruter les alentours, il ne voyait personne. Le soleil avait poussé tous les êtres doués de raison à la recherche d'une once de fraîcheur, derrière les volets clos des palais. La véranda était déserte.

– J'aurai leurs têtes ! Que dira ta maman si elle apprend que tu es sortie sans escorte ?

S'accrochant à la ceinture de l'eunuque, Ladli souleva les jambes, comme pour se balancer.

– Je veux seulement jouer à l'ombre du figuier. Oh, s'il te plaît ! S'il te plaît ! S'il te plaît ! Laisse-moi jouer. Je reviendrai avant le thé, personne ne s'en apercevra. S'il te plaît !

Hoshiyar l'écarta de lui, mais elle souriait de plus belle.

– D'accord, lâcha-t-il à regret.

Cependant, il se mit en quête des servantes de la fillette pour les réprimander. Oublieuses de leur devoir, elles dormaient, sans doute.

Ladli s'efforça de marcher à petits pas, bien qu'elle éprouvât une envie folle de courir. D'ailleurs, que faisait Hoshiyar sur la véranda au beau milieu de l'après-midi ? C'était l'eunuque de sa mère, pas le sien. Pourquoi s'attachait-il aux pas de Ladli comme son ombre ? Il la surveillait même durant ses leçons avec le mulla, surtout quand un irrésistible désir lui venait de taquiner le vieil homme : elle entonnait des chansons sans queue ni tête, ou écrivait à l'envers, jusqu'à ce qu'il se gratte la barbe d'un air déconfit. Dans ces moments-là – Allah seul savait comment Hoshiyar les pressentait – l'eunuque passait une tête dans l'embrasure de la porte et menaçait :

– Ladli, sois sage !

Elle jeta un coup d'œil derrière elle. Hoshiyar avait disparu à l'intérieur du palais. Rassemblant ses jupes, elle dévala en courant les marches qui menaient au jardin, filant comme une guêpe d'un buisson à l'autre dans le soleil écrasant. Où se cachait Arjumand ?

Enfin, épuisée par la chaleur, la fillette se réfugia à l'ombre du figuier banian. Depuis que Mehrunnisa avait épousé l'empereur, sa mère lui manquait. Et puis elle était toujours fatiguée. Auparavant elle buvait la moindre de ses paroles, désormais elle ne prenait plus garde à ses bavardages, trop occupée à étudier un farman ou à écouter les propos d'Hoshiyar. L'empereur lui-même semblait consacrer davantage de temps à Ladli. Il la laissait grimper sur ses genoux, le soir, quand il lisait, sous réserve qu'elle se taise. Il sentait toujours bon, un assortiment de tabac, de vin et de bois de santal. Et puis il était gentil et il lui offrait sans cesse des cadeaux, même maintenant que maman l'avait épousé et qu'il n'avait plus besoin de la conquérir en charmant Ladli. Un jour, elle s'était endormie contre lui et, quand elle s'était réveillée, le collier de perles de Jahangir avait creusé des petits trous ronds dans sa joue.

Mais où était passée Arjumand ? Un après-midi par semaine, celle-ci lui rendait visite au zénana. Ladli guettait son arrivée avec impatience : elle apportait des nouvelles de l'extérieur et racontait les occupations de sa mère, de ses frères et de ses sœurs. Ces derniers temps, cependant, soit elle ne venait pas du tout, soit elle arrivait très en retard pour ne demeurer que les quelques minutes précédant le coucher du soleil.

Ladli lui gardait toutefois son affection, car c'était la seule de ses cousines qui se déplaçât pour elle. Arjumand avait dix-neuf ans, ce qui était déjà très âgé. Mais elle était si jolie et si gracieuse, elle cousait si bien ! Lorsque toutes les deux jouaient à cuisiner, elle préparait de délicieux faux pilafs ! Tandis que, malgré ses efforts, Ladli oubliait toujours un ingrédient, feuille de laurier ou raisins secs revenus dans le beurre. Et puis elle était si calme ! Hoshiyar avait un jour conseillé à la fillette de suivre l'exemple de sa cousine en tâchant de rester assise plus d'une minute d'affilée. Malgré tout, Arjumand, cette jeune fille si accomplie, dressait l'oreille dès qu'elle entendait une voix à l'extérieur des appartements et, si c'était une voix d'homme, elle s'agitait soudain sur le divan. En outre, elle se perdait sans arrêt dans les corridors du zénana. Aussi, ce jour-là, Ladli avait-elle voulu l'accueillir dès son arrivée et la guider dans le dédale qui menait à son appartement. Mais les pas d'Arjumand l'avaient menée vers les jardins. Soudain soupçonneuse, Ladli l'avait suivie. Arjumand avait un amoureux. C'était la seule explication plausible.

– Te voilà enfin, petite Ladli !

Une jeune esclave traversait la pelouse en direction du figuier et fronça le nez, ce qui fit rire la fillette. La servante se pencha pour lui pincer la joue avec rudesse.

– Tu es trop mignonne, mon enfant ! Viens dormir, maintenant.

– Je ne veux pas.

– Comme tu dis cela joliment ! Viens.

Là-dessus, elle attrapa la fillette par sa tresse et l'obligea à se lever.

Ladli se débattit. Depuis que sa maman avait épousé l'empereur, on ne lui accordait pas un instant de répit. On l'étreignait sans arrêt, on l'étouffait de baisers humides, on lui pinçait les joues, on se faisait craquer les jointures devant ses oreilles afin de chasser le mauvais œil. À l'époque où elle vivait avec sa mère auprès de l'impératrice douairière Ruqayya, personne ne semblait connaître son existence. Maintenant, c'était à qui lui dirait combien elle était belle et gentille, dans l'espoir sans doute qu'elle allait le rapporter à sa maman.

– Viens, répéta l'esclave.

Elle avait le visage bouffi de sommeil et ses oreilles résonnaient encore des réprimandes d'Hoshiyar.

Ladli prit son élan et envoya vivement son pied dans le menton de la fille, si fort qu'elle en ressentit elle-même le choc. Constatant avec satisfaction que son adversaire lui lâchait les cheveux et partait en hurlant, elle s'enfuit dans la direction opposée.

C'est alors qu'elle aperçut Arjumand tapie derrière un buisson de jasmin, ou plutôt dedans, les pieds pendant audessus du sol.

– Arjumand ?

La jeune fille se retourna, écarlate.

– Chuuut... Pas un bruit, Ladli !

Elle émergea tout de même du jasmin, lissa sa ghagara et son voile, laissant quelques fils de soie verte sur les branchages qui l'avaient accueillie.

– Tu as déchiré ta robe !

– Silence ! cria presque sa cousine.

Tout en appliquant sa paume sur la bouche de Ladli, elle la poussa si rudement que la petite tomba à terre.

– Quand j'ôterai ma main, lui souffla-t-elle à l'oreille, tu ne dois RIEN dire. C'est compris ?

Les yeux écarquillés d'effroi, Ladli acquiesça.

– Je sais que tu adores parler, ajouta sa cousine, mais je ne veux pas entendre un mot.

– D'accord, mais lâche-moi ! protesta l'enfant sous la main qui la bâillonnait encore.

Ladli se redressa, les yeux pleins de larmes. Pourquoi Arjumand agissait-elle de la sorte ? La douce Arjumand, toujours si gentille avec elle ! Qui n'avait jamais élevé la voix de sa vie ! Assise dans l'herbe, la fillette entortilla sa ghagara déjà souillée de terre. Elle se força à pleurer et renifla avec affectation, guettant la réaction d'Arjumand.

– Reste tranquille, Ladli !

Tout d'un coup, sa cousine se ravisa et lui ouvrit les bras :

– Je suis désolée, je t'assure. Pardonne-moi, ma petite chérie.

Reniflant encore, Ladli grimpa sur ses genoux et essuya ses larmes sur le choli de sa cousine. Outre sa maman et l'empereur, c'était la seule personne qu'elle autorisait à l'appeler « ma petite chérie ». Arjumand pouvait aussi l'embrasser autant qu'elle le voulait. Elle sentait bon la transpiration, le soleil et le jasmin.

– Arrête de pleurer ! Je t'ai dit que j'étais désolée.

– Bon, mais ne recommence pas.

Tous deux restèrent assises un moment, Arjumand balançant sa petite cousine pour la calmer, jusqu'à ce que celle-ci lui demande :

– Qui surveilles-tu ?

– Ça ne te regarde pas. Retourne chez toi. D'ailleurs, que faisais-tu ici ?

Mais Ladli s'était déjà enfoncée dans le buisson de jasmin. Il était en fleurs et son odeur entêtante lui tourna quelque peu la tête. Elle progressa prudemment entre les branchages emmêlés qui l'égratignèrent néanmoins, parfois jusqu'au sang. De là, la fillette aperçut les bassins de lotus dont les corolles nacrées s'épanouissaient à la surface. Le prince Khurram, assis sur un banc, la tête découverte, jetait des pierres dans l'eau. Une petite esclave arriva avec un coupe d'argent et lui effleura le cou. Il se tourna en riant, attira la jeune fille sur ses genoux.

Arjumand avait rejoint Ladli dans le buisson.

– Que font-ils ? Pourquoi lui donne-t-il à manger ? interrogea la petite fille.

Le prince s'était emparé d'une cerise et, après l'avoir calée entre ses dents, il l'offrit à l'esclave, qui s'efforça d'attraper le fruit avec sa bouche. Le jus vermillon lui coula sur le menton et le prince le recueillit du bout des doigts.

– Regarde !

Mais Arjumand tira Ladli de son buisson.

– Assieds-toi et reste tranquille.

La petite la fixait de ses grands yeux :

– Va le trouver.

– Et que veux-tu que je lui dise ? Votre Altesse, je suis la femme à qui vous êtes fiancé, celle que vous avez oubliée.

Elle avait articulé ces mots lentement, le cœur lourd. Leurs fiançailles remontaient à cinq ans ; comment Khurram eût-il pu s'en souvenir ? Pour lui, elle n'était qu'une silhouette voilée, une alliance politique. À quoi bon un mariage, désormais ? Arjumand ne s'imaginait pas réclamer à son père... Quoi, au fait ?

Oserait-elle seulement aborder la question ? Un jour, bapa lui avait annoncé ses fiançailles avec le prince Khurram. Arjumand avait acquiescé d'un signe de tête. Mais cette attente, cette incertitude, personne ne l'avait préparée à cela.

Toutes les amies d'Arjumand étaient déjà mariées et élevaient deux ou trois enfants ; tandis qu'elle, à dix-neuf ans, se retrouvait fiancée à un homme qui ignorait son existence. S'il ne l'épousait pas, aucun autre homme ne voudrait d'elle. De toute façon, elle ne voulait en épouser aucun autre. Elle aimait Khurram.

Arjumand et Ladli demeurèrent silencieuses à l'ombre du buisson de jasmin. De temps à autre montaient un éclat de rire, un murmure, une exclamation. Chaque fois, Arjumand baissait un peu plus la tête. Elle s'essuya les yeux et Ladli la dévisagea pour s'assurer qu'elle ne pleurait pas. Non, c'était juste une poussière, lui assura sa cousine.

– Quel idiot, ce Khurram ! s'exclama soudain Ladli. Qui ne voudrait t'épouser ? Qu'il te regarde une seule fois et on verra !

Arjumand afficha un sourire embarrassé.

– Merci.

Comme chacun des membres de sa famille, Ladli savait qu'Arjumand était la plus belle de toutes les femmes. Elle se déplaçait tel un nuage voguant dans le ciel, elle parlait d'une voix douce comme le miel et, quand elle riait, on en frémissait de plaisir.

– Je vais en parler à maman, décréta Ladli. Elle obligera Khurram à t'épouser.

– Non... murmura Arjumand distraitement.

Tout d'un coup, elle tourna un visage implorant vers sa cousine :

– Crois-tu que tu pourrais ? Après tout, Khurram et moi sommes fiancés.

– Maman peut tout faire.

– Oui, elle est... si forte. Comme un homme. J'aimerais avoir son courage.

Arjumand soupira. Si seulement elle osait formuler son désir, quand elle osait à peine se l'avouer ! Ladli se releva et contourna le buisson de jasmin. Ses pieds nus ne claquèrent pas sur les dalles de grès qui entouraient le bassin, si bien qu'elle se planta devant Khurram avant qu'il se rendît compte de sa présence. L'esclave se cacha le visage dans l'épaule du prince, exposant son dos nu à l'enfant.

– Que veux-tu, Ladli ? demanda Khurram. Va jouer avec tes servantes, je suis occupé.

– Oh ! Votre Altesse, pardonnez-moi de vous importuner mais ma cousine s'est tordu la cheville, il faut lui venir en aide !

Avec un art consommé de la comédie, Ladli joignait désespérément les mains.

– Appelle donc un eunuque.

– Votre Altesse, insista Ladli en tirant sur sa ceinture, ils sont tous partis et elle souffre tant !

Repoussant l'esclave, Khurram se leva d'un mouvement exaspéré. De toute façon, cette gamine lui avait gâché son plaisir. Pour ce qui était de ses faveurs, la servante attendrait.

– Va chercher des secours, lui ordonna-t-il.

Puis, se tournant vers Ladli :

– Où est ta cousine ?

La fillette courut vers le buisson en traînant le prince par la main. Arjumand avait écouté leur conversation avec horreur. La petite peste ! Elle méritait une bonne gifle. À présent, il s'agissait de jouer les blessées.

Khurram et Ladli débouchèrent du buisson et trouvèrent Arjumand gisant dans l'herbe, la tête baissée, la face rougissante.

– La voilà ! s'exclama triomphalement sa cousine.

Khurram s'agenouilla devant la jeune fille.

– Tu t'es blessée à la cheville, c'est bien cela ?

– Oui, Votre Altesse.

Arjumand fusilla Ladli du regard, et la petite lui répondit d'un clin d'œil.

– Quel pied ?

D'un geste hésitant, Arjumand désigna sa jambe droite. Khurram souleva légèrement sa jupe, remarquant la soie déchirée mais, surtout un petit pied parfait, une cheville mince soulignée par un anneau d'or et des motifs au henné. Le prince effleura la peau délicate sans trouver de boursouflure, mais, déjà, il regardait son visage pour vérifier sa beauté. Elle baissait les yeux ; cependant, il découvrit son menton, ses joues rosies par le soleil, sur lesquelles reposaient de longs cils noirs.

– Souffres-tu beaucoup ? s'enquit-il d'une voix douce.

Arjumand frissonnait au contact de ses doigts. Fascinée, elle hocha faiblement la tête. Lorsque enfin elle le regarda, il souriait. Ladli observait la scène avec curiosité. Tous deux semblaient avoir oublié sa présence. Et Khurram ne chasserait plus sa cousine de son esprit, désormais...

Le prince souleva la jeune fille dans ses bras et la porta vers le palais. Sur son ordre, elle lui passa un bras autour du cou, effarée d'une telle intimité, humant son odeur, n'entendant plus que les battements de son cœur si près du sien. Elle ne pouvait articuler un mot et priait pour que cet instant ne s'arrêtât jamais.

Hoshiyar Khan surgit de l'appartement de Mehrunnisa pour libérer Khurram de son doux fardeau. Il inspecta la cheville et, pas plus que le prince, ne trouva de tuméfaction ; mais, au contraire du prince, il afficha un air soupçonneux et jeta un regard noir à Ladli.

– Prends soin d'elle, Hoshiyar ! ordonna Khurram.

– Certainement, Votre Altesse. Je vais l'amener directement à l'impératrice.

Là-dessus, il emporta Arjumand, tandis que Ladli saluait le prince :

– Merci, Khurram !

Celui-ci lui jeta un regard étonné, mais ses pensées revinrent vite à la jeune fille. Certes, Mehrunnisa était belle, mais se pouvait-il qu'elle eût une nièce si merveilleuse ? Ce devait être un trait de famille. Pourquoi ne l'avait-il encore point remarquée ? Et comment la conquérir ?

Le prince Khurram grimpa l'escalier qui menait aux appartements de Mehrunnisa. Quand une idée lui occupait l'esprit, il ne tardait jamais à en obtenir l'accomplissement.

L'air était frais et la pièce sombre ; de lourdes tentures retenaient la chaleur extérieure. Il resta devant la porte le temps de s'habituer à la semi-obscurité, puis aperçut Mehrunnisa étendue sur un divan, le regard levé vers lui.

– Que désires-tu, Khurram ?

– Votre Majesté, lança-t-il en hâte, je viens de rencontrer la plus merveilleuse des femmes. Je désire l'épouser.

– Qui t'en empêche ? Pourquoi t'adresser à moi ? Demande à l'empereur.

– C'est qu'il s'agit de votre nièce.

– Oh ?

Mehrunnisa répertoria mentalement chacune de ses nièces. De qui Khurram s'était-il épris ?

– J'ai tant de nièces...

– Arjumand Banu.

L'impératrice éclata de rire.

– Tu veux épouser Arjumand ?

La mine déconfite du prince la réjouit encore plus.

– Oui, Votre Majesté. Je vous en prie, ne me dites pas qu'elle est déjà fiancée !

– Elle est déjà fiancée, Khurram.

Il baissa la tête de dépit. Tant de beauté, tant de grâce, une si jolie femme...

– Tu ignores donc qui elle est ? demanda Mehrunnisa, étonnée.

– Je viens de la rencontrer, Votre Majesté. Est-elle fiancée depuis longtemps ? S'agit-il d'un homme de bonne famille ? Est-il digne d'elle ?

– Je réponds oui à ces trois questions. Tu ne te souviens pas ?

– De quoi donc, Votre Majesté ?

– Son fiancé, c'est toi, Khurram.

Khurram finirait forcément par le découvrir ; mieux valait que ce fût Mehrunnisa qui le lui rappelât.

– Moi ?

– Oui, Altesse.

Elle sourit.

– La cérémonie des fiançailles a été célébrée dans la maison de mon père, il y a cinq ans.

Soudain, il s'en souvenait. Cependant, sa mère lui avait confié que la fiancée était laide comme un pou et grossière comme une souillon. À l'époque, il n'avait que quinze ans, il était timide, gêné par l'attention que tous lui portaient. Il ne pouvait refuser ce mariage, et se plierait à autant de mariages que son père le jugerait nécessaire pour le bien de l'Empire.

– Elle est si jolie ! s'émerveilla-t-il.

Comment sa mère avait-elle pu se tromper à ce point ? On avait dû lui montrer une autre fille, à moins qu'Arjumand ne se fût totalement métamorphosée en quelques années.

– C'est vrai, approuva Mehrunnisa, pensive. Elle sera une bonne épouse.

Il lui adressa un sourire ravi, les yeux brillants de plaisir. Soudain, il paraissait naïf comme un gamin gagné par les premiers émois de l'amour. Il s'agenouilla et lui baisa la main.

– Puis-je espérer que ce mariage sera célébré au plus vite, Votre Majesté ? Je vous serai à jamais redevable si vous acceptez d'en parler à mon père.

– Ce sera fait, Khurram, je te le promets. Je demanderai l'accord de Sa Majesté ce soir. Et tu entreras très vite dans notre famille.

Le prince quitta la chambre sur un petit nuage. Lorsqu'il fut parti, Mehrunnisa s'allongea et ferma les yeux, toutes ses craintes évanouies. Voilà qui la rapprochait encore de l'héritier de Jahangir : il lui serait désormais lié par le sang. À travers Arjumand – si l'engouement de Khurram présageait un attachement profond – elle obtiendrait le soutien du prince. Car Arjumand était une fille dévouée à son père et à sa tante.

Quant à l'enfant... L'absence de ses menstrues ne prouvait encore rien. Néanmoins, la fatigue qui l'obligeait à s'étendre l'après-midi, à dormir quelques heures dès que le soleil atteignait son zénith était un signe incontestable.

La cérémonie du mariage fut célébrée dans la demeure de Ghias Beg. Depuis plusieurs jours, les cadeaux pour la fiancée affluaient du palais. Le futur époux fournissait la robe de mariage, car la jeune fille quitterait la maison de son père et tout ce qui lui avait appartenu – jusqu'à ses vêtements, qui témoigneraient désormais de son allégeance conjugale. Les femmes organisèrent une fête du henné dans les appartements de Mehrunnisa et y chantèrent les mélodies traditionnelles tout en se décorant les mains et les pieds. Le fiancé lui-même y assista et demanda qu'on lui ornât les mains comme celles de son épouse.

Khurram offrit de somptueux présents à Arjumand – perles, rubis, émeraudes et diamants blottis dans des écrins de velours noir ; ghagaras brodées et cholis de soie et de satin ; tonneaux de vin et de liqueur ; immenses plateaux de sucreries, de fruits et de pâtisseries les plus recherchés. Le trésor impérial déboursa des sommes colossales pour engager des cuisiniers et des domestiques, des musiciens et des danseurs. Pour l'occasion, on fit confectionner de nouveaux shamianas, les auvents destinés à recouvrir la cour d'honneur.

L'Empire tout entier se réjouissait du mariage du prince Khurram. La nouvelle se répandit de villes en villages et l'on ne parla plus que de la beauté de la nouvelle épouse, de ses liens de parenté avec l'impératrice, des responsabilités de son père et de son grand-père à la cour. Quoi de plus naturel que cette alliance ?

L'empereur Jahangir aussi se réjouissait : il était ravi du plaisir de Mehrunnisa. Pour tous, ce mariage ne comportait que des avantages. Ghias introduisait une autre femme de sa famille dans le palais impérial, Abul voyait sa fille resplendir de bonheur, et Khurram allait assouvir son amour pour Arjumand.

Les derniers doutes de Mehrunnisa s'étaient envolés. Elle était désormais certaine de sa grossesse. Elle annonça la nouvelle à Jahangir la veille des noces. Presque aussitôt, l'empereur décida d'un nom pour le garçon – car ce serait forcément un garçon –, choisit un mulla pour son instruction et se demanda s'il ressemblerait à sa mère ou à lui. D'ici à un mois, les souverains devraient proclamer la prochaine naissance d'un héritier au trône mais, pour le moment, c'était leur secret et ils le savouraient avec délice. Mehrunnisa rayonnait de cette douce beauté propre aux femmes enceintes. Existait-il au monde femme plus heureuse qu'elle, si ce n'était peut-être sa nièce, mais comment lui en vouloir ?

Mehrunnisa ne se doutait pas, et ne saurait jamais, qu'en favorisant ce mariage elle déclenchait une succession d'événements qui effacerait son nom des pages de l'histoire.

Mehrunnisa ne se doutait pas, et ne saurait jamais, qu'Arjumand deviendrait l'unique Moghole jamais reconnue par la postérité. Car la douce, la paisible et docile Arjumand éclipserait Mehrunnisa, la condamnerait à l'oubli... grâce au monument que Khurram édifierait pour sa bien-aimée : le Taj Mahal.

Chapitre 7

Ses talents étaient stupéfiants ; elle exerça un pouvoir absolu quand les femmes passent pour incapables de participer à un gouvernement... Nur Jahan sut affronter l'adversité ; elle brisa les conventions et les coutumes, et conquit le pouvoir à force d'adresse, plus qu'à cause de la faiblesse de Jahangir.

– ALEXANDER DOW, *Histoire de l'Hindoustan*

Thomas Best arpentait le pont du *Dragon rouge*, les pieds fermement plantés sur le sol, les mains sur les hanches, accompagnant les mouvements du navire, pliant les genoux avec une assurance due à des années de marine. Il fit une visière de sa main pour mieux regarder brûler la caravelle portugaise : l'*Ozeander* se détachait comme une bougie sur la nuit. Un léger sourire lui étira les lèvres lorsqu'il distingua les hommes d'équipage jetant des canots à la mer et sautant dans les eaux sombres. Il les entendait hurler, s'affoler et jurer. Pour un peu, il eût envoyé ses hommes à leurs trousses mais le temps lui était compté. Il risquait déjà de regretter ces moments passés à admirer le spectacle de la défaite de ses ennemis. Toutefois, il ne pouvait s'en empêcher.

– Capitaine, nous devrions nous retirer avant que les Portugais n'envoient des renforts.

Best se tourna vers son timonier, un marin trapu de dix-sept ans dont la peau était déjà brûlée par de nombreux voyages sous des soleils lointains.

– C'est juste, gagnons la haute mer. Nous les attendrons plus loin.

Là-dessus, il reprit son observation. Une sourde explosion lui signala que les flammes avaient atteint un autre tonneau de poudre ; des étincelles léchèrent la quille de l'*Ozeander*, qui gîtait dangereusement.

Le message était transmis au reste de la flotte, et ils s'éloignèrent avec la sensation du devoir accompli. Un vent léger venu de l'est gonflait les voiles, portant les bateaux vers le golfe de Cambay.

Quelques mois auparavant, Thomas Best avait atteint l'embouchure de la Tapti. En remontant le fleuve jusqu'à Surat, il ignorait le mauvais tour réservé à sir Henry Middleton, les conséquences de cette réception sur les navires indiens du golfe d'Aden, et même la vengeance de Middleton. Best avait déjà quitté l'Angleterre au moment de ces événements, et n'espérait pas recevoir de nouvelles de la Compagnie des Indes orientales avant son retour. En haute mer, les amis des Anglais se faisaient beaucoup plus rares que leurs ennemis.

Best avait immédiatement contacté Jadu, le courtier indien recommandé par Hawkins et Middleton, et celui-ci lui avait remis, après moult salutations, une missive de Middleton. Ce dernier y racontait l'acte inqualifiable perpétré contre lui par Muqarrab Khan, gouverneur du Gujerat, et sa décision subséquente de quitter l'Empire. L'attaque des navires indiens, c'était Jadu qui la lui avait apprise. Best en était resté quelque peu perplexe. Fallait-il retourner en Angleterre sans espoir d'un traité commercial ? L'Inde était-elle une cause perdue ?

Il avait décidé de faire route pour Surat afin de mieux appréhender la situation. Entouré d'une solide garde, la main sur son poignard, Best avait parcouru les rues et les bazars, s'ouvrant facilement un chemin dans les foules bigarrées et pas seulement grâce à sa haute taille. Les marchands l'avaient acclamé et salué comme s'ils le craignaient. Ils semblaient savoir qui il était et connaître le puissant *Dragon rouge*, ancré à quelque quatorze milles de là, en bordure d'un banc de sable. En quelques jours, il avait compris que Middleton, durant son court et infructueux séjour à Surat, avait terrorisé les autochtones, usant de violence là où la diplomatie avait échoué. Best s'était rapidement attelé à sa tâche, contactant Muqarrab Khan et le persuadant, à l'aide d'indispensables gratifications extraites de sa cargaison, de signer un traité officiel autorisant le commerce des Anglais avec le Gujerat.

Ce n'était qu'un maigre accord, une enfilade de phrases alambiquées dépourvues de sens, mais c'était déjà un début. Pour la première fois, la Compagnie des Indes orientales s'établissait officiellement en Inde. Là où Hawkins et Middleton avaient échoué – et bien que Hawkins eût été ami de l'empereur –, Best avait réussi.

Les conséquences ne s'étaient pas fait attendre, à commencer par l'embuscade de l'*Ozeander*. Best s'y attendait, bien sûr. Hawkins et Middleton l'avaient mis en garde, ainsi que Jadu, qui avait pris la peine de mentionner les belliqueux Portugais avant de recevoir une poignée de pièces d'or. Le traité en poche, Best et ses hommes avaient redescendu la Tapti vers le *Dragon rouge* et le reste de la flotte. Aussitôt, l'*Ozeander* avait surgi du sud, tous canons dehors, dans l'espoir d'envoyer par le fond le *Dragon rouge*, Best et son parchemin.

Celui-ci se retourna pour contempler la terre qui s'éloignait. Encore en flammes, l'*Ozeander* coulait lentement. Best ne distinguait plus les marins portugais qui avaient quitté le navire comme des rats : ils devaient sans doute nager vers le rivage.

Joyeux Noël à tous ! songea-t-il avec amertume. Il aurait tant aimé être chez lui, en Angleterre, à se réchauffer devant l'âtre, un gobelet de cidre à portée de la main, en regardant tomber la neige au-dehors ! Au lieu de quoi il se trouvait en terre païenne, combattant un ennemi ancestral de l'Occident.

Malgré la saison, une chaleur d'enfer régnait, même en pleine nuit. L'air était lourd d'humidité, le vin qu'il avait bu dans les tavernes arméniennes de Surat semblait lui sortir par tous les pores. Mais que valaient ces légers désagréments face au traité qu'il rapportait à son roi ? À coup sûr, les administrateurs de la Compagnie l'en récompenseraient grassement.

Si toutefois il retournait en Angleterre avec le traité. Best n'était ni insensé ni naïf. Il n'ignorait pas que le vice-roi du Portugal à Goa enverrait des renforts vers le nord pour lui barrer la route. Il avait donc regagné la haute mer, où le bateau serait plus aisé à manœuvrer, et si jamais un de ses navires coulait, ce qu'à Dieu ne plaise, au moins ses hommes ne seraient pas capturés.

Dès le lendemain, la vigie du *Dragon rouge* donna l'alerte. Cinq vaisseaux de guerre portugais, armés de lourds canons, fonçaient vers eux. La bataille dura deux jours et les deux côtés subirent de lourdes pertes. Lorsque les Anglais l'emportèrent, leurs adversaires s'en retournèrent déconfits à Goa. Quelques jours plus tard, une seconde escadre portugaise vint à la rescousse, et subit le même sort. Cette fois, les Portugais battirent définitivement en retraite, leur flotte ridiculisée.

Best reprit la route de Surat. À terre, il donna quartier libre à ceux de ses hommes qui ne souffraient que de fatigue. Quant à lui, après une simple journée de repos, il surveilla les travaux de réparation et réconforta ses marins blessés.

Depuis les noces du prince Khurram et d'Arjumand, devins et voyants se bousculaient au palais de l'impératrice Jagat Gosini. Une pittoresque file d'attente longeait le mur du zénana, et tous espéraient attirer l'attention de l'impératrice : brahmanes couverts de cendres, aux joues transpercées d'aiguilles de fer ; effrayantes sorcières édentées qui prétendaient sonder les esprits par simple imposition des mains ; savants astrologues, déterminant les maisons et la configuration des étoiles selon l'heure de naissance.

Shaista introduisit trois hommes et trois femmes choisis au hasard dans cette assemblée qui promettait monts et merveilles. L'impératrice n'avait pas quitté ses appartements depuis des jours entiers, exactement depuis cet instant maudit où elle était revenue de la cérémonie de mariage de Khurram. Jagat Gosini avait vu son fils basculer vers cette famille aussi sûrement que si on l'arrachait une seconde fois de ses bras. La douleur la terrassa aussi totalement que lorsque Khurram lui avait été soustrait par Ruqayya, et peut-être avec plus d'intensité. Dès que l'annonce des noces revint à ses oreilles, elle convoqua son fils.

Tout d'abord Khurram n'avait pas répondu à l'invitation maternelle, mais, finalement, il s'était présenté, le visage fermé. Il écouta à peine, et parla moins encore. Injonctions, supplications ou larmes, rien n'y fit : le prince campa avec fermeté sur ses positions. Jagat Gosini tenta pourtant de lui exposer à quel point cette alliance desservirait ses intêrets ; la tante d'Arjumand n'exerçait qu'une faible influence sur l'empereur et cela ne durerait pas, dès lors quelle utilité revêtait ce mariage ?

L'impératrice avait parlé ainsi toute la nuit, sans le faire céder d'un pouce. Finalement, le cœur lourd, les yeux rougis par les larmes et le manque de sommeil, elle l'avait laissé partir. Devant la porte, il avait alors demandé :

– Avez-vous jamais vu Arjumand, Votre Majesté ?

Jagat Gosini s'emporta :

– Elle n'est pas faite pour toi, Khurram, je te le certifie.

– Si vous en êtes certaine...

Là-dessus, il s'inclina et l'impératrice se reprit à espérer. Toutefois, le mariage fut célébré et elle assista à la cérémonie, comme il se devait. Khurram ne revint jamais lui rendre visite.

Shaista Khan toussota avec discrétion pour signaler qu'un autre voyant demandait audience. L'impératrice rajusta son voile d'un mouvement las. Qu'il entre et lui dise la bonne aventure comme les autres, maintenant qu'elle ne vivait plus que de promesses.

L'homme s'inclina, tout en tenant une cage carrée aux barreaux de fer et un paquet de cartes. Jagat Gosini soupira de lassitude : elle regrettait déjà de l'avoir reçu. Car, de toute évidence, le voyant ne s'était pas baigné depuis des lustres ; chacun de ses gestes s'accompagnait d'effluves nauséabonds. Ses longs cheveux étaient raidis par la sueur et la poussière, son visage tanné par le soleil et ses dents pourrissaient à force de paan, la feuille de bétel qui faisait oublier. Cet homme qui négligeait son corps au point qu'il ne devait plus pratiquer depuis longtemps le plongeon matinal dans les eaux de la Yamunâ affichait cependant des yeux vifs et brillants d'intelligence.

Il étala ses cartes sur le tapis et sortit son perroquet de sa cage. L'oiseau sautilla çà et là – il ne pouvait voleter avec ses ailes coupées –, choisit une carte et la retourna. Elle représentait une femme, une aspara, expliqua le mage. Cette servante d'Indra, roi des dieux, apporterait la beauté dans l'existence de Sa Majesté.

Ce petit manège se poursuivit quelques instants. L'une après l'autre, le voyant retourna chaque carte, décodant le message des dieux. Mais Jagat Gosini n'écoutait plus, désirant que le soir tombât au plus vite afin de se réfugier dans le sommeil.

– Courage, Votre Majesté.

Elle leva vivement la tête. Le voyant avait-il prononcé ces mots ou émanaient-ils de son esprit fatigué ? Car le mage roucoulait comme un amoureux à l'adresse de son perroquet :

– Viens, mon joli, viens choisir une autre carte... Tout vous semble-t-il perdu, Votre Majesté ?

Cette fois, l'homme la contemplait avec un sourire. L'impératrice reconnut Mahabat Khan et tressaillit :

– Que fais-tu ici ?

– J'apporte des nouvelles, Votre Majesté.

Mahabat battit les cartes de ses mains crasseuses, les sépara en trois tas.

– L'impératrice Nur Jahan attend un enfant.

Jagat Gosini écarquilla les yeux.

– Tu te trompes, Mahabat. Je n'ai jamais entendu dire cela.

– S'il vous plaît, Votre Majesté, ne prononcez pas mon nom ! Et la grossesse de l'impératrice est réelle.

– Depuis combien de mois ?

Mahabat sortit d'un sac crasseux de petites lamelles d'amande qu'il tendit au perroquet. L'oiseau vint picorer dans sa main.

– Je ne sais pas, Votre Majesté. Mais c'est récent.

L'impératrice s'adossa à son siège. Mehrunnisa enceinte. Elle donnerait naissance à un enfant, sans doute un fils, et l'empereur ne l'en aimerait que davantage. Pourquoi ce coup du sort ? Qu'adviendrait-il de Khurram ?

Sans quitter le perroquet des yeux, Mahabat ajouta :

– Les enfants sont sensibles à la place qu'ils occupent, Votre Majesté. Le prince Khurram est jeune, et encore grisé par les flatteries qu'on lui prodigue. La naissance de ce bébé risque de modifier le cours de son existence. Le prince aura tôt fait de le comprendre.

Pour la première fois depuis ce funeste mariage, sa léthargie abandonna l'impératrice Jagat Gosini et les idées affluèrent à son esprit. Certes, Khurram lui reviendrait. Mais l'enfant de

Mehrunnisa représentait une menace pour tous, à commencer par le prince. N'y avait-il donc qu'elle pour s'en effrayer ?

– Mahabat, il ne faut pas qu'elle donne le jour à cet enfant.

Elle avait articulé ces mots à l'instant même où elle les avait pensés, au risque de ne pouvoir les reprendre. Elle jeta un regard inquiet autour d'elle, mais ils étaient seuls.

– Ce serait préférable, Votre Majesté. Une femme est si vulnérable, dans ces moments-là, lorsque son esprit et son corps se consacrent à la création d'un enfant. Si un malheur devait survenir... à qui pourrait-on le reprocher ? Surtout si l'on use de discrétion.

Ils entendirent des pas et Mahabat reporta son regard sur les cartes. Shaista entra, précédant d'autres voyants. Le mage rangea ses cartes, rappela l'oiseau, qu'il fourra en hâte dans sa cage. Après avoir salué jusqu'à terre, il s'éloigna sans relever la tête. Les devins le suivirent des yeux et s'interrogèrent mutuellement. Qui était-ce ? De quel village venait-il ? Que lisait-il ? Jagat Gosini écarta ces questions d'un geste las et renvoya tous les visiteurs.

Puis elle fit vérifier par ses espions la grossesse de Mehrunnisa ; lorsqu'on lui confirma la nouvelle, elle la répandit perfidement à travers tout le zénana. Bien des femmes s'en alarmèrent, comme l'espérait Jagat Gosini. Car, lorsque la peur naissait, la colère la suivait vite, et engendrait la ruse, les calculs, les tromperies. Dans le harem, beaucoup avaient connu la douleur de porter un enfant... et de le perdre d'un coup, avant même d'avoir contemplé son visage.

– Les messagers de Surat sont arrivés, Votre Majesté.

– Quelles nouvelles ? demanda impatiemment Mehrunnisa.

Elle déplia la lettre et la lut en silence. Les Anglais avaient repoussé puis défait les Portugais par trois fois. Voilà qui était inouï ; les Portugais régnaient sur la mer d'Arabie depuis plus d'un siècle et ce capitaine, Thomas Best, parvenait à les mettre en déroute. Mehrunnisa lissa le message sur ses genoux. Il était signé de la main de Muqarrab Khan, le gouverneur du Gujerat. Celui-ci n'avait aucune raison d'exagérer les faits, d'autant qu'il était désormais chrétien, converti par les Portugais, qui commandaient sa foi comme ses actes ; le tout ne faisant qu'un, puisque eux seuls savaient satisfaire ce nouveau Dieu auquel Muqarrab s'était soumis.

– Où est l'empereur ?

– Dans l'Ibadat Khana, Votre Majesté. Il s'y entretient avec les jésuites.

– Dépêche immédiatement un messager pour lui demander audience.

Elle remit la lettre dans le sac destiné à son époux. L'Ibadat Khana, ou Maison des dévotions, trônait au centre du fort d'Agra. Ce n'était pas un temple, mais une salle octogonale tout entière de marbre blanc, des colonnes jusqu'au sol ; le toit de verre filtrait la lumière si bien que même les rayons du soleil paraissaient blancs. C'était là qu'Akbar recevait les élites des diverses religions de l'Inde afin de discuter des mérites de chacune. Il y rencontrait des moines jaïnistes et bouddhistes, des jésuites venus de Goa, des prêtres hindouistes, des représentants de toutes les sectes musulmanes et des zoroastriens.

Un moucharabieh de marbre montant jusqu'au plafond dominait l'Ibadat Khana. Les dames venaient y étudier la philosophie. Elles restaient silencieuses, car les hommes, en contrebas, soulevaient des questions délicates, et une femme n'a pour autre devoir que d'épouser les croyances de son mari, de son père et de son fils.

Mehrunnisa escalada les marches menant au balcon et appuya le visage contre la grille ouvragée. Il faisait nuit et la salle était faiblement éclairée par quelques torches appliquées contre les murs. Les hommes discutaient, certains d'une voix forte, d'autres plus timidement mais ne cessaient de répéter les mêmes paroles jusqu'à ce qu'elles fussent entendues. L'impératrice reconnut les pères jésuites, Pinheiro et Xavier.

La vieillesse les avait rapetissés, observa-t-elle. Voilà des années qu'ils tentaient de convaincre d'abord Akbar puis Jahangir du bien-fondé du christianisme. Mais l'un comme l'autre considéraient que cette religion comportait trop de failles, telle la monogamie. Comment un monarque n'épouserait-il qu'une femme ? Un empire reposait sur la politique et, puisque Dieu dictait sa conduite au souverain, celui-ci ne faisait que lui obéir en multipliant les mariages. De plus, le pays avait tout à gagner à de nombreuses alliances. En outre, que signifiait cette notion de conception virginale ? Comment cela pouvait-il seulement exister ?

Mehrunnisa et Jahangir avaient débattu des arguments présentés par les différents chefs religieux. L'hindouisme leur avait paru énigmatique. La réincarnation des âmes pouvait s'admettre, mais comment justifier cette effroyable pratique du sati qui exigeait l'immolation de la femme sur le bûcher funéraire de son époux ? Pourtant, des reines hindoues habitaient dans le zénana ; elles n'avait pas renié leurs croyances mais se gardaient bien d'en discuter avec Jahangir. Celui-ci estimait suffisant – et déjà plus que généreux – de tolérer leur foi au sein du harem.

Mehrunnisa vit le père Pinheiro se pencher vers le père Xavier : tous deux s'entretinrent discrètement, couverts par le brouhaha de la salle. Peut-être parlaient-ils de Best ? S'ils connaissaient ce nouvel Anglais, sans doute n'ignoraient-ils pas la défaite de leur flotte en mer d'Arabie.

Hoshiyar entra dans l'Ibadat Khana et Jahangir se leva.

– Je me retire maintenant, annonça l'empereur aux religieux qui le saluaient. Mais poursuivez si vous le désirez.

Dès que Jahangir fut sorti, les discussions reprirent de plus belle dans l'Ibadat Khana. Toutefois, quinze Ahadis de la garde personnelle de l'empereur investirent la salle, la dague dans la ceinture, la lance au bout du bras, la physionomie impassible. On redoutait que le sang coule au nom de Dieu, si l'empereur n'était pas là pour l'arrêter, tant ces hommes étaient prompts à s'emporter. Les Ahadis avaient donc pour mission de maintenir l'ordre ; quiconque menaçait son voisin, quel qu'il fût, quel que fût son degré d'exaltation, serait d'abord jeté en prison puis banni à jamais de l'Ibadat Khana. L'on était autorisé à élever la voix tant qu'on voulait, mais pas la main.

– Mehrunnisa ?

L'empereur surgit derrière elle.

– Tu es venue approfondir ta connaissance des religions ?

– Majesté, j'ai reçu une communication de Surat.

Elle lui tendit la lettre en expliquant :

– Les navires anglais ont défait les Portugais en mer, non pas une, mais trois fois.

Il parcourut la missive.

– Ainsi, c'est donc vrai ! commenta-t-il. Et Muqarrab Khan suggère que l'Empire porte secours aux Portugais.

Il secoua la tête avant d'ajouter :

– C'est impossible.

– Crois-tu que ces jésuites connaissent la nouvelle ?

Tous deux se penchèrent vers la grille du moucharabieh.

– Les Portugais sont trop arrogants, Mehrunnisa, et leurs cadeaux trop parcimonieux. Ils sont mes hôtes à Agra et ont droit à mon respect, mais je ne saurais tolérer qu'ils en abusent.

L'empereur parlait à voix basse mais eût-il crié qu'il n'eût pas été entendu dans le brouhaha qui montait de l'Ibadat Khana. Il désigna un passage de la missive à son épouse :

– Muqarrab a conclu avec Best un traité de commerce pour le Gujerat. Ne devrions-nous pas en étendre la portée ?

– Tant de faveur, Majesté ? Et si vite ?

Jahangir se mit à rire :

– Laissons cet Anglais s'en persuader. Ce traité ne nous engagera pas définitivement ; nous pouvons suivre l'admirable exemple de Muqarrab et ses paroles creuses.

– Oui, Seigneur, et nous pourrions convoquer un ambassadeur anglais. Non pas un qui se prétende homme de Dieu, mais un dignitaire de haute naissance, qui soit digne de ton attention. Ce pourrait être un début...

– Nous verrons cela. Quoi qu'il en soit, nous n'avons besoin ni des Portugais ni des Anglais en mer d'Arabie. Nous désirons leur présence, mais n'en avons pas besoin.

Jahangir posa un bras sur l'épaule de sa femme et l'attira vers lui.

– Je n'ai pas oublié tes bateaux, ma chère. Sont-ils rentrés de leur premier voyage ?

– Je n'en ai reçu aucune nouvelle.

– Tu en auras vite.

L'empereur s'écarta pour contempler son visage. Il lui prit le menton et l'embrassa doucement, sur la bouche, sur le nez, sur ses paupières closes. Puis il l'étreignit contre sa poitrine, le front sur son cœur.

– Comment te sens-tu, mon amour ?

Il parlait encore plus doucement ; à la porte du balcon, Hoshiyar ne pouvait les entendre, et les cris de la salle se répercutaient à travers la grille.

– Fatiguée, dit Mehrunnisa.

Elle sourit contre la soie brodée du nadiri de son époux.

– Fatiguée chaque fois que mon état se rappelle à mon souvenir.

– Hoshiyar connaît-il la nouvelle ?

– Non

– Pourquoi ?

– Je ne saurais dire, mais... Sans doute à cause des autres enfants que j'ai déjà perdus. Et une telle destinée attend celui-ci... J'ai peur, parfois, pour sa sécurité.

Jahangir l'étreignit encore plus fort. Elle se sentait si fatiguée qu'elle n'avait plus le courage de se lever. Aussi posa-t-elle les pieds sur ceux de son époux, qui la souleva doucement de terre.

– Tu n'as rien à craindre, Mehrunnisa. Tant que je serai là pour veiller sur toi, tout ce que je possède, mon armée, mon trésor seront à ta disposition. Quant à l'enfant, tu dois en avertir Hoshiyar. Qui sait s'il n'a pas déjà deviné ?

Elle sourit, lasse et heureuse. Si Hoshiyar avait deviné, il restait d'une discrétion exemplaire. Il disposait auprès d'elle des noix de cajou et des raisins secs, dans le cas où elle aurait faim, mais pas le mélange de ghee, de sucre et d'amandes destiné à engraisser les femmes et les enfants qu'elles portaient. Elle glissa une main dans celle de l'empereur, quitta l'Ibadat Khana en sa compagnie pour retrouver la nuit paisible du dehors et regagner leurs appartements.

Le lendemain, Mehrunnisa rédigea et scella un farman impérial au nom de Jahangir, qui octroyait aux Anglais un vague privilège commercial à travers le pays, dans une formulation aussi alambiquée que celle utilisée par Muqarrab Khan. Elle s'était d'ailleurs servie de ce document comme modèle, en y ajoutant un article : qu'un émissaire du roi Jacques Ier se présentât à la cour moghole.

Thomas Best fut enchanté. C'était la première fois que l'Empire reconnaissait la présence anglaise en Inde, quatre ans après que William Hawkins y eut posé les pieds.

Cependant, cette nuit-là, Mehrunnisa ne songea pas un instant à Thomas Best, ni à Khurram et Arjumand, ni à Ghias Beg ou Abul. Ses rêves la portèrent vers l'enfant à venir. Ressemblerait-il à Ladli ? Cela n'avait rien d'impossible puisque la fillette tenait si peu de son père. Au fait, que penserait-elle de ce petit frère ? Il était trop tôt pour l'en avertir ; le bébé ne donnait pas encore signe de vie. Seuls les symptômes parlaient, sous forme d'une fatigue soudaine qui liquéfiait les bras et les jambes de sa mère, d'une faim qui semblait dévorer ses entrailles, de cette bile qui jaillissait dans sa gorge à l'évocation de toute nourriture – même l'eau lui semblait d'un goût écœurant – ou de ces innommables odeurs qui irritaient sans cesse son nez. Jusqu'aux parfums de Jahangir, qu'il délaissa pour lui être agréable. Si elle ne percevait plus le santal de ses bains, elle distinguait maintenant le savon utilisé pour laver ses vêtements, ainsi que le soleil qui les avait séchés, et tout cela lui soulevait autant le cœur.

Elle ne doutait plus un instant de sa grossesse, mais elle refusait de l'annoncer tant elle craignait le mauvais œil et les langues acérées de la jalousie. En apprenant la nouvelle, les pensionnaires du zénana s'enflammeraient. Mehrunnisa ne savait que trop combien de femmes avaient dû leurs fausses couches à la malveillance de leurs compagnes. Une bousculade dans l'escalier, une potion dans une coupe de vin, un chant qui invoquait le malheur. Elle protégerait son enfant de tous ces incidents. Jahangir s'indignait qu'elle soupçonnât les femmes de son zénana de telles malveillances. Néanmoins, Mehrunnisa connaissait ses ennemies, et Jagat Gosini n'était qu'une seule parmi d'autres.

Elle protégerait cet enfant. Qu'elles essaient seulement de le lui enlever !

Quelques nuits plus tard, alors que la lune s'était fondue dans le néant des cieux, Mehrunnisa ouvrit soudain les yeux. Son cœur battait à se rompre et des flots de sueur coulaient entre ses seins. Une hulotte avait-elle troublé son sommeil ? Avait-elle distingué un bruit ? Quelqu'un avait-il pénétré dans ses appartements ? Non, elle avait rêvé, un rêve étrange, effrayant, où elle se voyait pourchassée par un être sans visage...

Elle se leva et sortit dans les jardins. Les eunuques étaient tous endormis, adossés aux colonnes de la véranda : comment pouvaient-il se soucier si peu de l'empereur pour oser fermer les yeux durant leurs heures de garde ? Mehrunnisa ne les rabroua cependant pas mais descendit sur la pelouse. La brise murmurait entre les feuilles du tamarin et une silhouette blanche se faufilait d'un buisson à l'autre. La jeune femme restait au milieu de la pelouse, sans craindre les esprits, sans savoir si elle rêvait ou non.

Hoshiyar se matérialisa derrière elle et lui toucha l'épaule. Elle se retourna. Que faisait-il ici ? Il n'était tenu de la servir que durant le jour.

– Je n'arrive pas à dormir, Hoshiyar.

– Une promenade dans les jardins vous sera sans doute bénéfique, Votre Majesté.

Elle fut heureuse de s'appuyer à son bras pour fouler l'herbe humide qui mouillait le bas de sa ghagara. En progressant sur le chemin de terre autour de la pelouse, elle éprouva la légèreté du sol, moelleux comme une soierie. Quand le coton de sa ghagara se prit aux ramures d'un buisson, Hoshiyar l'en dégagea méticuleusement, non sans y laisser quelques brins d'étoffe. Bientôt, elle éprouva de la fatigue à nouveau. Ils prirent le chemin de la véranda, différente de celle d'où était sortie Mehrunnisa. En s'approchant des degrés du perron, elle s'aperçut que le marbre scintillait au cœur de la nuit obscure, comme s'il venait d'être poli par la lune.

Lorsqu'elle posa le pied sur la première marche, celle-ci se déroba.

– Que se passe-t-il, Votre Majesté ?

Mehrunnisa poussa un cri tandis que son corps était soulevé dans les airs. Ses mains tentèrent de s'accrocher à la qaba d'Hoshiyar ; elle en agrippa le pan du devant mais les boutons s'arrachèrent sous ses doigts. Elle glissa le long de la véranda, suivie d'Hoshiyar, qu'elle avait renversé au passage. Les pierres froides lui caressaient le dos quand elle heurta la colonne qui marquait l'extrémité de la galerie, le genou broyé contre la pierre, déclenchant une violente douleur qui lui déchira le ventre et la poitrine. Elle entendit Hoshiyar s'écraser également, tout près d'elle.

Malgré son effroi, elle distingua mille odeurs différentes. Les parfums nocturnes du jardin, la senteur brûlante des chemins de brique sous le soleil, la fraîcheur du marbre... et un arôme incongru. Un arôme qui évoquait les cuisines, son coffre à cosmétiques, l'huile qui oignait ses cheveux. L'âcre saveur du sésame.

Étrange, pensa Mehrunnisa, tandis que son corps se crispait, glissant vers l'inconscience pour mieux se soustraire à la douleur. Et une souffrance nouvelle l'envahit, énorme, insurmontable :

– Mon enfant.

Chapitre 8

Il se plaignait constamment de ce mode de gouvernement, arguant qu'il n'était pas convenable de laisser une femme diriger l'Empire.

– NICCOLAO MANUCCI, *Storia do Mogor*

– Désires-tu un autre sorbet, mon ami ? Avec de la glace fraîche ?

Au son de la voix de l'Amir-ul-umra, Mahabat Khan leva les yeux.

– S'il te plaît, oui.

Muhammad Sharif fit signe aux domestiques. Une jolie esclave s'avança.

L'air maussade, Mahabat Khan tourna le sorbet de khus dans sa coupe, dessinant de l'index des motifs sur le métal givré. Il finit par y plonger la main, en sortit un morceau de glace qu'il suça, laissant le liquide lui rafraîchir la gorge. Cela sentait les montagnes du nord, l'Himalaya, domaine du roi Himavat, dont la fille – à en croire les hindous – était l'épouse du seigneur Shiva.

Mais il n'existait ici aucune montagne, aucune colline pour se protéger du soleil. La vaste plaine s'étendait tel un désert aride. L'air nocturne restait immobile dans l'attente de la mousson, et la chaleur enserrait Agra, étouffant le moindre souffle, amoindrissant les sens. Mahabat caressa ses sourcils trempés de sueur et observa le ciel piqué d'étoiles. Encore quelques jours et la pluie viendrait, noyant sous un déluge la terre desséchée, rendant la vie aux campagnes. Le grain verdirait, les fleurs s'épanouiraient et le peuple serait heureux. La mousson nourrissait le pays : un retard, et la récolte de riz serait différée, de moindre qualité, ou, pire, anéantie.

Les deux amis étaient installés sur une véranda devant la maison de Sharif, qui donnait sur le jardin. Les lanternes de papier coloré accrochées dans les branches des chenars déversaient une douce lumière. Pour atténuer la chaleur, le sol de pierre était recouvert de nattes de roseau. À intervalles réguliers, une servante y répandait de l'eau de rose et, quelques minutes durant, un peu de fraîcheur s'en dégageait, jusqu'à ce que la chaleur reprît ses droits.

Trois danseuses ondulaient devant Sharif et Mahabat, et leurs gestes languides, leurs membres souples trempés de sueur indiquaient combien elles aussi souffraient de la canicule. Elles suivaient le rythme de la musique tels des pantins manipulés par des marionnettistes accablés.

– Assez ! Allez aux cuisines vous rafraîchir, ordonna Sharif.

Le seul fait de les regarder s'agiter le fatiguait.

– Renvoie aussi les esclaves, conseilla Mahabat.

D'un signe de la tête, Sharif leur ordonna de quitter les lieux.

– Quel est l'objet de ton tourment ? demanda-t-il à son ami. Tu arbores un visage morose depuis le début du repas. Est-ce la chaleur ?

Mahabat s'allongea sur son divan, avant de répondre d'un ton rogue :

– La chaleur disparaîtra avec la mousson, tandis qu'il n'existe aucun dénouement possible à ma hantise.

Sharif haussa un sourcil :

– Une femme ? Mariée ?

– Oui, répondit Mahabat.

Constatant le sourire moqueur de son ami, il se hâta d'ajouter :

– Non, non ! Il ne s'agit pas d'une aventure amoureuse. Cette femme rend ma vie impossible. À cause d'elle, j'ai perdu tout crédit auprès de l'empereur.

Le sourire de Sharif se figea :

– Prends garde, mon ami. De telles paroles relèvent de la trahison. Si on t'entendait...

– Qui pourrait m'entendre ? N'es-tu pas en sécurité dans ta propre maison ?

– Si... Mais cette femme dispose d'un immense pouvoir, elle sait tout.

– Sahib, un message de Sa Majesté.

Les deux hommes firent volte-face. Un domestique se tenait derrière eux, une lettre à la main.

– Tu écoutes aux portes ? l'apostropha Sharif.

Il jeta un coup d'œil à Mahabat et comprit que ce dernier redoutait la même chose que lui. L'homme avait-il surpris leur conversation ?

Sharif parcourut la lettre.

– Mahabat, c'est pour toi. L'empereur demande que tu te présentes au zénana la semaine prochaine.

– Réponds à l'empereur que je m'y rendrai, répliqua Mahabat au domestique.

Celui-ci partit et les deux ministres gardèrent le silence. Leur existence avait changé depuis que Jahangir avait épousé Mehrunnisa. Elle dominait totalement leur souverain et, par conséquent, le pays. C'en était excessif. Six années durant, ces hommes, les plus respectés de l'Empire, n'avaient rendu de comptes qu'à Jahangir lui-même ; et voilà qu'ils se trouvaient réduits à l'état de subalternes. Jahangir ne leur demandait plus leur avis, ne les consultait plus pour les affaires de l'État ; toutes transitaient désormais par Mehrunnisa. Comme ce capitaine anglais qui s'enorgueillissait d'un traité signé par l'empereur : ils ne l'avaient appris que lorsque le messager avait quitté Agra, le farman scellé dans un rouleau d'argent.

– Je me suis entretenu avec l'impératrice Jagat Gosini, annonça Mahabat.

Le grand vizir de l'Empire moghol répondit :

– Tu es fou ! Complètement fou. Tu t'es rendu au zénana, tu es entré dans son palais et elle t'a reçu. Sais-tu ce que tu risques ? Et quel est le but de ces futiles entrevues ?

Surpris, Mahabat dévisagea son compagnon. Que de colère ! Que de mots ! Sharif n'était pourtant pas expansif, préférant communiquer par ses attitudes ou son regard. Depuis que Mahabat le connaissait, depuis qu'ils étaient amis, c'était lui qui prenait la parole et Sharif qui agissait. S'il arrivait quelquefois à ce dernier de protester, il conservait toujours un ton modéré.

– Tu me traites de fou, toi, Sharif ?

Ce disant, il sortit son poignard et le plaça entre eux.

Sharif partit d'un rire mauvais et sa propre dague apparut, plus grande, plus longue, à double tranchant et tellement aiguisée qu'elle entama le velours du divan lorsqu'il la posa.

– Si tu m'avais écouté, tu aurais compris l'étendue de ta folie.

Chacun soutint le regard de l'autre, Mahabat brûlant de lui faire goûter de sa lame, mais il connaissait l'agilité de son ami à ce petit jeu. Quel que fût leur attachement, celui-ci n'hésiterait pas à lui clouer la main sur le divan. La chaleur lui ôtait tout sens de la mesure, à lui comme à son ami. Sinon, pourquoi Sharif lui aurait-il répondu de la sorte ?

– Tu as raison, avoua Mahabat. Je suis parvenu à me faufiler dans le zénana, jusqu'aux appartements de l'impératrice... Je voulais consoler Jagat Gosini du mariage de Khurram. Mais, écoute...

Il attendit que le ministre eût rangé sa dague avant d'en faire autant.

– Écoute, Nur Jahan est enceinte.

– Alors pourquoi y es-tu allé, puisque tu le savais ? N'as-tu donc pas d'enfants ?

– Tu sais bien que si.

– Et comment se comportent tes femmes durant leur grossesse ? Et ensuite, que réclament-elles des mois durant avec un bébé vagissant sur les bras ?

Mahabat sourit. Ce qui lui arrivait si rarement que cela lui tirait les coins de la bouche ; au repos, son visage tanné n'était marqué d'aucun sillon.

– Elles deviennent des garces, des sorcières. Elles ne veulent plus qu'on les touche ; je ne peux leur parler et, si elles ouvrent la bouche, c'est pour geindre, se plaindre de la chaleur ou de leur odorat trop sensible, ou dire qu'elles meurent de faim devant une table bien servie. Je les autorise à revenir me trouver le jour où elles sont plus enclines à s'occuper de moi que de leur enfant.

– Vraiment ?

Sharif renversa la tête en arrière, juste ce qu'il fallait pour siroter le khus de sa coupe.

– À t'entendre t'inquiéter de la grossesse de la nouvelle impératrice, j'aurais juré que tes femmes étaient des anges.

Cette fois, Mahabat sourit largement à son ami :

– Il est vrai que l'empereur n'a jamais pu souffrir ce genre de comportement. Il déteste voir une femme se plaindre et, une fois qu'il en a renvoyé une, il ne veut plus la revoir.

– Sa Majesté en a tellement qu'il peut se le permettre.

– Dans ce cas, laissons-la se compromettre. Pourquoi n'y ai-je pas songé plus tôt ?

– Parce que, répliqua Sharif d'un ton bourru, tu veux intervenir chaque fois que se produit un changement, sans prendre le temps de réfléchir aux bénéfices qu'on peut en tirer. Sans te demander si ce changement ne pourrait pas tourner à notre avantage.

Mahabat posa une main apaisante sur son bras :

– Excuse-moi d'avoir sorti mon couteau. La chaleur me rend irascible.

– Qu'as-tu dit à la bégum Jagat Gosini ?

– Je lui ai appris la grossesse de l'impératrice et lui ai suggéré qu'il existait divers moyens d'y mettre un terme. Les autres femmes seront jalouses, or l'envie confère du courage aux plus faibles. Tout peut arriver...

– Tu n'es décidément qu'un imbécile, Mahabat !

Se redressant, Sharif se débarrassa de sa kurta blanche, trempée de sueur.

– À présent, poursuivit-il, un accident surviendra, c'est certain. L'empereur sera mêlé à ces querelles intestines : crois-tu qu'il aura encore du temps à nous consacrer ? Pourquoi attirer inutilement son attention sur la nouvelle impératrice ?

– Cesse de me traiter de fou ou d'imbécile ! Que se passera-t-il si elle met au monde cet enfant ? Si c'est un garçon ? Il pourra prétendre au trône et sa mère verra sa puissance décupler.

– Réfléchis un instant à tes paroles ! Même si c'est un garçon, il ne pourra briguer le trône pendant au moins quinze années. Les autres fils de l'empereur sont mieux préparés à la succession. Crois-tu que le prince Khurram renoncera à ses prérogatives ?

Ils demeurèrent un moment silencieux, Mahabat se maudissant d'avoir agi si étourdiment. Sharif avait raison : que Mehrunnisa ait son enfant, elle lui consacrerait toutes ses attentions et se détournerait des affaires de la cour. L'autre jour, au Diwan-i-am, Jahangir avait fait la plus surprenante des déclarations :

– Avant d'épouser cette femme, je n'avais pas compris la signification du mot mariage ; aussi lui ai-je confié la charge du gouvernement.

Tous les dignitaires s'étaient tus. Que répondre à cela ? Confier tant de pouvoirs à une femme, quand bien même elle était impératrice, quel affront !

– Tu as raison au sujet de ma visite à Jagat Gosini, ruminait Mahabat. J'aurais mieux fait d'aller trouver l'empereur. Oui... C'est à lui que j'aurais dû m'adresser.

– Sûrement pas ! Il est envoûté par l'impératrice Nur Jahan. Ne prononce jamais une parole contre elle en sa présence.

– Il faut bien que quelqu'un le ramène à la raison.

Mahabat se leva et arpenta la véranda, les mains derrière le dos.

– Tu sais ce qu'il a annoncé aux nobles, tu sais combien ils ont ri de son obsession. Je dois le prévenir qu'il est devenu la risée de la cour.

Ouvrant les bras, il s'arrêta devant Sharif :

– Vois où nous en sommes. Tu es l'Amir-ul-umra de l'empereur, le grand vizir. Et quelles décisions prends-tu ? As-tu été consulté ces derniers temps sur les affaires du gouvernement ? Tu n'as plus d'autre fonction que de déterminer le budget du zénana – encore doit-il être approuvé par la nouvelle impératrice. Sont-ce là les devoirs d'un Premier ministre ? Sans doute l'empereur se couvre-t-il de ridicule, mais nous en sommes tous là, qui nous laissons dominer par une femme.

Sharif contemplait son ami d'un air las. Mahabat le fatiguait avec son agitation intempestive ; il ne tenait jamais en place, toujours à s'inquiéter d'une chose ou d'une autre, à se demander comment remédier à des problèmes éventuels, incapable même de prononcer le mot patience. Et voilà qu'il venait de commettre une maladresse supplémentaire.

– Assieds-toi et accorde-moi l'honneur de m'écouter : ne fais jamais allusion à Nur Jahan devant l'empereur. Où as-tu déjà vu que nous puissions le faire changer d'avis lorsqu'il avait pris une décision ? Patiente un peu, laisse les événements suivre leur cours et voyons ce qui arrivera.

Pour toute réponse, Mahabat se remit à faire les cent pas, ses pieds nus effleurant à peine les dalles de grès tièdes.

– C'est bon, déclara-t-il après réflexion. J'attendrai.

– Allons nous coucher. Il est tard.

Un domestique entra : cette fois, tous deux le virent arriver. Il portait un autre message, adressé à Mahabat, écrit de la main d'une femme qui n'était pas l'impératrice Jagat Gosini. Il en lut le contenu à haute voix : Mehrunnisa était très malade, à la suite d'une chute dans le zénana. Les hakims étaient réservés sur ses chances de survie et sur celles de l'enfant.

Les jours suivants s'écoulèrent lentement. Nulle effervescence ne régnait aux jharokas du matin et de l'après-midi, encore moins au Diwan-i-am. Les deux premiers jours, l'empereur Jahangir ne s'y présenta pas. Cela ne lui était jamais arrivé depuis son accession au trône et cette absence parut des plus alarmantes aux nobles comme aux gens du peuple venus assister à l'audience du matin. L'empereur ne manquait jamais de s'y manifester, même malade, même s'il n'avait pas dormi, quitte à se présenter sur le balcon mal rasé, irritable ou pâle et fiévreux. Tous attendirent les deux heures de l'audience avant de rentrer chez eux et, durant ces deux heures, ils restèrent debout et silencieux, comme si le souverain était devant eux.

À travers les bazars, la rumeur courut que Mehrunnisa était morte, puis qu'elle était ressuscitée. Agra tout entier s'entretenait de potions, cataplasmes ou remèdes transmis de génération en génération, ou par des marchands provenant de tous les pays du monde. Elle devrait prendre un peu de curcuma et de gingembre dans du lait de buffle, pour faire tomber la fièvre. Les entrailles de Sa Majesté s'accommoderaient d'une décoction d'ajwain dont on rôtirait les graines sur une plaque sèche avant de les faire bouillir avec l'eau et du jagré pour en masquer l'amertume. Pourtant, nul ne connaissait avec précision la cause de l'accident et, depuis la chute de l'impératrice, une chape de silence s'était abattue sur la cour. On n'y jouait plus de musique, aussi les musiciens s'étaient-ils réfugiés en dehors des remparts ; on n'y traitait plus d'affaires, aussi les intendants du zénana attendaient-ils les ordres de leurs maîtresses. Les détails relevant de la maladie de la nouvelle épouse n'étaient que pures conjectures : la nuit où elle était tombée, on avait convoqué les hakims impériaux au zénana – depuis, aucun n'en était sorti.

Dans les appartements de Mehrunnisa, le silence qui pesait sur l'Empire se faisait plus lourd encore. Des tentures de velours bleu avaient été tirées sur les fenêtres, mais certaines ne se rejoignaient pas tout à fait, permettant à un rayon de soleil de s'infiltrer dans la pièce.

En ouvrant les yeux, Mehrunnisa ne distingua d'abord que cette lumière, qui projetait un rai oblique sur la couche. Allongée sur le ventre, le visage tourné vers la fenêtre, la jeune femme tendit la main et vit scintiller les diamants qu'elle portait aux doigts. La veille, elle avait émergé de cet interminable sommeil et demandé à Hoshiyar d'éclairer un peu la pièce. L'empereur se trouvait à ses pieds, assis en tailleur à même le sol, un livre sur les genoux, les yeux baissés. Ses lèvres remuaient en silence, car il priait. Elle le regarda un instant, tournant légèrement la tête sur l'oreiller pour mieux l'observer, et fut submergée d'un immense élan d'amour. Comment pourrait-elle jamais le remercier d'une telle adoration ? Car c'était de l'adoration : jour et nuit, chaque fois qu'elle s'éveillait, Jahangir était près d'elle.

Au début, elle souffrait trop pour ressentir quelque émotion. Si les hakims s'étaient pressés à son chevet pour l'examiner, elle ne les vit jamais, ni ne les entendit. Hoshiyar et parfois Jahangir lui introduisaient du khédivial et de l'eau dans la bouche. Elle mangeait et buvait afin de les satisfaire. Ladli lui rendit visite une fois, mais sa mère ordonna qu'on la tînt désormais à l'écart, jusqu'à ce qu'elle se sentît mieux. Mehrunnisa ne savait comment effacer cette peur qui emplissait les yeux de la fillette. Toutes ses pensées, tous ses désirs se portaient vers l'enfant qui grandissait en elle.

Elle glissa une main sur son ventre, mais, même étendue dans ce lit paisible, elle redoutait que l'humidité entre ses jambes n'ait rien de naturel. Au début, c'était inévitable, ainsi que l'avaient expliqué les hakims. Mais maintenant... Elle sentit des larmes rouler sur ses joues, imprégner la soie de sa taie d'oreiller. Le saignement ne s'était donc pas arrêté. Son ventre lui faisait encore mal, ses entrailles la brûlaient, la vie en elle avait été tordue comme le linge sur les pierres au bord de la Yamunâ. Pourquoi, Allah ? Pourquoi avait-il fallu que ceci arrivât ?

– Mehrunnisa.

L'empereur Jahangir ferma son livre et s'approcha d'elle, essuya les larmes qui ne cessaient de couler.

– Là, tout est bien. Chut...

Il ne savait comment la réconforter, quels mots employer pour soulager sa souffrance. Les hakims lui avaient conseillé de la laisser pleurer son content, car c'était le seul moyen d'évacuer son chagrin. Mais voilà des jours qu'elle pleurait et l'affliction ne s'apaisait pas. Pour la première fois de sa vie, Jahangir se sentait impuissant. Il ne pouvait que la regarder, lui murmurer des paroles de réconfort, ou ce qu'il prenait pour des paroles de réconfort ; il la serrait contre son cœur. Et elle pleurait de plus belle. Alors il posait son visage contre le sien et ne sentait plus que les os de ses pommettes. Elle n'avait plus de goût à rien, elle le regardait, l'air éperdu, comme si elle ne le reconnaissait pas.

Il monta sur le lit, s'allongea près d'elle, posa une jambe sur la sienne. Cette fois, elle se tourna vers lui, agrippa le col de son nadiri et, en quelques instants, ses sanglots faiblirent puis cessèrent ; il n'entendit bientôt plus que sa respiration et lui dégagea le front des cheveux qui s'y étaient collés, lourds de n'avoir pas été lavés depuis longtemps.

– Seigneur...

Elle leva sur lui un regard interrogateur.

– Non, souffla-t-il. Tu as trop saigné.

Il redoutait qu'elle ne s'abandonnât de nouveau à sa tristesse, qu'elle s'y réfugiât à jamais, que cette maladie ne finît par l'emporter. Cependant, il ne lui mentirait pas. Elle ne l'aurait pas accepté.

Cette fois, pourtant, elle ne pleura pas.

– Comment ai-je glissé ?

C'était la question qu'il redoutait le plus. Mais, là non plus, il ne lui mentirait pas.

– Le sol de la véranda était badigeonné d'huile, Mehrunnisa, d'huile de sésame.

Pour la première fois depuis des jours, la tristesse faiblit, et la colère prit le dessus : la jeune femme tremblait comme une tigresse frémissante. Qui avait osé ? Il lui était si difficile de garder un enfant – Ladli était un don d'Allah, un miracle après tant de fausses couches. Pourtant, on avait répandu de l'huile. Voilà pourquoi les dalles scintillaient ainsi par une nuit sans lune, voilà pourquoi elle avait senti le parfum du sésame avant de sombrer dans l'inconscience.

– Qui ? demanda-t-elle, les yeux brillants de fureur.

– On ne sait pas. Mais cela n'arrivera plus. Je te le promets.

Elle se dégagea des bras de son époux et tenta de s'asseoir mais ses membres étaient trop lourds, et elle retomba.

– Repose-toi, ma chérie. Je suis là, je veille sur toi. Veux-tu manger quelque chose ?

– Oui.

Elle n'avait pas faim, mais elle voulait vivre. Ne fût-ce que pour traquer les scélérats qui avaient tué son enfant, les enterrer vivants à la chaleur de l'été afin que le soleil leur grillât la cervelle à même le crâne et qu'ils sachent en mourant qu'on ne s'attaquait pas à l'impératrice Nur Jahan.

Pour prendre son repas elle s'adossa à Jahangir, et Hoshiyar la nourrit de ses mains. Puis l'empereur lui ordonna de dormir encore et elle dormit, non plus parce qu'elle redoutait de veiller, mais parce qu'elle en avait besoin pour recouvrer ses forces.

Elle somnola le reste du jour et la nuit qui suivit, et Jahangir resta près d'elle, ne s'éloignant que pour se restaurer. L'empereur contemplait sa femme à la lueur des lampes à huile. Elle avait repris une respiration régulière, elle ne pleurait plus dans son sommeil, elle ne s'agitait plus sauf pour remuer la tête de temps à autre. Elle se reposait, maintenant qu'elle avait accepté son malheur.

Lorsque les muezzins des mosquées d'Agra invitèrent les fidèles à la dernière prière du jour, Jahangir étala son tapis face à l'ouest, vers La Mecque. Allah-u-Allah-u-Akbar. Leurs voix liquides entonnaient des paroles de paix dans le soleil couchant baigné de lumière orange et les feux du repas du soir emplissaient les rues de leurs effluves boisés.

Jahangir resta à genoux sur son tapis, les mains appuyées sur les cuisses. Ces derniers jours, il avait parcouru les couloirs du zénana à longues enjambées rageuses. Toutes les pensionnaires avaient été soumises, l'une après l'autre, à la même enquête : où avaient-elles passé la nuit ? À qui avaient-elles parlé ? Qui leur avait rendu visite ce mois-ci ? Possédaient-elles des onguents au sésame parmi leurs articles de toilette ? Beaucoup répondirent par l'affirmative à cette dernière question et Hoshiyar leur réclama des échantillons d'huile afin de les comparer à celle répandue sur la véranda. Au début, l'empereur n'avait pu y croire. Qui eût osé faire du mal à son épouse ? Il dut se rendre à l'évidence : quelqu'un avait bel et bien étalé cette huile à l'aide d'un balai. Jahangir n'avait pas dormi depuis plusieurs nuits et s'était arrangé pour qu'aucun occupant du harem – épouses, concubines, esclaves, eunuques et gardes – ne jouisse d'un instant de répit. Pour commencer, il divisa leurs revenus de moitié, afin qu'ils aient tous à en souffrir. En revanche, il tripla la dotation de son épouse : il lui attribua, durant sa convalescence, davantage de jagirs et de régions, ordonna que l'on construisît trois navires à son nom dans les cales sèches de Surat. Il tenait à proclamer plus fort encore son attachement à Mehrunnisa.

Il se releva de son tapis de prière, le roula, puis vint s'asseoir devant la fenêtre, contemplant la lune à son premier quartier. Où était-il lors de cette nuit funeste ? Il dormait dans ses appartements et la croyait endormie. Il avait manqué à sa promesse de la protéger. Mais cela ne se reproduirait pas. Il inclina la tête. Merci, Allah. Merci de me l'avoir rendue.

L'empereur alla s'allonger auprès de Mehrunnisa et, dans son sommeil, elle se tourna vers lui. Fermant les yeux, il sentit enfin son cœur s'alléger.

Les hakims avaient dit qu'ils n'auraient pas d'enfant.

Mais il avait Mehrunnisa. Et cela lui suffisait.

– Où est Sa Majesté ?

– Elle est partie visiter sa mère, répondit le garde.

Mahabat Khan exulta. Allah lui adressait un bon signe. Mehrunnisa écartée, il se sentirait plus à l'aise pour présenter ses hommages à l'empereur. Ceci était sa première entrevue privée depuis des mois.

– Vous pouvez entrer, reprit le garde en lui ouvrant la porte des appartements de Jahangir.

Mahabat entra et accomplit le konish. Lorsqu'il se redressa, il s'aperçut avec surprise que le souverain avait l'air en meilleure santé qu'à leur dernière rencontre. Il fut un temps où Sharif et lui entraient et sortaient à leur guise sans attendre aucune autorisation. Aujourd'hui, il se tenait devant son empereur et celui-ci ne levait pas la tête de son livre.

– Al-salam alekum, Votre Majesté.

– Walekum-al-salam, répondit Jahangir.

Alors seulement, il posa les yeux sur lui.

Il avait le teint florissant, non pas rouge comme lorsqu'il abusait de l'opium, les yeux brillants mais plus ce regard vide que donnait l'alcool. Déconcerté, Mahabat hésita. Si Mehrunnisa était capable de restreindre la consommation de vin et d'opium de Jahangir, elle pouvait accomplir des miracles. Quelles chances lui restaient contre une telle adversaire ?

Un sourire illumina le visage de l'empereur :

– Je suis heureux de te voir.

– Votre Majesté m'a fait demander ?

– Oui. Viens t'asseoir, mon ami. Nous avons beaucoup à parler.

Mahabat pressa le pas. Son souverain s'adressait à lui sur le même ton qu'autrefois et lui faisait un grand honneur en le priant de s'asseoir. Cela signifiait que l'entretien durerait. Il s'inclina de nouveau et prit place au bord du divan.

– Comment te portes-tu, Mahabat ?

– Le mieux du monde, Votre Majesté. Et je constate que vous aussi, par la grâce d'Allah. Cela se voyait peu du haut du jharoka ou durant les audiences du Diwan-i-am, et je vous suis reconnaissant de cette convocation.

Jahangir baissa la tête.

– Je rends grâce à Allah pour tant de bienfaits ! Nous vivons des jours heureux, mon ami. L'impératrice est guérie.

– Tout l'Empire s'en réjouit avec vous.

Mahabat respectait l'étiquette à la lettre, bien qu'intérieurement il ne pût réprimer une sourde frayeur. Que dire ? Valait-il mieux se taire ? S'en tenir aux conseils de Sharif ? Un sentiment de culpabilité le taraudait, car son ami ignorait qu'une fois de plus il avait l'intention de ne pas les suivre.

– J'ai négligé mes devoirs, Mahabat. C'est pourquoi je t'ai convoqué. Es-tu au courant des récents événements du Dekkan ?

– Oui, Votre Majesté. Ambar Malik a repoussé toutes nos tentatives pour reprendre la province d'Ahmadnagar.

Ambar Malik était un ancien esclave abyssinien au service de Chingaz Khan, le conquérant du Berar, à la frontière sud de l'Empire moghol. Ce soldat d'une exceptionnelle bravoure s'était révélé un capitaine d'une remarquable intelligence. Il n'avait cessé de mener des embuscades contre l'armée moghole depuis que Jahangir était monté sur le trône.

Ces menaces étaient inévitables contre un empire aussi vaste et, chaque fois qu'apparaissait un nouveau souverain, il semblait que les populations voisines s'arrogent le droit de l'agresser. Assurément, leurs rois envoyaient des messages de félicitations au jeune monarque, mais ils serraient la plume dans une main et l'épée dans l'autre. Ils guettaient la moindre faiblesse pour élargir leurs frontières. Un an à peine après l'avènement de Jahangir, des troupes ennemies s'étaient massées aux confins nord-ouest du pays. Le chah de Perse appelait Jahangir « mon frère » et lui écrivait des lettres charmantes tandis que son gouverneur préparait la guerre. Si bien que Jahangir avait envoyé une puissante armée « visiter » la ville frontière de Kaboul, tout en suggérant à son frère le chah de rappeler ses hommes.

Cependant, avec Ambar Malik, cette tactique diplomatique était restée inopérante car ce dernier était passé directement à l'assaut, suscitant d'immédiates représailles. Deux années auparavant, Ahmadnagar était tombée alors que le Khan-i-khanan Abdur Rahim était commandant en chef de l'armée impériale. Le Khan Azam s'était fait fort de reconquérir les territoires perdus, pour peu qu'on le place à la tête de l'armée. Jahangir avait accepté et le Khan Azam Salabat Khan avait remplacé Abdur Rahim dans le Dekkan.

– Le Khan Azam a surestimé ses capacités. Je ne vois aucune victoire s'annoncer contre ce détestable Malik.

– Malik est un ennemi redoutable, Votre Majesté. Certes, ses ressources sont limitées, mais on raconte que les rois du Bijapur et du Golconde le fournissent en renforts et en armes.

– Certes, mais il revient à l'armée impériale de l'écraser une bonne fois pour toutes. Sa seule existence représente un fléau pour nos troupes. Je t'ai fait venir pour ordonner au Khan-i-khanan de regagner le Dekkan afin de relever le Khan Azam de sa charge. Qu'Abdur Rahim prenne immédiatement la route. Qu'il reconquière ce qu'il a perdu s'il ambitionne de remettre un jour les pieds à la cour.

– Il sera fait selon vos désirs, Votre Majesté, dit gaiement Mahabat.

C'était un signe de faveur. Jahangir eût pu se contenter d'envoyer un simple messager à Abdur Rahim, mais il avait choisi Mahabat. C'était donc qu'il s'appuyait sur lui, qu'il avait besoin de son aide. Comme autrefois. Sharif s'en réjouirait fort. Lui aussi montrerait à l'empereur qu'il avait toujours à cœur le bien-être de son souverain ainsi que de toute sa famille. Encouragé, Mahabat se lança :

– Il serait opportun d'envoyer un noble de confiance au Dekkan afin de veiller sur le prince Parviz. On moque sa conduite jusqu'à Agra.

– Oui, oui, répliqua Jahangir d'un ton agacé. Mon fils est un ivrogne, je le sais. Mais le Khan-i-khanan ne s'est pas montré un très bon tuteur. Faut-il que nous envoyions quelqu'un d'autre veiller sur Parviz, Mahabat ?

Le ministre frémit de plaisir. L'empereur lui demandait une deuxième fois conseil !

– Peut-être devriez-vous réprimander Abdur Rahim afin qu'il surveille mieux le prince, Votre Majesté. Un mot de vous le rendrait plus diligent.

– Je refuse de parler à Abdur Rahim. Ordonne-lui toi-même de détourner Parviz de la boisson.

Là-dessus, Jahangir lui fit signe de se retirer et reprit son livre.

Mahabat Khan salua profondément et recula. Devant la porte, il hésita :

– Votre Majesté...

Jahangir leva la tête.

– Le sujet est délicat. Si je puis me permettre...

– Bien sûr, reviens ici.

Encouragé par le ton de l'empereur, Mahabat s'avança lentement :

– Votre Majesté, je parle au nom de tous les nobles de l'Empire. Ne vous offensez pas de mes propos, ils ne sont que le reflet de ma profonde loyauté. Vous êtes mon empereur, mon souverain, mon maître. Je ne me soucie que de votre santé et de votre bien-être...

– Mais encore ?

– Ceci concerne l'impératrice Nur Jahan.

Le visage défait, Jahangir referma son livre. Mahabat poursuivit :

– Il est inconvenant de laisser l'entière responsabilité d'un si grand empire entre les mains d'une femme. Toute la cour s'émeut qu'un monarque aussi avisé que Votre Majesté délègue les affaires de l'État à l'autorité d'une impératrice.

Il se tut, mais, comme aucune réponse ne venait, il continua :

– Nous sommes tous attristés de la maladie de Sa Majesté. Veuillez lui transmettre notre compassion pour ses langueurs féminines. Mais quelque malheureux qu'aient été ces événements, si elle ne s'était occupée d'autres affaires que de celles du zénana, ceci eût sans doute pu être évité.

Ayant exprimé ce qu'il avait sur le cœur, il attendit, les yeux fixant le sol.

– Les inquiétudes que tu éprouves envers moi et mon zénana sont admirables, Mahabat.

Ce dernier guetta une intonation de dégoût ou de sarcasme dans sa voix, mais non, l'empereur ne semblait que le louer. Alors, d'un seul coup, les mots s'écoulèrent à flots de sa bouche. Si Sharif avait été là, il l'eût entraîné loin de Jahangir, mais Sharif n'était pas là et l'écho de ses avertissements s'était évanoui de sa mémoire.

– Votre Majesté, vous avez régné avec sagesse et justice. Vous vous êtes montré plus que digne des responsabilités que vous a léguées votre tout-puissant père. Comment pouvez-vous les abandonner ? Sera-t-il dit que le grand empereur Jahangir fut gouverné par une simple femme ? Je vous demande pardon, mais nous désirons tous suivre vos aimables directives afin que l'Empire s'épanouisse à nouveau.

Mahabat Khan se tut. Par-dessus tout, Jahangir avait toujours aspiré à réaliser deux ambitions. L'une consistait à placer ses pas dans les pas de son père, à se montrer digne de ce trône. Or Mahabat assurait à Jahangir qu'il était non seulement aussi habile qu'Akbar mais qu'il pouvait le surpasser sur certains points, pour peu qu'il se départît de l'influence de Mehrunnisa. Ensuite, Jahangir désirait que son nom laissât une trace dans l'histoire comme celui d'un empereur juste et bon, non seulement durant sa vie mais aussi pour la postérité. Il souhaitait que son peuple loue sa grandeur longtemps après sa mort. Encore une fois, comment la postérité le considérerait-elle ? Comme un homme dominé par sa femme ?

– Mahabat, demanda Jahangir avec douceur, désires-tu recevoir le commandement de l'armée du Dekkan ?

– Non, Votre Majesté, dit Mahabat, surpris. Mais... Bien sûr... Si Votre Majesté l'exigeait, j'obéirais sur-le-champ. Cependant, si je puis me permettre, je ne le souhaite pas.

– Soit. Tu peux te retirer, maintenant. Je te remercie pour tes conseils. Tu peux être certain qu'ils seront pris en considération.

Mahabat Khan salua et recula, salua encore devant la porte avant de sortir. Il avait eu raison de parler à l'empereur. Tout le laissait à penser, en particulier l'offre de commander l'armée du sud. Il courut presque jusqu'à la demeure de Muhammad Sharif, tant il était heureux. En chemin, il s'arrêta afin d'envoyer un messager au Khan-i-khanan, Abdur Rahim, lui ordonnant de retourner au Dekkan sur ordre formel de Sa Majesté.

Cependant, Mahabat avait parlé à son empereur comme nul homme avant lui. Dans son emportement, il avait franchi une ligne intangible, celle qui séparait les souverains du commun des mortels.

Chapitre 9

... Durant le règne de Jahangir, elle exerça la plus grande influence sur toutes les affaires de l'Empire.

– ALEXANDER DOW, *Histoire de l'Hindoustan*

Lorsqu'une accusation était portée, quelque incroyable qu'elle fût, le doute s'emparait des esprits. Ce fut le cas de l'empereur Jahangir. Au début, il en conçut une amère colère à l'encontre de Mahabat. Après son entrevue avec le ministre, il reprit son livre mais ne parvint plus à lire, comme si le sens des mots lui était étranger, comme si une brume rouge flottait devant lui. Deux fois, il faillit appeler Hoshiyar pour lui ordonner de débarrasser le corps de Mahabat du fardeau de sa tête avant le coucher du soleil. Mais il n'en fit rien. À quoi bon ?

Cette nuit-là, il ne trouva pas le sommeil et ne cessa de tourner et retourner mille pensées. Comment Mahabat avait-il eu l'audace de lui parler de la sorte ? Ils étaient amis d'enfance, soit, mais jamais Mahabat, Koka et Sharif n'avaient oublié que Jahangir était fils d'empereur et eux de simples courtisans. En fait, leur amitié ne procédait que de liens fort distendus, où n'intervenaient ni le sang, ni le mariage ni aucune autre alliance. Jusque-là, les trois hommes en avaient eu conscience et, s'ils avaient eu la témérité de se comporter autrement, il eût suffi à Jahangir d'une simple semonce pour les ramener à la raison. De lui seul dépendaient leur bien-être, leur fortune, leurs titres, leur vie même.

À l'aube naissante, Jahangir ne dormait toujours pas. Les nuages avaient envahi l'horizon, de lourds nuages de mousson, mauves, menaçants, chargés d'humidité. Au matin, la pluie tomberait. L'air paraissait déjà plus frais. Jahangir s'approcha de la fenêtre, se pencha au balcon, huma longuement la nuit pour se rafraîchir les idées. Mahabat avait-il dit vrai ? Les nobles raillaient-ils ouvertement son obsession pour Mehrunnisa ? Désignaient-ils son amour pour elle par cet abominable nom ? Avaient-ils perdu tout respect envers lui ?

Jahangir venait de passer tant de nuits à veiller Mehrunnisa, tant de jours sans vivre ; il avait certes vaqué à ses occupations, assisté aux audiences, rempli ses devoirs, mais le cœur n'y était pas. Il n'aspirait qu'à rejoindre sa femme. À présent, il se souvenait que certains nobles restaient parfois affaissés devant lui, adossés à une colonne, les mains croisées, en complète infraction avec l'étiquette ; sur le moment, il n'y avait pas prêté attention. Que lui importait l'étiquette lorsque lui-même risquait de voir son existence s'écrouler !

De nouveau, il pensa à la démarche impétueuse de Mahabat. L'inquiétude de son ami se justifiait-elle ? Jahangir avait-il perdu la considération du peuple ?

Dès le lendemain, Jahangir se montra plus rigoureux sur l'étiquette – toute infraction contre lui ou son entourage fut réprimandée ; l'ordre régnait à nouveau. Les murmures cessèrent, le silence reprit ses droits ; nulle voix ne s'élevait plus haut que celle de l'empereur.

Chaque semaine, la chroniqueuse en chef du harem lisait son compte-rendu au couple royal. Elle avait pour fonction de recueillir les faits et gestes quotidiens du zénana. Tout événement d'importance se retrouvait consigné dans son manuscrit : noms et relations des visiteurs ; achats effectués par les dames ; demandes d'argent ; jusqu'à la longueur de leurs entretiens avec les eunuques. Ce système de surveillance, des plus efficaces, servait à observer les dames jour et nuit. Aucun de leurs gestes ne passait inaperçu aux yeux des divers espions qui pullulaient au zénana. Il était difficile de déterminer qui remplissait de telles fonctions : cette servante qui travaillait là depuis vingt ans ? Ce nouvel eunuque engagé pour l'occasion ? Ce mali chargé d'arroser les fleurs en pot dans les jardins ?

Mehrunnisa jouait distraitement avec des rubis posés dans un plateau d'argent à côté d'elle, laissant courir les pierres entre ses doigts. Jahangir l'observait d'un air pensif. Elle avait semblé contente de ce cadeau, mais n'avait pas prêté l'oreille à ses suggestions. S'en servirait-elle pour son turban ? Pourquoi pas ? En ferait-elle un collier ? Pourquoi pas ? À moins d'en orner ses six coupes de jade ? Elle n'y voyait pas d'inconvénient...

Elle semblait ne plus lui prêter attention, encore abîmée dans son chagrin, qui revenait par vagues, parfois au milieu d'un éclat de rire, parfois en pleine prière. Et voilà qu'elle n'écoutait pas la chroniqueuse, se contentant de hocher la tête, assise au bord de sa couche.

– Mehrunnisa, intervint doucement Jahangir, voudrais-tu une autre distraction ?

– Comme il te plaira, Seigneur.

– Aimerais-tu entendre de la musique ?

– Non.

Agacé par cette réponse abrupte, l'empereur lui prit le menton pour l'obliger à le regarder :

– Eh bien, moi, j'aimerais en entendre. Hoshiyar, ordonne à l'orchestre de jouer.

– Non, Hoshiyar. La musique me fatigue.

– Tout te fatigue en ce moment, ma chère, coupa l'empereur d'un ton sec. La musique te détendra.

– Si seulement j'avais l'impression que tu te soucies de ma santé ! gronda Mehrunnisa sans quitter son époux des yeux.

– Pardon ?

Cette fois, Jahangir vit rouge. Il avait espéré que les sautes d'humeur de son épouse cesseraient bientôt. N'était-ce pas pour elle qu'il avait augmenté la discipline de la cour ? Remis les nobles au pas ? Pourquoi se montrait-elle si ingrate ?

– J'ai entendu dire que Mahabat Khan était venu te rendre visite, Seigneur, qu'il se faisait du souci pour toi, mais non pour moi, et que tu n'avais rien fait à cet égard.

– Mehrunnisa...

Il ouvrit les bras, mais elle se détourna.

– Je t'en prie, mon amour, souffla-t-il. Écoute-moi !

Les larmes aux yeux, elle fit non de la tête. Elle était si jolie, si gracieuse, sa ghagara brodée d'émeraudes scintillantes à la lumière... Elle portait aux poignets les bracelets d'or qu'il lui avait offerts mais des larmes perlaient encore au bord de ses cils. Il lui avait offert tous les objets qu'elle pouvait souhaiter, l'Empire était à ses pieds, pourtant elle demeurait inconsolable. Comment pouvait-il lui accorder l'enfant qu'elle désirait tant ?

– Tu as Ladli.

Elle leva sur lui un regard courroucé :

– C'est une fille. Seul l'enfant que je portais avait de l'importance. Tu le sais bien. À quoi suis-je bonne, désormais ?

La fureur le submergea soudain et il adressa un signe à Hoshiyar. L'eunuque hocha la tête et la musique parvint du balcon. Des esclaves apportèrent du vin et elles emplirent une coupe pour l'empereur. Pourquoi se donnait-il toute cette peine ? Pourquoi gâter une épouse qui ne voulait rien entendre ? Si elle voulait pleurnicher, qu'elle le fasse, mais loin de lui.

Il but en silence et Mehrunnisa cessa de pleurer. Elle avait espéré que la douleur quitterait son cœur pour n'y jamais revenir. Cependant la douleur était toujours là. Et la colère avec :

– Tu n'as rien dit à Mahabat Khan, Seigneur.

– Que veux-tu que je dise ? Il m'a demandé audience afin de me confier ce qui le tourmentait. Je l'ai reçu et je le recevrai encore, car c'est un ministre loyal, un ami de toujours qui n'a d'autre préoccupation que mes intérêts.

Il vida sa coupe et la tendit pour qu'on la remplît.

Hoshiyar Khan toussota derrière lui.

– Votre Majesté, le prince Chahryar demande audience.

Jahangir accepta d'un geste nonchalant. La porte s'ouvrit sur un jeune garçon, ou plutôt sur sa gouvernante, épouse d'un des nobles de la cour, qui le tenait par la main. Chahryar avait neuf ans, le même âge que Ladli, et il avait passé toute sa vie entre nourrices et gouvernantes, celles-ci se succédant chaque année. À peine s'attachait-il à une femme, éprouvait-il quelque affection pour elle et commençait-il à s'endormir sans redouter le noir, qu'elle était remplacée, sur ordre de l'impératrice Jagat Gosini. Celle-ci s'assurait de la sorte que Chahryar ne représenterait jamais le moindre danger pour son fils Khurram.

Quelques années auparavant, la nourrice de l'empereur Akbar avait cru pouvoir diriger l'Empire, avant qu'il ne la congédiât. C'est pourquoi Jagat Gosini veillait à ce que Chahryar fût constamment déstabilisé. Dès son plus jeune âge, il avait compris qu'il ne pouvait faire confiance à personne ; ses nourrices n'étaient que d'éphémères compagnes de jeu.

Le prince Chahryar était un bel enfant aux cheveux bouclés et longs comme ceux d'une fille, aux grands yeux noirs. Comme une pâte bien pétrie, il prenait la forme des moules qu'on lui imposait. Il n'avait pas de volonté propre.

Sa gouvernante lui murmura quelques mots à l'oreille et il s'approcha pour effectuer le taslim, avec des mouvements encore gauches.

– Al-salam alekum, Votre Majesté.

Le prince s'enfonça jusqu'aux chevilles dans les épais tapis rouges qui couraient sur le sol de marbre. Il contempla la salle de réception autour de lui, surmontée d'un dôme autour duquel courait une terrasse portée par une galerie en voûte et des colonnes. Dans un coin, l'empereur et l'impératrice reposaient sur un divan de soie couvert de coussins et de traversins de velours brodés de pierres précieuses. Ils étaient entourés par des domestiques, eunuques, esclaves et servantes, qui leur présentaient des plateaux d'or et d'argent où l'on avait déposé des carafes de vin, du paan, des pâtisseries et autres gourmandises confectionnées dans les profondeurs des cuisines.

L'enfant considéra d'un œil avide ces diverses friandises. Il n'en voyait jamais autant à la fois dans ses appartements. Chaque nourrice suivait ses propres préceptes et la dernière en place estimait qu'il n'était pas bon pour les enfants de se gaver de sucreries. La tête baissée, il s'efforçait de se montrer respectueux devant son père et sa belle-mère, mais ne pouvait quitter le plateau des yeux. Les gulab jamuns, ces douceurs de lait trempées dans le sucre, semblaient si dodues, si douces qu'elles devaient regorger de sirop et fondre quand on croquait dedans. Le son papdi, décoré de pistaches, évoquait une poudre floconneuse à souhait qui devait s'évanouir dans la bouche. Et les burfis, de toutes les couleurs, à base de blé, de pois chiches et de noix de coco, dorés, mauves, verts et blancs... parsemés de noix de cajou, de raisins secs ou grillés dans le ghee. Il en restait bouche bée, les yeux écarquillés.

– Désires-tu des friandises, Chahryar ? proposa Mehrunnisa.

Elle ne pouvait supporter de voir un enfant saliver avec tant de candeur.

Il recula aussitôt, si vite qu'il se prit les pieds dans le tapis et tomba par terre. Sa gouvernante le fit relever et saluer.

– Comme il plaira à Votre Majesté, répondit l'enfant.

– Oh, emmenez-le ! maugréa Mehrunnisa.

Il ne savait donc pas ce qu'il voulait ? Elle poussa le plateau de friandises vers lui :

– Tiens, prends ça et va-t'en.

Chahryar rougit jusqu'aux oreilles. Voyant sa gouvernante l'attraper par le col et le tirer vers la porte, Mehrunnisa se leva pour lui tapoter la tête. Peu habitué aux gestes d'affection, l'enfant recula d'un bond.

– Va, Chahryar, dit-elle plus doucement. Tu reviendras nous voir un autre jour.

– Je prie Votre Majesté de m'excuser, marmonna-t-il.

– Tu n'as rien à te faire pardonner, Chahryar. Va, maintenant.

Il quitta la salle en reniflant et Mehrunnisa regagna sa couche, quelque peu honteuse. L'empereur n'avait pas ébauché un geste durant la visite de son fils, ou seulement pour porter la coupe à ses lèvres. Combien en avait-il déjà bu ? Cinq ? Six ? Peut-être davantage, mais Mehrunnisa n'avait pas le courage de le restreindre, tant les pensées se bousculaient dans son esprit. Pourquoi se sentait-elle si abattue ? Cela ne lui était encore jamais arrivé, pas même après ses autres fausses couches. La promesse de cet enfant, la certitude que ce serait un garçon et qu'elle lui enseignerait l'art de gouverner un empire – ces pensées l'avaient occupée jour et nuit deux mois durant, deux petits mois au cours desquels elle l'avait porté avec une telle ardeur qu'elle en était tout étourdie. Maintenant encore, alors qu'il était parti, elle avait l'impression de le sentir en elle.

Les hakims avaient affirmé qu'elle n'aurait jamais plus d'enfant. Ils avaient rendu cet oracle dans des termes des plus catégoriques, mais, dans sa douleur, elle les avait à peine entendus. Pourquoi son corps la trahissait-il ? Qu'en pensait l'empereur ? Depuis la visite de Mahabat, son attitude avait changé. Hoshiyar était venu la trouver après cet entretien, sans rien lui cacher de ce qui s'y était dit. En d'autres temps, moins vulnérable, moins effrayée, elle serait entrée dans une colère incommensurable, mais en ce moment...

Dès qu'Hoshiyar l'eut informée de cette rencontre avec Mahabat, elle avait regagné le zénana. Il lui semblait capital de se trouver aux côtés de Jahangir et, pourtant, chaque fois que l'un ou l'autre ouvrait la bouche, ce n'était que pour prononcer d'amères paroles. Elle s'emportait même contre le doux, le benêt, l'inoffensif Chahryar. À sa vue, elle songeait à l'enfant qu'elle avait perdu ; si ce garçon vivait, pourquoi n'en était-il pas de même pour son propre fils ?

Agacée, elle se frotta le visage puis s'accouda à un traversin de soie. Quelle perte de temps que de ruminer sans cesse sur un hypothétique enfant ! À la vérité, il n'était pas là et ne viendrait jamais. Où s'était enfuie sa détermination ? Sa force ? De nouveau, elle pleura, mais, cette fois, l'empereur ne lui prit pas la main. Il restait à côté d'elle, si proche, alors que tous deux n'avaient rien à se dire, pas une parole de consolation à échanger. Leur complicité semblait s'être évaporée, balayée par des éléments que ni l'un ni l'autre ne pouvait contrôler.

Elle entendit son époux réclamer encore du vin et, soudain, après ces jours de pleurs et de désolation, ce fut comme si son esprit se brisait. Elle se redressa, posa une main sur le bras de Jahangir :

– Ce sera ta dernière coupe pour aujourd'hui, Seigneur.

– Il n'est pas de ton ressort de me dire ce que j'ai à faire ou non, Mehrunnisa. Je suis ton empereur. Tu dois m'obéir. Si je désire boire du vin, j'en boirai.

Là-dessus, il vida sa coupe, si vite qu'il s'en étouffa presque ; ce qui ne l'empêcha pas d'en réclamer davantage et, d'un geste de défi, de lever sa coupe devant sa femme avant de la porter à sa bouche.

Mehrunnisa la lui arracha des mains, renversant le vin sur la qaba brodée de l'empereur, et la jeta contre une colonne où elle explosa dans un jaillissement d'éclats de jade et de rubis mêlés de liquide rouge sang.

Jahangir saisit la jeune femme par l'épaule, l'obligeant à lui faire face, et sa main traça un arc de cercle dans l'air avant de s'abattre sur la joue de Mehrunnisa. La gifle retentit à travers toute la pièce, et fut suivie d'un pesant silence. Du haut de leur balcon, les musiciens avaient cessé de jouer, tandis que les esclaves et les eunuques se figeaient. Nul ne savait comment réagir. Pas plus que Mehrunnisa, quelques secondes durant. Mais son bras se crispa, son poing se ferma soudain et se dressa d'un geste fulgurant jusqu'à frapper le menton de Jahangir.

Alors tous deux roulèrent au sol en hurlant et feulant comme des fauves. Ils se crachèrent à la figure, tentèrent de s'arracher les yeux et les cheveux. Le voile de Mehrunnisa tomba de sa tête et sa coiffure se défit. Soudain conscient du ridicule de la situation, Jahangir tenta en vain de se protéger des coups de son épouse ; il s'en voulait déjà d'avoir frappé une femme. Même au plus profond de ses moments d'ivresse, il n'était jamais tombé si bas. Mais cette fois... Un monstre avait surgi en lui, qui avait dominé toutes ses pensées. Il s'immobilisa soudain, baissa les bras, s'efforçant de calmer Mehrunnisa, mais elle l'attaquait encore, comme un chat sauvage, et il ne pouvait la contenir. Les domestiques contemplaient la scène avec stupéfaction : l'empereur allongé sur le sol, se protégeant de son épouse qui le frappait sans relâche.

C'était la première fois de sa vie que quelqu'un levait la main sur lui : même durant son enfance, personne n'avait eu cette audace. Et voilà qu'il se laissait docilement rosser par son épouse. Fallait-il intervenir ? L'événement était sans précédent. Aucun empereur moghol ne s'était encore battu ouvertement avec sa femme. C'est alors que, du balcon de l'orchestre, retentirent des hurlements, suivis d'une série de claques sonores.

Dans la salle, Mehrunnisa s'interrompit net. Elle se releva d'un bond, tendit la main à Jahangir et tous deux se précipitèrent vers l'escalier. Arrivés sur le balcon, ils découvrirent l'un des joueurs de sitar allongé sur le sol, en train de hurler comme un possédé :

– Au secours ! À l'aide, Seigneur, à l'aide !

Il gigotait sur le sol en se tapant violemment le torse et en poussant chaque fois un cri. Soudain, il les vit et s'arrêta, se redressant pour tenter de plonger dans un taslim.

– Vos Majestés ! J'espère que la musique vous agrée.

Le souffle encore court, l'empereur et l'impératrice restèrent un moment immobiles, honteux de leur attitude. L'orchestre venait de créer une parfaite diversion pour interrompre leur altercation.

– Hoshiyar, couvre ces hommes d'or, ils ont bien agi, dit Jahangir.

Puis il se tourna vers Mehrunnisa :

– Si nous allions faire un brin de toilette, ma chère ?

Elle acquiesça et le suivit dans l'escalier puis dans la salle de réception ; les cheveux défaits, la nuque et le visage encore brûlants des soufflets qu'elle avait reçus, elle sentait sa pommette l'élancer et son œil gonfler. Tous deux avaient leurs vêtements maculés de vin. La colère de Mehrunnisa s'était quelque peu apaisée, sa douleur elle-même semblait l'avoir quittée.

Voyant Jahangir boiter, elle lui demanda :

– Te serais-tu tordu la cheville, Seigneur ?

– Regagne tes appartements. Je me remettrai seul et je désire que tu appelles Hoshiyar pour qu'il te soigne.

Comme elle ouvrait la bouche pour répondre, il l'interrompit :

– Nous n'aurions jamais dû oublier notre rang. Nous battre ainsi, comme des animaux, perdre toute dignité... Que dira le peuple ? Tu ne me reverras que pour me demander pardon, et pas avant. J'attends tes excuses. Mais pas éternellement.

Elle en demeura interdite. Puis elle s'éloigna lentement, se rendit dans la chambre de Ladli. Sa fille dormait en travers de son lit, son drap de soie écarté, sa kurta remontée jusqu'aux genoux. Mehrunnisa s'allongea près d'elle, posa la tête à côté du visage de l'enfant, qui tendit la main vers elle :

– Maman ? demanda-t-elle d'une voix endormie.

– Oui, ma chérie.

Elles s'étreignirent et Ladli poussa un soupir de satisfaction.

Un soir, alors que Mehrunnisa se reposait après la perte de son bébé, Hoshiyar lui avait amené Ladli. La petite était restée devant la porte, les yeux brillants de frayeur, les larmes perlant aux paupières, jusqu'à ce que sa mère l'appelât. Alors, elle avait couru se réfugier dans ses bras, la serrant si fort que Mehrunnisa ne pouvait plus respirer.

– Je suis triste, maman ! Tu le voulais tellement, ce bébé, n'est-ce pas ?

– Oui, ma fille. Je le désirais beaucoup.

Le visage toujours caché dans le cou de sa mère, Ladli avait repris :

– Et tu... tu l'aurais aimé plus que moi, maman ?

– Non, avait répondu machinalement Mehrunnisa.

Et elle s'était remise à pleurer.

La fillette lui avait caressé les joues de ses petites mains.

– Il vaut mieux avoir une fille, maman. Un garçon... Il devrait se battre contre tant de choses quand il serait plus grand... Les garçons se battent tout le temps.

Mehrunnisa se souvenait maintenant de s'être détournée et d'avoir demandé à Hoshiyar d'emmener sa fille. Elle avait prêté peu d'attention à ces paroles – « et tu l'aurais aimé plus que moi, maman » – qui la bouleversaient à présent. Quelle sorte de mère était-elle pour avoir oublié sa fille ? Elle fondit en larmes et, dans son demi-sommeil, la fillette lui tapota l'épaule. Mehrunnisa finit par fermer les yeux. Ladli faisait son possible pour la consoler, mais elle, que n'aurait-elle donné pour que Jahangir vînt, lui aussi ?

Qu'était-il advenu de leur amour ?

Dans la salle de réception, eunuques et esclaves ramassèrent les débris de la coupe, nettoyèrent le divan et les tapis. Ils soufflèrent les lampes à huile et abandonnèrent la pièce à l'obscurité. Alors ils s'égaillèrent à travers les corridors du zénana, réveillant les femmes pour leur raconter le scandale. L'anecdote se répercuta de bouche à oreille, déclenchant des rires et des manifestations de jubilation, prenant des proportions horrifiques à mesure qu'elle se répandait. Mehrunnisa avait frappé l'empereur, elle lui avait donné un coup de poing dans le ventre, il le lui avait rendu – assurément, mais les détails se firent de plus en plus croustillants. Ils s'étaient hurlé des choses affreuses. Jahangir ne voulait plus jamais la voir. Elle avait été bannie du harem. Les bruits de sabots qu'on entendait à l'extérieur provenaient des chevaux qui la ramenaient chez ses parents.

La rumeur parvint aux appartements du prince Khurram, qui se reposait en compagnie d'Arjumand. Leur premier enfant devait naître deux mois plus tard et, à l'inverse de Mehrunnisa, sa nièce n'avait aucun mal à porter son petit. Son ventre s'était largement arrondi et elle présentait tous les symptômes d'une saine grossesse – visage bouffi, jambes lourdes, perte de l'appétit à mesure que le bébé lui comprimait l'estomac en grandissant.

Arjumand s'éveilla à la voix de l'eunuque en train de relater l'altercation à l'oreille du prince ; sa mission achevée, il repartit sur la pointe des pieds. Elle tournait le dos à son époux, mais cela ne l'avait pas empêchée d'écouter. Khurram lui passa doucement une main sur le ventre.

– As-tu entendu ?

– Oui. Je ne dormais pas.

– C'est inconcevable ! Si tu me frappais ainsi, je ne pourrais le supporter.

Elle se retourna non sans difficulté, obligée de s'asseoir d'abord avant de s'allonger de nouveau, cette fois face à lui. Du bout des doigts, elle lui caressa le visage dans l'obscurité.

– Je ne suis pas comme ma tante, Seigneur. Je ne te manquerai jamais de respect ainsi qu'elle l'a fait avec l'empereur. Elle ne tient pas son rang ; elle est au zénana pour porter des enfants et l'on dit maintenant qu'elle ne pourra plus en concevoir. Jamais je n'agirais de la sorte. Je connais ma place.

– Et c'est ce que j'aime en toi, ma chérie. Mehrunnisa diminue mon père.

Il se serra contre elle, d'aussi près que le permettait le ventre de son épouse.

Arjumand agissait selon les vœux de Khurram : son éducation l'y avait préparée. Il était de son devoir d'exécuter les ordres de son mari, de se conformer à ses désirs. Au début, elle avait été surprise qu'il fût si peu habitué à une telle soumission. Puis elle avait compris que toutes les femmes qui avaient entouré Khurram avant elle – Ruqayya, Jagat Gosini, Mehrunnisa – bravaient les conventions ; il avait jugé cette attitude normale jusqu'à l'arrivée d'Arjumand. La jeune femme plaçait Khurram sur un piédestal, le révérait comme un dieu, lui touchait les pieds tous les matins pour qu'il lui souhaitât le bonjour. Jamais elle ne l'eût bravé car elle savait la réputation des femmes qui se le permettaient. Personne ne considérait Ruqayya, Jagat Gosini ou Mehrunnisa comme faisant partie de la gent féminine ; elles étaient véhémentes, désagréables... comme des hommes. Arjumand s'était promis de ne jamais leur ressembler.

– Khurram, je n'aime pas que tu converses si souvent avec ma tante. Pardonne-moi, mais accorde plutôt ta confiance à mon père et à mon grand-père. Ce sont des hommes de sagesse et d'expérience, ils sauront toujours te conseiller, bien mieux que l'impératrice. Ne crois-tu pas ?

– Bien sûr. Mais l'impératrice est désemparée. Cette querelle avec mon père m'inquiète. Je ne puis croire que Sa Majesté veuille la bannir, il était si tourmenté lors de sa maladie.

– Ne parle pas d'elle, Khurram, dit Arjumand d'une voix tendue.

– Mais c'est ta tante ! Ne l'aimes-tu donc pas ?

– Si, si... Et je m'inquiète pour elle. Cependant, tout ceci est arrivé par sa faute. Si elle avait respecté l'empereur, rien ne se serait produit. N'oublie pas, Seigneur, que si elle avait eu ce bébé, et que cela ait été un garçon, elle se serait montrée beaucoup moins obligeante à ton égard.

Khurram se mit à rire.

– Arjumand, tu vas trop loin ! Nul ne m'empêchera de succéder à mon père, le jour venu.

– Il ne s'agit plus seulement de toi. Songe au fils que je porte, ton premier fils, celui qui sera empereur après toi. Je ne suis pas certaine que l'impératrice vous aurait porté une très haute considération, à toi ou ton fils, si elle en avait eu un de son côté.

Frappé par cet argument, il ne répondit pas. La respiration d'Arjumand se fit plus régulière et elle s'endormit. Mais Khurram ne trouva pas le repos cette nuit-là. Certes, il était bon d'avoir fondé cette junte, bon d'avoir placé Mehrunnisa à sa tête... Jusque-là. Toutefois, l'empereur avait subi un affront à cause d'elle. Combien de temps avant que l'opprobre retombe sur le prince ? Arjumand avait raison – sa tante était une femme singulière.

Ainsi Khurram se laissait-il à son tour influencer par une femme, mais celle-ci avait la main légère et le geste doux. Arjumand se scandalisait que Mehrunnisa détînt un tel pouvoir alors qu'elle n'avait donné aucun enfant à l'empereur. Seule la mère du futur héritier pouvait et devait exercer son autorité sur l'Empire. Ce fut ce qu'elle dit et répéta à Khurram. L'un et l'autre des deux époux avaient oublié que sans Mehrunnisa, sans son intervention, leur propre mariage – qui avait engendré de telles idées ainsi que les futurs héritiers de l'Empire – n'aurait jamais eu lieu.

Au cours des deux semaines qui suivirent, après que la maladie de Mehrunnisa eut abattu une chape de silence sur le zénana, les langues se délièrent. Jahangir ne rendit pas visite à son épouse et l'impératrice n'esquissa pas un mouvement pour lui présenter ses excuses. Ce qui ne fit que nourrir les bavardages et suscita quelque espérance d'assister à une redistribution de pouvoir au sein du harem.

Le règne de l'impératrice touchait à sa fin.

Chapitre 10

Mais la reine, adoptant la pratique des femmes trop gâtées, se montra plus irritée et offensée que jamais... À la fin, par l'intermédiaire d'une tierce personne, elle signifia à Jahangir qu'il n'avait d'autre moyen de se faire pardonner son affront que de venir se jeter à ses pieds.

– NICCOLAO MANUCCI, *Storia do Mogor*

– Tout est bien et voici le soleil du matin ! chantait le veilleur de nuit.

Il frappait de son bâton le chemin de terre battue qui longeait les remparts, un coup pour chaque heure du matin.

Dans son sommeil, Mehrunnisa entendit ces coups et, les yeux encore clos, elle les compta. Le deuxième pahr de ce nouveau jour. Elle entendit Hoshiyar pénétrer dans sa chambre et ouvrit les yeux comme il s'approchait du lit.

– Comment est-ce, aujourd'hui, Hoshiyar ?

L'eunuque lui tâta le front, entre les sourcils, et elle sentit ses doigts calleux parcourir sa bosse.

– Les couleurs s'estompent, Votre Majesté, mais la cicatrice restera.

– Apporte-moi un miroir.

Lorsque Hoshiyar tint le miroir devant elle, Mehrunnisa s'assit pour examiner son visage. Dehors, le ciel se teintait des gris pâles de l'aube et ne procurait qu'une faible lumière à ses appartements. Ses blessures avaient guéri, à part l'entaille de son front provoquée par une bague de Jahangir.

Elle avait saigné une journée entière et la peau avait fini par se refermer mais, lorsque Mehrunnisa parlait, elle la sentait la tirailler encore. Ce n'était pas une grosse coupure, pas plus large que le bout du petit doigt, mais qui se plissait et prenait la forme d'une pointe de lance.

Les autres ecchymoses n'étaient plus qu'un mauvais souvenir. Sur sa joue, à proximité de la naissance des cheveux, la main de l'empereur avait laissé quatre empreintes de doigts très nettes. Et puis elle s'était cogné la tête en roulant à terre et c'était cela qui lui avait valu ce sourcil tuméfié, cet œil fermé. Elle avait poussé des gémissements en découvrant son visage le lendemain de l'altercation. Comment pourrait-elle jamais se présenter devant l'empereur dans cet état ?

Cependant, Hoshiyar avait opéré des miracles. Chaque jour, il lui avait fait boire du lait de chèvre au safran et appliqué une pâte à base de citron vert et de pois chiche. Il avait confectionné d'étranges cataplasmes dont l'odeur fétide lui donnait la nausée, mais qu'elle portait docilement des heures durant tandis qu'ils séchaient.

Désormais, seule demeurait la cicatrice. Et, comme le disait Hoshiyar, elle s'estomperait sans jamais disparaître en totalité.

– Est-il temps de m'habiller ?

– Les nobles se rassembleront au jharoka dans une demi-heure, Votre Majesté.

L'eunuque lui apporta une bassine de cuivre emplie d'eau, lui fit pencher la tête en avant et lui lava le visage. Deux esclaves entrèrent et la saluèrent silencieusement.

Mehrunnisa se brossa les dents et se leva pour qu'on l'habille. Il lui en coûtait chaque matin un effort démesuré. Elle avait repris ses audiences du jharoka quelques jours après la dispute. Au début, la foule lui sembla clairsemée, les nobles arrogants, leurs apostrophes plus fortes qu'à l'accoutumée, leurs saluts moins profonds. Mais elle refusa de paraître intimidée. Elle conserva une voix ferme, ne se laissa distraire par aucune flatterie, ni décontenancer par aucune marque d'irrespect. Néanmoins, elle revenait exténuée du balcon et, chaque matin, elle s'obligeait à quitter sa couche.

En sortant de ses appartements, elle jeta un coup d'œil vers le palais de Jahangir, de l'autre côté de la cour. L'empereur devait être réveillé, lui aussi, et se préparer pour sa propre audience du jharoka. Tous deux s'étaient depuis longtemps partagé la tâche, chacun accueillant le peuple dans une partie différente du fort, où ils recevaient diverses requêtes. Le rencontrerait-elle aujourd'hui ? Si oui, la regarderait-il ? Elle trébucha, plus par inadvertance qu'à cause des irrégularités du sol, et Hoshiyar la retint par le coude.

– Courage, Votre Majesté, lui murmura-t-il à l'oreille.

Mehrunnisa hocha la tête. Son courage lui était revenu, après tant de semaines de faiblesse. L'enfant était parti, et alors ? Elle gardait Ladli. Elle gardait sa fierté. Elle était toujours l'impératrice Nur Jahan. Cependant... Si seulement l'empereur voulait lui revenir ! Elle ne supportait plus cette vie solitaire, effrayante. Au début, elle était soutenue par sa colère, encore que son emportement se fût largement dissipé au cours de l'altercation. Elle refusait de présenter des excuses, de baisser la tête la première, de reconnaître son erreur. Tout le monde le lui conseillait, mais elle se raidissait davantage encore. Bapa lui envoya des messages, Abul se moqua d'elle et Ruqayya lui parla avec véhémence. Ce ne serait pourtant pas la première fois que Mehrunnisa tiendrait tête, seule contre tous. Elle résisterait jusqu'au bout, ainsi qu'elle l'avait fait dès l'instant où Jahangir et elle s'étaient affrontés.

Néanmoins, la nuit, l'angoisse s'infiltrait dans son cœur. Hoshiyar était là, Ladli venait parfois se glisser dans son lit ; cependant, Jahangir lui manquait. La session du jharoka et les impertinences se répétaient jour après jour. Les esclaves ne reculaient que jusqu'à la porte avant de lui tourner le dos ostensiblement. On avait même déplacé le sceau impérial, qui s'était retrouvé sous son secrétaire, comme pour lui signifier qu'il ne demeurerait pas longtemps en sa possession.

Si elle implorait la clémence de l'empereur, elle ne serait plus rien au zénana. Son nom, son titre, le sceau avaient déjà perdu de leur grandeur. Elle ne niait certes pas son irrévérence, son erreur. Son isolement volontaire lui coûtait, au risque qu'une autre femme en profite pour détourner Jahangir d'elle. Après avoir passé tant d'années à rêver d'être son épouse, comment pouvait-elle le perdre ? Mais tout de même : comment demander pardon sans perdre la face ?

Et voici que, ce matin-là, Jahangir accorda à Mehrunnisa une faveur publique. Lorsqu'elle apparut sur le balcon, les Ahadis, la garde personnelle de l'empereur, s'alignaient de chaque côté de la cour. Le capitaine annonça l'arrivée de l'impératrice, tandis que ses soldats veillaient à ce que les nobles saluent la souveraine selon le protocole. Son titre fut entonné trois fois, tandis qu'elle dominait cette assemblée d'hommes, jusqu'à ce que le capitaine se montrât satisfait de l'exécution du taslim, qu'il exigea aussi profond que celui réservé à l'empereur Jahangir lui-même.

L'audience achevée, Mehrunnisa traversa les corridors du zénana, son voile flottant derrière elle, et se précipita dans les appartements de Jahangir. Revenu plus tôt qu'elle, il s'était déjà recouché pour sa sieste avant de s'atteler à ses occupations quotidiennes.

Elle s'agenouilla devant lui, lui baisa les mains :

– Je suis désolée, Majesté. Il faut me pardonner.

Il effleura la cicatrice de son front :

– Va-t-elle disparaître ?

– Hoshiyar dit que non. Mais me voici...

Elle éclata de rire et l'entoura de ses bras :

– Me voici désormais marquée comme tienne.

– Tu ne m'en veux pas ?

– Non, si tu ne m'en veux pas non plus.

– Je me suis tellement langui de toi, mon amour ! Viens à moi, avec des cicatrices, des verrues et même des grimaces, enfin non... Peut-être pas de grimaces... Mais viens à moi, et ne repars plus jamais.

Il la tira avec délicatesse sur sa couche.

Ils demeurèrent allongés l'un près de l'autre et Mehrunnisa put enfin goûter le plaisir de poser à nouveau la tête contre sa poitrine. Les pluies de la mousson avaient repris, l'air était lourd, immobile. Mais la fraîcheur balayait la chambre et les rideaux de soie couleur d'eau claire ondulaient devant la fenêtre.

– Mehrunnisa... murmura l'empereur.

Bercée par le martèlement de la pluie, elle émit un « oui » étouffé.

– Agis ainsi qu'il te plaira avec Mahabat, ajouta-t-il.

– Vraiment ?

Ils s'endormirent, comme ils dormaient depuis qu'ils étaient mariés, le souffle tranquille, certains que personne ne pourrait jamais plus les séparer. Toutefois, avant de fermer les yeux, Mehrunnisa demanda une faveur à l'empereur.

Cet après-midi-là, lorsque la pluie délaissa l'Anguri Bagh, dans le fort d'Agra, quelques nuages traînaient encore, chargés d'eau. Les pelouses étaient détrempées, et les feuilles du tamarin et du champa brillaient. À la surface du bassin carré s'élevait une brume évanescente. L'Anguri Bagh, le jardin des raisins, ne tenait pas son nom des vignes qui l'encerclaient, mais de la serre aux massifs de brique en nid-d'abeilles plantés de roses de Damas, dont les motifs rappelaient une grappe de raisin.

Les roses étaient en fleurs cet été, les pousses mortes déjà soigneusement taillées par les malis. Chaque parterre accueillait un rosier d'Ispahan, apporté directement de Perse, et issu de l'ancienne lignée de Damas. Les massifs débordaient de vigoureuses feuilles vertes et les tiges croulant sous les fleurs rose pâle s'offraient à la caresse du soleil revenu.

Les femmes s'égaillèrent du harem par essaims et s'installèrent sur les marches de pierre menant aux serres. Elles regardaient leurs enfants se balancer aux branches du tamarin en poussant de petits cris chaque fois qu'ils se faisaient arroser par une branche encore mouillée. Dans la douce lumière du soleil des moussons, la rosée scintillait comme des gouttes de diamant sur le satin des rosiers. Les dames du zénana se penchaient les unes vers les autres s'interrogeant sur la raison de leur convocation en ce lieu. Les murmures se répandirent dans l'atmosphère humide, passant de bouche à oreille, se mêlant aux cris des enfants. Un mot revenait souvent : Mehrunnisa. Cet événement mettrait sans doute Mehrunnisa en scène... Mais quoi ? Allait-elle se mortifier en public ?

Le silence retomba lorsque les eunuques entrèrent dans l'Anguri Bagh, portant de grands plateaux d'or et d'argent couverts de pétales de roses. Qu'était-ce ? Une offrande pour une prière ? Un eunuque balaya l'allée de marbre qui courait au centre des massifs de brique, sa brosse se mouvant silencieusement sur les dalles tièdes. Puis deux eunuques s'agenouillèrent à l'extrémité de l'allée et disposèrent un à un les pétales, les tournant vers le ciel telles des coupes qu'une esclave emplissait alors d'une goutte d'eau de rose. Ce travail de précision au cours duquel chaque pétale était inspecté afin d'éliminer ceux qui présentaient le moindre défaut, puis disposés à égale distance les uns des autres, s'acheva lorsque l'allée tout entière disparut sous un étincelant tapis parfumé.

Une heure passa, puis deux, et l'après-midi continuait de s'écouler. Les dames attendaient. Lorsque la chaleur s'intensifia, les pétales de roses répandirent leur puissant arôme de miel. Les dames s'aperçurent soudain que Mehrunnisa les avait rejointes au sommet de l'escalier qui menait au rempart oriental du fort. Derrière elle coulait la Yamunâ et s'étirait la plaine poudreuse, mais ses compagnes ne virent qu'elle, qui guettait patiemment leur attention ; alors lentement, posément, elle descendit les marches jusqu'à l'allée. Lorsque ses pieds touchèrent les pétales de roses, des protestations s'élevèrent dans l'esprit et dans les cœurs de ses compagnes – attention, prends garde où tu marches. Ce sont les roses d'Ispahan. Mais aucun mot ne s'éleva.

Mehrunnisa était vêtue de blanc – la couleur des veuves –, sa ghagara de mousseline d'une simplicité à peine digne d'une paysanne, tandis que son choli resplendissait de diamants dont l'éclat se reflétait sur son visage et faisait saliver d'envie ses compagnes. Elle ne portait pas de voile pour couvrir ses cheveux, qui lui tombaient souplement jusqu'à la taille. Comme elle marchait, les jupes de sa ghagara tournoyaient sur les pétales, anéantissant leur délicate disposition sur les dalles de marbre. Au centre de l'allée, elle s'arrêta dans le soleil et attendit, les pierres précieuses semblant respirer avec elle et capter les rayons de lumière au rythme de son souffle.

L'empereur Jahangir entra de l'autre côté, à l'ouest de la serre. Il ne parut pas remarquer les salutations des pensionnaires de son zénana et n'y répondit pas. À son tour, il se fraya un chemin au milieu de la foule, jusqu'à l'allée centrale, où il rejoignit Mehrunnisa.

Les dames se penchèrent en avant, ébahies de cette cérémonie ostentatoire. Jahangir se rapprochait de Mehrunnisa, précédé par son ombre qui couvrait les pétales de roses. Il s'arrêta à quelques pas de son épouse et tous deux se regardèrent mais aucune parole ne fut échangée. Soudain... L'empereur reprit sa progression et toutes les dames poussèrent intérieurement les mêmes exclamations : écarte-toi, Mehrunnisa ! Recule ! Mais elle ne bougeait pas. Elle ne regarda seulement pas l'ombre de Jahangir qui effleurait maintenant les plis de sa ghagara. Un profond soupir se répercuta de poitrine en poitrine : la personne de l'empereur était tellement sacrée que même son ombre ne pouvait se souiller au contact de quiconque. Cette proximité aurait signifié qu'il s'inclinait devant autrui – sacrilège inconcevable.

Mehrunnisa se tenait auprès de son époux, de façon que le zénana considère leur proximité. Alors, elle déclara :

– Merci, Seigneur ! Tu m'as rendu mon nom.

Il lui prit la main et tous deux regagnèrent leurs appartements, écrasant les pétales sous leurs pieds.

– Qu'ils sachent tous, Mehrunnisa, qu'à mes yeux nul ne saurait compter autant que toi et qu'il en sera toujours ainsi.

Les dames du harem quittèrent l'Anguri Bagh, éblouies par ce spectacle et emplies de convoitise. Toutes désiraient fouler l'allée semée de roses, toutes rêvaient de sentir les pétales se froisser doucement sous leurs pieds, de se tenir en plein soleil et que l'ombre de Jahangir se projette sur elles. D'être dévorées par cette silhouette qui s'inclinerait ainsi devant elles, de partager ce festin à nul autre pareil. À vrai dire, on ornait de roses les lits de mariage, on en fabriquait des guirlandes et des couronnes. De là à les répandre sur le sol, dans une telle quantité qu'une roseraie entière en avait été dépouillée, pour le seul plaisir de les fouler aux pieds... Voilà qui était sans précédent.

Des semaines durant, toutes les conversations tournèrent autour de l'aventure, qui se vit amplifiée, embellie de multiples détails. Le choli que Mehrunnisa portait était brodé de mille diamants parfaitement similaires. Ses pieds n'avaient pas brûlé lorsque l'ombre de l'empereur était tombée dessus parce que c'était une sorcière. Sinon, comment eût-elle obtenu qu'il dénudât sa roseraie pour quelques instants de gloire ?

Le prince Khurram hésita en apprenant la nouvelle. Il se trouvait avec Arjumand dans leur palais, cet après-midi-là, et il lui faisait la lecture tandis qu'elle brodait une pièce de soie ;

mais elle avait les doigts tellement gonflés du fait de sa grossesse que l'aiguille lui échappait souvent.

– Toute la roseraie d'Ispahan, dit doucement Arjumand en tâchant d'imaginer la scène. Aurais-tu fait cela pour moi, Khurram ?

– Bien sûr.

Cependant, il avait l'esprit ailleurs.

– Vraiment ? insista-t-elle en lui prenant le menton.

Il lui caressa le dos d'une main, sans lâcher son livre de l'autre.

– Oui, ma chérie. Je te ferai planter une roseraie, une forêt, tout ce que tu voudras.

– Sa Majesté adore ma tante.

De même que Khurram adorait son épouse, elle n'en doutait pas. Mais tant de prodigalités pour sa tante, qui devenait une vieille femme, encore belle, pourtant... Un pincement d'envie la picota, grandit, et lui étreignit bientôt le cœur et la gorge.

– Comment Sa Majesté peut-elle céder à des exigences si insensées, en public qui plus est ?

Khurram s'était détourné de son épouse et regardait par la fenêtre. Arjumand continua ses palabres : jamais elle ne causerait tant de tracas à Khurram, jamais elle ne lui demanderait des excuses, tant elle avait à cœur la réputation de son époux. La jalousie se dissimulait néanmoins derrière ces protestations. Comme les autres dames du zénana, Arjumand rêvait d'un semblable festin de roses et qu'il portât son nom, pas celui de Mehrunnisa.

Khurram n'entendit qu'une partie de la tirade et ne confia pas ses pensées à son épouse. Pour commencer, il alla présenter ses hommages à Mehrunnisa. L'ambition ne l'aveuglait pas au point de nier que sa belle-mère avait retrouvé sa place à la tête du zénana et de la cour. Il ne considérait pas le festin des roses comme une extraordinaire marque de faveur d'un homme à sa bien-aimée, mais plutôt comme l'aboutissement d'une démission : son père avait octroyé le pouvoir à Mehrunnisa pour ne plus jamais le lui reprendre. Après les incidents de ces derniers mois, il semblait qu'elle se fût revêtue d'une nouvelle peau, fine comme un pétale de rose, solide comme une armure de fer.

Au cœur du zénana impérial, se trouvait le Khel Aangan, une cour de dix pieds de côté, dont le sol était constitué de soixante-quatre dalles de marbre noires et blanches immaculées. Le toit s'ouvrait sur le ciel et, par les étouffantes journées d'été où le soleil tapait sur le palais, les dalles noires avalaient la lumière et les blanches la reflétaient telles des mosaïques d'eau nacrée. En surplomb de la cour, s'étirait une longue terrasse de marbre sculpté, meublée de divans et de coussins brodés de perles.

Tandis que le soleil se couchait sur Agra, s'attardant encore un peu à l'horizon avant de se laisser dévorer par les lointaines montagnes, les torches s'illuminaient dans leurs appliques accrochées haut sur les colonnes qui entouraient la cour.

Hoshiyar conduisit Mahabat Khan vers la terrasse puis lâcha son épaule.

– Vous pouvez ouvrir les yeux, maintenant.

Le cœur battant, Mahabat leva lentement les paupières et commença par ne regarder qu'Hoshiyar, refusant de laisser errer son regard, conscient qu'il se trouvait au sein du zénana impérial ; rares étaient les hommes étrangers à la famille régnante qui pouvaient y accéder. Il s'était déjà trouvé à la lisière du zénana, bien sûr, invité par l'empereur dans quelque salle de réception ou reçu dans les jardins par Jagat Gosini. Mais il n'avait jamais pénétré aussi loin.

– Vous pouvez regarder autour de vous, Mirza Khan.

– Merci de m'avoir amené.

La bouche d'Hoshiyar se fendit d'un léger sourire.

– L'impératrice a exigé votre présence. Elle vous fait un grand honneur, Mirza Khan, en vous autorisant à pénétrer à l'intérieur du harem. Et c'est un plus grand honneur encore de vous laisser venir les yeux fermés seulement, non bandés comme il est d'usage pour les médecins. Elle a confiance en vous.

– Je le sais, rétorqua Mahabat d'un ton aigre.

Hoshiyar évoquait, sans aucune subtilité, sa rencontre avec l'impératrice Jagat Gosini quelques années plus tôt. À l'époque, l'eunuque servait Jagat Gosini. Désormais, il servait une autre impératrice. Que lui avait-il rapporté des rencontres de Mahabat avec Jagat Gosini ?

Hoshiyar salua.

– Je vous laisse, Mirza Khan. L'impératrice sera informée de votre arrivée.

Quand il fut sorti, Mahabat examina ce lieu inconnu. La nuit venait de tomber et le ciel scintillait d'étoiles, mais le ministre s'intéressait davantage à la cour qui l'entourait. La lumière dorée dispensée par les torches soulignait la douceur de l'air. Vibrant d'excitation, enivré par le parfum d'encens, Mahabat se pencha sur la balustrade, posant des mains tremblantes sur le marbre. Aucun homme de sa connaissance n'avait visité le célèbre Khel Aangan, la cour du jeu. La légende prétendait que l'empereur Akbar avait exilé les ouvriers qui avaient construit cette partie du zénana, afin qu'ils ne divulguent pas leurs secrets. Et que personne ne construisît jamais plus rien de semblable.

Et voici que lui, Mahabat Khan, se trouvait en ces lieux. Lorsque la convocation lui était parvenue, la veille au soir, il avait longuement examiné l'écriture arrondie sans parvenir à en croire ses yeux : Mirza Khan, me ferais-tu l'honneur de ta présence dans le Khel Aangan ? Sa Majesté désire te récompenser pour tes nombreuses années de dévouement, aussi es-tu convié au zénana. Tu y seras mon invité. J'ai eu vent de tes prouesses au chatrang ; accepterais-tu d'en jouer une partie avec moi ?

Oubliant l'eunuque qui attendait la réponse, Mahabat avait caressé la missive. C'était bien écrit, lyrique, presque poétique. Cependant, malgré la courtoisie du ton, il tenait entre les mains une convocation à laquelle il ne pouvait se soustraire. Il donna donc son accord et, après que le messager fut reparti, avala une longue goulée de vin. En reposant sa coupe, il s'efforça de se souvenir d'un précédent à cette situation. On avait déjà vu des empereurs moghols inviter des étrangers au zénana, mais il s'agissait de rois vassaux ou d'autres hauts dignitaires. Ce signe de faveur s'accordait dans l'espoir d'amadouer l'hôte afin de signer un traité ou de conclure une quelconque alliance. Il ne connaissait qu'une occasion où un tel honneur avait échu à un simple courtisan, Ghias Beg. L'empereur Jahangir avait ordonné aux dames de son harem de se présenter devant lui sans voiles. Encore que Mirza Beg fût le père de Mehrunnisa et le grand-père de l'épouse du prince Khurram. Son sang courait dans le harem impérial et y avait noué des liens puissants. Mahabat ne pouvait se prévaloir d'aucune parenté au zénana. Pourtant, voici qu'il y était convoqué. Aucun titre, aucune somme d'argent, aucune terre n'auraient su égaler une telle distinction.

Un mois s'était écoulé depuis sa rencontre avec l'empereur Jahangir. Les jambes flageolantes, les mains soudain glacées, il s'effondra sur le divan recouvert de velours. Cette convocation découlait de leur discussion d'alors, sans aucun doute. Mais ses récriminations n'avaient pu que provoquer l'irritation de Mehrunnisa. Pourtant, il s'en trouvait récompensé.

Un éléphant émit un léger barrissement et Mahabat se releva de son siège pour admirer l'agencement du spectacle. Le sol brillait à la lumière des torches et les pièces vivantes s'installaient sur l'échiquier. À chaque angle, les rukhs étaient figurés par des éléphanteaux portant de minuscules howdahs en forme de tour, et menés par des cornacs à pied. C'étaient les animaux personnels de l'empereur, nés dans la ménagerie du fort, et leur lignée irréprochable remontait à l'époque de l'empereur Humayun. Spécialement entraînés pour ce jeu, ils seraient un jour trop grands pour les dimensions de cette cour et ne pourraient plus se tenir à l'intérieur des cases de l'échiquier.

Les cavaliers étaient représentés par des poulains harnachés de la livrée impériale, brides, mors, selles ornés d'or et d'argent massifs. À côté se tenaient les généraux de l'armée de l'empereur, les mansabdars d'infanterie et de cavalerie. Mahabat considérait avec surprise leurs vêtements étranges. Les eunuques qui figuraient ces généraux portaient de longues robes de coton évoquant la tenue des jésuites d'Agra.

Au centre, derrière une rangée de huit fantassins, se tenaient le chah et le grand vizir. Les pièces n'arboraient, pour toute couleur, que le noir ou le blanc, et portaient en contraste des perles noires ou blanches cousues à même leurs vêtements ou sur la coiffe des éléphants. Mahabat se pinça le bras avec incrédulité. Non, il ne rêvait pas. Il se trouvait bien au cœur du Khel Aangan, l'échiquier destiné au chatrang, dont les pièces scintillaient à la lumière des torches. Un frisson lui traversa soudain les os. Une chose était certaine. Bien qu'il considérât comme un privilège de jouer une partie de chatrang avec l'épouse favorite de l'empereur, en aucun cas il ne la laisserait gagner, et au diable l'étiquette.

– Mirza Mahabat Khan !

Il se retourna, plongeant déjà les mains vers le sol et inclinant la tête pour effectuer le konish. En se redressant, il posa sur elle un regard de défi. Quoi qu'il eût entendu dire sur ses charmes, quelque portrait qu'il eût vu d'elle – pas même celui qu'il avait volé dans l'atelier de l'empereur –, rien ne rendait justice à la beauté de la femme qui se tenait devant lui. Plus grande qu'il ne s'y attendait, elle lui arrivait presque à l'épaule et arborait une tenue rouge soleil couchant, son choli moulant ses seins, ses manches longues lui caressant les poignets. Sa ghagara parsemée d'aigues-marines reflétait la lumière à chacun de ses mouvements. Son voile fin de mousseline rouge ne cachait rien de son visage. Instinctivement, Mahabat réagit comme tout homme devant une jolie femme, rajustant sa qaba, passant une paume sur ses longs cheveux savamment huilés.

Mehrunnisa sourit, d'un sourire éclatant qui découvrit de splendides dents blanches, et il dut à nouveau retenir son souffle. Voilà pourquoi l'empereur se liquéfiait d'amour devant elle, pourquoi elle obsédait chacune de ses pensées, pourquoi elle exerçait un tel pouvoir sur lui.

– Merci d'avoir répondu à ma demande, Mirza Mahabat Khan.

Elle avait parlé d'une petite voix mélodieuse, toute de charme et de suavité.

Mahabat s'inclina.

– Je n'ai rien à refuser à Votre Majesté.

Elle lui désigna les divans.

– Viens t'asseoir.

Cette fois, il hésita :

– Majesté, il serait irrespectueux de m'asseoir en votre présence.

Mehrunnisa rit avec douceur et prit place gracieusement sur un divan, cachant ses pieds sous les pans de sa ghagara.

– Allons viens, Mirza Khan, nous sommes amis et je laisse toujours mes amis s'asseoir en ma présence. D'autant que nous passerons un long moment ici, à jouer au chatrang. Assieds-toi, Mirza Khan.

Mal à l'aise, il lui obéit, mais resta bien droit sur son siège.

– Sa Majesté l'empereur nous rejoindra-t-elle ?

– Non, l'empereur souffre d'une légère migraine ce soir. J'espère que ma compagnie te suffira, Mirza Khan.

– Votre Majesté, c'est un immense honneur. Les mots ne sauraient exprimer...

– Je sais, coupa-t-elle. C'est un grand honneur, et tu ne devras pas l'oublier.

Elle frappa dans ses mains. À son signal, les pièces de l'échiquier s'inclinèrent devant la terrasse impériale, les éléphants pliant un genou tremblant sur l'ordre de leur cornac.

– Ne sont-ils pas charmants ? C'est moi qui ai dessiné leurs costumes.

– Tout cela est ravissant, Votre Majesté. Les pièces, leur livrée... Mais je ne comprends pas à quoi correspondent les robes des mansabdars.

À chacun de ses gestes, elle exhalait un parfum de civette et de musc.

– Si tu veux bien m'accorder cette fantaisie, Mirza Khan, je préfère jouer selon la règle des Portugais. Peut-être saisirons-nous mieux pourquoi ils nous occasionnent tant de soucis. J'ai cru comprendre que tu connaissais leur style. Les mansabdars sont remplacés par des fous.

Elle marqua une pause en souriant.

– Imagine, ajouta-t-elle : faut-il traiter ces jésuites portugais comme des fous ?

– Je connais cette variante, Votre Majesté. Ils autorisent le roque et le grand vizir se déplace d'un nombre illimité de cases dans toutes les directions.

Mehrunnisa posa un regard pénétrant sur Mahabat.

– Chez eux, le grand vizir est une reine. C'est elle la pièce la plus importante. Aucun vizir ne saurait exercer un tel pouvoir.

Soudain, il comprit la raison de cette convocation. Si Mehrunnisa désirait octroyer tous les pouvoirs à la reine, libre à elle. Il suivrait les règles qu'elle imposait et gagnerait tout de même. Ce jeu de chatrang symboliserait leurs influences respectives dans l'Empire. Mahabat allait lui prouver l'étendue de ses talents.

– Permettez-moi d'émettre un avis différent, Votre Majesté, dit-il poliment. Le grand vizir est l'allié le plus important du chah. Il le protège et, sans aucun doute, l'accompagne depuis toujours. De telles relations sont difficiles à briser.

Mehrunnisa éclata de rire et Mahabat vit, fasciné, son voile tomber de son visage. Elle avait un teint de nacre, une peau si magnifique qu'il brûlait de la caresser.

– Mirza Khan, tu es un brillant adversaire. Mais je ne saurais t'approuver. L'amitié, quand bien même elle remonte à l'enfance, est facile à oublier. Vois-tu, une épouse doit être tout pour son mari, ce qui ne saurait être le cas d'un ami. Pour un chah, la reine est tout.

Mahabat ne s'était pas encore remis d'avoir contemplé son visage nu, si bien que ses dernières paroles glissèrent sur lui sans provoquer de réaction. Le voile s'était posé, tel un nuage rouge, sur ses épaules. Mahabat devinait maintenant de fines ridules autour de sa bouche et de ses yeux. Elle n'était pas toute jeune, n'affichait plus une frimousse d'enfant, cependant l'expérience conférait un éclat radieux à ses yeux. Tout d'un coup, il se souvint de son premier mari, Ali Quli, un simple soldat persan, que l'empereur Akbar avait voulu honorer en lui accordant la main de cette femme. Quel gâchis ! songea-t-il, toujours sans voix. Il la dévisagea ainsi jusqu'à ce qu'Hoshiyar toussotât.

– Veux-tu jouer, Mirza Khan ?

Le ministre regarda ses mains et secoua la tête. Mahabat avait vu et eu beaucoup de jolies femmes, pourtant l'impératrice ne l'en impressionnait pas moins. Lorsqu'il releva la tête, elle avait remis son voile sur son visage.

Elle ferma ses paumes sur deux chahs de chatrang exquisément sculptés, l'un en ivoire orné de rubis, l'autre en ébène incrusté de diamants, et mit les mains derrière son dos.

– À toi de choisir, Mirza Khan.

– Votre Majesté...

– J'insiste, tu es mon invité. Tu dois choisir.

Il désigna la main droite. Elle la ramena devant elle et desserra les doigts, présentant le chah d'ivoire.

Elle rit doucement.

– À toi l'avantage, Mirza Khan. Fais-en bon usage.

– Je n'y manquerai pas, Votre Majesté.

Cette fois-ci, il s'efforça de détourner les yeux, de façon à ne plus se laisser distraire pas sa présence.

Mehrunnisa se retourna vers la cour. Puis elle inclina la tête vers Mahabat :

– Annonce ton mouvement, qu'Hoshiyar le transmette aux protagonistes.

Il se pencha sur la balustrade afin d'examiner la cour. Les pièces blanches se trouvaient à sa droite, les noires à sa gauche. Il fouilla sa mémoire, à la recherche des exploits de Mehrunnisa au chatrang, mais ne s'en rappela aucun. La rumeur prétendait qu'elle était devenue une excellente tireuse à la chasse, qu'elle écrivait des poèmes et des chansons, mais aucun bruit ne vantait ses aptitudes au jeu d'échecs. Si elle voulait suivre les règles portugaises, qu'il en soit ainsi.

– Pion du chah en quatre.

Hoshiyar Khan s'avança vers la balustrade et répéta l'annonce de Mahabat. En réponse, le fantassin, un eunuque qui se trouvait devant le chah blanc, avança de deux cases. Il ne regarda pas la terrasse impériale, ne fit aucun autre geste. Bien entraîné, apprécia Mahabat. Mais la partie ne faisait que commencer.

L'impératrice répondit par un mouvement semblable et les deux pions des chahs se retrouvèrent face à face.

– Cavalier vers fou du chah en trois, dit Mahabat.

À son tour, Mehrunnisa posa les bras sur la balustrade et se pencha :

– Cavalier vers fou de la reine en six.

Vivement, Mahabat déplaça son fou du chah trois cases devant son fou de la reine. L'impératrice l'imita aussitôt.

– Dis-moi, Mirza Khan, que penses-tu de cet ambassadeur qui doit arriver d'Angleterre ?

– Sir Thomas Roe ? demanda Mahabat en commandant un roque.

Le cornac donna une petite tape sur la tête de l'éléphanteau, qui se déplaça de deux cases latérales, tandis que le chah qui virevoltait se retrouvait maintenant protégé par la tour et trois fantassins.

Sans regarder l'échiquier mais son interlocuteur, l'impératrice rétorqua :

– Cavalier vers cavalier du chah blanc.

Puis elle reprit :

– Oui, sir Thomas Roe. Il apporte une lettre de Jacques Ier prétendant qu'il représente son pays.

– Votre Majesté, cela fait de lui l'envoyé officiel du roi d'Angleterre...

– Je sais, mais les Anglais exigent un farman signé de Sa Majesté pour commercer avec l'Empire. Pourquoi un monarque se mêlerait-il de controverses de marchands ? Ce n'est pas l'affaire de l'empereur. Pas plus que celle du roi anglais. Tu réfléchis trop, Mirza Khan. Songe plutôt à jouer.

Sa réponse en suspens, Mahabat se retourna vers l'échiquier, de nouveau attentif au jeu :

– Je prie Votre Majesté de me pardonner. Vous avez réagi si vite que je n'ai pas eu le temps d'y songer.

L'impératrice pencha la tête en souriant :

– Comme il se doit. À toi de jouer, Mirza Khan, et parle-moi un peu de cet ambassadeur ainsi que du pays d'où il vient. Où est-ce ?

Mahabat annonça son mouvement, ordonnant à son rukh de s'éloigner d'une case de son chah, empêchant ainsi son adversaire de s'en emparer. Puis il répondit à la question de l'impératrice :

– Une petite île en Europe, Votre Majesté. L'ambassadeur ne parle ni persan ni arabe, mais il va apprendre, afin de se conformer à l'étiquette et de s'adresser à l'empereur. Si seulement vous pouviez le rencontrer ! Hélas, il est interdit aux dames du zénana de se montrer aux étrangers.

Mehrunnisa roqua, répétant ainsi un précédent mouvement de Mahabat. Les yeux brillants de malice, elle répondit :

– Hélas, oui, Mirza Khan ! Voilà pourquoi il est si important pour Sa Majesté et pour moi d'avoir d'excellents ministres comme toi-même à notre service.

Mahabat se sentit envahi d'une onde de colère. Elle s'adressait à lui comme à quelque subalterne, à quelque ministre de seconde zone, et non à Mahabat Khan, l'un des conseillers les plus respectés et les plus loyaux de l'empereur. Quelle insolence de la part d'une femme ramassée dans le ruisseau et qui s'était hissée au rang suprême d'impératrice !

– Votre Majesté est trop bonne, murmura-t-il avant d'annoncer son mouvement.

Son pion du fou de la reine avança d'une case. Jusque-là, ils avaient joué avec classicisme. Au début, Mahabat avait mené le jeu – c'était toujours un avantage de commencer le premier – et elle avait répété ou reflété chacun de ses mouvements.

Mehrunnisa avança la reine noire en diagonale. Voyant son chah en sécurité dans sa forteresse, Mahabat plaça le pion de sa reine deux cases plus loin et l'impératrice ordonna à son pion d'exécuter le pion blanc. Imperturbable, Mahabat regarda le fantassin noir tirer son épée et faire mine de couper la tête du soldat blanc. Celui-ci tomba à terre puis se glissa vers la galerie latérale, d'où, enfin, il leva les yeux sur Mahabat.

– Je me méfie de cet ambassadeur, poursuivit Mehrunnisa de son timbre chantant.

Fasciné, son partenaire buvait ses paroles. Elle évoquait les affaires de l'État sur un ton qui eût mieux convenu à l'intimité d'une chambre à coucher.

– Les Anglais ont beaucoup promis et, avant tout, de protéger nos navires sur la mer d'Arabie des maraudeurs et des Portugais. Sans résultat. Faut-il nous fier à cet ambassadeur-là ?

– Je crois que oui, Votre Majesté.

Durant cet échange, Mahabat menaça le cavalier de l'impératrice de son pion. Elle tira de danger son cavalier du chah en cinq. Mahabat commanda au pion du fou de sa reine de capturer celui de l'impératrice et observa la parodie d'exécution, qui lui parut cependant moins convaincante que la première fois, le pion de l'impératrice semblant se rebeller avant d'aller se ranger sagement sur le côté. Sorti de l'échiquier, l'homme salua et Mehrunnisa lui adressa un signe de la tête.

– L'ambassadeur des Anglais n'est peut-être pas digne de notre confiance, reprit-il, mais les siens ont prouvé qu'ils étaient capables de l'emporter contre les Portugais. Il vaut sans doute la peine de conserver leur soutien un certain temps. Au moins jusqu'à ce que Sa Majesté décide des actions à entreprendre. Votre Majesté est trop bonne de m'informer de ces faits, mais il y a bien d'autres ministres à la cour capables et désireux de servir l'empereur, au prix de leur vie, si nécessaire.

Mehrunnisa se remit à rire.

– Certes ! Cependant, ces ministres n'ont guère plus que leur vie à offrir. Tandis que l'impératrice peut garantir à ce Thomas Roe un traité de commerce avec le Gujerat. N'est-ce pas plus avantageux pour l'Empire ?

Elle ordonna au cavalier de sa reine de piétiner le pion de Mahabat. Ce dernier posa sur elle un regard étincelant de fureur mal maîtrisée. Depuis quatre ans qu'elle était mariée à l'empereur, elle avait à plusieurs reprises spolié le ministre d'honneurs et de privilèges divers. Elle avait poussé Jahangir à trancher à l'encontre des vœux de Mahabat, le ridiculisant ainsi aux yeux de la cour. Et ce soir... Comment osait-elle lui parler ainsi ? Il n'éprouvait plus la moindre euphorie à l'idée de se trouver dans le zénana impérial, s'avisant qu'il n'avait été invité ici que pour se voir humilier, avilir par cette femme qui croyait dominer l'empereur. Il jeta un coup d'œil vers le fond de la cour, où se tenaient les pièces abattues. Deux de ses pions, un de l'impératrice. Sur l'échiquier, le cavalier de la reine noire, qui venait de balayer son pion blanc, ne se retrouvait plus défendu que par le fou de la reine noire. Mehrunnisa n'allait certainement pas oser le sacrifier. Ce serait un geste stupide, tout juste digne d'une femme dont les seuls charmes résidaient dans son visage et son corps.

– Cavalier du chah en quatre, lança-t-il d'une voix sèche.

Son cavalier avala celui de l'impératrice.

Lorsque les pièces se furent mises en place et que rien ne bougea plus, si ce n'était la queue d'un poulain ou d'un éléphanteau, Mehrunnisa se tourna vers Mahabat :

– Très bien, Mirza Khan, remarquable !

Sans respirer, elle ajouta d'un ton confidentiel :

– Je n'ai aucune confiance dans le chah Abbas de Perse.

– Pourquoi, Votre Majesté ?

Il souriait intérieurement : si elle cherchait à gagner du temps pour réfléchir, il se ferait une joie de lui en accorder.

– Il menace Kandahar. Si nous perdions cette ville, il lui deviendrait facile de s'en prendre au reste de l'Empire.

Elle venait de s'attirer la complète attention de Mahabat ; existait-il vraiment une querelle avec le chah Abbas ? Il n'avait pas oublié ses menaces sur Kandahar au début du règne de Jahangir. Mais elles avaient été vite étouffées et le chah

Abbas avait volontiers condamné l'agressivité des gouverneurs de ses provinces frontalières.

– Je n'ai pas entendu parler de troubles au nord-ouest de l'Empire, Votre Majesté.

– Sans doute. Je ne faisais qu'envisager cette éventualité. Nous ne pouvons nous permettre de perdre une ville, surtout Kandahar.

– À vous de jouer, Votre Majesté. Si je puis me permettre, vous réfléchissez trop longtemps.

– En effet...

Elle se pencha de nouveau vers l'échiquier et lança :

– Reine vers tour du chah en quatre.

Mahabat considéra le jeu et de minuscules gouttes de sueur commencèrent à perler sur son front. L'atmosphère lui parut soudain étouffante. Le soleil s'était couché, mais la chaleur de la journée pesait encore. Quelqu'un ricana. Le chah blanc, son chah... D'ailleurs, les pièces semblaient sourire. La reine de l'impératrice était trop près de son chah, protégé par trois pauvres pions. Désemparé, il fit revenir son cavalier du chah à sa place précédente.

– Comme je le disais, reprit doucement l'impératrice, j'ai une tendresse particulière pour Kandahar ; c'est là que je suis née.

Mahabat en oublia d'être poli :

– Cependant, Votre Majesté n'y est pas retournée depuis sa naissance. Ce qui rend cette tendresse pour le moins étonnante.

Il avait parlé d'un ton sec, se laissant gagner par la colère, et son jeu s'en ressentait. En dépit de ses paroles doucereuses, cette femme se moquait de lui. D'abord l'ambassadeur anglais, puis le chah de Perse. À quoi songeait-elle ? À lui donner une leçon de diplomatie ?

– Il est vrai.

Mehrunnisa ne parut pas s'offusquer de l'insolence de son invité. Elle tua le pion du fou du chah blanc, que sa reine vint menacer.

– Mais j'ai aussi une grande tendresse pour Kaboul, ajouta-t-elle. Mon père en a été trésorier pendant quatre ans.

Elle s'adossa tranquillement à son siège.

– Échec, Mirza Khan.

Mahabat s'essuya le visage avec la manche de sa qaba. Où avait-il commis une erreur ? Tout d'un coup, il comprit qu'elle avait sacrifié à dessein le cavalier de sa reine et que lui-même avait été assez insensé pour s'en emparer. Il envoya son chah à la place du rukh, annonçant son coup d'une voix tremblante.

– L'empereur et moi sommes inquiets des rumeurs qui courent sur le gouverneur de Kaboul, Mirza Mahabat Khan. L'empereur lui a envoyé une missive pour lui ordonner de se présenter à la cour afin de se justifier. Mais Kaboul ne saurait demeurer sans un puissant gouverneur à sa tête, quelqu'un qui soit capable de protéger les intérêts de l'Empire et, si possible, d'écarter toute menace à la frontière.

– Je vais me mettre en quête d'un tel homme, Votre Majesté.

Ce disant, Mahabat constatait avec désespoir que la reine noire se dirigeait vers son chah. Il était pris au piège. Il abattit la reine avec son cavalier. Mais son chah n'avait plus aucun moyen de s'en tirer.

Il tourna vers Mehrunnisa un regard anxieux. Dès le lendemain, la nouvelle de sa défaite courrait à travers Agra, dans quelques semaines, l'Empire entier saurait. Mirza Mahabat Khan battu par une femme... L'impératrice souriait sous son voile tandis que le cavalier de son chah s'avançait vers le fou du chah blanc. Le chah de Mahabat n'était désormais plus entouré que de ses trois pions et de son fou.

– Ne te donne pas ce souci, je m'en suis déjà chargée. J'ai assuré à Sa Majesté que tu serais le meilleur candidat pour ce poste.

Elle marqua une pause, puis :

– Échec et mat, Mirza Mahabat Khan.

Sa voix était toujours aussi douce, mais il ne s'y trompa point. Elle l'exilait à Kaboul. Elle avait brisé ses espoirs, non seulement au chatrang mais aussi à la cour. Il baissa brièvement la tête, comme pour saluer l'exploit à contrecœur. Sharif avait raison en lui disant de prendre garde à l'affection de Jahangir pour cette femme. Il n'avait pas oublié que l'empereur lui avait déjà proposé de se rendre au Dekkan pour y superviser ses armées – une façon de le prier de garder ses réflexions pour lui, mais Mahabat n'en avait pas tenu compte.

À présent, il était expédié à Kaboul, si loin d'Agra, toute la largeur de l'Empire à traverser... Une mort lente.

Il poussa un long soupir.

– Je vous remercie de la confiance que vous me témoignez, Votre Majesté. Cette nomination à Kaboul est un grand honneur.

Elle en parut surprise :

– Vraiment ? J'en suis ravie. Tu dois te mettre en route au plus vite, Mirza Khan. Dès cette semaine.

Il se leva et salua.

– Je reste à vos ordres. Peut-être Sa Majesté l'empereur fera-t-elle de nouveau appel à mes services à la cour, un jour ou l'autre.

Elle le congédia d'un signe de la main, comme un domestique :

– Qui sait ? Mais cela m'étonnerait.

Tandis qu'il sortait, Mehrunnisa plongea la main dans le sac brodé qu'elle portait au côté et jeta une poignée de mohurs dans la cour. Les pièces d'or étincelèrent avant de s'éparpiller dans un bruit métallique sur le sol de marbre. Les protagonistes du chatrang se précipitèrent pour les ramasser.

– Grand merci ! cria-t-elle. Vous serez mieux récompensés demain.

Elle regarda un instant les domestiques éteindre les torches pour ne plus laisser que deux lampes à huile près de son divan. Kaboul se trouvait si loin de la cour que Mahabat ne pourrait plus exercer son influence sur l'empereur, mais assez près pour que ses espions l'informent des agissements du proscrit.

Ainsi Mahabat se mit-il en route pour son long voyage, l'âme emplie d'amertume à l'égard de Mehrunnisa. Au cours des mois et des années qui allaient suivre, il aurait tout le temps de s'interroger : où avait-il failli ?

Il conservait cependant une inébranlable conviction. Si d'aventure il rencontrait la chance de détruire Mehrunnisa, il n'hésiterait pas. Et nul ne savait alors que cette occasion se présenterait.

Chapitre 11

Je n'ai jamais vu une telle contenance... mêlée d'une fierté extrême et du mépris de tout. Pour peu que je sois capable de porter un quelconque jugement, Khurram a ouvert son cœur aux femmes de son père avec lesquelles il converse en toute liberté. Nur Jahan lui rendit visite... Elle lui offrit un manteau brodé de perles, de diamants et de rubis, qui détourna, si je ne me trompe, son attention de toutes les autres affaires.

– WILLIAM FOSTER, *L'Ambassade de sir Thomas Roe aux Indes*

– Le Zahara Bagh est superbe, Votre Majesté.

Mehrunnisa et Jahangir marchaient l'un près de l'autre, suivis d'une troupe de courtisans. Elle avait passé le bras autour de la taille de l'empereur et il la tenait par l'épaule.

– Ce nom lui vient de la fille de l'empereur Babour. C'est mon arrière-grand-père qui l'a dessiné. Il n'aimait pas le paysage en Inde. La chaleur lui paraissait suffocante et minait ses forces ; il ne voyait rien qui pût lui apporter un répit contre le soleil. Comme il ne pouvait regagner Kaboul, il a transporté ici son jardin préféré.

La petite troupe progressait lentement à travers les allées, protégée par l'ombre des manguiers dont les fruits mûrs pendaient aux branches comme d'appétissantes boules jaunes. Une nuée de perroquets verts s'envola soudain en criaillant. Au centre, au point de rencontre des quatre canaux d'irrigation, se dressait un baradari, un pavillon de grès rose, une grande bâtisse à colonnade surmontée d'une coupole. Malgré la chaleur de l'été, roses, soucis et œillets s'épanouissaient en bordure des pelouses, amoureusement arrosés à la main. Tout jardin moghol s'agençait autour de l'eau, dormante, jaillissante, en cascade, visible, audible ou vaporisée. Le Zahara Bagh était divisé en quatre quartiers par les canaux qui s'orientaient selon les quatre points cardinaux. C'est pourquoi on dénommait ce lieu charbagh, littéralement « quatre jardins ». Alors qu'avant la conquête de l'Inde, l'empereur Babour n'était que chef de guerre nomade, il s'était retrouvé à la tête d'un pays immense qui regorgeait de ressources offertes par la terre : joyaux d'un éclat inimaginable, sol généreux où poussaient en abondance le riz et le blé. Cependant, l'eau n'était pas toujours facile à trouver et, avant les pluies de la mousson, les tufans – ces vents violents qui asséchaient les moissons – dévastaient la contrée. Aussi, en établissant ces jardins, avait-il veillé à ce que l'eau coulât en abondance.

Jahangir et Mehrunnisa rentraient à peine d'une expédition de chasse. Pour l'impératrice, l'humiliation de son premier affût en compagnie de Jagat Gosini était depuis longtemps oubliée. Aujourd'hui, le visage poussiéreux, la peau irritée, les vêtements encore imprégnés par l'odeur de poudre mêlée à sa transpiration, elle était heureuse. Elle avait tué quatre tigres du haut de son howdah et cela en six balles seulement. Elle caressa les douze anneaux d'or qui cliquetaient à son poignet, ornés de minuscules émeraudes vert pâle. C'était la récompense de Jahangir pour sa prouesse à la chasse. Ainsi les preuves de l'attachement de l'empereur s'amoncelaient-elles dans son coffre à bijoux.

– Il règne ici une telle paix ! observa-t-elle.

C'était la première fois qu'elle se promenait au Zahara Bagh et elle en goûtait la sérénité après la cacophonie de la chasse.

– J'ai pensé que nous pourrions y passer la nuit, dit Jahangir. Ce sera la pleine lune.

– Te plais-tu ici, Khurram ? demanda Mehrunnisa au prince qui marchait derrière eux.

– Beaucoup, Votre Majesté.

Cependant, il ne quittait pas des yeux les nouveaux bracelets de sa belle-mère, le scintillement des pierres qui accompagnait chacun de ses mouvements. Souriante, elle tendit le poignet afin de les lui montrer de plus près et il les admira sans retenue. Lui aussi avait brillé à la chasse. Son œil vif et sa main sûre pouvaient abattre une gazelle en plein bond.

Dans le baradari, une brise délicate parcourait le pavillon déjà rafraîchi par l'ombre des manguiers. Le sol recouvert de nattes était jonché de traversins de velours. Mehrunnisa, Jahangir et Khurram s'installèrent pour le déjeuner.

Le Mir Bakawal entra, suivi d'une cohorte de serviteurs. Pour l'occasion, les cuisines impériales s'étaient établies derrière les jardins, dans le sens du vent, de façon que la fumée ou les odeurs ne viennent pas corrompre l'air respiré par les convives. Le maître des cuisines apporta une grande nappe rouge qu'il étala solennellement sur le sol devant l'empereur. Vingt esclaves vinrent y disposer qui des plats d'or, qui des plateaux d'argent tandis qu'un serviteur plaçait une pile d'assiettes de porcelaine à proximité des mets. Puis il s'agenouilla et souleva les couvercles des plats, laissant filer l'arôme délicat du curry et d'innombrables autres épices. On avait préparé des pièces d'agneau marinées dans le yaourt, l'ail et la coriandre puis rôties au four, des poissons de la Yamunâ grillés avec du poivre et du sel, des perdrix et des pigeons abattus lors de la chasse, baignés dans leurs sauces à l'oignon et au gingembre, ainsi que plusieurs sortes de riz, au safran, mêlé de noix de cajou, de noix et de raisins.

Tandis que le serviteur emplissait les assiettes, les esclaves apportaient des coupes d'or serties de rubis et de diamants dans lesquelles ils versèrent du sorbet de khus. La famille impériale ne parlait pas durant les repas, afin d'apprécier chaque plat sans se laisser distraire par la conversation. Ils mangeaient avec la main droite, saisissant délicatement chaque morceau du bout des doigts. Une paume tachée de nourriture était signe de mauvaise éducation.

Mehrunnisa dégusta une portion de riz accompagnée de poulet en sauce. Qu'y avait-il dedans ? Du gingembre – dont le frais arôme explosait sur la langue –, quelques graines de cumin et ce goût acide... Ah ! de la poudre de mangue séchée. Tout était délicieux : les sauces légères et bien relevées, le poisson saisi à la perfection dans l'ail et le citron vert... Elle adressa un signe de tête au Mir Bakawal qui attendait, les bras croisés, l'air anxieux. Le maître des cuisines accueillit d'un petit salut les félicitations qu'elle ne manquait pas de lui notifier à chaque repas. Encore que, ce jour-ci, il se fût surpassé puisqu'il avait dû déménager ses cuisines en pleine nature et transporter jusqu'à son eau. Elle avait proposé à Jahangir de regagner le zénana pour s'y restaurer, mais l'empereur avait ri de ses inquiétudes. Il y avait assez d'eunuques pour apporter tout le nécessaire aux jardins du Zahara Bagh, assez d'esclaves pour emballer la moindre tasse à thé. C'est pourquoi Mehrunnisa prit un soin particulier à complimenter le Mir Bakawal, qui répercuterait ses éloges auprès de chaque cuisinier qui attendait en silence derrière le pavillon.

Cependant, elle observait Khurram à la dérobée. Voilà à peine un an qu'Arjumand avait eu son premier enfant et elle se trouvait de nouveau enceinte. Elle avait donné au prince un garçon que Jahangir avait nommé Dara Shikoh. Mehrunnisa pariait que ce deuxième enfant serait également un garçon, tant Arjumand semblait le porter avec facilité. Cette idée lui pinça le cœur, mais elle l'écarta vite. Ces pensées pernicieuses anéantissaient en elle tout courage et toute maîtrise. Elle avait Ladli. Au début, elle avait dû se le répéter toutes les cinq minutes, et, désormais, elle invoquait l'existence de sa fille de temps à autre seulement, lorsque l'idée s'infiltrait subrepticement en elle. Elle avait Ladli.

Depuis la naissance de son fils, Khurram avait changé. Il ne venait plus aussi souvent qu'auparavant à leurs réunions ; souvent, elle n'y retrouvait que bapa et Abul, ce dernier s'excusant de l'absence de son gendre. De même pour cette chasse : Khurram avait prétexté ses occupations, mais l'impératrice lui avait envoyé une lettre où elle insistait gentiment, assurant que l'empereur serait heureux de le voir. Khurram ne leva la tête de son assiette que lorsqu'il eut fini son repas et qu'un esclave lui apporta de l'eau tiède pour se laver les mains.

Après qu'on eut servi les douceurs, Jahangir s'allongea confortablement sur son divan tandis qu'à l'extérieur du baradari les musiciens jouaient des mélodies apaisantes. Il s'endormit en quelques minutes.

Mehrunnisa fit alors un signe de la main à Khurram. Abandonnant l'empereur à son repos, ils traversèrent la pelouse et s'assirent au bord d'un bassin carré où des poissons rouges s'ébattaient parmi les nénuphars. Un saule penché avec grâce vers eux prodiguait un abri contre le soleil. Mehrunnisa ôta ses sandales constellées de pierres précieuses et plongea les pieds dans l'eau fraîche.

– Comment se porte Arjumand ? J'espère que la réclusion ne lui pèse pas trop.

– Non, dit le prince en rougissant de plaisir. Sa santé est excellente. Le devin dit que ce sera encore un fils. Peu m'importe, à la vérité, pourvu qu'elle soit heureuse.

– Tu l'aimes beaucoup, n'est-ce pas ?

– Plus que ma vie, Votre Majesté.

Il avait répondu avec une telle ferveur qu'il crut bon de se reprendre :

– Mes propos semblent sans doute excessifs. C'est pourtant la vérité.

– Il est bon d'aimer sa femme, Khurram. Mais n'oublie pas qu'en tant que prince, tu as le devoir de te marier souvent et de te comporter avec impartialité envers toutes tes épouses. Qu'en est-il de ta première épouse, que tu as connue avant Arjumand ? J'ai ouï dire que tu la délaissais quelque peu.

– Est-ce bien vous qui me parlez ainsi, Votre Majesté ? Pardonnez-moi, mais je vous connais depuis mon enfance, aussi puis-je vous confier mon tourment en toute liberté : l'impératrice Jagat Gosini se plaint de la négligence de l'empereur.

Mehrunnisa se mit à rire, d'un rire clair qui se répercuta à travers les frondaisons tranquilles. Dans le baradari, les eunuques tournèrent la tête, déconcertés par ce son cristallin, mais ils ne purent entendre la conversation. L'impératrice caressa le bras de Khurram avec affection.

– Il est vrai, mais tu ne saurais te comparer à l'empereur. Tant de tâches le réclament : la cour, le peuple, l'Empire. Lorsqu'il regagne le zénana, il vient à moi.

– Que Votre Majesté me pardonne.

Un silence s'installa. Mehrunnisa s'étonnait des questions de Khurram. Certes, le prince s'exprimait d'un ton léger, un peu moqueur, qu'elle ne lui avait plus entendu depuis longtemps et cette attitude la réjouissait ; cependant... Derrière ces mots pointait peut-être un rien d'insolence. Khurram lui aussi avait ôté ses sandales et tous deux se retrouvèrent côte à côte sur le rebord du bassin.

– Je ne me marierai plus jamais, affirma-t-il. Ni mariage politique, ni aucun autre mariage arrangé. Arjumand m'apporte tout ce que je pourrais souhaiter.

– Tu es épris de ma nièce, et elle est plus que digne de ton affection, mais songe aux alliances nécessaires au bien de l'Empire, des alliances qui nous uniront avec d'autres souverains. Tu ne saurais placer l'amour avant le devoir.

– Pourquoi ne puis-je vivre selon mes propres priorités ?

– Te plaindrais-tu de manquer de liberté ? Dans ce cas, es-tu prêt à négliger ta naissance et tes prétentions au trône ?

– Non, car je puis les garder et rester libre. J'en veux pour exemple mon père qui vous a choisie, Votre Majesté.

À ces mots, la colère qui frémissait en Mehrunnisa explosa soudain. Ce jeune effronté lui rappelait qu'elle était d'extraction modeste, que son père n'était qu'un réfugié persan et que ce mariage n'avait abouti à aucune alliance politique.

– Mon sang coule dans les veines d'Arjumand, l'aurais-tu déjà oublié ? s'emporta-t-elle. Certes, ta première épouse descend du chah Ismaïl de Perse, mais cette illustre lignée ne l'a pas rendue plus séduisante à tes yeux. L'empereur s'est attaché à moi, il est vrai, mais après avoir épousé dix-neuf autres femmes pour le bien de l'Empire !

Le prince se détourna, écarlate, et implora son pardon à plusieurs reprises. Il réitéra le respect que son impératrice lui inspirait : comment pouvait-elle s'imaginer qu'il en fût autrement ? Il lui devait tant, et sa femme en premier lieu. Mehrunnisa le laissa parler sans l'interrompre et attendit que sa propre fureur s'estompât. Malgré ses dénégations, il avait voulu la contrarier. Aussi le laissa-t-elle se répandre en justifications, car elle avait encore à lui parler.

– Tu conviendras cependant, Khurram, qu'il faut souffrir certains désavantages si l'on veut jouir de sa liberté.

– Assurément, Votre Majesté. Mais qu'avez-vous à l'esprit ? Une autre alliance se présenterait-elle ?

– Oui. Ton père et moi souhaitons que tu te maries à nouveau.

Avec satisfaction, Mehrunnisa constata que Khurram n'émit pas la moindre protestation. Il semblait curieux de ce mariage, et n'insista pas sur son amour pour Arjumand.

– Il s'agit d'une jeune fille que tu connais bien et qui sera une bonne épouse... Ladli.

– Ladli ! s'ébahit Khurram. Mais ce n'est qu'une enfant.

– Elle a onze ans. Je ne te parle pas d'un mariage aujourd'hui, mais tout au moins de fiançailles. Ensuite, nous attendrons qu'elle grandisse un peu.

– Comment pourrais-je épouser la cousine d'Arjumand ?

– Dois-je te rappeler que cette situation n'est pas sans précédent ? L'impératrice douairière Ruqayya était cousine de l'empereur Akbar, ce qui n'a pas empêché ton grand-père d'épouser ensuite une autre cousine. Quelle est la cause de cette soudaine pruderie ?

Khurram la considérait sans aménité. Comment osait-elle l'entretenir des devoirs d'un empereur ? Elle oubliait qu'il pouvait accéder au trône sans ses bonnes grâces. Sans doute, il succéderait à l'empereur ; ses deux frères aînés, Khusrau et Parviz, étant des vauriens, et Chahryar encore un enfant. Akbar lui-même l'avait déclaré son petit-fils préféré. De quel droit cette femme lui dictait-elle ses devoirs et raillait-elle sa moralité ?

– Je vais réfléchir à la question, marmonna-t-il.

– Réfléchis bien, Khurram, insista Mehrunnisa en remettant ses sandales. N'oublie pas ton rang.

Elle marqua une pause avant de reprendre d'un ton plus doux :

– Je n'oserais influencer ta décision, mais quelle objection se dresse contre cette union ? Ladli est une charmante enfant, qui deviendra une femme charmante, au moins autant qu'Arjumand.

Elle rit.

– Excuse-moi si je vante les qualités de ma fille, mais je suis persuadée que tu ne regretteras pas cette union.

Plongé dans ses pensées, Khurram ne se risqua plus à émettre une parole. L'impératrice n'insista pas. Elle donnerait du temps au prince pour s'habituer à sa proposition et comprendre la nécessité de cette alliance. Il avait épousé la nièce de Mehrunnisa, pourquoi pas sa fille ?

Chapitre 12

Le bateau qui arriva en vue de Surat, le 13 septembre 1613, fut assailli par une armada de frégates portugaises, en dépit des accords conclus avec ce pays.

– WILLIAM FOSTER, *Premiers Voyages en Inde, 1583-1619*

De retour de Djedda, le *Rahimi* voguait vers Surat, sa lourde voile tendue par le vent. Depuis deux jours, les mouettes survolaient le navire, promesse d'une arrivée imminente.

– Terre ! cria le panjari depuis la vigie.

Le pont s'emplit aussitôt de marins et de passagers, désireux d'apercevoir leur destination après bientôt quatre mois de mer. Ils rentraient enfin chez eux ! Tous s'accoudèrent à la balustrade en bavardant avec animation, arborant de larges sourires, et c'était à qui distinguerait le premier le rivage annoncé.

Le *Rahimi* comptait sept cents hadjis, pèlerins de retour de La Mecque. Ils avaient quitté leur maison depuis longtemps – certains d'entre eux avaient fait leurs salutations à leur famille deux ou trois ans auparavant. Hommes et femmes se mêlèrent aux membres de l'équipage et attendirent. Au début, personne ne vit rien, la ligne d'horizon demeurait plate, bleue, infinie. Et puis apparurent des marques bleu-noir, comme des traces de doigts. L'Inde. Des cris de joie parcoururent le bateau. Les mouettes reçurent leur récompense sous forme de morceaux de pain jetés en l'air.

Quelques heures plus tard, alors que le soleil se couchait, le *Rahimi* replia sa voile et jeta l'ancre à proximité de l'embouchure de la Tapti. À l'aube du lendemain, les canots transporteraient les passagers et l'équipage vers le port de Surat. Le navire dressait sa gracieuse silhouette sur la lumière dorée du crépuscule. Il pouvait transporter mille cinq cents passagers, son grand mât se dressant à quelque cent trente-huit pieds de haut et ses voiles offrant une telle surface qu'on les discernait des milles à la ronde. C'était le plus grand vaisseau qui croisât dans la mer d'Arabie et la toile serrée de ses focs s'ornait de striures d'or qui les faisaient paraître en flammes sous le soleil. L'impératrice douairière Ruqayya avait ordonné qu'on équipât le *Rahimi* des bois les plus nobles, des cuivres les plus brillants. Car c'était son navire.

À la nuit tombée, les passagers se retirèrent dans leurs cabines, impatients de poser pied à terre. Le capitaine et l'équipage se reposèrent après ces dures journées d'accostage et de navigation. Et cette nuit-là, alors que chacun dormait, cinq frégates portugaises encerclèrent le *Rahimi*.

Au petit matin, alors que le soleil se levait entre les montagnes, le guetteur s'éveilla, un peu honteux d'avoir cédé au sommeil. Il avait bu trop de vin, mais le capitaine lui-même le lui avait apporté. Il se leva en frottant son dos engourdi par les dures lattes du pont et bâilla. Une frégate se détachait devant ses yeux ébahis.

– Capitaine ! hurla-t-il en filant vers la cabine. Nous sommes cernés.

Ses cris éveillèrent tout le bateau et, en quelques minutes, le pont s'emplit de passagers effarés. Sous leurs yeux, un canot amenait déjà un petit groupe d'assaillants.

– Abaissez l'échelle, ordonna le capitaine portugais.

– Que se passe-t-il ? Nous avons payé notre cartaz.

Le cartaz, cette taxe acquittée par tout navire en partance des côtes indiennes, se composait d'un document mentionnant les ports visités et les voies empruntées dans la mer d'Arabie, ainsi que le détail des marchandises transportées. Sur la première page, on apposait un tampon à l'effigie de Marie et Jésus – ce qui ne manquait pas d'exaspérer les pèlerins musulmans : comment accomplir un voyage à La Mecque sous les auspices d'un dieu qui n'était pas le leur ?

– Montrez-moi votre cartaz.

Le laissez-passer fut descendu à l'aide d'une corde le long de la coque et le capitaine portugais l'examina attentivement.

Puis il exigea l'échelle à nouveau ; cette fois, elle fut déployée sous les yeux inquiets des passagers.

– Le *Rahimi* est dorénavant sous l'autorité du roi du Portugal. Vous avez enfreint les lois.

– C'est insensé : le *Rahimi* appartient à Sa Majesté l'impératrice douairière Ruqayya Sultan Begam, s'écria le capitaine indien. Quelles lois avons-nous transgressées ?

– Nous ne savons pas encore, rétorqua le Portugais. Votre cargaison sera examinée et nous déterminerons les lois que vous avez enfreintes. L'équipage est en état d'arrestation, rendez-vous sans résistance et personne ne sera blessé.

Il se tourna vers son second :

– Qu'un équipage escorte le *Rahimi* vers Goa.

L'homme acquiesça et adressa un signal à sa frégate.

– L'empereur sera prévenu de vos manœuvres ! protesta le capitaine du *Rahimi*.

Là-dessus, il ordonna à son second :

– Dépêche un messager à Sa Majesté, à Agra.

– Personne ne bougera d'ici.

Un murmure s'éleva dans la foule. Les pèlerins se pressèrent autour des Portugais ; certains grondaient de colère tandis que des femmes fondaient en larmes. Le capitaine du *Rahimi* osa une dernière tentative.

– Laissez accoster les passagers. Ils attendent depuis si longtemps de rentrer chez eux.

– Ils attendront quelques jours encore. J'ai ordre d'escorter votre bateau à Goa, avec son équipage, ses passagers et sa cargaison.

Les membres de l'équipage furent transférés sur les frégates, et des marins portugais s'emparèrent du commandement. Les pèlerins effrayés furent sommés de regagner leurs cabines. Ils étaient si proches de leur pays, ils en voyaient la terre et maintenant... Que leur réservait le destin ? Comme le soleil montait dans le ciel, le *Rahimi* leva l'ancre et vogua vers Goa, résidence du vice-roi du Portugal aux Indes.

Mehrunnisa poussa sa feuille vers Siddhicandra.

– Qu'en penses-tu ?

Il lut attentivement, souligna quelques passages.

– Votre Majesté, votre essai est excellent, mais vous avez commis quelques erreurs élémentaires. Ici, par exemple...

– Le sanskrit est plus ardu encore que je ne le croyais, soupira-t-elle. Cette langue est truffée de difficultés grammaticales !

Siddhicandra sourit.

– Tout vient avec un peu de temps et de patience, Votre Majesté.

Le moine possédait un visage juvénile ainsi qu'une silhouette naturellement mince et musclée. Il avait les traits puissants et un crâne rasé à la perfection. Il portait une simple tunique safran et marchait pieds nus ; à l'extérieur, il se cachait la bouche derrière un tissu de mousseline afin que son souffle ne risquât pas de perturber le vol des insectes.

Siddhicandra était un moine jaïn, âgé de vingt-quatre ans. Le jaïnisme avait été fondé par Mahâvîra bien des siècles avant le christianisme ou l'islam. En Inde, cette doctrine était pratiquée essentiellement par les baniyas, les marchands du Gujerat. Le jaïnisme prônait la bonté envers tous les êtres vivants, grands ou petits, ce qui interdisait toute consommation de viande et suscitait la réticence de Siddhicandra à marcher ou souffler sur des existences que l'œil ne pouvait percevoir.

La contenance de ce moine enchantait Mehrunnisa. Siddhicandra ne se mouvait pas, il flottait, les membres fluides, le visage serein. Jamais elle ne l'avait vu s'emporter. Il était très jeune, presque trop, pour maintenir un tel ascendant sur lui-même. Elle l'avait convié au zénana pour qu'il lui enseignât le sanskrit, la logique et la poésie, matières dans lesquelles il excellait.

Malgré son célibat imposé, n'appartenant pas à la famille impériale, il ne pouvait pénétrer dans le harem. Mehrunnisa avait fait échafauder une estrade face au balcon de ses appartements ; une fois par semaine, un esclave hissait Siddhicandra à l'aide de cordages jusqu'au balcon impérial. Son professeur se trouvait à trois pieds d'elle, suspendu dans les airs – mais à l'extérieur du zénana.

Tandis que Mehrunnisa s'évertuait à comprendre la conjugaison des verbes sanskrits, Siddhicandra lisait un ouvrage qu'il avait apporté avec lui. Elle aimait ce professeur qui lui amenait la quiétude. Sans doute ne maîtriserait-elle jamais le sanskrit, mais elle se contenterait d'en balbutier quelques phrases. Avant tout, elle désirait apprendre comment ce moine exposé aux conflits et aux tentations de ce monde n'en était pas affecté. Il semblait n'éprouver aucun désir.

– Que ressent-on, entouré d'hommes qui profitent tant des plaisirs terrestres, quand on n'en jouit pas soi-même ?

Siddhicandra posa son livre.

– Votre Majesté, il y faut de la volonté. Des années durant, j'ai soumis mon esprit aux exigences de ma religion. Mon esprit s'est maintenant détaché de son enveloppe extérieure ; il ne peut donc être attiré par les plaisirs du corps.

– Cependant, tu n'as jamais cédé à la tentation ? Pas même un peu ?

– Non, Votre Majesté, je n'en ai jamais senti le besoin.

Comme il parlait, l'empereur Jahangir entra dans les appartements. Aussitôt, le moine inclina la tête.

– Seigneur, je réprimandais Siddhicandra pour son déraisonnable célibat. Comment, lorsqu'on possède et la jeunesse et la beauté...

Jahangir se tourna vers le jeune moine :

– Ne remarques-tu pas, autour de toi, le luxe et la sensualité qui imprègnent l'existence tout entière ?

– En outre, l'austérité est réservée aux hommes rassasiés de plaisirs sensuels, reprit Mehrunnisa. L'ascétisme auquel se soumettent les hindous n'intervient que dans la quatrième phase de leur existence ; ils jouissent d'abord de leur enfance, puis deviennent étudiants, ensuite époux et chefs de famille, et, enfin, l'âge venant, ils renoncent au monde pour se consacrer à Dieu. Mais les hindous savourent les plaisirs de la vie dans leur jeunesse, et ne les abandonnent qu'avec la vieillesse. Comment peux-tu t'en priver avant d'y avoir seulement goûté ? Comment assurer que ton chemin est le bon si tu n'as jamais voyagé que dans une direction ?

– Votre Majesté, vos paroles n'expriment que la vérité. Mais réfléchissez un instant au monde dans lequel nous vivons. Il fut un temps où nos anciens faisaient preuve de discipline. Dorénavant, ce sont les jeunes qui maîtrisent mieux leur esprit et leur corps, et qui reconnaissent la vanité de toute gratification physique.

Mehrunnisa se tut. Que signifiaient ses paroles ? Qu'elle était trop âgée pour conquérir la paix de l'âme ? Ce pouvoir dont elle jouissait, que Jahangir lui avait offert, était exaltant. Mais il engendrait son lot de préoccupations. L'inquiétude la tenaillait à tout moment, à tout propos. En ce moment, c'était Khurram qui occupait ses pensées. Elle n'entendait plus parler de lui, ne le rencontrait plus, ni aux darbars, ni dans ses appartements. Le prince la fuyait-elle ? Pourquoi n'avait-il pas répondu à sa proposition ?

Jamais elle ne saurait égaler le détachement de Siddhicandra pour tout ce qui ne concernait pas son dieu. Même au zénana, en regardant par les portes-fenêtres les épais tapis persans, les divans recouverts de soie, il n'était pas tenté d'y allonger son corps pour se reposer. D'où lui venait cette volonté ? Elle écouta Jahangir et le moine échanger quelques arguments. L'empereur s'étonnait que la doctrine jaïniste néglige le corps et décrète que les besoins en soient ignorés. Selon cette religion, comment eût-il donné naissance aux héritiers du trône ? Sans désir, on n'obtenait rien. L'ambition avait donc sa justification. Siddhicandra, lui, soutenait que l'amour de son dieu suffisait à combler ses besoins.

Profitant d'un silence, l'empereur se tourna vers Mehrunnisa :

– Convaincs-le qu'il doit prendre femme, ma chère. Comment ne pourrait-il jouir d'un amour comme le nôtre ?

Il posa une main sur son épaule et Mehrunnisa s'appuya avec douceur contre son époux.

– Qu'y a-t-il ? demanda celui-ci en lui soulevant le menton. Pourquoi cet air soucieux ?

Ils en oublièrent la présence du moine sur son échafaudage.

– J'ai demandé à Khurram s'il voulait épouser Ladli. Pas maintenant, évidemment, mais bientôt.

– Et alors ? Qu'a-t-il dit ?

– Il n'a pas répondu.

Elle lui rapporta leur discussion au bord du bassin du Zahara Bagh. Jahangir lui demanda si elle désirait son intervention. Mehrunnisa y réfléchit un instant avant de décliner son offre. En tant que mère de Ladli, c'était son devoir de marier sa fille. En outre, elle refusait de s'en remettre à son époux chaque fois qu'elle rencontrait un écueil. Ils discutèrent, jusqu'à ce que Siddhicandra demandât l'autorisation de se retirer. Tous deux se souvinrent alors de sa présence et acquiescèrent. Il secoua deux fois les cordages et les serviteurs entreprirent de le redescendre. Avant de partir, il dit à Mehrunnisa :

– Votre Majesté, aucun homme ne saurait être forcé d'agir contre sa volonté. Si le prince hésite, ce n'est pas sous l'influence d'une épouse ou d'un beau-père. C'est sa propre détermination qui lui dicte cette conduite.

– Tout comme ta détermination te dicte de désobéir à l'empereur s'il t'ordonne de prendre une épouse, observa Mehrunnisa en se penchant sur le parapet.

– Oui, Votre Majesté.

Comme il atteignait le sol, Siddhicandra leva la main pour les saluer. L'empereur et Mehrunnisa le regardèrent s'éloigner.

– Crois-tu qu'il a raison, Seigneur ? Vaut-il mieux ne pas contraindre Khurram ?

– Le prince n'a pas l'austérité du moine, ni sa force de caractère. Ce n'est le cas d'aucun de mes fils, et sans doute est-ce ma faute, pour m'être montré trop indulgent avec eux, mais je ne saurais leur reprocher une faiblesse à laquelle j'ai moi-même souvent cédé. Agis comme tu l'entends avec Khurram. Rien ne me plairait plus que de compter Ladli parmi mes belles-filles. Et j'ai trois autre fils.

Elle rit, soudain soulagée. Certes, aucun de trois autres héritiers n'avait le charme de Khurram, mais le charme se cultivait certainement.

Hoshiyar entra avec une précipitation inhabituelle.

– Vos Majestés, l'impératrice douairière Ruqayya Sultan Begam désire vous entretenir.

Mehrunnisa embrassa l'empereur sur la joue.

– Je vous laisse, Seigneur.

– Elle souhaite également que l'empereur se présente, précisa Hoshiyar.

Ruqayya les reçut à la porte de son palais. Les rideaux en étaient ouverts, laissant entrer l'été et les courants d'air. L'obscurité n'avait pas sa place ici, nulle trace de la paresse et de l'opulence dans laquelle se complaisait habituellement l'impératrice douairière. Depuis la mort de l'empereur Akbar, Ruqayya passait le plus clair de son temps allongée sur un divan, à fumer l'opium dans sa hukkah, toujours avide de rumeurs et de scandales. Sa vivacité l'avait quittée et son corps s'épaississait, ses cheveux grisonnaient.

– Entrez, entrez ! pressa-t-elle quand le couple impérial l'eut saluée.

Elle les fit asseoir sur des divans et se laissa tomber face à eux sur une montagne de coussins. Lorsque son petit chien chinois vint lui mordiller les doigts, elle le chassa d'une tape agacée et cria à son eunuque de l'emmener.

– Votre Majesté désirait nous parler ? demanda Jahangir.

Il était toujours d'une politesse exquise avec les épouses de son père, auxquelles il témoignait un profond respect, et particulièrement à l'égard de Ruqayya, la favorite d'Akbar. En outre, n'avait-elle pas introduit Mehrunnisa à la cour et veillé sur elle lors de son veuvage ? Elle avait favorisé ses rencontres avec Jahangir et, ne fût-ce que pour cette raison, celui-ci lui en gardait une immense reconnaissance. Il ne prêtait pas toujours attention à ses paroles, mais au moins avait-il la courtoisie de feindre de l'écouter.

L'impératrice douairière leur opposait une mine déconfite.

– J'ai reçu des nouvelles de Surat. Le *Rahimi* a été confisqué.

– Qui s'est permis ? demanda Mehrunnisa, éberluée.

– Le vice-roi de Goa retient son équipage, sa cargaison et même ses passagers.

Soudain, Ruqayya parut plus lasse qu'irritée. Il fut un temps où cette nouvelle l'eût mise dans une colère extrême, où elle eût lancé des coussins, des injures et des imprécations au malheureux qui se fût risqué dans la pièce. Mais la capture du *Rahimi* l'avait vaincue.

– Pourquoi ? demanda encore Jahangir.

Il s'arrêta soudain et se tourna vers Mehrunnisa. Tous deux suspectaient la motivation de cette attaque : le farman impérial qui garantissait des facilités commerciales à l'Anglais Thomas Best. Incapables de vaincre les Anglais, les Portugais s'étaient rabattus sur les navires indiens.

– Jamais je ne reverrai ma caravelle ! gémit Ruqayya.

Mehrunnisa sourit, mais se reprit vite. Ruqayya n'avait vu le *Rahimi* qu'une fois en quinze années. Il n'était pas courant, quand on habitait à la cour d'Agra ou à celle de Lahore, de se rendre sur la côte ouest de l'Empire afin de visiter un bateau. Et puis elle se doutait bien que l'impératrice douairière pleurait surtout la riche cargaison dont elle ne toucherait pas les dividendes.

– Ne souris pas, Mehrunnisa, lui intima cette dernière d'un ton sec. Et s'il s'agissait de l'un de tes vaisseaux ?

– Je prie Votre Majesté de me pardonner. Mais le *Rahimi* aurait-il enfreint quelque règle stipulée dans le cartaz ?

– Bien sûr que non ! J'ai engagé un capitaine des plus scrupuleux, lui ai donné des ordres stricts à ce sujet. Le cartaz du *Rahimi* était parfaitement à jour et tous les droits de douane avaient été payés.

Ruqayya se tourna vers Jahangir :

– Laisseras-tu un tel crime impuni ? Si les Portugais ont la témérité de t'atteindre jusque dans ton zénana, combien de temps avant qu'ils ne s'emparent du trône ?

Elle vitupéra ainsi un long moment et ses deux hôtes l'écoutèrent patiemment. Ses imprécations, quoique exagérées, trahissaient sa peur. Le *Rahimi* constituait le plus gros de sa fortune – elle qui avait toujours conseillé à Mehrunnisa de diversifier ses placements n'avait pas suivi ses propres recommandations, et elle avait investi presque toutes ses ressources dans ce voyage à La Mecque.

Une heure plus tard, Jahangir et Mehrunnisa reprenaient le chemin de leurs appartements. Ils n'avaient reçu aucune lettre du vice-roi du Portugal confirmant la confiscation du *Rahimi*, aucune notification expliquant cette action ou réclamant une rançon contre la restitution du navire. Pourtant, le vice-roi n'ignorait pas l'identité du propriétaire du *Rahimi*. Et l'insulte se trouvait encore aggravée du fait qu'il avait été arraisonné au large de Surat, à quelques encablures de l'Empire moghol. C'était une déclaration de guerre. Voilà trop longtemps que les Portugais prêchaient leur religion et sillonnaient les mers indiennes en toute liberté. Or ces droits leur avaient été accordés par la seule bienveillance de l'empereur, et ce dernier avait droit de vie et de mort sur eux.

Un farman fut expédié, ordonnant la libération immédiate du *Rahimi*. Le vice-roi envoya une réponse à la fois courtoise et impudente. Il se ferait un plaisir de restituer le navire sous certaines conditions : premièrement, l'annulation du traité avec l'Angleterre, deuxièmement, que l'empereur remît au vice-roi les Anglais installés en Inde.

Ces exigences indignèrent Mehrunnisa. De nombreux courriers furent échangés entre Agra et Goa mais ni l'une ni l'autre des deux parties ne cédèrent. Le ton des missives, d'abord diplomatique, prit un tour menaçant, mais l'Empire ne pouvait combattre les Portugais, du moins pas encore. Encouragé, le vice-roi offrit à Mehrunnisa une liasse de laissez-passer maritimes. Connaissant l'étendue de sa flotte, il l'allécha avec ces sauf-conduits aux termes si généreux, aux coûts si modiques que les navires de l'impératrice vogueraient sur la mer d'Arabie en toute liberté. Le vice-roi précisa que leur protection contre les éventuels pirates serait assurée par les frégates portugaises et qu'ils pourraient commercer dans tous les ports sans acquitter le moindre droit de douane. Mehrunnisa s'indigna de cette grossière corruption ; cependant la tentation de conserver ces cartaz fut plus forte. Elle exigea que cette protection fût étendue à l'ensemble des caravelles indiennes. Certes, les Anglais s'y étaient engagés dans le traité conclu entre leurs deux pays. Il fallait, pour cela, que le nouvel ambassadeur, sir Thomas Roe, se présentât à la cour, mais le voyage était long jusqu'à Agra.

Aussi Mehrunnisa accepta-t-elle le « cadeau » du vice-roi, tout en insistant pour recouvrer le *Rahimi*. De nouvelles lettres furent échangées, les mois passèrent. Alors que l'empereur et le vice-roi débattaient de l'affaire du *Rahimi*, les chefs rajputes du Mewar se révoltèrent.

Le Mewar se trouvait au centre de l'Empire moghol, planté telle une épine dans le cœur du pays. Depuis le règne d'Akbar, cette région résistait. Le Rana Amar Singh, le roi du Mewar, s'était réfugié dans les monts Aravalli du Rajasthan. Dos à la montagne, il défendait son territoire avec obstination. À ses pieds s'étendaient les eaux brillantes du lac Pichola, le palais inachevé de ses ancêtres et la plaine verdoyante.

Le Rana Amar Singh avait vieilli dans sa forteresse montagnarde. Il n'aspirait qu'à combattre, dormant – s'il dormait jamais – à la belle étoile, subissant les soudaines moussons, tâchant d'élever ses enfants sur les collines, où chaque buisson accueillait une légion de cobras et de vipères. Il n'avait jamais connu un toit plus solide qu'un abri de jute, ou le confort de s'étendre ailleurs que sur un rocher. Il ne gardait du palais abandonné qu'un vague souvenir. Le conflit avec Akbar avait commencé alors qu'il était encore enfant, et il avait admiré l'entêtement et la détermination de son père à préserver le Mewar de l'emprise des Moghols. Peu lui importait que cet empire agrandisse ses frontières, que d'innombrables royaumes voisins s'y fussent ralliés, que d'autres rois rajpoutes eussent fait allégeance à l'empereur et lui eussent donné leurs filles pour garnir son harem. Lui demeurerait guerrier jusqu'à sa mort. Pas plus que Pratap Singh n'avait courbé la tête devant l'empereur Akbar, Amar Singh ne la courberait devant l'empereur Jahangir. Le père avait combattu le père, le fils combattait le fils.

À la nuit, les hommes d'Amar Singh descendaient des monts Aravalli pour piller les caravanes d'infortunés marchands, placer des charges explosives contre le fort de Pichola actuellement occupé par l'armée moghole, ou empoisonner les puits. Puis le Rana avait quitté sa montagne pour ne plus y remonter. Dans la plaine, l'armée moghole s'était rassemblée en vue de la prochaine bataille, mais des milliers de soldats avaient déserté devant le rusé Amar Singh. Ce dernier avait lancé une ultime incursion et repris le palais de ses ancêtres au bord du Pichola.

Lorsque la nouvelle de cette rébellion atteignit la cour d'Agra, l'empereur Jahangir en oublia un temps la question portugaise. Et Mehrunnisa en oublia son hostilité envers Khurram. Car les racines du conflit qui embrasait le Mewar continuaient de meurtrir Jahangir.

Akbar y avait dépêché son fils quand il n'était encore que le prince Salim ; mal conseillé, celui-ci avait tenté de voler le trésor impérial. De cette erreur avaient découlé de longues années d'acrimonie entre père et fils ; si bien que le Mewar en avait été quelque peu négligé. En accédant au trône, Jahangir avait bien tenté de soumettre Amar Singh mais, tout comme il s'était rebellé contre son père, son fils Khusrau choisit ce moment pour se rebeller contre lui. Une fois de plus, le Mewar fut négligé.

– Je ne puis plus combattre sur les champs de bataille, confia Jahangir à Mehrunnisa. Qui vais-je déléguer à la tête de mon armée ? Amar Singh se rendra ou paiera cette guerre de sa vie. J'en fais le serment.

Parviz se trouvait dans le Dekkan, en principe pour superviser la campagne qui s'y déroulait ; de plus, il avait déjà prouvé son incompétence au temps de la révolte de Khusrau. Quant à ce dernier, il n'était pas question de l'envoyer au Mewar : un aveugle commandant une armée ? Il n'était pas capable de se hisser seul sur son cheval. Chahryar n'était encore qu'un enfant. Ce qui ne laissait personne d'autre que Khurram. L'aîné des princes n'avait jamais approché un champ de bataille, cependant, en tant que membre de la famille impériale, il possédait des notions de stratégie et apprendrait vite l'art du combat.

Ainsi, Khurram partit pour le Mewar. Il laissa à la cour d'Agra Arjumand, enceinte de son troisième enfant. Mehrunnisa n'évoqua pas le devenir de Ladli avant son départ : elle espérait que, loin d'Arjumand, Khurram s'aviserait du bien-fondé de ce mariage. Mehrunnisa avait suivi le conseil de Siddhicandra. Sans doute le prince accepterait-il de lui-même, toutefois elle était persuadée qu'Arjumand lui ressemblait assez pour exercer sur Khurram une emprise aussi forte que la sienne sur Jahangir.

Elle n'avait pas oublié les mots de l'empereur : n'avait-il pas trois autres fils ? Néanmoins, pour résoudre uns question aussi épineuse que le Mewar, vers qui se tournait-on ? Le prince Khurram. Dès lors, comment envisager que l'un de ses frères épouse Ladli ? Non, sa fille deviendrait la femme de Khurram.

La cour se tenait à Agra depuis bien des années, parce qu'aucune guerre n'avait rendu son déplacement nécessaire. Mais Jahangir décida de se transporter vers Ajmer, au nord du Mewar, pour se rapprocher de la campagne du prince Khurram. En quelques jours, toute la ville fut désertée, les maisons calfeutrées, les meubles baignés d'huile de neem pour éloigner fourmis et termites. Les bazars fermèrent et les marchands suivirent leur souverain, ses épouses, ses concubines, ses enfants et les nobles.

Et toutes les pensées se tournèrent vers le Mewar. Si Khurram assujettissait le Rana Amar Singh, il délivrerait l'Empire de cette plaie qui suintait depuis quarante-neuf longues années.

Chapitre 13

Chaque cantonnement exige pour son transport 100 éléphants, 500 chameaux, 400 chariots et 100 portefaix. En outre, on emploie 1 000 farraches... 500 éclaireurs, 100 porteurs d'eau, 50 charpentiers, monteurs de tentes et porteurs de torches, 30 artisans du cuir et 150 balayeurs... Avec cette foule... il faut des jours à un soldat pour situer sa tente...

– H. Blochmann et H. S. Jarrett, *Ain-i-Akbari*

Il n'était pas rare qu'un empereur moghol rassemblât ses biens et ses gens, passant des mois, si ce n'est des années, sur les routes. Le goût du voyage lui coulait dans le sang. L'empereur Babour avait été un chef nomade, comme ses ancêtres Tamerlan et Genghis Khan. Il ne s'établit en Inde qu'à l'orée de sa vie. Durant quatre ans, il dessina des jardins, érigea des forts et des cités. Son fils, Humayun, fut chassé de l'Empire par les rois afghans que Babour avait renversés et son propre fils, Akbar, vécut longtemps dans la précarité, ignorant le matin où il reposerait sa tête le soir.

Aussi, lorsque Akbar accéda au trône, entreprit-il de bâtir. Il jeta des fondations et des villes jaillirent du sol ou renaquirent – Agra, Fatehpur Sikri, Delhi et Lahore, ainsi que Kaboul et plusieurs autres cités du Cachemire. Akbar imprimait sa marque sur la carte de l'Inde. Il désirait que son empire repose sur ces magnifiques édifices de grès et de marbre, sur ces rivières détournées pour dégager la vue de ses terrasses, sur ces collines déplacées selon sa fantaisie. Telle était la gloire des souverains moghols. Mais Akbar n'en oubliait pas ses racines nomades. S'il avait créé ces illustres villes, il ne cessait de circuler de l'une à l'autre, séjournant l'été dans ses fraîches résidences de Kaboul et du Cachemire, l'hiver à Lahore ou à Agra. Au cours des premières années de son règne, Jahangir respecta cette tradition.

L'empereur moghol était l'Empire. Sa voix orientait la vie de ses cent trente millions de sujets. Aussi, lorsque l'empereur Jahangir s'installa à Ajmer, l'âme de l'Empire le suivit-elle.

Du temps où son gand-père était le chef nomade de Kaboul, il levait le camp en quelques heures. Tentes, ustensiles de cuisine, jarres à eau, femmes, enfants, chevaux, ainsi que chameaux et chèvres pour le lait voyageaient alors vers le site projeté. Le rituel s'était bien alourdi depuis.

Quelques jours avant que Jahangir et Mehrunnisa ne partent pour Ajmer, le Paish-khana, ou camp d'avant-garde, quittait Agra. Afin que Jahangir arrive après l'installation des tentes, le cantonnement impérial se dédoublait : le premier sélectionnait un site adéquat et édifiait les commodités nécessaires à la cour. Puis la caravane reprenait sa route vers l'étape suivante. Elle ne se déplaçait que de trois ou quatre lieues par jour, le quart de ce que parcourait une armée au pas. Le harem se déplaçait à dos d'éléphant dans des howdahs de bois incrustés d'or, d'argent et de pierres précieuses, fermés par des rideaux de satin. Des villages entiers se précipitaient à leur rencontre : les enfants se levaient tôt le matin pour s'aligner le long du chemin, assis sur des pierres, un tissu de jute pour leur protéger la tête, une jarre d'eau pour étancher leur soif, un peu de riz et des fruits de ber marinés, enveloppés dans des feuilles de figuier banian, pour assouvir leur faim. Ainsi jouissaient-ils du spectacle la journée entière que durait la procession.

Le Mir-Manzil, l'intendant, décidait du terrain qui accueillerait le souverain. Le sol était nettoyé et nivelé tandis qu'on entourait tout le camp d'un gulabar, ou grande clôture. On érigeait dans ce but d'immenses panneaux de bois de huit pieds de haut, recouverts de calicot rouge orné de motifs floraux. Pour assurer la sécurité de l'empereur, l'armée en entourait trois côtés et le quatrième abritait les cuisines. Au centre du campement, on dressait un mât de presque quarante pieds, retenu par seize cordes fixées au sol, au sommet duquel brillait une lampe, l'Akhash-diya. La nuit, visible à des lieues à la ronde, elle guidait les soldats et les chasseurs.

À l'est, un pavillon d'un étage, de toile et de bois, formait le Diwan-i-khas ; Jahangir s'y rendait chaque matin. Le ghuslkhana, ou salle des audiences privées, se dressait dans l'enclos où l'empereur et l'impératrice donnaient audience le soir. Au-delà s'élevaient les tentes impériales, constituées de panneaux tendus de chintz de Maslipatnam, peints de fleurs aux couleurs vives. Ensuite s'ordonnaient les tentes du zénana. Mehrunnisa occupait la plus spacieuse et celles des autres dames se groupaient derrière, en fonction de la hiérarchie régissant le harem. Les sols étaient revêtus d'épaisses nattes de jute et de coton, recouvertes de tapis persans où l'on accommodait tables et divans. Des portes de bois sculpté fermaient chaque entrée. Enfin, le fond du camp grouillait de nombreux marchands qui dressaient là leurs échoppes et leurs bazars.

Le prince Khurram arriva au Mewar à la tête d'une armée de douze mille soldats d'infanterie et de cavalerie. En route, il avait consulté ses généraux, entendu leurs avis et pris ses premières décisions. Avant de quitter Agra, il avait dépêché cinq mille hommes au Mewar ; la plupart n'étaient pas des soldats mais des éclaireurs et des espions. On les avait choisis pour leur visage banal, leur allure passe-partout qui les prédisposaient à se fondre au sein de n'importe quelle population. Ils parlaient presque toutes les langues de l'Empire – leurs instructeurs avaient veillé à leur enseigner les intonations et inflexions de chaque dialecte. Ils n'avaient ni femmes ni enfants. L'armée était leur vie, l'empereur leur maître. Beaucoup d'entre eux vivaient maintenant dans les villes et villages du Mewar, mêlés aux populations ; ils avaient écouté les rumeurs locales, appris les exploits du Rana Amar Singh.

Toutefois, il était à peu près impossible d'approcher le lac Pichola. Le Rana avait posté des éclaireurs dans un rayon de six lieues et enterré des mines dans le sol. Les canons de l'armée impériale, maintenant en possession d'Amar Singh, attendaient Khurram.

Le prince était furieux de constater avec quelle efficacité le Rana lui avait coupé l'herbe sous le pied. Voilà trop longtemps que l'on avait négligé le Mewar, et la prise de ce palais délabré sur le lac Pichola en était le signe. En outre, la garnison impériale mise en déroute par les rebelles leur avait abandonné canons, mousquets et munitions.

Mirza Aziz Koka, commandant de la garnison qui avait honteusement perdu le Mewar, attendait Khurram lui aussi. Il assaillit le prince de conseils, de recommandations et de plans d'action. Ils s'affrontèrent âprement et Khurram obtint de Jahangir l'éloignement du vieux gouverneur.

Alors, Khurram et ses hommes dévastèrent méthodiquement la campagne. Les villages qui avaient soutenu Amar Singh furent rasés, leurs maisons démantelées par des éléphants qui n'en laissaient pas une brique intacte, leurs habitants chassés, les champs de manguier et de goyaviers brûlés. Là où des vertes branches avaient abrité perroquets multicolores et fruits succulents, on ne voyait plus que des débris noirâtres. Les puits furent condamnés et leur eau empoisonnée. Champs de blé et rizières furent arrachés. Des jours durant, la fumée imprégna l'atmosphère, assombrissant le ciel jusqu'à ce que le vent la balayât.

Depuis sa forteresse sur les bords du Pichola, Amar Singh observait ces destructions. Il entendait les pleurs des villageois et leurs malédictions à son encontre. Fallait-il subir ces dévastations, cet anéantissement, perdre maison, terre, vaches, bœufs et chèvres, se voir arracher tout moyen d'existence pour satisfaire au seul honneur du Rana ? N'étaient-ils pas rajpoutes eux aussi, tout comme lui ? Le Rana Amar Singh entendit tout cela – mais ne se rendit pas.

Le prince Khurram conçut un nouveau plan. Il installa des postes de garde tout autour du Mewar et assiégea le lac Pichola ainsi que les terres adjacentes. Rien ni personne ne pouvait plus passer. Ni beurre, ni lait, ni blé, ni riz, ni eau, rien. Le Rana Amar Singh réunit alors ses généraux, des hommes aguerris, amaigris par la faim, la voix brûlée par des mois de combat. Il ne leur restait qu'une alternative : se rendre ou mourir.

Soulevés par le vent, des nuages de poussière avaient toute la journée couvert le soleil au point qu'en fin d'après-midi il faisait noir comme si le jour était déjà tombé. Réfugié dans sa tente, Khurram se protégeait comme il le pouvait de cet irrespirable manteau qui enterrait les animaux et les hommes qui n'avaient pu trouver d'abri. C'est alors que l'orage avait éclaté et qu'au milieu des éclairs et du tonnerre la pluie était tombée en trombes, délavant la terre sous des torrents d'eau qui ramenèrent fraîcheur et verdure.

Il pleuvait sans interruption et Khurram entendait l'eau s'écouler par les caniveaux. Voilà des mois qu'il souffrait de ce climat extrême : dès qu'il pleuvait, cela tournait au déluge ; dès que le vent soufflait, nul ne pouvait respirer tant il brassait de poussière ; dès que le soleil brillait, tout se desséchait et l'eau manquait. Mais c'en était fini. La victoire était sienne.

Auprès de lui, des nobles discutaient et riaient. Le vin passait de main en main, les voix s'enflaient et tous transpiraient abondamment ; bientôt, les conversations se colorèrent d'exploits imaginaires. Certains officiers mimaient la déroute de l'armée adverse, les éléphants se laissant placidement capturer, puis le messager du Rana annonçant sa reddition. Enfin le Mewar rentrait dans le giron de l'Empire. Jahangir allait les récompenser avec faste, les combler de jagirs, de titres et de richesses.

Khurram se détourna de ses hommes et s'allongea sur les coussins de son divan. Tâtant la poche de sa qaba, ses doigts palpèrent la lettre qu'il y avait pliée. Puis il reprit sa coupe et la vida. Du jus de citron vert sucré : le prince ne buvait jamais d'alcool. Il caressa de nouveau la missive, impatient de voir ses généraux libérer la place, qu'il puisse lire enfin des nouvelles d'Arjumand.

Depuis combien de mois l'avait-il quittée ? Huit ? Neuf ? Loin de son épouse, il n'avait de goût à rien. Il avait combattu Amar Singh, non seulement par amour filial ou par sens du devoir, mais aussi parce que Arjumand le lui avait conseillé. En fait, Khurram était parti en guerre non pour la gloire de l'Empire qu'il comptait diriger un jour, non pour la gloire qu'il pouvait en tirer, pas même pour contenter son père, mais afin de satisfaire sa femme. Chacune de ses attaques, le moindre mouvement de troupe n'avaient qu'un but. Plus vite il vaincrait l'ennemi, plus vite il retrouverait les bras de son aimée.

Et voilà qu'il contemplait ses hommes sombrant dans les vapeurs de l'alcool, étalés sur des divans, avachis sur les tapis, laissant couler le contenu de leur coupe sur la soie des coussins. Il les eût volontiers tous renvoyés, mais comment les empêcher de célébrer la victoire ? Demain, Amar Singh se rendrait enfin. Dans quelques jours, quelques semaines tout au plus, Khurram pourrait filer vers Ajmer, où Arjumand séjournait avec l'empereur et Mehrunnisa. Ray Rayan, le majordome de sa maison, n'alla point sans remarquer l'impatience du prince et intervint :

– Son Altesse est fatiguée ! lança-t-il en soulevant le rabat de la tente.

Lorsque le dernier homme fut sorti, la dernière coupe emportée par les serviteurs, Khurram sortit fiévreusement la lettre d'Arjumand et commença par en humer le parfum d'eau de rose dans lequel elle plongeait habituellement les coins de ses missives, puis la frotta contre sa joue. Elle avait touché ce papier, elle l'avait orné de son écriture en pensant à lui. Khurram déroula la lettre et laissa courir ses yeux sur la gracieuse écriture.

« Tout va bien, par la grâce d'Allah. »

Avant de rien annoncer d'autre, elle inscrivait toujours cette phrase, ainsi que le lui avait enseigné son grand-père, Ghias Beg, de façon que, rassuré sur le plus important, le destinataire savoure le reste de sa lettre.

Mon cher Seigneur,

Tu me manques. Il existe certainement des tournures plus poétiques d'exprimer ceci, avec plus d'émotion et de détresse, avec plus de sentiment. Mais pour moi, ces trois mots sont suffisants. Tu n'es pas à mes côtés et ton absence me pèse chaque jour, à chaque instant, car sans toi, il n'y a plus de vie en moi. Quand tout ceci va-t-il finir ? Pourquoi faut-il que je reste à porter nos enfants quand tu es si loin de moi ? Pourquoi ne puis-je les porter auprès de toi ?

Pardonne-moi pour ces mots et pour ce discours mais je m'inquiète tant pour ta sécurité. Si je ne puis te voir, être près de toi, comment veillerais-je sur toi ?

Serrant la lettre sur sa poitrine, Khurram se balançait comme un enfant, d'avant en arrière, sur son divan. Il ne se contentait pas de ce message de sa femme, il la désirait tout entière. C'était à lui de veiller sur elle, ainsi qu'il l'avait promis en l'épousant. Et pourquoi une telle séparation ? Parce que Mehrunnisa l'avait prescrite ; elle avait prétexté la grossesse d'Arjumand, soutenant qu'elle ne pouvait voyager avec l'armée, qu'elle les retarderait, que l'enfant, un futur empereur peut-être, ne pouvait naître au bord de la route. Que Khurram mettait la vie de sa femme en danger par son insistance. Ce dernier argument emporta la décision du prince malgré les larmes de sa jeune femme. Et maintenant, après ces mois de séparation, ces mois durant lesquels le corps de Khurram combattait au Mewar, et où ses pensées, son cœur, son souffle se trouvaient là où se trouvait Arjumand, les raisons invoquées par Mehrunnisa n'avaient plus lieu d'être.

L'impératrice avait voulu les séparer, briser leur intimité. Quel mal à ce qu'Arjumand voyageât avec Khurram ? Il eût emmené les hakims pour qu'ils contrôlent la santé de la princesse. Quant à l'enfant, Arjumand n'avait-elle pas déjà donné le jour à deux garçons sans encombre ? Même si Aurangzeb devait un jour devenir empereur – plus qu'improbable puisque le bébé avait déjà deux frères aînés –, comment oublier que le grand Akbar lui-même était venu au monde sous une tente, alors qu'Humayun fuyait l'Inde ?

Khurram reprit sa lecture :

Ma tante a reçu cinq laissez-passer du vice-roi du Portugal à Goa. J'ai voulu lui demander un cartaz pour ton navire qui doit bientôt quitter Surat, mais elle a refusé. Elle prétend les avoir déjà tous distribués ; cependant je sais qu'il en reste au moins trois dans les poches de ses capitaines. Quelle mauvaise femme ! Je sais que tu n'épouseras jamais Ladli, mais est-ce une raison pour nous rendre la vie impossible ?

Je me laisse emporter par mes idées mais l'une au moins reste constante : il faut que tu reviennes, mon cher Seigneur, sain et le front couronné du turban de la victoire. Ainsi, l'empereur sera fier d'un de ses fils. Pour ma part, je n'ai jamais rencontré femme plus heureuse d'avoir épousé l'homme qu'elle aime. Qu'Allah soit avec toi.

Le prince baisa la lettre, la replia et la rangea dans un coffret d'argent qui ne le quittait jamais, où elle rejoignit les autres missives d'Arjumand. Il s'aperçut soudain qu'un silence inhabituel régnait autour de lui – la pluie avait cessé aussi subitement qu'elle avait commencé. Il sortit la tête par le rabat de sa tente. Une étouffante humidité alourdissait l'atmosphère, comme si la nuit venait d'éveiller des essaims de moustiques et de papillons. Au centre du camp, des soldats brûlaient des branches de neem dont l'âcre fumée éloignait les insectes. Khurram rentra sous sa tente et s'installa à son pupitre, d'où il sortit une feuille de papier avant d'aiguiser sa plume avec son poignard. Il trempa sa plume dans l'encre et dessina la silhouette de son navire à Surat. Le commerce d'outre-mer rapportait beaucoup d'argent, ainsi que le lui avait toujours répété Ruqayya. Cependant, comparé à Mehrunnisa, il était pauvre. Comme il se devait, l'empereur percevait les plus hauts revenus, mais il eût été naturel que le prince héritier vînt en seconde position et non en troisième. Si l'impératrice refusait de lui allouer un cartaz, il écrirait au vice-roi du Portugal en personne. Ce serait un excellent allié, qui se féliciterait sans doute de ce rapprochement avec un prince qui avait toutes les chances de devenir empereur. Khurram saisit une autre feuille de papier. Il achevait sa lettre lorsque Ray Rayan souleva le rabat de sa tente :

– Votre Altesse, pourriez-vous sortir ? Les hommes seraient heureux de célébrer la victoire avec vous.

– Je viens, dit le prince en lui tendant la missive scellée. Arrange-toi pour expédier ceci à Goa aussi vite que possible.

Il s'approcha du feu sous les acclamations de ses soldats.

– Salut au conquérant ! clamèrent-ils en frappant dans leurs mains.

Il se tint près d'eux, souriant, savourant les vivats. Généraux et officiers le surpassaient en années et en expérience, mais lorsqu'il avait planifié le siège dans ses moindres détails, tous avaient suivi ses ordres, respectant son jugement. Le silence revenu, ils levèrent leurs pichets et burent en attendant qu'il prît la parole.

– Nous sommes vainqueurs ! commença-t-il. L'empereur est immensément fier de sa puissante armée. Il nous a fallu du temps pour conquérir la victoire, et c'est à vous que revient ce succès, braves soldats, valeureux généraux. Enfin, demain, le Rana sera notre prisonnier et reconnaîtra la suprématie de l'Empire moghol.

À l'évocation du nom de leur ennemi, les hommes ricanèrent et poussèrent des huées ; Khurram leur imposa silence aussitôt. Quelques semaines auparavant, son père lui avait écrit : il était déjà patent que la guerre contre le Mewar touchait à sa fin. Traite le Rana avec honneur et dignité. C'est un roi et il le restera malgré sa défaite. Considère-le comme ton égal.

Devant le feu, Khurram rapporta à ses hommes les souhaits de l'empereur et, penauds, ils baissèrent la tête. Ce que voyant, Khurram frappa dans ses mains pour les rasséréner. Puis il ordonna aux musiciens de jouer et les danseuses les divertirent, ondoyant devant le feu qui soulignait la transparence de leurs voiles et la proximité de leurs corps. Les soldats burent encore, lancèrent aux jeunes filles des roupies d'argent et des remarques égrillardes. Quelques-uns tâchèrent d'attraper l'une ou l'autre d'entre elles, mais elles s'échappèrent en riant. Elles succomberaient, évidemment, mais plus elles danseraient, plus importante serait leur solde.

Khurram regagna sa tente. En chemin, il sentit que quelqu'un lui touchait le bras et il se retourna. La fille était jeune, âgée de seize ans tout au plus ; sa beauté rustique possédait un attrait chaleureux : lourde poitrine, hanches rondes, taille fine. Sa peau claire se dorait à la lueur des flammes. Elle lui souriait, le regard suggérant d'ardentes promesses.

Soudain, le prince sentit monter en lui l'irrépressible désir de goûter de nouveau à la chair d'une femme.

Le Rana Amar Singh pénétra dans le camp de Khurram accompagné par les sonneries des trompettes. L'armée impériale s'était alignée le long du chemin qu'il devait emprunter et chaque soldat salua le valeureux vaincu. Ils l'avaient combattu assez longtemps pour reconnaître sa valeur et, même acculé, ce roi valeureux méritait leur respect. Ainsi l'avait commandé l'empereur et, si Khurram estimait le Rana, ils n'en feraient pas moins. Âgé d'une soixantaine d'années, Amar Singh arborait une moustache et des cheveux blancs qui contrastaient avec sa peau tannée. Il entra dans le camp d'un pas hésitant, se demandant quel accueil on lui réservait. Son armure et sa cotte de mailles cliquetaient à chacun de ses pas. Cependant, il marchait avec fierté, et n'eût pas modifié son allure s'il avait été reçu avec grossièreté.

Khurram l'attendait devant sa tente. Le Rana plia le genou devant lui, toucha sa botte mais le prince le releva aussitôt.

– Inutile de demander le pardon. En venant ici, tu déclares ton allégeance à l'Empire moghol. L'empereur te protégera chaque fois qu'il sera nécessaire ; en contrepartie, tu acceptes le devoir de répondre à ses appels quand il aura besoin de toi.

– Qu'il en soit ainsi, Votre Altesse.

Amar Singh fit alors signe aux soldats qui l'avaient escorté.

– Veuillez accepter ce présent afin de sceller notre union.

Les soldats rajpoutes s'avancèrent et déposèrent devant le prince un énorme rubis qui scintillait comme un cœur palpitant de feu. Ainsi, les rumeurs disaient vrai : on lui avait parlé de cette pierre, appartenant à la famille royale du Mewar depuis des générations. Khurram dut se retenir de le caresser entre ses doigts. Quel effet magnifique ce joyau produirait-il sur un turban ! Mais il devait remettre le présent à son père : Mehrunnisa en hériterait sans doute. Il considéra le coussin de velours noir, et se consola avec la pensée que, pour le moment du moins, cette pierre était sienne. Les hommes du Rana déposèrent également à ses pieds soieries, tapis et dagues serties de diamants. Enfin, sept éléphants et neuf chevaux, chacun harnaché d'or, d'argent et de pierres précieuses furent amenés.

– Pardonnez-moi la simplicité de ces présents, dit Amar Singh. Mais, comme Votre Altesse le sait sans doute, ce sont là les derniers trésors qui me restent.

– En effet, nous avons capturé tous tes animaux. Mais nous te remercions de ta générosité. L'empereur est satisfait de ta reddition. Un farman qui portera le sceau impérial te sera envoyé, garantissant ta protection et te faisant vassal de l'Empire. Afin de te prouver nos bonnes intentions, je te prie d'accepter ceci.

Là-dessus, Khurram se tourna vers Ray Rayan ; l'eunuque apporta une robe d'honneur et une épée sertie de pierres précieuses que le prince remit au Rana. Puis un serviteur amena une jument arabe à la selle ornée de joyaux et un éléphant harnaché d'un howdah d'argent.

Le Rana inclina la tête.

– Merci de votre bonté, Votre Altesse.

– Dans sa grande mansuétude, l'empereur t'accorde encore une faveur, répondit Khurram. Tu es toujours roi, Amar Singh. Tu conserveras ton titre et tes terres. Tu recevras le Mewar comme jagir et tu le gouverneras jusqu'à la fin de tes jours.

Après le départ du Rana, son fils aîné, Karan, vint s'incliner à son tour devant Khurram. La coutume imposait que le prince héritier n'accompagne jamais son père lors de l'hommage à un empereur ou à un prince, mais qu'il se présente de son propre chef. En outre, Karan suivrait Khurram à Ajmer afin de prêter serment à Jahangir au nom de son père. Khurram n'insista pas pour qu'Amar Singh l'accompagnât en personne. Ainsi le vieux Rana sauvegardait-il son honneur. Enfin, la troupe impériale leva le camp et entreprit le voyage de retour en direction d'Ajmer.

Le prince Khurram fut accueilli en triomphateur par les soldats, le peuple et son père. Il puisa dans cet accueil une assurance qu'il ne se soupçonnait pas encore. S'il pouvait diriger une armée, il pourrait ceindre la couronne et diriger l'empire qui lui revenait de droit. Surtout, il pourrait décliner l'offre de Mehrunnisa et le mariage avec Ladli.

Chapitre 14

Lorsque le prince entra dans la ville, escorté de ces grands hommes, tous reçurent un accueil triomphal. Le roi le fêta comme s'il n'en connaissait d'autre, au contraire de toutes les conjectures.

– WILLIAM FOSTER, *L'Ambassade de sir Thomas Roe aux Indes*

Mehrunnisa considérait d'un air pensif la lettre qu'elle avait entre les mains. Ainsi, elle recevait des nouvelles de Surat. Les Portugais avaient incendié quatre vaisseaux indiens dans le golfe de Cambay, comme pour railler la puissance de l'empereur.

Hoshiyar Khan toussota :

– Quelle est la réponse, Votre Majesté ?

– Sais-tu ce qu'annonce cette lettre ?

– Je m'en doute. J'ai parlé avec le messager qui l'a apportée.

Pourquoi ne pas prétendre plutôt que, tandis qu'il apportait la missive sur son plateau d'argent, celle-ci s'était ouverte toute seule ? Car le sceau en était brisé. Néanmoins, l'impératrice ne le mentionna pas. À force de côtoyer son eunuque, elle lui accordait une certaine confiance. Il savait ce qu'elle savait : elle espérait seulement qu'il ne la trahirait jamais.

Elle étendit les doigts sur le satin qui recouvrait le divan. Les torsades de henné qui ornaient ses mains viraient au jaune orangé. Ce soir, non, demain, elle les ferait repeindre.

Khurram rentrait victorieux du Mewar, accompagné de son illustre prisonnier, le prince Karan Singh. La cour célébrerait ce triomphe avec tout le faste qu'il méritait.

Mehrunnisa avait tant à penser et voilà qu'il lui fallait se préoccuper de sa toilette ! Que faire avec ces Portugais ? Depuis la capture du *Rahimi*, ils s'étaient emparés par la force d'une bonne centaine de navires indiens. Ils avaient osé s'approprier le bateau de l'impératrice douairière ; comment s'imaginer que les siens étaient à l'abri ?

Et Khurram qui regagnait la cour, fêté comme un héros ! Elle se leva et se mit à faire les cent pas. Vite, une décision. Elle s'arrêta, enfonçant ses pieds dans les tapis. Elle se prenait à regretter la colère qui la saisissait parfois, cette colère qui la galvanisait au point d'en oublier les impératifs régissant habituellement sa vie. Allons, si les Portugais voulaient la guerre, ils auraient la guerre.

Quelques minutes plus tard, elle se tournait vers Hoshiyar, les poings serrés.

– Envoie un farman à Muqarrab Khan. Qu'il assiège dès demain la ville portugaise de Daman.

– Votre Majesté, pourquoi Muqarrab ? Il fera son possible afin d'aider les Portugais. Vous n'ignorez certes pas qu'il s'est converti à leur religion.

– Il ne peut défier ouvertement les ordres de l'Empire, au risque d'y perdre la vie. Voilà qui nous permettra d'estimer sa loyauté. Oui, ce sera lui. En tant que gouverneur du Gujerat, il se trouve à proximité de Daman. Les Portugais n'ont que trop bénéficié de la magnanimité de l'empereur.

Hoshiyar salua et s'apprêtait à sortir quand la voix de Mehrunnisa l'arrêta :

– Prépare-moi également un farman destiné à Agra. Que la mission jésuite y soit close et qu'on en interrompe tout subside. Envoie le prêtre Xavier à Muqarrab Khan, ce dernier le gardera prisonnier jusqu'à nouvel ordre de ma part. Que tous les Portugais résidant en Inde soient arrêtés et leurs biens saisis.

Hoshiyar parti, Mehrunnisa écrivit aux capitaines de ses vaisseaux ; ils trouveraient ses lettres dès leur accostage à Surat. Les laissez-passer devaient être retournés à Goa avec les remerciements de Sa Majesté.

Mehrunnisa vérifia les farmans avec attention avant d'y apposer le sceau impérial. Puis elle saisit un sceau de jade, plus petit, en forme de rose à six pétales, le trempa dans l'encre et l'appliqua également sur les farmans. On y lisait : « Par la lumière du soleil de l'empereur Jahangir ; le biseau du sceau de Nur Jahan est resplendissant comme la lune. » Elle n'utilisait que rarement son propre sceau, mais voulait que le vice-roi sût de qui émanaient ces ordres. Mehrunnisa s'était lassée des artifices diplomatiques : s'il désirait rester en Inde et conserver sa tête sur ses épaules, il ferait mieux de venir l'incliner devant elle.

À côté du nom de Jahangir, elle écrivit d'une main ferme : « Nur Jahan, impératrice Begam ».

Les maisons d'Ajmer disparaissaient sous une multitude de fleurs et de bannières. Les torches brûlaient au-dessus des portails, les colonnes s'ornaient de guirlandes de soucis et l'on avait lavé à grande eau les rues pavées de pierre. Car Ajmer accueillait Khurram. La foule se pressait derrière les soldats qui tentaient de la contenir. Les balcons grouillaient de femmes et d'enfants penchés aux parapets pour acclamer leur prince victorieux, espérant qu'il allait lever la tête et les récompenser d'un sourire ou d'une poignée de pièces d'or.

Vêtu de brocart et d'or, scintillant de pierreries, Khurram traversait la ville, très droit sur sa jument arabe noire. Il en oubliait déjà les teintes boueuses de la campagne, le poids de cette armure qui ne l'avait pas quitté des mois durant, la crasse et la constante odeur de transpiration. Il avait dormi sur des divans envoyés par Mehrunnisa, et les cuisiniers étaient venus à sa rencontre afin que les plats servis à Leurs Majestés lui caressent le palais. Au contraire de la route du départ, qu'il avait parcourue à vive allure, le retour s'était passé paisiblement. La faveur de Jahangir rejaillissait aussi sur le prince Karan, qui n'en espérait pas tant. Il s'agissait de lui montrer la grandeur de l'Empire. Ce défilé triomphal n'était qu'un exemple supplémentaire de la magnificence moghole. Karan chevauchait derrière, non pas aussi somptueusement vêtu que lui, mais il n'en avait pas moins fière allure. Des balcons, les femmes leur lançaient des fleurs de jasmin qui flottaient autour d'eux comme une averse opaline, dans un enivrant parfum.

Arrivé au palais, le prince aperçut sa mère et quelques autres dames du harem venues l'accueillir. Il sauta à terre et courut embrasser Jagat Gosini.

– Bienvenue, mon fils ! rit-elle en l'étreignant. Nous sommes tous fiers de toi.

– Merci, Votre Majesté. Où est mon père ?

– Il t'attend dans le Diwan-i-am.

Précédé de ses tambours, Khurram se dirigea vers la cour des audiences et attendit le dernier battement pour effectuer son entrée. Tandis que les courtisans s'inclinaient sur son passage, il s'agenouilla devant Jahangir pour baiser le sol. L'empereur se leva de son siège et lui tendit la main.

– Tu nous as apporté beaucoup de joie, mon fils.

Puis, se tournant vers la cour :

– Je déclare qu'à partir de ce jour le prince portera le nom de Chah Jahan.

Khurram remit un genou à terre et baisa la main de son père avec effusion. Jahangir ne lui avait rien dit de ce nouveau titre dans ses lettres ; Khurram espérait une récompense, mais ceci... être appelé Chah Jahan, roi du monde... La joie lui donna le vertige. Depuis l'époque de son ancêtre Tamerlan, le titre de chah n'avait été porté que par des rois. Or lui n'était que prince. Il fondit en larmes tandis que l'empereur le relevait en le prenant dans ses bras.

– Allons, il ne faut pas pleurer. Tu es un guerrier. Tu as accompli ce que je n'ai pas su accomplir.

Ils demeurèrent ainsi enlacés jusqu'à ce qu'un serviteur apportât le nadiri, le manteau d'honneur de Jahangir. L'empereur le déposa sur les épaules de Khurram, avant de lui remettre une dague sertie de pierres précieuses qu'il glissa lui-même dans sa ceinture. Ensuite, il ordonna qu'une chaise spéciale fût installée en léger retrait derrière son trône. L'assemblée des courtisans frémit de stupéfaction devant cet immense privilège : nul ne pouvait s'asseoir devant le souverain.

De son balcon, Mehrunnisa observait tous ces déploiements d'affection. Elle n'était pas sortie accueillir Khurram à son arrivée afin de laisser ce privilège à Jagat Gosini. Aussitôt,

Hoshiyar lui avait rapporté que la conversation de la mère et du fils avait été courte – une étreinte, quelques mots, rien de plus. Arjumand était assise à côté de sa tante, le visage appuyé contre la grille. Khurram leva la tête dans leur direction et, comme il ne pouvait distinguer son épouse derrière le moucharabieh, Arjumand sortit les doigts par la dentelle de marbre, à quoi Khurram répondit d'un petit signe de la main.

– Nous sommes tous tellement fiers de lui ! observa Mehrunnisa.

Arjumand tourna vers sa tante un visage hostile.

– Je suis fière de mon époux, Votre Majesté.

Les autres dames du zénana firent mine de ne pas s'apercevoir de cette rebuffade.

– Pourquoi ce manque de respect, Arjumand ? souffla Mehrunnisa. Je suis aussi fière de Khurram que toi. Je le considère comme un fils.

Sans répondre, la princesse regarda ailleurs. Mehrunnisa lança une plaisanterie, à laquelle les dames rirent avec affectation. Ladli, comme Arjumand, collait son visage à la grille et ne se préoccupait guère de ce manège. Soudain, elle leva un regard enjoué sur sa cousine :

– Il est si beau, Arjumand ! Tu as beaucoup de chance. Maman, tu dois me trouver un époux comme Khurram.

Le silence retomba, jusqu'à ce qu'Arjumand lançât à sa tante :

– Oui, Votre Majesté, trouvez à Ladli quelqu'un comme Khurram. Juste comme Khurram. tout le monde en sera heureux.

Mehrunnisa ne cilla pas, maîtrisant sa colère. Ladli bavardait, tout en s'appuyant contre l'épaule de sa mère, qui lui ôta un cheveu du visage. La jeune fille lui adressa un petit sourire, mais Mehrunnisa s'écarta en hâte, de peur qu'elle ne sentît sa main trembler. Pourquoi Arjumand osait-elle lui parler ainsi ? D'où provenait cette subite audace ? Se sentait-elle plus forte du fait d'avoir donné trois héritiers à son époux ? Allons, il était temps que Ladli épousât Khurram au plus vite et ce n'était pas Arjumand qui entraverait sa volonté. Khurram et elle avaient-ils perdu la raison ? Pensaient-ils que l'affection de l'empereur pour son fils était plus grande que son amour pour Mehrunnisa ?

Soudain glacée de sueur, elle frissonna du baiser inopiné de Ladli, qui l'entourait de ses bras en pépiant :

– Maman, le darbar est fini ! Je m'en vais avec Arjumand accueillir Khurram. Accompagne-nous, c'est un héros !

Là-dessus, la jeune fille détala, un pan de sa ghagara retenu dans sa ceinture pour ne pas trébucher – elle ne possédait pas encore l'aisance d'une femme habituée au volumineux amoncellement de ses jupes. Pourtant, elle grandissait. À quinze ans, elle atteignait l'âge où Arjumand s'était fiancée avec Khurram.

Mehrunnisa accorderait une dernière chance au prince. Une fois encore, une fois seulement, elle lui reposerait la question. Sans doute l'étoile de Khurram se dressait-elle au firmament, mais celle de Mehrunnisa y demeurait solidement installée et ne pâlirait pas jusqu'à la mort de Jahangir. Si Khurram refusait ce mariage... elle lui barrerait à jamais le chemin du trône.

Après l'avoir fait tourbillonner, l'esclave lâcha le bras de Khurram et disparut dans un froufrou de jupons sur le sol de marbre. Légèrement déséquilibré, il ne bougea pas, les yeux fermés sous son bandeau qui lui couvrait également les oreilles ; néanmoins, il entendait les petits rires étouffés et les pas précipités autour de lui. Il respira lentement, en attendant que ses jambes retrouvent leur fermeté.

Quelques semaines avaient passé depuis son retour à la cour et il jouait au ankh michauli avec les dames du harem. Ce soir, Arjumand était fatiguée, car elle présentait tous les symptômes d'une nouvelle grossesse. Elle était fertile comme une terre volcanique. À peine son époux la regardait-il qu'un enfant venait en elle. Et lorsqu'elle était trop lasse – à cause de l'enfant ou d'autre chose – elle lui proposait d'accueillir une des femmes du harem dans son lit. Mais de temps à autre seulement.

La nuit était depuis longtemps tombée sur le palais de Khurram et une lune brillante éclairait les bâtiments de marbre blanc qu'elle teintait de lilas. Les colonnades de la véranda restaient plongées dans l'obscurité car on n'avait pas allumé de lampe, selon les ordres du prince ; puisqu'il allait avoir les yeux bandés, les femmes ne pouvaient profiter de la lueur des torches pour lui échapper. Avant que le foulard lui fût noué sur les yeux, il avait examiné chaque esclave, chaque concubine autour de lui. Elles étaient toutes vêtues de zaris de soie blanche et les bracelets tintinnabulaient à leurs poignets, les diamants scintillaient à leurs oreilles. Elles allaient pieds nus afin de pouvoir s'éclipser sans bruit. Depuis que le bandeau lui ceignait la tête, il ignorait dans quelle direction avancer et qui se trouvait en face de lui.

Une main, douce comme un pétale de rose, effleura son épaule droite et descendit dans son dos. Khurram fit volte-face, les bras tendus, mais la fille avait disparu. Il effectua quelques pas incertains, frôla une hanche menue, remonta le long de sa taille gracile, passa un doigt dans la ceinture de sa ghagara. Elle portait du brocart, il en sentait le relief sous ses paumes. Elle restait parfaitement immobile et il tâcha de l'identifier au seul toucher. Nalini... à la bouche pulpeuse, aux yeux hardis, au corps qui se cambrait si bien sous le sien. Pourtant, ce soir, Khurram ne désirait que de la douceur, quelqu'un qui sût donner plutôt que recevoir.

Il se mouvait dans le noir complet, orienté par ses seuls sens du toucher et de l'odorat, et elles passaient devant lui, silencieuses et fugaces. Il mettait autant d'ardeur à ce jeu qu'à la guerre du Mewar et, à chaque effleurement, son cœur battait. Pourtant, il ne désirait aucune de ces femmes. Jusqu'au moment où il atteignit celle qui se tenait devant l'une des colonnes de la véranda.

Elle ne bougea pas lorsqu'il ferma sa main sur le poignet délicat et porta les longs doigts à sa bouche. Elle avait la peau suave, exhalait un arôme qui lui emplit les narines. Qu'était-ce donc ? Du musc ? Non, un parfum plus puissant, avec une note de camphre et d'encens... luban... De l'oliban. Intrigué par ce choix étrange, quand les autres femmes baignaient dans des senteurs fleuries, Khurram goûta sa paume. Il l'entendit retenir son souffle tandis qu'elle retirait doucement sa main. Un court moment, elle lui caressa le visage, lui prit le menton puis s'enfuit. Khurram courut derrière elle, guidé par le seul bruit de ses pas, heurta plusieurs autres silhouettes mais les chassa pour retrouver le parfum exquis de l'inconnue.

Lorsqu'il l'eut rattrapée, il plaqua la fugitive contre une colonne, la tenant fermement par la taille de peur qu'elle ne lui échappât de nouveau. Elle seule, désormais, saurait apaiser le désir qui montait en lui. Il sentait la bande de peau entre le choli et la ghagara de malmal, le coton le plus fin des ateliers impériaux. Elle avait les épaules découvertes et il descendit la paume jusqu'à trouver le corsage de velours. Enivré, il posa le visage au creux de son cou, écoutant les battements fous de son cœur de femme, s'emplissant du contact de sa chair tendre, de l'odeur de sa chevelure parfumée au jasmin.

Relevant la tête, il lui prit la main et y déposa la rose blanche qu'il gardait dans une boutonnière de sa karta.

– Celle-ci, dit-il à haute voix. Elle est mon élue pour cette nuit.

À ces mots, le jeu s'acheva. Les eunuques entrèrent, portant des torches, alimentèrent les lampes à huile et la cour s'emplit de lumière. Sans lâcher sa compagne, Khurram ôta son bandeau.

Il sursauta en reconnaissant Ladli. Une Ladli si mince, à peine vêtue, qui le fixait de son impénétrable regard gris, la rose blanche à la main. Encore sous le choc, Khurram recula, mais ne put la quitter des yeux, elle et sa taille gracile, elle et son cou de biche, elle et ses cheveux aile de corbeau noués lâchement dans sa nuque.

– Bien sûr, tu ne saurais choisir Ladli ! lança une voix glaciale derrière lui.

Khurram se retourna vers Arjumand. Elle n'en dit pas davantage mais fixa sa cousine d'un regard froid comme les pierres. Il acquiesça de la tête et Arjumand se contenta de désigner une concubine qu'il courut presque chercher. Les autres s'en allèrent, une à une, jusqu'à ce que Ladli demeurât seule, adossée à sa colonne.

Elle tremblait de tous ses membres, la rose contre sa bouche. Lentement, elle se laissa glisser sur le sol et pelotonna ses genoux contre sa poitrine.

– Bien sûr, répéta-t-elle à haute voix.

Et ses paroles se répercutèrent à travers la cour vide.

Les semaines passaient et Mehrunnisa guettait une occasion de s'entretenir avec Khurram. Elle avait découvert le prix de la patience, et attendait le moment adéquat pour ouvrir la bouche. Certes, il lui arrivait de croiser Khurram, dans divers endroits, pour diverses raisons. Elle organisa une réunion de la junte ; ce fut étrange et assez désagréable, mais la réunion n'en eut pas moins lieu. Mehrunnisa expliqua aux trois hommes ce qu'elle avait entrepris au sujet de la question portugaise. Khurram objecta qu'elle eût pu témoigner d'un peu plus de diplomatie – pourquoi établir un siège à Daman ? L'Empire s'était toujours montré des plus tolérants avec ces gens qui, au fond, ne faisaient que réagir à la faveur exorbitante accordée aux Anglais.

– Qu'en penses-tu, Abul ? demanda Mehrunnisa à son frère.

– Pas de disputes ! intima Ghias de son divan. Vous n'êtes plus des enfants. Mehrunnisa, écoute les paroles de Son Altesse.

Khurram n'avait effectivement pas fini de parler.

– Votre Majesté, poursuivit-il d'un ton qui frisait l'insolence, jusqu'ici les Anglais n'ont fait que nous promettre leur protection. Où est-elle, cette protection ? Où est ce grand ambassadeur qui n'a pas foulé le sol de l'Inde ? Pourquoi provoquer les Portugais avant d'être certains du soutien des Anglais ?

– Ils ont brûlé quatre de nos navires, Khurram. Si ceci n'est pas une provocation, où penses-tu en voir jamais ? Allons-nous rester les bras croisés tandis qu'ils se moquent de nous ? La cour et l'empereur doivent-ils demeurer impassibles devant de tels affronts ?

Il détourna la tête.

– J'ignorais cet incendie de navires, Votre Majesté.

Abul et Ghias dirent en même temps :

– Mehrunnisa a raison.

– Oui, marmonna Khurram en rougissant. Sans doute.

Ils discutèrent alors des mesures nécessaires et interrogèrent Mehrunnisa : pourquoi ne les avait-elle pas consultés auparavant ? Parce qu'elle s'en était entretenue avec l'empereur. Sa brève réponse marqua le terme de la rencontre. Cependant, Ghias resta quand les autres furent partis. Il s'inquiétait de toutes ces disputes. Mehrunnisa aurait dû tenir un peu plus sa langue. Mais elle n'écouta pas son père. Elle l'avait fait alors qu'elle était plus jeune, avant d'être impératrice et même ensuite. Cependant, trop d'années s'étaient écoulées. Au début de son règne, elle avait eu besoin de ces trois hommes ; il lui fallait renforcer les liens de parenté qui les rapprochaient. Mais c'en était fini.

De plus, Ghias avait vieilli. Il ne saisissait pas les enjeux qu'elle convoitait. Il arrivait à la fin de sa vie tandis qu'elle entamait la sienne. Elle se devait d'envisager un avenir dont Jahangir ne ferait plus partie. L'empereur en personne le lui avait conseillé. Il avait neuf ans de plus qu'elle et elle allait donc sans doute lui survivre. S'il n'était plus là pour la soutenir, il désirait assurer sa protection. Aussi encourageait-il un mariage entre Khurram et Ladli, car cette enfant resterait l'unique lien de Mehrunnisa avec la famille impériale une fois Jahangir disparu.

Ainsi préconisait Jahangir, sans que nulle tristesse assombrisse ses propos. Chaque fois que l'empereur bâtissait un sarai pour les voyageurs fatigués, une mosquée, un nouveau palais à Lahore ou à Agra, ou participait à l'édification d'une cité, il prenait conscience de sa mortalité. Il s'en irait mais, des centaines d'années plus tard, ces bâtisses de pierre célébreraient encore sa vie.

À force de guetter une entrevue avec Khurram, la sérénité de Mehrunnisa s'en ressentait. L'impératrice Jagat Gosini se voyait sans cesse féliciter des prouesses de son fils. L'ironie de la chose provoquait la fureur de l'impératrice. Car Ruqayya avait élevé le prince, lui avait donné son amour. Mais Ruqayya se trouvait à Agra, pleurant la perte du *Rahimi*, et refusait de rejoindre Ajmer.

Aussi Jagat Gosini se pavanait-elle comme un paon et ne craignait-elle plus sa rivale. Un soir, Jahangir se pencha pardessus Jagat Gosini, et prit le menton de Mehrunnisa pour lui déposer un baiser sur la bouche, un long baiser amoureux.

Elle l'entoura de ses bras en murmurant :

– Ton souffle sent le miel, Seigneur.

Assise entre eux, Jagat Gosini avait levé la tête puisqu'ils étaient quasiment appuyés sur ses genoux.

Jahangir se tourna vers elle :

– Qu'en pensez-vous ?

– Votre Majesté, seule une femme qui a l'occasion de goûter la bouche d'un autre homme peut dire que votre souffle sent le miel. Pour ma part, je n'en ai pas l'expérience et ne puis qu'affirmer qu'il sent bon.

De honte, puis de colère, Mehrunnisa blêmit. La bégum ne lui rappelait-elle pas ainsi son précédent mariage ? Jahangir ne fit qu'en rire, car il n'était pas jaloux.

Et le temps passait. L'enthousiasme provoqué par la victoire de Khurram s'apaisait peu à peu tandis que les affaires impériales reprenaient leur cours. D'ici à quelques jours, Khurram célébrerait ses vingt-six ans. Ce fut Mehrunnisa qui organisa les festivités, comptant bien que Khurram rougirait de fierté à cet honneur. Alors, elle lui demanderait une ultime fois de prendre Ladli pour épouse.

– Que Votre Altesse veuille bien monter sur la balance, dit le Mir Tozak.

Après avoir interrogé du regard son père, qui hocha la tête, Khurram s'avança vers la balance d'or installée au milieu du Diwan-i-am. Les plateaux en étaient retenus par des chaînes sur une grande poutre de bois dorée, sertie de rubis.

S'appuyant sur l'épaule d'un serviteur, Khurram grimpa dans le grand plateau d'or avant de s'y asseoir en tailleur : des esclaves apportaient des sacs emplis de métaux précieux qu'ils déposeraient bientôt dans l'autre plateau. Mais lui ne regardait que la chaîne, éprouvant la douceur du métal sous ses paumes. Il n'était entouré que d'or et de rubis, et la balance brillait tant qu'il combattait son besoin de plisser les paupières.

L'empereur Akbar avait inauguré cette tradition d'offrir l'équivalent de son poids – à chacun de ses anniversaires lunaires et solaires – en soie, en or, en argent, en cuivre, en vif-argent, en beurre et en grains. Toutes ces richesses étaient ensuite distribuées aux pauvres. Le grand Akbar choyait ainsi son empire, et s'attirait en retour la reconnaissance éperdue de ses sujets.

Ce jour-là, la cour grouillait de monde ; eunuques, serviteurs et esclaves avaient exigé nombre de cadeaux contre un laissez-passer. Dans l'effervescence, la pesée commença. On chargea tout d'abord des sacs de soie emplis de mohurs d'or sur le plateau opposé à celui de Khurram, qui s'éleva dans les airs jusqu'à faire bonne mesure. Khurram était léger, il n'y fallut donc pas trop de sacs. Ces mois passés au Mewar, privé de la délicate cuisine du palais, avaient mangé la chair de son corps.

– Tu es trop mince, observa Jahangir depuis son trône. Tu vas priver les nécessiteux de leur or.

L'assistance s'esclaffa. Khurram sourit et salua son père.

– Si Votre Majesté m'y autorise, je mangerai davantage cette année.

Au cours de la cérémonie, on évalua le poids du prince en argent, puis en cuivre, en or, en fruits, en grains de moutarde, en légumes et en beurre. Les métaux précieux avaient été fournis par les dames du harem, Ruqayya la première, qui remerciait ainsi Jahangir pour son appui dans l'affaire du *Rahimi*. Mehrunnisa avait également donné de l'or et, chaque fois qu'un sac était déposé dans la balance, le Mir Tozak en mentionnait la provenance. Si bien que le nom de Mehrunnisa fut souvent cité ; alors, les nobles se lançaient des regards entendus. La junte était plus puissante que jamais.

Du moucharabieh, l'impératrice observait Khurram qui tentait maintenant de se relever, échouant à plusieurs reprises, jusqu'à ce que deux courtisans viennent à son secours. Défaillant, le regard vide, il s'efforça d'exécuter tout de même un taslim hésitant. Mehrunnisa sourit. Le prince était ivre. Un peu plus tôt, au zénana, lorsqu'il était venu souhaiter le bonjour à son père, Jahangir lui avait offert du vin et Khurram avait accepté, lui, le seul des quatre frères qui ne bût jamais une goutte d'alcool. Mais, depuis sa victoire au Mewar, il en consommait comme s'il s'agissait de simples sorbets.

Il était temps de parler à Khurram. Dès que le darbar fut clos, elle interpella le prince devant toute la cour, sa voix faisant taire les bavardages des nobles.

L'empereur inclina la tête et se tourna vers son fils toujours titubant :

– Mon fils, as-tu entendu l'invitation de la bégum Nur Jahan ?

– Oui, Votre Majesté.

Le prince salua et donna tête la première dans un courtisan.

Du haut du balcon, Arjumand voulut parler mais, d'un geste, sa tante lui intima l'ordre de se taire :

– Retourne dans tes appartements. Je t'enverrai Khurram dès que j'en aurai terminé avec lui.

La princesse ouvrit de nouveau la bouche. Alors Hoshiyar vint la tirer de son siège sans ménagement.

Il fallut escorter Khurram jusqu'aux appartements de Mehrunnisa et il apparut sur le seuil de sa porte, à demi soutenu par deux eunuques, secouant la tête pour dissiper les vapeurs de l'alcool. Il trébucha, se redressa et finit par s'écrouler sur un divan.

Mehrunnisa savourait l'attente de sa victoire prochaine. Il leva sur elle un regard insolent.

– Votre Majesté, était-il nécessaire de me convoquer devant toute la cour ? Ne suis-je qu'un pantin qu'on manipule ? Et que désirez-vous ? demanda-t-il brutalement.

Il semblait prodigieusement intéressé par ses mains, qu'il examina l'une après l'autre avant de les agiter devant lui.

Mehrunnisa n'hésita qu'un instant avant de lui rétorquer sur le même ton :

– Quand épouseras-tu Ladli ?

Le prince tira un traversin qu'il plaqua sur son ventre. Il savait ce qu'il voulait dire, pourtant, un court instant, il ferma les yeux à l'évocation de cette nuit parfumée où il avait désiré Ladli sans le savoir ; il sentait encore l'odeur de l'encens sur ce jeune corps. Mais ce n'était qu'un mirage, rien qui ressemblât à l'amour. Du moins Arjumand avait-elle ainsi justifié son trouble. En outre, il refusait de satisfaire le désir de Mehrunnisa... Il pencha la tête vers l'impératrice :

– Depuis quand cette question est-elle passée de « Veux-tu épouser Ladli ? » à « Quand épouseras-tu Ladli ? » Pourquoi devrais-je l'épouser, d'abord ?

– Khurram, répliqua sèchement Mehrunnisa, dois-je te répéter encore les avantages d'une telle union ? L'empereur la souhaite, et cela devrait te suffire.

– Sa Majesté ne la souhaite pas tant que vous, Votre Majesté. Et quels avantages m'apportera-t-elle ? Quelles terres, quels jagirs me récompenseront ? Quelles pierres précieuses viendront orner les coussins de mon divan ? Quels alliés puissants qui ne me soutiennent déjà ?

Mehrunnisa se leva d'un bond ; ses mains la démangeaient tant elles aspiraient à s'appliquer sur les joues de l'effronté. Le vin n'avait pas rendu le prince plus malléable, au contraire. Il profitait de son ivresse pour proférer des paroles inexcusables. Elle se mit à faire les cent pas, comme à son habitude quand elle était irritée. Était-ce là l'homme qu'elle destinait à sa fille ? Celui qu'elle avait modelé, hissé sur le devant de la scène ?

– N'oublie pas que si tu es aujourd'hui couvert d'honneurs, c'est à moi que tu le dois. Sans moi, tu ne serais rien. Oh ! tu pourrais prétendre au trône puisque le sang de l'empereur coule dans tes veines, mais guère davantage. Souviens-t'en et tiens ta langue si tu désires conserver ta place dans l'Empire. Tu épouseras Ladli, parce que je te l'ordonne. Sinon, je m'assurerai que l'empereur t'ôte sa faveur.

Khurram s'allongea sur le dos.

– Vous surestimez votre influence sur l'empereur, Votre Majesté. Quelle épouse pourrait prétendre se mesurer à un fils ?

Elle frémit et répondit d'un ton glacial, car elle n'avait plus besoin d'élever la voix :

– Tu n'es qu'un homme faible. Tu ne refuses Ladli que pour contenter ta femme, sans imaginer que ton existence entière en pâtira.

Les bras croisés, adossé à la porte, Hoshiyar n'avait pas perdu un mot de l'échange. Il tira Khurram de son divan, lui passa un bras sur l'épaule et l'entraîna hors de la pièce.

Lorsqu'il revint auprès de sa maîtresse, il la retrouva assise à même le tapis, le dos très droit.

– J'ai offert une coupe du vin à Son Altesse, Votre Majesté. Je lui ai dit que cela l'aiderait à surmonter son désarroi. Il en a semblé fort content.

L'eunuque sortit quatre mohurs d'or de sa ceinture et les montra à l'impératrice :

– Fort content !

Encore du vin. Vingt-six ans sans boire une goutte d'alcool et voilà qu'il en absorbait tant en un seul jour !

Khurram n'était qu'un sot, qui affirmait qu'une épouse n'était pas aussi importante qu'un fils. Comment pouvait-il assener une telle ineptie ? Alors que lui-même adorait Arjumand, comment restait-il aveugle à l'amour qui unissait son père et Mehrunnisa ? Ne comprenait-il pas que Jahangir ne se reconnaissait aucun autre mariage ? Que, depuis qu'il avait épousé Mehrunnisa, il n'avait plus qu'une femme ?

Mais il avait trois autres fils.

Chapitre 15

Je découvris un changement dans ma santé et, peu à peu, fus la proie de fièvres et de maux de tête. De peur que le pays et les serviteurs de Dieu n'eussent à en pâtir, je gardai le secret... Quelques jours s'écoulèrent ainsi, et je n'en fis part à Nur Jahan Begam que parce que je ne connaissais personne qui m'aimât davantage...

– A. ROGERS et H. BEVERIDGE, *Le Tuzuk-i-Jahangiri*

La nuit s'étendit sur Goa et la mer d'Arabie, le ciel se para d'orange et d'or. Ici, à l'extrémité occidentale de l'Empire, le soleil se couchait plus tard, comme s'il répugnait à quitter la terre. Longtemps après la tombée du jour, une ligne d'argent tracerait encore l'horizon : on aurait cru qu'une ville invisible scintillait dans le lointain. La lune s'était levée depuis quelques heures et, à mesure que le soleil disparaissait, elle gagnait en intensité. Les rues se teintèrent d'argent, les clochers des missions grimpèrent à l'assaut du ciel, leurs croix de cuivre projetant leurs ombres sur les cimetières. La demeure du vice-roi, une imposante bâtisse de brique et de bois, dominait de ses vérandas, ses toitures à tourelles et ses fenêtres à pignon le port de Goa.

Dans le crépuscule, le sable paraissait blanc comme du sel, décoloré par le bleu profond de l'océan. Les palmiers frémissaient dans la brise humide et le temps semblait s'immobiliser, chaque jour ressemblait au suivant, paisible et splendide, invitait à la sieste dans la lénifiante chanson des vagues. Cette nuit-là, cent vingt bateaux se pressaient dans le port, petits et grands, si proches l'un de l'autre qu'ils se touchaient presque. De la résidence du vice-roi, on discernait le son des coques malmenées par la houle. Les voiles roulées scintillaient encore au clair de lune. C'étaient souvent de petits bâtiments qui se voyaient vidés de toute charge, dépouillés de leurs éléments de cuivre, leur équipage débarqué sur la plage. Le *Rahimi* se trouvait au milieu de ces vaisseaux, tout aussi mélancolique ; on aurait cru qu'il souffrait de rester ainsi à quai, immobile, lui qui avait vaillamment vogué par les mers et les océans, affronté les tempêtes et les pirates.

Sur sa terrasse, le vice-roi entendit un serviteur lui glisser à l'oreille :

– Nous sommes prêts, sire.

Il lui tendit un flambeau. Le vice-roi se leva et brandit la torche à bout de bras. De la plage, un autre jaillissement de lumière lui répondit. Quelques instants plus tard, une catapulte expédia dans les airs une balle de coton et de bois enflammée qui atterrit sur le vaisseau le plus éloigné du port. Durant quelques secondes, rien ne se produisit. Et soudain, le bâtiment s'embrasa comme une torche, aidé en cela par un baril de poudre abandonné sur le pont, et se souleva vers le ciel avant de s'émietter sur les navires environnants.

La catapulte se remit en action. Et encore. Et encore. L'un après l'autre, tous les navires s'embrasèrent, projetant vers le ciel des étincelles à la conquête des étoiles. Le *Rahimi* fut le dernier à brûler ; pourtant jonché de braises, son pont résista longtemps. Peu à peu, le feu, orange et rouge, s'enroula autour de son mât, couvrit sa coque de griffes avides, piégea ses cales et ses cabines.

Les lueurs du port en feu traversèrent la plage et ses palmiers pour venir illuminer la demeure du vice-roi et l'homme sur sa terrasse qui saluait ce divertissement nocturne en levant son gobelet de vin. Il regarda ainsi les navires se consumer jusqu'au dernier. Au petit matin, d'épais nuages de fumée planèrent sur Goa. Quelques bateaux brûlaient encore mais la plupart avaient coulé dans les eaux grises de cendres de la mer d'Arabie.

En gagnant son lit, le vice-roi éprouva un léger frisson d'appréhension. Mais il connaissait la futilité de sa crainte.

L'empereur Jahangir avait osé s'emparer de Daman, protectorat portugais. À titre de représailles, les navires indiens avaient été brûlés. Longtemps avant que les Moghols conquièrent l'Inde, les Portugais jouissaient déjà de cette terre et de ces mers.

Sur ces bonnes pensées, il s'endormit.

Cependant, la nouvelle de l'incendie partait déjà pour Ajmer ; elle atteindrait bientôt les oreilles de Mehrunnisa et de Jahangir. Le vice-roi avait sous-estimé l'appétit de la cour pour le commerce, négligé le poids de la colère de Mehrunnisa... oublié que les souverains moghols étaient en Inde pour y rester tandis que les Portugais pouvaient à peine se considérer comme leurs invités.

Jahangir ouvrit les yeux en maugréant. Sa tête le faisait souffrir comme si elle était enserrée dans un étau. Il déglutit, la langue sèche, et la chaleur lui irradiait le visage. Il se souleva sur un coude avec effort et trois eunuques se précipitèrent.

– Votre Majesté est éveillée ?

Jahangir se laissa retomber sur sa couche.

– Où est l'impératrice ?

– Dans ses appartements, Votre Majesté.

– Envoyez-la chercher.

Il avait une voix presque inaudible tant il lui coûtait de parler. Chacun de ses mots lui résonnait à travers le crâne et se répercutait douloureusement dans ses oreilles.

– Et apportez-moi du khichri.

Les eunuques se regardèrent, étonnés. Pourquoi l'empereur réclamait-il cette bouillie de riz et de lentilles cuits avec du sel et du poivre ? C'était la nourriture des pauvres et Jahangir en mangeait rarement, plutôt pour parer à quelque embarras gastrique que pour s'alimenter.

L'empereur changea de position, à la recherche d'un coin frais sur sa couche, mais ses couvertures de satin étaient imprégnées de transpiration et son corps secoué de frissons. Ses mains tremblaient. Sans doute l'opium viendrait-il à bout de ces désagréments. Aussi en réclama-t-il. Les eunuques hésitèrent. La matinée était à peine avancée, cependant Sa Majesté leur avait donné un ordre. Ils s'exécutèrent donc à contrecœur et apportèrent une petite boule d'opium mêlée de sucre qu'ils glissèrent entre les lèvres du souverain.

La drogue se répandit dans ses veines, réchauffant son corps affaibli. Les tremblements cessèrent et la sueur coula de son front.

– Allez-vous-en ! lança-t-il d'un ton irrité. Que faites-vous à traîner ici ?

Alors il sombra dans la douce étreinte de l'opium, la lumière du jour tournant au crépuscule devant ses yeux, le sommeil s'emparant à nouveau de lui.

Les eunuques se dispersèrent, deux vers les cuisines pour y commander le khichri, un chez Mehrunnisa. Elle terminait à peine le jharoka et tenait à la main une lettre de Goa.

– Que me veux-tu ? demanda-t-elle d'un ton préoccupé.

Le serviteur n'avait pas fini de parler que l'impératrice se ruait vers les appartements de Jahangir. Qu'arrivait-il à son époux ? Déjà, ce matin, il s'était plaint de maux de tête, aussi Mehrunnisa s'était-elle rendue seule au jharoka. Il avait eu une nuit agitée, mais elle-même, assez fatiguée, ne s'était éveillée qu'une fois pour écarter le bras de Jahangir qui lui enlaçait la taille et y avait laissé une traînée de sueur.

En entrant dans sa chambre, elle vit le bol fumant de khichri à côté du lit de l'empereur. Jahangir gisait immobile sur son divan, les yeux clos, le souffle lourd. Il ne bougea pas quand elle posa une main sur son front, qu'elle trouva brûlant.

– Seigneur, souffla-t-elle à son oreille.

Il parut ne pas entendre sa voix. Elle lui secoua l'épaule.

– Hoshiyar ! hurla-t-elle.

L'eunuque se tenait derrière elle. Ensemble, ils tâchèrent de réveiller Jahangir, mais l'empereur avait sombré dans l'inconscience. Alors que Mehrunnisa se rapprochait de son visage, l'odeur douceâtre de l'opium lui monta au nez.

– Qui a donné de l'opium à l'empereur ? cria-t-elle aux serviteurs. Allez-vous-en, sots que vous êtes ! Il est souffrant et vous lui donnez de l'opium ? Dehors !

Ils sortirent sans demander leur reste. Avec l'aide d'Hoshiyar, Mehrunnisa déshabilla son époux. Ils imprégnèrent des linges d'eau froide et les lui passèrent inlassablement sur le corps, jusqu'à ce que la fièvre tombât. Ensuite, Mehrunnisa le recouvrit d'un drap frais.

– Éveille-toi, Seigneur ! Parle-moi.

Mais l'opium le tenait sous son emprise et ne le relâcherait pas avant d'avoir parcouru ses veines et de s'être échappé par tous les pores de sa peau. Hoshiyar proposa d'appeler les hakims sans tarder.

Comme pour se rassurer, Mehrunnisa interrogea l'eunuque du regard :

– Ce n'est rien, n'est-ce pas ? Rien qu'un peu de fièvre. Sens comme sa peau s'est déjà rafraîchie.

– Il serait préférable de les appeler, Votre Majesté.

– Non. Si la nouvelle de cette maladie se répand à travers la cour et le zénana, l'Empire sombrera dans le chaos.

– Ce ne serait pas la première fois que l'empereur serait souffrant, Votre Majesté. Laissez-moi appeler les hakims, ils sauront comment soulager Sa Majesté.

Elle leva sur lui un regard plein de larmes :

– Qu'ont-ils jamais fait pour le soulager, Hoshiyar ? Ils se consultent les uns les autres, affectent des airs savants. Je n'en ai jamais vu aucun donner un avis utile. Ils ont trop peur de se tromper dans leurs diagnostics et de se voir accusés si l'empereur venait à mourir.

Il eut beau insister, Mehrunnisa ne l'écouta pas. Elle soignerait Jahangir. Aussi demeura-t-elle assise auprès de son lit jusqu'au soir et puis toute la nuit. Le soleil se leva, glissant ses rayons indiscrets à travers les rideaux mais l'impératrice n'en vit rien. Elle ne bougeait pas de sa place si ce n'était pour éponger le front du malade. Ce ne fut qu'au crépuscule qu'il rouvrit enfin les yeux. Elle lui fit reprendre du khichri chaud et boire de l'eau mais il ne put rien garder dans son estomac tourmenté, trop faible pour seulement digérer.

Puis il dormit. La fièvre tombait puis remontait. Au-dehors, le veilleur passait et repassait en annonçant les heures. Mehrunnisa déplia un tapis de prière et s'agenouilla face à La Mecque. Allah, fais qu'il aille mieux. Elle ne demandait pas que Jahangir restât en vie car elle savait que nul n'allait le lui ravir, elle demandait seulement qu'il se portât bien. C'était tout ce qu'elle désirait. Toute la nuit, elle versa des larmes, car elle avait peur, terriblement peur. Mille questions tourbillonnaient dans son esprit. Avait-elle eu tort de se passer des hakims ? Et si Jahangir... Non, elle ne voulait même pas y songer. Elle s'allongea sur le lit, puis sur l'empereur, qu'elle couvrit de son corps, comme si elle pouvait ainsi le protéger. Il n'avait plus chaud mais froid, et elle ne reconnaissait pas l'odeur de sa peau, le goût de sa nuque. Il remua soudain, comme pour se débarrasser du poids de son corps, et elle se laissa rouler près de lui. Il était malade, et voici qu'elle l'étouffait presque pour se rassurer !

– Mehrunnisa.

S'agrippant à son bras, elle se souleva pour contempler le visage de Jahangir.

– Seigneur, souffla-t-elle.

– Tu es là.

Et il referma les yeux. Jahangir respirait lourdement, par la bouche, mais régulièrement. Il semblait apaisé de savoir son épouse à ses côtés. Elle finit par s'assoupir sans s'en apercevoir.

Au bout d'une heure, elle fut réveillée à la demande du prince Khurram, qui demandait une audience. Elle toucha le front de l'empereur. À nouveau il brûlait de fièvre. Elle redemanda de l'eau froide et lui en imprégna le corps, sans plus y croire. Allah, que se passait-il ? Pourquoi lui redonner l'espoir si c'était pour le reprendre aussitôt ? Lorsque l'eunuque revint insister au nom de Khurram, elle lui répondit sèchement de renvoyer le prince. Il ne venait que pour s'assurer que son père allait mourir et que l'Empire était désormais sien.

Dès le lendemain matin, tout le zénana connaissait la maladie de l'empereur. Nul ne savait trop expliquer une faiblesse si soudaine, puisque Nur Jahan Begam ne laissait entrer personne. Les rumeurs couraient dans les palais, les maisons et les bazars d'Ajmer : l'impératrice l'empoisonnait à petit feu, l'asthme de Jahangir l'avait repris et il ne pouvait plus respirer, on avait glissé un tube de cuivre dans son nez pour l'y aider. Il mourait, ou il demeurait suspendu au seuil de la mort, maintenu en vie par les sorcelleries que Mehrunnisa pratiquait dans ses appartements. Elle combattait les démons qui convoitaient le corps de l'empereur. Parmi toutes ces conjectures, une angoisse revenait comme un leitmotiv : qu'allait-il advenir de l'Inde ?

Le prince Khurram s'interrogeait lui aussi en s'éloignant des appartements de l'empereur. Si Mehrunnisa lui en refusait l'entrée, fallait-il en conclure que la maladie était grave ? Son père allait-il mourir ? De toute la journée, il ne cessa d'envoyer esclaves et eunuques auprès de Mehrunnisa, pour la supplier de l'éclairer sur la santé de son père. Mais elle renvoyait chacun sans réponse.

Redoutant le pire, il expédia des espions chez ses trois frères. Parviz séjournait toujours dans le Dekkan, sans doute ivre mort à l'heure qu'il était. Khusrau se promenait seul dans les jardins et Chahryar s'entraînait au champ de tir. Le soir même, Khurram convoqua quelques nobles dans son palais d'Ajmer. Ils s'entretinrent quelques heures et puis il leur demanda leur soutien dans l'éventualité où l'Empire se trouverait soudain sans souverain. Un silence stupéfait répondit à ces mots. L'empereur était-il donc sur le point de mourir ? Non, assura-t-il. Pas maintenant...

Le prince n'oublia pas non plus le vice-roi du Portugal à Goa. Cent vingt navires indiens brûlés dans le port, mais aucun qui appartînt à Khurram. Il écrivit de nouveau au vice-roi, lui demandant une protection pour sa flotte ; en retour, il promettait son appui quand il serait empereur.

La fièvre ne tomba pas durant vingt jours, alimentée par la faiblesse de Jahangir, ainsi que par la quantité de vin et d'opium qu'il continuait d'absorber. Mehrunnisa préférait ne pas l'en priver trop brutalement, craignant qu'un tel sevrage ne le tuât. Après l'inconscience du premier jour, il sombra dans des périodes de délire, criant des mots dénués de tout sens, se débattant au point qu'il fallait parfois contenir ses bras et ses jambes. Il ne reconnaissait pas Mehrunnisa et elle sanglotait tandis que le palais dormait pesamment autour d'elle.

Le vingtième jour, de fines rougeurs naquirent sous la peau de l'empereur et colorèrent tout son corps. La petite vérole, songea Mehrunnisa. Personne n'en sortait vivant. Alors, terrifiée jusqu'au tréfonds de l'âme, elle convoqua les médecins.

Ils se présentèrent, l'air affolé, se penchèrent sur Jahangir en se protégeant la bouche avec des mouchoirs de soie. Mehrunnisa les regardait d'un air dégoûté. Étaient-ce là des hommes combattant les maladies du corps humain ? Ils redoutaient la petite vérole ; alors qu'elle-même n'avait pas bougé du chevet de son époux, prenant à peine le temps de se laver ou de se nourrir... À mesure que l'empereur perdait de sa substance, Mehrunnisa maigrissait également et ses bras ne furent bientôt plus que des brindilles, sa poitrine fondit et son choli se mit à pendre sur ses épaules. Malgré tout, sa volonté n'avait pas vacillé. L'empereur vivrait.

Les vieux hakims, avec leurs barbes mitées et leurs faces de ramadan, se penchèrent sur le corps immobile de Jahangir, vérifièrent son pouls. Hakim Abdullah se tourna vers Mehrunnisa, l'œil accusateur :

– Il eût fallu nous appeler plus tôt, Votre Majesté.

– Est-ce la petite vérole ? demanda-t-elle en écartant d'un geste toute réprimande. Pouvez-vous le guérir ?

Abdullah secoua la tête et, un instant, Mehrunnisa crut que son cœur s'arrêtait. Elle se précipita vers le lit de Jahangir et ce fut dans un brouillard de douleur qu'elle perçut la voix du hakim :

– Ce n'est pas la petite vérole, Votre Majesté. Mais l'empereur souffre depuis trop longtemps, si la fièvre ne tombe pas d'ici à quelques jours...

– Pas la petite vérole !

Mehrunnisa attrapa l'homme par les épaules et le secoua :

– Pas la petite vérole ? En êtes-vous certain ?

Le vieil homme s'en trouva tellement agité que sa longue barbe grisonnante fut prise de soubresauts comme elle n'en avait certainement jamais connu.

L'impératrice le poussa vers la porte :

– Allez-vous-en ! cria-t-elle. Partez ! Et merci.

Puis elle courut se jeter à genoux devant le lit. Quatre heures plus tard, lorsque Jahangir rouvrit les yeux, elle y discerna, pour la première fois depuis vingt jours, une lueur de raison.

– Mehrunnisa ? appela-t-il faiblement. Es-tu là ?

– Où pourrais-je être, Seigneur ?

De ce jour-là, la santé de l'empereur se rétablit lentement. Il mangeait davantage et obéissait à son épouse lorsqu'elle lui recommandait de ne pas boire trop de vin. Le farouche espoir qu'elle avait lui fut plus salutaire qu'aucune médecine. Un mois après ce spectaculaire accès de fièvre, Jahangir se sentait assez bien pour reparaître au jharoka.

À ses pieds, la cour grouillait de nobles et d'hommes du peuple qui crièrent de joie à son arrivée :

– Vive l'empereur ! Longue vie à l'empereur !

Cet après-midi-là, il se fit percer les oreilles à titre d'action de grâce et y accrocha deux perles. Bientôt, tous les hommes de quelque importance imitèrent cette nouvelle parure. Ce même jour, Mehrunnisa resta tout l'après-midi à dormir dans ses appartements ; car elle savait que son époux avait recouvré la santé. Enfin, elle fermait les yeux sans crainte.

Le soir, l'empereur Jahangir vint à elle, alors qu'elle dormait encore, se glissa dans son lit et la serra contre lui. Il ne gardait pas de souvenirs du mois passé, si ce n'étaient quelques lueurs de conscience au cours desquelles avait surgi le visage de Mehrunnisa. Chaque fois qu'il avait ouvert les yeux, il l'avait trouvée près de lui...

Ses pensées se reportèrent sur la question portugaise, mais brièvement, car d'autres nouvelles agitaient l'Empire. Un capitaine anglais du nom de Downton avait vaincu les Portugais sur le canal de Suvali, et brûlé leurs navires. Pendant sa maladie, Mehrunnisa avait requis des compensations pour la perte du *Rahimi*, et le vice-roi avait envoyé trois cent mille roupies à Ruqayya. L'impératrice avait également demandé d'autres laissez-passer mais était-ce bien nécessaire, désormais ? Cette dernière victoire des Anglais était plutôt de bon augure pour l'Empire. L'ambassadeur ne devait plus tarder, on le disait à quelques jours d'Ajmer. Jahangir pensa également à Khurram, non sans irritation. Comment avait-il osé défier l'impératrice en refusant d'épouser Ladli ?

L'empereur baisa doucement le front de Mehrunnisa et elle sourit dans son sommeil. Il lui avait demandé pourquoi elle était restée auprès de lui tout le temps de sa maladie. Et elle avait répondu que son bien-être dépendait de celui de son époux.

Malgré toute sa puissance, toutes les richesses qu'elle possédait, toutes les armées qu'elle pouvait commander, tous ces courtisans qui courbaient l'échine devant elle, sa vie dépendait de celle de son époux.

Chapitre 16

Le connaissant de long temps, et de par la croyance et la confiance que nous avons dans la fidélité et la discrétion dudit sir Thomas Roe, nous avons nommé, appointé, ordonné et délégué et par là nommons, appointons, ordonnons et déléguons ledit sir Thomas Roe notre authentique et incontestable avoué, procureur, légat et ambassadeur.

– WILLIAM FOSTER, *L'Ambassade de sir Thomas Roe aux Indes*

– Nous sommes arrivés, monsieur.

L'ancre du *Lion* descendit en cliquetant dans les eaux qui bordaient la côte de Surat, actionnée par deux marins en sueur.

Le cœur battant d'émotion, Roe contemplait la côte ombreuse. Le paysage semblait pourtant bien désolé : quelques arbres, des jonques et des frégates ancrées à l'embouchure de la Tapti et une grande tour blanche qui devait signaler un temple indigène.

Il se détourna et s'accouda au bastingage. N'y avait-il rien de plus dans l'Empire du Grand Moghol ? Où étaient les extraordinaires palais, les femmes couvertes de joyaux, les bazars grouillant de monde ? Il avait espéré que son premier aperçu de l'Inde serait plus encourageant. Voilà sept mois qu'il avait quitté l'Angleterre, essuyé quelques tempêtes, arpenté le pont, sept mois au cours desquels il n'avait vu que l'océan.

Cependant, sa nomination auprès de l'empereur moghol n'eût pu mieux tomber : lui qui avait toujours eu si peu de chance, tant dans sa vie personnelle qu'au plan politique, lui qui avait vu fondre de jour en jour son maigre héritage, lui qui avait perdu les deux seuls amis qu'il comptât à la cour, le prince Henry et la princesse Elizabeth – celui-là décédé, celle-ci mariée à l'électeur de Bohême, il était membre du Parlement lorsque la Compagnie des Indes orientales lui avait offert le poste d'ambassadeur aux Indes. Une occasion inespérée.

Pour sa part, la Compagnie n'aurait pu choisir meilleur représentant. À trente-cinq ans, Roe était dans la fleur de l'âge. Portant beau, il savait se montrer éloquent et possédait un sens inné du commandement : qualités précieuses pour un diplomate, indispensables pour un ambassadeur.

Il se retourna vers les vaisseaux qui l'avaient accompagné depuis l'Angleterre. Le *Peppercorn*, l'*Expedition* et le *Dragon* se balançaient paisiblement sur les eaux calmes de Surat. C'était la plus belle flotte de la Compagnie des Indes orientales qui eût jamais accosté cette baie.

Il passa une main sous son col, dans l'espoir de respirer un peu mieux. Quel était ce pays dont la chaleur vous ôtait toute force ? Il était à peine huit heures du matin à sa montre de gousset et la transpiration imprégnait déjà ses vêtements. Le capitaine du *Lion* lui avait juste dit d'oublier ses affiquets, que même si la terre était en vue, il s'écoulerait plusieurs jours avant qu'ils n'y posent le pied. Néanmoins, Roe avait revêtu ce qu'il tenait pour les insignes de son rang, ses bottes rutilantes et récemment cirées, sa chemise fraîchement repassée, ses poignets à revers de dentelle. Au cas où quelqu'un les observerait à la lunette depuis la terre, il ne fallait pas qu'il vît l'ambassadeur revêtu comme un simple marin. Ainsi considérait-il le capitaine d'un œil jaloux. Celui-ci transpirait aussi, mais semblait infiniment plus à l'aise dans sa chemise dégagée et sa large culotte sans façon. Roe poussa un soupir. Les difficultés ne faisaient sans doute que commencer. Il avait eu tout le temps de réfléchir durant la traversée, lisant et relisant les journaux des marchands ainsi que les conseils fournis par la Compagnie. L'empereur avait expressément signifié qu'il n'accepterait pas un simple marchand pour ambassadeur à sa cour. La rumeur courait que William Edwards, le chef des courtiers, qui occupait en ce moment la place à Ajmer, se prenait pour un ambassadeur. Et si Middleton et Best étaient parvenus jusqu'à Jahangir, ils se fussent sans doute également donné de l'ambassadeur. Dès lors, que restait-il à Roe ? Lui aussi arrivait porteur de ce titre hautement suspect.

Il n'avait néanmoins pas l'intention de se laisser rabaisser. Le document officiel du roi Jacques Ier ne quittait pas sa poche. Il était le premier ambassadeur officiel d'Angleterre et entendait se voir attribuer tous les droits et égards qui lui étaient dus au nom de son roi. Non seulement il avait cette lettre le nommant représentant de l'Angleterre mais aussi une missive du roi Jacques Ier à Jahangir, et une lettre d'instructions dans laquelle son roi lui exposait ses devoirs envers une cour étrangère. Aucun marchand ne pouvait s'en prévaloir et Roe comptait utiliser toutes les facilités mises à sa disposition pour prouver qu'il valait mieux que Hawkins et Edwards.

Plongé dans ses pensées, il se pencha au bastingage et fut soudain cueilli par une vague qui le renversa en arrière, cul par-dessus tête. Une main le saisit par le col, l'empêchant de se cogner brutalement contre le pont.

– Attention à toi, l'ami ! cria un marin de haute taille.

Tout l'équipage d'éclater de rire. Roe essuya ses vêtements d'un air aussi digne que possible, le visage plus cramoisi que jamais. Il en avait été ainsi durant toute la traversée, cette familiarité, cette promiscuité de mauvais aloi. Maintenant qu'il atteignait enfin l'Empire, sa vie allait pouvoir reprendre la solennité de la cour.

Sir Thomas Roe en demandait trop et trop vite. Certes, il arrivait les bras chargés de preuves de sa mission officielle, mais il allait être déçu par la réception qui l'attendait.

La ville de Surat, dans la province du Gujerat, dépendait du prince Khurram, qui s'était désormais ouvertement allié aux Portugais. Dès lors, ceux-ci le laissaient commercer à volonté dans la mer d'Arabie mais menaçaient de le sanctionner si les Anglais recevaient jamais l'autorisation d'établir une ambassade à la cour moghole.

La nouvelle de la défaite portugaise par Downton, qui avait tant réjoui Mehrunnisa et Jahangir quelques mois auparavant, atteignit Khurram et Roe le jour où la flotte de ce dernier rencontra le *Merchant's Hope*, l'un des bateaux de Downton de retour vers l'Angleterre. S'il s'en félicita, ce ne fut pas le cas du prince. Celui-ci n'entendait pas permettre aux Anglais de signer ce traité d'agrément commercial mais, comme il n'était encore que prince, il ne pouvait guère agir pour l'empêcher. Il lui restait cependant un moyen d'exercer son influence – en s'assurant que Roe ne poserait pas le pied sur le sol indien et en obligeant sa flotte à repartir pour l'Angleterre, dépouillée de sa riche cargaison.

Si bien que, la semaine suivante, l'ambassadeur dut déployer tout son art de la diplomatie. Les navires furent fouillés de la cale au mât et les droits de douane furent calculés en fonction de la valeur de leur cargaison. L'équipage fut également fouillé afin de vérifier qu'il ne se livrait pas à la contrebande. Roe envoya plusieurs courriers à Muqarrab Khan, gouverneur de la province, qui insistaient sur ses droits et exigeaient qu'on ne posât pas la main sur lui ni sur ses possessions. Il proclamait son titre d'ambassadeur, affirmant que lui seul était exempt de l'usage d'une fouille au corps.

À quoi Muqarrab répondit poliment que toutes les marchandises devaient être soigneusement fouillées mais qu'il ferait une exception pour ce qui concernait les biens personnels de l'ambassadeur, étant entendu que le préposé aux fouilles pouvait y apposer des scellés sur le quai pour les inspecter ensuite à la résidence de Roe à Surat. Ils échangèrent ainsi divers courriers aussi inconsistants que fleuris mais, à la fin, Roe dut bien céder. Dès lors, Muqarrab n'eut plus aucun prétexte pour maintenir l'ambassadeur à bord de son embarcation, de sorte que, huit jours après que le *Lion* eut jeté l'ancre, sir Thomas Roe put enfin poser le pied sur la terre indienne.

Pour l'occasion, les quatre navires anglais s'étaient parés de leurs plus beaux atours : fanions multicolores, drapeaux et enseignes ornaient les mâts. Cent soldats anglais équipés de mousquets, passés en revue le matin même, s'étaient alignés sur deux rangs pour accueillir l'ambassadeur. Les canons tirèrent des salves d'honneur et Roe débarqua en compagnie des quatre capitaines de sa flotte.

Ils passèrent entre les soldats anglais au garde-à-vous et atteignirent une tente largement ouverte, couverte d'épais tapis. Sous le grand dais de soie, une trentaine de notables indiens s'étaient assemblés pour l'accueillir.

Intrigué, Roe s'arrêta devant la tente.

– Pourquoi ces gens sont-ils assis ? demanda-t-il.

– Monseigneur, c'est la coutume dans ces pays païens, murmura un de ses hommes.

– C'est absurde ! Je représente le roi Jacques Ier et j'exige que ces gens aient la décence de se lever en la présence de mon souverain. Je n'entrerai pas avant.

L'un de ses domestiques courut transmettre le message aux Indiens, qui discutèrent entre eux de la décision à prendre, tandis que Roe restait devant la tente, le visage grimaçant de fureur. Enfin, l'un d'entre eux se leva et ses compagnons l'imitèrent.

Quelque peu apaisé, Roe entra sous le dais et se dirigea vers le centre. L'un des Indiens fit signe à un interprète qui entama un long discours dans un anglais approximatif, marqué par un lourd accent. Trente chevaux aux magnifiques selles furent amenés à titre de présent, ainsi que plusieurs esclaves pour le service personnel de Roe. Celui-ci accepta les cadeaux, inclina la tête et retourna vers le quai de la Tapti, où il fut escorté à la maison qui lui était réservée à Surat.

Arrivé sur place, il put constater que, contrairement aux assurances du gouverneur, ses biens n'avaient pas été transportés dans sa résidence. Il se retrouvait donc dans une maison vide de tout meuble, sans même un drap pour dormir. Une couchette tendue de jute fut apportée en hâte et déposée dans l'une des chambres. Il envoya chercher son dîner dans l'une des nombreuses auberges arméniennes de la grande rue de Surat et avala cette nourriture épicée qu'il dut accompagner de grands verres d'eau. Alors qu'il allait se coucher, un messager arriva en courant.

– Monseigneur, votre cuisinier s'est fait arrêter.

Roe bondit, enfila de nouveau ses bottes.

– Pourquoi ? Où est-il ?

Il avait amené un cuisinier anglais car il craignait de ne pas supporter la nourriture locale et ce n'était pas son repas de ce soir qui allait le faire changer d'avis.

– En prison, Monseigneur. Il vaudrait mieux que vous le fassiez libérer dès ce soir car ces barbares n'ont pas pour habitude de garder longtemps leurs détenus ni de leur offrir un procès. Le cuisinier sera condamné à mort dès demain matin.

Roe poussa un juron. Ses épreuves n'allaient-elles donc jamais finir ? Il avait envoyé son domestique à l'avance dans cette maison de Surat afin de préparer son arrivée. En chemin, le drôle s'était arrêté dans une taverne arménienne, où il avait tant bu de vin qu'il s'était enivré. Le soir, se souvenant soudain de sa mission, il s'était rendu au bazar, croyant y trouver la maison de Roe. En fait, il était tombé sur le frère du gouverneur et ses hommes, et n'avait rien trouvé de mieux que de s'emparer de son épée en hurlant :

– Te voilà, chien de barbare !

Stupéfait, le frère du gouverneur demanda ce que disait ce firangi.

– *Kya kahta* ?

Trop enivré pour répondre, le cuisinier faisait de furieux moulinets avec son arme. Bien que le frère du gouverneur ne comprît pas un mot d'anglais, il se sentit agressé et ses hommes s'emparèrent de l'histrion afin de le jeter en prison.

Arrivé à ce point de son récit, le messager s'arrêta car Roe venait de faire demi-tour pour regagner sa maison, disant que le frère du gouverneur pouvait faire ce qu'il voulait de son cuisinier, qu'il n'avait pas l'intention d'endosser de telles bévues. Ce n'était pas le moment de provoquer un incident international. Après quelques heures de délibérations, l'homme fut d'ailleurs libéré à titre de largesse de la part du frère du gouverneur et regagna, penaud, la demeure de son maître.

Les difficultés de Roe ne faisaient pourtant que commencer. Au cours des jours suivants, la barrière de la langue, la chaleur, les coutumes surprenantes de ce pays lui rendirent la tâche d'autant plus ardue. Ce n'était pas la première fois qu'un Anglais s'installait sur cette terre, bien sûr, et Roe avait lu leurs comptes-rendus, mais c'était peu pour se préparer à un tel choc. Il envoya chercher Jadu, le courtier qui avait servi d'autres maîtres anglais à Surat, et s'entretint avec lui de longues heures. Il put ainsi entendre parler de l'empereur, de sa récente maladie qui lui avait fait frôler la mort, de ses quatre fils également prétendants à sa succession, de Khurram, surtout, qui seul exerçait une quelconque autorité à la cour, comme ici, dans sa province du Gujerat. Et les autres ? demanda Roe. Parviz et Chahryar n'étaient que des gringalets, dit Jadu. Quant au prince Khusrau... Il fut un temps où tous les espoirs eussent pu reposer sur ses épaules, mais c'en était fini. Seul un miracle pouvait le faire accéder au trône. Quoiqu'un miracle pût se produire de temps à autre...

Les jours passèrent et sir Thomas Roe, premier ambassadeur d'Angleterre officiel, vivait dans une maison vide avec sa couchette et son cuisinier, ses meubles bloqués à la douane. Il s'entretenait souvent avec l'aimable gouverneur Muqarrab Khan, mais celui-ci jurait avoir les mains liées et ne pouvait pas grand-chose pour dégager les effets de l'ambassadeur. Peut-être voudrait-il bien patienter encore quelques jours ? Et Roe attendit, se demandant si Surat n'allait pas être sa première et dernière incursion aux Indes.

Il ne voyait pas comment il pourrait jamais atteindre la cour de l'empereur Jahangir.

Le prince Khusrau considérait le livre ouvert sur ses genoux. Les mots dansaient devant son œil fatigué. Suivant sa lecture d'un doigt, il se pencha plus près et articula ce qu'il déchiffrait. « Saule ». Puis il passa au mot suivant, mais ne parvint pas à le lire tant la douleur devenait cuisante sur son front. Sa pauvre vision se brouilla et il s'essuya l'œil gauche. Il finit cependant par former une phrase entière. « Sous le saule penché gît le coquelicot en sang. »

Le prince ferma son livre et s'étendit sur son divan. Il n'en lirait pas davantage aujourd'hui. Mais, jour après jour, et bien que Khalifa lui fît la lecture, il s'obligeait à cet exercice. Il songeait maintenant à cette phrase si difficilement conquise et vit mentalement les minuscules feuilles d'un saule au printemps, frissonnant dans la brise, sur un tapis de coquelicots, et ce parfum de violette qui régnait sur les champs de blé. Cela provenait du poème de Bahar, *Le Miracle du printemps*. Khusrau aimait ce poème car, au contraire de ceux qu'il avait lus par ailleurs, celui-ci évoquait des images qu'il avait déjà vues. Certains autres étaient épiques, des histoires de pères, de fils et de petits-fils qui livraient bataille et triomphaient de leurs ennemis.

Un petit éclair de turbulence jaillit en lui. Il ne bougeait pas, mais la sensation se répandait de ses doigts à ses bras, à travers tout son corps, et il se mit à trembler. Saisissant un coussin, il le jeta loin de lui et l'entendit atterrir sur un verre qui se cassa en mille morceaux. Les larmes aux yeux, il se pencha en avant et se mit à hurler. Quelque part en lui, un peu de son esprit ne s'égarait point, mais c'était si peu et le reste l'envahissait tant qu'il ne pouvait plus que hurler, battant son divan à coups de poing, arrachant l'étoffe de ses ongles, se jetant à terre. Il commença soudain à se cogner la tête contre le sol et ne se fût point arrêté si Khalifa ne s'était précipitée.

Elle l'entoura de ses bras et l'attira sur ses genoux, où il continua de crier et de se débattre, mais elle tint bon.

– Là, Monseigneur. Chut !

Elle en disait rarement davantage et le répétait jusqu'à ce qu'il se calmât. Alors il cachait son visage trempé contre sa poitrine, s'agrippait à ses épaules, parfois si violemment qu'elle en gardait ensuite des ecchymoses. Néanmoins, elle continuait de le bercer.

– Pourquoi ? demanda-t-il.

– Je ne sais pas, Seigneur.

Soudain la voix de la jeune femme se fit plus dure :

– L'empereur agit selon son bon plaisir. Il lui a plu de te rendre aveugle.

Né en 1587 de Man Bai, première épouse de Jahangir, Khusrau était le fils aîné de l'empereur, l'héritier bien-aimé de l'Empire. Rares étaient les sujets qui avaient oublié la douleur d'Akbar et leur désespoir de lui voir jamais naître un héritier avant Jahangir. Aussi Khusrau était-il considéré comme une grâce.

À dix-sept ans, il fut marié à Khalifa, dont le père était le Khan Azam, premier seigneur de l'Empire, un ministre qui avait entretenu de longues relations avec Akbar, un homme d'une immense influence. L'oncle maternel de Khusrau était également un notable de poids, rien de moins que Rajah Man Singh, soldat d'une grande bravoure, capitaine de valeur, dont le pouvoir avait été modelé par des années d'expérience au service d'Akbar.

Ces deux hommes, beau-père et oncle de Khusrau, observèrent la féroce lutte entre Jahangir et son père. Aussi, avant la mort d'Akbar, présentèrent-ils Khusrau aux nobles comme l'héritier de l'Empire, pensant ainsi évincer Jahangir. Tout vieux et mal en point qu'il était, et bien qu'il en voulût à son fils, Akbar ne se laissa pas influencer : la couronne revenait à Jahangir. Pas à Khusrau.

Le prince finit par relever la tête de la poitrine de Khalifa. Ses mains ne tremblaient plus, ce terrible désespoir qui lui inspirait parfois ces actes de folie avait disparu. Il voyait mal son épouse. Un sourire ? Il lui toucha la bouche et ses doigts parcoururent les dents délicates qui brillaient comme des perles à travers le brouillard où il errait sans cesse.

– Je te donne tant de peine, Khalifa !

– Non, Seigneur.

Elle sourit de nouveau et, cette fois, il le perçut dans son ton :

– Rien de ce que tu fais ne me donne de peine. Je voudrais seulement que tu te sentes mieux.

Le prince posa sa joue sur celle de Khalifa. Il lui avait gâché l'existence. Elle eût du être impératrice, à la tête du zénana, et leurs deux fils eussent dû porter les fiers ornements des princes héritiers. Au lieu de quoi ils vivaient ainsi, en marge de la cour. Il avait été un temps adulé pour avoir porté tous les espoirs de l'Empire, à présent il n'était plus rien. À demi aveugle – les rayons du soleil n'existaient plus pour lui qu'en souvenir et il ne pouvait apprécier qu'en imagination la robe brillante et la ligne magnifique de son cheval arabe préféré –, il en restait également à demi fou. L'on disait que la famille de sa mère avait une certaine prédisposition à la démence. Khusrau voulait bien le croire, surtout lorsqu'il était pris de ces crises de désespoir, jour après jour. De tout cela, il ne gardait pour tout bonheur que la présence de Khalifa.

La princesse le poussa à s'étendre sur le divan, prit son livre et se mit à lire. Il entendit les merveilles du printemps et entendit combien le vers qu'il avait eu tant de mal à déchiffrer s'enrichissait de son contexte : « Constellés d'une myriade de joyaux, les champs de blé sont comme un ciel étoilé. Sous le saule penché gît le coquelicot en sang. »

C'est alors qu'un messager se présenta. Rajah Man Singh venait de mourir dans le Dekkan au cours d'un combat mené aux côtés du Khan-i-khanan et de Parviz. Soixante de ses épouses s'étaient jetées dans le bûcher funéraire pour y mourir et ainsi devenir sati. Khusrau n'avait pas vu son oncle depuis des années, car Jahangir veillait à les tenir à l'écart.

Il se reprit à hurler de plus belle. Son oncle mort. Son beau-père dépouillé de ses titres et exilé dans son jagir. Qui allait, désormais, l'aider à devenir empereur ?

Tout le monde disait que Khurram succéderait à Jahangir. Pourquoi Khurram ? Pourquoi pas lui ? Il criait et se débattait, et Khalifa tentait, une fois de plus, de l'apaiser. Elle aussi avait peur. Elle ne faisait pas confiance à son père, préférant l'oncle de Khusrau. Et voilà qu'il avait disparu. Tous deux se retrouvaient seuls.

Mais ils ne l'étaient pas totalement. Dans une autre partie du palais, une femme pensait à eux. Elle avait décidé que Khurram ne ceindrait jamais la couronne. Et sa fille devait épouser un prince du sang. Rajah Man Singh était mort, le Khan Azam vivait dans l'ignominie ; Khusrau avait perdu ses deux plus ardents partisans. Pourtant, il possédait encore un certain charme, un certain poids dans l'Empire. Les nobles n'allaient pas oublier si facilement sa naissance et Mehrunnisa pouvait désormais lui attribuer de l'importance.

Sir Thomas Roe se morfondait.

Il tenait d'une main morne la rêne de son cheval qui descendait au pas le large chemin de terre marqué çà et là par les roues de quelque carriole. Une brusque brise lui envoya de la poussière dans les yeux. Il rajusta son écharpe pour se couvrir la bouche et le nez.

C'était l'unique concession que l'ambassadeur eût faite, jusque-là, au climat de l'Inde. Malgré les conseils de ses serviteurs du cru, il tenait à garder son justaucorps anglais, inadapté sous ces latitudes, et restait vêtu à la manière d'un courtisan londonien – chemise de soie, col brodé, gilet et long pourpoint, culotte serrée sous le genou et bas, la jambe enserrée dans de hautes bottes qui lui couvraient tout le mollet.

Il poussa un gémissement de lassitude en constatant que le cuir noir en était de nouveau plein de poussière. Son col s'était avachi sous la chaleur, pendant autour de son cou comme un serpent mort, et sa casaque marron virait au grisâtre. On était en novembre mais, dans les plaines, le soleil de l'après-midi tapait comme au plus fort de l'été. Quelqu'un, Roe ne parvenait pas à se rappeler qui, lui avait autrefois écrit qu'en Inde il n'y avait que deux saisons, chaude et moins chaude. Roe détacha les premiers boutons de son justaucorps puis passa une main crasseuse sur son front.

– Quand allons-nous nous arrêter pour le repas ? demanda-t-il à Jadu.

Son compagnon indien était un petit homme sec à l'éternel sourire. Une fois de plus, il présenta sa rangée de dents jaunies par le tabac ; il en manquait une sur le devant.

– Bientôt, sahib. Sans doute sentiriez-vous moins la chaleur si vous consentiez à vous vêtir comme moi.

Roe lui lança un regard dégoûté. S'habiller comme un païen, lui, l'ambassadeur d'Angleterre ? Il avait un rang à tenir. Autour de lui venait une étrange cohorte de soldats et de serviteurs. Il avait engagé cinquante cavaliers pachtous à Surat pour le protéger des bandits et des Portugais pendant son voyage vers Ajmer. Jahangir lui avait promis protection, mais Roe n'avait confiance qu'en lui-même. Mehrunnisa – Roe eût plutôt dit Jahangir à cause des farmans officiels qui lui arrivaient – avait réprimandé Muqarrab Khan pour le retard de l'ambassadeur à se présenter à la cour. Finalement, celui-ci récupéra ses biens intacts ; la douane n'en avait même pas brisé les sceaux. Muqarrab Khan y avait ajouté de nombreux cadeaux, parmi lesquels des bœufs porteurs de sacs de peau pour transporter l'eau durant son voyage, des paniers de fruits et légumes, quelques poulets. Roe avait également accepté un chameau pour ses bagages. Tout cela était très déconcertant. Pourquoi un tel traitement après un tel déploiement de mauvaise volonté ? Ne serait-il finalement pas plus en sécurité à Surat ? Cependant, il ne pouvait évidemment y rester, il était venu aux Indes pour rencontrer l'empereur Jahangir.

La petite troupe progressait au pas, soulevant des nuages de poussière sur son passage. Du haut d'une colline, ils aperçurent Burhanpur. Les battements du cœur de Roe s'accélérèrent. Quelle était cette ville ? La plupart des maisons en étaient faites de torchis, avec des toits de chaume, ou de briques délavées par le soleil. Au centre se dressait un immense château de grès rouge, désormais résidence du prince Parviz, le deuxième fils de Jahangir. Burhanpur passait pour l'une des places fortes de l'Empire moghol. De là partaient les campagnes du Dekkan. Les collines alentour avaient perdu toute végétation à force de batailles et d'incendies. Roe contempla de nouveau la vallée verdoyante arrosée par la Tapti. Aussi loin que son regard pouvait le porter, les champs regorgeaient de blé et d'orge. Des perdrix couraient de chaque côté de la route, à la recherche de graines à picorer.

Un souffle de brise traversa la vallée et rafraîchit le visage de Roe. Il poussa son cheval au trot, fit bientôt son entrée dans Burhanpur et descendit au sarai, l'auberge où il devait se reposer. Il reçut une chambre de brique avec une petite fenêtre, mais la chaleur y était tellement écrasante qu'il préféra planter sa tente sur la pelouse du jardin.

Quelques heures plus tard, il se reposait sous la toile lorsque Jadu entra en souriant :

– Vous sentez-vous mieux, sahib ?

– Bien mieux. Cette chaleur est épouvantable. Quand devrai-je me rendre chez le prince ? Et que devrai-je lui donner ?

– Vous êtes attendu demain. Mieux vaudra observer l'étiquette. Le prince Parviz y tient cour comme l'empereur à Ajmer. Ce sera un bon exercice pour vous avant le grand jour.

– Je sais comment me comporter à la cour, merci, rétorqua sèchement Roe. N'oublie pas que je viens de la cour du...

– Du grand roi Jacques Ier d'Angleterre, compléta patiemment Jadu, qui connaissait le refrain. Oui. Oui. Je sais, sahib. Mais les coutumes sont différentes, ici. Il vaut mieux que vous sachiez à quoi vous en tenir. Vous allez devoir apporter de magnifiques cadeaux au prince si vous désirez qu'il vous remarque. Voyez-vous... votre honneur dépend de la richesse de vos cadeaux. Plus ils seront chers, plus vous aurez droit au respect de la famille impériale.

– Je comprends.

Roe se pinça le nez pensivement.

– Je voudrais demander au prince Parviz, ajouta-t-il, l'autorisation d'installer ici un atelier anglais. Les lames des épées fabriquées à Burhanpur seront d'une grande utilité à l'armée anglaise.

– Si vous plaisez au prince, il se fera une joie d'accéder à votre demande.

Le lendemain matin, Roe se leva tôt. Il se rendit au fort avec ses gardes, mais dut les laisser devant l'entrée, où les gardes impériaux lui dirent poliment que nul ne pouvait se présenter devant le prince avec son escorte personnelle ; il serait en sécurité à l'intérieur. Aussi les cadeaux apportés par Roe changèrent-ils de main et les serviteurs impériaux le suivirent-ils à l'intérieur.

Ils traversèrent tant de corridors qu'il ne sut plus dans quelle direction il se trouvait et aboutirent à une cour intérieure. Cent soldats en armes formaient une haie, la garde personnelle du prince. Sous la véranda du fond se dressait un divan couvert de velours rouge et surmonté d'un dais argenté brodé de perles sur quatre piliers d'argent. La cour était emplie de nobles et de généraux. Roe s'arrêta à l'entrée, subjugué par le luxe de ce qu'il voyait. Le moindre fourreau était serti de rubis et d'émeraudes, le moindre turban, la moindre casaque était de soie ou de brocart. Des pierres précieuses scintillaient aux mains de chaque homme : de la couleur partout – éclatante, vive, primaire –, soulignée par le soleil en pleine ascension. Il y avait des éléphants et des chevaux au fond de la cour, à proximité de l'endroit où se trouvait Roe. Celui-ci s'avança lentement, conscient que chaque regard pesait sur lui maintenant qu'il avait été annoncé. Un serviteur s'approcha de lui.

– Sahib, lui murmura-t-il, l'étiquette veut que vous vous agenouilliez et que vous touchiez le sol du front devant le prince.

– Je ne saurais faire cela, protesta Roe. En tant qu'ambassadeur du roi Jacques Ier, je le représente, et un souverain ne présente pas l'hommage à un autre de cette façon.

Le serviteur eut beau essayer de le convaincre, Roe n'en démordit pas ; aussi l'homme finit-il par aller se fondre dans la foule du fond de la cour. Roe reprit son chemin. Trois marches de pierre menaient à la véranda où trônait Parviz.

– Je vous apporte les salutations de Sa Majesté le roi Jacques Ier d'Angleterre. Nous venons en paix établir des liens d'amitié avec Sa Majesté l'empereur Jahangir.

– Soyez le bienvenu en Inde, répondit Parviz d'une petite voix.

Roe le dévisageait, abasourdi. Ça, un prince du sang ? Le teint rubicond, les yeux injectés de sang, la peau sur les os, le cou décharné, le front proéminent. Son turban éclatant de pierres précieuses semblait tellement grand qu'il lui tombait sur les yeux de temps à autre et sa casaque pendait sur sa carcasse émaciée.

Roe se tourna vers l'homme qui se tenait à côté du prince. Ce devait être le Khan-i-khanan, Abdur Rahim, le représentant officiel du prince, un vieil homme d'au moins cinquante ans, les cheveux et la barbe complètement blancs, en contraste avec sa peau tannée ; cependant, il se tenait droit et scrutait Roe de son regard intelligent. Jadu avait dit que c'était Abdur Rahim et non Parviz qui gouvernait Burhanpur ; Roe comprenait pourquoi. Le Khan-i-khanan était à l'évidence un homme de tempérament, habitué à dominer ceux qui l'entouraient. Parviz se penchait vers lui chaque fois qu'il ouvrait la bouche.

– Parlez-nous de votre roi, demanda Parviz.

– Qu'aimeriez-vous savoir, Votre Altesse ?

– Tout.

Roe décrivit brièvement la vie à la cour d'Angleterre, ainsi que la personne et la famille du roi. Au bout de quelques instants, il baissa la voix, son discours ralentit. Il était toujours debout. Le prince n'aurait-il donc pas la courtoisie de lui offrir un siège ?

– Votre Altesse, il est d'usage dans mon pays qu'un ambassadeur soit traité en égal du roi qu'il représente. Je demande donc la permission de gravir ces marches et de me tenir à côté de vous, de façon que nous soyons au même niveau.

Parviz jeta un coup d'œil au Khan-i-khanan. Celui-ci fit signe que non de la tête.

– Ce n'est pas possible, répondit brutalement le prince. Fussiez-vous le roi de Perse ou de Turquie que vous resteriez à la place où vous êtes en ce moment.

– Mais vous vous lèveriez et descendriez à ma hauteur, Votre Altesse. Pourquoi cela devrait-il être différent avec l'ambassadeur de la cour d'Angleterre ?

– Ce n'est pas différent. Vous avez droit au même traitement qu'eux.

– Je vous demande pardon, mais, au moins, demandez qu'on m'apporte un siège, que je puisse m'asseoir.

– Nul ne s'assied devant l'empereur ou son représentant.

Ce disant, Parviz considérait d'un œil avide les cadeaux alignés derrière Roe. Son ton s'adoucit :

– Je vous autorise à vous approcher du trône. Vous pouvez vous tenir près de la colonne.

Roe dut céder. Il ne pouvait décemment pas se quereller avec un prince du sang. Il se rendit donc à la place indiquée et se laissa glisser en pliant les genoux ; puisqu'il ne pouvait s'asseoir, il s'accroupirait.

Un léger murmure d'étonnement parcourut la cour. Le firangi était têtu. Que ferait-il à la cour impériale, où l'impératrice donnait le ton ?

Parviz continuait de s'entretenir avec Roe. Finalement, celui-ci demanda la faveur qui lui tenait à cœur. Son Altesse consentirait-elle à laisser édifier une manufacture anglaise à Burhanpur ?

– Certainement, dit Parviz.

Il chercha du regard son bakshi, son trésorier.

– Prépare-nous un farman qui autorise l'ambassadeur à établir une manufacture anglaise ici. Apporte-le-moi pour que j'y appose mon sceau.

Puis il se retourna vers Roe :

– Je vais maintenant me retirer dans mes appartements privés et vous envoyer chercher dans quelques minutes. Là, vous pourrez vous asseoir en ma présence et me parler encore un peu de l'Angleterre.

– Comme vous le voudrez, Votre Altesse.

Roe salua le prince, qui s'éloignait de la cour.

Deux heures s'écoulèrent ; Roe attendait, assis dans la cour, que Parviz le fît venir. Les serviteurs allaient et venaient mais, lorsqu'il leur demandait où en était le prince, ils haussaient les épaules avec un sourire impuissant. Vers midi, quelqu'un lui apporta une assiette de nourriture. Il mangea et attendit encore... Finalement, au coucher du soleil, il vit le Khan-i-khanan venir vers lui à grandes enjambées.

Abdur Rahim salua :

– Le prince vous adresse ses regrets. Il n'aura pas la possibilité de vous voir aujourd'hui. Il est... indisposé.

– Que lui est-il arrivé ?

Abdur Rahim ouvrit les bras avec une expression de regret :

– Le prince a trouvé l'un de vos cadeaux... plutôt grisant. Il a dû se coucher et n'est malheureusement plus en état de recevoir qui que ce soit aujourd'hui.

Parmi les cadeaux de Roe figurait effectivement une caisse d'eau-de-vie anglaise. Le prince débauché n'avait cessé d'en boire depuis le moment où il avait quitté la cour et il s'était effondré dans sa chambre, ivre mort. Dégoûté, Roe regagna son campement.

Cette nuit-là, épuisé d'avoir attendu sous le soleil brûlant, il fut pris de fièvre. Il garda le lit plusieurs jours sans plus savoir où il était, délirant et transpirant. Des missives lui parvinrent de l'empereur Jahangir, lui intimant l'ordre de se présenter à la cour, mais Roe pouvait à peine les lire et certainement pas se lever ni monter à cheval. Dès que la fièvre commença de tomber, il donna l'ordre de reprendre la route. Il était encore fragile, les bras et les jambes liquéfiés de faiblesse, mais il tenait à poursuivre le voyage vers la cour de l'empereur moghol, à Mandu.

Chapitre 17

Il avait une épouse bien-aimée entre quatre, qui le gouvernait entièrement.

– WILLIAM FOSTER, *L'Ambassade de sir Thomas Roe aux Indes*

L'homme contourna l'arbre, le cœur battant à se rompre. Le bruit semblait se réverbérer dans la nuit paisible. Il poussa un soupir de soulagement. Debout à l'entrée du zénana, une lance à la main, les deux gardiennes cachemiriennes semblaient n'avoir pas remarqué sa présence. Si elles le surprenaient... Il devait à une chance inouïe d'être déjà parvenu jusque-là, d'avoir échappé aux Ahadis et aux Rajpoutes qui surveillaient l'accès au palais. Il essuya son front trempé de sueur. Comment pénétrer à l'intérieur ?

C'est alors que quelqu'un appela les deux femmes. Elles se retournèrent, abaissant leurs lances pour barrer le passage à l'intrus.

– Qui va là ?

– C'est moi.

Un homme apparut. Les Cachemiriennes se détendirent en reconnaissant un ami.

Derrière son arbre, l'homme prêta l'oreille. Les femmes rirent et bavardèrent un peu avant de se laisser convaincre de quitter leur poste pour aller boire une tasse de thé.

Sautant sur l'occasion, l'homme se faufila vers l'entrée, dont les portes étaient fermées par une lourde chaîne de fer.

Il regarda autour de lui. Le mur du zénana n'était pas très haut et portait des niches où se logeaient des lampes à huile. Des voix retentirent. Les gardiennes revenaient. En quelques secondes, il escalada le mur à l'aide des niches et se laissa tomber silencieusement de l'autre côté, à l'instant où les gardiennes reprenaient leur poste.

Nizam colla l'oreille à la pierre, écoutant attentivement. Les Cachemiriennes ne s'étaient aperçues de rien. Il sourit intérieurement. Il se trouvait donc à l'intérieur de l'inviolable zénana, demeure des dames de haute qualité, où peu de gens pouvaient mettre les pieds. Plongé dans l'ombre, le jardin cachait les demeures secrètes de cette partie du palais.

Nizam tenta de se rappeler chaque détail de la conversation qu'il avait eue avec la danseuse. Il lui avait rendu visite un mois auparavant et elle s'était vantée de son triomphe au zénana. Elle prétendait avoir diverti l'empereur en personne ; sans doute exagérait-elle, car il était de notoriété publique que le souverain entretenait trois cents femmes dans son harem. De plus, eût-il quitté le lit de l'impératrice Nur Jahan ne fût-ce que pour une nuit ? Pour une simple danseuse ? Cependant, cet exploit permettait à la femme d'augmenter ses prix – nombreux étaient ceux qui voulaient coucher avec la femme qui avait couché avec l'empereur.

Nizam était donc allé la voir par curiosité. Au début, elle s'était montrée timide mais quelques tapes sur la tête lui avaient délié la langue. Elle n'avait pas vu l'impératrice mais s'était aventurée à l'intérieur du zénana. En quelques jours, la prostituée avait fourni à Nizam toutes les informations dont il pouvait avoir besoin, le plan du zénana, l'endroit où se tenaient les gardes et, par-dessus tout, l'emplacement des appartements privés de Mehrunnisa.

Le temps que son cœur s'apaisât, il ne bougea pas. S'il revenait demain après avoir vu le visage de Mehrunnisa, il gagnerait son pari. Ses amis l'avaient défié d'entrer dans le zénana pour y voir l'impératrice voilée. Le prix s'élevait à cent mohurs d'or, une petite fortune.

Cette nuit brillait une demi-lune, juste ce qu'il fallait de lumière pour voir sans risquer d'être vu. De toute façon, il s'était habillé en noir et, si une femme jetait un coup d'œil à sa fenêtre, elle ne verrait que des ombres se mouvoir. Il s'était également passé le visage au charbon. Il s'éloigna du mur, foulant de ses pieds nus l'herbe tendre pour déboucher bientôt sur une cour découverte. À une extrémité se dressait le palais de l'impératrice Jagat Gosini, longé par une galerie dont les torches éclairaient deux eunuques qui faisaient les cent pas. Nizam contourna la bâtisse et déboucha dans un autre jardin. Était-ce là ? Non, plus loin, avait dit la danseuse.

Il parvint enfin à une petite mosquée encerclée d'un bassin artificiel. Le dôme de marbre blanc brillait sous la lune. Nizam en fit rapidement le tour pour atteindre la partie est, d'où il découvrit enfin le palais de Mehrunnisa, une grande demeure de grès construite autour d'une cour centrale. Quatre minarets en marquaient les angles, chacun surmonté par un balcon circulaire où veillait un garde. Les appartements privés de l'impératrice étaient orientés à l'est. Nizam devait donc pénétrer à l'intérieur du palais, gagner la cour intérieure, où il pourrait se cacher. Il courut le long de la galerie illuminée, se plaquant derrière une colonne chaque fois qu'il entendait un bruit. Le portail étant ouvert, il put ainsi se glisser dans la cour intérieure.

Quelques marches menaient au jardin. Une fontaine chantonnait au centre. Nizam trouva un banc où s'asseoir. De là, il apercevait l'étage où devait dormir Mehrunnisa. Maintenant qu'il se trouvait là, il n'avait plus peur. Il se tenait si près de l'impératrice ! Encore quelques pas et il serait dans sa chambre. S'entourant de son écharpe, il se blottit dans un coin et s'endormit.

Mehrunnisa ouvrit les yeux et regarda le plafond. La porte s'ouvrit subrepticement sur la tête d'Hoshiyar Khan.

– Votre Majesté est-elle éveillée ?

– Oui. Entre. Quel est le programme d'aujourd'hui ?

Il sortit une feuille de papier de la manche de sa qaba et se mit à lire. Mehrunnisa n'écoutait que d'une oreille tout en regardant du côté de la véranda qui lui apparaissait entre ses rideaux de soie. Le ciel se teintait de rose et de rouge, annonçant le lever du soleil.

– Bien, coupa-t-elle. Appelle mes femmes. J'écouterai le reste en m'habillant.

– Comme il vous plaira.

Dès qu'il fut parti, deux petites esclaves entrèrent sur la pointe des pieds. Elles aidèrent l'impératrice à se laver le visage et à se brosser les dents. Elle était seule, ce matin ; Jahangir était parti à la chasse et lui avait fait dire, la veille, qu'ils seraient retardés et passeraient la nuit dans un sarai. Aussi, aujourd'hui, comptait-elle présider un jharoka ordinaire auquel viendraient ses solliciteurs et ceux de l'empereur. Ce serait une journée longue et fatigante.

– Dois-je préparer vos vêtements pour le jharoka ? demanda une esclave.

– Pas encore.

Mehrunnisa sortit dans la galerie pour jeter un coup d'œil dans le jardin. Le palais s'éveillait. S'accoudant au parapet, elle appuya son menton contre sa main et regarda s'ébattre les poissons rouges dans le bassin, couler la rosée le long des feuilles vert tendre ; elle aimait aussi humer les odeurs fraîches du petit matin. C'était un petit moment de paix, arraché à une journée de labeur et de soucis. Comment s'y prendre pour demander à Khusrau d'épouser Ladli ? Que dirait-il ? Il serait reconnaissant, sans nul doute, car s'il bénéficiait de la faveur de l'impératrice, il verrait son existence s'améliorer grandement. Cependant, elle devait y mettre du doigté. Tout ne se déroulait pas comme prévu avec Khurram et elle en voyait la source dès la naissance de leur junte, bien avant que les nobles en fussent avertis. Cependant, elle savait ce qui se disait désormais : Khurram n'avait plus sa faveur et, de son côté, ne la soutenait plus. Il avait réuni ses partisans durant la maladie de l'empereur. L'imbécile. N'avait-il donc tiré aucune leçon de ce qui était arrivé à Khusrau ? N'avait-il pas réfléchi à ce qui se passerait si Jahangir venait à guérir ?

Toutefois, ni l'empereur ni elle-même ne lui en touchèrent un mot, ce qui ne les empêcha pas de le surveiller attentivement. Comment ne pas penser, désormais, que, si le prince s'était tellement hâté de réclamer le trône au premier signe de faiblesse donné par son père, il n'allait pas continuer à intriguer maintenant que Jahangir avait recouvré la santé ? Ce qui eut pour conséquence d'officialiser leur rupture. Les nobles et les généraux savaient, le zénana savait, l'Empire savait. Ainsi le front de la junte commençait-il à se fissurer. Pourtant, il n'y eut pas de répercussion immédiate, pas même au sein de la junte. Bapa parlait peu, il avait trop vieilli pour vouloir sans cesse se porter en avant. Khurram venait toujours aux réunions mais, chaque fois, il semblait qu'une nouvelle brique vînt s'ajouter au mur qui se dressait entre eux. Et Abul... Mehrunnisa s'interrogeait sans cesse sur la loyauté de son frère. Certes, ils étaient tous deux unis par les liens du sang, mais Khurram était son gendre... ce qui ne facilitait pas leurs relations.

Elle appuya la tête contre une colonne.

Nizam s'éveilla dans un sursaut et tomba de son banc, secoua la tête pour tâcher de rassembler ses idées et regarda autour de lui. Où était-il ?

Il entendit le tintement des bracelets d'or et, écartant une branche de jasmin, il aperçut une femme à son balcon. Il en resta le souffle coupé. Était-ce l'impératrice ? À cette distance, il distinguait une mince silhouette, des mains où scintillaient diamants et rubis, et une chevelure d'ébène qui tombait en cascade sur d'étroites épaules. La dame bougea et ses bracelets reprirent leur chanson. Elle se frotta les yeux puis s'étira, levant les bras par-dessus la tête. Nizam en resta bouche bée. Maintenant, il voyait ses prunelles, du plus beau, du plus clair des saphirs. Ce devait être l'impératrice. Il l'avait vue !

Mehrunnisa se redressa et se frotta la nuque. Elle avait mal dormi dans ce lit vide, trop grand, inconfortable sans Jahangir près d'elle. Aussi s'était-elle allongée en travers, entourée de ses coussins, s'éveillant à plusieurs reprises parce qu'elle avait trop chaud. Elle souleva la lourde masse de ses cheveux en regrettant de ne pouvoir les couper un peu, mais l'empereur ne voulait rien entendre. Il les aimait tels quels. Elle se retourna ; il était temps de se vêtir pour le jharoka, les nobles devaient déjà s'y assembler.

Un mouvement attira son attention. Elle fixa un buisson sur sa gauche. Les feuilles remuèrent à nouveau. Qui pouvait se trouver dans le jardin à une heure si matinale ? Elle s'écarta du parapet, comme si elle s'en allait, se glissa derrière une colonne et attendit. Lorsqu'elle ressortit la tête, elle eut le choc de voir un homme émerger du buisson. Qui était-ce ? Pas l'un de ses eunuques, et nul autre homme ne pouvait pénétrer aussi profondément dans les appartements du zénana. L'homme s'agenouilla au bord du bassin, plongea les mains dans l'eau et se lava le visage.

– Votre Majesté.

– Chut !

Un doigt sur les lèvres, elle fit signe à Hoshiyar de s'approcher.

– Qui est-ce ? demanda-t-elle en désignant Nizam.

L'eunuque écarquilla les yeux.

– Je l'ignore, Votre Majesté. Il n'est pas au service du palais.

– Un intrus ?

– C'est impossible, Votre Majesté. Qui oserait entrer dans le zénana impérial sans autorisation ? Au risque d'y perdre la vie ?

– Apporte-moi mon arc et mon carquois. Vite !

Hoshiyar courut dans la pièce voisine et revint, portant les armes. Les tiges des flèches étaient en argent et les pointes en or. Elle chargea une flèche et tendit son arc puis fit signe à Hoshiyar.

– Eh là, toi ! cria l'eunuque.

Nizam leva la tête. Son expression se figea. Il n'eut pas le temps de réagir que le trait sifflait et venait lui planter son dard en plein cœur.

Peu après, le jardin s'emplit de curieux. Eunuques, esclaves et serviteurs s'étaient précipités à l'appel d'Hoshiyar et arrivèrent juste à temps pour voir Nizam tressauter, les mains figées sur sa poitrine, avant de tomber à la renverse dans le bassin qui se colora aussitôt de rouge sang.

– Trouve-moi qui c'est et donne son cadavre aux chiens, ordonna Mehrunnisa.

Elle retourna dans sa chambre pour s'habiller en vue du jharoka. Lorsqu'elle fut prête, le corps avait déjà été emporté et les eunuques vidaient le bassin de son eau souillée. Lorsqu'elle revint de l'audience, tout était rentré dans l'ordre et les poissons rouges s'ébattaient paisiblement dans leur bassin nettoyé.

La journée passant, les murmures grandirent et se répandirent à travers tout le zénana. Mehrunnisa avait oublié qu'il lui suffisait de trébucher une fois, une seule petite fois.

Tant de mains se presseraient alors pour la pousser, tant de pieds se présenteraient gaillardement pour la piétiner...

Chapitre 18

Ah ! Est-ce la même Nur Jahan qui
derrière le rideau de Jahangir
fut la vraie souveraine de son temps ?
Est-ce la même dame
dont le front plissé
plissait le front des ministres ?
Non, cette Nur Jahan,
aujourd'hui n'est plus la même.
C'en est fait de ses afféteries, de ses charmes cruels,
de sa ravageuse coquetterie ! Criminelle,
la voici sans soutien, sans défenseur ;
misérable, sans toit ; nulle part à sa place !

– ALLISON BANKS FINDLY, *Nur Jahan*

Mandu se trouvait dans la région de Gujerat et passait pour la ville la plus imprenable du monde. Sise au sommet d'une montagne, elle s'entourait de remparts. Il n'était même pas nécessaire d'y prévoir des douves puisque ses murailles épousaient les flancs de la montagne et tombaient à pic sur un ravin peuplé de forêts dont les profondeurs n'avaient jamais été sondées. Le fort ne comptait que deux entrées, l'une au sud, appelée porte de Tarapur, l'autre au nord, appelée porte de Delhi. Les routes qui y menaient grimpaient du pied de la montagne et, en fait, seule la porte de Delhi restait un tant soit peu accessible. Chevaux et chameaux s'exténuaient à y monter ; quant aux humains, ils devaient s'arrêter tous les quarts d'heure pour reprendre souffle. Quant aux éléphants, ils n'y parvenaient qu'à grande difficulté, leur masse les tirant vers l'arrière à chaque pas. Il ne restait dès lors d'autre moyen de prendre la place que d'en couper les vivres en barrant ses routes d'accès, puis d'attendre que ses habitants meurent de faim. Toute autre tentative de siège revenait au suicide ; les défenseurs de Mandu n'auraient en effet qu'à tirer leurs assaillants comme de vulgaires pièces de gibier, pour les envoyer moisir dans la broussaille en contrebas.

Le fort avait plus de deux cents ans. Construit au milieu du quatorzième siècle par Dilawar Khan Ghori et achevé par son fils, il était bien antérieur à la venue des Moghols en Inde. Régulièrement, le ciel pourvoyait à ses besoins en envoyant une pluie qui remplissait ses seize grands réservoirs d'eau dispersés à travers la ville. Les Ghori, père et fils, avaient pavé les rues, édifié de puissants châteaux, des mosquées, des écoles, des bazars, des tombes et de splendides jardins, faisant de leur ville un petit joyau florissant pendant plus d'un siècle. Puis les fortunes avaient tourné, il avait fallu livrer bataille et, bien que Mandu eût résisté aux invasions, ses rois étaient morts, ses trésors s'étaient vidés et sa population avait peu à peu fui les collines pour aller habiter les plaines. Mandu commença de mourir à petit feu. Son destin changea encore lorsque l'empereur Akbar la conquit mais sans jamais lui rendre visite. Jahangir et Mehrunnisa, en revanche, ordonnèrent qu'elle fût reconstruite tandis qu'ils séjournaient à Ajmer.

Ils s'y installèrent lorsque la restauration fut achevée, les jardins nettoyés et refleuris, les réservoirs emplis d'eau de pluie.

Le soir de la mort de Nizam, alors que la nuit s'étendait sur Mandu, Mehrunnisa et Jahangir dormirent dehors, sous la voûte céleste, plus proche et plus scintillante sur ces hauteurs.

À l'aube, un bruit strident retentit à travers tout le palais. Jahangir se boucha les oreilles en grondant :

– Qui fait ce vacarme ?

Le tintamarre ne fit que grandir autour d'eux et Mehrunnisa tira l'oreiller sous lequel s'était caché l'empereur.

– Seigneur, il faut te lever. C'est la Chaîne de justice.

Il s'agissait d'une épaisse chaîne d'or à laquelle étaient pendues soixante cloches. En devenant empereur, Jahangir, qui avait beaucoup réfléchi aux responsabilités de sa charge, avait prononcé douze édits, le Dasturu-l-amal, qui devaient être suivis par ses sujets. Certains découlaient du bon sens, telle la suppression de la loi d'escheat qui établissait qu'à la mort d'un homme ses biens revenaient non à la Couronne mais à ses héritiers, à ses fils. Certains étaient moraux : l'empereur établissait une large prohibition sur la consommation de l'alcool, même si lui-même et sa famille ou le zénana ne respectaient pas cette loi. Il prescrivait pour seule condition à ses courtisans de ne pas se présenter au Diwan-i-am ou au Diwan-i-khas le souffle imprégné de vin. Les gardes vérifiaient chaque jour leur bouche en même temps que leur laissez-passer. Jahangir s'imposait cependant une règle, la Chaîne de justice. Elle fut tout d'abord accrochée par une extrémité aux remparts du fort d'Agra et par l'autre à un poteau de pierre planté au bord de la Yamunâ. C'était une autre façon pour Jahangir de rencontrer ses sujets, le petit peuple qui n'avait pas accès à la cour. Toute personne qui estimait que justice ne lui avait pas été rendue pouvait venir au fort et agiter la chaîne afin que le bruit attirât l'attention de l'empereur en personne. La Chaîne accompagnait Jahangir dans ses déplacements et accueillait le chaland dans les diverses résidences où descendait le souverain.

Les années passant, et sans que Jahangir en sût rien, une sorte de rituel s'était instauré autour de l'usage de cette chaîne. Il fallait montrer une main emplie de roupies avant d'y accéder ; les gardes inspectaient ensuite les plaignants, les serviteurs les arrêtaient pour leur demander ce qu'ils voulaient. Si bien que ces cloches ne sonnaient plus souvent. Pourtant, ce matin-là, une main agitait énergiquement la chaîne, faisant retentir ses soixante cloches à travers toute la ville de Mandu, qui s'éveilla aussitôt.

Hoshiyar entra vivement dans la chambre.

– Vos Majestés, il y a une femme, dehors, qui secoue les cloches.

– Dis-lui de faire cesser ce bruit infernal, gémit Jahangir. Nous serons au jharoka dans quelques minutes.

– Votre Majesté, elle refuse d'arrêter. Elle dit qu'elle n'arrêtera qu'à votre arrivée.

Jahangir et Mehrunnisa se levèrent en hâte et coururent à travers les corridors jusqu'à la fenêtre du jharoka. Tout le zénana – femmes, eunuques et esclaves – les suivit. Ce tintamarre devenait insupportable et leur résonnait cruellement dans les oreilles tandis que le couple impérial grimpait les marches menant au balcon.

Mehrunnisa regarda la femme qui les avait tirés de leur sommeil. Ses cheveux grisonnants lui pendaient sur les épaules, son voile avait glissé de sa tête. Insouciante de leur présence, elle s'acharnait sur la chaîne et un flot de larmes coulait sur ses joues brunes ravinées par le temps et la douleur. Plutôt petite, elle trouvait pourtant la force de remuer ce lourd appareil avec une surprenante vigueur. Un serviteur lui dit quelque chose mais elle n'en tint pas compte. Alors il dut la prendre par les épaules et la secouer puis lui désigner le balcon du jharoka. Enfin, elle s'arrêta et le silence qui s'ensuivit tomba sur la ville comme un apaisement.

La femme se précipita vers la fenêtre ouverte, se jeta à terre, leva les bras.

– Votre Majesté, je demande justice ! cria-t-elle.

– Et tu l'auras. Expose-nous ce qui te tourmente, commanda Jahangir.

– Votre Majesté, mon fils a été tué hier, geignit-elle. C'était mon seul enfant, le soutien de mes vieux jours. Et voilà qu'il a été exécuté.

– Qui a tué ton fils ? Quel crime avait-il commis ?

– Ce n'était pas un crime, Votre Majesté, juste une méprise puérile qui lui a pourtant coûté la vie.

– Qui a tué ton fils ?

La femme se tut un instant, essuyant ses larmes avant de se tourner vers la silhouette voilée de Mehrunnisa ; puis elle tendit un doigt dénonciateur vers l'impératrice.

– Elle. C'est elle qui a fait cela !

Des cris retentirent dans la cour. Mehrunnisa se pencha à la balustrade. Que disait cette femme ?

Rouge de colère, Jahangir leva la main.

– Silence ! Femme, sais-tu qui tu accuses de meurtre ?

– Oui, Votre Majesté. C'est l'impératrice Nur Jahan qui a tué mon fils hier. Vous m'avez promis justice. Vous devez condamner cette criminelle à la mort.

Les nobles murmuraient entre eux. Dans l'enceinte du zénana, derrière Mehrunnisa, une femme s'écria :

– Justice, Majesté. Justice, ô Adil Padchah !

Mehrunnisa entendit ce cri. Quelle voix était-ce ? Celle de l'impératrice Jagat Gosini ? Ou d'une de ses affidées ? Elle se retourna mais l'autre femme, ainsi que les hommes à ses pieds, reprirent l'incantation :

– Justice ! Justice !

– Mehrunnisa, dit Jahangir en lui prenant la main, que dois-je faire, maintenant ? Comment ramener le silence ? Est-ce la mère de l'intrus qui s'est introduit dans ton palais ?

Elle avait dû se pencher pour entendre ses paroles. Une brise légère reprenait la plainte de la cour pour la répandre en spirale à travers toute la ville.

– Justice ! Justice !

Mehrunnisa se mit à trembler. C'était la première fois qu'elle prenait conscience de la haine dont elle était l'objet. Les gens tendaient le poing et tous ne regardaient qu'elle, l'impératrice.

Jahangir lui serra de nouveau la main :

– Que dois-je faire ? répéta-t-il.

Elle ne sut que répondre, tant elle était habitée par la peur. Une fois, au début de son mariage, un de ses cousins avait tué un enfant en faisant courir son éléphant dans les rues d'Agra, trop vite pour pouvoir l'arrêter quand le gamin s'était jeté devant les pattes de l'animal. Les parents avaient également demandé justice et l'empereur l'avait rendue à sa façon. Une vie pour une vie. Peu importait que le coupable eût été son cousin. Il avait été piétiné à mort par d'autres éléphants. Qu'allait faire Jahangir, cette fois ?

Se détournant d'elle, il leva de nouveau la main et ne la rabaissa que lorsqu'il eut obtenu le silence.

– De quel crime est accusé ton fils ? demanda-t-il sévèrement à la femme.

– Votre Majesté, répondit-elle d'une petite voix, il est entré dans le zénana pour apercevoir l'impératrice.

Un murmure de désapprobation parcourut l'assemblée. Ils avaient réagi instinctivement à l'appel monté du harem demandant que justice fût faite, sans savoir de quel crime il s'agissait. Soudain, ils se taisaient. Il était interdit de voir les dames du zénana, en l'occurrence de n'importe quel zénana. Presque aussitôt, l'opinion se retourna en faveur de Mehrunnisa. Elle avait eu raison de tuer cet intrus. Comment pouvait-il espérer vivre après avoir si malhonnêtement vu son visage ? Si elle n'avait pas fait cela, Jahangir lui-même aurait dû l'ordonner.

– Et tu considères ceci comme un enfantillage ? demanda ce dernier.

– Oui.

La femme leva un regard de défi vers le couple impérial. Ses larmes s'étaient taries, son dos s'était redressé.

– Il ne voulait pas faire de mal, Votre Majesté. Il avait entendu parler de la beauté de l'impératrice et désirait la voir.

– Puisque tu es venue te plaindre à moi, c'est moi qui rendrai ma justice. L'impératrice sera arrêtée sur-le-champ et cette affaire sera présentée dès demain devant le juge. Je m'en tiendrai à la décision du qazi...

Sa voix s'altéra quand il acheva sa phrase :

– ... même si c'est la mort.

La mère de Nizam se prosterna pour toucher le sol de son front. Deux gardiennes cachemiriennes s'approchèrent de Mehrunnisa pour la ramener vers ses appartements. Elle trébucha en sortant du balcon et Jahangir la retint.

– Va, ma chérie. Je m'occupe de tout.

Elle regagna sa chambre dans un état second, Hoshiyar quelques pas derrière elle. Dans la cour, les nobles s'étaient mis à frapper dans leurs mains, en rythme, l'un après l'autre. Ils ne criaient plus, ne parlaient plus, ils frappaient juste dans leurs mains.

Le matin s'acheva sur la nouvelle de la chute de Mehrunnisa qui se répandait à travers toute la ville. Les courtisans s'étaient précipités pour rapporter la chose à leurs épouses et aux malheureux voisins qui n'avaient pas répondu à l'appel de la cloche. Le prince Khurram se tenait dans la cour et sa main avait été l'une des premières à se lever, sa voix avait crié le plus fort. Il voulait que Mehrunnisa fût écrasée, détruite. Il n'avait plus besoin d'elle. Et Abul l'avait soutenu, sa main sur l'épaule du prince. La voix qui avait parlé la première dans le zénana était celle d'Arjumand.

Une onde d'effervescence se répandit à travers le harem. Il ne s'agissait plus d'une simple dispute entre Mehrunnisa et l'empereur, rien qu'elle pût lui sortir de la tête à force de cajoleries. Cette fois, c'était la fin. C'était sûrement la fin. Demain, le qazi rendrait le seul jugement en cours dans l'Empire moghol. Une vie pour une vie. Une mort pour une mort. Toute autre décision, tout élargissement accordé à l'impératrice aurait des relents de faveur impériale, d'injustice, de dispense. Ainsi se formèrent de petites poches de haine à travers le zénana, alimentées par les bavardages et l'indignation. Un groupe de femmes composa une balade et la fit sortir du harem. Dans l'après-midi, les ménestrels des rues la mirent en musique et la chantèrent jusqu'à une heure avancée de la nuit.

Mehrunnisa resta dans ses appartements, s'occupant à broder le bas d'une nouvelle ghagara. Elle y travailla longtemps, piquant son aiguille dans les perles, passant l'aiguille dans le trou percé au cœur de chaque perle et l'appliquant sur la soie verte de la jupe. Elle entendit la balade chantée par les hommes dans les rues en contrebas. Ils la traitaient de criminelle et demandaient sa répudiation.

Hoshiyar veilla sur elle toute la journée. Elle ne mangea pas, il voulut l'en persuader mais elle refusa, pour ne boire que de l'eau. De temps à autre, sa main se mettait à trembler et elle repoussait sa ghagara, joignait les paumes sur ses genoux et attendait que le tremblement s'achevât. Puis elle s'obligeait à reprendre son ouvrage. La chanson montait sans cesse sous ses fenêtres.

Était-elle criminelle ? Avait-elle eu tort de tuer un homme qui avait risqué sa tête du seul fait de son acte ? Elle n'éprouvait aucun remords. Nizam – puisqu'il s'appelait ainsi – était entré dans le zénana en sachant parfaitement que s'il était pris il mourrait. Elle avait juste exécuté la sentence. Pourquoi cette effroyable indignation ? Parce qu'on ne l'aimait pas... c'était tout. Khurram avait quelque raison à cela, l'impératrice Jagat Gosini également, ainsi que les dames les plus haut placées du zénana. Mais Abul, son propre frère ?

Ses mains se remirent à trembler et elle lâcha sa broderie. La foi d'Abul allait avant tout à l'argent et aux honneurs. Avait-il déjà oublié à qui il les devait, jusqu'aux vêtements qu'il portait, jusqu'au titre qui avait fait de lui un dignitaire de l'Empire, jusqu'à la maison qu'il habitait, jusqu'au mariage de sa fille avec Khurram ?

Mehrunnisa prit l'épais volume du *Chahname*, le *Livre des Rois*, de Firdusi. Son marque-page, un fil d'or surmonté d'un cabochon de rubis, brillait au milieu des pages. Elle lut quelques extraits de ce poème à la gloire de la Perse, de l'empire des anciens temps, avant l'arrivée d'Alexandre, de la grande capitale de Persépolis, à présent au sud de Chiraz. Il avait fallu au poète persan trente années pour concevoir et achever le *Chahname*, tout cela pour que, mal reçu par le chah Mahmud, il rédigeât une amère diatribe contre celui-ci. L'impératrice se porta à la fin du livre, où elle trouva le poème *Satire contre Mahmud* : « Ne pense pas, ô roi, à ton sceptre ni à ton pouvoir, Un instant suffit pour arrêter l'heure du destin... »

Elle ferma nerveusement le livre et le reposa. Seul un miracle parviendrait à la sauver et elle ignorait sous quelle forme il pourrait se produire.

Et si elle devait mourir, que deviendrait Ladli ? À cette pensée, elle leva la tête vers Hoshiyar, toute peur oubliée. Il se tenait adossé à sa porte et ne la quittait pas des yeux.

– Hoshiyar, fais venir le prince Khusrau.

Deux eunuques amenèrent Khusrau dans la chambre de Mehrunnisa et saluèrent avant de se retirer. Elle se leva et saisit la main du prince mais il sursauta, restant là où il se trouvait, la tête penchée en avant, comme si cela pouvait l'aider à mieux voir.

– Pourquoi m'a-t-on amené ici ?

– Viens t'asseoir près de moi, Khusrau, dit l'impératrice du ton le plus apaisant possible.

Comme il venait à elle en trébuchant sur le rebord du tapis, elle l'entraîna vers le divan, qu'il voulut tâter avant d'y prendre place. Puis il se tourna dans la direction de la lumière, c'est-à-dire Mehrunnisa, qui avait pris garde de s'installer en plein soleil, faisant scintiller les aigues-marines de ses oreilles et de son cou.

Elle le trouva changé, vieilli sans doute. Il y avait longtemps qu'elle ne l'avait pas vu car l'empereur lui réservait toujours les appartements les plus retirés du zénana. Son nom n'était jamais mentionné en présence de Jahangir car, chaque fois que celui-ci regardait Khusrau, toute sa rancœur envers le fils qu'il avait tant aimé lui remontait à l'esprit. Ainsi les revenus qui lui étaient automatiquement attribués par le Trésor se voyaient-ils régulièrement diminués. Il ne remplissait évidemment aucune fonction officielle et n'était jamais convié à aucune manifestation.

– Pourquoi m'a-t-on amené ici ? répéta-t-il.

Il n'avait osé refuser de se présenter devant l'impératrice ; de toute façon, elle ne lui avait pas laissé le choix. Il se pencha encore pour tenter de distinguer les traits de son interlocutrice, et sa barbe, qu'il portait jusqu'à la taille en signe de disgrâce, se prit dans sa ceinture. Avec des gestes frénétiques, il tenta de la libérer, jusqu'au moment où Mehrunnisa lui prêta main-forte.

– Comment va Khalifa ? demanda-t-elle.

– En quoi cela vous intéresse-t-il soudain, Votre Majesté ?

Elle sentit monter un accès de fureur. Fallait-il que tous les princes se permettent de lui parler sans le moindre respect ?

– J'ai entendu dire, expliqua-t-elle sèchement, que ton isolement la désespère. Qu'elle est triste.

– C'est mon épouse, Votre Majesté. Où voudriez-vous qu'elle se trouve, si ce n'est avec moi ?

– Elle a même insisté pour t'accompagner en prison, je le sais. Elle devait s'attendre à subir les mêmes désagréments que toi.

Khusrau en resta coi. Au temps de sa lutte contre Jahangir, le prince s'était servi de sa femme comme messagère, aussi avait-elle été assignée à résidence au même titre que lui.

Mehrunnisa se rendit compte qu'elle avait parlé trop vite et trop durement. Dans son genre, Khusrau était aussi entêté que Khurram, pour de bien moindres raisons. Mais elle avait besoin de lui.

– As-tu vu Ladli ?

– Votre fille ? Si j'ai vu votre fille ? s'esclaffa-t-il. En vérité, je l'ai bien vue, de ces bons yeux que mon père m'a laissés. Jolie fille. Piquante !

Il rit de nouveau et Mehrunnisa le contempla d'un air dégoûté. Il était tellement amer, tellement dénué de tout charme ! À quoi pensait-elle donc ?

– Tu vas épouser Ladli, lâcha-t-elle abruptement.

Il ne pouvait refuser, il n'en avait pas les moyens.

D'un seul coup, le prince cessa de rire.

– Voici donc pourquoi Votre Majesté voulait me voir ! Pour me forcer à prendre une nouvelle épouse ? Khurram aurait-il donc refusé ?

– Tu ne peux me dire non, Khusrau. Je saurai te rendre toute la liberté que tu voudras. Épouse Ladli et demande-moi ce qu'il te plaira. Khalifa pourra accéder à tout le zénana et tes fils retrouveront leur rang. Toi-même, tu pourras exiger les mêmes droits que tes frères. Dis oui, Khusrau.

Un sourire d'espoir étira brièvement les traits du prince à l'évocation d'un mot qu'il n'avait plus entendu depuis des lustres... liberté. Mais il était mentionné avec un tel prix qu'il en perdait toute sa valeur.

– Vous m'offrez la liberté, Votre Majesté ? demanda-t-il d'un ton amer. J'ai pourtant cru entendre que vous-même ne pouviez plus sortir d'ici et que, demain, lorsque cela vous arriverait, ce serait pour aller à la rencontre de votre mort.

Ses paroles la plongèrent dans un abîme de perplexité. Était-elle tombée si bas, et si brutalement, que même Khusrau, le pitoyable Khusrau, osât s'en prendre à elle ? À moins qu'il n'eût entendu une chose dont elle n'avait pas encore été informée... ? Elle tourna vers Hoshiyar un regard implorant, les mains ouvertes. Que fallait-il faire, désormais ?

L'eunuque secoua la tête. Il avait tenté de lui dire d'attendre le lendemain matin avant d'appeler le prince, mais elle n'avait rien voulu savoir.

– Votre Altesse, intervint-il à l'adresse de Khusrau, Sa Majesté sera lavée de toute accusation, demain. Il est de votre intérêt de l'écouter.

– Hoshiyar Khan, c'est bien cela ? énonça le prince. Le plus fidèle eunuque de mon père, autrefois bras droit de l'impératrice Jagat Gosini ? Te plaît-il donc de servir cette nouvelle maîtresse, Hoshiyar ? Tu risques de ne plus conserver longtemps tes fonctions.

Là-dessus, il se leva de son divan.

– Reconduis-moi donc dans mes appartements, Hoshiyar.

Mehrunnisa acquiesça de la tête sans insister et regarda le prince s'éloigner d'un air aussi digne que possible. Lorsqu'il eut atteint la porte, elle lança d'une voix chargée de fureur :

– Je n'oublierai jamais ceci, Khusrau !

Ce dernier se retourna. De si loin, il pouvait tout juste deviner, au son de sa voix, où elle se trouvait. Il lui décocha un sourire grotesque :

– Dans ce cas, vous pourrez même l'emporter dans votre tombe, Majesté !

Chapitre 19

Le roi est tellement imprévisible et inconstant que sa promesse solennelle de laisser établir une manufacture anglaise fut... annulée, puis rengagée, puis de nouveau révoquée et, une troisième fois, accordée et abrogée...

– J. Talboys Wheeler, *Premiers Voyages aux Indes, seizième et dix-septième siècles*

– Vous devez entrer maintenant, sahib.

Un esclave arménien vint chercher sir Thomas Roe qui attendait devant le Diwan-i-am. Un autre homme accompagnait le serviteur et tous deux portaient la même tenue, pantalon de soie blanche et fine qaba de soie. Leurs turbans ornés de pierreries pesaient lourd sur leurs têtes et les fourreaux de leurs poignards ciselés disparaissaient dans leurs ceintures de brocart blanc.

Roe se leva lentement. Son corps le faisait encore souffrir des fièvres endurées ces derniers mois. Il avait perdu tellement de poids que son pourpoint lui pendait lamentablement sur les épaules.

Il était arrivé à Mandu depuis dix jours mais, terrassé par une nouvelle fièvre, il avait dû se coucher à peine franchi le seuil de sa maison. La maladie avait continué durant tout le voyage depuis Burhanpur, au point qu'il s'était parfois carrément couché sur l'encolure de son cheval, le laissant l'entraîner où il voulait. Parfois, il n'osait plus s'arrêter en route car les missives de la cour arrivaient à un rythme de plus en plus soutenu.

Les choses ne lui furent pas facilitées lorsqu'il retomba malade à son arrivée à Mandu, ce qui le rendait incapable d'aller voir Jahangir. Celui-ci, le soupçonnant de simuler, lui avait envoyé un esclave pour lui offrir un sanglier qu'il venait de tuer à la chasse. L'esclave avait attendu devant la maison de Roe en insistant pour être reçu par l'ambassadeur, aussi ce dernier était-il sorti de son lit, à peine capable de tenir sur ses pieds, le visage mangé par une barbe de plusieurs jours, pour aller remercier l'esclave.

– J'ai demandé à l'empereur la permission de le saluer à la façon de la cour anglaise, expliqua-t-il faiblement aux deux Arméniens.

Les esclaves saluèrent.

– Il en sera ainsi, sahib. L'empereur connaît vos désirs.

– Alors, allons-y.

Ils précédèrent Roe, les deux hommes marchant de front jusqu'au grand portail de bois qui ouvrait sur le Diwan-i-am. Roe épousseta un brin de poussière venu maculer sa manche droite. Que n'eût-il donné pour retourner se coucher sur-le-champ ! Mais le dernier message de Jahangir était particulièrement insistant et peu ouvert aux prétextes de santé chancelante. L'empereur avait fixé le jour et l'heure de la présentation officielle de Roe, au cours d'un darbar vespéral spécialement convoqué pour lui. Qui tombait précisément le soir de la détention de Mehrunnisa.

Les rumeurs des événements du matin étaient parvenues jusqu'à la maison de Roe. Celui-ci les avait repoussées, trop obsédé par le travail que représentait la remise en état de vêtements jadis coupés pour un homme autrement prospère et gras. Rien ne lui allait plus. Ses bas lui pendaient aux genoux, lâches comme un pantalon hindou, et il pouvait passer ses manches, enfiler son justaucorps ou l'ôter sans la moindre gymnastique. Il poussa un gémissement quand il se vit dans la glace, la peau blanche comme un navet, les joues creuses, la barbe tombante, ses cheveux bruns qui tournaient au marron sale. Comment pourrait-il se présenter à la cour dans une telle tenue ?

C'est ainsi que, toujours fort mécontent de lui-même, Roe faillit heurter les deux esclaves arméniens qui s'étaient arrêtés net devant le portail clos. Ils avaient dû envoyer un signal car les battants s'ouvrirent soudain sur des gonds parfaitement huilés, et Roe entendit annoncer son nom.

Il entra dans le Diwan-i-am et salua en se pliant quasiment en deux, puis se redressa et resta bouche bée devant ces innombrables diamants, rubis et émeraudes qui scintillaient à profusion sur les vêtements des nobles. Leurs casaques et leurs pantalons reluisaient de broderies de zari d'or. La cour du prince Parviz à Burhanpur l'avait étonné, mais, là, il restait interdit. Il n'eût jamais imaginé que cette terre, si désolée à première vue, avec ses vents violents et sa chaleur infernale, pût receler de telles richesses.

La lumière répandue par les torches offrait une fine teinte dorée, jusqu'à la fumée qui s'en échappait de temps à autre, parfumée à la civette. Elle ne laissait pas un coin dans l'ombre, caressant les bijoux, soulignant la blancheur des qabas des Arméniens, ravivant le rouge des tapis persans, colorant d'or et de bronze les visages tournés vers lui. Roe essuya ses paumes humides sur son pourpoint, s'emplissant les yeux et l'esprit de splendeurs infiniment plus surprenantes que tout ce qu'on lui avait décrit. Les nobles le regardaient tous, la tête braquée vers lui mais le torse fermement maintenu face à leur empereur, car nul ne pouvait tourner le dos à Jahangir. Roe s'avisa que cette posture ne devait, à la longue, pas être des plus confortables. Comme pour répondre à cette pensée, un léger mouvement parcourut le Diwan-i-am. Aucun sourire, aucun geste précis mais Roe sentit un rien de désapprobation et comprit qu'il avait toujours la bouche ouverte. Alors il la referma et s'avança vers le trône.

Il était pieds nus, comme les autres courtisans. On lui avait dit d'ôter ses bottes, ce qui le contrariait grandement mais il put ainsi apprécier la profondeur des tapis et s'émerveiller de leur douceur. Et ce silence, pas un souffle audible... jamais il ne s'était trouvé en un lieu à ce point bondé d'hommes et d'animaux tout en pouvant écouter le léger bruissement de ses pieds sur les tapis.

Un court instant, il en fut presque content. Privé de toute sensation depuis plus d'un mois, trop malade pour s'en soucier, il avait l'impression de renaître. L'air embaumait le santal et le patchouli. Il en imprégna ses poumons, s'approcha de la première balustrade et salua de nouveau. Devant lui, les deux esclaves arméniens saluèrent à leur tour avant de se fondre silencieusement dans la foule. Enfin Roe aperçut Jahangir, presque perdu parmi les innombrables courtisans. En se dirigeant vers la deuxième balustrade, d'argent celle-ci, il salua une troisième fois puis entra dans la dernière enceinte, où il ne restait que très peu de place pour marcher. Cependant, les nobles s'écartèrent poliment pour le laisser passer.

Cette fois, il se trouvait au pied du trône. Il salua et se redressa pour regarder enfin l'empereur Jahangir. L'homme assis sur le divan avait une cinquantaine d'années. Ses cheveux, ou du moins le peu qui dépassait du turban de brocart d'or, et les longs favoris sur ses joues commençaient à grisonner. Jahangir le considérait d'un regard calme, avec une tranquillité qui s'affichait dans ses moindres mouvements. Assis en tailleur, le dos droit, il n'était pas aussi mince qu'un jeune homme. Les joyaux étincelaient sur toute sa personne, perles, rubis, diamants, émeraudes à ses oreilles, à ses doigts, autour de son cou, brodés sur sa ceinture. Parviz n'était, comparé à lui, qu'une caricature de prince, trahi par les profonds cernes de ses yeux, par sa voix de fausset, par sa présence peu avenante, tandis que nul n'eût pu sembler plus impérial que son père. Roe s'était laissé dire qu'une des impératrices le dominait et gouvernait l'Empire à sa place, aussi l'ambassadeur s'attendait-il à un être aussi falot que Parviz ; mais il se sentait prêt à respecter cet homme-là.

Jahangir adressa un signe à l'interprète officiel.

– L'empereur vous souhaite la bienvenue en Inde, sir Thomas Roe, commença ce dernier. Il salue son frère de l'autre côté des mers, le roi Jacques d'Angleterre.

– Merci, Votre Majesté. Je viens en ambassadeur du roi Jacques Ier et vous présente ses salutations. En gage d'amitié, j'apporte ces cadeaux ainsi qu'un message de Sa Majesté.

Il tendit au Mir Tozak la missive qui fut traduite à grand-peine en persan.

– Ceci est la lettre de créance du roi qui me nomme ambassadeur officiel d'Angleterre auprès de la cour de Votre Majesté.

Jahangir jeta un regard curieux sur le papier.

– Comment va votre santé, monsieur l'ambassadeur ? Vous n'étiez pas bien après votre arrivée à Mandu.

– Je me suis rétabli, Votre Majesté. Merci de daigner vous en soucier.

– Voilà qui est bien. Si vous avez besoin d'une aide quelconque, les médecins de la cour sont à votre disposition.

L'empereur détourna la tête et Roe sentit son cœur battre à nouveau. Il avait commis une erreur. Quelle règle de l'étiquette avait-il enfreinte ? Puis il se rendit compte de ce qu'il avait oublié :

– Veuillez accepter ces cadeaux au nom de Sa Majesté le roi Jacques Ier.

D'un geste, il désigna ce qui se trouvait derrière lui et s'écarta. Ses serviteurs apportèrent quatre plateaux de cuivre contenant d'innombrables dentelles parmi les plus délicates, des épées anglaises, des écharpes, des ceintures, des caisses d'eau-de-vie, des chapeaux et des bottes, ainsi que de la vaisselle de porcelaine.

L'empereur examina ses cadeaux.

– Est-ce tout ?

– J'ai aussi fait venir un carrosse anglais pour votre usage personnel.

Un sourire presque enfantin aux lèvres, Jahangir applaudit.

– Un carrosse ! Où est-il ?

– Il vous attend dehors, Votre Majesté.

– Qu'on aille le voir ! ordonna l'empereur.

Deux courtisans sortirent aussitôt du Diwan-i-am.

Tandis qu'ils étaient dehors, Jahangir s'entretint avec Roe. Il lui demanda qui était venu avec lui et Roe fit approcher Thomas Armstrong, un musicien qui avait apporté son virginal avec lui. Quels sons produisait cet instrument ? demanda Jahangir. S'il plaisait à Sa Majesté, Thomas allait lui en jouer. Ils écoutèrent donc, jusqu'à ce que les nobles reviennent décrire l'attelage qu'ils avaient vu. Roe s'efforça de comprendre ce qu'ils disaient mais il ne saisit que quelques mots du turc qu'ils parlaient. Il se pencha vers son interprète, qui tâcha de traduire ce flot de paroles. Quatre chevaux à l'éclatante robe grise des haras de Jahangir avaient été attelés au carrosse. Le véhicule était curieusement conçu, avec d'énormes roues qui semblaient trop minces pour leur taille. Il comportait des portes et des fenêtres comme dans une véritable maison. Mais le plus impressionnant restait le cocher anglais qui transpirait à la chaleur des torches dans sa livrée à galons dorés.

Jahangir sourit et se tourna de nouveau. L'audience s'achevait là. Roe s'attendait à ne pas entendre mieux que des paroles de bienvenue de la part de l'empereur mais celui-ci s'était montré des plus aimables. Pour ce qui était des affaires, il faudrait d'autres rencontres, ainsi que le voulait la lente coutume du pays. Ils devraient presque devenir amis avant de pouvoir aborder les questions matérielles. Alors seulement, si l'heure était propice et les étoiles favorables, Roe pourrait-il demander à Jahangir de signer le traité commercial. Pour aujourd'hui, il en avait assez fait.

Il salua de nouveau et recula vers le portail, s'inclinant à hauteur de chaque balustrade jusqu'à ce qu'il fût sorti. Encore ébloui par les fastes du Diwan-i-am, il rentra lentement chez lui. Arrivé au pied de sa maison, il sentit la fièvre le reprendre de plus belle. Il tomba de son cheval et, pris de délire, dut se laisser transporter dans son lit.

Roe parti, Jahangir pénétra dans son carrosse neuf et fit plusieurs fois le tour de la cour. Il examina les moindres détails de l'attelage, les coussins couverts de velours rouge de Chine, la caisse de bois léger assemblé avec des clous de cuivre. Jahangir se plaignit du velours de Chine auprès des courtisans qui assistaient à la scène. Pourquoi le roi d'Angleterre lui envoyait-il des coussins fabriqués dans un tissu chinois ? Il avait entendu dire qu'il existait de meilleurs velours en Europe. Et ces chapeaux, ces écharpes, cette dentelle... étaient-ce là les cadeaux qu'un roi offrait à un autre ? Où étaient les bijoux et les pierres précieuses ? Même le Rana Amar Singh, roi déchu, avait offert un énorme rubis, des chevaux et des éléphants à l'Empire.

Jahangir fit le tour de son carrosse, en ouvrit les portes à plusieurs reprises, vérifia les roues et finalement examina le cocher anglais. L'homme salua aussi profondément qu'il put, le souffle court dans ses vêtements serrés. Ce qui fit rire l'empereur, qui l'envoya se changer pour des habits plus frais. Il lui attribua un nouveau salaire. L'homme pouvait demeurer en Inde autant qu'il lui plairait, le Trésor impérial le financerait.

Il ne dit rien de Mehrunnisa. Les nobles l'observèrent attentivement mais il ne semblait pas se soucier du procès qui allait se dérouler le lendemain matin. Était-ce la fin de l'impératrice Nur Jahan ? se demandèrent-ils au cours des réunions qui eurent lieu toute la nuit. Jahangir se conduisit exactement comme à l'accoutumée. Il n'était pas allé voir sa femme, cela, tout le monde le savait. Une fois, rien qu'une fois dans la journée, Hoshiyar Khan avait été convoqué et il avait ensuite quitté le zénana.

Longtemps avant l'aube, les rues de Mandu grouillaient de gens. Les nobles se frayaient un chemin parmi la foule qui entourait le palais, brandissant le précieux laissez-passer pour le jharoka du matin. Ils entrèrent dans la cour et attendirent plusieurs heures que le soleil se levât.

Khurram s'installa au fond de la cour, s'adossa au mur et attendit. Les femmes du zénana s'installaient derrière le moucharabieh. Il n'y avait pas de solliciteur dans la foule car le seul événement qui allait se produire serait le procès. Les hommes se tenaient tous côte à côte ; voilà plusieurs heures qu'ils patientaient debout quand l'orchestre impérial se mit à jouer. Au son des trompettes, le Mir Tozak cria :

– Salut à l'empereur Jahangir, l'Adil Padchah !

Jahangir arriva sur le balcon au-dessus d'eux et tous plongèrent dans le taslim.

– Qu'on amène l'impératrice Nur Jahan, dit l'empereur à Hoshiyar Khan.

Mehrunnisa apparut derrière Jahangir, voilée d'une fine mousseline blanche constellée de petits cabochons d'argent. Elle commença par considérer les innombrables visages levés vers elle. Ils étaient tous là, Muhammad Sharif, Abul, Khurram et bapa. Abul se trouvait de nouveau à côté de Khurram, et non juste en dessous du balcon, où était sa place. Peu importait. Elle savait désormais ce qui lui restait : la solitude.

L'Amir-ul-umra se tenait dans un coin. Elle se demanda s'il avait déjà informé Mahabat Khan de ce qui se passait. S'il avait envoyé un message à Kaboul, celui-ci ne pouvait encore l'avoir atteint et, le temps qu'il arrivât, ici tout serait fini. Mais une telle hostilité de la part des hommes... qu'avait-elle fait pour mériter cela ?

– Seigneur, dit-elle doucement.

Jahangir se tourna vers elle mais ne parla pas. Elle avait envie de lui prendre la main, de s'assurer qu'il veillait encore sur elle. Nul message ne lui était parvenu de l'empereur, nulle garantie, nulle promesse. L'estimait-il coupable, lui aussi ? L'avait-il déjà condamnée, comme les autres ?

Pourtant, sa fierté ne la quittait pas. Si elle devait mourir aujourd'hui, elle mourrait en impératrice. Intérieurement, le saugrenu de la situation la faisait presque sourire. Elle qui avait tant voulu que son nom fût prononcé par des milliers de gens dans les siècles à venir, sans doute le devrait-elle à sa seule mort...

La voix du Mir Tozak retentit dans la cour silencieuse.

– Qu'on amène le qazi.

Le juge était un vieil homme ; combien d'étés lui avaient ainsi tanné la peau et blanchi les cheveux ? Il passait pour rendre des jugements rapides et dormir paisiblement après avoir condamné à mort. Mais, la nuit précédente, il n'avait pu trouver le sommeil. Le seul châtiment qu'il pouvait infliger était la mort. Et que lui arriverait-il, au cours des prochains mois, si l'empereur venait à se languir de l'impératrice ? À qui le reprocherait-il ?

Il s'approcha du balcon et exécuta le konish.

– Que déclares-tu ? demanda Jahangir.

Il n'y avait ni exposé de faits, ni description des crimes, ni défense. Le jugement moghol ne s'embarrassait pas de ces complications.

Le qazi ouvrit la bouche mais aucune parole n'en sortit. Mehrunnisa guettait le timbre de sa voix, s'attendant à l'entendre prononcer la terrible sentence : la mort. Elle s'approcha au bord du balcon.

– Votre Majesté !

À ce cri, la cour se retourna vers la vieille femme qui se tenait au fond. Elle courut parmi les hommes et descendit se jeter aux pieds de l'empereur.

– Qu'y a-t-il ?

– Si vous le permettez, Votre Majesté...

Un regard rusé illuminait le visage de la mère de Nizam. Ses dents jaunies apparurent sus un sourire obséquieux.

– La mort de l'impératrice ne me satisferait en rien. J'ai perdu mon fils unique ; il devait prendre soin de moi. Que vais-je devenir ?

Jahangir se pencha au balcon.

– Dans ce cas, préférerais-tu une amende plutôt qu'un châtiment ? L'impératrice Nur Jahan devra te verser deux mille roupies d'argent pour le prix du sang.

D'un geste, il remercia le qazi :

– Nous n'avons plus besoin de tes services.

Puis il s'adressa à la cantonade :

– Ainsi que vous pouvez tous le constater, la plaignante elle-même ne revendique plus la vie de l'impératrice.

Un silence de plomb régnait sur la cour. Aucune voix ne s'éleva.

Mehrunnisa recula. De l'argent à la place de sa vie. Deux mille roupies seulement. Chacun de ses vêtements coûtait plus cher. Que se passait-il ?

– Viens ma chère. Retirons-nous dans nos appartements.

L'empereur posa un bras sur son épaule et l'entraîna loin du balcon.

Lorsqu'ils furent partis, les nobles applaudirent de nouveau. Tout cela avait été remarquablement orchestré, comme une pièce de théâtre. Le qazi avec sa bouche pendante et ses mains moites. La vieille mère qui avait maudit Mehrunnisa et réclamé son sang la veille. Jahangir qui avait accepté de donner suite à sa requête. Qui avait soufflé à cette femme ce qu'elle devait dire ? Hoshiyar Khan. Sur la demande de l'empereur. Ainsi l'honneur était sauf, de toute part. La mère de Nizam recevrait plus d'argent qu'elle ne pourrait jamais en dépenser – deux mille roupies représentaient une véritable fortune. L'empereur ne perdrait pas son titre de Juste. Et Mehrunnisa garderait sa tête sur ses épaules.

Dépité, Khurram quitta son recoin. Il avait eu vent de l'offre de Mehrunnisa à Khusrau et appris que son imbécile de frère avait refusé. Mais cela ne l'en tourmentait pas moins.

Et si Khusrau finissait par accepter ?

– Comment était-ce ? demanda Coryat. Qu'a dit le Grand Moghol ?

– Chut, Tom ! souffla Roe en le poussant dans sa maison. Je sais que vous plaisantez mais d'aucuns pourraient se méprendre. Nous sommes ici pour faire la paix avec l'Empire.

Thomas Coryat se mit à rire et le suivit à l'intérieur. Il avait commencé sa carrière comme bouffon de cour avant d'entrer comme fou attitré au service du prince Henry. Quelques années auparavant, il avait traversé toute l'Europe à pied et se retrouvait maintenant aux Indes. Lorsque Roe le retrouva à Mandu, il avait déjà visité Constantinople, Bethléem, Jérusalem, Damas et une bonne partie de la Turquie. Après les Indes, il comptait remonter vers Samarkand, en Ouzbékistan, pour y baiser la tombe de Tamerlan, avant de regagner Oldcombe, dans le Somerset. Il rédigeait un journal de ses voyages dans les pays orientaux mais ses notes étaient tellement vastes qu'il avait dû en laisser une partie à Alep avant de se mettre en route pour les Indes.

Chez eux, en Angleterre, Coryat et Roe se fussent trouvé fort peu de points communs mais ici ils recherchaient la compagnie l'un de l'autre, étrangers en pays étranger. Désormais, Coryat habitait chez Roe.

– *Pani lao Sahib ke liye !* cria ce dernier au serviteur indien.

– Qu'avez-vous dit ? demanda Roe.

– J'ai dit à ce païen de vous apporter de l'eau pour vous laver les mains.

Roe secoua la tête. Coryat parlait presque tous les dialectes des Indes. Il avait même l'air indigène avec son teint basané et ses vêtements du cru. Il s'était laissé pousser les cheveux jusqu'aux épaules et ressemblait à un fakir. Coryat l'entraîna vers le jardin.

– Ah... soupira Roe en se laissant tomber dans un fauteuil. Qu'il fait bon se poser sur un meuble ! Je ne sais pas comment font ces gens pour toujours s'asseoir par terre.

– C'est facile.

Ce disant, Coryat sauta de son siège pour se mettre en tailleur à même le sol.

– Reprenez-vous ! le gronda Roe. Où est donc cet homme ? Je voudrais me dépoussiérer les mains.

– Que s'est-il passé à la cour ? L'empereur vous a-t-il bien reçu ?

– Très bien. Il s'est montré fort poli et courtois. Je n'aurais su rêver meilleure réception. Pour tout dire, je ne m'attendais pas qu'il fût de nouveau aussi plaisant.

– Peu importe l'empereur. Mais elle, l'avez-vous aperçue ? A-t-elle ouvert la bouche ?

– Qui ? demanda Roe, surpris.

Le serviteur apporta une bassine emplie d'eau de rose. Roe put se nettoyer les mains puis épousseter son pourpoint. Ensuite, ils dégustèrent des coupes de sorbet au citron vert.

– L'impératrice Nur Jahan, finit par répondre Coryat.

– N'est-ce pas elle qui s'est fait récemment arrêter ?

– Oui.

Souriant dans sa barbe, Coryat ajouta :

– C'était une supercherie. L'empereur est beaucoup trop amoureux de sa femme... c'est pratiquement elle qui gouverne le pays et prend toutes les décisions. Il n'est qu'un pion entre ses mains. Si vous tenez à votre précieux traité, c'est à elle qu'il faut vous adresser.

– Vraiment ?

Roe n'en revenait pas. Il avait déjà entendu de telles rumeurs, de la part de Jadu et d'autres, pourtant ce qu'il avait vu de ses yeux ne l'en avait pas convaincu. Si cette impératrice était vraiment si puissante, que ne l'avait-elle pas convoqué ? Évidemment, le voile... il commençait à comprendre un peu comment fonctionnait le harem impérial. Dans ce cas, ne restreignait-il pas aussi les mouvements de l'impératrice ? Jusqu'à quel point une femme pouvait-elle être entendue si son visage demeurait caché ?

– Lui avez-vous également apporté des cadeaux ?

– Je ne saurais dire. Il y avait bien de la dentelle et des chapeaux de femme... L'empereur les avait fait spécialement quérir d'Angleterre. Pensez-vous que ce soit l'impératrice qui les ait commandés ?

– Certainement. Si l'empereur ne se montre pas satisfait de vos présents, vous pouvez être sûr que c'est elle qui ne les aura pas aimés.

Roe se gratta le menton. Voilà qui était nouveau. Abul Hasan lui avait rendu visite la veille. Une simple visite de courtoisie, selon lui. Néanmoins, il n'avait pas manqué d'indiquer que Jahangir s'était plaint des cadeaux. Certes, il aimait le carrosse et s'en servait souvent, mais les autres lui paraissaient tellement quelconques, tellement indignes d'un roi d'Angleterre ! Après le départ d'Abul, Roe avait écrit aux directeurs de la Compagnie pour leur recommander d'envoyer des cadeaux plus fastueux par le prochain bateau en partance. Pour autant qu'il s'en souvînt, ce noble, cet Abul Hasan, était le frère de l'impératrice. Cette même femme qui avait si habilement échappé à la mort. Roe avait été malade toute une semaine après sa première audience avec l'empereur Jahangir, et trop occupé à y réfléchir pour prêter grande attention au déclin et à la nouvelle ascension de Mehrunnisa.

Maintenant, il se commémorait son récent darbar. Il y avait bien un balcon fermé à la droite de l'empereur. On disait que les dames du zénana s'asseyaient derrière la grille pour assister aux audiences. Mais elles n'avaient pas élevé la voix.

– L'impératrice est-elle vraiment si puissante que cela ?

– Très. Plus encore que celle de l'empereur, sa parole fait loi. Si vous y aviez prêté un peu d'attention, vous auriez remarqué que l'empereur n'avait résolu aucune affaire aujourd'hui. Les nobles présentent leurs requêtes à leur souverain, mais toutes les décisions sont prises par l'impératrice au zénana.

Coryat s'allongea sur le sol et contempla le ciel étoilé.

– Il fait si beau, ici !

– Oui, murmura Roe d'un ton absent.

Un serviteur toussota pour attirer son attention.

– Qu'est-ce que c'est ?

– Sahib, il y a là un messager qui vient de la part de l'empereur.

– Qu'il entre.

Roe se leva et tira sur son pourpoint.

Un eunuque de haute taille, légèrement adipeux, entra et salua.

– Sahib, Sa Majesté demande que vous lui fassiez parvenir vos lettres de créance.

– Qui êtes-vous ?

– C'est Hoshiyar Khan, intervint Coryat d'un ton paisible. Le responsable du harem impérial et, si je ne me trompe, l'eunuque personnel de Sa Majesté Nur Jahan Begam.

Hoshiyar le salua.

– Vous avez raison, répondit-il poliment.

Puis il revint vers Roe :

– Pour ces lettres...

L'ambassadeur les sortit de sa poche intérieure et les lui tendit :

– Ce sont les originaux, indiqua-t-il. Je n'en ai pas de copie. Si vous les perdez...

– Ne vous inquiétez pas, sahib. J'en prendrai grand soin. Sa Majesté... euh... voudrait les relire, c'est tout. Elles vous seront retournées dès demain.

– Très bien. Mais je vous prie de veiller à ce qu'il en soit ainsi.

L'eunuque s'inclina et quitta le jardin. Dès qu'il fut parti, Coryat s'étira.

– C'en est fait, Roe. Prenez garde à l'impératrice.

– Qu'a-t-elle à voir dans cette histoire ?

– Hoshiyar est le chef de ses eunuques. C'est elle qui l'a envoyé. L'impératrice veut vérifier vos accréditations. Elle veut s'assurer que vous êtes bien qui vous prétendez, c'est-à-dire un ambassadeur officiel. Malheureusement, nos anciens compatriotes se sont également présentés sous ce titre, aussi l'impératrice se méfie-t-elle de vous.

Le lendemain matin, comme promis, Hoshiyar rapporta les lettres. Un léger parfum de rose imprégnait le papier, ce qui confirma les soupçons de Coryat. L'impératrice avait examiné ces accréditations avec soin et vérifié le sceau du roi d'Angleterre pour en évaluer l'authenticité.

Sir Thomas Roe commençait à comprendre ce qu'avait voulu dire Coryat au sujet de Mehrunnisa. S'il parvenait à l'amadouer, l'empereur signerait le traité. Il commanda des écharpes de soie, d'autres chapeaux de chasse, décorés de galons d'or, des châles de dentelle, tout ce qui, selon lui, saurait plaire à une femme. Lui qui avait cru que son voile pourrait entraver Mehrunnisa comprenait désormais que c'était lui qui s'en trouvait embarrassé. Il ne savait comment s'y prendre avec une interlocutrice qu'il ne pouvait voir, dont il ne pouvait entendre la voix. Car il avait affaire à une antagoniste inconnue.

Cependant, Roe persévéra, rédigeant sans cesse de nouvelles versions du traité.

Chapitre 20

Mais, sur le point de partir, ni lui ni sa troupe ne se crurent en sécurité si le sultan Corsoronne (Khusrau) restait aux mains d'Annarah ; car en son absence le roi pourrait se réconcilier avec lui, et de par cette nouvelle faveur toute la gloire et les espoirs de leur parti s'évanouiraient...

– WILLIAM FOSTER, *L'Ambassade de sir Thomas Roe aux Indes*

En mars, commença la célébration de Nauroz et Roe se trouvait à Mandu pour assister aux magnificences de la cour moghole. Une immense tente fut érigée au centre du darbar. L'ambassadeur vit avec surprise qu'un de ses panneaux en était orné de portraits anglais qu'il avait apportés – ceux du roi et de la reine, des comtesses de Somerset et de Salisbury, ainsi que celui du gouverneur de la Compagnie des Indes orientales, sir Thomas Smyth. Frances Howard, comtesse de Somerset, tenait la place d'honneur au centre d'un des panneaux, car elle était très belle. Pourtant, avec son époux, lord Somerset, cette dame attendait d'être jugée pour le meurtre de sir Thomas Overbury. L'empereur, cependant, devait se moquer des revers de fortune d'une personne qu'il trouvait par ailleurs fort avenante.

Les fêtes de Nauroz se caractérisaient par un échange de cadeaux et sir Thomas Roe explora ses maigres réserves pour tenter d'impressionner l'empereur. Il offrit à Jahangir une longue chaîne d'or portant en pendentif un Cupidon d'émeraude. Le souverain s'en montra enchanté. Il appela tous les peintres et les joailliers de la cour pour leur demander s'ils avaient jamais vu un tel bijou. C'était la première fois que Roe donnait à l'empereur un cadeau qui lui faisait tellement plaisir, aussi l'ambassadeur retrouva-t-il l'espoir. Sans doute allaient-ils enfin pouvoir parler du traité ? La chaîne et l'émeraude lui appartenaient personnellement – il avait depuis longtemps abandonné tout espoir de voir la Compagnie des Indes orientales offrir des cadeaux de prix.

Sans autre détour, il posa enfin la question à l'empereur : Sa Majesté accepterait-elle de signer un traité ? Sur le moment, il s'avisa qu'il avait eu raison de battre le fer tant qu'il était chaud. L'empereur édicta quelques farmans garantissant sa protection aux Anglais face aux Portugais, et aux douanes de Surat et d'Ahmadabad, mais ce fut tout ce qu'il accepta pour le moment. Restez encore parmi nous, lui répétait-il sans cesse. Profitez de notre pays. Plus tard, nous pourrons toujours reparler affaires.

Avec Mehrunnisa, Roe n'eut pas davantage de succès. Elle lui demanda une protection anglaise pour ses bateaux sur la mer d'Arabie. En retour, son frère l'emmena plus souvent à la cour. Ce fut tout.

L'empereur commençait à parler de retourner sur Agra. Tandis que les préparatifs s'engageaient, on apprit qu'une épidémie de peste bubonique venait de se déclarer dans cette ville. Elle avait été propagée au Pendjab occidental via l'Asie centrale et, pendant les mois d'hiver, s'était étendue à Delhi, Lahore et Agra. Le premier signe en était un rat courant à travers la maison pour aller percuter un mur. Il mourait sur-le-champ tandis que tous les habitants s'enfuyaient, abandonnant leurs biens sur place. C'était l'unique condition s'ils voulaient échapper à une mort certaine. Jour après jour, les habitants d'Agra tombaient par centaines et nul ne savait comment remédier à ce fléau. Il n'existait que la fuite.

Aussi Jahangir et Mehrunnisa demeurèrent-ils à Mandu. Roe resta avec eux et ses espérances se flétrissaient.

Le soleil d'hiver se couchait sur Mandu tandis qu'à l'autre extrémité de l'Empire la peste faisait rage, balayant des régions entières. Les maisons se fermaient les unes après les autres, une infection grandissante empuantissait l'air alors que les cadavres d'hommes et d'animaux pourrissaient sur place. Personne n'avait le droit d'entrer à Mandu de peur d'y apporter la peste.

Partout dans la ville brûlaient des feux d'immondices qui envoyaient des spirales de fumée vers le ciel. Les murs de la ville virèrent au mauve puis s'habillèrent pour la nuit de noir et d'indigo. L'air était pur et vif, éthéré, palpable.

Mehrunnisa bêchait le sol fertile quand un éclair de douleur lui traversa le bras. Elle secoua la main avant de reprendre ses plantations. Un petit galet apparut dans la terre qu'elle venait de retourner. Elle l'en sortit et l'essuya. Il avait une forme étrange, ovale, marron rayé de blanc à la base. Elle l'envoya rejoindre un tas et se remit à creuser.

– Maman !

Elle leva la tête en souriant. Ladli venait d'apparaître sous un arc de la véranda.

– Je suis là !

La jeune fille souleva les multiples jupons de sa ghagara et traversa la pelouse. Mehrunnisa la regarda s'approcher, le cœur tellement plein d'amour qu'elle en perdit un instant le souffle. Comment le temps avait-il pu passer si vite ? Sans qu'elle s'en aperçût ? Ladli avait maintenant dix-sept ans et ce n'était plus la petite fille turbulente qui demandait à sa mère de s'occuper d'elle au lieu de jardiner. Légère comme une biche, elle courait sur l'herbe verte, semblant à peine fouler le sol. C'était désormais une femme à l'élégant port de tête, aux longs cheveux qui tombaient sur sa taille étroite en effleurant ses hanches minces. En la voyant, Mehrunnisa avait l'impression de se regarder dans un miroir qui n'eût pas connu le temps. Ladli possédait le même teint que sa mère, pur et doré.

– Puis-je m'asseoir près de toi, maman ?

– Oui. Mais où veux-tu t'asseoir ? Il n'y a que de la boue ici. Il ne faut pas te salir.

Les derniers rayons du soleil vinrent se perdre dans le regard gris de Ladli.

– Ce n'est pas grave.

Elle chercha autour d'elle, trouva une pierre qu'elle épousseta du plat de la main et s'assit, les genoux ramenés sous sa poitrine.

– Eh bien ? demanda Mehrunnisa. Que t'arrive-t-il ?

– Rien. Pourquoi fais-tu cela, maman ? N'est-ce pas le travail des malis ?

– Tu sais que j'ai toujours aimé cela.

Elle arracha un pissenlit en prenant bien garde d'extraire également la racine et le jeta dans un panier de jute. Puis elle replongea la main dans le sol frais.

– Mais tu es la bégum Padchah ! Pourquoi dois-tu faire cela ?

– Je ne dois rien faire, j'en ai juste envie.

Ladli avait remonté les bords de son voile autour de ses épaules pour se protéger de la brise du soir. Mehrunnisa ne la sentait pas car elle était trop occupée à travailler et laissait la transpiration lui mouiller le cou et la poitrine jusqu'au creux de son décolleté.

– As-tu toujours fait ce que tu voulais, maman ? demanda Ladli d'une petite voix.

Elle ramena sa natte sur son cou puis l'enroula sur sa main et la déplaça de nouveau, inconsciemment. Quelque chose la travaillait. Mehrunnisa connaissait cela, qui tournait si souvent en rond lorsqu'elle était préoccupée. Ladli, quant à elle, s'en prenait à ses cheveux.

– Viens ici, dit-elle doucement.

Comme si elle n'attendait que ces mots, la jeune fille parut se jeter dans ses bras et Mehrunnisa s'assit par terre, Ladli à demi perchée sur ses genoux, la tête sur son épaule.

– Raconte-moi, souffla Mehrunnisa. Si tu ne le dis pas à ta maman, à qui le diras-tu ?

Un long moment, Ladli demeura silencieuse. Sa ghagara était maintenant souillée de terre grasse mais elle ne s'en était pas aperçue, ce qui était une autre preuve de son trouble, elle qui se montrait toujours si coquette, si gracieuse et raffinée dans tout ce qu'elle entreprenait.

Elle leva la tête et regarda sa mère dans les yeux. Le bleu profond des prunelles de Mehrunnisa s'était quelque peu affadi mais elles restaient toujours aussi brillantes.

– Tu me manques tellement, maman !

L'impératrice étreignit sa fille et se mit à la bercer comme si ce n'était encore qu'une toute petite enfant.

– Où suis-je partie, que je puisse ainsi te manquer ? Je suis là et je resterai toujours auprès de toi. Tu le sais. Que t'arrive-t-il, ma chérie ?

Pour toute réponse, Ladli se redressa et regagna sa pierre, d'où elle demanda :

– Maman, est-il vrai que Khurram va partir pour le Dekkan ?

Mehrunnisa reprit sa bêche et creusa autour des courges afin d'en retourner le sol.

– Rien n'est encore décidé, répondit-elle. Nous devons en discuter avec l'empereur.

Ils avaient reçu des nouvelles du Dekkan. Ambar Malik, l'esclave abyssinien qui s'était proclamé général en chef, n'avait pas respecté les termes de son dernier pacte avec l'Empire. Il ne serait jamais roi, quand bien même il conquerrait cent royaumes et régnerait sur mille, car ses ancêtres avaient fait de lui un homme du peuple. Aussi se contentait-il de les soumettre, de placer des pantins sur leurs trônes et de régner à travers eux. Il venait de faire alliance avec les royaumes de Bijapur et de Golconde. L'armée moghole avait perdu de larges territoires aux frontières du sud, qui se retrouvaient désormais sous la coupe de Malik. Parviz était toujours à Burhanpur, prétendant diriger les opérations. Cependant, ni Mehrunnisa ni Jahangir ne se laissaient leurrer par l'idée qu'il pût être d'une quelconque efficacité. Il se trouvait à Burhanpur parce qu'il devait bien aller quelque part, là ou ailleurs.

De nouveau, comme au Mewar, la question se posait : qui fallait-il envoyer au Dekkan ?

Lorsque Jahangir avait nommé Khurram au Mewar, Mehrunnisa avait espéré qu'il en profiterait pour réfléchir à sa proposition d'épouser Ladli. En s'éloignant d'Arjumand, il ne pourrait que comprendre les avantages qu'il y avait à en tirer. Désormais, cette alliance devenait impossible. Mehrunnisa préférait qu'il ne se rendît pas au Dekkan car, s'il en revenait encore couvert de gloire, elle aurait deux fois plus de mal à marier Ladli.

Comme elle ne répondait pas tout de suite, Ladli la tira de ses pensées.

– Ainsi, tu crois qu'il va partir, maman ?

– Oui, finit-elle par avouer. Le Khan-i-khanan doit être supervisé par un prince du sang. Ce sera Khurram.

– Est-ce qu'il emmènera Arjumand ?

Mehrunnisa leva sur sa fille un regard surpris.

– Je ne sais pas. Peut-être.

Ladli baissa la tête et regarda ses pieds s'enfoncer dans la terre meuble.

– Maman ?

– Oui ?

– Pourrais-je... serait-il possible... pourrais-tu demander à l'empereur de me laisser épouser Khurram ?

Elle avait dit cela d'un seul trait, en rougissant jusqu'aux oreilles.

Stupéfaite, Mehrunnisa resta immobile un instant. Comment n'avait-elle pas vu la chose venir ? Ladli passait pourtant le plus clair de son temps dans les appartements de Khurram et d'Arjumand, à jouer avec leurs enfants, ou allongée sur un divan. Le prince était bel homme et il pouvait se montrer charmant quand il le voulait. Il avait le rire facile de Ruqayya, son esprit vif et un humour des plus réjouissants. En outre, il s'était imposé comme le seul héritier possible du trône. Malgré les années qui s'étaient écoulées depuis leur querelle, Mehrunnisa n'était pas parvenue à hisser les autres princes à sa hauteur. Khurram, le petit-fils bien-aimé d'Akbar, était aussi apprécié des courtisans. Qu'y aurait-il d'extraordinaire à ce que Ladli tombât amoureuse de lui ? Et comment dire à sa fille que Khurram avait eu une chance de l'épouser et l'avait repoussée ? Suivant sans doute en cela les conseils de la cousine préférée de la jeune fille, Arjumand ?

Ladli pleurait à chaudes larmes, mourant de honte d'avoir révélé son secret.

– Pardon, hoqueta-t-elle. Je sais que j'en demande beaucoup, que je ne suis pas digne de Khurram. Mais je me suis dit que s'il partait pour le Dekkan, ce serait peut-être pour plusieurs années... et qu'il m'oublierait.

– Viens là, ma chérie. J'ai quelque chose à te dire.

Mehrunnisa souffrait de voir sa fille dans un tel état. Elle savait combien l'amour pouvait s'avérer ravageur lorsqu'il n'était pas partagé.

– Tu as dit que tu pouvais faire ce que tu voulais, maman, et chaque jour je te vois faire des choses dont aucune autre femme ne se croirait capable. L'empereur t'écoute. Demande-lui si Khurram peut m'épouser.

– Ladli...

L'impératrice hésitait encore. Elle se passa une main sur la nuque.

– C'est impossible.

– Pourquoi ? Tu n'as qu'à demander. Pourquoi ne demandes-tu pas ?

– Mon enfant, il y a de nombreuses raisons à cela, des raisons que je ne saurais t'exposer. Tu es trop jeune...

– Je ne suis plus jeune, maman. J'ai dix-sept ans, le même âge que toi lorsque tu as épousé mon père. Arjumand s'est fiancée à quinze ans ; elle se serait mariée à cet âge si les choses s'étaient passées normalement. Si tu as pu favoriser le mariage d'Arjumand, pourquoi pas le mien ? L'aimes-tu plus que moi ?

Mehrunnisa se leva pour la prendre dans ses bras mais Ladli fit un bond en arrière, les bras tendus pour l'arrêter.

– Tu sais très bien que tu le peux !

– Ladli, tu dois oublier Khurram. Il n'est pas question que tu l'épouses. C'est bien compris ?

D'un seul coup, la jeune fille parut abandonner la lutte. Les épaules basses, elle semblait avoir perdu toute force.

– Très bien compris.

Elle s'éloigna sans un mot et Mehrunnisa reprit son travail, creusant furieusement la terre pour tâcher de passer sa colère, non contre Ladli mais contre Khurram, pour s'être ainsi laissé aimer. Elle l'en tenait pour seul responsable. Il partirait pour le Dekkan dès que possible et emmènerait Arjumand avec lui. Il laisserait ses trois fils à la cour, à titre de garantie contre toute forme de rébellion. Quant à Ladli, une seule chose pourrait la guérir... le mariage avec un autre. Sans doute Khusrau avait-il dit non, comme Khurram. Cette fois, elle ne laisserait pas passer le dernier prince du sang.

Khurram allait et venait dans ses appartements. Quand il arrivait au bout de la longue pièce, un rayon de soleil faisait étinceler les diamants de son turban et de sa ceinture. Le prince effectuait un demi-tour et revenait vers son épouse assise sur un divan.

– Je n'irai pas au Dekkan !

Arjumand leva les yeux de son ouvrage. Une demi-heure plus tôt, Khurram était entré en trombe sans dire un mot, mais elle le connaissait. Quand il était en colère, mieux valait le laisser résoudre seul les questions qui lui trottaient dans la tête. Aussi avait-elle gardé le silence.

Maintenant qu'il avait ouvert la bouche, elle pouvait intervenir :

– Qui a dit que tu irais là-bas, Seigneur ?

– J'en ai reçu l'ordre de l'empereur, mais il va de soi que cela venait d'ailleurs.

– Doucement, Seigneur ! On dit qu'elle a des espions dans tout le palais.

Khurram regarda autour de lui puis tourna son jeune visage vers sa femme. Jahangir l'avait personnellement envoyé chercher dès le matin pour lui apprendre qu'Ambar Malik s'était encore révolté et que Parviz résistait mal. Khurram devait s'en aller le relever de son commandement.

– Qu'as-tu répondu ?

– Que pouvais-je répondre ? Il a bien fallu que je m'incline.

Le prince se passa les doigts dans les cheveux, d'un geste inquiet.

– Pourquoi veut-elle m'envoyer là-bas ?

– On se le demande ! maugréa Arjumand. Comme si Ambar Malik représentait un danger pour l'Empire !

– Certainement pas. Les terres qu'il nous a volées ne sont jamais que celles que nous lui avions prises. Il n'est pas allé plus loin mais c'était déjà trop loin.

Il s'installa à côté de sa femme et se prit le menton dans les mains.

– Pourquoi devrais-je y aller, Arjumand ?

Elle lui caressa la nuque et il se redressa comme pour l'encourager à continuer.

– Parce que aucun chef militaire ne t'arrive à la cheville, Seigneur. Tu dois y aller, pour obéir à l'empereur ; ainsi tu rentreras victorieux, ce dont je ne doute pas un instant, et alors la faveur de Sa Majesté retombera sur nous et personne n'y pourra plus rien, pas même l'impératrice.

– Crois-tu qu'il ne faille rien voir d'autre derrière cet ordre ? Le Dekkan est bien loin d'ici et le sera encore plus si l'empereur regagne Agra.

– Pourquoi t'inquiéter, Seigneur ?

– À cause de toi.

Saisissant la main de sa femme, il la porta sur son cœur.

– Je viens avec toi ! s'écria-t-elle avec un grand rire. Cette fois, je viens. Personne ne pourra m'en empêcher.

– En es-tu certaine ? La vie de garnison n'a rien de confortable.

– Je viens.

Khurram promenait la main de sa femme sur la qaba de brocart que lui avait offerte l'empereur à son retour du Mewar. Encore un symbole de la faveur impériale que Mehrunnisa aimerait sûrement lui arracher du dos. Aussi la portait-il chaque jour. Du moment que son père lui avait offert le nadiri, il pouvait en faire fabriquer de nombreuses copies. Khurram en possédait trois cents.

Arjumand lui conseillait de partir pour le Dekkan ; plus il en parlait avec elle, plus il prenait conscience des avantages qu'il pourrait en tirer. Il reviendrait à la cour comblé d'honneurs et recevrait peut-être un nouveau titre. Son accession au trône serait assurée. Tout le temps qu'il avait passé aux côtés de l'empereur, il n'avait pu s'empêcher de regarder la redoutable Mehrunnisa contourner les lois, prendre de libertés avec les conventions ; pourtant son emprise sur l'empereur restait aussi puissante qu'au premier jour. Elle avait prouvé qu'elle ne pouvait se tromper, aussi Khurram se demandait-il s'il avait bien fait de refuser Ladli. Il ne pouvait cependant plus retourner la voir pour lui proposer une nouvelle alliance – autant demander pardon.

Une autre pensée vint le tourmenter.

– Je ne puis laisser Khusrau ici, s'écria-t-il soudain. Sinon, l'impératrice l'obligera à épouser Ladli.

– Alors emmène-le avec toi, Seigneur.

– L'emmener...

Un sourire ravi illumina le visage de Khurram.

– Mais oui ! Je vais l'emmener. Il sera plus en sécurité avec moi qu'auprès de l'impératrice.

Il l'embrassa sur la bouche :

– Quelle brillante idée !

Le lendemain, Khurram alla voir son père après l'audience du Diwan-i-am et le suivit vers ses appartements. Il acceptait de partir mais en compagnie de Khusrau. Pourquoi ? demanda l'empereur. D'où lui venait ce brusque accès d'affection fraternelle ? Khurram assura que cela n'avait rien de nouveau. Khusrau était aveugle et représentait un poids pour Sa Majesté ; un tel voyage ferait certainement du bien à tous.

Jahangir se laissa ainsi escorter jusque chez lui. S'il avait jamais aimé ses deux fils, c'en était bien fini. Ils avaient insulté Mehrunnisa et, ce faisant, l'avaient insulté, lui. Il finit donc par accéder à la demande de Khurram.

Le prince quitta Mandu pour le Dekkan accompagné d'une troupe énorme. Il voyageait dans une copie du carrosse anglais que Roe avait offert à Jahangir ; il portait à la ceinture une nouvelle épée sertie de diamants qui valait plus de cent mille roupies, ainsi qu'une dague de quarante mille roupies. Le carrosse avait été reproduit à deux exemplaires, l'un pour Mehrunnisa, l'autre pour le prince Khurram. L'original avait été démonté et retapissé de brocart et de soies brodées de pierres précieuses. Les clous de cuivre avaient été remplacés par des clous d'argent et le sol couvert de plaques d'argent.

La troupe de Khurram n'était pas partie depuis dix jours que l'impératrice Jagat Gosini mourait. La maladie s'était brusquement abattue sur elle, sous forme de fièvre le soir, de délire le lendemain puis d'un coma dont elle n'avait jamais émergé. Après que Mahabat Khan, son seul allié, eut été banni à Kaboul, elle s'était vu confiner dans la vie la plus obscure. Khurram lui-même s'était détourné d'elle ; pour tout dire, elle l'avait perdu le jour où Ruqayya le lui avait enlevé ; et Arjumand avait achevé de l'isoler. La femme qui avait donné le jour au prince n'occupait que peu de place dans son cœur. Ruqayya l'avait vaincue.

Sans doute eût-elle trouvé quelque consolation dans les nouvelles qui parvinrent à Mandu quelques heures avant sa mort, mais elle ne les entendit pas. À Agra, un mois auparavant, Ruqayya Sultan Begam était morte elle aussi. Elle n'avait jamais voulu suivre la cour vers Ajmer ni Mandu. Et un jour, dans le palais désert du zénana du fort d'Agra, elle vit le rat fou traverser ses appartements pour aller s'écraser contre le mur. La peste bubonique l'emporta. Cependant, elle mourut comme elle avait vécu, la tête haute.

Mehrunnisa la regretta beaucoup plus qu'elle ne l'eût imaginé. Pourtant, elle ne l'avait pas vue depuis plusieurs années, mais, au fond, elle avait toujours su que son amie était là, qu'elle pouvait lui demander son avis si besoin était, bavarder avec elle, ne fût-ce que par écrit... non, c'en était fini.

Parviz continuait de mener au Dekkan sa vie désordonnée. Seul le prince Chahryar se trouvait encore à la cour. Khurram poursuivit son chemin vers les batailles qui l'attendaient, certain d'avoir infligé une nouvelle défaite à Mehrunnisa. Cependant, il avait oublié que son jeune frère avait dix-sept ans, qu'il était né la même année que Ladli.

Chahryar était en âge de se marier.

Chapitre 21

Le revenu des terres appartenant à la Couronne rapporte au roi cinquante crous de roupies ; chaque crou vaut cent leckes et chaque lecke vaut cent mille roupies ; ce qui, dans notre monnaie, correspond à cinquante millions de livres ; somme incroyable, excédent ce qui se dit de la Chine.*

– J. TALBOYS WHEELER, *Premiers Voyages aux Indes, seizième et dix-septième siècles*

Sir Thomas Roe était aux Indes depuis deux années et commençait à désespérer. Pour ce qui était du traité, la situation n'avait pas plus évolué qu'au premier jour. Les fièvres qui l'avaient pris à son arrivée ne le quittaient jamais vraiment, allant et venant avec une effrayante régularité, le laissant chaque fois plus malade. Il avait appris les dialectes locaux et pratiquait un persan hésitant avec Jahangir. Pour ce qui était du traité, ou de toute discussion s'y rapportant, il devait s'en remettre aux interprètes et surveiller les réactions de l'empereur. Or, comme à son habitude, ce dernier gardait une physionomie de marbre et énonçait une réponse polie. Avec lui, la diplomatie devenait un processus fastidieux et Roe commençait à manquer de patience.

* Ce montant dut en effet paraître astronomique à notre auteur, dans la mesure où le revenu moyen de l'Angleterre en ce temps-là devait tout juste dépasser le million. *(N.d.A.)*

Pourtant, ses hôtes se montraient des plus amicaux. Tous les jours ou presque, il recevait une pièce du gibier tué par l'empereur, ours, sanglier, nilgaut, chevreuil, perdrix. Mehrunnisa lui adressait souvent une de ses esclaves, qu'il renvoyait poliment sans l'avoir touchée, merci, Votre Majesté ; mais cette maison n'étant habitée que par des célibataires, les femmes n'y avaient pas leur place. Elle lui offrait de juteux cantaloups qu'elle cultivait dans ses jardins du zénana. L'ambassadeur en raffolait d'autant plus qu'ils le rafraîchissaient agréablement par les grandes chaleurs de l'été.

Chaque fois, il trouvait le moyen d'expédier au couple impérial un petit cadeau en remerciement. La Compagnie lui en avait fait parvenir de grosses cargaisons dans l'espoir d'y gagner le droit de commercer aux Indes. Cependant, Roe ne pouvait en aucune façon se mesurer aux munificences de Mehrunnisa et Jahangir.

Ce qui n'empêchait pas ceux-ci de tergiverser, sans jamais porter leur signature sur le traité tant désiré. L'impératrice avait obtenu ce qu'elle voulait de cet ambassadeur, la protection de ses navires contre les Portugais, quand même ses capitaines prenaient encore la précaution d'emporter avec eux le cartaz des jésuites. C'est ainsi que, relevant d'une nouvelle fièvre, Roe se trouva un beau jour nez à nez avec des prêtres revenus à la cour et porteurs d'un envoi spécifique du vice-roi. Ainsi Mehrunnisa jouait-elle sur les deux tableaux. Anglais et Portugais rivalisaient désormais pour protéger les mers sans savoir comment se débarrasser les uns des autres.

Roe ne dit rien mais comprit qu'il avait été adroitement joué. Il espérait toujours obtenir son traité alors que Mehrunnisa ne lui avait même pas demandé quelle sorte de commerce il voulait organiser avec l'Angleterre.

De fait, ce pays n'avait pratiquement rien à offrir en assez grande quantité pour pouvoir exiger une quelconque exclusivité commerciale. Le drap de coton britannique parut vite trop épais pour le chaud climat de ces latitudes. L'Empire détenait l'avantage. En tant que représentant officiel de la Compagnie des Indes orientales, Roe devait également acheter toutes sortes de marchandises, gomme-laque, cuivre, laiton, argent, coton, indigo, salpêtre, opium ainsi que nombre d'épices, poivre, curcuma, safran, les deux éléments les plus importants restant l'indigo et le coton.

Les Anglais rivalisaient avec les Portugais mais aussi avec les Hollandais qui venaient de faire leur apparition sur la terre indienne. Si bien que le cours de l'indigo fluctuait sans cesse, en fonction de la demande et des récoltes. Roe se tenait constamment informé des prix sur le marché de Bayana, où cette plante était cultivée, et dès que ceux-ci diminuaient, il en achetait de grosses quantités qu'il conservait dans les entrepôts de la Compagnie avant de les expédier par le premier navire en partance pour l'Angleterre.

Avec si peu à vendre et tant à acheter, les Anglais déversaient des tombereaux d'or et d'argent sur l'Inde, que l'Empire s'empressait de fondre pour en tirer des pièces à l'effigie de Jahangir.

Roe ne cessait d'adresser des courriers à la Compagnie des Indes orientales pour l'avertir des conséquences inévitables de telles prodigalités. Le Trésor impérial s'en trouvait tellement gonflé que les mines d'argent du pays n'étaient plus exploitées. Dès que l'Empire avait besoin d'argent, les Anglais le donnaient pratiquement au Trésor moghol, qui n'avait qu'à se servir. Ainsi, outre ses soucis diplomatiques, Roe devait encore considérer ce casse-tête. Finalement, la Compagnie accepta de se livrer au troc plutôt que d'acheter.

Arrivèrent ainsi des porcelaines de Macao, du camphre de Bornéo, des épices d'Achin et de Banten, de la soie sauvage, de l'aloès du Siam, de l'ivoire et de l'ambre d'Afrique, de l'argent du Japon. Les marchés d'Agra regorgeaient de ces curiosités provenant de mille pays où aucun marchand indien n'avait jamais mis les pieds.

Aussi Roe poursuivait-il, bon an mal an, sa pénible mission, remplissant ses devoirs aussi consciencieusement qu'il le pouvait, aspirant plus que jamais à retrouver la froide humidité de l'Angleterre. Un après-midi, alors qu'il faisait la sieste dans un hamac, un serviteur vint lui annoncer que Jahangir et sa troupe passaient par là. L'ambassadeur se précipita pour lui présenter ses hommages et plongea dans un profond salut devant l'impérial cavalier.

– Monsieur l'ambassadeur, comment vous portez-vous ?

– Bien, Votre Majesté.

– Qu'avez-vous pour moi ?

Jahangir regardait avec curiosité le livre que Roe tenait à la main.

Ainsi que l'étiquette le voulait, on ne pouvait jamais se présenter devant l'empereur sans un cadeau, aussi Roe avait-il saisi au passage l'atlas de Mercator car il n'avait rien d'autre chez lui qui fût assez présentable ; il attendait toujours le dernier envoi d'Angleterre. Arrivé aux Indes, il avait pu constater, en comparant l'ouvrage avec les cartes locales, que Mercator avait commis une erreur dans le tracé de l'Indus, l'envoyant se jeter dans le golfe de Cambay au lieu du Sind. Lahore n'avait jamais été proche de la Ravi ; quant à Agra, la capitale de l'Empire, il n'en était pas fait mention.

Néanmoins, il offrit l'atlas.

– Puisque vous possédez un si vaste empire, Votre Majesté, veuillez accepter ce livre de cartes. Je donne le monde à un puissant souverain.

– Tout ce qui vient de vous, petit ou grand, est largement apprécié, sir Thomas, assura Jahangir, une main sur le cœur. Dites-moi, votre dernier navire a-t-il jeté l'ancre ?

– Je l'attends d'un jour à l'autre, Votre Majesté.

– Où habitez-vous ?

Jahangir regardait autour de lui. Roe désigna la mosquée en ruine qui lui servait de demeure.

– C'est très joli, dit aimablement l'empereur.

Et il fit signe à sa troupe de se remettre en route. Roe salua et attendit qu'il eût disparu.

Quelques jours plus tard, Roe apprenait que le navire anglais avait atteint Surat. Parmi les cadeaux qu'il apportait pour Jahangir se trouvaient deux mastiffs. Edwards lui en avait déjà offert un qui s'était montré si féroce à la chasse qu'il avait tué un léopard et un sanglier, tandis que les chiens venus de Perse avaient gémi de terreur. Impressionné, Jahangir en avait commandé d'autres à Roe. Six mastiffs avaient ainsi quitté l'Angleterre, dont deux seulement avaient survécu au voyage.

Jahangir ordonna que ces deux animaux l'accompagnent dans tous ses déplacements, et qu'on les transporte dans des palanquins d'or et d'argent. Chaque chien avait quatre personnes à son service et Jahangir se fit fabriquer des pinces d'or afin de pouvoir leur présenter de la viande sans risquer une morsure.

Le navire apportait également les chapeaux demandés, les manteaux et ces tableaux qui plaisaient tant à l'empereur. Il les examinait avec Mehrunnisa puis, ensemble, ils en choisissaient quelques-uns qui étaient expédiés dans les ateliers impériaux pour y être copiés à l'identique. On les offrait ensuite comme une marque de faveur aux dames du zénana et aux courtisans. C'est ainsi que scènes de chasse, batailles, portraits de gentilshommes et de nobles dames de la cour du roi Jacques Ier ornaient les palais du harem et les demeures des notables de Mandu.

Quelques jours plus tard, Jahangir convoqua Roe et lui montra un tableau représentant Vénus et le satyre. Il s'arrêta surtout sur les cornes et la peau basanée du faune.

– Il faut me promettre de ne rien dire, monsieur l'ambassadeur. Je m'en vais demander à nos amis ce qu'ils pensent de cette merveilleuse peinture que vous nous avez apportée d'Angleterre.

Là-dessus, il se tourna vers les courtisans assemblés autour de lui.

Chacun de donner une explication qui n'eut pas l'heur de plaire à l'empereur.

– Vous n'avez rien compris, assura-t-il lorsque le dernier eut parlé. À vous de nous relater ce qu'il en est, mon révérend.

Il s'adressait au révérend Terry, le compagnon et chapelain de Roe.

– Votre Majesté, intervint ce dernier, le révérend est un pasteur, un homme de Dieu. Il n'entend que peu de choses à ces affaires-là.

– Fort bien, sir Thomas, il vous revient donc de nous éclairer.

Roe hésita. Il sentait que quelque chose lui échappait, mais quoi ?

– Votre Majesté, l'artiste désirait seulement faire la preuve de son talent, mais l'interprétation m'en échappe. Je n'avais jamais vu cette œuvre.

– J'accepte donc votre excuse et m'en vais vous donner mon explication.

D'un ton toujours aussi aimable, Jahangir prononça des paroles qui ne l'étaient pas du tout :

– La morale de ce tableau est la suivante : le peintre raille les Asiatiques. Cela se voit du fait que le satyre dénudé, avec sa peau basanée, nous représente, nous. Regardez là, Vénus le tient captif par le nez, et c'est une femme blanche. Le peintre veut ainsi montrer son mépris pour tous les Asiatiques en les représentant captifs des Blancs.

– Certainement pas, Votre Majesté ! intervint vivement Roe. Pardonnez-moi si cette œuvre vous a offensé mais ce n'est là qu'un malentendu.

– Peu importe. Je n'en accepterai pas moins votre cadeau. Vous pouvez vous retirer maintenant, monsieur l'ambassadeur.

Roe salua.

– Au fait, reprit Jahangir en lui tendant le livre, je vous rends cet atlas de Mercator. Je l'ai montré aux mullas et aucun n'y a rien compris. Je ne saurais vous priver d'un tel joyau.

Jurant intérieurement, Roe salua encore. Il venait de commettre deux erreurs dont une ne lui était pas imputable. Il se précipita chez lui pour expédier une lettre furieuse à la Compagnie des Indes orientales, rapportant par le détail l'incident du tableau et les priant de prendre garde, à l'avenir, de ne plus envoyer de toiles allégoriques, de peur d'offenser l'empereur.

En revanche, il ne devait s'en prendre qu'à lui-même pour l'incident de l'atlas. Encore la chose n'était-elle due qu'au fait d'avoir manqué d'objets à offrir. Mercator ne représentait l'Empire moghol que comme une triste région sans intérêt. Il y avait d'autres pays aussi vastes, certains explorés, d'autres non. L'empereur s'était lui-même dénommé « Conquérant du monde » lors de son accession au trône – à en croire Mercator, il n'en était rien. Roe avait insulté Jahangir.

L'empereur ne fit plus allusion au tableau. Il en avait dit ce qu'il en avait à dire – simple faux pas diplomatique ; si les Anglais voulaient demeurer aux Indes, ils ne recommenceraient pas. Les huiles et les aquarelles expédiées d'Angleterre ne devaient désormais représenter que des scènes heureuses et insignifiantes, plaisantes à l'œil mais en aucune façon soupçonnables de la moindre arrière-pensée.

Le temps passait. La peste finit par disparaître du nord de l'Inde. Un autre hiver arriva, que tous redoutaient ; mais non, Agra, Delhi et Lahore survécurent. Jahangir et Mehrunnisa décidèrent de regagner Agra et, de là, de se rendre au Cachemire pour la première fois depuis leur mariage.

L'empereur fit à Roe la même proposition qu'à William Hawkins : s'il désirait rester et quitter la Compagnie des Indes orientales, il n'avait qu'un mot à dire. Le Trésor impérial lui verserait un haut salaire, infiniment plus élevé que ce que lui donnait la Compagnie ; il deviendrait officiellement l'un des mansabdars de l'Empire, commandant de mille cavaliers, et prendrait le titre de Khan. Sir Thomas Roe Khan. Ou Khan Thomas Roe. Comme il voudrait.

Roe écrivit une dernière lettre à la Compagnie des Indes orientales pour offrir sa démission et recommanda de ne plus envoyer d'ambassadeur « officiel » à sa place. Il ne servait à rien de vouloir arracher un traité à l'empereur : Sa Majesté était trop rusée pour laisser échapper l'énorme avantage dont elle disposait, à savoir dresser Anglais et Portugais les uns contre les autres.

Le 17 février 1619, une flotte de bateaux prit la mer depuis Surat en direction de l'Angleterre. Sir Thomas Roe se trouvait à bord de l'*Anne*.

Il voulait rentrer chez lui.

Chapitre 22

Il n'y avait pas assez de place dans un seul empire pour des esprits aussi dominateurs que ceux de Nur Jahan et de Chah Jahan. Chacun connaissait trop bien l'autre pour se laisser prendre à la moindre chimère. L'issue ne faisait donc pas de doute : Nur Jahan devait soit se retirer de la vie publique, soit remplacer Chah Jahan par un instrument plus malléable. Avec l'audace et l'ambition qui la caractérisaient, elle préféra cette dernière option. Les difficultés s'annonçaient démesurées mais elle n'était pas de celles qui se laissent décourager par les difficultés.

– BENI PRASAD, *Histoire de Jahangir*

Cette année-là, Agra connut une mousson régulière. La chaleur se fondit dans la pluie et le ciel devint moins incandescent à midi. La Yamunâ attendait paresseusement. De délicieuses brises commençaient à circuler dans la ville, soulevant les ghagaras de soie, caressant les visages, allégeant les esprits et suscitant les sourires.

La ville avait été parée de ses plus beaux atours, les rues balayées à coups de palmes, les pavés nettoyés à grande eau, les maisons reblanchies à la chaux, les odeurs et les blessures de la peste oubliées, les pièces, les jardins et les cours désinfectés. Les bazars d'Agra foisonnaient à nouveau de badauds en pleine santé. Plus de regards furtifs pour vérifier si l'homme qui tremblait près de vous n'apportait pas la peste, plus de fuite désordonnée à la vue d'un furoncle écarlate, sur un bras ou sur une jambe, prêt à cracher son pus, plus de traversée hâtive des ruelles la bouche et le nez protégés par les longs plis des turbans. La peste avait fui. Agra pouvait revivre. Et la ville avait bien des raisons de vivre car, après cinq longues années d'absence, l'empereur y revenait.

L'après-midi qui devait voir l'entrée du cortège impérial, les nuages de la mousson lâchèrent leur fardeau de pluie. Les visages se levèrent sur ces eaux tièdes, les bouches s'ouvrirent à cette douce averse prometteuse de vie qui allait finir de nettoyer la région des terribles souvenirs laissés par la mort de familles entières. L'empereur Jahangir avait décidé de revenir à ce moment-là, afin d'être reçu par la mousson.

Le peuple s'était massé le long de la route par où arriverait le cortège, les soldats s'alignant devant la foule pour empêcher les badauds de se jeter sous les pattes des éléphants. Quand apparut le premier pachyderme, la foule cria :

– *Padchah salamat !* Longue vie à l'empereur !

De toutes les mains volaient fleurs de jasmin et de soucis. Installés sur un howdah d'or et d'argent, Jahangir et Mehrunnisa jetaient des poignées de roupies.

L'impératrice riait avec la foule, soudain heureuse de revenir à Agra. Son voile plaqué sur le visage par la pluie, elle ne sentait pas les gouttes qui dégoulinaient de son choli et de sa ghagara. Les hommes la louaient autant que son époux, accueillant son retour avec autant d'amour. Qu'il était bon de rentrer chez soi !

Ils retrouvèrent le palais comme s'ils l'avaient quitté la veille. Dans le jardin, quelques arbres étaient morts et on les avait donc coupés. Dans le zénana, divans et tapis avaient été brûlés après la peste. Mais rien d'autre n'avait changé. Les sols de marbre brillaient de propreté, le lourd parfum du musc agrémentait les corridors et les appartements. Les tapis, nouvellement tissés dans les ateliers d'Agra, étincelaient de couleurs. Jardins et vérandas naguère déserts répercutaient les voix enchantées des femmes restées sur place qui venaient en courant accueillir Jahangir et Mehrunnisa. Ils saluèrent les plus âgées et se retirèrent dans leur palais. Et Mehrunnisa put enfin songer à préparer le mariage de Ladli.

La jeune fille fut dispensée des formalités d'usage. Habituellement, il fallait commencer par une rencontre avec la marieuse, femme en général âgée, ridée, aux cheveux gris, aux dents jaunies par le tabac. Elle exerçait une charge fructueuse puisque tout le monde finissait par se marier un jour ou l'autre ; aussi se tenait-elle sans cesse informée de toute nouvelle naissance et rendait-elle sans cesse visite à ses voisines pour se tenir au courant des progrès de leurs enfants. Comment se passaient les études du garçon avec le mulla ? La fille faisait-elle des progrès en broderie, savait-elle piquer des perles dans la soie ? Si la réponse était non, ce tyran domestique ne se privait pas de leur taper sur les doigts. Veux-tu bien te marier ou non ? Le moment venu, lorsque les parents se mettaient en quête d'une épouse pour leur fils, ils allaient d'abord voir la marieuse.

Mehrunnisa avait eu tout le temps de réfléchir au mariage de Ladli après le départ du prince Khurram pour le Dekkan. Il envoyait de temps à autre des nouvelles, annonçant quelques victoires mineures. Il récupérait peu à peu le terrain perdu. Les hommes d'Ambar Malik se faisaient capturer ou prenaient la fuite, laissant l'armée impériale occuper les lieux abandonnés. Plusieurs mois avaient passé depuis son départ et Mehrunnisa observait Ladli, qui semblait se calmer. Elle savait, maintenant. Désormais, le temps agissait. Elle ne courait plus à travers les corridors, son rire ne retentissait plus derrière Mehrunnisa tandis qu'elle préparait ses farmans, et l'éclat de ses yeux gris se voilait souvent de tristesse.

Ce fut à cette époque, alors que Mehrunnisa se débattait au milieu des demandes de traité de Thomas Roe et que Ladli semblait se désintéresser de tout, que l'empereur Jahangir retomba malade. Les symptômes furent semblables à ceux de la première fois ; son asthme revint et Mehrunnisa passa des heures à le veiller en se prenant parfois à désirer respirer à sa place, écoutant ses poumons s'emplir et se vider avec la même difficulté. Elle lui faisait la lecture quand il souhaitait entendre le son de sa voix, elle dormait à même le sol, adossée au divan de son époux, la tête à portée de sa main. Il n'avait qu'à la toucher ou seulement à bouger pour qu'elle s'éveillât. Ladli lui rendait visite, elle aussi. Elle ne parlait jamais de Khurram mais lorsque des nouvelles leur parvenaient, elle quittait la chambre.

Ainsi Mehrunnisa se retrouvait-elle entre un époux et une fille qu'elle aimait aussi tendrement, tout en conservant les rênes du gouvernement entre ses mains. C'était elle qui se rendait au jharoka chaque matin et il n'y avait plus de darbars au Diwan-i-am ni au Diwan-i-khas ; toutes les affaires de l'Empire se réglaient dans la cour sous le balcon du jharoka. Chaque journée la trouvait plus fatiguée. Néanmoins, Jahangir se remit assez vite, beaucoup plus vite qu'elle ne l'eût pensé, bien que son souffle le gênât grandement. Quand il fut guéri, il lui offrit un cadeau.

Il l'autorisa à frapper monnaie à son nom. C'était un immense privilège. Depuis qu'existait l'Empire moghol, aucune femme n'avait jamais vu son effigie ou son nom apparaître sur une pièce d'or ou d'argent. D'un côté, elle fit graver les signes du Zodiaque, de l'autre, ces mots en persan : « Par ordre du roi Jahangir, l'or gagne cent fois en valeur si le nom de Nur Jahan, la reine, y est gravé. » Désormais, sa place dans l'Empire devenait celle d'une authentique souveraine. Elle pouvait s'asseoir au jharoka ; elle avait sa propre monnaie ; elle était empereur en tout si ce n'était en nom.

Il existait trois signes d'autorité suprême en Inde moghole : la capacité de signer des farmans, de frapper monnaie de son nom ou de son effigie, et le khutba. Mehrunnisa possédait déjà les deux premiers. Le troisième consistait à clamer le nom de l'empereur dans les régions les plus retirées du vaste pays moghol, où beaucoup de ses sujets vivaient et mouraient sans rien connaître d'autre de lui que son nom – jamais ils ne le verraient, ne sauraient rien de sa vie ni de lui-même. Le khutba disait ceci : « Longue vie à Jahangir Padchah, Lumière des croyants, Conquérant du monde, Seigneur tout-puissant ». Tous les vendredis avant les prières de midi, les muezzins de toutes les mosquées de par l'Empire chantaient le nom de l'empereur Jahangir. Et, comme le dernier écho de leur litanie s'éteignait, voici que retentissait une voix irréelle qui disait aussi le nom de Mehrunnisa.

L'Empire commençait à comprendre que Jahangir et elle ne faisaient qu'un. Plus personne ne se demandait par quels artifices elle s'était frayé un chemin dans le cœur de l'empereur ; elle était là, désormais, aussi précieuse que la vie du souverain. Il se souciait peu des insinuations ordurières qui mettaient en doute sa virilité pour laisser une femme se mêler d'affaires d'hommes. Il était assez sûr de lui pour ne pas s'en formaliser. Il n'avait confiance en personne d'autre qu'en Mehrunnisa et ne se privait pas de le faire savoir à ses courtisans, à ses nobles, à ses généraux.

À mesure que le pouvoir de l'impératrice grandissait, elle voyait Ladli dépérir ; la jeune fille était devenue l'ombre d'elle-même et passait silencieusement dans les appartements de sa mère. Elle avait tellement maigri que ses yeux lui mangeaient le visage. Pourtant, elle souriait encore et, chaque fois que cela lui arrivait, Mehrunnisa en avait le cœur brisé. Elle n'en voulait que davantage à Khurram, qui s'était joué de la malheureuse avec une cruauté consommée.

Encore à Mandu, quelques jours avant de reprendre le chemin d'Agra, Mehrunnisa s'était rendue dans les appartements de Ladli. Elle la trouva en train de peindre à la lumière du jour, assise par terre, les pieds glissés sous un divan, le chevalet posé sur ses genoux. Ses couleurs rangées dans des godets d'argile s'alignaient autour d'elle et elle n'avait pas ramassé le pot de rouge renversé sur la pierre et qui évoquait une tache de sang. Ladli leva la tête, ses joues rougies par la chaleur, des mèches s'échappant de sa natte.

Mehrunnisa s'assit à côté d'elle :

– Que peins-tu, ma fille ?

– La vue de cette fenêtre.

Ladli la désigna de son pinceau. Elle avait les doigts pleins de vert et de bleu. Sur sa toile, Mehrunnisa aperçut des silhouettes de manguiers, reconnut le vert profond de leurs feuilles et devina un hibou perché sur une branche. Elle embrassa sa fille sur la tempe.

– Tu as du temps, maman ?

– Un petit peu, ma fille. Ensuite, je devrai m'en aller.

Ladli plongea son pinceau dans l'eau, le secoua énergiquement et frotta les soies pour en nettoyer le reste de peinture verte, puis elle le trempa dans la tache rouge répandue sur le sol. Les yeux du hibou s'animèrent.

– C'est une couleur nocturne, observa Mehrunnisa. Les yeux du hibou deviennent brun et jaune à la lumière du jour.

Ladli sourit.

– Ce n'est qu'une question de point de vue. Pour moi, un hibou a les mêmes yeux de jour ou de nuit. Les mullas prétendent qu'il ne voit rien au soleil, alors je l'aide à voir.

Soudain grave, elle se retourna vers sa mère :

– Qui cela sera-t-il, maman ? Parviz ou Chahryar ?

Mehrunnisa lui passa un bras sur la taille et posa la tête sur son épaule. Elle se sentait vieillir. Peut-être pas en années mais cette constante lutte pour maintenir l'équilibre de l'Empire la fatiguait. Ladli était devenue une jeune femme et s'éloignait de sa mère. Où avait-elle appris à raisonner avec cette finesse ? Ce devait être inné mais caché sous cette fraîcheur enfantine qui avait depuis peu fait place à une indicible langueur. Ladli demander quel prince elle allait épouser ! D'une façon ou d'une autre, elle avait été mise au courant du refus de Khusrau. Le visage enfoui contre son épaule parfumée, Mehrunnisa priait pour qu'elle ignorât toujours celui de Khurram.

– Chahryar, finit-elle par répondre. Parviz est un gringalet.

Un petit rire secoua la poitrine de Ladli.

– Le choix est plutôt maigre, n'est-ce pas, maman ? Parviz n'est sans doute qu'un gringalet mais Chahryar est surnommé nashudani. Un bon à rien.

Caressant le visage de sa mère, elle l'attira davantage contre elle.

– A-t-il... dit oui ?

C'était la première fois que la malheureuse hésitait quelque peu.

– Oui.

Mehrunnisa n'ajouta pas que Chahryar disait toujours oui. Il n'avait aucune opinion sur rien ou, s'il en avait, il se gardait bien de l'émettre. Quelle triste alliance elle allait faire là ! Mais lui restait-il une autre alternative ? Ce devait être Parviz ou Chahryar. Parviz était un ivrogne, Mehrunnisa n'en savait pas davantage sur lui car elle ne l'avait pas vu depuis des années. Au moins Chahryar avait-il grandi à la cour... on connaissait ses incohérences. Il représentait un moindre mal.

– Quand le mariage aura-t-il lieu ?

– Dès que nous aurons regagné Agra.

Elle passa son autre bras autour du cou de Ladli et toutes deux s'étreignirent longuement.

Par-dessus l'épaule de sa fille, Mehrunnisa aperçut un livre relié de cuir marron aux inscriptions dorées à l'or fin. Elle le ramassa. Des poèmes de Firdusi. Un peu de poussière d'or lui resta sur les doigts.

– Tu aimes Firdusi ? demanda-t-elle.

Ladli sourit avant de répondre, sans le moindre reproche dans la voix :

– Depuis toujours, maman.

– Je croyais que tu n'aimais pas la poésie !

– Avant, il y a longtemps. Pourrais-tu me rendre mon livre ?

– Oui, bien sûr.

En le tendant à sa fille, elle vit qu'il s'ouvrait en son milieu sur une fleur séchée qui lui glissa dans la main. Elle la saisit et la tint devant le soleil : une rose à peine épanouie, à jamais figée dans cet état, ses pétales exquisément formés mais décolorés.

Ladli avait vivement tendu la main vers sa mère :

– Je... pourrais-tu me le rendre, maman ?

Surprise par la véhémence de sa réaction, Mehrunnisa questionna :

– Tu fais sécher des fleurs, ma chérie ?

– Non, souffla la jeune fille. Juste celle-ci.

Pourquoi ? voulut demander sa mère. Pourquoi juste celle-ci ? Mais Ladli semblait s'être repliée sur elle-même, loin de ce palais, au bord d'une frontière lointaine de l'Empire. Le doux parfum de la rose imprégnait les pages du livre. Une rose muscade de Perse, celle dont on se servait pour fabriquer l'attar au parfum si fort. C'étaient des fleurs précieuses, cultivées dans les jardins impériaux dans ce seul but. Quoique... maintenant qu'elle y repensait... À Ajmer, dans le palais de Khurram, un buisson avait envahi les murs du jardin, avec ses branches croulant de fleurs blanches, telles des perles au clair de lune. Et cela dans le palais de Khurram seulement...

Elle mourait d'envie de demander à Ladli si c'était lui qui la lui avait offerte. Et pourquoi ? Dans quelles circonstances ?

Mais elle n'en dit rien et se contenta d'embrasser sa fille sur le front, sur les joues, sur le menton et sur le nez.

– Tu seras contente, ma fille.

– Certainement. Je sais bien que je vais devoir me marier un jour. Et nous sommes peu nombreuses à pouvoir choisir avec qui.

Il y avait une philosophie dans ces paroles, une réflexion qui ne correspondait certes pas à l'âge de la jeune fille. À sa place, Mehrunnisa eût piqué une crise de rage, au moins intérieurement, et pour le moins montré à bapa, Abul et sa mère qu'elle n'était pas contente. Mais Ladli savait remarquablement se contrôler, comme si elle élevait un mur de protection entre le monde et elle, même face à Mehrunnisa.

Celle-ci l'embrassa encore une fois et se leva. La voix de sa fille l'arrêta sur le seuil ; elle n'avait pas levé la tête de sa rose muscade séchée :

– Maman, as-tu demandé à Khurram ?

Le mariage eut lieu en avril 1621, peu après le retour de la cour à Agra. Chahryar envoya à Ladli un ruban d'or brodé d'une centaine de petits diamants parfaitement taillés, à titre de promesse d'épousailles. Elle lui retourna cinq feuilles de paan, de bétel, accompagnées d'une petite boule de sucre brut, de noix d'arec et de sucre en morceaux, enveloppés dans un mouchoir de soie rouge. Voici des douceurs, Seigneur, à l'occasion de tes fiançailles. On donna de la musique sur les pelouses, sous les arbres de chenar ; les malis avaient travaillé dur pour arracher les épines des rosiers afin qu'aucun voile de mousseline ne vînt s'y prendre lorsque les femmes danseraient. Le matin du mariage, ils se levèrent tôt pour cueillir des soucis et des lys afin de tresser des guirlandes. Des cadeaux sortirent du zénana pour gagner le mardana où vivait Chahryar, soieries, bijoux, selles serties d'émeraudes, pur-sang arabes, confiseries issues des cuisines impériales, carafes de vin en or et en argent, farmans de Mehrunnisa adressés au prince. Son mansab fut élevé et son revenu doublé. Il devenait général à la tête de huit mille cavaliers et cinq mille fantassins – presque autant que Khurram. Mehrunnisa signa le farman de sa main. Les princes du sang étaient riches mais aucun ne possédait une fortune pareille à celle de l'épouse préférée de leur père – les revenus de Mehrunnisa équivalaient à ceux d'un général de trente mille cavaliers ; toutefois, aucun noble, aucun militaire ne pouvait mettre son nom sur un tel revenu annuel.

Durant la cérémonie, Mehrunnisa avait pris place derrière le rideau qui séparait les dames venues du zénana impérial. Elle entendit le qazi demander à Chahryar s'il voulait prendre Ladli pour épouse. La réponse fut presque inaudible. Il eût pu passer pour un glorieux prince, les mains couvertes de diamants et d'émeraudes, sa qaba de soie brodée des plus fins zaris d'or, son turban orné d'une aigrette de rubis et de diamants, s'il n'était resté ainsi avachi sur son divan.

Le qazi se tourna vers Ladli et lui posa la même question.

– Oui, répondit-elle plus fort.

Sa voix n'avait pas tremblé.

Chahryar se tourna vers celle qui devenait sa femme. Elle était assise derrière le rideau du zénana, à côté de Mehrunnisa, voilée des pieds à la tête dans de la mousseline rouge.

Il ne l'avait pas vue depuis des années. Bien qu'ils eussent grandi dans le même palais, c'était comme s'ils avaient été élevés dans des pays différents puisque Ladli n'avait pas quitté Mehrunnisa et Jahangir tandis que Chahryar restait dans son coin isolé, entouré de myriades de gouvernantes.

Le qazi les appela à la prière et tous baissèrent la tête. Ladli se mit à trembler violemment, alors sa mère lui prit la main et la porta sur son cœur, soudain écumante de colère. Tout cela à cause de Khurram. Ils ne se seraient pas trouvés là, dans la maison de Ghias Beg, pour assister à cette mystification de mariage si le prince n'avait pas fait tant de manières pour devenir son gendre. Mehrunnisa lui avait retiré toute son affection, mais Ladli... Ladli souffrait et il n'en fallait pas davantage pour enrager l'impératrice. Car il eût bien traité sa fille, elle le savait, peut-être même lui eût-il rendu visite de temps à autre lorsque Arjumand ne se serait pas sentie très bien. Cela eût suffi.

Elle baisa la main de sa fille et la posa contre sa joue. La prière était terminée ; aussi l'assistance se leva-t-elle et les félicitations fusèrent-elles des deux côtés du rideau. Seule Ladli restait assise, le tête penchée. Et Mehrunnisa avait l'impression que tous ces sourires étaient faux, toutes ces voix forcées, même la sienne. Elle riait en s'efforçant de ne pas regarder du côté de sa fille quand elle parlait de son bonheur.

Elle envoya des esclaves porter la nouvelle à Asmat, qui gardait le lit car elle était souffrante. Ne fallait-il pas déjà y voir un mauvais signe ? Mehrunnisa préférait ne point y songer mais dire que la grand-mère de Ladli n'avait pas pu assister à son mariage...

De l'autre côté, Ghias Beg alla donner l'accolade à son fils. Abul et lui s'embrassèrent.

– Félicitations, bapa ! dit Abul.

– À toi aussi, mon fils. Ta nièce est mariée.

Ils se turent et regardèrent du côté de Mehrunnisa, qui leur adressa un signe. Ghias paraissait vieux et fatigué, peu enclin à se réjouir en ce jour de fête. Quant à Abul, il allait écrire à Khurram pour lui annoncer ce mariage. Mais vers qui se portaient sa tendresse et sa loyauté ? Vers sa sœur ou vers son gendre ? La junte avait succombé et ce mariage en marquait l'ultime rupture.

Les salons se vidèrent et l'on apporta de la nourriture pour festoyer. Mehrunnisa mangea lentement, sans vraiment goûter les naans dorés, le pain fraîchement cuit. Quant à elle, Ladli n'avala rien, retournant intacte son assiette de naans et de curry d'agneau et de chèvre. Elle pleurait doucement.

Mehrunnisa éprouvait une folle envie de la prendre dans ses bras pour la consoler, la rassurer, comme lorsqu'elle était une petite fille. Ce mariage se présentait mal et, pour la première fois, elle se demanda si elle avait bien fait. Mais avait-elle seulement eu le choix ?

Quelques semaines plus tard, la toux sèche de Jahangir le reprit et il retomba malade. Mehrunnisa décida de l'emmener au Cachemire en espérant que l'air de la montagne lui ferait du bien.

Dans le Dekkan, Khurram commença par reconquérir Burhanpur, cette ville que Parviz avait gouvernée et où il avait reçu sir Thomas Roe ; celui-ci lui avait d'ailleurs offert la meilleure eau-de-vie acquise par la Compagnie des Indes orientales. Ensuite, Khurram se dirigea vers Khirki, la capitale de la province d'Ahmadnagar, et y mit le feu après en avoir enfermé les habitants dans leurs maisons. Longtemps monta la puanteur des cadavres d'hommes et d'animaux calcinés.

Quant au prince, il poursuivit Ambar Malik jusqu'à Daulatabad, où il mit le siège en attendant patiemment que l'Abyssinien se rendît ou mourût. Ce fut alors que la lettre lui parvint.

Devant sa tente, il apprit le mariage de Ladli et jeta la missive au feu. Qui pouvait vouloir épouser ce nashudani ? Ladli méritait un homme tel que lui, Khurram, un prince digne de ce titre, un guerrier, le futur empereur... Il n'avait pas oublié la charmante enfant qu'elle avait toujours été, puis la gracieuse jeune fille au pied léger qu'elle était devenue, avec ses sourires qui semblaient constamment cacher quelque secret. Après la nuit d'Ajmer, il ne l'avait guère plus vue. Elle venait toujours au palais mais beaucoup moins qu'auparavant, plus timide que jamais avec lui. La tentation de l'épouser, de l'amener dans son harem avait été grande. Pourtant il n'en avait rien fait... et elle avait dû se marier avec quelqu'un d'autre. Mais le nashudani... ?

Voilà qui changeait tout. Il avait emmené Khusrau avec lui pour s'assurer que Mehrunnisa n'aurait aucune chance de le marier à sa fille. Or il s'était trompé de prince. Elle avait dû manigancer ces noces alors même qu'il partait pour le Dekkan.

Il tira si fort sur ses cheveux qu'une mèche lui en resta dans la main. D'un geste exaspéré, il l'envoya rejoindre la lettre dans le feu. Une odeur âcre le fit éternuer et il se détourna. Qu'allait-il faire, maintenant ? Jahangir était de nouveau malade, et s'il allait mourir... ? Chahryar deviendrait empereur et lui, Khurram, se trouverait trop loin pour pouvoir intervenir. De plus, Ambar Malik était sur le point de se rendre ; s'il partait maintenant, tous ces mois de combat seraient réduits à néant. Mais s'il rentrait victorieux, si son père vivait, il saurait regagner la faveur de l'empereur. Aussi pendant la nuit, alors que le camp dormait autour de lui et que le feu se réduisait peu à peu à quelques braises, Khurram demeura-t-il sous les étoiles à réfléchir.

Au petit matin, il écrivit à Abul Hasan. Une lettre sans détour ni fioritures. Il savait que son beau-père lui était fidèle, à lui, non à sa sœur. Si Jahangir mourait, Abul devrait s'arranger pour lui conserver le trône. Le prince regarda le messager s'éloigner. Il lui était facile d'exiger cela d'Abul mais la réalisation de ce plan s'avérait d'une terrible complexité. Comment son beau-père pourrait-il préserver sa couronne sur un trône vide alors que Chahryar ne demandait qu'à s'en emparer ? Il lui fallait regagner Agra au plus vite.

Comme pour lui donner raison, les événements voulurent qu'Ambar Malik fût vaincu par la faim moins d'une semaine plus tard. Les négociations durèrent plus longtemps qu'il ne l'aurait souhaité, autour de joyeux banquets qui s'éternisaient. Trop impatient, Khurram décida de concéder aux royaumes de Bijapur, de Golconde et d'Ahmadnagar des termes plus qu'indulgents : ils devaient simplement envoyer cinq millions de roupies à l'empereur Jahangir.

Alors, le prince se précipita vers Burhanpur, où il écrivit une longue lettre à son père, embellissant les détails du siège contre Ambar Malik, se donnant un rôle plus important que celui qu'il avait joué, tant il avait hâte de retourner à la cour. Puis il attendit la réponse.

Celle-ci arriva mais elle ne contenait aucune invitation à revenir. L'empereur et Mehrunnisa le remerciaient pour ses efforts au nom de l'Empire ; il était un vaillant fils et sans doute... le bon air de Burhanpur lui convenait-il.

Khurram se répandit en diatribes auprès d'Arjumand et de tous ceux qui voulurent bien l'entendre, se rendit à la chasse et s'enivra au point qu'il fallait le ramener au lit tous les soirs. Cette fois, il ne recevrait pas de triomphe à la cour ni de regards attendris de son père. Chahryar le bon à rien l'avait remplacé.

Un mois plus tard, il s'était calmé. Il s'occuperait plus tard de Chahryar. Mais s'il voulait le trône il devait considérer que tout dignitaire de sang royal pouvait le lui soustraire. L'esprit clair, loin des vapeurs de l'alcool et de l'opium, il réfléchit de nouveau. Il avait demandé la garde de Khusrau pour plusieurs raisons. À demi aveugle et à demi fou, celui-ci n'en restait pas moins son frère aîné, autrement dit l'héritier le plus légitime du trône. Lui aussi constituait une menace.

L'empereur Jahangir avait dit un jour qu'il fallait savoir choisir entre l'empire et la tribu.

Le prince Khurram allait choisir.

Chapitre 23

Chah Jahan affecta un certain temps de traiter l'infortuné Chusero avec attention et respect... Il négligea l'autorité de la cour d'Agra et... revêtit, peu après, les titres impériaux, posant les fondations de son trône sur le sang d'un frère.

– ALEXANDER DOW, *Histoire de l'Hindoustan*

Khurram regardait les généraux de son armée pénétrer dans le vestibule du zénana. Chacun s'arrêtait sur le seuil, exécutait le konish et se dirigeait vers le prince pour le saluer à nouveau. Abdur Rahim arriva le dernier. Khurram avait insisté pour que le commandant en chef de l'armée moghole le rejoignît dans sa campagne du Dekkan – c'était l'une des conditions qu'il avait présentées à l'empereur. Aussi Abdur Rahim avait-il quitté le prince Parviz, auquel il était attaché depuis tant d'années, pour rejoindre l'armée de Khurram. Lui aussi salua le prince. Lorsqu'il se redressa, il s'aperçut que celui-ci lui présentait un masque impénétrable. Tous les nobles semblaient tendus, sur leurs gardes. Ils savaient l'heure grave puisque Khurram les avait conviés à l'intérieur du zénana. Rares étaient les hommes étrangers à la famille qui pouvaient mettre les pieds dans ce vestibule. Le prince leur accordait ainsi une insigne faveur. Mais pourquoi ? Qu'allait-il leur demander en retour ?

Il prit place sur son divan et leur adressa un signe de la main :

– Asseyez-vous.

Les nobles se regardèrent brièvement. Encore un privilège : ce genre de privauté n'était en général tolérée que dans les camps et sur les champs de bataille. Mais ils n'étaient plus en guerre et ils devaient traiter le prince Khurram comme ils l'eussent fait de l'empereur. Ils hésitèrent puis s'assirent sur leurs talons tremblants, à même les tapis.

– Vous avez tous juré le secret. Pas un mot de ce qui va être dit ce soir ne doit passer dans une autre oreille.

Les hommes hochèrent la tête.

– On vient de me faire savoir que l'empereur se mourait.

Ses interlocuteurs se contentaient de regarder droit devant eux. Ils avaient entendu parler de la maladie de Jahangir mais le croyaient maintenant guéri. Le prince ajouta doucement :

– Sa Majesté l'empereur Akbar s'était pris d'une grande affection pour moi. Il désirait que le trône me revînt...

À la droite de Khusrau, Abdur Rahim prit la parole :

– Le prince Chahryar est auprès de l'empereur, Votre Altesse et je me suis laissé dire qu'il avait le soutien de Leurs Majestés.

Khurram toisa le vieux soldat qui gardait péniblement sa posture, encore que rien dans son expression ne le laissât paraître.

– Ce serait aller contre les désirs de l'empereur Akbar, rétorqua-t-il.

Cependant, il s'avisa que si une résistance devait s'élever au sein de cette assemblée, ce serait d'Abdur Rahim qu'elle viendrait.

– Ainsi que le dit Votre Altesse, poursuivait ce dernier, Sa Majesté désirait que le poids de l'Empire reposât sur vos épaules. Mais c'était il y a longtemps.

– Et qui vois-tu à cette place ? s'emporta Khurram.

– Voilà certainement une intéressante question, répliqua le général.

Il soutenait sans faillir le regard du prince. Il avait vécu trop longtemps, traversé trop d'épreuves pour craindre qui ou quoi que ce fût.

– Vous êtes ni plus ni moins l'un des quatre princes héritiers.

– Parviz et Chahryar ? Dis-moi un peu ce qu'ils valent.

– Peu de chose, sourit Abdur Rahim.

– Et Khusrau ? Il est fou.

– Le prince a connu bien des infortunes.

– Le soutiendrais-tu encore ?

Perfidement, Khurram faisait allusion au rôle joué par Abdur Rahim lors de la rébellion de Khusrau contre Jahangir.

– Si tel est le cas, ajouta-t-il, il vaut mieux que tu partes maintenant. Car ce que je m'apprête à dire n'est pas pour toi.

Le général eut un geste apaisant des mains :

– Tout doux, Votre Altesse. Il vous faut agir posément et avec discrétion. Je désirais simplement souligner qu'autant nous pouvons tous ici vous jurer fidélité, autant certains, au sein de cet Empire, se tourneront plutôt vers les autres princes. Or le prince Khusrau est loin d'avoir tenu ses promesses...

Il n'en dit pas davantage. Khurram posa la main sur sa ceinture. Voilà exactement ce qu'il avait espéré. Voilà pourquoi il avait pris le risque de faire venir Abdur Rahim. Maintenant que le général avait clairement montré son allégeance, les autres le suivraient.

Alors il leur dit ce qu'il avait en tête. Aucune voix, aucun murmure de protestation ne s'élevèrent. Ils savaient tous que le jour où Khurram deviendrait empereur, il se souviendrait de ceux qui s'étaient trouvés rassemblés dans ce vestibule. Un à un, ils se levèrent et vinrent baiser le sol devant le prince. Lorsqu'ils furent partis, Khurram fit venir son esclave, Raza.

Quelques jours plus tard, Khusrau resta couché car il était pris de douloureuses coliques. Khurram lui envoya aussitôt ses médecins. Les hakims examinèrent le visage blême du prince, lui trouvèrent le pouls trop faible puis allèrent discuter dans un coin de la pièce. Ils n'osèrent prescrire un traitement, car il n'existait aucun traitement contre la détermination d'un frère à tuer son frère. Cela n'était désormais plus une rumeur mais un fait acquis. Lorsque Khurram avait demandé à emmener Khusrau, Jahangir avait été pris d'assaut par les plaintes des dames du zénana. Pourquoi Khurram demandait-il cela ? Il ne pouvait qu'avoir un funeste projet en tête. L'empereur les avait toutes écoutées mais, en fin de compte, une seule voix de femme avait prévalu, celle de Mehrunnisa. Elle avait décrété que Khusrau devait partir. Puisqu'il ne voulait pas épouser

Ladli, peu importait qu'il se trouvât à la cour ou en compagnie de Khurram. Elle ne se doutait cependant pas que le cadet allait tuer l'aîné, cette idée ne lui avait même pas traversé l'esprit tant cela pouvait paraître invraisemblable. Et sot : Khurram avait son frère sous sa garde ; si ce dernier mourait dans des conditions suspectes, prince du sang ou non, il serait décapité.

Les hakims demeurèrent aussi longtemps que possible dans la chambre du prince, en s'efforçant de ne pas entendre les murmures de Khalifa agenouillée au chevet de son époux. Elle priait. De temps en temps, elle lui prenait la main mais il souffrait trop pour réagir. Il ne savait même pas qu'elle était auprès de lui.

L'un des hakims se détacha du groupe et vint s'agenouiller à côté de Khalifa. Il leva les mains comme pour prier lui aussi et, le regard fixe, chuchota :

– Votre Altesse, savez-vous ce que le prince a mangé ?

Surprise, elle ne put s'empêcher de tourner la tête vers lui :

– Ce qu'il mange habituellement. Pourquoi cela ?

– Je vous en prie, souffla-t-il. Ne me regardez pas quand je vous parle.

– Fort bien.

– Peut-être... serait-il préférable que vous supervisiez personnellement ses repas.

– Du poison ! s'écria-t-elle. Vous craignez le poison !

Le hakim se releva.

– Je vous en ai déjà trop dit, Votre Altesse, je ne puis rester davantage.

Il sortit presque en courant, laissant une Khalifa éberluée derrière lui. Ce soir-là, elle ordonna qu'on construisît un chula de boue et de brique à l'extérieur de leurs appartements. Elle inspecta tous les morceaux de viande et tous les légumes qu'on lui apporta, les lava plusieurs fois et prépara elle-même le repas ; puis elle goûta chaque plat avant de le faire manger à Khusrau. Elle veilla ainsi sur lui au cours des semaines qui suivirent et, peu à peu, les douleurs cessèrent. Khusrau reprit des forces.

La nuit était tombée sur Burhanpur, étouffant la ville de son manteau humide et chaud. Toutes les lumières s'éteignirent et les habitants s'endormirent. Un épais silence régna bientôt dans les rues, le veilleur passa en frappant le sol de son bâton et en chantant les heures. La demi-lune offrait juste assez de lumière pour tracer des ombres gris noir sous les manguiers et les tamarins.

Tout était tranquille dans le fort. Le palais de Khusrau se trouvait au sud des remparts, là où le soleil tapait le plus fort pendant le jour. Les gardes s'étaient endormis, étalés contre la muraille, leurs lances posées sur leurs genoux.

Deux silhouettes se détachèrent d'un arbre pour se faufiler vers les portes qui grincèrent en s'ouvrant. Les gardes ne bronchèrent pas, alors les hommes se glissèrent dans la cour après avoir fermé derrière eux.

– Pourquoi les gardes ne se sont-ils pas réveillés ? demanda l'un d'eux à l'autre.

Raza Bahadur se tourna vers son complice :

– Ils ont été drogués. Nous pourrions danser sur leur ventre qu'ils continueraient de dormir.

Il sourit, faisant luire ses dents dans un rayon de lune.

– Méfie-toi tout de même, il se peut que quelqu'un ne dorme pas.

Ils grimpèrent l'escalier menant aux appartements du prince. Ils allaient pieds nus, sans le moindre bruit. Raza s'essuya le visage de la manche. Arrivés sur la véranda, ils se penchèrent vers la porte de Khusrau, un solide panneau renforcé de plaques de cuivre. C'est alors qu'une lampe de camp s'alluma non loin d'eux.

– Qui va là ? cria le garde en levant sa lanterne. Identifiez-vous.

– C'est moi, Raza Bahadur. J'ai un cadeau pour le prince Khusrau de la part de l'empereur.

Ce disant, il ôta son turban de sa tête.

– Qu'est-ce que c'est ? questionna l'homme.

À sa démarche hésitante, Raza comprit qu'il avait été lui aussi drogué mais qu'il avait jusque-là résisté au sommeil. Il ne demanda pas aux intrus pourquoi ils venaient si tard, ni pourquoi ce cadeau ne pouvait attendre le lendemain.

Il prit le paquet et se pencha pour l'examiner tandis que Raza passait derrière lui. La dague jaillit, l'esclave saisit le garde par le front et lui coupa le cou. L'homme s'effondra, mort avant de toucher le sol, lâchant sa lanterne, qui, en tombant, laissa échapper la lampe qui s'éteignit. L'odeur de sang frais prit le complice de Raza à la gorge.

– Tu n'avais pas besoin de faire ça ! s'écria-t-il en réprimant une nausée.

– Si. Personne ne doit savoir que nous étions là. Il faut à présent trouver un moyen d'entrer dans la chambre du prince.

– Attends ! Si la princesse s'y trouve, je ne veux pas être responsable de sa mort.

Raza l'entraîna vers la balustrade, où la lune éclaira leurs deux visages :

– Nous avons une tâche à accomplir et peu importe qui il nous faudra tuer pour y parvenir. Si la princesse Khalifa dort avec son époux, nous n'aurons d'autre choix que de la supprimer elle aussi. Mais rassure-toi, j'ai entendu dire qu'elle avait regagné ses appartements, cette nuit.

Là-dessus, Raza retourna vers la chambre de Khusrau en pataugeant dans la flaque de sang.

Dans sa chambre, Khusrau dormait. Il s'éveilla quand il entendit frapper et, instinctivement, sortit sa dague glissée sous son oreiller.

– Qui est là ?

– Votre Altesse, c'est Raza Bahadur. Je viens de la part de Sa Majesté, l'empereur Jahangir.

– Que veux-tu ? demanda-t-il d'un ton irrité. Qu'y a-t-il de si important que tu doives me déranger au milieu de la nuit ?

– Votre Altesse, l'empereur vous fait envoyer une robe d'honneur.

– Laisse-la à mes gardes.

– Votre Altesse, il m'a été ordonné de vous la remettre en main propre. Ouvrez-moi, je vous en prie, que je puisse vous la donner.

– Va-t'en ! Gardes, emmenez ce fou !

– Les gardes sont endormis, Votre Altesse. Il vaudrait mieux que vous m'ouvriez, sinon nous entrerons de force.

Le prince Khusrau se jeta contre le mur en se couvrant de ses draps.

– Va-t'en ! cria-t-il de nouveau.

Que se passait-il ? Où étaient passés ses gardes et que lui voulait cet homme ? Pourquoi venait-il ainsi, au beau milieu de la nuit ? Le prince se mit à trembler et se cala contre le mur, comme s'il pouvait s'y fondre. Il entendit un bruit sourd. La porte résonna. Un autre coup. Encore un autre.

Serrant sa dague dans sa main, il s'éloigna du lit. Il y avait des chances pour que ces hommes fussent dans l'obscurité, ce qui le mettrait sur un pied d'égalité avec eux. Il connaissait le moindre recoin de sa chambre et pouvait s'y déplacer sans rien heurter. Il courut vers la porte, se plaqua contre le mur voisin, le cœur battant à se rompre. Soudain arraché à ses gonds, le panneau tomba en avant dans un bruit de tonnerre.

Les hommes se ruèrent dans la chambre et s'arrêtèrent un court instant. Ils n'avaient effectivement pas de lumière et cherchaient à se repérer. Le temps qu'ils comprennent que Khusrau n'était pas dans son lit, ce dernier s'était jeté sur le complice de Raza et lui enfonçait sa dague dans l'épaule. L'homme hurla de douleur et le prince devina un mouvement avant qu'un poing vînt lui heurter le menton. Comme il reculait, étourdi, les deux hommes l'attrapèrent sous les aisselles et le soulevèrent du sol.

– Au secours ! À l'aide ! Qui êtes-vous ?

Mais personne ne l'entendait. Raza le mit à terre et le bloqua au sol, d'un genou enfoncé dans son maigre torse. Le complice passait déjà un drap dans une large poutre du plafond. Khusrau se sentit soulevé de terre et entraîné au centre de la pièce. Ils lui nouèrent le drap autour du cou et tirèrent l'autre extrémité. Dans un mugissement d'horreur, Khusrau tenta de trouver de l'air car il ne pouvait plus respirer. Ses doigts s'agrippèrent au nœud qui se serrait de plus en plus autour de sa gorge et puis ils retombèrent le long de ses hanches. Son corps se tordit une dernière fois tandis que la vie s'en retirait lentement.

En silence, les deux hommes lâchèrent le drap, laissant Khusrau retomber sur le tapis. Puis ils le portèrent dans son lit, l'allongèrent sur le matelas et l'entourèrent du drap, comme s'il dormait. À la lumière de la lune qui entrait par une fenêtre, il semblait dormir. Comme s'il avait, enfin, trouvé la paix.

Khalifa s'éveilla en sursaut et regarda le plafond sans comprendre. Où était-elle ? Machinalement, elle tendit la main pour toucher Khusrau mais ne trouva rien. Alors elle se souvint qu'il avait insisté afin qu'elle retournât dans sa chambre pour la nuit. Il avait le sommeil si agité qu'il l'empêchait de dormir ; aussi, rien que pour une nuit, avait-il dit, devait-elle aller se reposer de toutes ces heures passées à le soigner.

Elle se leva et sortit sur la galerie en frissonnant dans la fraîcheur du matin. Le ciel commençait à se piquer de mauve, les oiseaux chantaient à tue-tête, il faisait délicieusement bon. Elle jeta un coup d'œil dans la cour, se tourna vers le soleil levant, se retourna vers la cour. Que se passait-il ? Le portail était ouvert. Pourquoi ?

Khalifa courut dans sa chambre et, quelques minutes plus tard, elle grimpait l'escalier qui menait à la véranda. Soudain, elle marcha sur une substance humide et poisseuse. Instinctivement, elle porta une main sur ses pieds nus et comprit tout de suite que c'était du sang. La flaque courait le long des planches. Khalifa se précipita dans la chambre de Khusrau et vit le garde qui gisait en travers de l'entrée, sa tête formant un angle droit avec son torse. Elle enjamba le corps et entra.

Khusrau reposait dans son lit mais lui tournait la tête. Elle se pencha vers lui en priant à haute voix. Ses doigts effleurèrent la peau de sa nuque, froide comme de la pierre.

– Khusrau ! Lève-toi ! cria-t-elle.

Elle voulut lui tourner la tête mais il avait le cou rigide, immobile. Elle posa la joue sur son torse, aucun son ne s'en échappait, pas le plus petit battement de cœur.

– Khusrau, articula-t-elle à voix basse. Réveille-toi, mon cher Seigneur. Réveille-toi.

Khurram était parti chasser dans les forêts proches de Burhanpur. La nouvelle lui parvint deux jours après la mort de Khusrau. Le messager vint directement à lui, exténué, en sueur, alors que le prince épaulait son arquebuse pour viser un nilgaut tranquillement occupé à paître. Troublé, l'animal prit la fuite et Khurram se retourna, furieux :

– Qui me dérange ?

À bout de souffle, incapable de parler, l'estafette lui tendit son message.

Khurram confia son arme au Mir Shikar et déroula le parchemin.

– Le prince Khusrau est mort subitement à Burhanpur.

Il jeta un coup d'œil à ses compagnons mais aucun n'osa soutenir son regard et ils s'abîmèrent dans la contemplation du sol.

– Je dois aller le voir.

Il courut vers son cheval et sauta en selle pour aussitôt piquer des deux vers la ville, suivi de loin par toute la troupe. Ils retournèrent vers Burhanpur au triple galop, ne s'arrêtant que pour se restaurer et changer de monture dans les sarais en bordure de la route. Quand le prince arriva, fatigué, dormant presque sur son cheval, la population l'accueillit en se lamentant. Il salua, les larmes aux yeux et, arrivé au fort, courut directement vers le palais de Khusrau. Le corps du prince gisait sur un énorme bloc de glace déjà à demi fondu. Assise dans un coin, Khalifa regardait ses doigts. Elle ne leva pas la tête à l'entrée de Khurram et refusa de l'écouter quand il se pencha pour lui baiser les mains.

Le lendemain matin, Khusrau fut enterré dans le jardin du fort. Khurram avait tenu à faire partie de ceux qui portaient le cercueil et il regarda la terre le recouvrir puis la grande plaque de marbre à jamais déposée sur le monticule. Ensuite seulement, il alla écrire à son père. Lorsqu'il eut achevé sa lettre, il appela ses généraux et leur en lut le contenu. Khusrau était mort des coliques dont il souffrait depuis un mois. Khurram ne pouvait renvoyer son corps à Agra car la chaleur avait commencé à le décomposer.

Matab Nuruddin Quli se tenait en retrait du groupe assemblé autour du prince. Il avait assisté à la première réunion où Khurram avait invité ses hommes à entrer dans le vestibule du zénana. Le prince n'avait pas spécifiquement demandé qu'on tuât Khusrau mais tous savaient ce qui allait arriver et en étaient donc devenus complices. Cependant, Quli se sentait consterné. Khusrau était un prince du sang et l'on venait de l'assassiner. L'homme s'était rendu au milieu de la nuit dans la chambre mortuaire, inondée de glace fondue, pour examiner le cadavre et il avait vu les traces rouges sur son cou qui disaient assez de quelle façon on lui avait donné la mort. Et puis il avait regardé la princesse, endormie seule dans la chambre, à côté de la lampe à huile qu'elle avait allumée pour veiller son époux. Elle s'était assoupie assise, la tête retombant sur sa poitrine, les joues encore humides de larmes. Elle n'avait pas entendu Quli entrer.

Il avait reboutonné le col de Khusrau et était resté dans la semi-obscurité à contempler la princesse endormie. Et puis il était rentré chez lui, mais pas pour se mettre au lit.

Le prince Khurram scella sa lettre et fit appeler un messager.

Cette nuit-là, deux émissaires partirent pour Agra. De retour du Cachemire, Mehrunnisa et Jahangir regagnaient la capitale. Les deux messagers apportaient chacun une lettre pour l'empereur.

Chapitre 24

Elle communiqua ses soupçons à Jahangir : elle lui dit que Chah Jahan devait être jugulé ; qu'il aspirait trop manifestement au trône ; que tous ses actes ne visaient qu'à augmenter sa popularité ; que ses apparentes vertus n'étaient qu'hypocrisie et non la manifestation d'un esprit généreux et honnête ; qu'il n'attendait que le moment propice pour jeter bas le masque d'une probité trompeuse et d'une loyauté feinte.

– ALEXANDER DOW, *Histoire de l'Hindoustan*

Les serviteurs s'étaient alignés à l'avant du camp, surveillant anxieusement l'ouest mais Leurs Majestés ne donnaient pas signe de vie. De petites collines, des naines comparées à l'Himalaya qu'ils venaient de laisser derrière eux, ondulaient devant le soleil couchant. La troupe faisait étape à Bahlwan et, ce matin-là, Jahangir et Mehrunnisa étaient partis chasser.

À force de scruter la montagne, ils finirent par apercevoir un nuage de poussière et l'un des serviteurs courut à la rencontre de la troupe impériale.

Mehrunnisa et Jahangir chevauchaient en tête de leurs compagnons, fatigués mais heureux, non seulement parce que la chasse avait été bonne mais parce qu'ils goûtaient le plaisir d'échapper au confinement de leur palanquin sur l'interminable route du retour.

Elle regarda l'empereur en souriant pour la dixième fois, si bien qu'il finit par lui demander :

– Que se passe-t-il ?

– Tu me sembles au mieux de ta forme, Seigneur.

L'air pur du Cachemire leur avait profité à tous mais particulièrement à Jahangir. Loin de la poussière des plaines, ses poumons s'étaient libérés et sa toux avait disparu.

Il lui sourit à son tour :

– Je me sens rajeuni.

– Mais tu es jeune !

– Tu me flattes, Mehrunnisa. N'as-tu point remarqué comme mes cheveux grisonnent ?

Il tapota son ventre proéminent :

– Et vois comme il a fallu élargir mes ceintures ; un jour, les ateliers se plaindront de ne plus trouver assez d'étoffe à travers l'Empire !

Elle lui tendit la main, il la retint et tous deux se regardèrent. Elle avait ôté son voile car il faisait trop chaud et la mousseline l'empêchait de bien respirer. Aussi le laissait-elle flotter sur ses épaules. Comme ils caracolaient en tête de la troupe, les hommes ne voyaient que son dos mince, droit sur sa selle, ses jambes à califourchon, sa nuque en partie dégagée du voile et, de temps à autre, une partie de son profil quand elle se tournait vers Jahangir.

– Quant à toi, tu es aussi belle qu'au premier jour, murmura-t-il.

Elle plissa le front.

– Ne t'aurais-je pas déplu en quelque chose, Seigneur ?

– Pourquoi ?... À cause de Ladli ?

Mehrunnisa hocha la tête, hésitante.

– Je me demande...

– Pourquoi te tourmenter ? Ne nous annonce-t-on pas un enfant ?

– Peut-être ; il est encore un peu tôt pour l'affirmer, mais c'est possible.

– Dans ce cas, tu n'as pas lieu de t'inquiéter, ma chère.

Il se pencha pour lui caresser l'épaule. Leurs chevaux se heurtèrent et s'écartèrent.

– Je regrette Asmat, moi aussi. Je la considérais un peu comme ma mère.

Mehrunnisa laissa son cheval s'éloigner quelque peu sur la droite mais tira légèrement sur sa rêne quand elle le vit qui se dirigeait vers de succulents buissons. Elle ne dit rien, laissant l'empereur lui parler de sa mère. Asmat était morte en octobre, six mois après le mariage de Ladli. Elle était déjà trop malade pour assister à la cérémonie mais nul ne se doutait alors qu'elle ne se relèverait jamais. Ensuite, Mehrunnisa s'était fait un tel souci pour sa fille, guettant ses moindres réactions pour tenter de deviner si elle était heureuse, satisfaite ou simplement moins triste, qu'elle ne s'était plus préoccupée de sa mère. Et Asmat était morte comme elle avait vécu, doucement, sans éclabousser son entourage d'aucune forme de méchanceté ni de malice. Elle avait vécu paisiblement et s'en était allée paisiblement.

Mehrunnisa n'avait pas pu verser une larme, car trop de gens avaient besoin d'elle en ce moment : Ladli, si triste, Jahangir, malade, Abul qui était venu la trouver en pleurant, Ghias à la vie brisée, qui n'était plus que l'ombre de lui-même, perdu sans son épouse. Alors Mehrunnisa veillait sur chacun d'eux. Elle avait emmené Ghias au Cachemire mais il levait à peine la tête à admirer les cerisiers en fleurs, goûtait à peine les premières fraises, ne humait pas les parfums du printemps. Il restait confiné dans ses appartements, ne sortant que lorsque sa fille insistait, s'entretenant avec elle quand elle l'y poussait ; cependant, elle sentait bien que le cœur n'y était plus.

– On vient, annonça Jahangir.

Il désignait le camp de sa cravache.

– Bapa !

Elle éperonna son cheval pour filer à travers la plaine poussiéreuse, son voile voletant sur ses épaules, et elle entendait Jahangir à quelques pas derrière elle.

– Quelles sont les nouvelles ? cria-t-elle en s'approchant de l'homme.

– Le diwan est mal en point, Votre Majesté, annonça l'esclave.

Il n'osait lever les yeux plus haut que les sandales de diamants de sa maîtresse.

Elle se pencha :

– Il n'allait pas bien ce matin. Est-il plus mal ?

Encerclé par l'empereur et l'impératrice, l'esclave s'immobilisa et ne dit plus rien.

Mehrunnisa regarda l'empereur.

– Viens, dit celui-ci en piquant des deux vers le camp.

Ils arrivèrent au triple galop à hauteur des soldats de la garde, traversèrent le Diwan-i-am improvisé, les boutiques et les ateliers pour s'arrêter devant les tentes dressées au milieu du camp.

Mehrunnisa sauta de cheval et courut auprès de son père ; il y faisait frais car la toile arrêtait efficacement les rayons du soleil et, dans cette semi-pénombre, elle trouva Ghias tel qu'elle l'avait laissé le matin, allongé sur son divan. Abul s'était agenouillé près de lui. Il tourna la tête quand il entendit Mehrunnisa et posa un doigt sur ses lèvres.

– Est-ce que bapa... ? murmura-t-elle.

Était-il mort ? Elle ne voyait pas sa poitrine se lever ni s'abaisser ; il semblait totalement immobile, ses cheveux blancs se confondaient avec la taie de soie blanche et le drap plié sous ses bras. Ses mains si fines, depuis qu'il jeûnait à la suite de la mort d'Asmat, restaient croisées sur son ventre.

Abul fit non de la tête. Il ne pouvait pas parler non plus. De grosses larmes coulaient de ses yeux dans sa barbe et il ouvrit les bras. Mehrunnisa s'agenouilla près de lui et l'étreignit violemment. Alors il éclata en sanglots sur son épaule. Ni l'un ni l'autre n'entendirent Jahangir entrer. Il s'assit dans un coin, le dos contre la toile.

Ghias bougea, marmonnant des paroles incompréhensibles et ses deux enfants le regardèrent puis se précipitèrent autour de lui pour lui prendre chacun une main.

– Bapa, souffla Mehrunnisa, comment te sens-tu ? Il faut se reposer maintenant. Je suis là.

Ils restèrent auprès de lui toute la soirée, guettant ses moindres mouvements, espérant qu'il allait ouvrir les yeux et leur parler. Ils finirent par appuyer la tête sur le divan, sans lâcher les mains de leur père. Le soleil se coucha, un esclave vint discrètement allumer les lampes autour de la tente et accrocha une lanterne au mât central. Voyant qui se trouvait là, il salua dans toutes les directions et voulut parler mais Jahangir lui fit signe de sortir.

Mehrunnisa sentit la main d'Abul sur sa tête.

– Encore combien de temps, Nisa ?

Elle leva les yeux et sentit ce brusque élan de tendresse qui la prenait chaque fois qu'il l'appelait par son surnom d'enfant. Voilà si longtemps qu'il ne l'avait pas employé ! Il s'était produit trop de choses entre eux. Mariages, autres responsabilités... Pourtant, Abul était et demeurait son frère préféré.

– Il ne passera pas la nuit, répondit-elle d'un ton ferme.

Le contact de la main de son père suffisait à lui faire comprendre qu'il n'allait plus vivre longtemps. Au moins partirait-il avec deux de ses enfants auprès de lui, réconciliés par ces derniers instants qu'ils partageaient tous.

– Nisa...

– Oui ?

Abul hésita et s'éloigna du divan. Tout d'un coup, Mehrunnisa sentit se refroidir toute forme d'attendrissement en elle. Que lui voulait-il ?

– Le prince Khurram devrait revenir à la cour, Nisa, lâcha-t-il d'une seule traite. Il devrait assister aux funérailles de notre père.

Elle se redressa et s'assit, toute droite.

– Ce n'est pas possible. Il a trop de responsabilités dans le Dekkan. Il doit s'assurer qu'Ambar Malik n'essaiera plus de se rebeller.

– Arjumand doit venir assister aux funérailles de son grand-père, Nisa.

– Pourquoi ? Sa place est auprès de son époux.

Abul ne dit plus rien pendant un moment, jouant avec les broderies de la couverture.

– Quand Khurram doit-il rentrer à la cour ? demanda-t-il soudain.

– Je ne sais pas.

– Si, tu le sais, Nisa. C'est toi qui le tiens éloigné de l'empereur.

Dans son coin, derrière Abul, Jahangir remua et les yeux de Mehrunnisa se posèrent un instant sur lui. Il ne se leva pas mais s'installa plus confortablement sur son tabouret et elle lui adressa un signe de la tête. Puis son regard glissa vers son frère. Abul portait désormais le titre d'Asaf Khan, le quatrième de la famille qui pût l'arborer. Son mansab comprenait douze mille chevaux, ce qui le mettait au niveau des princes du sang, quand il n'était que le frère de l'impératrice ou le beau-père de Khurram. Il n'avait pas d'ascendance royale mais il était traité comme un des membres les plus éminents de la famille impériale. Toutefois, il n'était pas homme à s'attarder longtemps sur les origines de sa splendeur – car il devait tout à sa sœur. C'était elle qui avait obtenu ces honneurs pour Abul et pour Ghias. Et lui n'avait de cesse de l'oublier et de la réprimander.

– Khurram est un sot, déclara-t-elle sans détour.

– Pourquoi ? s'emporta-t-il. Parce qu'il n'a pas voulu épouser Ladli ?

Ainsi, il exprimait enfin ces non-dits qui leur empoisonnaient la vie depuis si longtemps. À présent, elle saurait si elle pouvait ou non se fier à lui. Leur père allait mourir cette nuit et l'influence apaisante, la voix de la raison qui les liait encore, allait disparaître.

– C'est cela, conclut Mehrunnisa. Khurram aurait dû épouser Ladli. Tu le sais très bien.

Le voyant ouvrir la bouche, elle le fit taire d'un geste :

– Et cesse de me servir cet argument absurde de son amour pour Arjumand, trop grand pour qu'il puisse se lier à une autre femme ! Cela ne l'empêche pas d'aimer d'autres femmes. Ton gendre profite largement de son harem, et il en sera toujours ainsi. Quant à Ladli, elle ne représentait pas une simple union parmi beaucoup d'autres ; c'est ma fille.

Les yeux noirs d'Abul lancèrent des éclairs.

– Je n'avais pas l'intention de te dire cela, Mehrunnisa, mais je vais le faire à présent. Khurram est un homme ; en tant que tel, il a le privilège de jouir d'un harem et Arjumand ne peut s'y opposer. Ma fille connaît sa place. Elle ne se mêle ni des plaisirs ni du travail de Khurram.

– Vraiment ? s'écria Mehrunnisa. C'est elle qui s'est arrangée pour que Khurram n'épouse pas Ladli. Tu n'es qu'un imbécile si tu ne t'en es pas rendu compte. Que n'avait-il à gagner en s'unissant avec Ladli ? Dis-le-moi un peu !

– Tu n'es qu'une diablesse ! Crois ce que tu veux, cela n'empêchera jamais Khurram d'être le prochain empereur.

Ils s'étaient tous deux dressés sur leurs genoux et s'invectivaient par-dessus leur père mourant. Abul soutint le feu bleu des yeux de sa sœur mais finit par céder. Elle avait raison et il le savait. Des mois durant, il avait essayé de convaincre Arjumand et Khurram du bien-fondé de ce mariage. Mais sa fille était jalouse, capricieuse, épuisée par ses trop nombreuses grossesses, épouvantée à l'idée que Khurram pût aimer Ladli encore plus qu'elle. Il avait tenté de lui dire que le prince ne pourrait jamais aimer aucune autre femme autant qu'elle, mais elle ne voulait rien savoir. Ce mariage les eût rassemblés, eût cimenté à jamais toute la famille. Maintenant... avec Ladli mariée à Chahryar, tout était bouleversé.

– Ne vous disputez pas.

La voix de Ghias, aiguë et cassée, s'éleva entre eux et leurs têtes virèrent sur lui. Ils se penchèrent, posèrent les bras sur ses maigres épaules, lui baisant les mains, bredouillant en même temps :

– Tu as parlé, bapa ?

– Comment te sens-tu, bapa ?

– Oh, bapa, parle-nous encore ! Que voulais-tu dire ?

Il les avait réprimandés comme lorsqu'ils étaient enfants et ils sentirent monter sur leur front le rouge de la honte ; ce qui ne les empêchait pas de continuer à s'en vouloir mutuellement. Ils se penchaient ensemble sur leur père mais prenaient bien garde à ne pas lever les yeux l'un sur l'autre.

– Où est l'empereur ? demanda Ghias.

Il avait balbutié, cette fois, comme dans un souffle.

Jahangir se leva de son tabouret et toucha l'épaule d'Abul ; celui-ci s'écarta, laissant l'empereur s'agenouiller en prenant la main de Ghias.

Durant les vingt minutes qui suivirent, Ghias s'entretint avec Jahangir. Il ne pouvait plus s'adresser à ses enfants car il n'avait plus rien à leur dire. Mais il remercia l'empereur, à plusieurs reprises, se rappelant, au moment suprême de la mort, toute la générosité d'Akbar et de son fils. Lui, le Persan réfugié en Inde, il avait été accueilli dans ce pays comme s'il y était né. Rien de tout cela – le mariage de sa fille avec l'empereur, de sa petite-fille avec un prince du sang, son propre titre de trésorier de l'Empire – ne se fût produit sans Sa Majesté. Aussi Ghias se confia-t-il à Jahangir, réconforté par son monarque puisqu'il ne pouvait plus l'être par ses enfants.

Il mourut ainsi, au milieu d'une phrase ; sa respiration s'arrêta soudain et interrompit le flot de ses paroles. Rageurs, tristes et amers à la fois, Mehrunnisa et Abul restèrent où ils étaient, elle près de son père, lui debout au fond de la tente, là où l'avait relégué Jahangir en prenant sa place.

L'empereur se leva pour ordonner aux esclaves de préparer le corps du diwan en vue des rites funéraires. Puis il entraîna une Mehrunnisa assommée de douleur dans sa propre tente. Quant à Abul, il ne lui lança pas un seul regard.

Le patrimoine de Ghias Beg, qui était immense, revint à l'empereur, suivant en cela l'ancienne loi de l'escheat selon laquelle nul ne possédait de biens propres dans l'Empire, car tout appartenait au monarque. Cela palliait les risques de coups d'État ; là où il n'existait pas de fortune privée, il ne pouvait y avoir de rébellion. Si Jahangir le décidait, il pouvait donner la propriété du père au fils aîné, après s'être assuré que la veuve et les autres enfants percevraient leurs revenus. La magnanimité de l'empereur envers la famille du défunt ne dépendait que des relations de celui-ci avec le souverain durant sa vie. Si elles avaient été bonnes, sa famille serait bien pourvue ; sinon, elle ne recevrait que le strict minimum.

Ainsi, les biens de Ghias devaient devenir la propriété d'Abul Hasan en tant que fils survivant le plus âgé.

Quelques semaines après la mort du ministre, l'empereur Jahangir et Mehrunnisa se reposaient dans leurs appartements. Au-dessus d'eux, le punkah grinçait doucement pour les aérer, animé par un eunuque qui le tirait par une corde depuis la pièce voisine.

– Comment te sens-tu, Mehrunnisa ? demanda Jahangir en l'attirant contre lui.

Il lui caressa le visage et sentit des larmes sur ses joues, qu'il essuya avant de déposer un baiser sur son épaule. Quelques jasmins achevaient de se faner dans ses cheveux. L'empereur les ôta en s'efforçant de ne pas lui faire mal et les jeta au pied de leur couche. À la lumière de la lanterne, les quelques mèches grises de Mehrunnisa prenaient un éclat argenté. Elle avait gardé sa belle masse de cheveux qui lui tombait sur la taille, comme il l'aimait. Mais l'âge les marquait tous les deux ; deux rides profondes s'étaient creusées autour de la bouche de Mehrunnisa et de plus fines autour de ses yeux. Jahangir en connaissait chacune car il aimait la regarder dormir et avait pris l'habitude de s'éveiller dès l'aube, avant le jharoka, pour se pencher sur son épouse. Il l'observait quand elle lisait, quand elle riait, quand elle écumait de colère – jamais il ne s'en lassait.

Cependant, il ne savait quoi lui dire quand elle pleurait, comme en ce moment, à gros sanglots. Il s'était inquiété de ne pas la voir verser une larme à la mort d'Asmat : elle était restée de marbre, le visage dur, jusqu'à ce soir-là. Lui aussi était triste d'avoir vu Ghias et Asmat partir à si peu d'intervalle.

Il lui caressait les bras par petits cercles. Le souffle de Mehrunnisa s'apaisa et l'empereur reprit sa place, les yeux fixés sur le punkah. Il songeait aux biens de Ghias, qui lui étaient revenus. S'il s'en tenait à la coutume qu'il avait lui-même édictée, tout cela était pour Abul mais ce dernier ne s'était pas gêné pour dire ce qu'il pensait dans la tente de Ghias en se conduisant d'une manière honteuse avec Mehrunnisa. Elle ne le lui avait jamais pardonné et Jahangir n'avait aucune raison de le faire non plus.

Il était empli d'amertume. Les messagers de Burhanpur lui avaient appris que Khurram jouait les empereurs dans le Dekkan. Jahangir lui avait octroyé le titre de Chah Jahan, roi du monde, et voici que son fils se prenait effectivement pour tel. Khurram n'était qu'un bidaulat, un misérable.

Jahangir se rapprocha de Mehrunnisa et s'endormit. Dans la chambre moite de chaleur, le punkah n'était pas d'une grande efficacité mais l'empereur ne pouvait fermer l'œil que s'il restait en contact avec elle. Ils s'éveillèrent plusieurs fois, cette nuit-là, pour s'apercevoir qu'ils baignaient dans la sueur. Alors, ils bougeaient, se serraient à nouveau corps contre corps ou se tenaient simplement par la main car rien ne comptait que de se sentir l'un près de l'autre.

Le lendemain matin, lorsque Mehrunnisa rentra de son audience du jharoka, elle trouva Jahangir agenouillé sur son tapis de prière face à La Mecque.

– Que t'arrive-t-il, Seigneur ? N'es-tu pas allé au jharoka ?

Il leva sur elle des yeux hagards.

– Une lettre est arrivée... je n'ai pas pu... Khusrau est mort.

Sur le moment, l'impératrice ne dit rien puis elle tendit la main. Encore une mort. Qu'était-il arrivé à Khusrau ? Et pourquoi ? Il perdait l'esprit mais jouissait d'une bonne santé. Khurram n'aurait tout de même pas osé... à moins que... ? Jahangir lui donna la lettre qu'il tenait serrée contre lui et elle la lut. Des coliques... Quelle excuse commode pour une mort inexplicable !

C'est alors qu'Hoshiyar entra et salua :

– Votre Majesté, un coursier arrive de Burhanpur porteur d'un message de Matab Nuruddin Quli. Il insiste pour vous voir.

– Plus tard, dit Mehrunnisa.

– C'est urgent, Votre Majesté.

Pour que l'eunuque insistât, il fallait que la nouvelle fût importante.

Jahangir se leva lentement et se rendit dans le vestibule. L'estafette, un jeune homme d'à peine une vingtaine d'années, présentait des muscles imposants acquis dans l'exercice de sa fonction. Il dégoulinait de transpiration, sa kurta collée à son torse, son pantalon à ses tibias. Il exécuta le konish en tremblant puis s'agenouilla devant l'empereur en lui présentant la lettre au-dessus de sa tête. Habituellement, il se contentait de porter son courrier à destination mais Quli avait insisté : il devait remettre la missive en main propre.

– Que me veux-tu ?

– Votre Majesté, balbutia-t-il, il faut que vous lisiez ceci.

– Descends aux cuisines, ordonna Jahangir en lui posant une main sur l'épaule. Demande qu'on te serve à boire et à manger. Et repose-toi avant de repartir.

L'estafette plongea le front vers le tapis. Quand il entendit l'empereur s'éloigner, il se releva, encore frissonnant, et posa la main sur son épaule droite, là où l'empereur l'avait touché. Puis il se rendit aux cuisines.

Jahangir regagna ses appartements en tournant la lettre pour y examiner le sceau de Quli. Les nouvelles ne seraient sûrement pas bonnes, mais que pouvait-il y avoir de pire que ce qu'il venait d'apprendre ? En entrant, il trouva Mehrunnisa toujours assise par terre. Il ouvrit la lettre et s'assit près d'elle. Tous deux la lurent ensemble. Khusrau n'était pas mort de coliques mais assassiné de la main de son propre frère.

Jahangir cria à Hoshiyar de lui apporter de quoi écrire et rédigea sur place, d'une plume qu'il avait du mal à garder droite, deux pages adressées à Khurram. Son fils devait faire exhumer le corps de Khusrau et l'expédier à Allahabad, où il serait enterré auprès de sa mère. Et qu'en était-il de Khalifa et de ses deux fils ? Pourquoi restaient-ils encore à Burhanpur ? Qu'il les envoie au fort de Lahore, où ils pourraient choisir un palais et s'y installer. Qu'y avait-il de vrai dans les terribles dénonciations portées contre lui ? Khurram avait-il vraiment osé tuer son propre frère ? Il devait quitter Burhanpur dès réception de cette lettre, afin de venir répondre au fort d'Agra des accusations de Quli.

Par la suite, Jahangir ordonna au nouveau diwan de prévoir une allocation confortable et régulière pour Khalifa et ses enfants jusqu'à la fin de leurs jours, ainsi que l'accès à tous les palais impériaux.

Mehrunnisa lisait par-dessus son épaule. Fallait-il que Khurram eût perdu la tête pour se débarrasser ainsi de son frère ! Se croyait-il au-dessus des lois ? Pensait-il échapper au courroux de son père ? S'imaginait-il que de tels actes allaient le rapprocher du trône ?

À Burhanpur, Khurram prit connaissance de la missive de son père. La plupart de ses généraux avaient déjà quitté le fort afin de retourner voir Jahangir et lui rapporter leur version de la mort de Khusrau. Le prince passa plusieurs jours à se tourmenter en se demandant comment il affronterait son père. Décidément, il ne pouvait se présenter devant l'empereur. Il avait été témoin du terrible châtiment réservé à Khusrau après sa rébellion, quinze années auparavant ; à plus forte raison, comment réagirait Jahangir devant un meurtre ?

Aussi le prince répondit-il à l'empereur en tâchant de s'expliquer du mieux qu'il pouvait. Il nia tout en bloc. Khusrau était mort de coliques, purement et simplement. Et, par malheur, lui-même ne pouvait quitter le Dekkan car les armées impériales avaient besoin d'un commandant en chef.

Irrité, l'empereur écrivit une deuxième lettre le priant de se présenter à la cour ; s'il n'obtempérait pas, il pouvait se considérer comme exclu de la famille, sans père ni frères.

Jahangir attribua tous les biens de Ghias Beg à Mehrunnisa, sans rien accorder à Abul de peur qu'il n'employât cette fortune à soutenir ce bidaulat. L'empereur ordonna également que l'orchestre et les tambours de l'impératrice aient le privilège de jouer après les siens. Si elle n'était pas visible, derrière son moucharabieh, elle devenait audible et tous les nobles seraient immanquablement informés de sa présence.

Les quelques courtisans de Khurram demeurés auprès de lui se hâtèrent de rentrer à la cour car ils savaient que le prince risquait gros. Il n'avait pas l'intention de retourner auprès de son père, alors qu'il l'en avait supplié quelque temps plus tôt. En ajoutant la fortune de son père à la sienne, Mehrunnisa devenait démesurément riche et son pouvoir atteignait des sommets. Or les courtisans savaient qu'elle n'aimait pas Khurram. Dès lors, ils vinrent implorer qu'on leur laissât la vie sauve, jurant qu'ils n'avaient en aucune façon participé au meurtre de Khusrau.

Ils n'étaient pas au bout de leurs peines car Mehrunnisa et Jahangir repartaient pour le Cachemire.

C'est alors que les premiers troubles se manifestèrent à Kandahar.

Depuis le premier siège persan devant Kandahar, en 1606, le front nord-ouest s'était tenu tranquille. Au cours de ces dix dernières années, il y avait toujours eu un ambassadeur persan à la cour moghole, qui apportait régulièrement de somptueux cadeaux et l'assurance de l'affection fraternelle du chah Abbas. De fait, la présence persane était si constante qu'on installa des appartements richement décorés à la seule intention de ses ambassadeurs.

À Rawalpindi, de retour du Cachemire, Mehrunnisa et Jahangir eurent vent d'une nouvelle invasion persane à Kandahar.

La question de Kandahar remontait à deux générations, au temps d'Humayun, père d'Akbar et deuxième empereur moghol. Lorsque Humayun prit le pouvoir, quatre ans après que son père eut conquis l'Inde, il trouva un pays dressé contre ses conquérants et fut battu par le chef afghan Sher Khan Sur à Chaunsa et à Kanauj, puis expulsé du pays.

Il trouva refuge auprès du chah Tahmasp Safavi en Perse et, avec son aide, finit par chasser le roi afghan de Kandahar ;

ensuite, il se servit de cette ville comme base à partir de laquelle il conquit Kaboul et retourna finalement en Inde pour y reconquérir son empire. Humayun et le chah Tahmasp avaient passé un accord tacite selon lequel, une fois l'Inde soumise, Kandahar reviendrait à la Perse. Mais Humayun ne tint pas sa promesse, Akbar ne voulut pas en entendre parler et Jahangir en fit une ville à part entière de l'Empire moghol.

Le siège de 1606, pour autant qu'on pût l'appeler de ce nom, n'avait jamais consisté qu'à brandir quelques drapeaux devant la cité. Cependant, les intentions du chah semblaient très claires. Il écrivit à Jahangir pour lui rappeler la promesse de son grand-père. À quoi l'empereur répondit en lui demandant ce qui pouvait tant l'intéresser dans cet insignifiant village quand il possédait déjà un puissant empire. Les deux missives furent rédigées dans un style des plus fleuris et ampoulés mais ni le chah ni Jahangir ne se laissèrent leurrer. Le chah allait envahir Kandahar et Jahangir la défendre.

Une nouvelle rumeur courait à travers le palais, laissant entendre que le chah avait fait assassiner son fils aîné par un esclave, de la façon la plus horrible qui fût. Le prince fut poignardé un jour de pluie dans un bazar et son corps abandonné en pleine rue durant deux jours avant d'être emporté et enterré. Pourquoi, s'interrogea Jahangir, un père pouvait-il ordonner la mort de son fils ? Le chah était fou ; c'était la raison pour laquelle il se mettait soudain à le harceler ; il fallait l'arrêter. Et la seule personne capable de commander une armée susceptible de le vaincre était le prince Khurram. L'empereur écrivit donc à son fils dans le Dekkan, lui intimant l'ordre de prendre la route du nord et de régler l'affaire de Kandahar. S'il réussissait, il serait pardonné.

Khurram n'obéit pas. C'était l'époque de la mousson ; il ne se voyait pas entraîner une armée entière dans un tel voyage et compter arriver sur place avec infanterie et cavalerie prêtes à l'attaque. Il ne bougerait pas tant que la pluie n'aurait pas cessé.

Jahangir lui envoya alors une lettre acerbe. Viens immédiatement à la cour !

Ce dont le prince ne voulait en aucune façon. Son père était furieux contre lui, il n'était pas assez fou pour venir s'exposer aux feux de sa colère.

Il avait raison de se méfier. Déjà tourmenté par son asthme et ses maux de tête, Jahangir se laissait irriter à la moindre occasion. Si le prince obtempérait, il mettait sa tête en jeu. Car Jahangir avait pris sa décision. L'Empire reviendrait à Chahryar.

Après tout, il y avait eu un précédent. Si un roi pouvait ordonner la mort de son fils, pourquoi pas un empereur ?

Chapitre 25

Les devins désignèrent un jour favorable au cours duquel le trésor d'or et d'argent devait être sorti et, selon les ordres du roi, livré à Asaf Khan... Itibar Khan, qui sortait le trésor royal, le remporta au fort et Asaf Khan s'en alla les mains vides.

Chronique hollandaise de l'Inde moghole

L'hiver arriva lentement sur la vallée de Srinagar. Les peupliers virèrent à l'orange vif puis au marron foncé en bordure du lac Dal. Roseaux et joncs jaunirent et s'inclinèrent vers les nénuphars. À la tombée du jour, le froid se leva et de petits feux furent allumés dans le bazar, entretenus par le vent. À l'approche de novembre, les rues se vidèrent, les boutiques fermèrent plus tôt.

Le majestueux Himalaya parti à la conquête du ciel se reflétait dans les eaux bleu et vert du lac. C'était là que l'empereur avait bâti un fort aux murailles incurvées en fonction de l'inclinaison de la colline, ainsi que des palais de pierre et de bois. Décembre arriva et la neige se mit à tomber, fermant la passe de Srinagar et coupant la ville du reste du monde, du moins tant que les routes ne seraient pas dégagées. D'ordinaire, les habitants attendaient le retour du printemps mais, en cet hiver 1623, rien ne se produisait selon les habitudes locales car l'empereur Jahangir avait décidé de rester au Cachemire.

Ce soir-là, à la fenêtre du balcon de son appartement du fort d'Hari Parbat, Mehrunnisa regardait tomber la neige légère qui voletait au-dessus du lac et blanchissait le toit des maisons. Elle appuya le front contre la vitre glacée. Derrière elle, d'épais tapis couvraient le sol de pierre. Il faisait bon grâce aux poêles à charbon répartis à travers la pièce.

Elle se tourna vers sa fille.

Ladli s'était assise sur un divan, ses jambes ramassées sous elle, mais elle changea vite de position, incapable d'en trouver une qui pût la soulager. Elle se redressa en se frictionnant les reins.

– Veux-tu que je te masse ? proposa l'impératrice.

Ladli lui fit signe de venir s'asseoir près d'elle et sa mère lui malaxa les muscles du dos. Ladli posa la tête sur son épaule.

– Je me sens mieux, maman.

Mehrunnisa lui caressa doucement le ventre.

– Ce sera un garçon, je le sais. Il te donne déjà de la peine.

– Je ne veux pas d'un garçon. Ce sera une fille.

– Pourquoi ? demanda Mehrunnisa en souriant.

– Ainsi, elle n'aura pas à se battre pour conquérir le trône. Je ne veux pas donner d'enfant à l'Empire.

Mehrunnisa se leva et s'éloigna.

– Que voilà une pensée idiote ! À quoi servirait une fille ? Tu dois avoir un héritier.

Ladli prit des pinces d'argent pour remuer les braises qui sifflèrent et craquèrent dans un bruit réconfortant. Elle sortit d'un sac de brocart une poignée de copeaux de santal qu'elle répandit sur le charbon. Aussitôt se répandit la délicieuse odeur du bois chaud.

– À quoi servirait une fille, maman ? C'est toi qui me dis cela ? À quoi servons-nous ?

L'impératrice poussa un soupir et revint s'asseoir, cette fois près d'une petite table d'angle sur laquelle attendait une pile de farmans illuminée par la lampe. Mehrunnisa devait encore les lire avant de choisir ceux qu'elle signerait et ceux qu'elle rejetterait.

– Tu sais ce que je veux dire, ma fille, répliqua-t-elle en s'adossant à son siège. Lorsque Chahryar sera empereur, il lui faudra un fils à qui transmettre le pays.

– Ce ne sera pas un garçon !

Assise au bord de son divan, Ladli s'était raidie, le visage grimaçant. De petites gouttes de sueur perlaient sur son front, qu'elle essuya du dos de la main.

Mehrunnisa la considéra d'un air surpris. Sa grossesse rendait sa fille un rien grincheuse. Plus son ventre s'arrondissait, plus son caractère s'aiguisait. Pourtant, elle restait charmante, le teint plus frais, la peau plus nacrée que jamais, l'œil vif, toute tristesse oubliée ; elle se déplaçait avec une grâce peu fréquente chez une femme dans son état. L'enfant la rendait visiblement heureuse. Sans doute ne regrettait-elle plus ce mariage avec Chahryar et, tout bien considéré, Mehrunnisa se réjouissait de l'avoir décidé.

Ladli refit sa natte en marmonnant et s'immobilisa, essoufflée comme si elle venait de courir.

– Je ne veux pas que mon enfant soit l'objet de constantes luttes, maman. Je ne veux pas que tu te serves de lui pour le trône.

– Tu ne veux pas être la mère d'un empereur ?

Le regard saphir de Mehrunnisa brillait à la lueur de la lampe. Ladli secoua la tête et se pencha pour entourer son ventre de ses bras, comme si elle portait quelque chose de lourd.

– Tu ne veux pas t'asseoir sur le balcon du zénana pour voir ton fils recevoir l'hommage des amirs et des nobles les plus puissants ? Dis-moi que tu n'en as aucune envie. Tu as la possibilité d'obtenir ce que je n'ai pas eu, Ladli, un enfant qui portera la couronne, dont le nom passera à la postérité et qui rendra le tien éternel.

Sur ces paroles, l'impératrice se releva et vint caresser la tête de sa fille mais celle-ci se détourna aussi vite que le lui permit son corps alourdi. Alors Mehrunnisa prit un manteau de velours et sortit sur le balcon.

Dehors, il faisait clair comme en plein jour ; la neige captait la lumière dorée des lampes et des lanternes à travers la ville ; l'air léger, purifié par la glace, donnait envie de respirer à pleins poumons. Pourquoi Ladli raisonnait-elle de la sorte ? Tout ce qu'elle faisait, Mehrunnisa le faisait pour sa fille. Celle-ci devait tout de même s'en douter. Chahryar n'était qu'un sot mais le sang de la dynastie impériale lui coulait dans les veines et il en serait de même pour l'enfant qu'elle portait, elle, la petite-fille d'un réfugié persan. Comment n'était-elle pas reconnaissante à sa mère d'un tel retournement de situation ?

Mehrunnisa balaya la neige de la balustrade d'un geste agacé et ses mains virèrent au bleu violacé ; alors elle les frotta contre son manteau pour les réchauffer. Ladli lui en voulait encore de n'avoir pas fait sa demande à Khurram ; cependant, Mehrunnisa s'était juré de ne jamais lui dire la vérité sur ce point. De toute façon, que valait Khurram, désormais ?

Quelques jours auparavant, Mehrunnisa avait trouvé une nouvelle raison de s'emporter contre ce renégat. Elle avait offert l'un de ses jagirs à Chahryar et prié le diwan de donner les papiers à son gendre. Or Khurram avait fait la demande de ce même jagir au diwan, qui l'avait cependant attribué à Chahryar, comme requis par l'impératrice. Néanmoins, toujours impatient et certain d'obtenir le jagir de Dholpur, Khurram y avait envoyé ses hommes pour lui préparer le chemin. Si bien que ses serviteurs y rencontrèrent ceux de Chahryar et qu'une lutte sanglante s'était ensuivie, au cours de laquelle quatre hommes étaient morts. Mehrunnisa avait exigé que Dholpur fût rendu à Chahryar, tout en demeurant persuadée que Khurram allait refuser, comme il avait refusé de se rendre à Kandahar.

Le temps passant, et quelques dizaines de lettres plus tard, le fort de Kandahar tomba sous la coupe de l'armée du chah de Perse. Ce « village insignifiant », selon les termes de Jahangir, revêtait en fait une importance stratégique énorme pour ce qui était du commerce et de la défense de l'Empire. Et voilà qu'il était soustrait à la frontière nord-ouest. Khurram n'avait aucunement l'intention de s'y rendre, aussi Mehrunnisa ordonna-t-elle à Chahryar de s'en charger. C'est ainsi qu'il partit en automne de Srinagar, avec fanfares et cavaliers, bien que sa belle-mère se fît peu d'illusions sur sa capacité à remporter une quelconque victoire militaire. Elle n'avait au fond fait ce geste que pour signifier à la cour qui était le fils préféré de l'empereur. Même s'il se contentait de se prélasser autour de Kandahar sans prendre la moindre initiative, il deviendrait le prochain empereur et elle s'efforçait de croire en lui.

Ce serait un fils, Allah, de grâce !

La neige s'accumulait sur sa tête, s'accrochait à ses cils et se logeait dans les plis de son manteau. Cependant, elle restait sur le balcon. Seuls ses pieds étaient froids sous le cuir de ses souliers. Elle aimait se trouver dehors, dans ce décor incroyablement blanc qui couvrait les petites misères de Srinagar dans une étourdissante impression de paix et de silence. Ici, elle n'était plus impératrice, plus rien du tout, pas même une mère ou une future grand-mère. Ici, elle n'était même plus une épouse, alors qu'elle se tenait à quelques pas de la chambre où dormait Jahangir. Il toussa et elle ferma les yeux, pour mieux écouter. Il allait tousser trois fois, d'abord d'une toux grave, puis plus profonde, venue du fond de sa gorge, puis caverneuse, de ses poumons. Ils étaient restés à Srinagar dans l'espoir que l'asthme de l'empereur s'apaiserait avec l'air pur de la vallée. Si le mal s'était quelque peu calmé, comme Mehrunnisa le craignait, la toux qu'elle redoutait avait fini par revenir et ne repartirait jamais.

Jahangir était mourant. Peut-être en avait-il encore pour quelques années mais son corps ne supporterait plus longtemps de telles épreuves. Mehrunnisa le constatait avec un calme et une clairvoyance qui l'effrayaient. Depuis cette terrible maladie qui avait failli le tuer, elle se préparait à sa mort. À l'époque, cette pensée l'épouvantait mais tant d'années avaient passé depuis qu'elle avait fini, sinon par s'accoutumer, du moins par se plier à cette idée.

Le froid s'infiltrait jusque dans ses os et la faisait claquer des dents. Elle s'était abrutie de travail ; tous les farmans, désormais, portaient sa signature, elle assurait les audiences du jharoka, elle gouvernait l'Empire tandis que Jahangir se reposait. Si Khurram refusait de rendre Dholpur, elle lui confisquerait tous ses biens au nord de l'Empire. Qu'il pourrisse au sud tant qu'il voudrait, avec toute sa famille, sa femme, ses fils, son beau-père... mais non, Abul était ici, avec eux. Le frère et la sœur ne se voyaient plus, aussi consternés l'un que l'autre de s'être affrontés jusque sur le lit de mort de Ghias. Pour autant, Abul n'avait pas quitté la cour afin de se lancer à la poursuite de Khurram.

À présent, elle se demandait si elle ne devrait pas le renvoyer. Sous quel prétexte ? Et comment les courtisans réagiraient-ils ? Au cours des derniers jharokas, les nobles lui avaient paru tendus, instables. Ce malaise était dû à diverses causes : la question de Kandahar, le trop ostensible renversement de la faveur impériale de Khurram au profit de Chahryar, l'interminable maladie de Jahangir. Ils ne savaient plus que penser, pas plus que Mehrunnisa, d'ailleurs, qui imaginait mal Chahryar empereur et capable de s'accrocher au trône s'il y parvenait jamais. Tandis qu'à présent, avec cet enfant, si son père pouvait ne régner qu'un tout petit peu... Mais ceci viendrait plus tard. Et quoi que fasse Mehrunnisa à l'encontre de son frère Abul, elle devrait le faire avec l'approbation des nobles de la cour. Elle réfléchit encore, dans le soyeux silence de cette nuit de neige. Soudain, une idée lui vint : il fallait pousser Abul à se trahir.

Une nouvelle quinte de toux la fit tressaillir. Elle écouta puis, à la quatrième expectoration, plus lourde et plus grave que les précédentes, elle plongea dans le tourbillon de neige et entra dans la chambre de Jahangir.

– Que me demandes-tu là ? s'écria Abul d'un ton incrédule.

– D'emporter le trésor à Lahore, répéta patiemment Mehrunnisa.

S'accrochant à l'une des colonnes du palanquin pour se maintenir, elle était assise à côté de son frère et leurs genoux se touchaient. Les rideaux de soie sauvage étaient tirés mais le soleil passait à travers, emplissant l'espace confiné d'une lumière d'un vert liquide.

Abul n'aimait pas rester si longtemps immobile, cela lui donnait mal au dos, mais il se refusait à l'avouer. La troupe impériale avait repris le chemin de Lahore après avoir passé l'hiver à Srinagar. Si le printemps arrivait, il faisait encore frais au-dehors. À la dernière halte, Mehrunnisa lui avait proposé d'effectuer l'étape en sa compagnie. Abul avait dû s'agripper lorsque les huit porteurs avaient soulevé le palanquin sur leurs épaules avant de partir au petit trot.

– Tu voudrais déplacer le trésor au complet, Mehrunnisa ? Sais-tu ce que cela implique ?

Alors qu'il se grattait le menton, il s'aperçut que son barbier avait oublié de raser un petit espace devant l'oreille.

– Pourquoi veux-tu faire cela, d'abord ? ajouta-t-il.

– Parce qu'il sera plus en sécurité auprès de l'empereur.

– Oui, mais...

– Tu ne veux pas t'en charger ?

– Si, bien sûr, puisque l'empereur me le demande... mais qu'entends-tu par « en sécurité » ? Qui oserait s'attaquer au trésor de l'Empire ? Il ne peut être mieux gardé qu'à Agra.

– Khurram, lâcha-t-elle.

Abul détourna les yeux vers la silhouette des soldats qui apparaissaient en transparence derrière le rideau. Leurs chevaux marchaient à l'unisson, du moins en donnaient-ils l'impression, à entendre le pas cadencé de leurs sabots. C'était donc tout ce que voyait Mehrunnisa durant ces longues journées de voyage en palanquin ?

– Qu'a-t-il encore fait ? demanda-t-il d'un ton mesuré.

Sa fille, Arjumand ne lui avait pourtant rien appris de nouveau dans ses dernières lettres. Mais elle écrivait rarement ce genre de chose, de peur que sa missive ne tombât sous des yeux indiscrets.

– Nous sommes trop loin d'Agra, Abul, répondit sa sœur de ce ton résigné qu'on réservait aux enfants. L'empereur désire pouvoir retourner au Cachemire chaque fois que ses tâches le lui permettront ; la cour ne retrouvera pas la capitale de sitôt. Nous si loin au nord, le trésor ne sera pas à l'abri d'une attaque de Khurram.

– Jamais il n'attaquera le trésor.

– Crois-tu ? Comment peux-tu l'affirmer ?

– Je ne sais pas, je ne l'ai pas vu depuis des années.

– Tu quitteras la troupe demain. Itibar Khan a reçu l'ordre de te remettre le trésor, que tu emporteras avec l'armée pour vous protéger. Veille bien dessus.

– Je n'y manquerai pas.

Mehrunnisa tapota la colonne du dos de son éventail et les porteurs s'arrêtèrent pour laisser Abul descendre. Il regarda les hommes se redresser et repartir avec leur charge allégée, puis les cavaliers, dont certains le saluèrent au passage. Il attendit qu'on lui amenât son cheval et suivit un moment la troupe en se demandant ce que sa sœur avait derrière la tête. Pourquoi s'était-elle adressée à lui, précisément, pour remplir une mission aussi saugrenue ? Ignorait-elle que, plus que tout au monde, le sort d'Arjumand lui tenait à cœur ?

Il n'avait pas protesté lorsque les biens de leur père avaient été attribués à Mehrunnisa. Qu'aurait-il pu dire, de toute façon ? On ne discutait pas les ordres de l'empereur. Mais la haine, la jalousie et l'avidité avaient tracé leur route en lui. C'était son argent que Jahangir donnait à Mehrunnisa et, ce faisant, il réduisait son frère à l'état d'eunuque. À la cour, les amirs l'avaient ouvertement raillé, lui demandant ce qu'il ressentait à l'idée de se retrouver soudain pauvre, s'il n'aurait pas besoin d'un prêt.

Tandis que la cour se déplaçait vers Lahore, à Agra les maçons et les architectes s'affairaient à construire le mausolée de Ghias Beg. Mehrunnisa en avait montré les plans à son frère. Il dut reconnaître que c'était un véritable bijou d'architecture, édifié sur une plate-forme carrée, entouré de quatre tours octogonales, aux puissants avant-toits. La chambre funéraire où reposeraient Ghias et Asmat ne serait qu'une dentelle de marbre. Blanche comme si la neige venait d'y tomber, la tombe serait entourée d'un jardin aux longues pelouses et au verger irrigué de canaux. Qu'étaient ces incrustations ? avait-il demandé. Elle avait alors expliqué que chaque anfractuosité de marbre recevrait des fragments de pietra dura, jaspe, cornaline, topaze, onyx, lapis-lazuli polis et si parfaitement intégrés à la pierre que l'ensemble devrait sembler ne former qu'un seul bloc. Selon le plan, le moindre recoin présenterait des motifs de cercles et d'hexagones enlacés, de tulipes et de feuilles de bétel.

– Il faudra qu'en fermant les yeux tu poses la main dessus sans pouvoir déterminer où se trouvent les incrustations.

– Combien cela va-t-il coûter ? n'avait-il pu s'empêcher de demander.

Mehrunnisa était partie d'un petit rire :

– Et encore, je voulais que les murs extérieurs fussent recouverts d'argent mais les architectes m'ont convaincue que le marbre résisterait plus longtemps. Vois-tu, le prix n'est rien, Abul. Pour moi ces questions n'existent pas.

Ce jour-là, il s'était senti impuissant, émasculé. C'était à lui que revenait de bâtir la tombe de son père, lui, le fils aîné. Et voilà que le nom de Mehrunnisa signerait cette œuvre ; ce serait elle qu'on louerait pour tant de grâce et de beauté. C'était elle qui avait les moyens de pourvoir à cette construction. Abul était rentré chez lui tremblant de rage. Il savait que seul un membre de la famille impériale avait le droit de laisser son empreinte sur le sol de l'Inde. Il savait qu'en épousant Jahangir Mehrunnisa était entrée dans cette famille.

Lui n'y entrerait jamais. Au mieux, il deviendrait peut-être le beau-père du futur empereur.

Avant de partir pour Agra à la tête de sa petite armée, il écrivit à Khurram.

Le prince Khurram lut la lettre de son beau-père et prit rapidement sa décision. Il fit savoir à ses nobles qu'il partait chasser pour un mois dans les forêts de Burhanpur et son armée reçut l'ordre de se mettre en route. Khurram quitta la ville et prit la direction du sud mais, lorsque ses soixante-dix mille cavaliers le rejoignirent, ils bifurquèrent et empruntèrent le chemin d'Agra.

En soi, la chose prêtait à sourire : Jahangir n'avait-il pas entrepris la même démarche, vingt ans plus tôt, abandonnant une guerre inutile au Mewar pour aller s'emparer du trésor d'Agra ? Il comptait ainsi vaincre Akbar et s'emparer de cette couronne qui devait de toute façon lui revenir. Jahangir avait échoué dans sa tentative mais l'Empire était désormais sien. En filant à marche forcée sur Agra, Khurram savait qu'il lui restait peu de chances d'accéder au trône... il devait s'emparer du trésor, ou Chahryar serait empereur.

Abul Hasan arriva de nuit dans sa demeure d'Agra et alla s'étendre quelques heures mais, à l'aube, il était prêt, après s'être frugalement restauré de thé et d'un demi-chappati accompagné d'œufs brouillés aux oignons, au gingembre et au cumin. Il se rendit au bureau d'Itibar Khan à petits pas mesurés. Bientôt, il serait le gardien du trésor le plus riche du monde. Dès que Khurram arriverait, ils s'empareraient également de l'Empire. Jamais Jahangir ne pourrait leur résister, car ils pourraient acheter des armées entières, des villes et des villages, la parole de tous les nobles de la cour. Abul avait eu tout le temps d'y réfléchir durant son voyage.

À l'instant où sa lettre à Khurram avait franchi le seuil de sa tente, il avait rompu tout lien avec sa sœur. Fallait-il que celle-ci fût stupide pour lui confier la garde du trésor après l'avoir insulté après la mort de leur père !

De temps à autre, il se prenait à douter : et si Khurram ne venait pas, si tout ne se passait pas comme prévu ? Si sa lettre était tombée en d'autres mains que celles de son gendre ? Si Mehrunnisa en avait eu connaissance ? Cependant, il avait quitté la suite de l'empereur et gagné Lahore puis Agra sans encombre.

Itibar Khan le fit entrer et salua :

– Al-salam alekum, Mirza Abul Hasan. Que me vaut le plaisir ?

Dans l'Empire moghol, où tout homme ne gardait la tête sur ses épaules que par la grâce du souverain, Itibar Khan avait connu un règne de trente ans à la garde du trésor impérial. C'était lui qui avait accueilli, les bras croisés devant un détachement de canonniers, Jahangir et sa troupe lorsque ce dernier avait cru pouvoir piller le trésor de son père.

– Walekum-al-salam, répondit Abul. Je viens de la part de l'empereur pour escorter le trésor à Lahore.

– Je veux bien vous croire. Mais si je pouvais avoir une preuve... Ne le prenez pas mal, il me faut une lettre pour me justifier auprès de l'empereur.

– Certainement.

Abul Hasan lui tendit le farman impérial.

Le trésorier le lut lentement. Le message ordonnait sans équivoque possible de remettre tout le trésor entre les mains d'Abul. Ce dernier bouillait d'impatience devant les manières pondérées du vieil homme. Khurram devait avoir quitté Burhanpur et, s'il voyageait avec une armée, la nouvelle ne tarderait pas à se répandre à travers tout l'Empire.

– Tout le trésor ! répéta le vieil homme en ouvrant des mains impuissantes. Mais l'inventaire prendra des semaines !

– Il n'en est pas question. Je dois partir dans cinq jours. Ordre de l'empereur.

– Il ne dit rien de la sorte dans ce farman.

Itibar désigna le texte :

– Je ne saurais vous laisser partir dans cinq jours.

– Je vous en prie ! Sa Majesté n'a peut-être pas fait allusion aux délais qui m'étaient impartis mais je dois me rendre à Lahore aussi vite que possible.

– Certes, et il ne faut pas faire attendre Sa Majesté.

Itibar lui passa un bras sur l'épaule et l'entraîna vers le divan :

– En attendant, je vous prie d'accepter notre hospitalité.

Abul s'assit. Il n'avait pas envie de s'asseoir mais de pénétrer dans la salle renfermant les énormes coffres de pièces d'or et d'argent, les colliers de perles grosses comme des grains de raisin, les diamants et les émeraudes, les rubis dans leurs montures d'or. Mais il ne dit rien.

– Je vais donner ordre qu'on commence immédiatement l'inventaire, Mirza Hasan.

Deux semaines durant, Abul Hasan regarda le trésorier compter lui-même les mohurs d'or. On commanda de nouveaux sacs de cuir pour transporter les pièces. D'innombrables notes furent prises, décrivant chaque élément du trésor. Les pierres brutes furent comptées, renfilées puis scellées dans des pochettes de soie.

À la fin de la deuxième semaine, Abul Hasan insista pour emporter le trésor en l'état, en ajoutant qu'il en répondait personnellement. Itibar Khan parut choqué. En aucune façon il ne saurait faire preuve d'une telle négligence. Abul reprit alors ses manières de courtisan policé. De toute façon, il ne pouvait rien tant que Khurram ne se manifesterait pas. Or il restait sans nouvelles du prince. Ce qui le rassurait quelque peu. En effet, tant qu'il n'entendait rien annoncer, il y avait des chances pour qu'Itibar n'eût rien entendu non plus. Et Abul de passer ces interminables journées à attendre et encore attendre.

Enfin, le jour arriva où Abul Hasan put prendre le trésor des mains d'Itibar Khan. Ses serviteurs avaient déjà empaqueté ses biens. Dès que les coffres seraient chargés, la troupe partirait. Il désirait parcourir le plus de chemin possible avant de rencontrer Khurram car Agra était surarmée contre toute forme d'attaque.

Une fanfare de trompettes et de tambours l'accueillit à l'entrée du fort. Il éprouva une légère sensation d'appréhension en apercevant les canons installés sur les remparts. Que manigançait Itibar Khan ? Un petit contingent de soldats sortit pour l'escorter à l'intérieur. Dans la cour d'honneur il vit qu'on avait dressé deux divans sous un dais doré.

Itibar et Abul s'assirent en tailleur sur les sièges, l'un en face de l'autre, et le vieil homme entreprit d'exposer à son interlocuteur le rituel qui présidait à la transmission du trésor.

– Pourquoi tant de formalités ? demanda Abul, exaspéré. Laissons cela, que je parte au plus vite.

– Mon cher ami, il existe un protocole en toute chose. Si nous-mêmes, courtisans, oublions l'étiquette, comment oserons-nous jamais nous présenter devant Sa Majesté ?

– Vous avez raison, admit Abul.

Il était à bout de nerfs. Voilà plusieurs nuits qu'il ne dormait pas en se demandant si le moment de la délivrance allait venir. Son interlocuteur ne connaissait évidemment que le cérémonial dans lequel il s'était confit depuis tant d'années. Mais, au point où en était Abul, que seraient quelques minutes de plus ? Il résolut donc de se soumettre patiemment au petit rituel qui devait rassurer Itibar. Cela dura plusieurs heures.

Enfin, une longue procession de serviteurs sortit, tous portant de lourds sacs de cuir, des coffres et des malles de bois. Abul assista au chargement des éléphants, des chameaux et des chars à bœufs. Puis Itibar lui présenta les livres d'inventaire. Abul Hasan s'en empara et sauta sur son cheval.

Alors qu'il s'apprêtait à l'éperonner, Itibar l'interpella :

– Mirza Hasan, vous avez oublié quelque chose.

Abul se retourna. Quoi, encore ?

– Vous avez oublié de signer la lettre de décharge.

Il prit la plume et le papier qu'on lui tendait et griffonna son nom puis, sans autre salutation au trésorier, il sortit enfin de la cour, suivi de sa précieuse caravane. Ils se dirigèrent vers la porte d'Hathi Pol et Abul sentit son cœur bondir dans sa poitrine. Encore quelques pas et ils seraient dehors. Encore quelques heures et ils auraient quitté la région d'Agra. Encore quelques jours et l'armée impériale ne pourrait le rattraper.

En arrivant à hauteur de la porte, il s'avisa que le passage était bien sombre. Il y avait une bonne raison à cela : le pont-levis se relevait lentement, avalant le soleil qui brillait au-dehors. Abul galopa en direction du poste de garde.

– Que se passe-t-il ? cria-t-il. Laissez-moi passer. Je dois aller retrouver l'empereur.

L'un des soldats haussa les épaules :

– Le trésor ne doit pas quitter le fort. Ordre du trésorier.

– Pardon ? Abaissez-moi ce pont-levis !

Les hommes se détournèrent. Abul fit faire demi-tour à son cheval et remonta la caravane jusqu'à Itibar, qui semblait l'attendre patiemment au centre de la cour d'honneur.

– Que se passe-t-il ? tempêta Abul en sautant à terre.

– Le trésor ne quittera pas ce fort, Mirza Hasan. Le prince est en route pour Agra.

– Et alors ?

Il secoua le vieil homme par les épaules ; lorsqu'il s'arrêta, Itibar se détacha de lui sans fléchir. Il ne souriait plus du tout, l'air sévère.

– Mais... mais... j'ai des ordres de l'empereur, balbutia Abul. Il vous fera mettre à mort pour cette désobéissance.

– Je ne doute pas un instant que Sa Majesté me couperait la tête si je laissais le trésor aux mains du prince. Mais j'ai de quoi le défendre.

– Il vaut mieux le mettre en sécurité, loin d'Agra. Ne voyez-vous pas que si le prince arrive, il ne doit pas le trouver ici ?

– Je ne vous suis pas. Le fort est invincible. Le trésor est plus en sécurité ici que sur les routes.

Itibar se tourna vers un serviteur :

– Envoie un message à l'empereur pour l'informer des mouvements du prince. Dis-lui bien que le trésor se trouve toujours à Agra et qu'il y est sous bonne garde.

Abul assista, impuissant, au déchargement de la caravane. Puis Itibar le fit escorter jusqu'à sa demeure. Il ne put plus mettre un pied dehors sans se voir aussitôt surveillé, épié. Ce qui l'empêchait d'expédier tout message à Khurram. Il comprenait mais un peu tard que Mehrunnisa avait manigancé toute cette mise en scène et se moquait de lui, qui l'avait jugée stupide.

Il avait attiré Khurram loin de son refuge de Burhanpur alors même que Jahangir et Mehrunnisa arrivaient de Lahore. De son jardin, il entendit l'armée impériale arriver. Des milliers de pieds passèrent devant sa maison ; et Khurram s'apprêtait à entrer dans Agra...

Chapitre 26

Plantez l'arbre aux fruits amers
Dans le jardin du paradis,
Arrosez-le de la source éternelle,
Versez du miel sur ses racines,
Il n'en conservera pas moins sa vraie nature
Et portera des fruits toujours aussi amers.

Le Tuzuk-i-Jahangiri

– C'est inutile, Votre Altesse.

– Nul ne nous offrira donc l'hospitalité ?

Raja Bikramjit, commandant en chef des armées de Khurram, contempla d'un air las les rues désertes du village à une lieue d'Agra, ses boutiques fermées, ses maisons bouclées. Avec le prince, ils venaient de passer deux heures à frapper aux portes. *Koi hai ?* Il y a quelqu'un ? C'était à croire que toute la population venait de fuir sans rien laisser derrière elle, ni chien, ni chat, ni poule, ni vache au milieu de la rue. Un épais silence régnait autour d'eux.

– Comment ont-ils eu vent de notre arrivée ? Nous avons quitté Burhanpur dans le plus grand secret.

Raja Bikramjit fit la grimace.

– Les mauvaises nouvelles voyagent vite, Votre Altesse.

Tout comme celle du prince, la face du général était maculée de poussière. Ils avaient fière allure, tous autant qu'ils étaient ! Ils venaient de traverser l'Empire dans sa largeur, ne s'arrêtant que deux ou trois heures par nuit. Ils avaient changé de chevaux aux sarais, sauf les deux derniers jours, où chacun avait conservé sa monture. En approchant d'Agra, ils s'étaient heurtés à un mur de silence. On les suivait d'un regard haineux ou on leur tournait le dos. Khurram n'y prit pas garde, sans doute parce qu'il était trop fatigué pour s'arrêter à ce genre de détail, mais, maintenant, dans ce village désert, il comprenait que son père allait venir à sa rencontre.

– Que faire ? demanda-t-il.

Où était le puits ? Ils se trouvaient à proximité de la grand-place mais n'apercevaient aucun puits.

– Les soldats doivent boire et se restaurer. Faut-il poursuivre vers Agra ?

– Je crains que vous n'y soyez attendu de pied ferme.

– Comment se fait-il qu'Abul Hasan ne m'en ait pas averti ?

– Il est en résidence surveillée, Votre Altesse. Itibar Khan a remisé le trésor dans ses coffres.

Khurram plissait les yeux pour tenter de distinguer quelque chose dans cette obscurité. Aucune lampe ne brûlait dans ce village. Il ne pouvait pourtant pas rebrousser chemin si près du but. Il ne pouvait retourner avouer sa défaite auprès d'Arjumand.

– Nous devons marcher sur Agra et tâcher de nous emparer du fort et du trésor royal.

– Je ne vous le conseille pas, Votre Altesse. Les soldats sont fatigués.

– Je ne puis repartir, s'entêta Khurram en se redressant sur son cheval. Donne l'ordre aux hommes de se porter sur Agra.

Itibar Khan s'apprêtait à recevoir dignement les assaillants. Les remparts étaient renforcés de plâtre et de pierre, les portails murés, les canons prêts à cracher leur feu sur l'armée de Khurram en cotte de mailles.

Le prince fit armer les mousquets et envoya une première salve mais les boulets répondirent aussitôt, provoquant des coupes sombres parmi les soldats. Ceux-ci arrachèrent un arbre et s'en servirent comme d'un bélier mais la brique ne céda pas. Au milieu de la nuit, alors que les champs alentour étaient en feu et que le vent charriait des odeurs de chair humaine et chevaline calcinée, la plupart de ses hommes décimés ou mourants, Khurram tourna bride et fit battre en retraite le reste de son armée.

Il tenait à peine en selle, une balle s'était frayé un chemin dans son bras et il avait endigué le sang à l'aide d'un garrot de coton. Avec ses hommes, ils allèrent se réfugier au nord d'Agra. Le temps de reprendre des forces et ils fondraient sur le fort de Delhi car Khurram refusait de rentrer bredouille dans le Dekkan. Cependant, il ne savait pas que la cohorte de son père ainsi que le gros de l'armée impériale s'y trouvaient déjà.

Abul fut amené enchaîné dans les appartements de Mehrunnisa.

– Quelle est cette mascarade ? s'écria-t-il. Fais cesser ce scandale ! Pourquoi me traite-t-on comme un criminel ?

Sa sœur fabriquait du paan et elle ne leva pas la tête. Il voulut se rapprocher mais Hoshiyar le retint d'une main ferme.

– Restez ici, Mirza Hasan.

Assise sur son divan, les plateaux d'argent emplis de feuilles de bétel, de noix d'arec, de citron vert et de raisins secs devant elle, elle trempait une feuille dans l'eau, la rinçait et en pilait le centre avec les autres ingrédients puis pliait méticuleusement le tout en un petit paquet carré, bien attaché et fixé avec un clou de girofle.

Abul frémit. Il avait les poignets en feu et ne supportait plus le frottement du métal. À quoi Mehrunnisa jouait-elle donc ?

Il l'appela et, cette fois, elle le regarda d'un air inexpressif, ni colère, ni haine, rien ; elle se contenta de caler un paan dans sa bouche sans le quitter des yeux. Au point qu'il finit par détourner la tête.

– Qui a dit à Khurram que le trésor allait être déménagé ?

Abul releva vivement la tête :

– Ce n'est pas moi, Mehrunnisa ! Tu dois me croire.

– Alors, comment l'a-t-il su ?

– Je l'ignore.

Il avait réussi à parler d'une voix ferme mais il se remit à trembler, ce qui fit cliqueter ses chaînes.

– Ôte-lui cela, Hoshiyar.

Elle s'adossa à son coussin et posa les plateaux sur le sol.

– Viens t'asseoir, Abul.

Il obtempéra tout en se massant poignets et chevilles.

– Est-ce que tu me crois, Mehrunnisa ? Est-ce que tu sais que Khurram est reparti pour mettre à sac Delhi ? Tu dois en informer l'empereur.

Elle haussa un sourcil.

– Est-ce vrai ?

– Oui, je l'ai entendu dire hier.

– Dans ce cas, accepterais-tu de prendre la tête d'une expédition contre lui ?

Il n'hésita pas une seconde. À peine eut-elle achevé sa phrase qu'il lui répondait oui, les yeux dans les yeux.

Elle le renvoya et il sortit sans se faire prier. Elle savait désormais qu'il ne serait jamais de son côté mais de celui de Khurram. Ce qui ne l'empêcherait pas de prendre les armes contre son gendre. Cependant, Mehrunnisa décida de prier ses généraux de tuer son frère sur-le-champ s'il lui venait à l'idée de tourner casaque et de se rallier au prince. Celui-ci faisait route sur Delhi, ainsi qu'Abul venait de le lui annoncer, comme si elle ne le savait pas, comme si cela pouvait la convaincre de ne plus le soupçonner. Mehrunnisa était au courant depuis longtemps, non pas seulement des projets du prince mais de l'endroit exact où il se trouvait en ce moment.

Elle fit revenir Chahryar de Kandahar. Abul serait mis à la tête d'une deuxième colonne. Qui commanderait la troisième ? Khurram avait avec lui deux hommes qu'elle souhaitait voir à la tête de l'armée impériale : Raja Bikramjit et le Khan-i-khanan. Mais elle pensait également à celui qui s'était dressé contre elle aux premiers temps de son mariage, qui avait eu le front d'aller se plaindre d'elle auprès de Jahangir. Il avait toujours fait preuve d'un courage exemplaire et, à sa façon, d'une loyauté envers l'empereur dont peu d'hommes pouvaient se vanter.

Elle écrivit une lettre à Mahabat Khan, à Kaboul, en lui proposant d'abandonner le gouvernement de cette ville s'il acceptait de se joindre à l'armée impériale. Elle présenta la chose comme une requête mais il s'agissait bel et bien d'un ordre. Mahabat n'avait pas le choix. Aussi accepta-t-il. En fait, il sauta sur l'occasion. Voilà dix années qu'il se trouvait éloigné de la cour et il avait vieilli de vingt ans dans l'intervalle tant il se mourait d'ennui.

Les trois armées impériales menées par Mahabat, Chahryar et Abul rencontrèrent celle de Khurram au sud de Delhi. L'issue ne faisait pas de doute, le prince et ses hommes n'ayant aucun moyen de résister à la puissance des forces adverses. Si bien qu'à la tombée de la nuit Khurram prit la fuite vers le Dekkan. Raja Bikramjit était mort, sa tête au bout d'une pique fichée sur les remparts du fort de Delhi. Sa famille possédait, depuis des générations, deux perles parfaites de la taille de cerises qu'il portait ce jour-là. Ses oreilles avaient disparu lorsque sa tête vint orner la lance, et les perles avec elles qui furent rendues telles quelles à la famille.

Aucun noble n'accompagna Khurram dans sa fuite car Mehrunnisa avait pris soin de les couvrir de cadeaux afin qu'ils demeurent à Delhi, ainsi qu'elle l'avait fait avec Abul. Ce dernier était prié de ne plus quitter la cour car elle n'avait aucune confiance en lui. Elle envoya un message au prince Parviz, le pressant de se rendre à Delhi lui aussi, afin de se lancer à la poursuite de Khurram dans le Dekkan.

Elle chargea Mahabat Khan de superviser le prince et, donc, de prendre la tête de cette campagne. L'empereur gardait le lit, terrassé par une autre maladie ; il ne pouvait plus se lever pour distribuer lui-même ses ordres, mais il écoutait son épouse quand elle discutait avec lui. Il désirait descendre vers Ajmer pour y attendre des nouvelles de Mahabat Khan et de Parviz.

Aussi la cour se déplaça-t-elle à nouveau vers Ajmer. La première fois qu'ils s'y étaient rendus, c'était pour soutenir Khurram dans son siège du Mewar. Maintenant, ils comptaient y apprendre sa disparition.

Khurram affronta l'armée de Parviz devant Burhanpur, ou plutôt il affronta Mahabat Khan. Il fut vaincu sans peine et s'enfuit à nouveau vers le sud, sur la Tapti. Cette fois, il emmena Arjumand et leurs fils. La petite troupe qui les accompagnait était réduite à sa plus simple expression, Mahabat ayant expédié des courriers secrets aux nobles de la cour de Khurram où il leur promettait l'amnistie s'ils rentraient dans le rang.

La pluie coulait à flots et l'incessant tonnerre couvrait les autres bruits. La lumière blanche des éclairs illuminait la caravane qui escaladait lentement la colline détrempée.

Khurram chevauchait en tête et se passait sans arrêt le bras sur le visage pour tenter d'en chasser l'eau qui l'aveuglait. La tête baissée, il devait se fier au pied de son cheval, qui avait parfois du mal à s'extraire des flaques de boue où il s'enlisait. Khurram se retournait de temps à autre vers le palanquin en se demandant comment Arjumand s'en tirait. Elle devait être trempée jusqu'aux os elle aussi, la couverture et les rideaux ayant été balayés par la violence de cette pluie de mousson. Toute pudeur oubliée, la princesse s'accrochait comme elle le pouvait à la carcasse de sa chaise, son voile plaqué sur le visage. Khurram jura intérieurement. Lui, un prince du sang, obligé de fuir comme un plébéien. Soudain, il entendit un hurlement et tira sur la rêne de son cheval.

Un éléphant s'était embourbé et se débattait comme il le pouvait pour se dégager en barrissant désespérément.

Un serviteur s'approcha du prince :

– Nous allons devoir l'abandonner, Votre Altesse.

– Alors faites vite.

Il vérifia que ses bagages étaient répartis sur les autres animaux déjà écrasés sous leur propre charge, puis se détourna avant que retentît un coup de feu qui interrompit net les barrissements de l'éléphant.

Voilà deux jours que Khurram et sa troupe avaient passé la Tapti à gué. Mais la rivière était tellement gonflée que la traversée s'était révélée des plus périlleuses et qu'il y avait perdu une bonne partie de ses biens. Cependant, il ne pouvait s'arrêter car il savait que l'armée impériale était à deux jours de marche derrière eux.

Ils repartirent car Khurram ne devait à aucun prix se laisser capturer. Il avait vu quel sort son père avait réservé à Khusrau ; le sien ne pourrait qu'être pire. D'une main, il désigna le sud.

– Allons-y ! cria-t-il.

Blottie dans un coin de son palanquin, Arjumand avait mal au cœur et savait très bien pourquoi : elle était encore enceinte, il n'y avait plus de doute possible. Quelle vie allait-elle offrir à ce pauvre enfant qui allait naître dans l'exil ? Et ses autres fils, qu'allaient-ils devenir ? Naguère encore, il semblait que Khurram fût promis au trône et, maintenant...

Ils ne connurent plus d'incident cette nuit-là et, dans l'après-midi, Khurram et Arjumand passèrent la frontière pour pénétrer dans le royaume de Golconde. Lui accorderait-on l'asile ?

Derrière Khurram, Mahabat Khan progressait obstinément sous la pluie. Voilà trois jours qu'il ne s'était pas séché. Sa barque s'était retournée sur la Tapti, les jetant, Parviz et lui, à proximité du rivage voisin. Ils s'étaient agrippés à des racines jusqu'à ce que des soldats les tirent de l'eau. Mahabat était tout aussi exténué que les fugitifs qu'il poursuivait. Sa jeunesse s'était envolée et il ne se sentait plus capable de chevaucher des jours durant à la poursuite d'une victoire. Mais l'empereur le lui avait ordonné.

Il leva sa tête à la calvitie naissante vers la pluie pour boire un peu d'eau. S'il capturait Khurram, il serait reçu comme un héros et Jahangir lui rendrait sa place à la cour, auprès de Sharif. Ils retrouveraient leur complicité d'autrefois. Ce rêve l'aidait à supporter les longues heures sur une selle glissante. De temps à autre, il apercevait derrière lui son armée trempée, ses hommes harassés qui toussaient et trébuchaient mais n'en avançaient pas moins. Mahabat laissa de nouveau son esprit errer. Sharif et lui avaient échangé quelques lettres, nombreuses au début puis de plus en plus espacées, car Mahabat ne pouvait s'empêcher d'envier son ami demeuré à la cour et qui ne se privait pas d'en décrire la vie trépidante. L'Amir-ul-umra avait conservé sa place auprès de l'empereur car il savait se taire. Mahabat comprenait combien il avait eu tort de se montrer aussi suffisant durant les audiences de Mehrunnisa au jharoka ; elle n'avait eu aucun mal, du fond de son moucharabieh, à maltraiter les nobles et les princes pour les obliger à faire ce qu'elle voulait. À la lecture des lettres de Sharif, Mahabat s'était souvent dit qu'il se trouvait mieux à

Kaboul, loin de la tentation d'affronter l'impératrice. Cependant sa place était auprès de l'empereur.

Son armée finit par tomber sur l'éléphant mort abandonné par Khurram et sa troupe, puis se retrouva devant la frontière de l'Empire. Les traces indiquaient que le prince était passé au Golconde, à l'ennemi, avec sa femme, ses enfants et sa troupe.

Mahabat demeura deux jours sur place pour s'assurer que le prince n'allait pas revenir puis il reprit la route de Burhanpur, traînant derrière lui le prince Parviz qui ne cessait de geindre. Il avait tout de même remporté une victoire. Khurram ne menacerait plus son père. Aussi écrivit-il au couple impérial, les adjurant entre les lignes de le laisser revenir à la cour afin qu'il pût leur rapporter sa campagne de vive voix.

Quelques mois plus tard, Khurram envoyait à son père une missive où il implorait son pardon. Il ne voulait plus vivre en exil, bien que le roi de Golconde se fût montré des plus accueillants et des plus généreux ; mais il ne s'y sentait pas chez lui.

De Lahore, Mehrunnisa édicta des conditions sévères à sa reddition.

Il devait envoyer un million de roupies au Trésor impérial. Deux de ses fils seraient escortés à la cour afin de servir de garantie contre toute nouvelle tentative de rébellion. Il devait abandonner toute prétention sur les forts d'Asir et de Rohtas. De même, il accepta de partir avec sa famille pour Nasik, sur la mer d'Arabie. Il était officiellement en exil mais sur le sol indien.

La nouvelle de la victoire de Mahabat sur Khurram parcourut tout l'Empire. Celui-là avait alors cinquante-cinq ans et venait de poursuivre un prince de la moitié de son âge. C'était un soldat courageux. Au début du règne de Jahangir, le peuple ne pouvait prononcer le nom de l'empereur sans y ajouter ceux de Mahabat et de Sharif. Mehrunnisa y avait mis bon ordre. Désormais, Jahangir devenait synonyme de sa vingtième et plus puissante épouse.

Une aube grisâtre se levait sur Lahore et les balayeurs s'attelèrent au travail dans les rues pavées. Les petits commerçants ouvrirent boutique avant que les préposés à l'éclairage de la ville viennent éteindre les lanternes.

Les nombreux palais du fort de Lahore s'éveillaient dans le froid du petit matin. Des lumières tremblotaient çà et là, sur les vérandas, dans les niches creusées au cœur des murs de grès, à la poterne de Hathi Pol et le long des remparts.

Dans l'un de ces palais, les lampes à huile de sésame brillaient depuis la veille au soir.

Ladli gémissait du plus profond de ses poumons, le visage rougi par l'effort, les yeux clos. Soudain, elle se laissa retomber sur sa couche.

– Maman !

– Je suis là, ma fille.

Mehrunnisa se pencha sur elle et lui caressa doucement le visage.

Ladli s'agrippait à sa main de toutes ses forces.

– Je souffre, maman, c'est trop douloureux !

– Je sais, ma fille.

L'impératrice lui embrassa la joue en regrettant de ne pouvoir assumer elle-même toute cette douleur. Trempée de sang et de sueur, sa fille tentait depuis des heures de mettre son bébé au monde, et cela semblait si long, maintenant... Au début, tout avait paru facile et, oubliant l'Empire, oubliant ses responsabilités, Mehrunnisa s'était précipitée pour l'assister.

On fit manger à Ladli des noix de cajou rôties dans du sucre, des pistaches, des raisins secs, on lui fit boire du lait frais de buffle afin de lui donner des forces pour le travail qui l'attendait. Les sages-femmes allaient et venaient dans la chambre et Hoshiyar se tenait dans un coin, tellement fier et droit qu'on aurait pu le prendre pour le père. Mehrunnisa n'avait pas oublié la naissance de Ladli, la peur et la fatigue qu'elle avait éprouvées alors, mais aussi son impatience de voir enfin son enfant après tant de fausses couches. Cette même impatience la taraudait encore à l'idée qu'il allait leur naître un garçon. Un prince, un futur empereur.

Alors les douleurs de Ladli avaient augmenté en fréquence et en intensité. La princesse poussait des cris de temps à autre et sa mère avait eu beau houspiller les sages-femmes, celles-ci n'y voyaient rien que de très normal.

Une nouvelle contraction arracha un hurlement à Ladli, qui criait dans les oreilles de sa mère et ne voulait plus lui lâcher la main.

– Faites quelque chose ! cria Mehrunnisa.

– Ce n'est pas à moi de faire quelque chose, Votre Majesté. La princesse doit pousser, le bébé est coincé.

La petite tête se présentait bien mais l'enfant ne bougeait plus. Habituellement, le plus dur était passé à ce stade. Quelques poussées, et il devait sortir. Mais il restait là où il était et le ventre de Ladli se gonflait et se dégonflait tandis qu'elle s'exténuait à tenter de le mettre au monde.

Un nouveau jet de sang vint tacher le divan et la vieille femme leva en l'air ses mains rougies :

– Votre Majesté, il faut demander à la princesse de s'asseoir, cela devrait l'aider.

Mehrunnisa eut beau lui faire signe de cacher ses mains, c'était trop tard, Ladli les avait vues et sanglotait :

– Oh, maman ! Je vais mourir. Vois, je vais mourir !

– Qu'on la chasse dehors ! s'exclama Mehrunnisa à l'adresse d'Hoshiyar.

Une autre sage-femme prit le relais. Elle paraissait plus jeune et moins sotte.

– Que faire ? lui demanda l'impératrice.

– La princesse doit s'asseoir, Votre Majesté. Mais auparavant...

Elle tâta le ventre de Ladli, appuya dessus puis fit signe à Mehrunnisa.

Celle-ci, aidée d'Hoshiyar, souleva sa fille pour l'aider à s'asseoir et lui caler des coussins dans le dos.

– Maintenant, ma chérie, vas-y de toutes tes forces. Je suis là et Hoshiyar aussi. Rien ne peut t'arriver. M'entends-tu ?

Ladli hocha la tête. Elle ne regardait que sa mère et tremblait de souffrance mais, à la première secousse, elle sentit l'enfant qui se frayait un chemin vers la lumière. La tête, puis le torse et enfin les jambes.

La sage-femme coupa tout de suite le cordon ombilical et lava le bébé tandis que Ladli se laissait enfin retomber sur sa couche en respirant lourdement.

Mehrunnisa se tourna vers la sage-femme :

– L'enfant est-il vivant ?

– Oui, Votre Majesté.

Elle le brandit en le tenant par un talon et lui tapa sur les fesses. Un énorme vagissement jaillit alors des petits poumons. Hoshiyar éclata de rire, son énorme moustache lui remontant jusqu'aux oreilles. Ladli s'accrochait à Mehrunnisa et toutes deux prièrent en riant et en pleurant à la fois.

– Merci, Allah ! souffla l'impératrice. Merci pour ce glorieux cri.

Puis elle ordonna :

– Amenez-le-nous ici, que nous le regardions.

La sage-femme enveloppa le bébé dans le tissu rouge présenté par une autre esclave. Elle tremblait de tous ses membres.

– C'est une fille, Votre Majesté.

Quelques secondes durant, personne ne dit rien. Ladli, qui pleurait encore de joie, n'avait pas entendu, mais sa mère et Hoshiyar demeuraient interdits. Et la sage-femme restait là, tenant à bout de bras l'enfant que personne ne prenait et qui finit par se taire.

Un autre silence s'écoula. Mehrunnisa tâchait de se convaincre qu'elle avait mal compris, que la sage-femme s'était trompée... mais non, celle-ci ne pouvait commettre une telle erreur alors que sa vie en dépendait. C'était un coup du sort qui se moquait de son désir de donner au plus vite un héritier mâle à l'Empire.

– Apportez-moi ce bébé, demanda soudain Ladli.

Mehrunnisa la vit examiner avec émerveillement le petit visage joliment formé, les oreilles parfaitement ourlées, les cheveux noirs et encore humides, les minuscules sourcils déjà bien arqués, la bouche rose comme une fleur en bouton, le menton volontaire. Et puis ces yeux bleu foncé, qui rappelaient déjà la teinte saphir de ceux de Mehrunnisa. Une minuscule main, aux ongles longs, serrait le tissu de coton et, lorsque Ladli l'ouvrit, elle se referma sur son doigt. La jeune femme en rit de bonheur.

– Regarde, maman !

Son visage rayonnait de joie et Mehrunnisa ne put s'empêcher de rire avec elle. Aussitôt, l'atmosphère de la chambre se détendit et ce fut comme si le soleil du matin entrait enfin à travers les rideaux.

– Quelle jolie petite fille ! murmura Ladli tendrement. Je l'appellerai Arzani. Qu'en penses-tu, maman ?

– Que c'est un très joli nom, ma chérie.

Soudain épuisée, Mehrunnisa l'embrassa sur la joue puis déposa un baiser sur le pied de l'enfant. Ensuite, elle se leva et quitta la chambre, suivie d'Hoshiyar, qui l'accompagna jusqu'aux appartements de l'empereur.

Elle s'allongea au côté de son époux et posa la tête sur son torse. L'oreille si près de ses poumons, elle entendait son souffle court et râpeux. Au moins dormait-il paisiblement. Ce qu'elle ne parvint pas à faire. Elle avait placé tant d'espoirs dans cet enfant, tant de rêves, tant de souhaits pour l'Empire... dont aucun ne se réaliserait.

Pas plus que pour Chahryar, d'ailleurs. En soi, ce garçon n'avait aucune importance. Il était parti pour Kandahar dans l'espoir de reconquérir cette ville, mais le chah de Perse s'y était solidement installé et ne lâcherait pas prise de sitôt. Si l'empereur venait à décéder maintenant, personne ne se tournerait vers le nashudani. Et voilà qu'il n'avait même pas d'enfant mâle pour gagner un peu de prestige.

– Ils sont encore jeunes, Mehrunnisa.

En regardant son époux, elle s'aperçut qu'elle avait les yeux pleins de larmes. C'était stupide de pleurer pour cela mais elle ne pouvait s'en empêcher.

Il lui essuya les joues.

– Ils auront d'autres enfants.

– Comment es-tu au courant ?

– Les esclaves sont venues me voir. Mais ils auront d'autres enfants et, bientôt, Ladli et Chahryar nous donneront un fils.

– Oui, Seigneur.

Jahangir avait raison. Elle n'avait plus qu'à espérer de nouveaux enfants.

– As-tu lu les lettres de Burhanpur ? lui demanda-t-il.

Des missives étaient arrivées de la frontière sud de l'Empire, l'une après l'autre. La plupart contenaient des félicitations pour la victoire de Mahabat Khan sur le prince Khurram. Même ici, à Lahore, Hoshiyar se penchait de temps à autre vers Jahangir et Mehrunnisa pour leur raconter ce qui se disait de Mahabat Khan.

Mehrunnisa se demandait si elle avait bien fait de le tirer de son exil à Kaboul. Plus troublante encore fut une lettre provenant d'un obscur capitaine de Burhanpur. Mahabat et le prince Parviz étaient devenus... proches. Parviz, malgré sa médiocrité, son intempérance, sa faiblesse – ou peut-être à cause de ces tendances –, possédait un don inné pour s'attirer la bienveillance de puissants ministres. D'abord le Khan-i-khanan Abdur Rahim et maintenant, de la façon la plus inattendue, Mahabat Khan. Négligé à la cour, Parviz se trouvait régulièrement des champions pour le soutenir. Mahabat se montrait trop amical avec le prince, disait la lettre ; et s'il le préparait pour devenir empereur ?

À peine débarrassés de Khurram, Mehrunnisa et Jahangir n'eussent jamais imaginé que Parviz pût menacer les prétentions de Chahryar au trône.

– J'ai du mal à croire cette lettre, commenta l'impératrice.

Jahangir se mit à rire avant de lui murmurer à l'oreille :

– Quand il s'agit de la couronne, toutes les rumeurs, même les plus minces, doivent être prises en considération. Mahabat ne peut plus rester dans le Dekkan avec Parviz. Ils risquent d'acquérir trop d'assurance. Prépare un farman pour lui ordonner de revenir à la cour.

– Mais, Seigneur, nous n'avons pas accédé à sa demande alors qu'il nous en suppliait. Quel prétexte lui fournir, à présent ?

L'empereur se gratta le menton.

– Hoshiyar, convoque mon barbier !

Puis il reprit, à l'adresse de Mehrunnisa :

– N'importe quel prétexte... la lettre mentionne-t-elle une quelconque infraction ?

– Oui...

Mehrunnisa se leva et natta ses cheveux dans sa nuque en souriant à son époux.

– Te sens-tu bien, aujourd'hui ?

– Oui, dit-il en se levant à son tour. Voilà longtemps que cela ne m'était pas arrivé. Où est Hoshiyar ?

– Parti chercher le barbier que tu lui as demandé.

Elle l'embrassa sur la joue, frottant les lèvres sur ses joues hérissées.

– Je vais écrire à Mirza Mahabat Khan, conclut-elle.

Là-dessus, elle se précipita vers ses appartements et s'assit à sa table. Elle s'arrêta un long moment pour se regarder dans le petit miroir qu'elle portait en bague sur le pouce. De si près, elle ne voyait son visage que par portions, un sourcil, les cernes de ses yeux qui trahissaient une nuit blanche, les rides autour de sa bouche. Aujourd'hui, elle était grand-mère, pourvue d'une petite-fille en bonne santé et d'une fille folle de bonheur. D'un époux qui l'adorait. Sans compter cet Empire qu'elle gouvernait.

Elle écrivit à Mahabat Khan. Ayant appris qu'il avait détourné des fonds réservés à la campagne du Dekkan pour emplir ses propres coffres et capturé des éléphants pour son propre élevage, elle voulait savoir ce qu'il en était.

Ainsi Mahabat tenait-il enfin son invitation à revenir à la cour, quelque désagréable qu'elle fût dans ses termes.

Cependant, Mehrunnisa et Jahangir avaient tous deux oublié combien cet homme pouvait la détester, avant tout parce qu'elle était une femme qui exerçait le pouvoir dans un monde d'hommes. Certes, il désirait rentrer à la cour, certes il venait de se morfondre pendant dix ans à Kaboul, mais sa fierté demeurait intacte, ni plus ni moins que sa haine envers Mehrunnisa.

Chapitre 27

Mahabat avait un grand nombre d'ennemis : son souverain n'était pas d'une grande fermeté. Les capacités du premier avaient suscité bien des envies ; et la nature avait doté le second d'un naturel trop conciliant et trop malléable pour le protéger contre les intrigues.

– ALEXANDER DOW, *Histoire de l'Hindoustan*

En mars 1626, Mehrunnisa et Jahangir décidèrent de quitter Lahore pour Kaboul. L'été venu, ils se retiraient dans les jardins verdoyants de cette ville. Avant la conquête du Cachemire, c'était la résidence d'été des souverains moghols, et Babour, premier empereur de la dynastie et arrière-grand-père de Jahangir, y était enterré. En chemin vers cette villégiature, la troupe impériale campa sur la rive orientale de la Jhelum et ce fut là qu'on annonça l'arrivée de Mahabat Khan à la tête d'un détachement de cinq cents soldats rajpoutes et de deux cents éléphants de guerre.

Cette démonstration de force irrita Jahangir. Il envoya un message à Mahabat le priant de se présenter seul. Si les charges retenues contre lui étaient fausses, il n'aurait pas de mal à le prouver ; la vérité serait sa meilleure défense.

Mahabat y consentit car il avait hâte de se disculper. Il envoya son gendre, Khwaja Barkhurdar, en émissaire, avec ses deux cents éléphants, vers le campement de l'empereur sur la Jhelum. Il était prêt à se faire précéder de ses femmes et de ses enfants en gage de sa loyauté mais il ne pouvait se laisser traîner devant l'empereur tel un criminel.

Khwaja Barkhurdar fut introduit auprès de Jahangir et Mehrunnisa. Il effectua un profond taslim et, la tête toujours baissée, présenta la lettre de Mahabat Khan. Les éléphants étaient alignés à l'extérieur du camp, formant une longue rangée paisible que ne venaient troubler que quelques mouches chassées à coups de queue.

L'empereur lut la lettre.

– Pourquoi Mahabat n'est-il pas là, Barkhurdar ?

– Il va venir, Votre Majesté, répondit le jeune homme, les yeux toujours fixés à terre.

Il n'osait regarder Mehrunnisa bien qu'elle fût voilée.

– Il demande seulement que vous lui pardonniez auparavant.

– Voilà une drôle de façon d'implorer le pardon ! commenta l'impératrice d'un ton sec.

Il avait fallu six mois pour arracher Mahabat Khan à Burhanpur. Il avait commencé par désobéir à ses ordres ou plutôt Parviz avait écrit pour demander qu'il restât auprès de lui car il ne pouvait plus se passer de sa présence.

Durant toute cette période, les espions de Mehrunnisa lui avaient expédié des informations journalières rapportant les faits et gestes de Mahabat à Burhanpur. Visiblement, il se faisait prier et cela ne laissait pas de l'inquiéter. Qu'avait-il derrière la tête ? En fin de compte, elle avait envoyé un autre agent à Parviz et prié Mahabat de prendre immédiatement la route.

– Seigneur, souffla-t-elle à son époux, avant de prendre une quelconque décision en faveur de Mahabat Khan, tu devrais tâcher d'en apprendre davantage sur son émissaire.

Surpris, Jahangir se tourna vers elle :

– Qui est-ce ?

Mehrunnisa le lui dit. Abul, qui se tenait derrière eux, ajouta quelques détails qu'elle ignorait encore sur le gendre de Mahabat Khan. Qui était son père, quelle était sa charge à la cour ainsi que d'autres renseignements sur leurs jagirs et diverses possessions à travers l'Empire. Abul Hasan avait été convoqué à cette réunion car sa sœur savait combien il détestait Mahabat Khan, en qui il avait toujours vu un rival de sa propre puissance. Autant Khurram le séparait de l'impératrice, autant Mahabat était parvenu à les unir contre lui.

– C'est un charmant jeune homme, commenta l'empereur. Ces deux familles sont de bonne compagnie.

Barkhurdar n'en était pas moins anxieux. Il tentait de se tenir tranquille, ainsi que l'exigeait l'étiquette, mais il ne put y parvenir.

– Je n'en doute pas, Seigneur, dit Mehrunnisa. Toutefois, ce mariage n'a pas reçu ton assentiment.

– Est-ce vrai ?

La coutume moghole voulait que tous les courtisans obtiennent l'autorisation de l'empereur avant de nouer une alliance. Oublié à Kaboul, si loin de la cour, Mahabat Khan avait négligé de demander son accord à Jahangir avant de marier sa fille à Khwaja Barkhurdar.

– Votre Majesté, lui glissa Abul à l'oreille, Mahabat vous insulte en vous envoyant cet homme en émissaire puisqu'il sait que vous n'avez pas consenti à ce mariage.

– Jetez-le en prison, ordonna Jahangir.

Que Mahabat l'eût fait exprès ou non, l'empereur ne pouvait décemment pas réagir autrement.

Barkhurdar réagit tout d'un coup en portant la main sur sa dague, mais les Ahadis se jetèrent sur lui et l'emmenèrent. Les propriétés du jeune homme, particulièrement les biens qu'il avait reçus à l'occasion de son mariage, furent confisqués et ajoutés au Trésor impérial.

Dans son camp, à quelques lieues de là, Mahabat Khan allait et venait sur les épais tapis persans qui couvraient le sol de sa tente. Il sortit la tête pour voir ce qui se passait au-dehors mais n'aperçut pas trace de son gendre.

Il laissa retomber le rabat. Pourquoi Barkhurdar s'attardait-il ainsi ? Il avait eu vingt fois le temps de parler à l'empereur. Soudain retentit un claquement de sabots le long de la rive. Le cavalier était trop loin, perdu dans un nuage de poussière, mais lorsqu'il s'approcha Mahabat contasta que c'était un cornac impérial.

– Que s'est-il passé ? demanda-t-il avant même que l'homme eût mis pied à terre.

– Monseigneur, l'empereur a emprisonné votre gendre, annonça le mahout en sautant de sa selle.

– Pourquoi ?

– Vous... n'avez pas demandé son consentement pour le mariage. L'empereur lui a confisqué tous ses biens.

– Est-il sauf ?

– Pour le moment, oui. Il a tenté de se défendre, mais ils l'ont mis aux fers. Il est vivant, je l'ai vu.

Mahabat se détourna, furieux. Il allait devoir se rendre en personne auprès de l'empereur afin de s'expliquer. Tout ceci n'était qu'un malentendu. Toutefois, il devait voir Jahangir en tête à tête, sans la présence de son épouse : où elle se trouvait devait également se trouver son frère honni.

– Je me rends immédiatement chez l'empereur, annonça-t-il. Qu'on me prépare mon cheval.

– Non, Monseigneur, ce ne serait pas avisé. Les Ahadis ont reçu l'ordre de vous arrêter aussitôt. D'autant que le plus gros du camp se déplace vers l'ouest de la Jhelum.

Mahabat reprit soudain espoir :

– Où sera l'empereur ?

– Ici, sur la rive orientale, avec l'impératrice. Il est trop souffrant pour voyager ce soir.

Si le campement se déplaçait, les gardes allaient suivre. Mahabat se tourna vers ses soldats.

Une nuit douce régnait sur la Jhelum. La troupe impériale venait de lever le camp sous la supervision d'Abul Hasan. Plus tôt dans la journée, celui-ci avait escorté le zénana, les serviteurs, les bagages, l'arsenal et le trésor sur le pont. Car le trésor suivait désormais la cour ; après que Khurram eut tenté de s'en emparer, il avait été déplacé d'Agra pour accompagner l'empereur. Quelques centaines d'Ahadis et de Rajpoutes furent laissés sur la rive orientale pour garder Jahangir et Mehrunnisa.

Les odeurs du dîner de venaisons s'élevaient encore au-dessus de la rivière mais la nuit était assez claire, l'air assez léger pour bientôt les évacuer.

Des sabots de chevaux, aux claquements étouffés par des tissus de coton, s'approchaient de la tente de l'empereur.

– Nous y sommes presque, souffla Mahabat Khan à l'un de ses commandants. Prends deux cents soldats et franchis le pont de la Jhelum. Assure-toi que personne ne passe sur l'autre rive. S'ils insistent, brûle le pont.

Le commandant acquiesça et fit signe à ses cavaliers de le suivre. Mahabat et ses hommes attendirent une heure en silence que le pont fût sécurisé. Alors il serra les jambes et fit partir son cheval au pas vers l'entrée de la tente de Jahangir.

Les gardes impériaux dormaient plus ou moins debout. Ils avaient bien mangé et beaucoup bu. Aucun danger ne menaçait l'empereur ; aussi ne s'inquiétaient-ils pas outre mesure. Lorsqu'ils ouvrirent les yeux, ce fut pour remarquer qu'une pointe de lance leur menaçait la gorge.

Dans l'enceinte impériale, un serviteur était sorti fumer une beedi. Voyant ce qui se passait, il cria :

– Mahabat Khan est là ! Avertissez l'empereur !

Comme il filait vers la tente, un agresseur lui envoya une dague qui le prit entre les épaules. L'homme s'écroula et les soldats enjambèrent son corps. Les Ahadis avaient à peine entendu l'appel qu'ils portaient la main à leur épée mais les Rajpoutes étaient déjà sur eux. Trop tard pour combattre.

Jahangir dormait lorsque Mahabat Khan entra et celui-ci l'éveilla d'une tape sur l'épaule. Il le reconnut aussitôt et s'assit brusquement, pour constater que trois soldats entouraient le divan.

– Que fais-tu ici ? Que signifie ?

– Votre Majesté, je suis venu répondre des accusations portées contre moi.

– Pourquoi n'es-tu pas venu en plein jour ? geignit Jahangir en retombant sur ses coussins.

– Vous devez venir avec moi dans mon campement.

– Tu n'avais pas besoin d'entrer ici de force. Je t'aurais volontiers accordé une audience.

– Il faut venir tout de suite, Votre Majesté. Veuillez vous lever ou je vous y aiderai moi-même.

Jahangir obtempéra. Que se passait-il ? Où étaient ses Ahadis ? Comment avaient-ils pu laisser Mahabat passer sans la moindre résistance ? Et où se trouvait Mehrunnisa ? À cette pensée, l'empereur frémit. Il espérait qu'elle n'allait pas s'opposer à Mahabat, car nul ne savait de quelle folie elle était capable quand elle se mettait en colère.

Il réfléchit vite.

– Je n'irai nulle part si je ne puis chevaucher mon pur-sang arabe préféré.

– Comme vous le désirez, Votre Majesté.

Mahabat fit signe à un serviteur de préparer la monture.

– Monseigneur, répondit le serviteur, l'étalon a été emmené sur la rive ouest. Mais je puis aller le chercher.

– Non, dit Mahabat. Ce n'est pas possible.

Il s'inclina devant Jahangir en ajoutant :

– Votre Majesté, peut-être pourrez-vous vous contenter d'un autre cheval. Mes soldats se feront une joie de vous laisser celui que vous choisirez.

– Je veux mon étalon arabe. Je ne saurais me déplacer sans lui.

– Que Votre Majesté veuille bien reconsidérer cette décision, rétorqua Mahabat, exaspéré.

À tout moment, l'armée impériale pouvait surgir. Combien de temps ses soldats pourraient-ils la retenir ? Il devait emmener l'empereur dans son camp afin de s'y mettre en sécurité.

Ils discutèrent encore une dizaine de minutes puis, à son corps défendant, Jahangir finit par céder. Il grimpa dans un howdah sur un de ses éléphants, encerclé des Rajpoutes de Mahabat Khan, qui emmenèrent ainsi l'empereur sous les yeux des Ahadis consternés. Jahangir avait beau regarder autour de lui, il ne voyait pas trace de Mehrunnisa. Et si elle avait pu fuir ? Dans ce cas, elle se porterait à la tête d'une armée qui viendrait le délivrer.

Dans le but de détourner son attention, il s'entretint de choses et d'autres avec son ancien ministre, sans se gêner pour parler à voix haute ; ils évoquèrent ainsi les anciens jours de leur amitié, leurs jeux d'enfants, leurs chasses les plus glorieuses. Mahabat ne se retint pas de rire à quelques souvenirs et son expression se détendit. Au moins, songeait l'empereur, se laissait-il ainsi distraire.

Ils atteignirent le camp de Mahabat sans incident. L'empereur mit pied à terre, aidé par son ancien ministre, et c'est alors que celui-ci se rappela soudain l'existence de Mehrunnisa. Malgré ses protestations, il poussa Jahangir à remonter dans le howdah et toute la troupe repartit pour le camp impérial. L'empereur ne cessa de se plaindre, d'une voix aussi hargneuse que possible ; il savait que Mahabat n'oserait jamais le toucher, mais il ne se gênerait pas pour son épouse. Cependant, son ancien ministre n'en démordait pas : il ne laisserait pas Jahangir seul, même dans son propre camp, car il était possible que l'impératrice eût déjà rassemblé une armée.

Tandis que Mahabat Khan rebroussait chemin vers le campement impérial, une vieille femme toute voûtée, appuyée sur son fils, s'avançait vers les gardes rajpoutes sur la rive orientale de la Jhelum. L'un d'eux pointa sa lance sur elle.

– C'est moi, Sahila, et voici mon fils, Sharif, articula-t-elle d'une voix tremblante.

– On ne passe pas, maugréa le garde. Éloigne-toi, femme.

– Mais je dois me rendre sur l'autre rive ! geignit-elle. Je vends des fruits pour les dames du zénana.

Elle lui montra un panier plein de pommes et de poires.

Le garde approcha sa lanterne pour en vérifier le contenu. Alors que la lumière éclairait le visage de la vieille, il recula d'effroi. Elle était affreuse, le visage ravagé de rides profondes mais surtout de terribles plaies violacées qui lui maculaient le front et les joues. N'était-ce pas un signe de la peste ?

– Écarte-toi de moi, sorcière ! cria-t-il en brandissant sa lance.

– Laisse-moi passer, sahib. Il faut que je gagne ma vie.

Il réfléchit hâtivement. Si cette femme avait la peste, elle allait tous les infecter. Mieux valait la laisser partir vers l'autre rive et s'éloigner le plus possible.

– Va-t'en ! dit-il en reculant.

Il héla ses collègues, et tous les Rajpoutes se dirent qu'il ne fallait pas s'approcher d'elle. Ainsi traversa-t-elle le pont en s'appuyant sur l'épaule de son fils.

Dès qu'elle eut atteint l'autre rive, elle cessa de boiter, son dos se redressa et elle se dirigea d'un pas vif vers le campement de l'armée impériale, entraînant son compagnon derrière elle.

Mehrunnisa jeta le panier de fruits sur le bord de la route et sourit au jeune homme :

– Tu vois comme c'était facile, Chahryar ?

Mehrunnisa courut vers la tente d'Abul. Au début, il ne voulut pas laisser entrer cette répugnante vieille mais, quand il eut reconnu la voix de sa sœur, il écarquilla les yeux :

– Quelle est cette tenue ?

Elle lui demanda de l'eau pour se laver le visage du charbon et des couleurs qu'elle y avait appliqués.

– Alerte les nobles ! ordonna-t-elle. C'est toi qui es responsable de ce qui vient de se passer et je dois maintenant réparer ton erreur.

Il se raidit :

– De quoi suis-je responsable ?

Tout en s'essuyant le visage avec son voile, elle se tourna vers lui :

– Tu étais chargé du camp avancé et tu as emmené le plus gros de l'armée impériale avec toi. Il ne restait plus assez d'hommes pour garder l'empereur.

Tirés de leur sommeil, les nobles s'assemblèrent, stupéfaits de trouver l'impératrice parmi eux, en haillons, au beau milieu de la nuit. Elle leur rapporta ce qui venait de se passer et tous furent bientôt sur le pied de guerre. Inutile de tenter de passer sur l'autre rive, leur expliqua Mehrunnisa. Mahabat avait laissé deux cents Rajpoutes à l'entrée du pont, prêts à y mettre le feu s'ils voyaient l'armée approcher.

Tout le campement fut en alerte, les ordres se croisèrent et chacun de se préparer pour la bataille.

Sur la rive orientale, Jahangir observait ces mouvements. Il savait que Mehrunnisa se porterait à la tête de ses hommes si elle en avait la possibilité. Il lui envoya une lettre qu'il scella de sa chevalière, lui disant de ne pas préparer les régiments. Mahabat ne comptait pas lui faire de mal. Jahangir savait cependant qu'elle ne voudrait rien entendre. Une fois le messager passé, les hommes de Mahabat incendièrent le pont.

Au petit matin, une immense armée dirigée par Abul Hasan se dirigea vers la Jhelum. Arrivés sur la rive, les éclaireurs se mirent en quête de gués et finirent par en trouver un susceptible de résister au passage de tant d'hommes.

Ce fut cependant un choix malheureux car il présentait d'innombrables fosses. De l'autre côté de la rivière, les soldats de Mahabat attendaient patiemment, armés de leurs lances et de leurs épées. Les soldats d'Abul battirent en retraite, épuisés avant la bataille.

Voyant le désastre qui s'annonçait, Mehrunnisa lança son éléphant dans la rivière. Avec elle, dans le howdah, se trouvaient Ladli, Arzani et la nourrice de la petite fille car elle se refusait à les laisser seules dans le camp. Stimulés par l'impératrice, les soldats tentèrent à nouveau de traverser et quelques-uns y parvinrent, pour se voir accueillir par une volée de flèches. En revanche, les éclaireurs trouvèrent d'autres gués et quelques sections rejoignirent la rive orientale.

Son éléphant plongé dans l'eau jusqu'au poitrail, Mehrunnisa regardait autour d'elle. À quelques pieds derrière elle, Mutamid Khan semblait coincé sur un fragment de terre entre deux bras de rivière. Pourquoi sa troupe ne bougeait-elle pas ?

Mehrunnisa se tourna vers Hoshiyar :

– Envoie quelqu'un à Mutamid pour voir ce qu'il fabrique. Dis-lui de traverser.

Elle vit un eunuque partir à la nage. Les hommes la saluèrent et plongèrent mais l'armée impériale était trop éparpillée pour menacer quiconque. Les rares soldats qui parvinrent sur le rivage furent éliminés sans peine par les hommes de Mahabat. Le cheval d'Abul fut emporté par le courant et lui-même parut abandonner la partie. Les autres généraux plongèrent dans le désordre et ne réussirent qu'à tuer la moitié de leurs troupes avant d'atteindre l'autre rive.

– Maman, dit Ladli en se penchant pour esquiver une flèche, ne commets pas d'erreur ; laisse les hommes combattre.

Mehrunnisa repoussa la main de sa fille.

– Il le faut, ma chérie. Laisse bien Arzani sur le sol.

Ladli fit allonger la petite fille sur le tapis et l'entoura de coussins. Ce qui ne l'empêcha pas de pleurer.

– Fais-la taire ! intima-t-elle à la nourrice.

Celle-ci tremblait comme une feuille et semblait sur le point de sauter à l'eau.

– Occupe-toi de l'enfant ! lui cria Ladli. Tu es payée pour cela.

– Tiens, dit Mehrunnisa en tendant une arquebuse chargée à sa fille.

Les deux femmes assemblèrent leur voile autour du cou et de la bouche comme des masques. Tandis que l'éléphant se dirigeait lentement vers le rivage, Mehrunnisa et Ladli tirèrent de nombreux coups de feu avec les armes chargées qu'elles gardaient à leurs pieds. Soudain, une flèche vint transpercer le bras de la nourrice, qui se mit à geindre et à prier tandis que ses voiles se mouillaient de sang. Arzani hurlait à pleins poumons, dominant presque de sa voix les invectives des hommes, les barrissements de l'éléphant et les coups de feu.

Posant son arme, Mehrunnisa ôta son voile pour nouer un garrot autour du bras de la nourrice.

– Reste tranquille, ordonna-t-elle. Ce n'est qu'une égratignure.

Là-dessus, elle retourna prêter main-forte à Ladli, qui contenait à grand-peine les Rajpoutes. Quelques cadavres flottaient sur la rivière mais de nombreux soldats se rapprochaient de l'éléphant impérial. Mehrunnisa tira quelques flèches. Les Rajpoutes à portée de voix l'implorèrent :

– Votre Majesté, il fait vous rendre.

Elle hésitait. Ladli était toute rouge, les joues et les mains pleines de poudre, Arzani hurlait de toutes ses forces. Écartant les coussins, elle se pencha au bord du howdah et ses cheveux tombèrent en boucles au-dessus de ses yeux.

Lâchant son arc, Mehrunnisa retint la fillette par sa ghagara. Ladli n'avait pas bronché et gardait les assaillants à distance en les visant de son arquebuse.

– Comme tu voudras, maman, dit-elle paisiblement.

Avec Arzani qui se débattait dans ses bras, la nourrice blessée qui sanglotait dans un coin, Mehrunnisa n'eut plus qu'à crier :

– Nous nous rendons.

Un soldat escalada la trompe de l'éléphant, jetant le mahout à l'eau pour guider l'animal vers le camp de Mahabat.

Pourtant, la bataille se poursuivit toute la journée et, au coucher du soleil, les eaux de la Jhelum étaient rouges de sang. D'innombrables cadavres jonchaient les deux rives ainsi que les gués au milieu de la rivière. Chevaux et éléphants, pris dans les tourbillons boueux, se débattaient encore jusqu'à l'épuisement, hennissant et barrissant par-dessus les cris des hommes. Quelques soldats de Mahabat crurent bon d'en achever certains. Deux mille soldats de l'armée impériale avaient perdu la vie en tentant de traverser la Jhelum, deux mille autres avaient été massacrés par Mahabat.

Abul avait pris la fuite depuis longtemps. En voyant Mehrunnisa lancer son éléphant dans l'eau, il avait enfourché sa monture de rechange pour filer vers sa demeure sans tirer un coup de feu. Mahabat se lança à sa poursuite et le ramena enchaîné. Désormais, il détenait Jahangir, Mehrunnisa, Chahryar, Ladli et le fils de Khusrau, Bulaqi.

Il les emmena à Kaboul, ainsi qu'il l'avait prévu depuis le début. En chemin, Mahabat se rendit compte de ce qu'il venait de faire. Arrivé dans le seul but de s'entretenir avec l'empereur, il n'avait rien trouvé de mieux que de renverser le gouvernement moghol. Si seulement Mehrunnisa n'avait pas tenté de résister... Si seulement elle était restée dans le zénana, où était la place des femmes... Il aurait alors trouvé le temps d'implorer l'empereur de lui accorder une audience et tout se serait passé le mieux du monde. Tandis qu'à présent...

À présent, Mahabat Khan était le gouvernement moghol. Sans l'avoir vraiment voulu, il venait d'opérer un coup d'État.

Chapitre 28

Mais Nur Jahan Begam commençait à reprendre courage. Elle recrutait chaque jour un grand nombre d'hommes et s'entretenait avec l'ennemi secret de Mahabat Khan dans le dessein d'élaborer les meilleurs moyens de le détruire...

Chronique hollandaise de l'Inde moghole

À Kaboul, la cour reprit son fonctionnement ordinaire. Mahabat tenait Mehrunnisa éloignée de Jahangir aussi souvent que possible afin qu'elle ne se mêlât pas des affaires de l'État. Il ne l'autorisait pas à siéger au jharoka, il assurait que l'empereur approuvait chacune de ses décisions et il agissait en despote aussi souvent qu'il le pouvait. Mais le cœur n'y était pas. L'ancien ministre avait seulement voulu voir Jahangir lui pardonner ses fautes imaginaires. Cependant, l'empereur était retombé malade et ne quittait pour ainsi dire plus le lit. À plus forte raison n'écoutait-il jamais ce que Mahabat avait à lui dire. Il détournait la tête lorsque celui-ci entrait dans sa chambre. Il signait les farmans et demandait Mehrunnisa.

– Elle est occupée, Votre Majesté, répondait Mahabat.

Jahangir lui jetait un coussin à la figure, que Mahabat esquivait sans peine.

– Je veux voir l'impératrice.

Et il continuait de répéter : « Je veux l'impératrice. » Le ministre s'efforçait de le calmer, de lui faire comprendre que le prince Khurram serait le meilleur des empereurs, que Chahryar n'était qu'un benêt incapable de régner.

Car ce fut à cette époque que Parviz mourut à Burhanpur, si bien que Mahabat, changeant de champion, avait tourné son choix vers Khurram, ce même prince qu'il avait traqué jusqu'aux frontières de l'Empire. Quant à Chahryar, le nashudani, le bon à rien, il ne voulait pas en entendre parler puisque c'était le gendre de Mehrunnisa. Mais Khurram était un buddleia, un misérable, avait dit Jahangir. Amène-moi l'impératrice.

Mahabat ne voulait rien savoir. Lui-même refusait de la voir, quand elle lui avait ordonné à plusieurs reprises de venir lui parler. La seule personne qu'il acceptât de rencontrer était son frère, Abul. Aussi celui-ci véhiculait-il des paroles de malédiction de l'un à l'autre, d'autant que Mehrunnisa n'avait pas l'autorisation de quitter ses appartements.

Elle se morfondait entre ses quatre murs. Les rares fois où elle pouvait sortir, Mahabat avait stipulé qu'elle devait porter de lourds voiles opaques, sans aucun rapport avec la mousseline légère qui montrait ses dents et son sourire ou même le bleu de ses yeux, mais un épais coton noir sous lequel elle pouvait aussi bien n'avoir plus de visage. Elle ne devait pas élever la voix en public ; on ne devait jamais entendre une femme moghole. Ainsi que Mahabat l'avait un jour demandé à Jahangir, il s'agissait de soumettre Mehrunnisa, de ne pas la laisser prendre l'Empire en main. Il comptait bien lui faire payer ses dix années d'ennui passées à Kaboul.

Aussi Mehrunnisa faisait-elle les cent pas à longueur de journée, écumant de fureur, comme une tigresse en cage. Mahabat lui avait interdit toute occupation, toute responsabilité, et jour après jour sa fureur grandissait. D'autant qu'elle souffrait terriblement de ne plus voir Jahangir ; son lit vide lui semblait un océan de tristesse. Elle s'inquiétait pour lui. Allait-il bien ? Mangeait-il assez ? Ne fumait-il pas trop d'opium ? Ne buvait-il pas trop de vin ?

Mahabat ne leur autorisa qu'une rencontre, à laquelle il assista.

Mehrunnisa dut s'arrêter devant la porte de la chambre de Jahangir, tant elle fut choquée par ce qu'elle vit. En quelques semaines son époux avait pris plusieurs années. C'était désormais un vieillard qui ne pouvait plus respirer sans suffoquer ; elle avait l'impression d'entendre l'air lui abraser les poumons. Il pleura en la voyant, et elle aussi, qui vint s'agenouiller devant son lit ; de ses mains tremblantes, il lui prit le visage.

– Laisse-moi rester auprès de lui, Mahabat. Sa Majesté est souffrante.

Elle s'en voulait de le supplier ainsi, mais le moyen de faire autrement dans une telle situation ?

– Ce n'est pas possible, Votre Majesté.

Un eunuque vint la lever et la sortir de la chambre. Cependant, elle s'arrêta devant Mahabat, le temps de marteler d'une voix furieuse :

– Si Sa Majesté meurt ici, je t'en tiendrai pour seul responsable et je te ferai écorcher vif.

Il ne répondit pas, préférant se détourner en affectant un air indifférent mais, un court instant, l'impératrice perçut un léger tremblement sur ses lèvres.

De retour dans sa chambre, elle était de nouveau folle de rage et ce sentiment dominait toute peur, tout ennui. Jahangir se mourait et elle ne pouvait rester auprès de lui. Elle allait démolir Mahabat Khan. Puisqu'il ne la laissait pas sortir de sa chambre, elle l'exterminerait de l'intérieur.

– Hoshiyar ! appela-t-elle.

L'eunuque quitta sa place devant la porte et vint la rejoindre. Il la conduisit à son lit et elle s'appuya sur lui. Pour les gardes, à la porte, Sa Majesté était tellement fatiguée qu'elle se laissait emporter vers sa couche, mais ils ne voyaient pas que ses lèvres remuaient lentement à l'oreille de l'eunuque.

Une semaine plus tard, au milieu de la nuit, tandis que la ville de Kaboul dormait dans le plus profond silence, les Ahadis de la garde personnelle de l'empereur fondirent sur le camp des soldats rajpoutes de Mahabat Khan.

Sans leur laisser le temps d'émettre un son, ils leur coupèrent la gorge, leur perforèrent le cœur, leur écrasèrent la tête à coups de pierre. Ils procédèrent méthodiquement à ce massacre. En trois heures tout fut achevé. Les rares survivants qui avaient pu se cacher dans des jarres de riz, sous des piles de vêtements ou dans des coffres furent emmenés et vendus comme esclaves sur le marché de Kaboul.

Le lendemain matin, Mahabat apprit la nouvelle alors qu'il déjeunait avec Muhammad Sharif. Leurs dix années de séparation avaient métamorphosé leurs points de vue et ils ne pouvaient plus se considérer comme des amis. À réception de la première convocation de Mehrunnisa et Jahangir à la cour, Mahabat avait écrit à Sharif pour lui demander son aide. Va voir l'empereur, Sharif, fais entendre raison à Sa Majesté. Si quelqu'un peut le faire pour moi, c'est bien toi, mon ami.

Mais Sharif ne lui avait même pas répondu et son silence s'était éternisé. Aussi, ce matin-là, alors qu'ils étaient assis l'un près de l'autre, Sharif disait-il :

– Tu as eu tort, Mahabat.

Celui-ci s'emporta, les yeux étincelants de colère :

– Et toi, qu'as-tu fait ? Tu as vécu à la cour à t'empiffrer comme un porc, à te vautrer dans ta bauge puante. Nourri de la main d'une femme. Tout l'Empire en est pourri !

Sharif refusa de répondre à la provocation et se contenta de répéter, sérieux comme un mulla :

– Tu as eu tort. Tu n'es pas empereur, Mahabat. Ce n'est pas ta place. Allah seul a décidé qui pouvait être roi et qui devait être sujet... Un sang ne saurait se mélanger avec un autre.

Ces paroles n'eurent pour effet que d'affoler davantage Mahabat ; ce fut cet instant que choisit un serviteur pour venir lui annoncer le massacre du camp rajpoute. Aussitôt, il conclut que la responsable n'était autre que Mehrunnisa. Comment avait-elle pu s'arranger pour mobiliser tout le contingent des gardes du corps impériaux depuis sa prison ?

Il tourna vers son compagnon un visage baigné de larmes :

– Sharif...

Mais ce dernier se contenta de se lever, de lui adresser un bref salut et de quitter sa maison. Il ne voulait plus entrer dans son jeu. Il ne se donna même pas la peine de lancer les accusations qui lui venaient à l'esprit : Si ces hommes sont morts, c'est à cause de toi, parce que tu as voulu renverser l'ordre des choses.

Mahabat Khan s'essuya le visage et courut vers les appartements de l'empereur Jahangir, hurlant et tempêtant, maudissant les Ahadis, criant vengeance.

Adossé à ses coussins pour pouvoir mieux respirer, Jahangir ne cilla pas. Tout juste adressa-t-il un sourire au ministre. Son corps s'était affaissé mais il n'en perdait pas sa dignité pour autant.

– Si tes soldats ne sont pas capables de se défendre, ils devraient se chercher un autre chef, lui dit-il.

À la fin de l'été 1626, la cour impériale quitta Kaboul avec Mahabat Khan toujours à sa tête. Ils se trouvaient à une journée de marche du fort de Rohtas lorsque Mehrunnisa s'avisa que le ministre s'était assez affaibli. Elle pénétra subrepticement dans la tente de Jahangir après en avoir coupé la toile. La surveillance était tellement relâchée autour de sa propre tente qu'aucun garde n'avait osé l'empêcher de sortir. Le massacre des Rajpoutes avait inversé la balance du pouvoir car ces hommes étaient sous la responsabilité de Mahabat, lequel n'avait pas été capable de les protéger.

Le lendemain matin, Abul se rendit à la tente de Mahabat Khan pour l'informer des souhaits de Jahangir :

– L'empereur désire remettre à plus tard la montée vers Rohtas.

– Pourquoi ?

– Il préfère rester au camp pour passer en revue la cavalerie de l'impératrice. Vous continuerez seul vers Rohtas.

Voilà trois mois que Mahabat était aux côtés de l'empereur et savait que s'il s'en éloignait il perdrait tout. Cependant, il n'aspirait qu'à s'en aller. Cette vie ne lui convenait pas. Il ne supportait plus la haine de Jahangir, ce n'était pas ce qu'il avait voulu, pourtant c'était tout ce qu'il avait obtenu. Il était fatigué de jouer les monarques. Il n'avait pas eu l'intention de renverser l'empereur ni de prendre sa place. Autrefois peut-être... longtemps auparavant, il aurait pu en tirer quelque chose. Et puis il savait que Sharif disait vrai : il ne venait pas d'une famille régnante, le trône ne pouvait échoir qu'aux élus d'Allah. Il avait eu tort.

Rassemblant ses derniers soldats rajpoutes, il s'enfuit aussi loin qu'il put de Rohtas.

Pour Mehrunnisa, la défaite de Mahabat ne fut qu'une mince victoire. Il restait tant à faire. Jahangir allait mourir...

bientôt. Chahryar devait être formé à son nouveau rôle d'empereur et ce ne serait pas facile. Au cours de ces derniers mois, le prince s'était tapi dans ses appartements, faisant tout ce que Mahabat lui ordonnait, jouant à faire défiler les quelques soldats qui lui avaient été attribués. Plus inquiétant encore, il tombait souvent malade, pris de fièvres aussi soudaines qu'étranges, d'éruptions qui lui maculaient le visage et les mains.

Cependant, l'intervention de Mahabat allait avoir une conséquence dont Mehrunnisa n'avait pas encore pris la mesure. Tant qu'elle demeurait confinée dans sa chambre, c'était Abul qui l'avait représentée aux yeux du monde, transmettant ses ordres à la cour et aux nobles. Ceux-ci ne l'avaient plus vue depuis longtemps au jharoka et cet éloignement leur avait fait perdre toute leur considération pour elle. Le coup d'État de Mahabat, pour infructueux qu'il fût, avait tout de même fait du tort à Mehrunnisa.

Si Jahangir mourait bientôt, ce serait vers Abul qu'ils se tourneraient tous, non vers la femme qui avait contrôlé leurs vies seize années durant.

Et s'ils se tournaient vers Abul, ils se tourneraient vers le prince Khurram.

Chapitre 29

En devenant roi, Jahangir s'était d'abord montré très sévère. Il rendait une justice des plus strictes aux malfaiteurs, ce qui lui valut le surnom d'Adil Padchah, le roi « juste ». Cela dura jusqu'au jour où il tomba entre les griffes de cette femme, qui ruina sa réputation.

Chronique hollandaise de l'Inde moghole

L'année s'acheva et une nouvelle commença alors que la cour se trouvait à Lahore. Mais ce ne furent pas des mois paisibles pour Mehrunnisa. Jahangir n'avait cessé de dépérir pendant le temps que dura le coup d'État de Mahabat Khan. Le seul fait de garder la tête haute lorsque le ministre lui présentait les farmans à signer lui avait chaque fois coûté un terrible effort, car il devait les lire, en discuter les termes, s'opposer aux exorbitants cadeaux que Mahabat offrait sous forme de propriétés à sa famille et à ses amis. Au cours des années, Mehrunnisa lui avait sans cesse allégé ce fardeau. Elle était la seule personne en qui il eût confiance. Mahabat ne pouvait en aucune façon la remplacer.

Et puis ses nuits lui semblaient si longues, si effrayantes, surtout quand il ne pouvait plus respirer et devait rester assis pour tenter de capter un peu d'air. Dans ces moments-là, elle lui manquait plus que jamais, il voulait la voir, la serrer contre lui, l'entendre lui dire qu'il allait bientôt se sentir mieux.

Aussi lui avait-il fallu beaucoup de temps pour se rétablir après la fuite de Mahabat Khan. Il ne voulait plus laisser

Mehrunnisa s'éloigner de lui et il était trop malade pour se rendre au jharoka ou au Diwan-i-khas pour les audiences journalières. Quand elle vit combien il était diminué, l'impératrice envoya son frère à la poursuite de Mahabat Khan. Abul devait le ramener vivant et elle déciderait personnellement de son sort. Il partit, trop heureux de pouvoir se lancer à la recherche de l'homme qui l'avait si ignominieusement capturé quelques mois auparavant. À la tête d'un détachement, il parcourut ainsi régions et jagirs à la frontière nord-ouest de l'Empire, mais Mahabat avait toujours une journée d'avance. Abul finit par se lasser.

Il rentra bredouille. Jamais on ne pourrait attraper Mahabat Khan. Alors Mehrunnisa se vengea d'une autre façon. Elle confisqua toutes ses terres, posta des gardes impériaux dans ses champs et ses propriétés, pilla toutes les caravanes qui voyageaient en son nom. Mahabat Khan n'était plus qu'un fugitif.

Cependant, il existait également un autre dissident, rebelle de plus longue date, celui-là : le prince Khurram. Au début de son exil à Nasik, il s'était tenu tranquille mais, apprenant le coup d'État de Mahabat, il avait rassemblé une armée pour se précipiter vers le nord, sans trop savoir ce qu'il allait décider, comme cela lui arrivait souvent. Il savait seulement que Mehrunnisa avait été en quelque sorte vaincue, que la couronne n'appartenait plus vraiment à personne, que s'il s'emparait du trésor à Lahore, par exemple... à moins qu'il n'attaquât directement la cour... et ne se coiffât du turban impérial de son père... Ce fut la tête pleine de ces idées qu'il se rua vers le nord, assiégeant villes et villages, exigeant la fidélité des rois vassaux qu'il rencontrait en chemin. Certains acceptaient, d'autres non.

Puis les troubles cessèrent, Mahabat disparut et Khurram s'enfuit à Nasik avant de reprendre la route des royaumes du Dekkan. Il longeait les frontières sud de l'Empire, rêvant de remettre les pieds en terre moghole, haïssant l'inactivité où il était maintenu, se traitant de lâche. Pourtant, il ne pouvait pas grand-chose. Arjumand était à nouveau enceinte et ils avaient leurs jeunes enfants avec eux. De plus, il souffrait souvent de fièvres. Mais il voulait l'Empire. Et la couronne.

Ce fut à cette époque que Mahabat Khan lui écrivit de sa cachette, lui offrant son soutien en tout ce qu'il entreprendrait. Il ne trouva rien à redire à cette étrange alliance – en Inde moghole, avec tant de puissance et de richesses à la clef, les alliances se renversaient souvent et l'on pouvait devenir un beau jour l'ami de l'ennemi d'hier. Mansabs, jagirs, titres, mohurs d'or, robes d'honneur savaient faire oublier les pires inimitiés.

Mehrunnisa passait de longues heures au chevet de Jahangir en s'efforçant d'éloigner tous les soucis possibles de sa chambre. Aussi ne lui annonça-t-elle pas la nouvelle de la collaboration toute fraîche de Mahabat Khan et du prince Khurram. Ce qui ne l'empêchait pas de se tenir informée de leurs moindres mouvements : comment ils se levaient ou se couchaient, s'ils se lavaient les dents, s'ils criaient, s'ils se battaient. Elle savait où ils reposaient la tête nuit après nuit, auprès de qui et pourquoi. Elle connaissait leurs pensées avant qu'ils en prennent eux-mêmes conscience.

Une semaine de février 1627, Mehrunnisa donna une soirée élégante dans ses jardins du fort de Lahore. Elle offrit à Chahryar une augmentation de son mansab et chacun des nobles de la cour fut invité. Cachée derrière une grille, elle regarda les hommes s'incliner devant le jeune prince dans de profonds konishs et reculer le dos toujours courbé. Ce fut sa façon de s'assurer que les courtisans accordaient leur cœur et leur esprit à leur prochain empereur.

En mars, l'asthme de Jahangir s'aggrava et ils repartirent pour le Cachemire, dans l'espoir que l'air pur de la montagne le soulagerait de ses souffrances.

Le serviteur apporta timidement le miroir et le tendit à Chahryar.

Le prince replongea la tête dans ses oreillers.

– Que m'arrive-t-il ?

Puis il ressortit de sous son drap brodé et regarda de nouveau. C'était un singe blanc qui le contemplait. Il avait le crâne lisse comme une noix de coco rasée, luisant de graisse. Il n'avait plus de cheveux – à la place de ses sourcils, ne restait qu'une petite surface de peau rosée ; plus de collier de barbe, plus de moustache. Jusqu'à ses yeux qui avaient l'air de trous noirs sous des paupières dénuées de cils. Pour couronner le tout, d'affreuses taches blanches maculaient son nez et son cou.

– Qu'est ceci ? hurla-t-il. Qui vois-je dans ce miroir ? Que s'est-il passé ?

Les hakims se tenaient alignés au pied de son lit, la tête basse. Enfin, l'un d'eux plongea dans un profond taslim. Le dos toujours courbé, il annonça :

– Votre Altesse, c'est une sorte de lèpre.

Chahryar laissa tomber la glace. La lèpre ! Cette redoutable maladie que nul ne savait soigner et qui vous dévorait petit à petit en partant des extrémités. Il porta une main tremblante à son visage, compta ses doigts. Cinq, les ongles restaient fermement accrochés à la peau, toujours rose de santé, avec de petites demi-lunes. Non, ils n'avaient pas disparu... pas encore. Il plongea les mains sous ses aisselles comme pour se protéger de la maladie. Il ne voulait pas que ses bras et ses jambes deviennent de simples moignons. Gémissant, il remonta les genoux vers sa poitrine, s'enveloppa de ses bras et commença de se balancer sur lui-même. Il avait envie de pleurer, de crier contre le destin qui se jouait de lui avec tant de cruauté. Du coin de l'œil, il vit les eunuques et les esclaves reculer peu à peu, leurs mains se plaquer devant leur nez et leur bouche, comme si l'air qu'il respirait risquait de les empoisonner.

Au moins les hakims savaient-ils qu'ils ne risquaient rien en sa présence.

– Faites quelque chose ! implora-t-il.

Les hakims saluèrent encore.

– Nous avons fait tout ce que nous pouvions, Votre Altesse. Rien ne semble donner de résultat.

– Rien ? Absolument rien ?

Un serviteur se présenta :

– Sa Majesté l'impératrice vient vous rendre visite.

Chahryar remonta la couverture sur son nez et en enveloppa un coin autour de sa tête comme un turban.

– Je ne puis la voir. Dis-lui de s'en aller.

– Elle insiste, Votre Altesse...

– En effet ! lança Mehrunnisa en entrant, suivie d'Hoshiyar. Que t'arrive-t-il, Chahryar ? De quel mal es-tu atteint ?

Tu ne t'es plus montré à la cour depuis mai. Est-ce là la conduite d'un futur empereur ?

À son arrivée, les hakims tombèrent à genoux, les yeux à terre. L'un d'eux osa lever la tête. Il tenait là une chance à ne pas manquer d'apercevoir l'impératrice – car elle n'était sûrement pas voilée. Mais la lourde paume d'Hoshiyar s'abattit sur l'épaule de l'indiscret.

– Aucun homme ne doit lever les yeux sur Sa Majesté, rappela-t-il.

Il fut obéi sans difficulté.

Chahryar avait complètement disparu sous son drap.

– Partez, marmonna-t-il. Je ne saurais vous voir maintenant.

Mehrunnisa arracha le drap et s'immobilisa, interdite, en découvrant l'être lisse et blanc qui se cachait en dessous. Sa première pensée fut pour Ladli : l'avait-elle vu dans cet état ? La seconde jaillit aussi vite : était-ce là l'homme qu'elle avait épousé ?

Elle frémit et lâcha le drap.

Chahryar éclata d'un grand rire qui dégagea ses dents encore plus blanches que le reste de sa peau :

– Auriez-vous peur, Votre Majesté ?

Mehrunnisa préféra ignorer la raillerie et se tourna vers les hakims :

– Que lui arrive-t-il ? Pourquoi ne m'a-t-on rien dit ?

– Votre Majesté, le prince nous a expressément demandé de ne pas vous avertir.

– De quoi est-il atteint ?

Les hommes se turent. De son lit, Chahryar repartit d'un rire mauvais, presque fou.

– La lèpre, Votre Majesté. L'époux de votre fille a la lèpre. Regardez...

Il agita les mains sous le nez de Mehrunnisa :

– Votre fille sera touchée par ces mains. Priez Allah qu'elle ne soit pas déjà atteinte.

Elle se détourna, dégoûtée. Pourquoi fallait-il que ces princes l'accusent sans cesse de leurs malheurs ? Chahryar, ce crétin autrefois si malléable, était devenu, avec les années, têtu comme une bourrique. Tout ce qu'il possédait, tout ce qu'il était lui venait d'elle – s'il se trouvait à la tête d'un énorme mansab, tout juste inférieur à celui de l'impératrice, c'était parce qu'elle l'avait augmenté ; s'il possédait des terres dans l'Empire, c'était elle qui les lui avait offertes. Ce faisant, elle lui donnait de l'importance, du prestige. À l'instar de Khurram et de Khusrau, il la méprisait pourtant. Ces garçons étaient-ils donc tous aussi stupides ?

– Le prince pourra-t-il reprendre ses activités officielles ? questionna-t-elle.

– Son Altesse est en parfaite santé, Votre Majesté. Son esprit est intact.

Chahryar jeta un regard noir à sa belle-mère.

– Je ne me présenterai pas en public dans cet état.

– Il le faut, Chahryar. L'empereur ne va pas bien et le peuple s'impatiente. Il doit voir l'héritier du trône. Tu n'auras qu'à porter une perruque et de faux sourcils.

– Non ! Je ne sortirai jamais plus de mes appartements. Vous ne pouvez m'y forcer. Allez-vous-en !

Mehrunnisa poussa un soupir exaspéré. Qu'étaient quelques cheveux comparés à un Empire ? Ne comprenait-il pas l'enjeu de cette démarche ? Combien de fois n'avait-il pas répété qu'il désirait monter sur le trône ? Croyait-il que cela lui viendrait sans effort, qu'il n'aurait qu'à se pencher pour cueillir ce fruit ?

– Nous en reparlerons demain, lâcha-t-elle entre ses dents.

Elle tourna les talons et quitta la pièce.

Le lendemain, Chahryar envoyait un message à son père lui demandant l'autorisation de retourner à Lahore. Il espérait que le climat chaud lui ferait du bien. Jahangir accepta et persuada Mehrunnisa de le laisser partir. En revanche, elle n'autorisa pas Ladli et Arzani à le suivre.

C'est ainsi que Chahryar s'en alla avec ses troupes ; quelques jours plus tard, Mehrunnisa et Jahangir le suivirent – ils ne pouvaient risquer de se trouver trop éloignés du prince.

On installa un campement d'étape à Bairam Kala, où se trouvaient des terrains de chasse fort appréciés du couple impérial. Situées au pied de l'Himalaya, d'épaisses forêts de pins offraient le gibier le plus varié. Trop fatigué pour monter à cheval, l'empereur ouvrit les yeux lorsque le palanquin s'arrêta.

– Où sommes-nous ? demanda-t-il.

– À Bairam Kala, indiqua Mehrunnisa.

– Ah...

Jahangir retomba sur ses coussins.

– Nous aimions chasser par ici autrefois. C'était le bon temps...

– Certes, répondit Mehrunnisa. Si tu te reposes, tu retrouveras ton souffle et nous pourrons y retourner.

– Je voudrais chasser aujourd'hui.

– Pas aujourd'hui, Seigneur. Un peu plus tard, quand tu te sentiras mieux.

– Me dénierais-tu ce dernier plaisir ?

– Chut ! Qui parle de derniers plaisirs... ?

Elle s'agenouilla près de lui. C'était le plein après-midi et le soleil brillait haut dans le ciel. Mehrunnisa posa la tête sur l'épaule de Jahangir et il lui caressa le visage. Tous deux contemplèrent ainsi, à travers le rideau, l'éclatant paysage de montagnes qui vibrait d'ondes de chaleur. Les pins ondulaient comme une mer de verdure et embaumaient l'air à des lieues à la ronde.

– C'est la fin, Mehrunnisa, murmura-t-il. T'en sortiras-tu ?

– Oui, dit-elle après un long silence. Mais tu me manqueras tellement, Seigneur !

– Allons chasser.

Elle fit venir le Mir Shikar et lui ordonna de rassembler du gibier. Des serviteurs se rendirent dans les forêts alentour et traquèrent daims et sangliers vers le terrain de chasse. Jahangir y fut amené en chaise portée à l'épaule par quatre eunuques. Ils le déposèrent à terre et lui tendirent une arquebuse mais il était trop faible pour soulever son arme ou pour se redresser sur sa chaise.

Néanmoins, il épaula et visa un cerf droit devant lui. Il le toucha à la patte postérieure droite et l'animal prit la fuite.

– Poursuivez-le ! cria Jahangir, les yeux brillants d'excitation.

Un serviteur se précipita. En passant à proximité d'un ravin, il se prit le pied dans une racine, parut osciller un instant puis plongea la tête la première en poussant un cri de désespoir.

– Allez à son secours ! lança Mehrunnisa.

Quelques serviteurs coururent se pencher au bord de la falaise puis revinrent vers le couple royal. Jahangir trembla.

– Cela signifie que je vais mourir tout de suite, Mehrunnisa.

– C'était un accident, assura-t-elle.

Elle fit signe aux serviteurs de remporter l'empereur sur sa chaise. En chemin, elle bavarda et rit plusieurs fois, un peu trop sans doute, insistant sans cesse pour qu'il la regardât. Elle ne voulait pas qu'il cédât à ce mauvais présage. Cela ne veut rien dire, Seigneur. Tu vas te remettre et nous pourrons revenir chasser ici. Elle lui donna un peu de vin mais Jahangir ne parvint même pas à le garder dans sa bouche, encore moins à l'avaler. Une heure plus tard, la fièvre s'empara de lui et il se mit à délirer.

Cette nuit-là, Mehrunnisa demeura assise au bord de son lit et Jahangir prononça une seule phrase sensée :

– De l'eau.

Elle en versa dans un gobelet qu'elle porta à ses lèvres. Il but et sa tête retomba sur l'oreiller. Il s'endormit, respirant paisiblement, et Mehrunnisa ne le quitta pas une seconde. Elle examinait son visage à la lumière des lampes. D'innombrables souvenirs lui revenaient en mémoire ; elle le revoyait jeune, venu l'embrasser pour la première fois devant les appartements de Ruqayya, lui volant son cœur à tout jamais. Leur mariage, si discret, comme elle l'avait voulu. Leurs disputes, parfois d'une violence torride ; leurs réconciliations, tellement sublimes que plus rien au monde ne comptait. Ni plus personne. Tout son être, elle l'avait consacré à cet homme. Après lui... et avant lui aussi, d'ailleurs, il n'y avait rien.

Alors qu'il faisait encore nuit, des serviteurs s'approchèrent de la tente, porteurs de messages, mais Mehrunnisa ne laissa entrer personne. Toute la cour s'était rassemblée à l'extérieur. Les nobles avaient revêtu des habits blancs de deuil. Ils gardaient le silence. Ils ne quittaient pas des yeux le rabat de la tente. Jamais plus ils n'entendraient la voix de leur empereur.

À l'aube pâle et grise, Jahangir poussa un long soupir. Son corps tressaillit, ses poumons cherchèrent de l'air et, les yeux clos, il leva la main et la laissa retomber sur celle de Mehrunnisa. Ses doigts se fermèrent sur les siens.

L'empereur Jahangir ne respirait plus.

On était le 28 octobre 1627. Il venait d'avoir cinquante-huit ans.

Chapitre 30

Le testament de Jahangir fut ouvert aussitôt après son décès. Il avait, à l'instigation de la sultane, nommé son quatrième fils, Chahryar, son successeur sur le trône ; mais ce prince s'était, quelques semaines auparavant, mis en route pour Lahore.

– ALEXANDER DOW, *Histoire de l'Hindoustan*

Mehrunnisa demeura assise auprès de Jahangir jusqu'à ce que sa main fût froide autour de la sienne ; le rubis qu'il portait au doigt lui parut soudain glacial. C'était Akbar qui l'avait remis à son fils en même temps qu'il lui promettait la couronne. Mehrunnisa se pencha pour porter cette main à son visage. Éveille-toi, Seigneur. Éveille-toi et parle-moi. Avec qui parlerai-je, désormais ? Elle ne pouvait supporter ce vide terrible en elle. Ce corps qui gisait là était celui de son époux, de l'homme qu'elle avait aimé plus que tout, depuis plus longtemps qu'elle ne pouvait s'en souvenir. Comment vivre sans lui ?

Elle passa les bras autour de sa nuque froide puis posa la tête sur sa poitrine. La broderie de sa kurta blanche lui gratta la joue. Quelle sensation étrange de ne plus entendre ces battements d'un cœur qu'elle avait tellement écouté, ou même ce souffle râpeux des dernières années ! Si seulement il pouvait encore lui parler, Allah, juste encore une fois, c'était tout ce qu'elle demandait. Elle se redressa et caressa ses cheveux sur son front froid comme la pierre. Depuis quand s'était-il ainsi dégarni ? Depuis quand ses tempes s'étaient-elles argentées ?

Tout d'un coup, elle voyait dans ce corps privé de vie ce qu'elle n'avait pas voulu voir tant qu'il pouvait encore lui sourire, la regarder, la caresser. Elle effleura les perles de ses oreilles, que tous les hommes s'étaient mis à porter comme lui. Il allait laisser tant de choses que le monde ne pourrait oublier. Jahangir avait été un empereur juste, bon et généreux pour son peuple, plus enclin à l'écouter qu'aucun autre souverain avant lui, pas même son père. Ceci... personne ne devrait l'oublier.

Mehrunnisa se redressa, épuisée. Elle ne pleurait pas. Elle ne pouvait pas pleurer. Quelque chose en elle lui interdisait cette consolation. Elle reprit les mains de son époux, les retourna, en caressa les ongles, le rubis impérial qui lui venait d'Akbar... et maintenant. Elle se détourna. Elle devait absolument joindre Chahryar au plus vite, lui envoyer un messager. Il devait être couronné dès que possible. Elle embrassa la main de son époux une dernière fois et se leva, saisit la mousseline bleue abandonnée sur le lit et la passa sur sa tête, s'arrêta devant le rabat de la tente en tâchant de rassembler ses forces. Sa voix ne devait pas trembler, elle devait garder la tête haute, afin de convaincre la cour que Chahryar serait bien le successeur de Jahangir. Puis elle sortit de la tente.

Une brume pesante s'attardait sur le camp, refroidissant les visages et les têtes, mais tous les nobles restaient assemblés autour de la tente de l'empereur Jahangir. Ils attendaient comme s'ils se trouvaient dans le Diwan-i-am, bras croisés, les doigts sur les coudes. L'étiquette avait son importance ici aussi, chacun s'étant placé selon son rang, les plus petits si loin qu'ils ne voyaient de la tente de l'empereur que sa bannière rouge or au lion couché qui flottait dans le soleil levant.

Hoshiyar Khan ouvrit le chemin à Mehrunnisa. Elle ne défaillit qu'une fois et, comme plusieurs années auparavant, il lui glissa discrètement à l'oreille :

– Courage, Votre Majesté.

Alors elle s'avança dans la brume du matin et frissonna à la fraîcheur de l'air qui la prit à la gorge après la chaleur étouffante entretenue dans la tente par les poêles. Tous vêtus de blanc, les nobles avaient la tête nue et demeuraient silencieux comme des fantômes. Autour d'eux, les torches de la nuit brûlaient encore, laissant échapper des volutes de fumée gris bleu. Mehrunnisa se tenait devant tous ces hommes, les mains jointes devant elle. Quelque part dans le lointain, un cheval hennit et elle attendit qu'il se tût.

– L'empereur a quitté ce monde pour rejoindre sa demeure en paradis.

Les hommes soupirèrent et, dans le silence du matin, ce fut comme un souffle de vent qui s'en allait. Des yeux s'emplirent de larmes mais nul n'osa les essuyer. En voyant leur chagrin, elle sentit un sanglot lui inonder la gorge et parvint à le contenir. Leur inspirait-elle confiance en restant face à ces hommes presque tous plus grands qu'elle, qui avaient affronté de féroces combats sans peur et eussent volontiers donné leur vie pour leur empereur ? En feraient-ils autant pour elle ?

Elle reprit la parole, d'une voix ferme et claire :

– Sa Majesté désirait que le prince Chahryar soit couronné empereur. Je suis ici pour vous demander de lui jurer fidélité au nom de Sa Majesté.

Personne ne bougea. À sa première phrase, il y avait eu un léger mouvement, quelques têtes qui avaient imperceptiblement frémi. Elle savait qu'elle leur demandait quelque chose de difficile – Chahryar n'avait pas pu et ne pourrait jamais obtenir leur confiance, ni comme prince ni, à plus forte raison, comme empereur. Mais elle l'aiderait. Il pourrait compter sur sa force, sur son pouvoir, qu'elle saurait exercer derrière lui. Elle soutint chaque regard sans fléchir et finit par se tourner vers celui qui se trouvait le plus près d'elle :

– Abul, demanda-t-elle, veux-tu entrer sous la tente avec moi ?

Abul Hasan salua :

– Oui, Majesté.

Il la suivit et enfin elle put se permettre de s'appuyer sur son bras. De toute façon, elle voulait que les nobles la voient ainsi – une femme qui avait parfois besoin d'aide dans ces moments difficiles. Car ce n'était pas juste l'empereur Jahangir qui venait de mourir mais son époux.

Hoshiyar Khan laissa retomber le rabat de la tente et s'installa devant pour monter la garde. Les nobles restèrent là encore quelques instants puis ils s'autorisèrent enfin à essuyer leurs yeux et se regardèrent les uns les autres. Tout d'un coup, l'Empire était moins stable, leurs vies n'avaient plus de sens.

Ils voulurent interroger Hoshiyar mais le visage de l'eunuque restait de marbre.

Mehrunnisa conduisit Abul auprès de Jahangir. Il s'inclina et toucha du front les pieds de l'empereur.

– Sa Majesté est en paix désormais, observa-t-il.

Elle ôta son voile.

– Abul, nous devons partir pour Lahore dès que possible. Chahryar doit porter la couronne avant la fin de la semaine. Je veux que tu te charges des préparatifs.

– Bien sûr, dit-il aussitôt.

Presque trop vite pour Mehrunnisa.

– Laisse-moi m'occuper de tout, ajouta-t-il. Tu devrais rester ici, auprès de lui, pendant qu'on préparera son corps pour l'enterrement. C'est le rôle que tu dois jouer désormais.

Elle hocha la tête. Au cours des brèves minutes qu'elle venait de passer dehors, elle s'en était rendu compte. Les nobles avaient prêté attention à ses paroles mais elle les sentait enclins à s'éloigner à la première occasion. Comme si sa voix n'avait plus de portée, comme si elle ne parlait pas au nom de l'empereur. Abul avait raison, son rôle consistait maintenant à rester une veuve éplorée qui se taisait et cachait son visage. Ah, si seulement Chahryar était là et non à Lahore ! Ce n'était jamais qu'un voyage de deux jours mais la distance semblait plutôt s'apparenter à des milliers de lieues. Elle avait dû se rabattre sur Abul pour donner une caution masculine à sa voix. Abul qui n'avait fait que la trahir au profit de Khurram. Heureusement, ce dernier se trouvait, lui, à des milliers de lieues de là. Le temps qu'il devînt menaçant, le turban impérial ceindrait le front de Chahryar. Quoique...

– Me trahirais-tu, Abul ? demanda-t-elle soudain.

Il secoua sa tête grisonnante et soutint son regard :

– Certainement pas, Mehrunnisa. Toi et moi sommes du même sang, je ne te trahirai pas.

Elle alla ouvrir un coffre de bois et en sortit un petit sac de toile qu'elle ouvrit pour en faire tomber deux graines couleur de terre.

– Promets-le-moi sur le datura, dit-elle en lui tendant une graine.

– Soit.

Et ils répétèrent ce qu'ils s'étaient dit quinze années auparavant :

– Sais-tu que nous pourrions en mourir et que tes projets en seraient à jamais oubliés ?

Elle chercha dans le fond du coffre le pilon et le mortier :

– Cela en vaut la peine, car je te demande de me jurer fidélité et loyauté, pas de me donner la couronne. Si je peux compter sur ta loyauté, nous ne mourrons pas.

– Soit.

Il la regarda écraser les graines jusqu'à en obtenir une poudre blanche.

Et, devant le corps de l'empereur Jahangir, tous deux trempèrent l'index dans la poudre et emplirent leur bouche du goût amer du datura.

– Merci, Abul.

Tandis qu'il s'en allait, elle se retourna, saisie de haut-le-cœur, puis revint vers son époux, dont elle reprit la main froide.

– Je ferai ce que tu désirais, Seigneur.

Mehrunnisa ignorait que, si Abul avait trempé l'index dans le datura, c'était le majeur qu'il avait porté à sa bouche.

En sortant de la tente, Abul appela son intendant, Iradat Khan, et ordonna qu'on laissât une garde auprès de Mehrunnisa. Elle ne devait parler à personne ni envoyer de messager à Chahryar – si elle y parvenait, les vingt hommes postés autour de sa tente ne verraient pas le jour suivant.

Puis il s'éloigna, essuyant le datura sur la soie de sa kurta. Il n'était pas question de donner la couronne à Chahryar et tant mieux si le prince ne se trouvait pas à Bairam Kala ; autrement, Abul eût éprouvé davantage de difficultés à l'arrêter. Cela lui permettait de gagner du temps.

Il fit venir son coursier le plus rapide et l'envoya dans le Dekkan, porteur d'un message qu'il dut apprendre par cœur : l'empereur Jahangir était mort, Khurram devait se rendre immédiatement à Lahore.

Mais comment lui conserver le trône durant les trois mois qu'il allait falloir au prince pour arriver ? L'Empire allait se dissoudre dans la guerre civile. Abul réfléchit longuement, inspectant un à un les autres prétendants au trône. Bulaqi, le fils aîné de Khusrau, pouvait également faire valoir ses droits, et Bulaqi était là, dans le camp, ainsi que les fils aînés de Khurram, évidemment ; ils devraient attendre leur tour, après sa mort. Ce devait être Bulaqi.

Dans la soirée, les serviteurs vinrent chercher le corps de Jahangir afin de le préparer pour l'enterrement. Mehrunnisa les laissa faire. Elle ne demanda pas que Ladli vînt la voir, car elle désirait rester seule. Elle s'interdit de douter de la parole d'Abul et il lui fallut beaucoup de volonté car tout en elle lui disait que son frère n'était pas digne de sa confiance, mais elle n'avait pas le choix. Leur père était mort ; avec Chahryar à Lahore, elle ne pouvait se tourner vers aucun autre homme. Et dans son monde, lorsque les souverains mouraient, naissaient ou montaient sur le trône, les hommes restaient les seuls êtres visibles, les plus impliqués dans les manifestations publiques ; c'était pourquoi elle devait rester cachée.

Elle finit par se lever pour aller voir ce qui se passait dehors. À cette heure-ci, Abul devait avoir reçu des nouvelles de Chahryar. Où était-il ? Elle souleva le battant de la tente et sortit. Les vingt hommes qui l'entouraient se dressèrent pour l'empêcher d'avancer.

– Que se passe-t-il ?

L'un d'eux intervint, sa lance croisée sur sa poitrine.

– Veuillez rentrer, Votre Majesté. Vous ne pouvez sortir de votre tente.

– En quel honneur ?

– Sur ordre de Mirza Abul Hasan. Veuillez rentrer maintenant ou nous serons forcés de vous y porter.

Ah, Abul ! Ainsi, tu es bien un traître, un pauvre homme sans honneur qui a juré sur le sang et sur le poison de ne pas trahir ta sœur et qui le fait quand même. Elle comprit alors qu'elle n'aurait jamais dû s'accorder le temps de pleurer son époux, ni autoriser Abul, les autres nobles ou les prêtres à lui faire la morale sur les devoirs d'une femme. Il ne servirait à rien maintenant de maudire Abul. Elle fit signe à l'un des gardes de la deuxième rangée, un tout jeune homme au visage encore imberbe.

Le voyant s'avancer, le premier garde s'interposa :

– Vous ne devez parler à personne, Votre Majesté.

Elle le regarda droit sans les yeux :

– Je veux envoyer un message à mon frère. Prends garde au ton que tu emploies avec moi ou ta vie ne vaudra pas grand-chose.

Le garde hésita puis laissa le jeune homme suivre l'impératrice dans sa tente. Mehrunnisa ôta trois de ses bagues, dont les diamants, émeraudes et rubis scintillèrent à la lumière des braseros.

– Va voir de ma part le prince Chahryar à Lahore.

Le jeune homme recula :

– Votre Majesté, je ne peux pas ! Mirza Hasan me le ferait payer de ma tête.

– Et je te le ferai payer de ta tête si Chahryar devient empereur, rétorqua-t-elle durement. Sois raisonnable. Crois-tu vraiment que Mirza Hasan l'emportera ? Le prince Khurram se trouve à des milliers de lieues d'ici. Avant qu'il ne parvienne jusqu'à Lahore, le prince Chahryar aura eu mille fois le temps de monter sur le trône. Mais je ne puis faire ceci sans ton aide.

Il hésitait mais dévorait déjà des yeux les pierres qu'elle lui tendait.

– Réfléchis, reprit-elle. Si tu interviens dans la prise de pouvoir de Chahryar, songe aux mansabs et aux jagirs...

Il lui coupa la parole :

– Je m'en charge, Votre Majesté. Que désirez-vous que je dise au prince Chahryar ?

Elle écrivit une lettre aussi courte que possible car elle ne désirait pas garder le jeune homme trop longtemps sous sa tente. Mais ses ordres à Chahryar étaient parfaitement explicites. Il devait renforcer le fort de Lahore, rassembler une armée pour combattre Abul Hasan. Et, avant tout, il devait écrire à Qasim Khan, le gouverneur d'Agra, pour l'avertir de ce qui se tramait. Une grande partie du trésor impérial avait été réexpédiée à Agra quelques années auparavant et Qasim Khan en était le gardien. Il devait le protéger contre Khurram. Sans l'appui de ces coffres, le trône, la couronne, le turban impérial n'étaient plus rien.

Le jeune garde sorti, Mehrunnisa s'assit pour réfléchir. À qui d'autre pouvait-elle s'adresser ? Quels nobles l'aideraient, à qui elle avait pu accorder des privilèges au cours des années passées ?

Durant la nuit, elle pria après s'être agenouillée face à La Mecque. Allah, permets que Chahryar prouve qu'il a du nerf et, si oui, qu'il est digne de la couronne. Fais que cette lettre lui parvienne à Lahore.

Les gardes surveillaient la silhouette de l'impératrice à travers la toile de la tente, illuminée par les lampes. Ils la virent prier, ils la virent aller et venir. Ils avaient l'ordre de l'empêcher de sortir mais ils se rendaient compte que, même si elle se trouvait physiquement là, l'emprise de l'impératrice Nur Jahan s'étendait au-delà des notions des simples mortels.

Les jours suivants, les derniers rituels furent accomplis auprès de l'empereur Jahangir. C'était une étape importante dans la succession car, tant qu'ils n'avaient pas été entièrement achevés, le règne de Jahangir n'était pas officiellement clos. Abul ordonna qu'on l'enterrât à Lahore. Mehrunnisa, toujours sous bonne garde, suivit le cercueil mais la procession partit un jour après Abul et Bulaqi. À la surprise de son frère, Mehrunnisa ne protesta pas ou ne tenta même pas de lui envoyer un message par l'intermédiaire de ses gardes.

De plus en plus inquiet, Abul couronna le prince Bulaqi empereur de l'Inde moghole à Bhimbar dès que les dernières prières eurent été prononcées sur le corps de l'empereur Jahangir. Le khutba fut lu sous son nom et le jeune prince fut officiellement déclaré souverain de l'Empire de son grand-père en ce 27 octobre 1627, un jour après la mort de Jahangir.

À Lahore, Chahryar faisait les cent pas dans ses appartements, la lettre à la main. Mehrunnisa venait de lui annoncer la mort de l'empereur et lui disait de rassembler une armée. Il serait donc bientôt empereur lui-même. Il l'était déjà de l'Hindoustan ! Ainsi, tout le monde serait bien obligé de le remarquer. Lui qu'on avait surnommé nashudani, lui qui était maintenant la proie de la lèpre. Tout cela était terminé... Sa perruque glissa sur son front car il s'était mis à danser de joie. Il appela ses serviteurs.

– Qu'on informe la ville du décès de l'empereur ! Et qu'on clame haut et fort que je suis le nouvel empereur.

Puis il convoqua ses gardes pour leur ordonner de s'emparer de la partie du trésor royal qui se trouvait à Lahore, ainsi que de toute la fortune de la ville, dont il fit distribuer une partie à ses soldats pour acheter leur loyauté. Ensuite, son armée fut envoyée sur la Ravi pour y préparer l'affrontement avec Abul Hasan.

Abul Hasan et ses hommes se déplacèrent rapidement de Bhimbar à Lahore. Son armée rencontra celle de Chahryar à une lieue de la ville. L'affrontement avait à peine commencé que les hommes de Chahryar, effrayés par l'armée impériale, prirent leurs jambes à leur cou, laissant Abul victorieux marcher sur Lahore.

Apprenant sa défaite, Chahryar courut s'enfermer dans le fort avec deux mille fantassins. Le lendemain matin, beaucoup de ses nobles s'étaient retournés en faveur d'Abul Hasan, laissant le ministre entrer dans le fort. Il partit à la recherche du prince, qui s'était réfugié au zénana, dans les jupes des femmes de son harem. Abul le traîna devant Bulaqi et l'obligea à rendre hommage à son nouvel empereur, puis il lui fit crever les yeux et le jeta en prison.

Ces nouvelles parvinrent aux oreilles de Mehrunnisa tandis qu'elle arrivait à Lahore avec le cortège funéraire. Elle fut confinée dans ses appartements. Tous les repas qu'elle mangeait, chacune de ses respirations, le moindre mot qui passait le seuil de sa bouche étaient rapportés à Abul. Elle voulut voir Chahryar, savoir ce qui s'était produit, comment tout cela avait pu arriver. Elle tenta de faire venir son frère mais il refusa de lire ses messages.

Quelques jours plus tard, l'empereur Jahangir était enterré dans les jardins de Dilkusha, au bord de la Ravi. Abul n'autorisa pas sa sœur à assister à l'enterrement.

Trois mois durant, Mehrunnisa complota dans ses appartements mais elle ne put acheter la loyauté d'une seule personne. L'Empire avait son empereur et elle était tout juste devenue une impératrice douairière.

Cependant, Khurram galopait en direction d'Agra.

Arrivé en vue de la ville, il envoya un message à son beau-père. Abul était toujours à Lahore, surveillant de près Bulaqi aussi bien que Mehrunnisa. Au début de janvier 1628, il entra dans les appartements de Bulaqi, arracha le turban impérial de sa tête et le jeta en prison. Les voix des muezzins s'élevèrent plus tard, ce jour-là, toujours aussi douces et chantantes, mais proclamant le nom d'un nouvel empereur. Longue vie à l'empereur Chah Jahan, maître de l'Empire moghol.

Abul avait reçu le message de Khurram. Le 23 janvier 1628, au soleil levant, eut lieu une exécution collective dans la cour d'honneur du fort de Lahore. Quatre hommes, les yeux bandés, les mains liées derrière le dos, se tenaient au fond, devant le rempart. Abul se trouvait à l'autre bout, près des deux rangées d'archers. Les soldats tendirent leurs arcs et attendirent. Abul frissonna dans la fraîcheur du petit matin mais sa main ne trembla pas quand il leur fit signe. Les flèches filèrent droit devant, emportant les vies de Bulaqi, de Chahryar et de deux cousins de Khurram.

Le khutba avait été lu trois fois au cours des trois derniers mois, d'abord au nom de Bulaqi, puis de Chahryar un seul jour, et à présent de Khurram. À travers l'Empire stupéfait, les sujets de Sa Majesté ne savaient plus à qui jurer fidélité. Qui était empereur ? Vers qui incliner la tête ?

Cependant, la nouvelle de la mort des princes du sang se répandit vite, effaçant ces doutes. Il n'existait plus de prétendant au trône qui ne fût directement issu de Khurram et d'Arjumand.

Bientôt, Khurram fit son entrée à Agra, triomphant, certain que la couronne était enfin sienne. Tandis que l'armée progressait à travers les rues de la ville, en direction du Diwan-i-am bondé, Arjumand se penchait à son howdah, s'accrochant d'une main à une colonne, jetant des roupies d'argent de l'autre. Enfin, la vie d'exil s'achevait ! Plus de fuite, plus de tentes de toile humide. Khurram était empereur, comme il se devait.

Abul Hasan les avait accueillis devant Agra. Arjumand l'avait affectueusement tiré par la manche de sa qaba :

– Bapa, l'impératrice...

– C'est toi, l'impératrice, ma fille. Tu dois t'habituer à ce titre.

– Est-elle sous bonne garde, bapa ?

Il saisit sa fille par les épaules :

– Tu peux m'en croire. Ne t'inquiète pas. Laisse-nous... laisse les hommes s'occuper des affaires de l'Empire.

Elle se fondit dans l'abri de son howdah et tira les rideaux. Elle était impératrice grâce à Khurram et grâce à son père. Au moins sa tante ne la menaçait-elle plus. Mais elle ne profiterait pas longtemps de cette victoire si durement acquise. Alors qu'elle siégeait derrière Khurram, folle de fierté chaque fois qu'il portait son turban à plume de héron, la mort traçait son chemin.

Car Arjumand Banu Begam, désormais impératrice Mumtaz Mahal, n'avait plus que quatre années à vivre – quatre années au cours desquelles, si elle osait franchir le seuil du zénana, elle était gentiment rabrouée par tous ceux qui l'entouraient. Ce n'est pas pour vous, Votre Majesté, ou cela rappellerait trop l'impératrice douairière. Faites ce que vous savez faire et contentez-vous-en. Aussi Arjumand fit-elle ce qu'on lui disait. Ses revenus étaient énormes et elle s'en servit pour ses œuvres charitables, pour s'acheter des bijoux et des vêtements. Elle garda le sceau impérial et le titre de Padchah Begam du harem de Khurram. Elle lui donna encore des enfants, presque un par an. Lorsque le quatorzième vint au monde, il prit la vie de sa mère.

Quant à Mehrunnisa, elle lui survécut longtemps, exilée dans sa demeure de Lahore.

Arjumand ignorait que Khurram allait bâtir le Taj Mahal en son souvenir. Ni que ce mausolée allait devenir le symbole de ce pays que son grand-père avait fait sien. Ni que, autant elle avait envié ce festin de roses que l'empereur Jahangir avait dressé pour sa tante, autant la postérité ne se souviendrait que d'elle, impératrice de quatre petites années, deux, trois et même cinq cents ans plus tard.

Épilogue

Le 18 décembre 1645, le Taj Mahal allait s'achever. Arjumand était morte en 1631 à Burhanpur mais elle allait résider pour jamais à Agra. Son corps fut exhumé et transporté jusque-là, sur un terrain en bordure de la Yamunâ, que Khurram avait acheté à un vassal. Vingt mille hommes et femmes furent mis à contribution pour l'édification du Taj. Une ville entière de tentes – Muntazabad – fut érigée autour du site et là, maçons, tailleurs de pierre, charretiers, joailliers spécialisés dans l'or et dans l'argent, ingénieurs, architectes et potiers vécurent des années, élevant leurs enfants à l'ombre du Taj. Les sommes dépensées pour édifier le mausolée furent astronomiques car rien ne parut trop beau à l'empereur pour cette œuvre. Il fit raser des collines, abattre des arbres, afin de ne pas gêner la vue autour du Taj Mahal. La Yamunâ elle-même fut détournée de son cours millénaire pour s'incliner harmonieusement devant le Taj. À l'intérieur de la tombe, les murs étaient tapissés d'or, les portails d'argent massif, une balustrade d'or entourait les sarcophages, les fixations des lampes étaient d'or et un dais de velours, brodé de perles, de diamants, de rubis et d'émeraudes devait abriter la belle endormie.

Pour les murs, à l'intérieur comme à l'extérieur, on fit venir du marbre de Jodhpur, à plus de quarante lieues de là. Chaque plaque fut délicatement découpée, sculptée et incrustée de pierres semi-précieuses. Les turquoises provenaient du Tibet, le jaspe de Cambay, la malachite de Russie, le lapis-lazuli de Ceylan, la cornaline des bazars de Bagdad, ainsi que le jade, le marbre noir, l'améthyste et le quartz.

Khurram consacra le premier anniversaire de la mort d'Arjumand en donnant une fête aussi somptueuse qu'extravagante, le vin coulant à flots, les oboles distribuées par millions aux pauvres, les versets du Coran chantés nuit et jour par les muezzins jusqu'à s'en boucher les oreilles. Et il s'inclina devant le Taj Mahal.

Mehrunnisa riait, dans le silence de ses appartements, avec un simple brasero pour la réchauffer et les ronflements d'Hoshiyar non loin de là, paisibles comme un ruisseau sur des galets. Chaque fois que Khurram venait s'incliner devant le Taj Mahal, il s'inclinait devant elle car l'architecture et la construction du Taj n'étaient qu'une copie de ce qu'elle avait déjà réalisé. Certes, elle n'avait pas vu le Taj – Khurram la gardait à Lahore et il avait trop peur d'elle pour la laisser circuler ailleurs. Cependant, Mehrunnisa avait entendu parler des extraordinaires incrustations de pietra dura dans le marbre blanc, toutes semblables à la tombe de son père, qui se dressait sur l'autre rive de la Yamunâ...

Hoshiyar s'étira, grogna dans son sommeil, sa tête blanche balançant sur son large torse, et Mehrunnisa cessa de rire, préférant sourire sur son oreiller. Ces incrustations de pietra dura, c'était elle qui en avait eu l'idée. Si le Taj était une merveille comme on le disait, ce serait grâce à la femme que son constructeur avait chassée de l'Empire !

Les portes de bois de ses appartements s'ouvrirent et Ladli passa la tête. Elle sourit en voyant les yeux brillants de Mehrunnisa posés sur elle.

– Tu ne dors pas, maman ?

– Viens ici, ma fille. Où est Arzani ?

– Avec moi, souffla Ladli pour ne pas réveiller Hoshiyar Khan.

Toutes deux entrèrent pieds nus dans la chambre et Mehrunnisa les regarda s'approcher du lit. En dix-huit ans, Ladli avait incommensurablement vieilli, semblait-il, et son visage se ridait, elle marchait moins vite, sa voix devenait tremblotante. Pourtant, elle avait toujours ces manières délicates, cette même ténacité que rien ne pouvait ébranler. Après la mort de Chahryar, en 1628, les offres de mariage s'étaient multipliées mais elle les avait toutes refusées, même lorsqu'un ministre, qui possédait de vastes mansabs et jagirs, voulut la faire venir à la cour, bravant en cela la colère de Khurram. Elle ne voulait plus se marier. La première fois, elle avait accepté par devoir, désormais plus rien ne l'y obligeait. Elle avait sa mère, sa fille et Hoshiyar. Cela lui suffisait.

Mehrunnisa regarda sa petite-fille et elle crut, un instant, se voir dans un miroir quarante années plus tôt. Arzani avait le bleu de ses yeux, le même port de tête, très droit, cette épaisse masse de cheveux qui lui tombaient à la taille. Mais il lui manquait la vivacité. À son âge, Mehrunnisa ne tenait pas en place, toujours anxieuse d'obtenir quelque chose. Arzani possédait le calme de sa mère. Cependant, cette enfant lui apportait un tel bonheur ! Quand elle pensait combien elle avait souhaité que ce fût un garçon... dans ce cas... il serait mort depuis longtemps avec Chahryar. En ce qui concernait Arzani, si Khurram lui avait laissé la vie sauve, c'était seulement parce qu'elle ne le menaçait en rien. Elle venait d'avoir vingt et un ans et aurait dû se marier depuis longtemps mais, comme Ladli, elle n'avait trouvé personne qui l'intéressât assez. Les choses intéressantes venaient après le mariage, l'avait taquinée Mehrunnisa. Cependant, elle n'insista pas pour lui trouver un parti.

Elle tendit les mains et toutes deux vinrent s'agenouiller de chaque côté de son lit, sur les tapis persans blanc et or. Ladli avait les yeux rouges d'avoir trop pleuré, et pourtant elle souriait, car elle ne voulait pas laisser entrer son chagrin dans la chambre de sa mère.

– T'en sortiras-tu, ma fille ? demanda Mehrunnisa en prenant le menton de Ladli.

– Bien sûr ! répondit celle-ci sans faiblir. Es-tu bien, maman ? Veux-tu que je change les draps ? Les oreillers ?

– Non.

Au fond d'elle-même, Mehrunnisa se félicitait de pouvoir affronter la mort si facilement, face à sa fille et à sa petite-fille, capable de s'entretenir avec elles. Elle écouta Arzani rapporter quelque potin de la maison voisine, où un enfant ne ressemblait pas du tout à son père mais beaucoup à son oncle...

Ladli remonta le razai de coton sur sa mère. C'était l'hiver et le froid envahissait les rues de Lahore. Mehrunnisa rit à l'histoire d'Arzani en se disant qu'il fallait être idiote pour avoir des enfants de deux pères si dissemblables.

Elle se sentait bien, au milieu des êtres qu'elle aimait le plus, à ne plus rien désirer. Il était temps pour elle de partir, non qu'elle se sentît mal mais parce qu'elle n'avait pas la volonté de vivre davantage. Elle avait fini de construire la tombe de Jahangir, qui serait également la sienne, obligée de solliciter sans arrêt Khurram, qui avait gelé toute sa fortune pour l'incorporer au Trésor impérial. Abul était mort aussi, quatre ans plus tôt ; il était enterré ici, à Lahore, et cependant Mehrunnisa ne s'était jamais rendue sur sa tombe et n'avait pas envoyé de condoléances à ses enfants.

Pour Mehrunnisa, l'apaisement n'était venu qu'un an plus tôt. Elle se levait tous les matins, contente des petites joies que lui apportait encore la vie. Elle avait fini par comprendre ce que pouvait ressentir ce moine jaïn, Siddhicandra, de quoi il parlait quand il disait que la paix provenait d'une absence de désir. Siddhicandra avait découvert cela à vingt ans ; il avait fallu une vie entière à Mehrunnisa.

Cependant, malgré cette découverte, elle ne pouvait s'empêcher de s'interroger sur sa vie, sur les moments qui avaient suivi la mort de l'empereur Jahangir, si elle avait pu y changer quelque chose. Que se serait-il passé si Ladli avait épousé Khurram ? Si Arjumand avait accepté ? C'était là qu'elle avait commis une erreur. Elle aurait dû demander à sa nièce, non à Khurram. Mais Mehrunnisa n'avait jamais demandé aide ni avis à aucune femme du zénana – sauf à Ruqayya. Elle ne s'était jamais adressée à une femme pour la soutenir, toujours à des hommes, bapa, Abul, Khurram, Hoshiyar et, bien sûr, elle avait toujours pu compter sur la bienveillance de l'empereur Jahangir, sans qui aucun autre homme n'eût rien signifié. Était-ce là qu'elle avait commis une erreur ? Il eût fallu consolider son pouvoir auprès des femmes, dans ce monde de femmes où elle vivait.

– J'aimerais pouvoir revivre ma vie.

Ladli baisa la main de sa mère et Mehrunnisa se rendit alors compte qu'elle avait parlé à haute voix.

– Tu as vécu assez de vies pour dix femmes, maman.

Là-dessus, Ladli éclata en sanglots et entoura sa mère de ses bras.

Mehrunnisa ferma les yeux en se souvenant qu'elle n'avait pas pu pleurer à la mort de Jahangir. Les larmes lui étaient venues des années plus tard, quand elle avait surveillé l'édification de son mausolée, quand elle avait allumé les diyas à l'intérieur de la tombe toutes les nuits, quand elle s'était agenouillée en prières devant son sarcophage. Je serai bientôt auprès de toi, Seigneur.

Une heure plus tard, Ladli séchait ses larmes et se tournait vers Hoshiyar, toujours affalé dans son coin. Il ne ronflait plus et semblait calme, trop immobile ; sa nuque allait le faire souffrir à la longue, se dit-elle. C'est alors qu'elle comprit qu'il ne pouvait plus ressentir aucune douleur, car son torse ne se soulevait plus sous sa respiration. Elle s'approcha de celui qu'elle avait considéré comme un oncle bien-aimé, un père chéri depuis tant d'années, et, ce faisant, elle effleura la main de sa mère.

La pièce devenait froide car les braseros s'étaient éteints, il fallait les rallumer, maman allait sentir la fraîcheur, il fallait qu'elle se cachât la main sous le razai. Ladli reprit la main de sa mère, qui retomba. Quand elle regarda le visage de Mehrunnisa, elle le trouva tout aussi immobile, sans souffle.

L'impératrice Nur Jahan également était morte.

Postface de l'auteur

Mehrunnisa est, évidemment, plus connue aujourd'hui en tant qu'impératrice Nur Jahan. Jahangir lui avait d'abord attribué le titre de Nur Mahal, « Lumière du palais », et, plus tard, vers 1616, l'avait changé en Nur Jahan, ou « Lumière du monde ». Dans l'Inde moghole, les titres étaient (tout comme en Europe à cette époque) des marques de faveur du souverain. Les nobles de la cour et les femmes du zénana les plus proches de l'empereur bénéficiaient tous de ces avantages, parfois à titre posthume.

Le mot *nur*, signifiant « lumière », trouve ses antécédents à l'époque de l'empereur Akbar – il révérait le soleil, au point d'en avoir inventé une nouvelle religion fondée sur l'adoration du soleil. En montant sur le trône, Jahangir a repris l'image du soleil dans son propre titre puisqu'il s'est nommé Muhammad Jahangir Padchah Ghazi, « Lumière de la foi ». Il semble dès lors naturel qu'il ait voulu donner ce titre élevé à Mehrunnisa en l'appelant Lumière du monde, du monde impérial puisque c'était en elle qu'il trouvait son bien-être et sa consolation.

J'ai préféré m'en tenir au nom de Mehrunnisa – celui que lui avaient donné ses parents à sa naissance – pour plusieurs raisons. Entre autres, parce qu'il me convenait mieux dans la mesure où j'avais déjà vécu avec elle à travers *La Vingtième Épouse*, qui raconte l'histoire de sa vie avant son mariage avec Jahangir. Je crois aussi que Jahangir et elle-même ne devaient, en privé, la désigner qu'ainsi – Mehrunnisa. Le titre de Nur Jahan étant destiné à sa vie publique.

Si on ne reconnaît pas les autres personnages du livre en lisant *Le Festin de roses*, ce peut être parce que eux aussi sont mieux connus sous leurs titres. Ghias Beg, le père de Mehrunnisa, est célèbre en tant qu'Itimadaddaula, titre qui lui a été donné par l'empereur Jahangir. Sa tombe, à Agra, dans le prolongement diagonal du Taj Mahal (et, à mon avis, véritable ancêtre du Taj de par son usage systématique des incrustations de pietra dura ou pierres semi-précieuses dans le marbre), est appelée tombe d'Itimadaddaula. Le premier mari de Mehrunnisa, Ali Quli Khan Istajlu, est connu sous le titre de Sher Afghan. Son frère Abul Hasan est connu comme Asaf Khan IV. Sa nièce, Arjumand, est Mumtaz Mahal – la femme pour qui fut édifié le Taj, la femme dont le titre Mumtaz Mahal est à l'origine du nom du Taj Mahal. Khurram est l'empereur Chah Jahan ; très peu le connaissent sous le nom de Khurram.

Le Festin de roses et un récit imaginaire de la vie de Mehrunnisa, impératrice Nur Jahan. Il n'en reste pas moins, dans son ensemble, historiquement vrai. Mehrunnisa a bien formé une junte avec son père, Ghias, son frère, Abul, et le prince Khurram. Il était évident, autant pour les courtisans que pour les voyageurs, que derrière le voile, c'était la voix de Mehrunnisa qui commandait les actes de ces trois hommes. Cependant, jusqu'à un certain point seulement, puisque la dissolution de la junte est également survenue à peu près à la moitié de son règne d'impératrice.

Il existe des documents confirmant les tentatives de Mehrunnisa pour marier Ladli à Khusrau, et à Khurram, bien que, pour ce dernier, la chose soit parfois considérée comme fausse par les historiens contemporains. J'ai préféré m'en tenir à ces deux possibilités car les arguments s'opposant au mariage de Khurram et de Ladli reposent essentiellement sur les faits suivants : Khurram était tellement amoureux d'Arjumand qu'il ne tenait pas à se remarier et encore moins avec la cousine d'Arjumand. Il est établi que Khurram adorait Arjumand ; il l'a démontré en construisant le plus beau monument à l'amour, le Taj Mahal, en son souvenir. Néanmoins, il s'est tout de même remarié, environ cinq ans après avoir épousé Arjumand. De plus, pourquoi Mehrunnisa ne se serait-elle pas adressée à Khurram avant de faire sa demande à Khusrau ? Khurram étant le prince qu'elle avait en partie éduqué dans le but d'en faire un empereur, pourquoi aller chercher ailleurs un parti pour sa fille ? Surtout si c'était pour se rabattre sur Khusrau, à demi aveugle, à demi fou, rejeté par son père. Quant à Chahryar, il ne représentait certainement qu'un dernier choix puisque ce prince portait le surnom peu flatteur de bon à rien.

Sir Thomas Roe mentionne Mehrunnisa à de nombreuses reprises dans ses mémoires car il a compris, peu après son arrivée en Inde, que l'« épouse bien-aimée » exerçait effectivement le pouvoir derrière le trône de Jahangir. Il représente, évidemment, une excellente source pour les relations anglo-indiennes durant le règne de Jahangir et un témoin intéressant de la politique de la cour et des conflits de la junte.

Le coup d'État de Mahabat Khan est également appuyé sur des documents historiques. Mehrunnisa avait une cinquantaine d'années lorsqu'il s'est produit, elle était donc impératrice depuis seize ans et se trouvait au pinacle de son règne. Ce coup d'État l'a atteinte en plus d'un point pour finalement provoquer sa chute, après la mort de l'empereur Jahangir.

D'autres incidents – la chasse au lion avec Jagat Gosini, la bagarre publique entre Mehrunnisa et Jahangir où ils finissent par se battre, Mehrunnisa exécutant l'intrus entré dans le zénana impérial – sont également de source historique, bien que leur véracité ne soit pas prouvée. Vérité, légende, bavardages... le doute subsiste.

J'ai pris quelques libertés avec les faits. Le navire, *Rahimi*, qui a causé indirectement tant de difficultés au vice-roi du Portugal et, par ricochet, à toute la délégation portugaise aux Indes, appartenait à la mère de Jahangir, Maryam Muzzamani – et non à l'impératrice Ruqayya Sultan Begam. Ruqayya possédait des navires marchands, tout comme Mehrunnisa, mais je lui ai « donné » le *Rahimi* pour servir les propos de mon récit.

De même, Khurram reçoit son titre de Chah Jahan de son père après les guerres du Dekkan (où il s'est rendu plus d'une fois), et non du Mewar. Mais il subsiste peu de doutes sur sa complicité dans la mort de son frère, le prince Khusrau, ou dans le massacre qui a précédé son accession au trône.

Et puisque vous en êtes arrivé si loin, je tiens à vous remercier, cher lecteur, de m'avoir accompagnée dans ce voyage dans l'Inde du passé. Le *Festin de roses* voit s'achever l'histoire de Mehrunnisa. J'espère que vous avez aimé ce récit ainsi que *La Vingtième Épouse* autant que j'ai aimé vous les conter.

Indu SUNDARESAN
Octobre 2002

Remerciements

Je réitère mes remerciements à toutes les personnes qui ont bien voulu corriger mon manuscrit, et en particulier celles qui ont accepté de mettre de côté leur propre travail pour me relire : Louise Christensen Zak, Laura Hartman, Joyce O'Keefe, Julie Jindal et Janet Lee Carey.

Tous les écrivains du monde devraient avoir un agent littéraire, de préférence de la trempe de Sandra Dijkstra. C'est un plaisir que de travailler avec elle, de la relecture des premiers feuillets à leur promotion dans toutes ses étapes. Je suis également reconnaissante aux membres de son agence pour leur concours.

Le Festin de roses a également connu le triple bonheur de l'amitié de mon éditrice, Judith Curr, qui n'a jamais cessé de m'assurer de son soutien, ainsi que de mes deux correctrices, Rosemary Ahern, qui a lu et relu ce livre dès les premières pages et dont les conseils ont modelé son aspect définitif, et Malaika Adero, qui a bien voulu adopter ce nouvel enfant et lui dispenser tous ses soins. Je suis profondément reconnaissante à toutes les trois.

Je dois cependant préciser que je ne joue pas aux échecs. Si la scène qui leur est consacrée semble authentique, c'est grâce aux personnes suivantes : Santosh Zachariah, qui a imaginé la partie, en fonction d'une rigoureuse analyse des mouvements ; David Hendricks, qui, un après-midi, a posé un échiquier sur une table de la cafétéria pour m'expliquer, non sans mal, les mouvements et les intentions des joueurs ; ainsi que mes brillants neveux, Gautam et Karthik, qui ont reproduit la partie tellement vite que leur vieille tante gâteuse les a priés de ralentir... Si, malgré tous leurs efforts, il reste des erreurs dans ces pages, j'en suis la seule coupable.

Je n'aurais rien pu faire sans les trois femmes qui me prodiguent leur amour inconditionnel et forment ma famille : Amma, Anu et Jaya.

Enfin, je dois citer les bibliothèques du King Country Library System ainsi que celles de Suzzallo et d'Allen, de l'université de Washington, pour les trésors qu'elles renferment sur la littérature de l'Inde moghole – lettres, documents, mémoires, livres et cartes, qui m'ont permis de voyager à travers le temps et l'espace sans quitter ma maison.

Impression réalisée sur CAMERON par

BRODARD & TAUPIN

GROUPE CPI

La Flèche

pour le compte des Éditions Michel Lafon
en février 2004

Imprimé en France
Dépôt légal : mars 2004
N° d'impression : 22735
ISBN : 2-7499-0037-9
LAF 488